Amelia Blackwood lebt und arbeitet in der Nähe des Zürichsees. Zusammen mit ihrem Mann führt sie eine eigene Praxis für Physiotherapie. Inzwischen sind 8 Bücher aus ihrer Feder entstanden.

Chords
OF
DESIRE

EINE OPPOSITES ATTRACT
ROCKSTAR ROMANCE

AMELIA BLACKWOOD

Überarbeitete Neuausgabe Februar 2025

Copyright © 2025 dp Verlag, ein Imprint der
dp DIGITAL PUBLISHERS GmbH
Made in Stuttgart with ♥
Alle Rechte vorbehalten

Chords of Desire

ISBN 978-3-98998-831-6
E-Book-ISBN 978-3-98998-703-6

Copyright © 2016, Sieben-Verlag
Dies ist eine überarbeitete Neuausgabe des bereits 2016 bei Sieben-
Verlag erschienenen Titels
Manhattan Heartbeat (ISBN: 978-3-86443-634-5).

Covergestaltung: Jasmin Kreilmann
Umschlaggestaltung: ARTC.ore Design
Unter Verwendung von Abbildungen von
depositphotos.com: © polina.tuliakov.ru, © MickeyCZ87,
© IgorVetushko
Shutterstock.com: © enter89, © Dmitry Nesterov,
© Kristina Mickute, © d1sk
Korrektorat: Johannes Eickhorst
Satz: dp DIGITAL PUBLISHERS GmbH
Druck und Bindung: Books on Demand GmbH, Norderstedt

Das Werk darf – auch teilweise – nur mit
Genehmigung des Verlages wiedergegeben werden.

Für alle, die an die wahre Liebe glauben ...
Omnia Vincit Amor

Funny how the heart can be deceiving
More than just a couple times
Why do we fall in love so easy?
Even when it's not right
Where there is desire
There is gonna be a flame
Where there is a flame Someone's bound to get burned
But just because it burns
Doesn't mean you're gonna die You've gotta get up and
try, and try, and try (Pink / Try)[1]

Prolog

März 2015

Rose saß in der U-Bahn Richtung Financial District. Wenn sie an den heutigen Tag dachte, zog sich ihr der Magen zusammen. Teils in freudiger Erwartung, teils aus Angst, den Anforderungen nicht gewachsen zu sein. Dennoch hatte sie alles Recht, aufgeregt zu sein. Schließlich hatte sie viele Jahre darauf hingearbeitet und auch große Opfer bringen müssen, um dieses Ziel zu erreichen.

Das Stechen in ihrer Brust erinnerte sie nur zu gut an die glücklichste und zugleich schwerste Zeit ihres Lebens. Tief in Gedanken verließ sie die U-Bahn und stieg die Treppe hoch an die Oberfläche. Ihre Füße trugen sie von allein zur Kanzlei, wo sie arbeitete.

Ein Werbeplakat stach ihr ins Auge, das gestern ganz sicher noch nicht da gehangen hatte. Ihr Herz begann, sich bei diesem Anblick schmerzhaft zusammenzuziehen. Nick lachte ihr daraus entgegen. Sein neues Album war gerade erschienen.

Sie wandte sich energisch ab. Mit jedem Schritt, den sie in die Richtung der Kanzlei machte, reiste sie weiter in die Vergangenheit zurück.

INTRO

Zwei Jahre vorher im Madison Square Garden

Nick ließ den letzten Akkord ausklingen und genoss den Applaus und die begeisterten Zurufe der Fans. Er war verschwitzt und beinahe high. Er lebte seinen Traum in allen Facetten. Es war nicht immer leicht, dennoch hatte er diesen Schritt nie bereut.

Manchmal vermisste er das ruhige Leben von früher. Doch jede Medaille hatte bekanntlich zwei Seiten. Die Musik war seine große Liebe und niemals würde er diese Leidenschaft für irgendjemanden oder irgendwas aufgeben.

Ein Nebeneffekt seines Erfolgs war die schier endlose Auswahl an willigen Frauen. Eine schöner als die andere. Für heute hatte er in der ersten Reihe der Zuschauer schon zwei potenzielle Kandidatinnen entdeckt. Sein Bodyguard würde dafür sorgen, dass die beiden auf der kleinen privaten Party waren, die in seinem Hotel stattfinden würde. Presse, einflussreiche Leute aus Musik- und TV-Branche reihten sich ins Who is Who der Gästeliste der After- Show-Party. Ein Mädel an jedem Arm war obligatorisch.

Nick musste zugeben, er liebte diese Veranstaltungen. Dort konnte er sich einfach gehen lassen und Gas geben. Er brauchte das, um den Adrenalinflash auf ein normales Niveau runterzubringen.

„Zugabe!", brüllte das Volk zu seinen Füßen. Es war schon die dritte, die sie forderten und weil er innerlich vibrierte und vor Energie strotzte, spielte er seinen ersten Nummer-eins-Hit Feeling Free an. Der Drummer und der Bassist stiegen ein.

Driving down the street
On the seat, my guitar by my side
Hope and dreams
Shining bright

Er hatte den Song schon so oft gesungen, dass er ihm wie von selbst über die Lippen kam. Er ließ sich tragen und genoss die Euphorie, die ihn erfüllte.

Stunden später fand er sich nach der bombastischen Party in seiner Hotelsuite wieder. Die beiden Groupies, die er bereits während des Konzerts ausgemacht hatte, waren bei ihm. Um sich und die zwei etwas lockerer zu machen, hatte er sich noch etwas Kokain besorgt.

Die Girls waren echt der Hammer. Erst hatten sie es ihm besorgt und nun machten sie miteinander weiter. Scheiße, war das geil!

Er beugte sich zum kleinen Tisch und zog sich eine Linie Koks rauf. Vielleicht lag es aber auch am Schnee, dass er diese Szene genoss wie der Osterhase das Eierfärben. Er griff rüber und holte seine Gitarre. Neben

Sex war das seine große Liebe. Er konnte nicht ohne das eine und auch nicht ohne das andere. Sex und Musik waren für ihn untrennbar verbunden. Es war schon oft vorgekommen, dass er nach einer solchen Nacht die Idee zu einem Hit gehabt hatte.

Auf der Party war es ihm irgendwann zu öde geworden, weshalb er die beiden Schnecken eingeladen hatte, mit ihm eine private Feier zu veranstalten. Das bedurfte keiner großen Überredungskunst. Sie waren kichernd und mit den Hüften wiegend hinter ihm her gestöckelt. Er legte sich auf die Seite, um ein paar Stichworte zu notieren, aus denen er später einen Songtext machen würde.

Eigentlich war das Ganze eher ein Armutszeugnis. Aber für wen? Für ihn, weil er sich nicht binden wollte? Oder für die Mädels, die sich auf Kommando abschleppen ließen?

Auch egal, ihm schwirrte der Kopf vom Alk und Koks und eigentlich war er jetzt auch müde. Eine der beiden quiekte gerade orgastisch, was ihn daran erinnerte, dass er auch erst zwei Mal gekommen war. Immer wenn er die beiden Substanzen, gepaart mit dem Post-Concert-Glücksgefühl, kombinierte, bekam er am Ende eine Scheißlaune und er bereute fast, die Mädels mit auf sein Zimmer genommen zu haben.

„Hey! Wer von euch bläst mir schnell einen vor dem Schlafengehen?"

Natürlich sprangen beide bereitwillig auf.

Eine kniete sich vor ihm auf den Boden und nahm ihn in ihren Mund. O ja, es hatte schon was, wenn eine Frau ihren Würgereflex gut unter Kontrolle hatte. Aber das war auch das Einzige, was diese hier unter Kontrolle hatte. Deshalb schob er sie von sich und winkte stattdessen die andere heran. Wenn Mann schon die Auswahl hatte …

Aber auch hier fehlte ihm das gewisse Etwas. Wahrscheinlich lag es daran, dass er einfach zu high und zu besoffen war, um sich zu entspannen. Das war dann wohl der Zeitpunkt, Barry zu rufen. Er schnappte sich sein Handy und rief seinen Bodyguard an. Währenddessen nuckelte die Tussi immer noch an ihm herum.

„Hör auf. Du bringst es nicht. Schnappt euch die Bademäntel aus dem Klo und verschwindet. Für heute habe ich die Schnauze voll von Laien. Ach ja, eure Handys bitte. Ich will keine Fotos von diesem Intermezzo im Netz haben."

Die Damen schnappten im Kanon empört nach Luft, doch er hielt unbeeindruckt die Hände hin. Sie gaben ihm ihre Smartphones und zogen sich hastig an. Tatsächlich fand er auf beiden Mobiltelefonen diverse Aufnahmen dieser Nacht. Er löschte alle und gab den zwei Frauen ihr Eigentum zurück.

Das Klopfen an der Tür war der Schlusspfiff. Er nahm beide an den Armen, führte sie aus dem Zimmer und übergab sie seinem Leibwächter, damit der sie nach Hause brachte. So lief es mehrmals die Woche. Immer das Gleiche und langsam ödete ihn das an. Da musste es doch noch mehr geben. Du hast nur noch nicht die Richtige gefunden, flüsterte die Stimme seines Vaters in seinem Kopf. Ein weiser Spruch, den sein alter Herr immer wieder auf den Tisch zu legen pflegte. Gerade er sollte wissen, dass es bei Nick nie gut ging, wenn er Liebe in sein Herz ließ.

Er ging zurück ins Schlafzimmer und ließ sich aufs Bett fallen, wo ihn umgehend der Schlaf einholte.

Nur eine gefühlte Minute später hörte er, wie jemand die Suite betrat. Himmel, wer wagte es, ihn so früh zu stören? Hatte er seine Wünsche nicht klar und deutlich mitgeteilt? Sein verkaterter Kopf schmerzte und sein Gehirn drehte kurz Pirouetten. Er zog sich eine Jeans an, ging ins Wohnzimmer und traute seinen Augen kaum. Vor ihm stand eine Erleuchtung.

Die Begegnung

Rose

Als Rose an diesem Morgen aufstand, hätte sie es nie für möglich gehalten, dass sie jemandem begegnen würde, der ihr ganzes Leben über den Haufen werfen könnte. Sie stieg unter die Dusche und versuchte, die hartnäckigen Schlafreste zu vertreiben.

Sie hatte wie immer die Frühschicht im Hotel, wo sie als Zimmermädchen arbeitete. Abends ging sie zur Law School, um den Abendkursen in Rechtswissenschaften zu folgen. Sobald sie ihr Studium abgeschlossen und das Anwaltspatent im Sack hatte, würde sie die Hoteluniform gegen ein elegantes Kostüm und schöne Schuhe eintauschen. Jetzt brauchte sie den Job, um über die Runden zu kommen. Noch zwei Semester und danach noch die bar examination, dann war es so weit. Ihr Onkel hatte ihr bereits eine Stelle zugesichert. Unter der Voraussetzung, dass sie den JD mit Bestnoten abschloss und das würde ihr auch gelingen. Danach musste sie unbedingt noch den Doctor of Juridical Science machen. Schließlich hatte sie das benötigte vierjährige Bachelorstudium in zwei Jahren durchgezogen und besuchte jetzt das zweite Jahr auf der Law School.

Sie ging in die Küche der WG, in der sie zusammen mit ihrer Freundin Doro wohnte. Das Mobiliar war ein Mix aus billig, Schrott und Antiquität und nichts passte zusammen. Sie besaßen keine zwei gleichen Stühle, keine zusammenpassenden Teller, Tassen oder Besteck. Aber genau das machte den Charme und die Gemütlichkeit der Altbauwohnung aus.

Doro lag wie üblich noch in den Federn. Als Tattooartist arbeitete sie immer bis spätabends. Sie kamen oft zur gleichen Zeit nach Hause. Während Rose zu lernen begann, ging Doro meistens kurze Zeit später aus und schlug sich die Nacht um die Ohren.

Rose eilte zur nächsten U-Bahn-Station, um so schnell wie möglich zum Times Square zu kommen. Sie war wie immer knapp dran, denn durch das lange Lernen schaffte sie es beim besten Willen nicht früher aus den Federn.

Sie rannte beinahe über den Times Square und bog in die 43. Straße, von dort um die Ecke und direkt zum Lieferanteneingang des Hotels, in dem sie arbeitete.

Rose hatte sich schon als Kind in den Big Apple verliebt. Damals hatten sie ihre Eltern öfter zu Ausflügen hierhergebracht. Die Wolkenkratzer mit den engen Häuserschluchten hatten sie ehrfürchtig nach oben blicken lassen. Sie hatte davon geträumt, als Prinzessin in einem Penthouse über der Stadt zu leben. Als kleines Mädchen war sie sicher gewesen, dass man ganz oben auf dem Dach des Empire State Buildings den Himmel berühren konnte. Es war einer dieser Besuche gewesen, als sie verkündete, dass sie, wenn sie groß war, hier leben würde.

Diesen Plan hatte sie bereits erfolgreich umgesetzt und die weiteren würden folgen. Sie fühlte sich in diesem Schmelztiegel wohl wie ein Fisch im Wasser. Diese Stadt lebte vierundzwanzig Stunden, sieben Tage die Woche. Ein ständiges Vibrieren schien die Luft zu erfüllen. Dieses Fieber hatte sie bereits im Kindesalter erfasst und nie mehr losgelassen. Ja, sie liebte Manhattan und nichts brachte sie dazu, New York zu verlassen.

In der Personalumkleide zog sie ihre mausgraue Arbeitskleidung an. Die anderen waren bestimmt schon bei der Teambesprechung, wie üblich. Ihr unangenehmer Chef hatte bestimmt wieder eine doofe Strafe für sie auf Lager.

Sie betrat den Raum, in dem die Pläne für die Stockwerkeinteilung hingen und das Team sich austauschen konnte. Der Morgenrapport war natürlich schon in vollem Gange und Rose hörte gerade noch, dass ein Mädchen sich krankgemeldet hatte und nun das Suitenstockwerk neu eingeteilt werden musste. Im Gegensatz zu Rose rissen sich die anderen immer um den Dienst ganz oben. Die Trinkgelder waren in der Regel gut, und wenn man Glück hatte, traf man einen VIP. Doch für Rose waren die Bewohner der Kotzbrockenetage, wie sie das Stockwerk insgeheim nannte, verwöhnte, arrogante Idioten, die vergessen hatten, dass auch Hotelpersonal Menschenwürde besaß. Auch wenn sie hart für jeden Dollar arbeiten mussten.

„Rose, du kommst wie immer zu spät, deshalb drehst du heute eine Extraschicht. Erst erledigst du deine Etage, wie geplant. Danach gehst du hoch ins oberste Stockwerk. Dort lebt zurzeit nur ein Gast. Er hat es nicht gern, wenn man ihn zu früh behelligt. Die Suite muss jedoch unbedingt bis 13:00 Uhr aufgeräumt sein. Das ist seine Bedingung", erklärte ihr Chef ohne jeden Tadel in der Stimme, was jedoch seine übliche Masche war.

Sie konnte sich ein Stöhnen kaum verkneifen und versuchte, die neidischen Blicke ihrer Kolleginnen und den zweideutigen ihres Chefs zu ignorieren. Um den Schein der Selbstsicherheit zu wahren, richtete sie die unvorteilhafte Uniform und die hässliche Haube. Das Teil musste aus den Anfängen des vorigen Jahrhunderts stammen.

Sie holte ihren Materialwagen, fuhr mit dem Lastenaufzug hoch ins 33. Stockwerk und machte sich an die Arbeit. Ihre Vorgesetzten ärgerten sich zwar über ihr chronisches Zuspätkommen, doch sie waren mit ihrer Arbeit zufrieden. Sie war gründlich, schnell und zuvorkommend zu den Gästen. Das war vermutlich auch der Grund, weshalb sie bei Schichtende immer mit überdurchschnittlich viel Trinkgeld nach Hause ging. Sie war froh um jeden extra Dollar, denn sie konnte und wollte ihren Eltern nicht auf der Tasche liegen. Die hatten nämlich genug andere Sorgen.

Nach drei Stunden fuhr sie mit dem Fahrstuhl wieder ins Kellergeschoss, um dort ihren Wagen aufzufüllen. Bettwäsche, Frottiertücher, Handseife, Shampoo, Duschgel, Conditioner, Bodylotion, Kosmetiktücher und so weiter.

Sie hatte sich angewöhnt, nicht zu viel über ihre Arbeit hier nachzudenken. Andernfalls hätte sie schon lange die Flucht ergriffen. Jemand, der nicht hier oder in einem anderen Hotel arbeitete, konnte sich nicht im Geringsten vorstellen, in welchem Zustand die Gäste oft die Zimmer hinterließen. Mehr als einmal pro Schicht traf sie auf ein regelrechtes Schlachtfeld.

Als sie in der Suitenetage aus dem Lift stieg und den Wagen vor sich hinschob, machte sich die inzwischen bekannte Unruhe in ihr breit, die sie immer erfasste, wenn sie hier oben Dienst hatte. Sie fand es gruselig, zu ruhig und zu künstlich. Wie in einem Bestattungsinstitut. Vor der doppel-flügeligen Tür, die zu einer der beiden Suiten führte, holte sie noch einmal tief Luft. Sie klopfte an und rief: „Housekeeping!"

Sie wartete einen Augenblick, ehe sie die Schlüsselkarte hervorholte und in das Lesegerät steckte. Niemand antwortete, deshalb schob sie die Karte in den Schlitz und entriegelte die Tür. Bevor sie jedoch eintrat, klopfte sie ein weiteres Mal und meldete sich noch einmal an. Das war das Protokoll des Hauses. Wieder kam keine Antwort. Sie schob die Tür ganz auf und fixierte sie mit dem Stopper.

Die Suite umfasste ein großes Wohnzimmer, zwei Schlafzimmer, ein Badezimmer mit WC und eine Dusche mit Toilette. Auf der Terrasse stand ein Jacuzzi. Man musste dazu erwähnen, dass die beiden Suiten die einzigen Unterkünfte in diesem Hotel waren, die über einen Balkon verfügten.

Das Wohnzimmer war so groß, dass ihre Wohnung wahrscheinlich locker hineingepasst hätte. Normalerweise wirkte die Suite mit ihrer kitschig-eleganten Einrichtung distinguiert. Doch als sie sich des aktuellen Zustands des Zimmers bewusstwurde, erschrak sie. Es herrschte eine heillose Unordnung. Überall lagen Kleidungsstücke herum. Sogar auf dem Kronleuchter hing etwas. War das etwa ein BH? Und lag da vor dem überdimensionalen Flachbildfernseher noch ein weiterer Büstenhalter? Gläser und mehrere leere Flaschen waren über den ganzen Boden verteilt. Irgendwer hatte anscheinend mit Popcorn und Chips um sich geworfen.

Sie sträubte sich, einen Blick ins Bad oder gar ins Schlafzimmer zu werfen. Schließlich überwand sie sich und ging zum Badezimmer, um hineinzusehen und ihre schlimmsten Befürchtungen wurden bestätigt. Jemand hatte sich vor der Toilette übergeben. Na großartig. Was für ein Tier hauste hier, um Gottes willen?

„Habe ich gesagt, dass du hereinkommen kannst?" Die Stimme hinter ihr war heiser und klang verkatert, was allem Anschein nach kein Wunder war. Dennoch traf sie das Timbre bis ins Mark und schickte Schauder über ihren Rücken.

Sie drehte sich um und zuckte zusammen. Der Mann, der vor ihr stand, war groß, muskulös und seine blauen Augen schienen sie zu verbrennen. Seine blonden Haare standen in alle Richtungen und umrahmten ein ihr wohlbekanntes, männliches Gesicht: markante Wangenknochen, gerade Nase, wohlgeformte, nicht zu volle Lippen, welche mit einem Piercing verziert waren und ein arrogant gerecktes Kinn. Sein Oberkörper war nackt und er trug eine Halskette, an der ein Hai-fisch-zahn hing. Seine gebräunte Haut schien samtig und lud ein, sie zu berühren. Sie musste trocken schlucken. Überall in der Stadt hingen Plakate mit diesem Gesicht und auch der Stimme begegnete man auf allen Radiostationen. Und das im Halbstundentakt. Himmel, der

Typ war in natura noch heißer als auf den nachbearbeiteten Fotos.

Er trug eine abgetragene Jeans und war barfuß. Er musste gerade aufgestanden sein. Verdammt, sie hatte Nick Hamilton, den wahrscheinlich begehrtesten Junggesellen der Musikszene, aus den Federn geholt. Er galt als Rebell und eine Frau, die nicht bei drei auf einem Baum war, lief Gefahr, sein nächstes Abenteuer für eine Nacht zu werden. Konzentrier dich, Rose. Sie senkte demütig den Blick und zwang ihr Herz zur Ruhe, damit sie nicht atemlos klang. „Es tut mir leid, Mr. Hamilton. Aber ich habe zweimal angeklopft und mich angemeldet. Als Sie nicht geantwortet haben, ging ich davon aus, dass Sie nicht … ähm … anwesend sind." Stammelte sie etwa? Das passierte ihr sonst doch nie.

„Wenn du schon mal da bist, kannst du dich genauso gut an die Arbeit machen. Aber nicht zu laut bitte. Ich habe Kopfschmerzen." Abwinkend drehte er sich um, ging davon und würdigte sie keines Blickes mehr.

Wo sollte sie nur anfangen? Sie beschloss, dass es wohl am besten war, zuerst die Schweinerei im Badezimmer zu beseitigen. So schrubbte sie den Boden, die Toilette, Badewanne, Waschbecken und füllte am Ende die Vorräte wieder auf. Alles war besser, als über Hamilton und sein Sixpack nachzudenken.

Danach ging sie zur Dusche und wiederholte die ganze Prozedur. Glücklicherweise war hier alles in normalem Gebrauchszustand.

Weiter ging es mit der Unordnung im Salon. Mit dem Besenstiel holte sie den BH vom Kronleuchter und sammelte die restliche Damenunterwäsche zusammen. Etwas unschlüssig, was sie damit anstellen sollte, ging sie damit zu ihm.

„Entschuldigen Sie bitte, Mr. Hamilton, aber was soll ich mit den Dessous machen?"

Er sah sie genervt an und legte die Gitarre beiseite, auf der er gerade gespielt hatte. „Du kannst sie haben, wenn du willst. Aber Moment, die werden dir nicht passen. Unten zu klein, oben zu groß. Oder hast du vor, dir die Titten machen zu lassen?" Empört schnappte sie nach Luft. Was glaubte der eingebildete Affe eigentlich, wer er war? Sie griff demonstrativ zum Mülleimer, schmiss die Textilien hinein und ging mit gestrafften Schultern wieder ihrer Arbeit nach.

Als sie fertig war, sammelte sie die schmutzige Bett- und Badwäsche auf und lud sie auf ihren Wagen.

„Ich bin jetzt fertig, Mr. Hamilton. Nachher wird jemand bei Ihnen vorbeischauen, um die Minibar wieder aufzufüllen und frische Gläser zu bringen." Sie wandte sich um und wollte gerade gehen, als sie hörte, wie er aufstand und zu ihr kam.

„Einen Moment noch."

Was denn noch? Der Typ machte sie nervös, und zwar in jeder Hinsicht. Normalerweise ließ sie sich nicht so einfach einschüchtern.

„Ich mache zuerst einen Kontrollgang, bevor ich dich hier entlasse." Was zum Teufel? Er winkte sie zu sich, damit sie ihm folgte. Er fing im Bad an, lief alles mit dem Finger nach, schaute unter die WC-Brille und kontrollierte sogar die Abläufe der beiden Waschbecken. In der Dusche verfuhr er nach dem gleichen Muster.

„Hier hast du ein Haar übersehen", sagte er und zeigte auf ein klitzekleines Haar in einer Fuge der Dusche.

Innerlich kochend holte sie Putzlappen und Reinigungsmittel und beseitigte diese Unregelmäßigkeit vor seinen Augen. Danach kam das Wohnzimmer an die Reihe.

„Auf dem Fernseher hat's noch einen Fingerabdruck. Siehst du? Genau hier."

Rose konnte nicht anders und so warf sie ihm einen giftigen Blick zu, während sie energisch den Fleck auf dem Bildschirm wegputzte. Der Mistkerl tat das mit Absicht, so viel war klar. Sie hätte schwören können, dass er verschmitzt grinste. Er nickte herablassend und ging weiter ins Schlafzimmer, in dem er schlief. Dort keuchte er theatralisch auf.

„O mein Gott! Das geht aber gar nicht. Du hast einen Damenslip übersehen."

Rose wusste ganz genau, dass das niemals der Fall sein konnte. Tatsächlich erkannte sie das Unterhöschen, das sie im Wohnzimmer vom Boden gepflückt und vor seinen Augen mit der anderen Unterwäsche in den Müll geworfen hatte. Er musste es in einem unbeobachteten Moment wieder herausgenommen haben, nur um sie zu schikanieren.

„Warum tun Sie das, Mr. Hamilton?", rutschte es ihr heraus. Ihre Wangen glühten. Vor Scham oder vor Ärger wusste sie in dem Moment nicht.

Er zuckte nur mit den Schultern und entgegnete: „Weil ich es will?"

„Sie sind arrogant und ein Mistkerl. Woher nehmen Sie das Recht, andere Menschen von oben herab zu behandeln?"

„Weil ich es kann und es Spaß macht." Er lächelte affektiert.

Bevor sie noch mehr sagte und es sie am Ende den Job kostete, warf sie die Hände nach oben, drehte sich um und ging davon. Am liebsten hätte sie ihm eine geknallt.

„Dann bis morgen, Zimmermädchen!", rief er ihr lachend hinterher.

„Gott bewahre!", entgegnete sie laut genug, dass er es hörte, und schlug die Tür krachend zu. Was für ein eingebildetes Arschloch! Okay, dieses Arschloch war leider unglaublich sexy und anziehend. Sie schüttelte sich bei dem Gedanken und schickte ein Stoßgebet gen Himmel, dass ihre Kollegin, die eigentlich hier oben eingeteilt war, am nächsten Tag wieder zur Arbeit kam. Wenn sie nochmals hier aufkreuzte, würde einer von ihnen einen dauerhaften Schaden erleiden.

Im Keller gab sie den Wagen ab und zog sich um. In der U-Bahn nach Hause schaffte sie es selbst mit den größten Bemühungen nicht, Nick Hamilton aus dem Kopf zu bekommen. Sie regte sich immer noch über ihn auf. Aber gleichzeitig breitete sich Wärme in diversen Körperpartien aus, in denen sie sie nicht unbedingt haben wollte. Zumindest nicht, wenn dieser Mistkerl dabei eine Rolle spielte.

Sie war noch immer völlig durch den Wind, als sie nach einem Zwischenstopp in ihrer Wohnung die Stufen zur Universität hochstieg. Sie wollte die Zeit bis zu den Vorlesungen nutzen, um in der Bibliothek zu lernen. Doch als sie über den verschiedenen Wälzern saß und sich auf das Vertragsrecht konzentrieren sollte, kam ihr immer wieder Nick Hamilton in die Quere. Der

Typ nervte sogar, wenn er nicht anwesend war. Sie schlug die Bücher zu, packte ihre Siebensachen zusammen und fluchte laut: „Dann eben nicht!" Prompt erntete sie empörte Zischlaute wegen der Ruhestörung. Sie stapfte wütend über sich selbst zur Cafeteria und holte sich einen Latte Macchiato. Was war denn nur los heute? Sie war sonst doch nicht so labil und aufbrausend.

Auch der Vorlesung des Dozenten konnte sie nicht folgen. Aber daran trug der Professor eine Mitschuld. Er präsentierte den Stoff langweilig und wenig fesselnd. Nur noch zwei Semester. Dieser Satz wurde anscheinend zu ihrem persönlichen Mantra. Sie wollte den JD so schnell wie möglich in der Tasche haben. Am besten gestern als morgen.

***

Nick

Nick stand am Geländer der Terrasse seiner Hotelsuite. Am Horizont tanzten die letzten Strahlen der bereits untergegangenen Sonne und färbten den Himmel rosa und violett.

Unter ihm flammten die Lichter der Stadt auf und hin und wieder, oder sollte er besser sagen im Dreißigsekundentakt, waren die Sirenen von Polizei, Feuerwehr oder Krankenwagen zu hören. Das war die Hymne der

Stadt: The New York Anthem. Der Kater war überstanden und seine schlechte Laune hatte seinem Verstand Platz gemacht.

Er warf einen Blick auf die Uhr. Er sollte sich langsam fertigmachen, denn in einer halben Stunde wurde er abgeholt. Er musste an diesem Abend noch zu einem Fernsehinterview bei NBC. Obwohl die Studios nicht weit entfernt am Rockefeller Plaza waren, ließ ihn sein Management nicht zu Fuß hingehen, was die günstigere und schnellere Variante gewesen wäre. Alles nur zu seiner Sicherheit. Großartig.

Langsam, aber sicher wurde ihm dieser Zirkus zu viel. Nicht das Rockstar-Dasein, aber das Drumherum. Er fühlte sich zunehmend mehr bevormundet und das schmeckte ihm ganz und gar nicht. Seit zehn Wochen lebte er nur aus dem Koffer und schlief bestenfalls zwei Nächte hintereinander im gleichen Bett. Hier in New York blieb er, Gott sei Dank, einmal zwei volle Wochen. Er hatte mehrere wichtige Termine hintereinander und das Management hatte sich dazu breitschlagen lassen, ihm ein paar zusätzliche Ruhetage zu geben.

Er dachte an die letzte Nacht. Die zwei Groupies waren ganz nett gewesen, doch er hatte die Schnauze voll von solchen Intermezzi. Diese Frauen waren leere, seelenlose Hüllen. Nichts, woran man sich am Tag danach noch groß erinnerte. Eine gewisse Zeit hatten solche Abenteuer schon seinen Reiz gehabt, doch irgendwann hatte er gemerkt, dass er etwas Grundlegendes verpasste.

Er hatte die beiden nach der Lakengymnastik wie üblich aus der Suite komplimentiert. Sprich, sein Bodyguard hatte sie aus dem Hotel geführt. Im Bademantel des Hotels ... armselig. Er spürte, dass er an einer imaginären Kreuzung stand. Er musste sich langsam entscheiden, wie es mit ihm und seiner Karriere weitergehen sollte.

Nick hätte es eigentlich besser wissen sollen. Er bekam immer eine Scheißlaune nach solchen Aktionen, denn sie zeigten ihm deutlich, was ihm fehlte. All das Geld, der Erfolg und der Glamour täuschten nicht über die Tatsache hinweg, dass er einsam war.

Er dachte an das Zimmermädchen und sein Verhalten ihr gegenüber. Er war ein richtiger Arsch gewesen und sie hatte ihn zu Recht in die Schranken verwiesen. Er würde das wiedergutmachen, egal wie. Verdammt, jetzt bekam er auch noch Heimweh. Er vermisste das Weingut seiner Eltern im Sonoma-Tal in Kalifornien. Er war dort als Sohn von Weinbauern aufgewachsen und hatte das Handwerk von seinem Vater von der Pike auf gelernt. Doch mit achtzehn hatte er die Flucht ergriffen. Er wollte die Welt sehen und Superstar werden. Er war naiv genug gewesen, zu denken, dass das Leben seiner Eltern langweilig und wenig wert war. Er wurde eines Besseren belehrt. Damals war die Liebe zur Musik stärker gewesen als seine Wurzeln. Sie war sein Ein und Alles, das Einzige, was ihn nach dem Drama seiner Jugend noch glücklich gemacht hatte. Sie hatte ihn durch die schwere Zeit begleitet. Noch heute schmerzten ihn seine Knöchel, wenn er daran dachte. Er hatte Scheiße fabriziert. Jugendliche Dummheit, kombiniert mit akutem Kontrollverlust, hatten beinahe ein Menschenleben gefordert. Aber das war lange her und er hatte sich ein neues Leben aufgebaut. Seine

Gitarre und die Musik waren die einzigen Konstanten. Es gab nichts, was er mehr liebte.

Er löste sich vom schönen Panorama, das die inzwischen nächtliche Stadt bot und stieg im Schnelldurchlauf unter die Dusche. Den Dreitagebart ließ er stehen, doch die Haare stylte er in dem für ihn typischen Out-of-Bed-Look. Er zog seine Dieseljeans an und komplettierte sein Outfit mit schwarzem Muskelshirt und breitem Lederarmband.

Das Training der letzten Monate zahlte sich aus. Was man nicht alles für gute Verkaufszahlen und Werbeaufträge tat. Er fühlte sich auf einmal wie eine männliche Nutte.

Eines war sicher, er war froh, wenn diese Promo-Tour für sein drittes Studioalbum zu Ende war. Er griff nach seinen roten Converse All Stars, und während er sie schnürte, dachte er wieder an das Zimmermädchen. Sie war hübsch, mit wachen, intelligenten Augen. Er war so ein Arschloch gewesen, als er sie als hässlich bezeichnet hatte. Dabei war ihre Figur perfekt, soweit er es hatte beurteilen können. Die Uniform war dabei etwas hinderlich gewesen. Ihre dunklen Haare hatten einen leichten Kastanienton und in den klaren grünen Augen hätte jeder Mann versinken können. Im Gegensatz zu ihren Haaren war die Haut hell wie Sahne, und soweit er es hatte erkennen können, makellos. Sie war der Typ Frau, der ohne auffälliges Make-up und im Schlafanzug noch schön war.

Verwirrt über seine Gedankengänge schob er das Bild des Zimmermädchens beiseite. Dafür war jetzt keine Zeit.

Als er seine Gitarre in den Koffer legte, klingelte das Telefon. Das musste die Rezeption sein. „Ja?"

„Mr. Hamilton, Ihr Wagen ist da", säuselte die Rezeptionistin in den Hörer.

Ach, wie ihm dieses Theater zuwider war. Es fehlte nicht mehr viel und er durfte sich nicht mal mehr den Hintern selbst abwischen.

Rose, sie hieß Rose. Plötzlich fiel ihm der Name, den das Zimmermädchen auf einem Schild trug, wieder ein. Ja, sie war definitiv eine edle Blume und der Name mehr als treffend. Und sie hatte auch spitze Dornen. Das gefiel ihm.

Er verließ die Suite. Vor der Tür stand bereits Barry, der Bodyguard. Als ob ihm jemand auf dem Weg zur Lobby nach dem Leben trachten würde. Im Übrigen, wie konnte ein Leibwächter Barry heißen? Wie lange kannte er Barry nun schon? Auf jeden Fall stand Barry ihm näher als seine eigene Familie.

Am Rockefeller Center musste sich der Fahrer durch die bereits wartende Meute von Fans kämpfen und als Nick ausstieg, wurde er fast taub von dem Gekreische. Aber das gehörte zur Jobbeschreibung und es freute ihn, dass er mit seinen Songs den Leuten eine gute Zeit bescherte. Der schöne Nebeneffekt war der Saldo auf seinem Bankkonto. Er winkte kurz, weil es sich so gehörte, und eilte dann ins Gebäude.

Er wurde zur Maske gebracht und gleichzeitig in den Plan der Aufnahmen eingeweiht. Alles Standard, nichts Außergewöhnliches. Erst die Ankündigung, dann die Begrüßung, danach das Interview mit den üblichen lästigen Fragen und dann seinen derzeitigen Hit spielen ... und tschüss.

Nach fünfzehn Minuten war das Interview zu Ende und er spielte die ersten Akkorde von Tears Of The Stars. Er versuchte, die Anwesenden zu ignorieren. Vor allem die weiblichen, die scheinbar vergessen hatten, sich anzuziehen und ihn am liebsten bei nächster Gelegenheit ins Bett zerren wollten. Das war eine der Schattenseiten des Showbiz. Er liebte die euphorischen Fans. Aber auf die stalkerischen Groupies hätte er gern verzichtet.

Er hatte mit Barry bereits besprochen, dass er durch die Hintertür verschwinden wollte. Der Wagen sollte da auf ihn warten und ihn umgehend ins Hotel bringen. Er brauchte Ruhe. Der nächste Tag würde anstrengend genug werden und er hatte die Nacht zuvor schon zu wenig geschlafen. Es erwarteten ihn Aufnahmen für einen Werbespot.

Er hatte erstaunlicherweise weder Lust auf Party noch auf Sauf- und Koksgelage und schon gar nicht auf leicht zu habende Frauen. Ruhe, das war tatsächlich das, was er sich jetzt wünschte. Zeit, um sich und seine Lage einmal gründlich zu überdenken.

Dr. Jekyll

Rose

Rose rannte wie üblich von der U-Bahn-Station zum Hotel. Doch dieses Mal kam sie zu spät, weil sie das erste Mal in ihrem Leben verschlafen hatte.

Sie hatte die halbe Nacht gelernt und danach kein Auge zugetan, weil Nick Hamilton noch immer durch ihr Gehirn gegeistert war. Sie musste kurz vor Morgengrauen eingeschlafen sein und sie hatte den Wecker schlichtweg nicht gehört. Erst als Doro ins Zimmer gekommen war und sich darüber beklagt hatte, dass Rose doch bitte diesen Lärm abschalten sollte, war sie aufgewacht.

Nur mit Glück war sie nicht viel mehr zu spät gekommen als normal. Noch während sie den Teamraum betrat, knöpfte sie die Uniform zu und band sich die Haare zusammen. Sie erntete den üblichen tadelnden Blick ihres Vorgesetzten George, bevor er fortfuhr.

Am Ende der Besprechung nahm er sie zur Seite und führte sie in eine Ecke des Zimmers, wo sie ungestört waren.

„Hast du mir etwas mitzuteilen?", ergriff ihr Chef das Wort.

Rose wusste nicht, was diese Frage zu bedeuten hatte. Doch dann wurde ihr ganz elend. Hatte sich Hamilton über sie beschwert? Würde sie ihren Job verlieren? War sie mit ihrem kleinen Aus-raster zu weit gegangen? Sie brauchte diese Stelle, und zwar dringend.

„Ich weiß nicht, was du meinst", begann sie vorsichtig. Ihr Chef musterte sie einen Moment eindeutig zweideutig und steigerte damit ihr Unbehagen noch mehr.

„Es geht um Mr. Hamilton, dessen Suite du gestern aufgeräumt hast."

Also doch. Dieser verwöhnte Kerl hatte sie angeschwärzt. Alte Petze! Doch bevor sie etwas zu ihrer Verteidigung anbringen konnte, redete George weiter.

„Mr. Hamilton möchte ausdrücklich, dass nur noch du seine Suite machst. Er will kein anderes Zimmermädchen mehr auf seinem Stockwerk sehen."

„Wie bitte?" Rose fühlte, wie ihr das Blut aus dem Gesicht wich.

„Wir werden ihm natürlich diesen Wunsch erfüllen. Für die Zeit seines Aufenthalts wird jemand anderes deine übliche Etage übernehmen. Und es gibt noch eine weitere Änderung. Er möchte, dass die Suite vor 10:00 Uhr gemacht wird."

Rose fehlten die Worte. Wollte der Typ sie mit dieser Aktion bestrafen? Na, dem würde sie was husten.

„Ich brauche wohl nicht zu erwähnen, dass privater Kontakt zu unseren Gästen nicht gern gesehen wird", erinnerte sie der Boss unnötigerweise und jetzt wusste sie auch, woher der Wind wehte. Der Boss hatte wohl das Gefühl, sie hätte mit diesem gestörten Rockstar etwas am Laufen.

„Keine Bange. Ich kenne die Regeln." Sie verdrängte den Gedanken, dass Hamilton trotz seiner Affektiertheit ultrasexy und ihr sogar im Traum begegnet war.

Mit weichen Knien holte sie ihren Materialwagen und fuhr mit dem Fahrstuhl nach ganz oben. Sie wollte diesem arroganten Trottel nicht begegnen, der ihrem Körper so seltsame Reaktionen entlockte. Sie dachte immer wieder an die Hitze, die sie gestern bei jedem noch so kleinen Gedanken an ihn erfüllt hatte.

Wie von ihr erwartet wurde, klopfte sie an und rief „Housekeeping!" Doch noch ehe sie die Schlüsselkarte zücken konnte, wurde die Tür von innen aufgemacht. Nick Hamilton machte dezent Platz und ließ sie eintreten. Sie versuchte sich an einem Pokerface und hoffte, dass es saß.

An diesem Morgen war er anständig angezogen und wirkte, als wäre er schon seit mindestens einer Stunde wach. Im Gegensatz zu ihr selbst. Verbarg sich hinter dieser attraktiven Fassade vielleicht ein Dr. Jekyll und Mr. Hyde? Wäre sie in einem Comic, würde nun ein dickes rotes Fragezeichen über ihrem Kopf schweben.

„Mr. Hamilton, Sie haben den Wunsch geäußert, dass ich für den Rest Ihres Aufenthalts allein für Sie und Ihre Suite zuständig bin. Darf ich fragen weshalb?" Die Worte waren ohne ihr Wollen herausgerutscht und jetzt war es zu spät.

Er schloss die Tür und ging an ihr vorbei ins Wohnzimmer.

„Erst einmal, guten Morgen, Rose." Er lächelte und sah dabei wie Aphrodites Sohn persönlich aus. Ein Wolf im Schafspelz höchstwahrscheinlich. Das war gar nicht von Vorteil. Der Kerl schaffte es, sie in der ersten

Minute bereits wieder in Verlegenheit zu bringen und sie fühlte, wie ihr das Blut in die Wangen schoss. „Ich wollte dich haben, weil ich mit dir zufrieden war", redete er weiter.

„Moment", fiel sie ihm ins Wort. „Das stimmt doch gar nicht. Sie haben jede Menge Punkte gefunden, die Sie bemängelt haben."

„Zuerst möchte ich, dass du mich Nick nennst. Das macht so manches einfacher. Und was die gestrige Kritik angeht, da glaube ich, dass ich dir eine Entschuldigung schuldig bin, Rose. Ich habe mich wie ein Arschloch aufgeführt."

Rose glaubte, sich verhört zu haben und es stand zu befürchten, dass ihr die Kinnlade runterklappte. Sie hätte es einfacher gehabt, den Typen nicht anzuschmachten, wenn er sich weiterhin als Volltrottel ausgegeben hätte. Aber so? Das wurde übel für sie.

„Sie haben mir immer noch nicht gesagt, weshalb Sie, außer dass Sie allem Anschein nach wider Erwarten zufrieden mit mir waren, ausgerechnet mich hier haben wollen." Mann, was für ein Satzaufbau. Sie versuchte ihrer Stimme Festigkeit zu verleihen, doch sie zweifelte am Erfolg ihrer Bemühungen.

„Nun, wie gesagt, möchte ich, dass du mich Nick nennst ..." „Auf keinen Fall!", unterbrach sie ihn ein weiteres Mal „Wie dem auch sei", nahm er lächelnd den Faden wieder auf. „Ich wollte dich, weil du nicht so bist wie die anderen." Was sollte sie denn mit dieser Aussage anfangen? Sie hob fragend eine Augenbraue. Der Typ litt ganz offensichtlich an einer Persönlichkeitsstörung. „Du willst es wirklich genau wissen. Nun denn. Die anderen Frauen, Zimmermädchen oder was auch immer sie sind, wollen nur eins: mir an die Wäsche und sich einen Augenblick in meinem Erfolg sonnen. Doch du hast mehr als deutlich gezeigt, was du von mir hältst und das hat mich schwer beeindruckt."

Aus Verlegenheit schaute sie sich um und bemerkte, dass die Suite, soweit sie sehen konnte, tipptopp in Ordnung war. War sie heute Morgen in einem Paralleluniversum aufgewacht? Irgendwie war alles nicht so, wie es in ihren Augen sein sollte. Dieser Mann verursachte Kopfschmerzen bei ihr. Das war das Einzige, was sie mit Sicherheit sagen konnte.

„Wenn Sie mich nun entschuldigen würden, Mr. Hamilton, ich werde mich jetzt an die Arbeit machen." Sie drehte sich um und ging zur Tür, vor der ihr Wagen stand, um alles zu holen, was sie zum Saubermachen brauchte. Ablenkung, Konzentration, nur nicht den Kerl ansabb... gaffen.

Sie musste sich unbedingt beruhigen. Hamilton brachte sie mehr aus der Fassung, als ihr lieb war. Er war ihr erst zweimal begegnet und schon entwickelte er sich zu einer nicht zu unterschätzenden Komplikation in ihrem sonst so geregelten Leben. Zu ihrem Leidwesen war an diesem Tag die Suite tatsächlich vollkommen in Ordnung, weshalb sie viel zu wenig zu tun hatte.

„Mr. Hamilton?", rief sie leise auf der Suche nach ihm. Schließlich fand sie ihn auf dem Balkon.

Er saß auf einem Stuhl, die Gitarre auf dem Schoß und die Augen geschlossen. Er wirkte entspannt und brachte damit ihr Herz zum Schwingen. Seine langen, schlanken Finger liebkosten die Saiten der Gitarre und entlockten dem Instrument eine süße, aber schwermütige Melodie. Rose lehnte sich an den Rahmen der Terrassenschiebetür, lauschte und sog den Anblick ein wie eine Ertrinkende.

„Gefällt sie dir?", fragte er unvermittelt in entrücktem Tonfall, ohne sich zu ihr umzudrehen.

„Wie bitte?" Rose wusste, dass sie stammelte, aber etwas anderes war nicht möglich in diesem magischen Moment.

„Die Melodie. Ich habe sie gerade komponiert. Du bist meine Muse, Rose."

„Ich … ja, sie ist schön, aber …" Ihr fehlten die Worte. Sie spürte, dass in diesem Augenblick eine unauslöschliche Verbindung gelegt wurde und sie war nicht sicher, ob sie das wollte. Nein, sie wusste genau, dass sie nicht in diese Sache hineingezogen werden wollte. „Ich muss jetzt gehen, Mr. Hamilton."

Sie drehte sich um und stolperte regelrecht Richtung Ausgang. Der Mann verwirrte und erschütterte sie bis in ihre Grundfesten. Sie wagte es erst tief durchzuatmen, als sich die Türen des Lastenaufzugs geschlossen hatten und sich die Kabine nach unten bewegte. Gestern war er ein Monster gewesen und heute so sanft wie ein Gentleman aus vergangenen Zeiten. Eben doch Jekyll und Hyde.

***

Er starrte die Tür an, durch die Zimmermädchen Rose gerade wie ein Wirbelwind verschwunden war. Sie war buchstäblich vor ihm geflohen. Was hatte sie so erschreckt? Er war sich keiner Schuld bewusst.

Er war nicht gut in Sachen Frau. Musste er auch nicht, denn die weiblichen Wesen folgten ihm wie Motten dem Licht. Er hatte sich bisher nie um die Gunst einer Lady bemühen müssen. Doch Rose bereitete ihm Kopfzerbrechen. Dass sie gestern auf ihn wütend gewesen war, verstand er vollkommen. Doch weshalb sie nun die Beine unter die Arme genommen hatte, war ihm ein Rät-sel.

Das Telefon klingelte und er erwachte aus seiner Grübelei.

„Ihr Fahrer erwartet Sie, Mr. Hamilton."

„Ich bin gleich unten." Oh, Mist! Er hatte mal wieder die Zeit und den anstehenden Termin für die Werbeaufnahmen vergessen. Eine Kleiderladenkette hatte ihn für eine Werbekampagne unter Vertrag genommen. Solche Jobs waren lukrativ und vor allem in relativ kurzer Zeit erledigt. Er schnappte sich seine Jacke und schlüpfte in seine All Stars, ohne sie zu binden.

Am Set war er mit dem Kopf nicht richtig bei der Sache. Vielleicht hätte er sich nach dem Interview bei NBC doch noch ins Nachtleben stürzen sollen. Aber er musste zugeben, dass das Leben auf der Überholspur nicht mehr so reizvoll war wie am Anfang seiner Musikkarriere. Vor vier oder fünf Jahren war er nicht zu bremsen gewesen, hatte sich die Nächte um die Ohren geschlagen und die Chicks gleich reihenweise abgeschleppt. Dieses Leben war ihm so viel aufregender erschienen als das Dasein auf dem Weingut, wo er aufgewachsen war und mitgearbeitet hatte.

Jetzt wusste er es besser. Er hatte schon vor einem guten Jahr die Schnauze voll gehabt. Dann hatte jedoch die Einsamkeit umso mehr zugeschlagen. Wenn man viele Menschen um sich hatte, hieß das noch lange nicht, dass man nicht allein war. Er hatte schon länger den Verdacht, dass er etwas ändern musste.

Er vermisste ernsthafte Gespräche mit jemandem, der an seiner Meinung ehrlich interessiert war. Er wollte, dass ihm auch mal jemand die Leviten las, wenn er über das Ziel hinausschoss. Nicht wie all diese Schleimer, die alles toll fanden, was er tat, nur um seine Gunst zu bekommen. Das war ziemlich zum Kotzen.

Als endlich alles im Kasten war, musste er so schnell wie möglich zurück zum Hotel und seine Gitarre packen, denn der nächste Termin stand bereits in einer Stunde an. Er fühlte sich wie so oft in den letzten Monaten ausgelaugt und müde. Sein ganzer Körper schmerzte. Daher kam auch der gesteigerte Koks-Verbrauch. Oder verhielt es sich umgekehrt?

„Weißt du schon, wen du zur Roof Top-Party morgen Abend mitnimmst?", fragte seine Agentin, die neben ihm auf dem Rücksitz des Wagens saß.

Tja, das war wohl das Problem des Tages, was? Er wusste es nicht. Er würde am liebsten allein oder besser gar nicht gehen. Solche Anlässe waren anstrengend. Er musste jemanden mimen, der er nicht war und auch nicht mehr sein wollte. Das war ihm seit Ewigkeiten klar, aber um ehrlich zu sein, so richtig bewusst geworden war ihm das erst, seit Rose ihm einen Spiegel vorgehalten hatte.

„Ich werde allein hinkommen. Nach dem Termin bei NBC habe ich privat noch etwas vor und werde direkt von da zur Party gehen." Er wusste, dass seine Agentin nicht glücklich darüber sein würde. Sie wollte, dass er das Image des Frauenhelden aufrechterhielt. Sie fand, dass das gut für den Absatz war. Dabei war er ursprünglich gar nicht so gestrickt. Er hatte lediglich das Spiel mitgespielt und sich selbst darin verloren. Das war ihm inzwischen klar geworden. Anfangs war das Womanizer-Image gut gewesen und er hatte es in vollen Zügen genossen. Doch mit der Zeit bekam er das Gefühl, diesen Schuhen entwachsen zu sein. Es war Zeit für eine Veränderung.

„Du solltest aber ein Mädchen an deiner Seite haben. Nick Hamilton hat immer eine Frau zur Hand." Sie verstand einfach nicht, dass das nicht er war, nicht mehr, eigentlich nie gewesen war.

„Hör zu, ich bin diese leeren Hüllen, die sich darum reißen, an meiner Seite zu sein, satt. Man kann mit ihnen kein anständiges Gespräch führen und sie denken, dass es für sie eine Art Sprungbrett ist. Ausnahmslos jede nimmt an, dass sie zur nächsten Generation von It-Girls gehört oder gar entdeckt wird von der Film- oder Modebranche. Ich will das nicht mehr, akzeptier das. Ich gehe allein oder gar nicht. Verstanden?"

Sie machte ein saures Gesicht, schwieg aber zu diesem Thema. „Und was ist das für ein privater Termin, von dem du vorher gesprochen hast?"

Nick verdrehte die Augen, und zwar so, dass die Agentin es auch sah. Sie war eine nette, aber getriebene Person und im Großen und Ganzen war er froh, dass er sie hatte. Aber manchmal war er genervt. Er wollte etwas von seinem Leben zurück. Nick, der Mann und nicht Nick, das Produkt der Medien.

„Wie bereits gesagt ist es privat. Also geht es dich nichts an, Stacy. Sorry, aber ich brauche etwas Raum. Ich werde danach am späteren Abend schön brav auf der Party aufkreuzen und mich von meiner besten Seite zeigen. Du kannst dich darauf verlassen." Er hatte diesen Privattermin schon vor Wochen per E-Mail arrangiert. An diesem Abend würde er sich einen lang gehegten Traum erfüllen und er wusste, dass es der richtige Zeitpunkt dafür war.

„Du weißt, dass NBC erwartet, dass du nach der heutigen Show auch zu dieser Party erscheinst. Sie sind die Sponsoren dieses Events, vergiss das nicht."

Als ob man ihn daran erinnern müsste. Er musste erst als Gast bei der Talkshow antraben und danach wurde seine Anwesenheit bei der Party erwartet. NBC feierte Geburtstag oder so etwas und sie wollten unter anderem ihn als Special-Act. Er würde wieder seinen aktuellen Hit darbieten, was wohl der angenehmste Moment des Tages war.

Der Wagen hielt am Hotel und er eilte nach oben in seine Bleibe. Er zog ein schwarzes Hemd an. Die Dieseljeans behielt er an, ebenso die Converse All Stars. Er packte noch schnell ein Jackett und seine Gitarre und verließ das Hotel auf gleichem Weg, wie er es betreten hatte.

Stacy wartete am Wagen, und als er unten ankam, stiegen sie gemeinsam ein, um zu NBC zu fahren. Die Talkshow war unspektakulär und Nick zeigte sich humorvoll und interessiert. Im Nachhinein sollte er sich kaum mehr daran erinnern. Im Anschluss nahm er allein ein Taxi und ließ sich zur 14. Straße bringen. Er stieg aus und war sich bewusst, dass er mit dieser symbolischen Tat einen Strich unter die Zeit des alten Nick Hamilton setzte. Er machte einen Schritt in die Zukunft über die imaginäre Schwelle.

Engel?

Rose

Seit Stunden brütete Rose über ihren Büchern und lernte. Wider Erwarten konnte sie sich sogar auf den Stoff konzentrieren, ohne dass ihr Kopfkino verrücktspielte.

Als sie einen ihrer dicken Schinken zuklappte und sich kurz streckte, weil ihr Nacken rebellierte, stürmte Doro in ihr Zimmer.

„Rose!", rief sie in voller Aufregung und versetzte Rose damit in Alarmbereitschaft. „Los, hol dein kleines Schwarzes und die High Heels aus dem Schrank, leg Schminke auf und mach deine Haare. In einer halben Stunde gehen wir feiern."

Noch bevor Rose auch nur irgendwie reagieren konnte, war Doro bereits wieder verschwunden. Was um alles in der Welt war nur los? Doro war ein Wildfang, das war nichts Neues, aber derart überdreht hatte Rose sie selten bis gar nicht erlebt.

Sie stand auf und räumte ihre Sachen weg, denn sie hatte für heute mehr als genug gelernt. Plötzlich flog wieder die Tür auf.

„Was denn? Du bist ja noch nicht mal umgezogen. Na los, hopp hopp, beeil dich!" Doro riss den Kleiderschrank von Rose auf und tauchte buchstäblich in die magere Ausstattung hinein. Kurze Zeit später kam sie mit dem einzigen schwarzen Kleid wieder zum Vorschein, das Rose besaß. Die Rückenpartie war frei und es reichte ihr bis knapp oberhalb des Knies. Es war schlicht, weshalb Rose es vor einem Jahr gekauft, jedoch nie getragen hatte. Es hatte bisher keine Gelegenheit gegeben, es anzuziehen.

„Doro, willst du mir nicht erst sagen, was dieser Aufstand soll? Was für eine Party findet denn überhaupt statt und wo?"

Doro ließ ihre Hände sinken und starrte sie an, als wäre sie ein Oger oder so etwas. „Wir sind zur NBC-Jubiläumsparty eingeladen. Also, eigentlich bin ich eingeladen und darf jemanden mitnehmen. Das ist doch so richtig genial!", sagte sie völlig außer Rand und Band. „Da war heute dieser Kunde bei mir im Studio und hat sich ein Tattoo stechen lassen. Als kleines Trinkgeld hat er mir diese Einladung gegeben." Doro hatte Rose die Einladung in die Hand gedrückt und sich auf die Suche nach Schuhen gemacht, die Rose zum schwarzen Kleid anzuziehen hatte.

Rose sah sich die Karte an und fand, dass sie gar keine Lust hatte, auf eine Schickimicki-Veranstaltung dieser Art zu gehen. Sie war müde und der Tag war lang gewesen.

„Was war das für ein Kunde, der an solche Einladungen kommt? Findest du das nicht eigenartig?"

Doro hielt mitten in ihrer Suche inne und verschränkte ihre tätowierten Arme vor der Brust. „Ich darf dir das aus Diskretionsgründen nicht sagen. Aber glaub mir, es hat alles seine Richtigkeit. Ich warne dich, Rose Armand, du springst mir hier nicht ab. Verstanden?", sagte sie drohend mit erhobenem Zeigefinger. „Los, raus aus dem Trainingsanzug, ab ins Bad, frisch machen, zivilisieren und dann das Kleid anziehen. Du hast zehn Minuten und keine Sekunde mehr."

Na gut, sie schien keine andere Wahl zu haben. Rose ging ins Bad, sprang kurz unter die Dusche, steckte sich danach die Haare hoch und legte ein dezentes 2-Minuten-Make-up auf. Danach schlüpfte sie in das hautenge Kleid von Unbekannt und zog die roten Christian Louboutins an, die sie in einem Secondhandladen erstanden hatte. Diese Schuhe waren wahrscheinlich ihr wertvollster Besitz. Wenn sie ehrlich war, fand sie die ganze Geschichte plötzlich ziemlich aufregend. Das würde sie jedoch niemals laut zugeben.

Doro war inzwischen auch umgezogen und wartete bereits nervös zappelnd im Flur auf sie. Sie trug ein dunkelblaues Cocktailkleid mit perlenbesetzter Korsage. Ihre langen roten Haare hatte sie zu einem lockeren Zopf geflochten. Obwohl das Kleid Doros massenhafte Tattoos kaum verdeckte, sah sie sehr elegant aus und Rose beneidete sie insgeheim dafür.

Als es an der Tür klingelte, zuckte Rose zusammen und Doro rief erfreut: „Das Taxi ist da!"

In der Nähe der Rockefeller Plaza stiegen sie aus und gingen zum Eingang des Hochhauses, auf dessen Dachterrasse der Event bereits in vollem Gange war. Der Wachmann bedachte sie mit prüfendem Blick, doch als Doro die Einladung zückte, trat er ohne Weiteres zur Seite.

Am Fahrstuhl erwartete sie ein weiterer Security-Typ und fuhr mit ihnen hoch aufs Dach.

Rose wurde mit jedem Meter nervöser und sie machte sich Sorgen, dass ihr Deo versagen könnte. So banal diese Sorge auch sein mochte. Auch Doro schien es so zu gehen, denn sie griff unauffällig nach Roses Hand. Es war, als betraten sie eine komplett fremde Welt.

Der Gong des Fahrstuhls kündete die Ankunft an und die Türen glitten zur Seite. Rose und Doro traten ins Freie. All der Prunk war überwältigend. Überall standen Stehtische mit schwarzen Tischtüchern. Kerzen tauchten alles in magisch anmutendes Licht. Über ihren Köpfen war ein Netz aus LEDs gespannt worden und Rose hatte das Gefühl, in einen Sternenhimmel zu schauen, als sie den Kopf hob.

Ein DJ sorgte für Musik und auf der kleinen Tanzfläche drängten sich bereits viele Partygäste. Am Rand waren durch strategisches Anordnen von Loungemöbeln und Pflanzentöpfen Nischen geschaffen worden, welche für etwas Privatsphäre sorgten.

Doro zog sie zur Bar und bestellte für sie beide Champagner. Die Getränke und die Häppchen waren gratis.

„Ist das toll hier", flüsterte Doro ihr zu, während sie miteinander anstießen.

„Ladys and Gentlemen", klang es aus den Lautsprechern. „Ich möchte Sie alle recht herzlich zu diesem gemütlichen Zusammensein willkommen heißen. Es bereitet mir Freude, den heutigen Ehrengast und Special-Act ankündigen zu dürfen." Der Sprecher machte eine dramatische Pause. „Darf ich um Applaus für Nick Hamilton bitten? Er wird seine neue Single speziell für Sie, liebe Anwesende, performen."

Die Ansage verstummte und Rose wurde schlecht. Musste sie diesem Kerl denn überall über den Weg laufen? Man könnte meinen, die Stadt wäre groß genug, um einander aus dem Weg gehen zu können. Doro hatte sich inzwischen unter die anderen Gäste gemischt und Rose fühlte sich auf einmal fehl am Platz.

Sie zog sich hinter die letzte Nische in die Dunkelheit zurück. Dort lehnte sie sich an die Brüstung und blickte hinunter auf die beleuchtete Straße. Yellow Cabs bahnten sich wie kleine Matchboxautos ihren Weg durch den Stadtverkehr. Dann ließ sie ihren Blick über die Hochhäuser der Stadt und den nahe gelegenen Central Park schweifen. Sie liebte New York oder noch genauer, Manhattan. Ihre Eltern wohnten drüben in New Jersey, wo sie auch geboren worden war.

So sehr sich Rose auch mit der Aussicht und den erzwungenen Gedanken abzulenken versuchte, so drangen Nick Hamiltons Gesang und die Akkorde seiner Gitarre zu ihr herüber. Er war ein toller Sänger und seine Stücke hatten sicher ihren Reiz. Wenn sie ihn nicht als absoluten Kotzbrocken kennengelernt hätte, würde sie ihm, wie alle anderen Frauen hier auf dem Dach, zu Füßen liegen. Aber nicht so, obwohl er sich beim letzten Treffen mehr als anständig erwiesen hatte. Zu ihrem eigenen Entsetzen fühlte sie sich auf eine Weise zu ihm hingezogen, die ihr ganz und gar nicht in den Kram passte. Die sie sogar ängstigte. Sie war ein notorischer Kontrollfreak und Nick Hamilton vermittelte ihr das Gefühl, jede Kontrolle zu verlieren, wenn sie zu lange in seiner Nähe blieb.

Sie wurde durch seine Stimme getragen, ob sie es nun wollte oder nicht. Der Schmerz in der Melodie war tief und hätte ihr eigener sein können. Sie spürte, dass sie sich ungewollt mit ihm verbunden fühlte. Wie war das passiert? Wann war das passiert?

Sein Gesang schien sie zu streicheln und zu trösten. Der Drang, die Augen zu schließen und der Musik zu lauschen, war stärker als ihr Fluchtreflex.

Du bist meine Muse, Rose, hörte sie seine Worte wieder. Wenn sie ehrlich war, fühlte sie sich doch etwas geschmeichelt. Dennoch war sie sich sicher, dass schon viele Frauen diesen Satz aus seinem Mund gehört hatten.

Sie bemerkte nur am Rande, wie er die letzte Note ausklingen ließ und Applaus losbrach. Zeit für sie, zu gehen. Sie wollte nicht das Risiko eingehen, ihm zu begegnen. Nicht hier, denn das war sein Terrain. Hier wäre sie ihm schutzlos ausgeliefert.

Rose ging nach vorn, wo sie sich nach Doro umsah. Sie wollte ihr sagen, dass sie nach Hause fuhr. Als sie sie nicht gleich fand, zog sie sich wiederum hinter die letzte Nische zurück. Was nun? Sie konnte doch nicht die ganze Nacht hier hinten stehen bleiben?

***

Nick

Er war froh, dass er diese Sache hinter sich gebracht hatte und sobald es die Etikette erlaubte, würde er sich verdünnisieren. Er sprach noch ein letztes Mal mit dem

Gastherrn, der NBC vertrat, und bedankte sich für die Einladung und die Möglichkeit für diesen Auftritt.

Im Augenwinkel sah er eine Gestalt schnell an ihm vorbeihuschen und er drehte sich im Reflex um. Er erhaschte einen Blick auf den Rücken einer Schönheit. Das schwarze Kleid war im Rücken tief ausgeschnitten und verhüllte hauteng herrlich weibliche Kurven. Die Hochsteckfrisur entblößte einen eleganten Hals, der zum Naschen einlud. Was zum Teufel dachte er hier? Er hatte sich doch fest vorgenommen, nicht mehr solchen Mist vom Stapel zu lassen. Das Brennen auf seiner Brust erinnerte ihn daran, dass er sein Leben ändern wollte.

Die Frau kam ihm irgendwie bekannt vor. War sie eine seiner früheren flüchtigen Abenteuer? Hoffentlich nicht. Er beobachtete sie, wie sie durch die anwesenden Gästegruppen ging, als wäre sie auf der Suche nach jemandem. Dann verlor er sie aus den Augen. Verdammt, wo war sie hin?

Er verabschiedete sich auf möglichst höffliche Weise von seinem Gastgeber und machte sich auf die Suche nach der schönen Fremden. Er musste herausfinden, wer sie war.

Schließlich fand er sie abseits des ganzen Geschehens hinter den Nischen, am Rand der Dachterrasse. Sie stand mit dem Rücken zu ihm. Was er von ihr sah, nahm ihn gefangen. Das dunkle Haar, die Haut, die die Farbe von Elfenbein hatte, die schlanken Beine und der kleine, graziöse Körperbau. Er machte einen Schritt auf sie zu und in dem Moment drehte sie sich um. Ihr Blick begegnete seinem und sie wirkte schlagartig gehetzt. Nun wusste er auch, woher er sie kannte. Er hätte nicht gedacht, sie auf einer Veranstaltung wie dieser zu treffen und in dieser Aufmachung hatte er sie auch in erster Instanz nicht erkennen können.

„So sieht man sich wieder, Rose", sagte er leise, als wollte er sie nicht erschrecken. O Mann, sie war eine Erleuchtung. Eine lebende Verführung und dennoch so unschuldig wie ein frisch vom Himmel gestiegener Engel. Wie hatte er sie nur so mies behandeln können?

Ihr Ausdruck war ängstlich und sie versuchte, ihre Unsicherheit hinter einer Wand aus gekünstelter Arroganz zu verbergen. Ja, er hatte sie verletzt und er hatte keine Ahnung, wie er das wiedergutmachen sollte.

„Mir wäre es lieber gewesen, wenn ich Sie frühestens morgen Mittag wieder hätte sehen müssen. Schönen Abend noch", sagte sie harsch und drängte sich an ihm vorbei. Ihr Duft drang an seine Sinne und löste ein ungekanntes Verlangen in ihm aus. Es hatte nichts mit Sex zu tun. Nicht nur. Er wollte sie näher kennenlernen und Zeit mit ihr verbringen, sie zum Lachen bringen und, jetzt kam es, sie beschützen.

Er drehte sich zu ihr um und wollte ihr nachlaufen. Er sah jedoch, dass sie sich mit einem anderen ihm bekannten Gesicht unterhielt und sich dann verabschiedete. Er folgte ihr zum Fahrstuhl, doch dieser ging vor seiner Nase zu.

„Scheiße", rutschte es ihm heraus. Ohne große Geduld an den Tag zu legen, drückte er so oft auf den Knopf für den Aufzug, bis sich die Schiebetüren endlich wieder öffneten. Natürlich war er leer und Rose verschwunden.

Der Lift war einfach viel zu langsam. Wieso war das so? Kaum glitten die Türen auf, rannte er schon durch die Lobby hinaus auf die Straße. Er schaute nach links und rechts. Wo war sie hin? Er konnte sie nirgends entdecken.

Es überraschte ihn, wie enttäuscht er über die Entwicklung dieser Angelegenheit war. Was hatte die süße Rose nur mit ihm angestellt? Für gewöhnlich würde er sich keine Gedanken um eine Frau und ihren verletzten Stolz machen. Doch nun war er getrieben vom Drang, seinen Fehler wiedergutzumachen und sich ihr von seiner besten Seite zu zeigen. So wie er wirklich war und nicht so, wie ihn die Medien und sein Management darstellten.

Er hatte genug für heute und winkte sich ein Taxi. Mist, seine Gitarre war noch oben. Er zückte deshalb seine Geldbörse und holte einen Zwanzigdollarschein heraus. Mit diesem Trinkgeld in der Hand bat er einen der Securities, ihm die Gitarre vom Dach zu holen. Der Wachmann nahm den Bonus gern an und eilte davon. Kurz darauf kehrte er mit dem Koffer zurück und Nick bestieg das wartende Taxi Richtung Times Square.

Er sah auf der ganzen Fahrt fortwährend diesen Engel in Schwarz vor sich. Wenigstens wusste er jetzt, dass sie eine gemeinsame Bekannte hatten.

Nothilfe

Rose

„Oh, dieser nervige, arrogante, eingebildete, gutaussehende, sexy Mistkerl!" Rose fluchte auf der Rückbank des Yellow Cabs vor sich hin und erntete verwunderte Blicke des Chauffeurs. Wieder wurde sie von dieser unsäglichen Hitze in Wellen überrollt, die sie nicht wollte und überhaupt völlig unpassend fand. Weshalb war sie eigentlich so wütend? Er hatte sie lediglich begrüßt und sie hatte ihn angekeift. Das war doch gar nicht ihre Art. Jetzt war es wohl an ihr, sich zu entschuldigen.

Bei ihrer Wohnung stieg sie aus und gab dem Fahrer ihr letztes Geld. Mist, jetzt musste sie für die nächsten vier Tage den Gürtel enger schnallen. Vielleicht konnte sie ein paar Extraschichten im Hotel schieben?

In ihrem Zimmer schälte sie sich aus der engen Pelle, die Kleid genannt wurde, und zog die piksenden Haarnadeln heraus. Danach legte sie sich schlafen. Doch leider fand sie nicht die nötige Ruhe, weshalb sie kurz nach Sonnenaufgang ihre Joggingsachen anzog und mit der U-Bahn Richtung Central Park fuhr, um dort ihre gewohnte Route zu laufen.

Sie passierte The Reservoir, den größten See des Parks, der seit 1994 offiziell Jacqueline Kennedy Onassis Reservoir hieß. Das Guggenheim und das Metropolitan Museum of Art waren ganz in der Nähe dieses Sees.

Die Ruhe im Park war heilend und erlaubte ihr, sich zu besinnen. Als sie um die Ecke bog, bemerkte sie drei Jogger, die auf sie zukamen. Sie ging immer im Park laufen und natürlich war sie auch schon öfter Hotelgästen dabei begegnet. Den Mann in der Mitte kannte sie und er war der Letzte, den sie hier sehen wollte. Was um alles in der Welt machte Nick Hamilton um diese Zeit hier im Central Park? Musste er nicht seinen Rausch ausschlafen?

Joggen, was dachtest du denn, woher er seinen Adoniskörper hat?

Sie brachte ihre innere Stimme resolut zum Schweigen. Das Letzte, was sie wollte, war diesem Typ jetzt über den Weg zu laufen und dabei an seinen Body zu denken. Sie zog ihr Baseballcap tiefer ins Gesicht und senkte den Kopf. Die drei Männer passierten sie, ohne sie weiter anzusehen. Sie machte dann jedoch einen grundlegenden Fehler. Sie drehte sich, ohne stehen zu bleiben, zu Hamilton um, weshalb sie die Beule im Asphalt nicht sah und sich daran den Fuß umknickte. Der Schmerz ließ sie kurz aufschreien und sie ging zu Boden. Sie schlug sich Hände und Knie auf, aber ihr Sprunggelenk tat am meisten weh. Was war sie doch für ein Schussel.

Mist, elender! Hoffentlich hatten Nick Hamilton und seine beiden Schatten nichts davon bemerkt. Sie versuchte aufzustehen und es gelang ihr auch. Ihr Fuß trug zwar ihr Gewicht, doch bis zur nächsten U-Bahn war es noch weit. „Hast du dich verletzt?" Diese Worte ließen sie die Zähne zusammenbeißen und sie vermied es, sich aufzurichten, damit Hamilton, der den Unfall doch bemerkt hatte, sie nicht erkannte.

„Nein, alles okay, danke." Sie wandte sich um und wollte weiterrennen, doch ihr Fuß rief schmerzhaft zum Streik auf und sie konnte nur hinken wie eine lahmende Ente.

„Das scheint mir aber nicht der Fall zu sein. Soll ich einen Krankenwagen für dich bestellen?" Er klang ehrlich besorgt, aber sein Vorschlag klang einfach nur lächerlich.

„Nein, es geht mir gut", antwortete sie und hob unbedacht den Kopf. Sie erkannte ihren Fehler erst, als sein blauer Blick schmal wurde. Sie senkte den Kopf gleich wieder und rannte schwer hinkend davon. Shit, shit, shit!

***

Nick

Nach einer schlaflosen Nacht hatte er beschlossen, eine Runde im Park joggen zu gehen, obwohl er es zu diesem Zeitpunkt noch nicht sollte. Das Tattoo, das er sich am Vorabend, bevor er zur Roof Top-Party gegangen war, hatte stechen lassen, war noch zu frisch und könnte sich entzünden. Aber er konnte nicht anders, er musste raus und sich bewegen und im Übrigen hatte er die Konstitution eines Pferds. Er war nie krank und Verletzungen waren bisher immer komplikationslos verheilt.

Zu seinem Leidwesen begleiteten ihn sein Bodyguard und sein Personal Trainer. Beide Typen entwickelten sich langsam, aber sicher zu totalen Nervensägen. Dennoch wusste er, dass er den einen zum Überleben brauchte und den anderen zum Beleben.

Er rannte mit seinen beiden siamesischen Zwillingen über die idyllischen Wege des riesigen Central Parks. Die grüne Umgebung hatte eine beruhigende Wirkung auf seine Nerven. Es erinnerte ihn ein bisschen an sein Zuhause und er verspürte mehr denn je Heimweh. Doch im Augenblick konnte er sich nicht in seine vertrauten Weinberge absetzen. Er musste noch volle zehn Tage hier ausharren, bevor er eine mögliche Flucht überhaupt in Betracht ziehen konnte. Und auch dann musste er erst noch einen Zwischenstopp in Europa einlegen.

Er hatte die Läuferin, die ihm entgegenkam, nur knapp angesehen. Diese Sekunde hatte genügt und er wusste, dass es sich um Rose handelte, die nur zu deutlich versuchte, ihre Identität vor ihm zu verbergen. Doch dann war sie gestürzt und hatte sich verletzt. Obwohl sie sich zusammenriss, erkannte er, dass sie Schmerzen hatte und das Bedürfnis ihr zu helfen, war fast übermächtig gewesen. Mist! Er sollte nicht so empfinden. Nicht für sie. Sie hatte es nicht verdient, in diese Hölle, die sein derzeitiges Leben war, hineingezogen zu werden. Sie hatte etwas Reines und Schüchternes an sich, das seine Männlichkeit ansprach. Er hatte keinen festen Wohnsitz und lebte hauptsächlich aus dem Koffer. Nicht das, was er sich für eine Frau an seiner Seite wünschte.

Sie hatte sich so schnell von ihm entfernt, dass er zu keiner weiteren Reaktion gekommen war. Er hatte ihr nur hinterherschauen können, während sie hinkend regelrecht vor ihm geflohen war. Sie gefiel ihm viel zu sehr. Ihre Starrköpfigkeit und ihr Mundwerk, das anscheinend alles aussprach, was das Gehirn dachte.

Mit einem leisen Fluch auf der Zunge wandte er sich um und rannte weiter. Er hatte keine Zeit und keine Lust für eine Komplikation in weiblicher Form. Auch wenn er sich selbst davon zu überzeugen versuchte, wusste ein anderer Teil von ihm, dass er Rose wollte, und zwar mit Haut und Haaren.

Er kam nach dem Training gerade aus der Dusche seiner Hotelsuite, wo er die ganze Szene immer wieder im Kopf herumgewälzt hatte, als er das Klopfen hörte. Das musste der Zimmerservice mit dem Essen sein, das er bestellt hatte.

Don't dream your life, live your dream

Rose

Sie stand vor der Tür zu Nick Hamiltons Suite und wartete darauf, dass er öffnete. Doch nichts geschah. Vielleicht war er im Central Park verschollen oder so. Einerseits lachte sie insgeheim über diesen Gedanken. Andererseits aber sehnte sie sich seltsamerweise nach seiner Gegenwart. Die Idee, ihn hier heute wiederzusehen, hatte sie ganz hibbelig gemacht. Obwohl ihr noch immer der Schock der Begegnung im Central Park in den Knochen saß.

Sie zog die Schlüsselkarte aus ihrer Tasche und entriegelte die Tür. Enttäuschung beschlich sie, während sie die Flügel der Tür aufstieß. Sie betrat den Korridor, der zum Wohnzimmer führte. Nicht ein Laut war zu hören. Einzig die Sirenen, die in regelmäßigen Abständen durch die Stadt krähten, wurden vom Wind bis zur obersten Etage getragen.

Ihr Herz begann aufgeregt zu schlagen. Weshalb war sie jetzt plötzlich so nervös? Etwas stimmte hier von hinten bis vorn nicht. Wo war der Kerl eigentlich? Sollte er nicht hier sein? Sie hatte sich heimlich darauf gefreut, ihn zu sehen. Aber das würde sie sich niemals ehrlich eingestehen. Never ever.

Sie ging ins Wohnzimmer und erstarrte noch in derselben Sekunde. Nick Hamilton stand mitten im Raum, die Arme vor der Brust verschränkt und schön wie die Sünde selbst. Das blonde Haar noch etwas feucht von der Dusche. Das Unterlippenpiercing stand im starken Kontrast zu seiner restlichen Erscheinung. Die Jeans und das enge Shirt, das er trug, betonten seinen aufregenden Körper. Schmale Hüften und breite Schultern. Gut trainierte Muskeln so weit das hungrige Frauenauge reichte. Rose erschrak über ihren unanständigen Gedanken und gab sich einen mentalen Tritt in den Hintern. Was gingen hier ihre Fantasien mit ihr durch? Schließlich war sie sauer auf den Kerl, oder? Was machte sie sich eigentlich vor? Sie war ihm schon längst nicht mehr böse.

Er stand immer noch reglos da und musterte sie abwartend. Rose entdeckte hinter ihm einen gedeckten Tisch für zwei. In dem Augenblick fiel ihr der Geruch von warmem Rührei und frischem Brot auf. O nein, hatte er wieder Damenbesuch? Dann sollte sie sich so schnell wie möglich an die Arbeit machen. Nicht, dass sie die Turteltauben zu lange störte. Gleichzeitig versuchte sie, den kurzen Stich in ihrer Brust zu ignorieren.

„Guten Morgen, Mr. Hamilton. Wie ich sehe, erwarten Sie jemanden zum Frühstück. Ich lege gleich los, damit Sie bald ungestört sind." Sie drehte sich um und hinkte zu ihrem Wagen, um die Putzutensilien zu holen. Bei jedem Schritt begehrte ihr Fußgelenk schmerzhaft auf. Hoffentlich bemerkte er es nicht, denn wenn sie nur ein wenig Glück hatte, hatte er sie im Park nicht erkannt.

„Rose, warte.“ Sie blieb stehen, wandte sich jedoch nicht um. „Bitte setz dich einen Moment auf die Couch. Ich möchte einen Blick auf deinen Fuß werfen. Dein Sturz heute Morgen hat ziemlich heftig ausgesehen.“

Rose stieß einen frustrierten Seufzer aus. Warum zum Teufel, konnte nicht einfach mal etwas so laufen, wie sie es sich wünschte? Seit sie Nick Hamilton das erste Mal begegnet war, ging alles drunter und drüber.

„Ich habe dafür keine Zeit, Mr. Hamilton. Und der Sturz, der war gar nicht schlimm, glauben Sie mir.“ Sie griff energisch nach einer Flasche Putzmittel und vergaß, dass ihre Handflächen aufgeschlagen waren. Das Brennen ließ sie zischen und eine große Hand langte an ihr vorbei, um ihr die Flasche abzunehmen.

„Herrgott noch mal!“, fluchte Hamilton neben ihr. „Leg doch endlich mal deine Sturheit und den Stolz ab. Ich will nur helfen.“

Er nahm sie sanft, aber bestimmt am Oberarm und zog sie zurück ins Wohnzimmer, wo er sie zwang, sich auf die hässliche Chesterfield-Couch zu setzen. Sie brachte es nicht über sich, etwas zu sagen, sondern beobachtete Hamilton dabei, wie er nach ihrem Fuß griff, die Schnürsenkel ihres Schuhs öffnete und ihr die Socke auszog.

Ihr Knöchel schimmerte inzwischen in allen Farben und hatte die Dimension eines Elefantenfußes angenommen. Nick Hamilton pfiff leise, als er sich ein Bild ihrer Verletzung machte. „Du solltest zum Arzt. So wie das aussieht, hast du dir die Bänder zumindest angerissen.“

Sie schüttelte den Kopf. Was kümmerte es ihn, was mit ihr war? „Ich brauche keinen Arzt. Das wird schon wieder. Außerdem habe ich keine Zeit für so etwas." Und vor allem kein Geld, fügte sie stumm an.

Hamilton bückte sich, kramte in einer Tasche herum und brachte eine kleine viereckige Schachtel zum Vorschein. Er öffnete sie und holte eine Rolle Tape heraus. Er musste im Voraus alles vorbereitet haben. Irgendwie rührte sie der Gedanke, dass er sich Sorgen um sie machte. Mit sicheren Handgriffen riss er ein paar Streifen von der Rolle ab und legte ihr einen Stützverband damit an. Rose staunte, wie schnell und gut er seine Sache machte.

„Woher wissen Sie über solche Dinge so gut Bescheid?" Sie ließ ihren Fuß noch einen Moment in seinem Schoß liegen und genoss heimlich seine Berührung, als er den Verband noch einmal andrückte, um mit seiner Körperwärme den Klebstoff zu aktivieren.

„Meine Mutter war medizinische Masseurin und hat Sportler betreut, bevor sie meinen Vater kennengelernt hat", antwortete er schulterzuckend, als wäre es die normalste Sache der Welt.

„Auf jeden Fall danke ich Ihnen für Ihre Hilfe, Mr. Hamilton." Rose machte Anstalten aufzustehen, doch er hielt sie immer noch fest.

„Hör doch bitte mit diesem Mr.-Hamilton-Mist auf. Ich habe dich schon einmal gebeten, Nick zu mir zu sagen."

Rose erstarrte unter seinem glühenden Blick, der ihre intimsten Körperareale zum Kochen brachte. Bilder, die verboten waren, reihten sich in ihrem Kopfkino zu einem Film aneinander. Schluss damit!

Das hatte sie nun davon, dass sie ihre Freizeit nur mit der Nase in Büchern verbrachte, anstatt sich ausgiebig ins Nachtleben zu stürzen und Männerbekanntschaften zu machen. Ihre letzte kurze, aber intensive Liaison war schon mehr als ein Jahr her und bis jetzt hatte sie nichts vermisst. Zumindest hatte sie es sich sehr erfolgreich eingeredet. Doch dann war dieser nervige, supersexy und trotz allem charmante Typ in ihr Leben getreten und brachte alles aus dem Lot.

Er schien ihren inneren Kampf zu spüren und stand auf, um ihr auf die Beine zu helfen. Als sie auf ihren Füßen war, ließ er sie immer noch nicht los, sondern zog sie etwas näher an sich heran. Während er sich über ihren Fuß gebeugt hatte, war ihr sein Duft in die Nase gestiegen. Er roch gut. Nach Seife, sauberem Mann und dezent nach Aftershave. Beinahe gab sie dem Drang nach, ihn zu berühren. Nur ein Mal ihre Finger durch die blonden Haare gleiten zu lassen.

Die Wärme, die seine Hände auf sie übertrugen, tat unheimlich gut und sie war geneigt, die Augen zu schließen. Ihr Herz und ihr Verstand buhlten um die Oberhand. Ja, er hatte recht, sie war ein Dickschädel und er hatte auch recht, wenn er sie darauf hinwies. O Mann, sie musste sich auf Abstand bringen, sonst verlor sie ihren Verstand und deshalb machte sie einen Schritt zurück.

„Na schön, Nick. Wenn es dich glücklich macht. Aber jetzt muss ich mich echt beeilen, sonst kommt dein Besuch und ich bin noch nicht fertig mit Putzen."

Das sexy schiefe Lächeln, das er ihr schenkte, ließ ihr das Blut in den Kopf schießen. Der Herr im Himmel stehe ihr bei. Der Mann war so was von heiß, dass er eigentlich für sich selbst einen Waffenschein benötigt hätte. „Mein Besuch ist schon da."

Wie? Was? Wo war er, sie? Im Bad oder im Schlafzimmer? Wo durfte sie auf keinen Fall hineinplatzen?

„Dann wäre es äußerst freundlich von dir, wenn du mir sagst, wo ich saubermachen kann, ohne deinen Besuch in eine peinliche Lage zu bringen." Sie sah sich dabei um und hoffte, dass sie nicht zu hektisch wirkte. In ihrer Brust fühlte sie auf einmal ein Stechen. War sie etwa eifersüchtig, weil Hamilton – Nick – eine Frau hier oben haben könnte? Es wäre bei Gott nicht das erste Mal und sie wusste genau, was er in seiner freien Zeit trieb. Er gehörte ihr nicht und sie wollte auch ganz bestimmt nichts von ihm. Oder?

Sie bekam nur am Rande mit, wie er wieder näher an sie herantrat und ihr vorsichtig über die Wange strich.

„Du bist mein Besuch, Rose. Das Frühstück ist für dich, weil ich dachte, dass du bestimmt noch nichts gegessen hast. Und ich wollte mich bei dieser Gelegenheit noch einmal für mein Verhalten während unseres ersten Treffens entschuldigen."

Rose glaubte sich in einem Traum und sie konnte sich gegen Nicks Charme kaum wehren. Sie wollte auf keinen Fall eines seiner Abenteuer werden und dennoch konnte sie sich ihm nicht entziehen.

Er führte sie zum Tisch und schob ihr, ganz gentlemanlike, den Stuhl unter. Dann nahm er ihr gegenüber Platz und hob die Cloche seines Tellers ab. Sofort verstärkte sich der Duft nach Rührei und Roses Magen begann zu knurren. Dieser elende Verräter!

„Nick", begann sie zögerlich, „ich darf mich nicht auf privater Ebene mit den Gästen einlassen. Ich verliere sonst meinen Job."

Er stützte sich auf dem Tisch ab und betrachtete sie nachdenklich. „Du bist auf meinen ausdrücklichen Wunsch hier. Dein Chef hat mir versichert, dass du mir zur Verfügung stehst. Also, wenn du Schwierigkeiten deswegen bekommst, sagen wir einfach, dass ich darauf bestanden habe, nicht allein essen zu müssen. Abgemacht?"

Was konnte sie schon dagegen sagen? Vor allem wenn Nick so schamlos seinen Charme einsetzte. Also nickte sie zaghaft und griff nun selbst nach der Glocke, die ihr Essen vor dem Auskühlen schützte. Nick wartete, bis sie den ersten Bissen genommen hatte, und lächelte zufrieden.

***

Nick

Er konnte sich kaum satt an ihr sehen und hören. Sie wirkte wehrhaft, doch in ihrem Kern fühlte er eine deutliche Unsicherheit, die sie umso attraktiver machte.

„Erzähl mir von dir", forderte er sie auf, weil es ihn wirklich interessierte. Sie senkte verlegen ihre Augen und ihre Wangen überzog ein Hauch Rosa.

„Da gibt es nichts Weltbewegendes zu berichten, glaub mir."

So wie er Rose inzwischen kannte, war er von ihrer Antwort nicht überrascht. Sie war demütig und schüchtern. „Ich bin sicher, dass ich alles, was du mir erzählst, spannend finden werde. Fangen wir doch einfach damit an, dass du mir erklärst, warum du als Zimmermädchen arbeitest. Du hast viel mehr im Kopf, als dass du den Dreck anderer Leute wegräumen müsstest.“

Sie legte die Gabel beiseite und lehnte sich mit vor der Brust verschränkten Armen zurück. Er wertete dies als Abwehrhaltung und wusste, dass er vorsichtig mit ihr verfahren musste.

„Es ist eine ehrenhafte Arbeit, Nick.“ Eine steile Falte hatte sich zwischen ihren Augenbrauen gebildet.

Oh, oh … Er hatte wohl mit seiner Frage ihren Stolz angekratzt. Beschwichtigend hob er die Hände.

„So habe ich das nicht gemeint. Ich will nur wissen, wieso jemand wie du, mit deinem Intellekt, so eine Arbeit macht. Du könntest Ärztin oder sonst irgendeine Wissenschaftlerin sein.“ Er sah erleichtert, wie sie sich wieder entspannte. Er hatte anscheinend wenigstens dieses Mal die richtigen Worte gefunden.

„Ach so. Ich arbeite hier nur, um mein Leben und mein Studium zu finanzieren. Ich studiere Rechtswissenschaften in den Abendkursen der Law School. Noch zwei Semester, dann bin ich so gut wie fertig.“ Er hatte doch gewusst, dass in dem Mädchen mehr steckte als es nach außen hin den Anschein machte.

„Und? Was machst du danach?“ Er musste dafür sorgen, dass sie weitersprach. Ihre Stimme hatte etwas Beruhigendes und er musste sie einfach hören.

„Ich kann bei meinem Onkel in die Kanzlei einsteigen. Aber nur, wenn ich den JD mit summa cum laude abschließe. Danach mache ich das Anwaltspatent und den Doctor of juridical Science, währenddessen kann ich allerdings auch bei meinem Onkel arbeiten.“

Er rechnete kurz nach. „Du bist jetzt aber noch mit deinem Bachelor beschäftigt, oder?“

Sie nickte bestätigend. „Ich habe das geforderte vierjährige Bachelorstudium in Politikwissenschaften innerhalb von zwei Jahren abgeschlossen. In spätestens anderthalb Jahren will ich auch den JD in der Tasche haben.“

„Du bist ja eine richtige Streberin. Warum die Eile? Oder bist du immer so ehrgeizig?“ Ihr Schweigen war ihm Antwort genug.

Nach einem Augenblick, in dem niemand etwas sagte, ergriff sie das Wort. „Jetzt bist du dran. Wo kommst du her?“

„Ich bin der Jüngere von zwei Söhnen von Weinbauern im kalifornischen Sonoma-Tal.“

Sie nickte wieder. „Und warum wurde das bisher nie durch die Medien gezerrt?“ Sie war schlau und hatte sich über ihn informiert. Sie würde später eine gute Anwältin abgeben.

„Weil das meine Bedingung beim Vertragsabschluss war. Ich wollte meine Eltern und meinen Bruder schützen. Jede Zeitung, jedes Kamerateam, Magazin, Radio oder Onlineportal wird empfindlich belangt, sollten sie es wagen, auch nur eine Sekunde etwas über meine Familie oder mein Zuhause zu veröffentlichen. Selbst während Interviews dürfen keine Fragen diesbezüglich gestellt werden.“

Sie schwieg, aber nur kurz. „So viel zum Thema Pressefreiheit.“ Sie schenkte ihm ein Augenzwinkern. „Aber gut. Und jetzt sag mir, wer ist der echte Nick Hamilton. Nicht der Star, der Frauenheld und das Kleidermodel.“

Wieso fühlte er sich plötzlich wie in einem Kreuzverhör? Er war selbst schuld. Schließlich hatte er damit angefangen. „Ich bin ein einfacher Mann, der sich im Medienrummel und Erfolgsrausch verloren hat. Bis ihm eines Tages ein Zimmermädchen in mausgrauer Uniform einen Spiegel vorgehalten und ihn dadurch wachgerüttelt hat.“

Sie lächelte zaghaft und nippte an ihrem Orangensaft. „Das klingt irgendwie nach einem Märchen“, flüsterte sie, ohne ihn anzuschauen.

Er spürte, wie sich ein Lächeln auf sein Gesicht stahl. „Ich glaube, dass jedes Märchen einen wahren Kern hat und ich lebe nach dem Grundsatz Träume nicht dein Leben, sondern lebe deinen Traum.“

Ihre überraschte Miene amüsierte ihn. Sie war immer so kontrolliert und darum bemüht, Distanz zu wahren. Sie schlug die Augen nieder und der Hauch Rosa, der sich wieder über ihre Wangen und ihren Hals legte, machte sie verführerisch. In diesem Augenblick der Schüchternheit sah er die echte Rose. Er wünschte sich nichts mehr, als sie zu berühren. Sie rief seinen Beschützerinstinkt auf den Plan, von dem er bisher nicht mal gewusst hatte, dass er ihn besaß.

Er griff vorsichtig nach ihrer Hand und atmete erleichtert aus, als sie sich ihm nicht entzog.

Bitte schau mich an.

Als hätte sie sein stummes Flehen gehört, hob sie zaghaft den Kopf. Oh, diese Augen. Er hatte das Gefühl, darin zu versinken. Das Grün war so tief und schimmernd, dass er davon gewärmt wurde.

„Geh mit mir essen, Rose. Heute Abend." Warum fragte er sie überhaupt? Er kannte die Antwort doch bereits. Doch er musste es einfach versuchen. Bekanntlich starb die Hoffnung ja erst zum Schluss. Hope and dreams are shining bright, fiel ihm der Text seines ersten Hits wieder ein.

„Ich kann nicht. Du weißt doch bereits, dass ich keinen privaten Kontakt zu unseren Gästen haben darf. Und im Übrigen muss ich heute Abend zur Uni. Von Montag bis Freitag habe ich Vorlesungen."

Ja, er hatte all das gewusst oder zumindest geahnt. Doch er wäre nicht Nick Hamilton, wenn er sich so schnell geschlagen geben würde. „Okay, das mit der Uni habe ich vergessen. Aber wir könnten uns am Samstag treffen. Niemand wird etwas erfahren."

Sie lehnte sich zurück und zog ihre Hand aus seinem Griff. Sie öffnete ihren Mund, um etwas zu sagen, als es an der Tür klopfte. Rose sprang auf wie ein aufgescheuchtes Reh und brachte sich auf Distanz zum Tisch.

Nick ging zur Tür und öffnete. Draußen stand ein Typ mit klassischem Hotelangestelltenanzug und ernstem Gesichtsausdruck.

„Mr. Hamilton, entschuldigen Sie bitte die Störung."

War etwas passiert? Er bemerkte im Hintergrund, dass Rose beinahe manisch damit angefangen hatte, das Bad zu putzen.

„Sie stören nicht." Und ob dieser Schlipsträger störte, und zwar ganz gewaltig. „Was kann ich für Sie tun?" Nick bemühte sich um einen ruhigen Ton. Diese Unterbrechung hatte dafür gesorgt, dass Rose sich wieder in ihr Schneckenhaus verkrochen hatte. Mist, verdammter! Jetzt konnte er noch einmal von vorn beginnen.

„Nun, wir haben uns Sorgen gemacht, es könnte etwas vorgefallen sein, denn Rose hat bisher nie so lange gebraucht, um ihre Aufgaben zu erledigen."

Was sollte denn dieser Quatsch jetzt? Nick baute sich vor dem Eindringling auf und verschränkte die Arme vor der Brust. Was stellte sich der Kerl vor? Dass er Rose an die Wäsche gegangen war oder umgekehrt?

„Hören Sie, Mr. ..." Er wusste noch nicht einmal den Namen dieses Knilchs.

„George. Nennen Sie mich George", half er Nick netterweise aus.

„Okay, George. Falls Sie den Verdacht haben, dass hier etwas passiert ist, was gegen die Hausregeln verstößt, irren Sie sich. Rose ist nur für diese Suite zuständig. Dafür bezahle ich ausreichend. Daher hat sie nach ihrer Arbeit keine weiteren Verpflichtungen. Oder wollen Sie uns etwas anderes unterstellen?"

George machte einen langen Hals, um an Nick vorbei in die Suite zu schauen. Nick machte einen Schritt zur Mitte der Tür, um ihm die Sicht zu verstellen.

„Ich wollte mich nur vergewissern, dass sie auch ihre Pflicht erfüllt. Sie müssen wissen, dass es unserem Personal untersagt ist, privaten beziehungsweise persönlichen Kontakt mit unseren Gästen zu pflegen. Vor allem, wenn es um unsere VIPs geht. Bitte verstehen Sie, dass wir es nicht dulden können, dass unsere exklusiven Kunden von unseren Angestellten belästigt werden."

Jetzt wurde ihm einiges klar. Dieser kleine, arrogante Pseudo-Diktator war wirklich eine Mistzecke. „Hören

Sie, George. Sie mischen sich in Dinge ein, die Sie absolut nichts angehen. Wenn ich mit Rose oder mit sonst wem Ihres Hauses ein persönliches Gespräch führen will, dann tue ich das auch ohne Ihre Erlaubnis. Haben wir uns verstanden? Wenn nicht, werde ich noch in dieser Stunde auschecken."

„Aber natürlich dürfen Sie mit unseren Mitarbeitern private Worte wechseln, Mr. Hamilton. Das war gar nicht das, was ich sagen wollte."

„Und was wollten Sie dann sagen?" Nick kochte. Er verstand einfach nicht, weshalb sich Rose so einer Tyrannei auslieferte.

„Er will sagen, dass er es nicht gutheißen würde, wenn Sie mich vögeln würden, Mr. Hamilton." Rose war aus dem Bad getreten, die mit Gummihandschuhen überzogenen Hände in die Hüften gestemmt und feuerte wütende Blitze auf den Schlipsträger ab. „Nicht wahr, George?"

Nick staunte über ihren Tonfall und konnte sich nur mit Mühe und Not ein Grinsen verkneifen.

„Rose, achte bitte auf deine Wortwahl in Gegenwart unseres Gastes." Georges gespielte Empörung war der Gipfel des Ganzen. Nick hatte selten einen größeren Schleimer getroffen als diesen Kerl.

„Warum?", fuhr Rose ungehindert fort. „Du traust mir zu, dass ich einem Hotelkunden an die Wäsche gehe. Eigentlich solltest du mich inzwischen besser kennen." Sie wandte sich ab und ging weiter ihrer Arbeit nach.

„Wir sprechen unten weiter, Rose. Komm nach deiner Schicht in mein Büro", rief Schlipsi ihr nach und Nick beschlich ein ungutes Gefühl.

Hatte er sie tatsächlich in Schwierigkeiten gebracht? Noch bevor er etwas hätte sagen können, um die Situation zu entschärfen, hatte sich Roses Vorgesetzter bereits knapp verabschiedet. Nick schloss die Tür und lehnte sich mit der Stirn dagegen. Er hoffte inständig, dass er nicht den Bockmist abgelassen hatte, von dem er dachte, dass er ihn vollbracht hatte.

„Denk nicht über diesen Klugscheißer nach. Er kriegt sich schon wieder ein."

Rose kam gerade aus dem Schlafzimmer und hob die schmutzige Bettwäsche vom Boden. Wann hatte sie vom Badezimmer ins Schlafzimmer gewechselt? Nick ging es ziemlich gegen den Strich, dass Rose seine Unordnung beseitigen musste. Er ging zu ihr hin und nahm ihr das Wäschebündel ab.

„Das werde ich, wenn du Samstag mit mir essen gehst. Wir könnten ins Mariana gehen. Das Essen da ist wirklich exzellent." Weshalb beharrte er nur darauf, jetzt wo er wusste, dass er Rose damit in Teufels Küche brachte?

„Nein, Nick. Das geht wirklich nicht." Sie schüttelte den Kopf und ihm schwand der Mut, weshalb er seinen letzten Trumpf ausspielte.

„Bitte, ich will doch nur ein paar entspannte Stunden mit dir verbringen. Nicht mehr und nicht weniger." In ihrem Gesicht entstand ein scheues Lächeln. Sie hatte angebissen.

„Ich überlege es mir."

Nun, fast angebissen. „Lass mich nicht zu lange warten, Aschenbrödel. Sonst hole ich dich persönlich mit der kristallenen Kutsche ab."

„Und genau deshalb wirst du nie erfahren, wo ich wohne." Mit einem Lächeln drehte sie sich um und ging hinkend davon. „Bis morgen früh, Mr. Hamilton", rief sie, kurz bevor die Fahrstuhltüren sich schlossen.

Nick blieb noch einen Augenblick stehen und hatte das Gefühl, dass sie seine Welt ganz schön durchgerüttelt hatte.

Neue Wege

Rose

Rose verschloss ihren Spind, hängte sich ihre Tasche um und ging zu Georges Büro. Sie wusste, was ihr blühte, doch es war ihr in dem Moment ziemlich egal.

„Setz dich, Rose." George sah nicht von seinen Papieren auf, bis sie Platz genommen hatte. Dann erst hob er seinen Kopf und stützte sich auf seine Unterarme.

„Wir haben ein Problem, Rose", begann er theatralisch und erwartete anscheinend, dass sie etwas darauf entgegnete. Doch sie schwieg. „Nun gut. Wie lange arbeitest du nun schon für uns?", fragte er mehr sich selbst als Rose. Er blätterte in den Unterlagen vor ihm auf dem Tisch, als suchte er nach der Antwort. Scheinheiliger Idiot! Er wusste ganz genau, wie lange sie sich hier schon den Rücken krumm ackerte.

„Ach ja, da haben wir es. Seit drei Jahren. Und seit drei Jahren kommst du immer zu spät. Ich habe diesbezüglich stets ein Auge zugedrückt, weil du zügig arbeitest und damit den Zeitverlust kompensierst. Aber dass du gegen eine der wichtigsten Hausregeln verstößt und mir dann auch noch im Beisein eines hochkarätigen Gasts frech widersprichst, kann ich nicht tolerieren."

Roses Herz schlug ihr bis zum Schädeldach. Wurde sie etwa gefeuert? „Ich habe nichts Falsches getan!“ Sie versuchte ihre Stimme im Zaum zu halten, doch es gelang ihr nur bedingt und das nervte sie zusätzlich.

„Das kannst du der Dame vom Kiosk erzählen. Ich habe den gedeckten Tisch gesehen, Rose. Oder wo war die ominöse Besucherin, für die das andere Gedeck bestimmt war?“

Sie fühlte, wie ihr alles Blut aus dem Gesicht wich. Alles, was sie zu ihrer Verteidigung anbringen konnte, würde sich in Nichts auflösen und lügen konnte sie nicht.

„Ich habe mit Mr. Hamilton gefrühstückt, weil er mich dazu eingeladen hat. Ja, ich hätte ablehnen müssen, aber ich kann dir versichern, dass ich nichts getan habe, was dem Ruf des Hauses schaden könnte.“ Sie holte zitternd Luft. „Und du kannst mir auch nicht vorwerfen, dass ich meine Arbeit nicht erledigt habe. Schließlich ist seine Suite sauber und die anderen Hotelzimmer gehören zurzeit nicht zu meinem Bereich.“

George sah sie zweifelnd an. Am liebsten hätte sich Rose die Haare gerauft und den Kerl ihr gegenüber so lange geschüttelt, bis seine Zähne klapperten.

„Entschuldige, meine Liebe, aber es fällt mir schwer, das zu glauben. Mr. Hamilton ist ein attraktiver Mann und du isst mit ihm in seiner Suite. Wer beweist mir, dass du nicht die Nacht mit ihm hier verbracht hast?“

Oh, dieser fiese Mistkerl. „Ich sage es nur einmal, George. Ich habe nicht mit Mr. Hamilton geschlafen. Und wenn doch, dann ginge es dich einen feuchten

Dreck an. Jetzt komm endlich zum Punkt, bin ich gefeuert?" Woher sie den Mut nahm, George verbal offen ins Gesicht zu spucken, wusste sie nicht.

George verzog keine Miene und machte eine halbe Ewigkeit den Mund nicht auf. Dann erhob er sich und kam um den Tisch herum. Er schlenderte an ihr vorbei und stellte sich hinter sie. Als er ihr die Hände auf die Schultern legte, zuckte sie zusammen. Seine Finger glitten vorn in ihren Ausschnitt und verharrten da.

„Gefeuert? Noch nicht. Aber dein Verhalten mir gegenüber muss sich schlagartig ändern, sonst stehst du morgen schon auf der Straße."

Rose stellten sich die Nackenhaare auf. Wurde sie gerade sexuell belästigt und gleichzeitig erpresst? Sie spürte, wie er seine Hände weiter nach unten schob und auf ihre Brüste legte. Ekel erfasste sie und sie bekam Gänsehaut. Sie sprang reflexartig auf und schüttelte damit den perversen Bastard ab.

„Ich warne dich. Was du gerade getan hast, ist strafbar. Wenn ich wollte, könnte ich dich deswegen verklagen."

Er trat drohend einen Schritt auf sie zu und hob den Zeigefinger zur Warnung. „Das wirst du schön bleiben lassen. Aber mit dieser Haltung hast du mir die Entscheidung abgenommen. Hiermit entlasse ich dich fristlos. Du kannst morgen deine Unterlagen abholen. Und jetzt verschwinde aus meinen Augen, ich habe genug von dir und deinen Kapriolen." Er wedelte mit seiner Hand, als wollte er ein lästiges Insekt verscheuchen.

Rose griff nach ihrer Handtasche und verließ wie ferngesteuert Georges Büro. Was war gerade geschehen? Sie hatte ihre Stelle verloren, so viel war schon klar. Aber warum? Sie hatte sich in keiner Weise geschäftsschädigend verhalten.

Sie eilte durch die Gänge des Hotels, die ein Gast niemals zu Gesicht bekam, wich den anderen Angestellten aus und vermied es tunlichst aufzusehen. Nur nicht heulen. Niemand durfte sie heulend sehen. Draußen auf der Straße rannte sie hinkend zur U-Bahnstation und fuhr von dort auf direktem Weg nach Hause. In ihrem Zimmer ließ sie sich auf das Bett fallen und vergrub ihr Gesicht in den Händen. Alles nur wegen Nick Hamilton. Was sollte sie denn jetzt tun? Sie zerrte sich die Schuhe von den Füßen und ließ sie liegen, wo sie waren. Ihr Fußgelenk pochte wie verrückt, doch das war ihr gerade schnuppe.

Ihr Blick fiel auf den Verband, den ihr Nick angelegt hatte. Im Zorn riss sie das Stütztape ab und verletzte sich dabei die Haut. Aber auch das war egal. Alles war einfach nur egal.

Herrgott noch mal, sie brauchte diesen Job! Wie sollte sie ihren Teil der Miete bezahlen? Geschweige denn den Rest des Lebensunterhalts bestreiten und die Studiengebühren kamen auch noch. Für sie stand eines fest: Männer waren entweder komplette Vollidioten oder totale Arschlöcher.

Nach ein oder zwei Stunden Wut auslassen, warf sie einen Blick auf die Uhr. Mist, sie musste zur Uni. Sie schleuderte alles, was sie brauchte, in die Kuriertasche und machte sich auf den Weg. Fehlte gerade noch, dass sie ihr Studium auch noch vergeigte. Dabei war doch alles so perfekt gelaufen. Und zwar bis zu dem Zeitpunkt, als sie in Nicks Dunstkreis geraten war. Sie fühlte sich schrecklich zwiegespalten, wenn sie an ihn dachte. Zum einen würde sie ihn am liebsten auf die dunkle Seite des Mondes schießen und das ohne Retourticket. Doch andererseits fand sie ihn leider Gottes enorm anziehend, und jedes Mal, wenn er sie ansah, wurde ihr ganz anders zumute. Wenn sie in seiner Nähe war, fühlte es sich an, als erwache die Frau in ihr zum Leben. Ob sie das nun wollte oder nicht. Dieses Weibchen wollte von Nick bemerkt und umgarnt werden. Der Herr stehe ihr bei, sie war ja noch schlimmer als ein Groupie, also konnte sie wohl kaum ihm die ganze Schuld an diesem Drama geben.

Glücklicherweise halfen ihr die Vorlesungen an diesem Abend, wieder klar denken zu können. Spätabends, als sie nach Hause kam, brannte bereits Licht in der Wohnung und sie seufzte innerlich. Für die stets „Gute-Laune-Doro" war sie jetzt wirklich nicht gerüstet.

Rose stieg die Treppe hoch in die dritte Etage und betrat die Wohnung. Doro saß im Wohnzimmer und schaute fern. Rose versuchte, sich ungesehen an ihr vorbeizuschleichen. Ohne Erfolg allerdings, denn eine der Bodendielen quietschte verräterisch auf.

„Hey, Mitbewohnerin." Doro grinste sie breit an, doch als sie Rose ansah, erstarb dieser Gesichtsausdruck sofort. „Was ist los?" Rose winkte ab. Sie hatte keine Lust, diesen ganzen Quatsch breitzuschlagen. Doro legte die Stirn in Falten. „Du setzt dich jetzt gefälligst und sagst mir, was passiert ist." Wenn Doro den Feldwebel spielte, gab es kein Entkommen. Dennoch versuchte Rose die Flucht nach hinten.

„Ich bin müde. Wir reden morgen, versprochen.“ Sie ging in ihr Zimmer, ohne sich noch einmal nach ihrer Freundin umzusehen. Rose ließ die Tasche fallen, setzte sich aufs Bett und starrte den Fußboden an, ohne etwas zu sehen. In ihren Augen brannten unvergossene Tränen, die ihre Freilassung forderten. Sie kämpfte gegen sie an, und als sie ein Kitzeln an ihrer Nasenspitze spürte, begriff sie, dass sie auch diese Schlacht verloren hatte. Sie hörte, wie Doro das Zimmer betrat, und wischte sich sofort die Tränen vom Gesicht.

„Warum erzählst du mir nicht jetzt, was dir derart auf dem Herzen liegt? Wir sind Freundinnen und als solche ist man füreinander da.“

Tatsächlich berichtete Rose von den Ereignissen. Sie ließ dabei nichts aus: wie sehr Nick sie nervte, aber auch, dass er etwas in ihr berührte, von dem sie nicht einmal gewusst hatte, dass es existierte. Weshalb sie von der Party am Vorabend geflohen war. Dem Sturz im Park und von Nicks Hilfe später in der Suite. Sie erzählte ihr auch, wie sehr sie das Gespräch während dieses vermaledeiten Frühstücks genossen hatte.

Doro hörte schweigend zu, hatte ihr nur den Arm um ihre Schultern gelegt und ein Taschentuch aus dem Nichts hervorgezaubert.

Dann kam das Kapitel „George“. Als Rose Georges Angebot erwähnte, durchfuhr sie wieder derselbe Ekel wie zuvor.

„Was für ein primitives Schwein!“, fluchte Doro.

Sie hatte durchaus recht, nur leider half das Rose nicht weiter. „Ich habe keinen Job mehr und ich weiß nicht, wie ich meinen Teil der Miete und Haushaltskosten bezahlen soll, Doro. Wenn ich nicht schnell etwas anderes finde, werde ich wieder zu meinen Eltern ziehen müssen. Und das Studium fällt dann wahrscheinlich auch ins Wasser."

Doro schob sie etwas von sich weg und sah sie an, als wäre ihr ein zweiter Kopf gewachsen.

„Rose Armand, du schmeißt doch nicht gleich alles hin, nur weil du einmal im Leben einen Tiefschlag abbekommen hast? Das mit der Miet- und Kostenbeteiligung ist jetzt nicht so wichtig. Du bezahlst einfach dann, wann du kannst. Und das Studium wirst du schön durchziehen. Du hast so hart gearbeitet, bist wahrscheinlich in Rekordzeit fertig und dann kannst du endlich bei deinem Onkel einsteigen. Willst du das alles wegen eines einzigen kompletten Vollidioten aufgeben?"

Doro hatte sie leicht geschüttelt und Rose wusste, dass sie sich völlig hatte gehen lassen. „Jetzt kommst du erst einmal mit ins Wohnzimmer und dann trinken wir einen oder auch zwei." Wieso sich Rose überhaupt darauf einließ, wusste sie nicht. Doch gegen einen Schwips hatte sie in diesem Augenblick nichts einzuwenden.

***

Nick

Seit Langem hatte er einen freien Abend gehabt und die Ruhe in vollen Zügen genossen. Er hatte stundenlang an einem neuen Song gearbeitet und danach tatsächlich ein Bad im Jacuzzi genommen. Seine Fantasie hatte Bilder entstehen lassen, die ihn überrascht hatten. In seiner Vorstellung hatte er Rose bei sich im Whirlpool gehabt. Er hatte sie geküsst und ihren Körper erforscht. Irgendwann war er schrumpelig wie eine Dörrpflaume aufgewacht und hatte sich über seine stahlharte Erektion geärgert.

An diesem Morgen, als er unter der Dusche hervorkam, musste er sich eingestehen, dass er sich auf Rose richtig freute. Wie es wohl ihrem Knöchel ging? Er roch an der roten Rose, die er extra hatte kommen lassen. Eine Rose für die schöne Rose. Er wusste, dass er wahrscheinlich zu dick auftrug, doch er musste sie einfach umwerben. Das gemeinsame Frühstück am Vortag hatte ihm gutgetan und ihm war klar geworden, dass er unbedingt noch mehr davon wollte. Viel mehr. Das Intermezzo mit George schob er resolut beiseite.

Nick war so davon getrieben, Rose für sich zu gewinnen, dass er sage und schreibe fünfmal sein Outfit gewechselt und seine Haare irgendwie zehnmal überprüft hatte. Wann kam sie denn endlich? Er fühlte sich wie ein Teenager, der das Mädchen seiner Wahl zum Schulball einladen wollte und nach dem richtigen Moment suchen musste.

Als es endlich zaghaft an der Tür klopfte, sprang Nick wie von einer Tarantel gebissen hoch. Er stellte sich im Wohnzimmer auf und wappnete sich für eine spitze Bemerkung von Rose, wenn sie sein kleines Präsent sah. Er mochte ihre manchmal harschen Kommentare und beim Gedanken daran kicherte er.

Nick wurde jedoch maßlos enttäuscht, denn das Zimmermädchen, das die Suite betrat, war nicht Rose, sondern eine Blondine, die ihn bereits in der ersten Sekunde sabbernd abcheckte. „Guten Morgen, Nick. Ich bin ...“

„Wo ist Rose?“ Sie blickte ihn verdattert an, sogar ihre Wangen färbten sich vor Verlegenheit rot. Nick legte die rote Blume auf den Tisch und baute sich wütend vor ihr auf. „Ich habe eine Frage gestellt.“ Er fühlte sich total verarscht.

„Rose ist ... aber hat man Sie denn nicht informiert?“ Himmel, was war mit Rose passiert? Ihm schwante sofort Böses. Was hatte dieser Lackaffe George mit ihr gemacht?

„Wo ist dein Boss?“ Blondchen zuckte zusammen und schlug die Augen nieder. „Ich will sofort mit ihm sprechen. Du rufst ihn bitte jetzt gleich an. Er soll in zwei Minuten hier sein.“ Er drehte sich um und ging auf die Terrasse. Er versuchte, seine Unruhe in den Griff zu bekommen. Hoffentlich war Rose in Ordnung. Es erstaunte ihn, wie wichtig sie in diesen wenigen Tagen für ihn geworden war und das, obwohl er sie kaum kannte. Er wollte sie weiterhin in seiner Nähe wissen. Erklären konnte er sich seine Gefühle nicht, aber sie waren nicht zu leugnen.

Es klopfte und Nick hoffte im Interesse dieses Saftsacks George, dass er es war, der vor der Tür stand. Nick betrat wieder das Wohnzimmer, während das unerwünschte Dienstmädchen zur Tür stolperte und den Mann einließ. Es war tatsächlich Roses Chef. Nick beobachtete George dabei, wie er der Frau aufmunternd den Arm tätschelte. Dann wandte er sich Nick zu.

„Mr. Hamilton, ich habe vernommen, dass Sie mit der veränderten Situation nicht einverstanden sind."

„Darauf können Sie Gift nehmen, George. Ich habe Sie ausdrücklich darauf hingewiesen, dass ich nur noch Rose als Zimmermädchen haben möchte. Warum also steht heute jemand anderes hier vor der Tür? Das Mindeste, was ich erwartet habe, war, dass Sie mich vorzeitig darüber in Kenntnis setzen, wenn Rose krank oder sonst wie verhindert ist." Nicks Wut wurde immer glühender und er hatte Mühe, die Beherrschung zu bewahren.

„Es tut mir leid, Nick ..."

„Für Sie, George, bin ich immer noch Mr. Hamilton", unterbrach er den Schlipsträger kalt. Es juckte ihn in den Fingerspitzen. Am liebsten hätte er Boy-George an die Wand gedrückt. Doch wenn er jetzt die Kontrolle verlor, hätten ihn die Dämonen der Vergangenheit wieder voll im Griff.

„Natürlich, entschuldigen Sie bitte meine Unverfrorenheit. Und Sie haben selbstverständlich recht. Ich hätte Sie über den Planwechsel informieren müssen."

Warum rückte der Kerl nicht endlich mit der Wahrheit heraus? „Also, raus mit der Sprache, warum ist Rose nicht hier?"

„Ich muss Ihnen leider mitteilen, dass Rose nicht mehr für dieses Haus arbeitet."

„Wie bitte? Das kann doch gar nicht sein." Nick glaubte, sich verhört zu haben. Er trat noch einen weiteren Schritt auf diesen Schleimer zu.

„Leider doch, Mr. Hamilton. Miss Armand war, zu unserem Bedauern, wegen ihres Auftretens nicht mehr tragbar."

Nick schäumte innerlich und gleichzeitig bekam er ein schlechtes Gewissen. War am Ende tatsächlich das dämliche Frühstück schuld an dieser Misere? Das war der arroganteste Mistkerl, der ihm in letzter Zeit untergekommen war. Nick sah, wie der Idiot unter seinem Blick zusammenzuckte. Gut so.

„Mr. Hamilton, wenn ich gewusst hätte, dass Ihnen diese Angelegenheit derart missfällt, hätte ich bestimmt ...“

„Was hätten Sie? Sie hätten dann wahrscheinlich gewartet, bis ich abgereist bin und Rose danach den Tritt in den Arsch gegeben. Nicht wahr?“ George krebste zwei Schritte zurück und Nick baute sich vor ihm auf.

„Was kann ich Ihnen anbieten, damit Sie wieder gütig gestimmt sind?“

Ein Friedensangebot von George? Egal, was es auch sein mochte, Nick würde es nicht in Erwägung ziehen. „Sie können aus meinem Sichtfeld verschwinden und bei der Rezeption meine Rechnung bestellen. Ich reise in einer Stunde ab.“ In einem Haus, wo man so schlecht mit dem Personal umsprang, wollte er nicht länger logieren. Rose hatte ihm diese wertvolle Lektion gründlich erteilt. Schließlich hatte er bis vor ein paar Tagen den Hotelangestellten auch keine Wertschätzung entgegengebracht.

„Aber gibt es denn gar nichts, was wir Ihnen anbieten können, um Ihr Gemüt zu besänftigen?“

„Nein danke.“ Für ihn war nun das Fass zum Überlaufen voll. „Sie haben meine Anweisungen erhalten. Also kümmern Sie sich darum.“

George wurde bleich und stolperte rückwärts hinaus. Das Zimmermädchen hatte sich in der Zwischenzeit unbemerkt verdrückt. Auch egal, er hatte jetzt zu tun. Er packte seine Sachen und telefonierte gleichzeitig mit dem Marriott beim Grand Central. „Nein, ich will ein Standard-Doppelzimmer. Die Suite ist nicht das, was ich mir vorstelle."

„Sind Sie sicher, Mr. Hamilton?" Nick äffte die weibliche Stimme am Handy stumm nach und warf gleichzeitig seine Shirts in eine Tasche.

„Ja, ich bin mir sicher. Geben Sie mir einfach ein stinknormales Zimmer für die nächsten sechs Tage. Okay? Ich bezahle für den gesamten Aufenthalt gleich, wenn ich bei Ihnen ankomme. Ich möchte Sie bitten, dass meine Anwesenheit bei Ihnen diskret behandelt wird." Er zog bestimmt den Reißverschluss der Tasche zu.

„Aber selbstverständlich. Wann können wir Sie erwarten?"

Er sah auf die Uhr. „In dreißig Minuten. Wenn das für Sie in Ordnung ist."

„Ja, sicher. Wir werden alles für Sie herrichten."

Nachdem das geregelt war, rief er seine Agentin an. „Was? Du machst das einfach so?", rief sie empört ins Mikrofon.

„Stacy, ich bin erwachsen und kann meine Dinge durchaus selbst regeln. Ich setze dich lediglich davon in Kenntnis, dass ich das Hotel wechsle."

Sie schimpfte noch kurz, doch Nick hörte ihr schon längst nicht mehr zu. Er drückte sie weg, nahm seine Taschen und den Gitarrenkoffer und verließ das Zimmer.

Unten an der Rezeption stand ein völlig zerknirschter George hinter der Dame am Desk. Sie regelte mit geröteten Wangen den Papierkram und hielt ihm am Ende die Rechnung für die Minibar hin.

„Bitte überprüfen Sie die Posten und wenn alles in Ordnung ist, unterschreiben Sie bitte auf der Linie." Sie hielt ihm mit einem professionellen Lächeln einen Kugelschreiber hin. Nick überflog alles.

„Die getätigten Übernachtungen fehlen", bemerkte er.

„Die gehen zulasten Ihrer Plattenfirma", erklärte die Frau. Er hatte jedoch eher das Gefühl, dass sie ihm diese Kosten als Wiedergutmachung erließen. Er hatte bisher immer erst bezahlt und die Plattenfirma hatte ihn für seine Unkosten entschädigt. Es war bei Vertragsunterzeichnung eine seiner Bedingungen gewesen. Er wollte sein eigener Herr sein.

Vor dem Hotel stieg er in ein Yellow Cab und ließ sich zur Grand-Central-Station fahren. Von dort ging er zu Fuß und erstaunlicherweise unbehelligt zum Marriott. Er war etwas in Eile, denn schon bald hatte er einen weiteren seiner privaten Termine, den er auf keinen Fall verpassen wollte und unter den gegebenen Umständen erst recht nicht verpassen konnte.

***

Rose

Rose richtete sich stöhnend im Bett auf. Sie hatte vergessen, die Vorhänge zuzuziehen, bevor sie ins Bett gefallen war. Jetzt stach sie das Tageslicht wie Dolche in den Augen. Überhaupt schien es ihr, als wäre die Erde aus ihrer Umlaufbahn geraten und torkelte nun durch das Weltall. Alles wankte und ihr Schädel fühlte sich an, als hätte jemand damit Baseball gespielt.

Notiere: kein Saufgelage mehr mit Doro.

Rose setzte sich vorsichtig an den Bettrand und wartete darauf, dass sich ihr Gleichgewichtsorgan wieder aus dem Streik zurückmeldete. Als sie den Kopf hob, sah sie, dass Doro ihr Müsli und Kaffee in einem Thermobecher ans Bett gestellt hatte. Neben dem Tablett lag ein Zettel.

Hi Puppe, ich musste schon mal los. Mein spezieller Kunde kommt heute früher als normal ins Studio und ich muss vorher noch alles bereit machen. Iss das Müsli, das ist gut für deinen Kater. Und übrigens: Unten bei „Moe & Sam's" suchen sie jemanden für den Service. Vielleicht willst du da mal vorbeischauen. Aber jetzt schlaf erst mal deinen Rausch aus. Mann, war das ne Party gestern.

Essen? Sie wollte nicht einmal daran denken. Erst mal duschen und danach ... wie spät war es eigentlich? Mist, schon 13:00 Uhr. Mehr als Zeit, um in die Gänge zu kommen. Sie hatte sich blöderweise noch nicht auf die Kurse am Abend vorbereitet, weil sie zu sehr damit beschäftigt gewesen war, sich im Selbstmitleid zu suhlen und zu betrinken.

Unter dem dampfenden Wasserstrahl wurde ihr Kopf wieder klar und sie kam noch einmal zu dem Schluss, dass sie Nick Hamilton wohl kaum die ganze Schuld an ihrem Dilemma geben konnte. Er war schließlich nicht für die perverse Einstellung ihres Chefs ... Ex-Chefs verantwortlich. Nick hatte ihr eigentlich nur was Gutes tun wollen. Bei der Erinnerung an das entspannte Gespräch begann ihr Herz erneut unregelmäßig zu hüpfen.

Nachdem sie angezogen und frisiert war, aß sie das Frühstück, das Doro für sie gemacht hatte, und fühlte sich danach wieder halbwegs menschlich. Sie befasste sich sofort mit ihren Hausaufgaben, damit sie wenigstens am Abend einen guten Eindruck machte.

Zwei Stunden später packte sie ihre Sachen und verließ die Wohnung. Sie ging zwei Blocks die Straße hinunter zum Diner Moe & Sam's. Sie wollte sehen, ob sie vielleicht den Job, von dem Doro geschrieben hatte, ergattern konnte. Sie kannte die beiden vom Sehen und hoffte, dass das genügte.

Das Diner war voll wie immer. Anscheinend liebten die Gäste das klassische Diner-Ambiente der 1950er-Jahre. Natürlich war das Essen auch sehr gut. Ganz nach dem Motto „Futtern wie bei Muttern".

Sie erblickte Sam, die Chefin, schon gleich nach dem Eintreten hinter der Bar. Sie schenkte gerade mit freundlichem Lächeln einem Gast Kaffee nach. Rose ging zur Theke und wartete, bis Sam auf sie aufmerksam wurde.

„Hallo Rose. Du heißt doch Rose, oder?" Sams verrauchte, warme Stimme war Balsam für Roses geschundene Seele.

„Ja, richtig." Sie hätte mehr sagen müssen, doch der Kater und die Frustration schienen ihr die Sprache verschlagen zu haben. Sam deutete auf den Stuhl neben

Rose. Sie nahm die Einladung an und setzte sich dankbar.

„Du siehst etwas mitgenommen aus, Mädchen", sagte Sam und schenkte Rose gleichzeitig eine Tasse Kaffee ein.

„Ich hatte eine anstrengende Nacht. Danke für den Kaffee." Rose nippte an der Tasse und war erstaunt über das volle Aroma. Normalerweise schmeckte ihr Filterkaffee nicht, wenn sie ihn nicht selbst gebrüht hatte.

„Kann ich dir die Karte bringen, Liebes?"

Plötzlich wurde Rose nervös. Irgendwie hatte ihr Selbstvertrauen am Tag zuvor einen gehörigen Knacks bekommen. „Nein, danke. Ich habe eine Frage. Doro hat gesagt, dass ihr jemanden für den Service sucht und ich bin seit gestern auf Stellensuche. Und …"

„Und jetzt wolltest du fragen, ob du den Job haben kannst?", unterbrach Sam sie sanft lächelnd.

„Ja. Ich habe bis gestern als Zimmermädchen gearbeitet. Aber es gab eine Meinungsverschiedenheit darüber, wie das Verhältnis zwischen meinem Chef und mir auszusehen hat. Ich war wohl nicht ganz so kompromissbereit, wie er es sich vorgestellt hat."

Sam sah sie prüfend an und stemmte dabei die Fäuste in die Hüften. „Und worum ging es genau? Nicht, dass es bei uns auch zu solchen Diskussionen kommt, sollten wir dich einstellen."

O weh, musste sie diese ganze Geschichte wieder durchkauen? „Er hat mich beschuldigt, dass ich mich nicht an die Hausregeln halte. Aber das stimmt nicht. Dann wollte er mir noch eine Chance geben, wenn ich mich ihm gegenüber speziell erkenntlich zeige. Falls du verstehst, was ich meine."

Sams Miene verdunkelte sich. „Heißt das, er hat dich sexuell belästigt, und als du nicht auf ihn eingegangen bist, hat er dich fristlos entlassen?"

Rose nickte und sah in ihre inzwischen halb leere Tasse. „So sieht es wohl aus."

Sam tätschelte ihr den Unterarm. „Du solltest ihn anzeigen, Herzchen."

„Das bringt doch nichts. Ich habe keine Zeugen und eigentlich will ich nur meine Ruhe und einen neuen Job, damit ich mein Studium beenden kann. Sam, wenn du mir eine Chance gibst, verspreche ich dir, dass du eine zuverlässige Mitarbeiterin bekommst. Aber ich kann nur die Frühschichten und Wochenenddienste übernehmen, weil ich die Abendkurse an der Uni besuche." Rose konnte nichts dagegen tun, sie fühlte sich wohl und aufgehoben in Sams Gegenwart und hoffte, dass sie ihr zumindest eine Chance gab.

Die Glocke an der Tür kündete einen neuen Kunden an. „Warte einen Moment, Rose. Ich bin gleich wieder bei dir", sagte Sam und kümmerte sich um den Neuankömmling, der sich inzwischen an die Theke gesetzt hatte.

Rose sah sich unterdessen um. Das Diner war gut besucht und über allem hing eine Atmosphäre von Familie und Gemütlichkeit. Sie wagte eigentlich nicht zu hoffen, dass sie diese Stelle bekam, aber sie nahm sich vor, hier öfter vorbeizuschauen.

„So, Herzchen. Nun lass uns mal übers harte Geschäft sprechen. Du kannst nächste Woche Montag zum Probearbeiten kommen. Wenn es für uns beide stimmt, hast du den Job. Ich kann dir aber nicht mehr als acht Dollar die Stunde bezahlen. Aber die Trinkgelder fließen gut hier."

Acht Dollar? So viel hatte ihr nicht mal das Hotel gezahlt. „Das ist mehr, als ich erwartet habe, Sam. Vielen Dank für die Chance. Um welche Zeit soll ich am Montag hier sein?"

„Sei um sechs Uhr morgens hier. Dann erkläre ich dir alles. Deine Schicht dauert bis vierzehn Uhr und du hast zweimal eine halbe Stunde Pause. Kannst du damit leben?"

Rose sank einen Moment der Mut. Sechs Uhr morgens war für sie noch mitten in der Nacht. Im Hotel hatte sie um sieben anfangen müssen und es nicht mal da geschafft, pünktlich zu sein. Sie musste sich in dieser Hinsicht unbedingt am Riemen reißen, wenn Sam schon so nett war und ihr diese Chance gab.

„Natürlich, ich werde um sechs am Montag hier sein. Vielen Dank, dass du es mit mir versuchen willst." Sam nickte und Rose verabschiedete sich. Nun war nur noch eine Sache zu erledigen, bevor sie zur Uni ging. Sie musste noch beim Hotel vorbei, um ihre Unterlagen und den letzten Gehaltsscheck abzuholen. Sie würde George ganz sicher nicht die Genugtuung geben und auf ihren letzten Lohn verzichten.

Sie betrat nach einer kurzen Fahrt mit der U-Bahn und einem kleinen Fußmarsch das Hotel durch den Personaleingang. Da sie noch ihren Personalausweis hatte, bekam sie vom Wachmann freien Zutritt.

Sie eilte durch den Korridor zu Georges Büro und ignorierte die Blicke der Passanten. Natürlich hatte sich die Neuigkeit, dass sie gefeuert worden war, schon durch alle Gänge dieses gigantischen Ameisenhaufens verbreitet. Sie glaubte sogar, gedämpftes Getuschel hinter ihrem Rücken zu hören. Doch das war ihr ziemlich egal.

Sie klopfte an Georges Tür und trat ein. George sah von seinen Unterlagen, die er gerade bearbeitete, auf und lehnte sich selbstgefällig in seinem Stuhl zurück.

„Na, wen haben wir denn da? Die schöne Rose kommt mich besuchen. Wer hätte das gedacht?“

Rose straffte ihre Schultern und reckte das Kinn.

„Willst du mich anflehen, dir deinen Job wiederzugeben? Weißt du, du müsstest mich nur freundlich darum bitten.“

Rose stieß einen Laut der Empörung aus. Der Typ litt an maßloser Selbstüberschätzung. „Nein, danke. Ich bin nur hier, um meine Papiere und den letzten Lohn abzuholen.“

George plusterte sich auf wie ein Gockel auf seinem Miststock. „Oh, dann hat die Mademoiselle das Geld wohl nicht mehr nötig. Du hast wohl einen großzügigen Sponsor gefunden.“

Was bildete sich der Kerl eigentlich ein? „Das ist wohl kaum von Belang für dich. Also, stell mir bitte den Scheck aus und eine Bestätigung, dass ich nicht mehr hier arbeite. Meine Kurse fangen in fünfundvierzig Minuten an. Du siehst, ich habe keine Zeit für dein sinnloses Gerede.“ Sie sah, wie Georges Züge versteinerten. Hatte er wirklich geglaubt, dass sie wie eine läufige Hündin, erfüllt von Reue, zu ihm gekrochen kommen würde?

Er zog ruckartig eine Schublade auf und holte eine Aktenmappe hervor. Er setzte seine Unterschrift unter mehrere, vorgefertigte Dokumente und füllte den Gehaltsscheck aus. Dann steckte er alles in einen Briefumschlag und schob ihn ihr hin. Sie nahm das Kuvert in die Hand, öffnete es und überprüfte die Papiere darin. Alles hatte seine Richtigkeit, weshalb sie ihren Personalausweis herausholte, und ihn betont langsam und kontrolliert auf Georges Pult ablegte. Rose ließ ihre Finger noch einen Moment auf der kleinen Plastikkarte ruhen.

„Ich möchte dir noch etwas auf den Weg geben, George. Lass die Finger von den Mädchen, die dir unterstellt sind. Sollte ich irgendwann hören, dass du die Grenzen wieder einmal überschritten hast, packe ich dich an deinen Eiern, verstanden?"

George lehnte sich wieder in seinem Stuhl zurück. „Droh mir nicht, Rose. Einer Schlampe wie dir wird niemand glauben. Vor allem, wenn schon gewisse Zeit verstrichen ist. Ich gebe dir meinerseits einen Rat. Misch dich hier nicht ein. Wenn doch, werde ich dafür sorgen, dass du wegen Diebstahls entlassen wurdest und mich nun aus Rache verleumdest. Denk einfach an deine glorreiche Zukunft als Staranwältin in Manhattan."

Eines musste Rose dem Arsch lassen, er war raffiniert. Doch sie ließ sich nicht einschüchtern. „Vielen Dank für deine bestimmt wohlgemeinten Worte. Vergiss einfach nicht, dass ich dir heute ein Versprechen gegeben habe." Mit diesen Worten verließ sie hocherhobenen Hauptes das Büro, ohne den perversen Wurm noch einmal eines Blickes zu würdigen.

Rose ging, stolz auf sich selbst, zur Uni. Es fiel ihr sogar so leicht wie schon seit Tagen nicht mehr, den Vorlesungen zu folgen. Nur das kleine Eckchen ihres Gehirns, das Nick Hamilton für sich in Beschlag genommen hatte, war ungehorsam und schweifte ständig zu diesem sündig verführerischen Typen ab.

In der Pause ging sie kurz in die Cafeteria, um sich eine Cola zu holen, als sie einer der anderen JUS-Studenten von der Seite ansprach. Sie glaubte, ihn vom Sehen zu kennen. „Hey, Babe, hast du nach dem Kurs heute Abend schon was vor?"

Babe?

Ritter in schimmernder Rüstung

Nick

Nick betrat sein Hotelzimmer und warf die Lederjacke, die er während der Liftfahrt nach oben ausgezogen hatte, aufs Bett. Er holte seine Geldbörse heraus und nahm den kleinen Notizzettel in die Hand, den er zuvor bekommen hatte.

55th Street West, Nr. 5503, 3. Stock, Apartment 13

Doro hatte ihm Roses Adresse gegeben. Jedoch nicht, bevor er ihr geschworen hatte, Roses Wünsche zu respektieren und ihr nicht wehzutun. Die Tattookünstlerin hatte ihm deutlich zu verstehen gegeben, was ihn erwartete, wenn er sein Versprechen brach.

Er warf einen Blick auf die Uhr. In gut drei Stunden stand schon der nächste Termin an. Er musste zu einer Eröffnung eines neuen Szeneclubs im Meatpacking District.

Nach einer kurzen Probe mit seiner Band und dem Soundcheck wurden die Türen geöffnet. Nachdem sich die Gäste schon mal in Laune getrunken hatten, kam er an die Reihe. Sie mussten dreißig Minuten spielen. Nach einer weiteren halben Stunde Smalltalk mit den

Anwesenden konnte er sich verdrücken. Er hatte sich fest vorgenommen, sein Leben wieder in den Griff zu bekommen. Deshalb musste er Situationen aus dem Weg gehen, in denen es früher immer zu Exzessen gekommen war.

Er schlüpfte aus seiner Kleidung und ging unter die Dusche. Er stellte das Wasser lauwarm und mit sanftem Strahl ein. Als er unter die Brause trat, brannte die frische Tätowierung kurz auf. Er wusch Brust, Arm und Schulterblatt vorsichtig ab. Danach nahm er seinen Rasierer und rasierte sich den Rest seines Oberkörpers und die Achselhöhlen.

Während des ganzen Prozesses verbot er sich jeden Gedanken an Rose. Es hätte seine Arbeit nur unnötig erschwert. Shit, er wollte das Mädchen mit Haut und Haaren. So wie er noch nie ein weibliches Wesen begehrt hatte. Vielleicht lag es daran, dass sie sich ihm nicht wie alle anderen an den Hals schmiss.

Er trocknete sich vorsichtig ab und salbte das frische Tattoo ein. Er betrachtete das Kunstwerk, das ihn fortan auf Schritt und Tritt begleiten würde. Trauben und deren Blätter auf seiner Brust symbolisierten seine Herkunft. Darum herum schlängelte sich der Schwanz eines chinesischen Drachens, dessen Körper und Kopf ihren Weg über seine Schulter fortsetzten, wo sie in der Schnauze auf seinem Oberarm endeten. Über seinem Schulterblatt wand sich ein Koi-Karpfen nach vorn, der sich danach Auge in Auge mit dem Drachen befand. Alles Symbole, die ihm wichtig waren: Kraft, Weisheit, Schutz, Ehrgeiz, Mut, Unabhängigkeit, Entschlossenheit. Verbunden waren die Motive durch Wolken und Weinranken.

Er war tief in Gedanken, als er sich für den Abend bereit machte. Würde er später noch die Zeit haben, um nach Hell's Kitchen zu fahren, wo Rose wohnte? Wohl eher nicht. Aber am nächsten Tag stand ein Besuch bei Rose ganz oben auf seiner To-do-Liste.

***

Rose

„Soll das eine Anmache sein?" Rose war etwas genervt von allen Kerlen. Der Typ lehnte sich betont lässig an den Getränkeautomaten.

„Eine die anscheinend funktioniert. Im Meatpacking District wird heute ein neuer Club eröffnet. Vielleicht willst du ja mit mir dorthin."

„Und warum fragst du ausgerechnet mich?"

Er stützte sich neben ihr an der Wand ab. „Weil du mir schon länger aufgefallen bist. So eine hübsche Chick sollte nicht immer allein sein."

Mist, machte sie einen solch verzweifelten Eindruck? Sie wog die Möglichkeiten ab, kam dann aber zum einfachen Schluss, dass sie nichts zu verlieren hatte. Auf Nick Hamilton zu warten, grenzte an Utopie und sonstige Männerbekanntschaften waren ebenso wenig existent. Warum also nicht?

„Also gut. Ich nehme die Einladung an. Aber nur unter zwei Bedingungen. Erstens: Wir treffen uns dort und zweitens: Du wirst dir nichts davon versprechen.

Ich bin ganz und gar nicht an einer Affäre oder dergleichen interessiert. Ist das für dich in Ordnung? Wenn nicht, musst du dir ein anderes Baby für deinen Ellbogen suchen." Der Kerl nickte sachlich. „Wie heißt du eigentlich? Und wohin muss ich später kommen?"

„Ich bin Mike. Deinen Namen kenne ich bereits. Der Club heißt Black Pearl. Der Taxifahrer wird wissen, wo er dich hinbringen muss. Einlass ist um 22:00 Uhr." Das hieß, dass sie die letzte Vorlesung schwänzen musste. Aber das war nicht so schlimm. Bei diesem Fach war sie mit dem Stoff sowieso voraus.

Als Rose früher als gewohnt die Treppe in den dritten Stock hochstieg, beschlich sie eine beengende Unruhe. Worauf hatte sie sich nur eingelassen? Sie ging mit einem Wildfremden aus, der sie auch noch auf ziemlich plumpe Weise angesprochen hatte. Wem wollte sie hier eigentlich etwas beweisen? Tanzen würde sie mit ihrem Knöchel eh nicht können und High Heels waren dadurch auch ein Tabu. Rasch zog sie eine eng geschnittene Jeans und ein schwarzes Glitzertop mit Spaghettiträgern an. Danach steckte sie ihre Haare locker auf und warf etwas Farbe in ihr Gesicht.

Am Schluss bandagierte sie ihren Fuß ein und wünschte sich dabei plötzlich Nicks Talent im Verband anlegen. Dann zwängte sie den Fuß in einen Stiefel mit mittelhohem Absatz. So hatte sie zumindest eine Andeutung von Halt. Sie schnappte sich Jacke und Handtasche und verließ die Wohnung. Doro war noch nicht aufgekreuzt, weshalb Rose ihr eine kurze Notiz hinterlassen hatte, damit sie sich nicht sorgte. Auf der Straße rief sie ein Yellow Cab und nannte dem Chauffeur ihr

Ziel. Wie Mike bereits gesagt hatte, wusste der Taxifahrer, wo sich der Club befand.

Als sie im Meatpacking District vor diesem neuen Nachtlokal ausstieg, standen schon unzählige Leute in einer langen Schlange vor dem Eingang, welcher von zwei Türstehern gesichert wurde.

Rose wartete etwas abseits auf Mike. Er ließ nicht lange auf sich warten und tauchte mit drei Kumpels auf. Rose wurde wieder von diesem unguten Ziehen in der Magengegend beschlichen und sie fragte sich insgeheim, ob sie auf ihr Bauchgefühl hören und besser von hier verschwinden sollte.

„Hey Babe! Du siehst ja heiß aus." Mike legte ihr besitzergreifend den Arm um die Taille. Hatte er nicht gehört, als sie ihm gesagt hatte, dass sie genau so etwas nicht wollte? Seine Berührung war ihr unangenehm und sie schüttelte ihn mit einem warnenden Blick ab.

„Wie kommen wir überhaupt rein? Habt ihr die Warteschlange gesehen?", fragte sie, um Ablenkung bemüht. Es standen bestimmt schon hundertfünfzig Leute in der Reihe.

Einer von Mikes Begleitern grinste triumphierend und ging ihnen voran auf einen der Bouncer zu. Die beiden wechselten ein paar unverständliche Worte und Rose traute ihren Augen kaum, als der Sicherheitsmann zur Seite trat und sie alle fünf einließ. Ihr klappte fast der Mund auf, als sie sich drinnen umsah und das Ambiente auf sich wirken ließ. Wie der Name des Clubs bereits verriet, war alles in Anthrazit und Silber gehalten. Barocke Stilelemente in Form von Sitzgelegenheiten, Tischen und Deckenstuck gaben dem Ganzen einen Touch von Prunk und Protz. Die Einrichtung gefiel ihr, doch sie fühlte sich völlig fehl am Platz. Hierher kamen in ihrer Vorstellung nur die Reichen, Schönen, It-Girls und VIPs. Nicht aber das Studentenmädchen von nebenan.

Als sie einen Blick auf die Getränkekarte warf, fühlte sie sich in dieser Hinsicht mehr als bestätigt. Die Preise waren horrend und sie war im Moment nicht einmal in der Lage, sich auch nur einen Softdrink leisten zu können.

„Na, das nenn ich mal ein lauschiges Plätzchen", kommentierte Mike die Lage in selbstgefälligem Ton.

Wo er ihr in der Cafeteria in der Uni noch etwas unsicher vorgekommen war, wirkte er nun selbstbewusst, ja sogar arrogant. Lag es an der Anwesenheit seiner Kumpels oder litt er an einer multiplen Persönlichkeitsstörung? Vielleicht war es aber auch einfach seine Masche. Was die Ursache dieses Verhaltens war, war egal. Es machte sie aber argwöhnisch und ließ sie wiederum an ihrer Entscheidung hierher zu kommen zweifeln.

Er zog sie am Arm in eine Nische und ließ sich auf die tiefe, gepolsterte Bank fallen. „Komm, setz dich zu mir, Babe!", rief er über die laute Musik hinweg. Trotz des unguten Gefühls im Bauch nahm sie neben Mike Platz und er zog sie an seine Seite. Die anderen setzten sich nun ebenfalls links und rechts von Mike und ihr.

„Was kann ich euch bringen?" Die Kellnerin hatte schwarze Lederhotpants und eine schwarze Bluse an und trug ein professionelles Hollywoodlächeln im Gesicht. Sie war ganz ohne Zweifel hübsch. Das kurze blonde Haar war frech geschnitten und betonte ihr schönes Gesicht und ihre Figur ließ jede Frau zwischen achtzehn und fünfzig neidisch werden.

„Bring uns allen Bier, Süße. Aber flott, wenn es geht“, blaffte Mike.

Rose schämte sich in Grund und Boden und warf dem Mädchen einen entschuldigenden Blick zu. Doch es schien ihr nichts auszumachen, denn sie lächelte und ging davon.

Inzwischen war Mike wieder dazu übergegangen, an ihr herumzufummeln. Sie zuckte zusammen, als er es wagte, mit der Zunge über ihren Hals zu lecken.

„Lass das! Wir hatten eine Abmachung.“ Sie schob ihn von sich und war einigermaßen angeekelt, doch er ließ sich nicht beeindrucken.

„Komm schon, Babe. Lass uns etwas Spaß haben. Deshalb sind wir doch alle hier.“ Ehe sie etwas entgegnen konnte, hörte sie eine Stimme über die Lautsprecher, die ihr inzwischen mehr als vertraut war. Nick schien hier einen Auftritt zu haben. Sie hatte nicht einmal mitbekommen, dass er angekündigt worden war. Sie nutzte die Chance und stand auf.

„Sorry, aber ich gehe jetzt zur Tanzfläche.“ Sie drehte sich weg und bahnte sich ihren Weg durch das vornehmlich weibliche Publikum, das sich am Rand der Tanzfläche versammelt hatte. Sie setzte ihre Ellbogen ein und stoppte erst, als sie direkt vor Nick stand.

Erst jetzt bemerkte sie, dass sie ihn auf eine völlig unsinnige Art und Weise vermisst hatte. Sie hatte bereits befürchtet, ihn nie wieder persönlich zu treffen. Was war sie doch für ein dummes Huhn! Sie wischte diese Gedanken beiseite, denn plötzlich begann ihr Herz schneller zu schlagen und ihre Seele schien mit seiner

Musik mitzuschwingen. Seine Melodien berührten sie tief und sie ließ sich davontragen. Was war das nur mit ihm? Den Rest der Band nahm sie nur am Rande wahr. Ein Drummer, ein Bassist und ein zusätzlicher Gitarrist. Nick war ein Solokünstler, das wusste die ganze Welt. Doch bei Liveauftritten wie diesem hatte er Berufsmusiker engagiert.

Er war verführerisch schön in seiner Natürlichkeit, die er an den Tag legte. Ihr Blick glitt zu seinen Händen und sah ihnen zu, wie sie die Saiten der Gitarre bespielten. Es war ihr, als spürte sie sie, wie sie ihren Fuß hielten und verarzteten. Sie ertappte sich dabei, wie sie sich wünschte, dass er sie noch an ganz anderen Stellen mit diesen Händen berührte.

Stopp, Rose!

Plötzlich hob er die Lider. Die tiefblauen Iriden seiner Augen nahmen sie gefangen und sie war auf einmal allein mit ihm auf dieser Welt. Nichts außer ihm und seiner Musik war mehr wichtig. Er gab ihr das Gefühl, nur für sie zu singen. Und das nur, indem er sie mit seinem Blick fixierte und nicht mehr losließ. Rose wünschte sich an einen anderen Ort. Mit ihm. Ohne Geldsorgen, Studium, Popularität und wo es keine nervigen Georges und Mikes gab.

Als die letzte Silbe Nicks Mund verlassen hatte, wurde sie grob am Arm gepackt und vom Tanzflächenrand weggezerrt.

„Was bildest du dir eigentlich ein, du Schlampe? Weißt du, was so eine Eintrittskarte normalerweise kostet? Du schuldest uns eine Gefälligkeit dafür, dass wir dich hierhergebracht haben. Jedem Einzelnen von uns." Mike schleifte sie weiter und Rose bekam es mit der Angst zu tun.

„Ich schulde euch gar nichts!", rief sie über den Lärm hinweg. „Du hast mich angequatscht und gefragt, ob ich mitkommen will. Ich habe dir von Anfang an gesagt, dass du dir nichts erhoffen sollst."

Mike zerrte sie weiter mit sich und seine Flügelmänner deckten ihn, damit niemand Zeuge dieser Geschichte wurde. Wie dumm und naiv war sie gewesen. Sie hätte auf ihren Instinkt hören sollen. Sie war ja nicht besser als die anderen kopflosen Hühner, die mit fremden Kerlen mitgingen und danach als weitere Vergewaltigungsopfer in die Statistiken eingingen.

„Sei jetzt nicht so prüde. Du benimmst dich ja wie eine eiserne Jungfrau." Mikes Freunde lachten derb und einer davon packte sie von hinten. Er schlang ihr seine Arme um den Oberkörper und ihre Oberarme, damit sie sich nicht mehr bewegen konnte.

„Vielleicht ist sie ja wirklich noch eine Jungfrau. Gemunkelt wird es auf jeden Fall", johlte einer neben ihr, worauf die anderen zustimmend brüllten.

Das war also der wahre Grund, weshalb Mike sie angesprochen hatte. Sie war Opfer eines dieser dämlichen Collegespielchen geworden. Doch was half ihr diese Erkenntnis? Rose steckte tief in Schwierigkeiten. Sie wollte schreien, zappeln, sich irgendwie wehren, doch sie war wie gelähmt. Gegen ihren Willen wurde sie zu den Toiletten geschleift. Sie war wie losgelöst von ihrem Körper. So als würde sie die Szene als Außenstehende beobachten.

Das dreckige Gelächter, der sich gegenseitig anstachelnden Kerle, verursachte ihr Übelkeit. Wie kam sie nur unbeschadet aus dieser Sache heraus? Sie dachte an Nick, der nur wenige Meter von ihr entfernt spielte. Oder hatte er bereits wieder aufgehört? Sie hörte seine Musik nicht mehr, nur noch das statische Rauschen ihres Blutes in ihren Ohren.

„Was zum Teufel soll der Scheiß!", hörte sie die Männerstimme und erstarrte zur Salzsäule. Von Paralyse zu Rigor mortis.

***

Nick

Er hatte sich maßlos darüber aufgeregt, wie dieser Schimpanse Rose angefasst hatte. Es störte ihn sowieso, dass irgendein anderer Schwanzträger Rose berührte. Doch die brutale Art, die dieser Kerl an den Tag gelegt hatte, sprach eine klare Sprache.

Nick unterbrach seinen Auftritt, rief Barry-von-und-zu-Gorilla zu sich und folgte dann der Gruppe von Männern, die Rose inzwischen in ihre Mitte genommen hatten. Er wollte gar nicht wiedergeben, was er aus deren Mäulern gehört hatte.

Er bog um die Ecke und fand sich vor den Toiletten wieder. Rose schien völlig weggetreten. Das ehemalige Zimmermädchen, das normalerweise schlagfertig und wehrhaft war, reagierte auf nichts mehr.

„Was zum Teufel soll der Scheiß!" Er stieß einen der Bastarde zur Seite und Barry machte dann den Rest der

99

Arbeit. „Lasst sie in Ruhe und verschwindet. Sofort! Sonst rufe ich die Polizei!"

„Willst sie wohl für dich haben, was?", blaffte der Möchtegern-Alpha und schwellte kurz seine Brust. Doch als er Barry entdeckte, trollte er sich und seine männlichen Groupies folgten ihm in hierarchischer Reihenfolge. Seine Finger hatten sich zu festen Fäusten geballt, bereit zuzuschlagen, sollte es nötig werden. Nick ermahnte sich zur Ruhe. Zu schmal war der Grat zwischen Recht und absolutem Kontrollverlust.

Nick stellte sich vor Rose und legte ihr sanft die Hand an die Wange. Das Herz schlug ihm bis zum Hals. Er durfte gar nicht daran denken, was hätte passieren können, wäre er jetzt nicht eingeschritten. Stand sie unter Drogen oder weshalb reagierte sie nicht?

„Rose, kleine Prinzessin, geht es dir gut?" Sie blinzelte kurz und er erkannte daran, dass sie aus ihrer Starre erwachte.

„Nick? Was machst du denn hier? Solltest du nicht auf der Bühne sein?"

Er lächelte. Sie fand schneller wieder zu ihrer Form, als er erwartet hatte. „Ich war beschäftigt, bin zu deiner Rettung geeilt."

Sie schüttelte den Kopf. „Danke. Aber ich möchte nicht in deiner Schuld stehen. Versteh mich nicht falsch. Ich bin dir dankbar, aber du solltest deine wertvolle Zeit nicht mit mir oder für mich vergeuden."

Ihre Worte schmerzten ihn. Was stand zwischen ihnen? Ehe er reagieren konnte, hatte sie sich schon an ihm vorbeigezwängt und war davongerannt. Er eilte ihr hinterher und verließ die Hitze und Beengtheit des Clubs.

Draußen schlug ihm kühle, mit urbanen Gerüchen geschwängerte Luft entgegen. Der Hudson River lag schwarz in greifbarer Nähe, direkt auf der anderen Straßenseite und verbreitete den typischen Geruch eines großen Flusses. Dezente Algen, Süßwasser und Fische.

Rose stand am Ufer des Hudsons und starrte auf das Wasser. Nick wartete, bis ihm die Ampel erlaubte, die 11th Avenue zu überqueren. Rose war inzwischen weitergegangen. Neben ihm bremste ein Wagen und Barry forderte ihn auf einzusteigen. Nick befolgte für dieses eine Mal den Befehl, denn er fühlte sich unangenehm bloßgestellt. Er schickte stattdessen Barry zu Rose.

Durch die Windschutzscheibe sah er, wie sich die beiden energisch unterhielten. Gleich darauf kam Barry zum Auto zurück, Rose hingegen ging weiter ihren Weg in die entgegengesetzte Richtung.

„Sie möchte sich nicht mit Ihnen hier im Auto unterhalten. Entschuldigen Sie bitte, Mr. Hamilton, aber sie hat gesagt, ich soll Ihnen ausrichten, dass Sie Ihren verdammten Arsch zu ihr bewegen sollen, wenn Sie mit ihr reden wollen."

Barry bereitete es sichtlich Unbehagen, ihm diese Nachricht zu überbringen. Ja, das war seine Rose. Bissig und gleichzeitig liebenswert. Moment mal: seine Rose? Er schüttelte über sich selbst den Kopf.

„Ich geh hin. Du kommst mit, aber bitte halte diskreten Abstand." Er stieg aus und joggte hinter Rose her. Als er bei ihr angekommen war, nahm er vorsichtig ihr Handgelenk, um sie zum Stehenbleiben zu bewegen. Ihre Haut fühlte sich gut an, warm und lebendig. Doch anstatt zu warten, ging sie einfach weiter.

„Was willst du noch, Nick? Du hast deine gute Tat für heute getan. Jetzt kannst du zu deinen mehr als willigen weiblichen Schatten zurückkehren." Die Traurigkeit, die ihre Worte unterstrich, brannte wie Salzsäure in seinem Herzen. Hielt sie so wenig von sich selbst? Oder unterschätzte sie ihn? Aber wahrscheinlicher war, dass er selbst schuld an ihrer Meinung über ihn trug. Schließlich war er ein weltbekannter Frauenheld ... gewesen.

„Rose, jetzt bleib doch stehen. Ich muss mit dir reden." Er ließ sie nicht los, hielt sie stattdessen leicht zurück.

„Warum tust du das mit mir, Nick?", sagte sie mit Tränen in den Augen.

„Was tue ich denn?" Er gab sich alle Mühe, nicht gereizt zu klingen, doch die Situation riss an seinen Nerven, wie nichts anderes es bisher gekonnt hatte.

Rose löste sich von ihm und fuhr sich mit einer Hand über das Gesicht. Sie wirkte orientierungslos und der Verzweiflung nahe.

„Seit du in mein Leben gestolpert bist, ist alles nur noch ein einziges Chaos. Ich werde von meinem Chef angemacht, und weil ich nicht auf seine Avancen eingehe, feuert er mich. Dann werde ich fast Opfer einer Gruppenvergewaltigung und zu allem Übel kriege ich dich einfach nicht mehr aus meinem Kopf. Ich kann mich nicht konzentrieren, weil du ständig in meinen Gedanken herumschwirrst. Eigentlich will ich wütend auf dich sein, aber ich kann es einfach nicht." Sie hielt atemlos inne und drehte sich von ihm weg, als wären ihr ihre Worte peinlich, jetzt da sie aus ihr herausgebrochen waren. Ihre Hände hatte sie tief in den Taschen ihrer Jacke vergraben und ihr Blick war auf das andere

Ufer des Hudsons gerichtet. Sie schien meilenweit weg und das, obwohl sie nur eine Handbreit von ihm entfernt stand.

Nick musste das Gesagte erst einmal verdauen. Vor allem den Teil, in dem sie George erwähnt hatte und den Part, als sie gestanden hatte, dass sie ständig an ihn denken musste. Ging es ihr wie ihm?

Mit einem Mal begriff er, was sie eigentlich gesagt hatte und er wurde wütend. George hatte sie sexuell belästigt und danach gefeuert! Das hieß, dass er nicht schuld an ihrer Entlassung war. Doch irgendwie wollte sich diesbezüglich keine Erleichterung bei ihm einstellen. Die Tatsache, dass George Rose zu nahegetreten war, überlagerte alles. Dieser George war ein wahres Arschloch.

„Du hast George hoffentlich einen Tritt in seine Familienjuwelen gegeben. Oder soll ich ihm für dich die Fresse polieren?" Er hörte ihr leises Lachen und verliebte sich noch im gleichen Augenblick in diesen Klang.

„Nein, das ist er nicht wert."

Er legte ihr die Hände von hinten auf die Schultern und wartete einen Augenblick ihre Reaktion ab. Würde sie die Berührung zulassen? Sie bewegte sich nicht und das wertete er zumindest als Teilerfolg.

„Er ist es vielleicht nicht wert, aber du bist es auf jeden Fall. Kannst du mir einen Gefallen tun, Rose?" Sie zuckte lediglich mit den Schultern. „Vertrau mir wenigstens ein bisschen, weil du auch konstant in meinen Gedanken bei mir bist. Ich bin fast ausgeflippt, als plötzlich jemand anderer vor der Suite stand. Und weil

George sowieso eine Arschgeige ist, habe ich da ausgecheckt und jetzt wohne ich im Marriott an der Grand-Central-Station."

Rose atmete stockend aus und trat wieder von ihm weg, drehte sich dafür aber zu ihm um. Sie musterte ihn von Kopf bis Fuß und er kam sich plötzlich nackt vor.

„Was willst du von mir, Nick? Bin ich ein weiteres Abenteuer für dich? Wenn ja, muss ich dich enttäuschen. Für solche Späße bin ich nicht zu haben."

Ihre grünen Augen durchdrangen seine Seele und er konnte nicht anders, als aufrichtig zu ihr sein. „Ich weiß, ich habe nicht den besten Ruf, was Frauen angeht. Aber so abgedroschen es jetzt auch klingen mag, bei dir ist es etwas völlig anderes. Du bist mir in dieser kurzen Zeit wichtig geworden. Himmel! Ich weiß, das ist alles total irrsinnig. Wir kennen uns kaum, wir haben uns noch nicht einmal geküsst und doch möchte ich dich in meiner Nähe haben und deine Stimme hören. Ich verstehe es selbst nicht und noch weniger kann ich es in Worte fassen."

Sie hatte ihm schweigend zugehört. Er versuchte in ihrem Gesicht zu lesen, doch ihre Miene war verschlossen wie der Tower von London.

„Es ist alles gerade etwas viel. Gib mir ein wenig Zeit, Nick. Kannst du damit leben?"

Konnte er das? Nein, eigentlich nicht. Ihr zuliebe aber wollte er es versuchen. Geduld war noch nie seine Stärke gewesen. Vielleicht war genau deshalb der Beruf als Weinbauer nichts für ihn.

„Unter einer Bedingung", sagte er und strich ihr dabei eine widerspenstige Strähne aus der Stirn.

Sie beäugte ihn kritisch. Sie würde wahrlich eine gute Anwältin abgeben, da war er sich sicher. „Und die wäre?"

„Du und ich gehen am Samstag ins Mariana. Nur ein zwangloses Essen. Alles ganz unverfänglich. Ich verspreche dir, dass du entscheiden kannst, wann oder ob überhaupt es jemals ein uns geben wird. Okay?" Nun lehnte er sich womöglich doch zu weit aus dem Fenster. Vielleicht schlug er sie genau auf diese Art in die Flucht.

Ihr Blick schweifte über den Fluss. „Wie lange bleibst du in der Stadt?"

„Bis Ende nächster Woche. Danach muss ich für drei Wochen nach Europa."

Sie lächelte scheu. „Bis nächstes Wochenende? Na, dann bleibt mir wohl nicht mehr viel Zeit für eine Entscheidung, oder?" Dann drehte sie sich um und ging langsam davon. „Du hörst von mir."

Nick stand da, als hätte man ihm gerade erklärt, dass die Sonne um die Erde kreist und nicht anders herum. Aus einem Impuls heraus rannte er ihr hinterher, überholte sie und blockierte ihr den Weg.

„Was ist denn noch?" Sie klang keineswegs unfreundlich, nur vorsichtig. Es schmerzte ihn, dass sie ihn nicht ansah.

„Nur etwas, was dir vielleicht bei der Entscheidungsfindung helfen wird." Dann zog er sie in seine Arme. Eine Hand legte er ihr in den Nacken und sog ihren warmen, seine Sinne umschmeichelnden Duft ein. Nicks Herz schlug hart und schnell und er fühlte sich zurückversetzt in seine Teenagerzeit.

Langsam, denn er wollte sie nicht erschrecken, senkte er seine Lippen auf ihre. Er achtete dabei aufmerksam auf ihre Reaktion. Sollte er nur den leisesten Widerstand verspüren, würde er von ihr ablassen. Doch sie schmiegte sich eng an ihn. Sie schob einen Arm unter seine Jacke und legte die Hand auf seinen Rücken.

Ja, so ist es richtig, Baby. Nimm dir, was sowieso schon dir gehört.

Mut und Leichtsinn

Rose

Was tat sie hier? Weshalb wehrte sie sich nicht gegen diesen süßen Kuss, der so schmerzhaftes Verlangen in ihr auslöste? Wenn sie sich nicht von ihm trennte, war sie für immer verloren. Doch anstatt Nick von sich zu stoßen, drängte sie sich noch enger an ihn. Sie schob eine Hand unter seine Jacke und fühlte seinen Rücken und die gut ausgeprägten Muskeln. Sie wollte seine Wärme spüren und seine Lippen schmecken. Er war so zärtlich, dass es wehtat. Und dennoch wusste sie, dass er nicht gut für sie war. Absolut nicht. Aber er fühlte sich so verdammt gut an.

Aus einem Instinkt heraus öffnete sie die Lippen und er reagierte sofort, indem er den Kuss vertiefte. Seine Zunge neckte sie und Rose stieg ihrerseits auf diesen Tanz ein. In ihrem Kopf wurde alles schwammig und Hitze, zähflüssig wie Lava, rann durch ihren Körper. Nick packte sie stärker an, presste sie hart an sich, als wollte er sie nie wieder gehen lassen.

Sie sollte das nicht tun. Nicht hier und nicht mit ihm. Er würde ihr das Herz brechen und am Ende nur verbrannte Erde in ihrer Seele hinterlassen. Doch für eine

Rettung war es nun zu spät. Sie war Nick Hamilton verfallen, auch wenn sie sich noch dagegen wehrte. Sie wusste, dass sie bereits während des ersten Treffens infiziert worden war und dieser Kuss besiegelte ihr Schicksal.

„Mr. Hamilton, wir sollten uns zurückziehen. Sie haben bereits zu viel Aufmerksamkeit erregt."

Rose tauchte aus einem Nebel von Leidenschaft auf und es fühlte sich an, als hätte man sie in die Fluten des Hudson Rivers geworfen.

Nick löste sich nur einen Millimeter von ihr und warf seinem Schatten einen verärgerten Blick zu. Doch nur eine Sekunde später trat Resignation in seine Züge und er ließ sie los. Sein abrupter Rückzug ließ sie frösteln und sie versuchte, die aufkeimende Enttäuschung zu unterdrücken.

„Du hast recht, Barry." Dann sah er sie an. „Komm, ich bring dich nach Hause."

Rose schüttelte den Kopf und schob ihn sanft von sich. Wenn sie das zuließ, gab es kein Halten mehr und für so etwas war sie noch nicht bereit. Wenn sie es jemals sein sollte. Sie hatte Angst vor den Gefühlen, die Nick in ihr auslöste. Die Geschwindigkeit und die Wucht der Emotionen, die sie erfüllten, raubten ihr fast die Luft zum Atmen. Aber wahrscheinlich war alles, was Nick Hamilton anging, im wahrsten Sinne des Wortes überwältigend.

„Ich gehe lieber zu Fuß nach Hause. Ich muss in Ruhe nachdenken."

Er schüttelte den Kopf. Er war es sichtlich nicht gewohnt, dass man ihm etwas abschlug. „Aber das ist doch viel zu weit. Denk an dein Sprunggelenk", sagte er leise.

Woher wusste er, wie weit sie zu gehen hatte? Natürlich würde sie nicht die mehr als zwanzig Straßen nach Norden laufen. „Ich werde mir später ein Taxi nehmen", sagte sie, um ihn zu beruhigen.

Er nickte und schien ihren Wunsch zu akzeptieren. Doch als er seine Geldbörse hervorholte und ihr einen Hundertdollarschein in die Hand drücken wollte, machte sie einen Schritt rückwärts.

„Was soll das?"

Er machte ein verletztes Gesicht und streckte ihr noch einmal das Geld entgegen. „Du hast zurzeit keinen Job und ich fühle mich dafür verantwortlich. Ich möchte dir zumindest das Geld für die Taxifahrt geben, wenn du schon nicht willst, dass wir dich heimbringen. Also nimm es schon. Du kannst es mir später zurückgeben."

Es war lieb von ihm gemeint, aber das konnte sie nicht annehmen. Zumal er doch gar keine Schuld an ihrer Situation hatte. Er war lediglich der Tropfen gewesen, der das Fass zum Überlaufen gebracht hatte.

„Nick, auch wenn ich dich kurz verflucht habe, ich versichere dir, dass du mir gegenüber in keiner Weise in der Kreide stehst. Deshalb kann und werde ich dein Geld nicht annehmen." Sie versuchte sich die Enttäuschung, die in Nicks Gesicht stand, nicht zu sehr zu Herzen zu nehmen, wenig erfolgreich allerdings.

„Mr. Hamilton. Wir sollten wirklich gehen." Barry schaute sich aufmerksam um und Nick atmete geräuschvoll aus. Rose erkannte etwas wie Sorge in seinem Blick.

„Na schön. Lass uns gehen. Aber Rose, versprich mir, dass du auf direktem Weg nach Hause gehst. Ruf mich an, wenn du angekommen bist. Sonst habe ich keine Ruhe.“

„Mach ich. Hast du im Marriott unter deinem Namen eingecheckt oder unter einem Alias?“

Er antwortete nicht, sondern steckte den Geldschein, den er immer noch in der Hand gehalten hatte, zurück ins Portemonnaie.

„Gib mir dein Handy.“ Er hatte den Befehlston angeschlagen und sie gehorchte ihm automatisch. Normalerweise löste ein solches Verhalten bei ihr Widerstand aus. Doch dieses Mal reagierte sie komischerweise unterwürfig.

Er tippte auf ihrem Mobiltelefon herum und gab es ihr kurze Zeit später wieder zurück. „Hier, unter NH, ist meine Nummer. Du kannst, nein, du sollst mich jederzeit anrufen.“

Sie nahm das Smartphone entgegen und Nick gab ihr noch einen flüchtigen Kuss auf die Stirn. Dann ging er, gefolgt von seinem Leibwächter, zum Auto. Rose blieb allein mit ihrem Gefühlchaos zurück. Der stürmische Wind, der selbst für den momentanen Herbst kalt war, riss nicht nur an ihrer Kleidung, sondern auch an ihrer Selbstbeherrschung. Sie war verwirrt und wusste nichts mit sich selbst anzufangen.

Sie spazierte etwa sechs Straßen nach Norden, musste dann jedoch kapitulieren, da ihr Fuß stark zu schmerzen begann. Glücklicherweise dauerte es nicht lange, bis ein freies Taxi auf sie zufuhr und sie es rufen konnte.

Der muffige Geruch im Fond des Yellow Cabs legte sich auf ihren Schleimhäuten ab. Doch es störte sie im Moment nicht. Sie schwelgte in der frischen Erinnerung an Nick. Sie schmeckte ihn auf ihren Lippen, fühlte seine Hand auf ihrer Haut, das neckende Gefühl seines Lippenpiercings während des Kusses.

Jetzt war es offiziell: Sie war total verloren. Sie hatte sich alle Mühe gegeben, diesem Kerl nicht zu verfallen, doch sie war kläglich gescheitert. Aber war diese Niederlage nicht schon von Anfang an vorprogrammiert gewesen? In ihrem Inneren hielten sich Glück und Verzweiflung die Waage. Auf welche Seite würde sie kippen?

In der 55. Straße stieg sie aus und ging die Treppe zu ihrer Wohnung hoch. Als sie im Apartment Tasche und Jacke ablegte, warf sie einen Blick auf die Uhr an der Wand. Es war nach ein Uhr nachts. Nirgends in der Wohnung war Licht an. Das hieß, dass Doro entweder nicht da war oder bereits schlief.

Rose schlüpfte leise aus ihren Stiefeln und schlich in ihr Zimmer. Du musst ihm Bescheid geben, du hast es schließlich versprochen. Ihr Gewissen hatte recht. Er hatte sie aus einer brenzligen Situation gerettet und es zumindest deswegen verdient, sie in Sicherheit zu wissen.

Sie nahm das Handy aus ihrer Hosentasche und drehte es nervös in der Hand hin und her. Sie konnte den Mut nicht aufbringen, ihn anzurufen. Schon beim Gedanken daran schlug ihr das Herz bis zum Schädeldach. Also war die Antwort ganz klar Nein. Aber eine SMS sollte gehen.

Rose benötigte drei Anläufe, bis sie die Nachricht geschrieben hatte und genauso viele Versuche, um Nick die SMS zu senden.

Seine Antwort kam postwendend:

Danke, da bin ich froh. Dann werde ich wohl versuchen zu schlafen. Ich spüre dich immer noch in meinen Armen. Bis Samstag dann. Nick

Rose fiel fast das Handy aus der Hand, als sie seine Worte las. Ob sie es wollte oder nicht, ihr lief beinahe das Herz über und sie war erfüllt von dem Wunsch, hysterisch zu kichern, zu springen und zu singen.

Sie schaffte es irgendwie, ihre Kleidung zu wechseln und kroch immer noch völlig überhitzt in Shorts und Tanktop unter die Bettdecke.

Im Dunkeln ihres Schlafzimmers hatte sie das Gefühl, vor Erregung zu leuchten. Immer wieder nahm sie ihr Smartphone vom Nachttischchen und las Nicks Nachricht aufs Neue. Sie verstand einfach nicht, was Nick, der Nick Hamilton, von ihr wollte. Aber eigentlich war es auch egal. Sie nahm sich vor, diesen Kuss zu hüten, Nick aber fortan aus dem Weg zu gehen. Ihr fehlte schlichtweg der Mut, diesen Pfad mit diesem Mann zu beschreiten. Zu unsicher war die Zukunft mit jemandem wie Nick. Das lag natürlich nicht nur an ihm, sondern auch an den Umständen, in denen er lebte. Einen Nick Hamilton hatte man nie nur für sich allein und Rose war nicht selbstlos genug dafür. Gleichzeitig hasste sie es, im Mittelpunkt zu stehen, und das wäre hin und wieder wohl nicht zu vermeiden.

Sie drehte sich stöhnend auf den Rücken und strampelte die Decke von sich, weil sie dachte, sonst ersticken zu müssen. Der Kuss war omnipräsent. Sie fühlte ihn auf ihren Lippen und ihr Gehirn projizierte ihn auf andere Stellen ihres Körpers. Feuchtigkeit hatte sich zwischen ihren Beinen gesammelt und ihr war, als hätte ihr Herz den Standort gewechselt und war in ihren Unterleib gerutscht. Sie berührte sich sanft an der Stelle, die um Erlösung bettelte. Langsam strich sie über die seidige Haut und stellte sich dabei vor, ihre Finger wären die Zunge eines gewissen Mannes ... es dauerte nicht lange, bis sich ihre feinen Muskeln rhythmisch zusammenzogen und ihr ein leises Keuchen über die Lippen kam.

Als sie wieder zu Atem gekommen war, konnte sie wieder nur an eine Sache denken: sein Kuss. Noch nie war sie so von einem Mann geküsst worden. In Gedanken nahm sie die Erinnerung an diese Nacht, band eine imaginäre goldene Schleife darum und legte sie am bestbehüteten Platz in ihrem Gehirn ab. Sie war ab jetzt ihr wertvollster Schatz. Das schwor sie sich. Dieser Gedanke half ihr zur Ruhe zu kommen und sie schlief schließlich ein. Wie sollte sie unter diesen Umständen Nick überhaupt den Laufpass geben?

Es hatte durchaus seine Vorteile, wenn man morgens nicht zur Arbeit musste, denn sie erwachte ausgeruht und gut gelaunt. Die Sonne schickte ihre Strahlen durch die Spalten, Ritzen und Webe-poren der Vorhänge. Sie tauchten den Raum in goldenes Licht und zauberten Rose ein Lächeln aufs Gesicht.

Sie stand auf, zog ihren Morgenmantel an und tänzelte fast in die Küche. Doro war bereits wach und saß über ihren Skizzierblock gebeugt am Esstisch. Neben ihr stand eine Schale Frühstücks-flocken der Sorte Frosties, Doro liebte Frosties, und eine große Tasse dampfenden Kaffee.

„Guten Morgen." Wieso klang ihre Stimme so eigenartig hoch? Sogar Doro hob den Kopf und musterte sie argwöhnisch.

„Guten Morgen. Ist alles in Ordnung?"

Rose goss sich einen Kaffee aus der Kanne in eine Tasse, holte sich einen Apfel und setzte sich zu ihrer Freundin. Die schaute sie an, als hätte sie einen monströsen Pickel auf der Nase oder so etwas.

„Natürlich ist alles okay. Wieso sollte es nicht so sein?" Rose sah den Apfel an. Die Rot- und Gelbtöne liefen ineinander über. Feine Poren überzogen die Haut. So ein Apfel war doch ein Wunderwerk der Natur.

Woah, habe ich jetzt völlig einen an der Klatsche?

„Nun, du grinst wie ein Honigkuchenpferd", redete Doro darauf los, „wenn ich dich nicht besser kennen würde, würde ich behaupten, dass du letzte Nacht verdammt gut durchgevögelt worden bist." Doro war immer so unverblümt, wenn es um Sex ging, und trieb Rose damit stets in Rekordzeit das Blut ins Gesicht.

„Doro! Red nicht solches Zeug!" Na toll, jetzt hatte sie sich auch noch verschluckt und hustete sich fast die Lunge aus dem Leib. Doro hingegen blieb nüchtern.

„Und bist du? Du warst gestern aus. Das stand zumindest auf deiner Notiz. Ich hab nicht einmal gehört, wie du heimgekommen bist."

Als Rose endlich wieder Luft hatte, nahm sie als Alibi einen Biss vom Apfel. Sie ließ sich Zeit mit der Antwort. Was sollte sie nur sagen?

„Raus mit der Sprache. Ich will alle schmutzigen Details hören." Doro hatte ihren Bleistift weggelegt und lehnte sich auffordernd in Roses Richtung.

„Da gibt es nichts Schmutziges. Echt. Ich war mit ein paar Typen von der Uni bei der Eröffnung des Black Pearl unten im Meatpacking District. Leider ist es da etwas aus dem Ruder gelaufen. Denn die vier Kerle wollten mir ziemlich heftig an die Wäsche."

Doro schnappte geräuschvoll nach Luft und nahm ihre Hand. „Geht es dir gut?"

Rose überliefen kalte Schauder, als sie an Mike und seine Mitläufer dachte. Doch sie schob das alles wieder zurück in die geistige unterste Schublade, wo das Ganze hingehörte.

„Ja. Es ist eigentlich nichts passiert. Jemand ist mir zu Hilfe gekommen. Darum ist alles glimpflich ausgegangen."

Doro schlug sich die Hand vor den Mund, stand abrupt auf und kam um den Tisch herum. „O Mist, Rose! Was da nicht alles hätte passieren können. Wenn ich das gewusst hätte, wäre ich nicht so trottelig in dich gedrungen. Ehrlich."

Rose legte den Kopf auf die Schulter ihrer Freundin. Es tat gut, ihr das alles zu erzählen. „Mach dir keine Sorgen. Wie gesagt, es geht mir gut. Aber danach ist wirklich etwas geschehen, was mich aussehen lässt, als hätte ich den weltbesten Sex gehabt."

Dann erzählte sie Doro von ihrer Rettung durch Nick, dem Gespräch am Ufer des Hudsons, dem darauffolgenden Kuss und seiner Einladung zum Essen am kommenden Samstag.

„Und? Wie war's?", fragte Doro aufgeregt.

„Es war der beste Kuss, den ich je bekommen habe. Aber es wird auch der letzte sein, den mir Nick gegeben hat.“

Doro rückte von Rose ab und sah sie an, als hätte sie nicht alle Tassen im Schrank. „Das verstehe ich jetzt nicht. Wenn es dir gefallen hat und du ihn ganz offensichtlich toll findest, warum soll es bei diesem einen Kuss bleiben?“

Wie sollte sie Doro nur klarmachen, dass es sie zerstören würde, wenn sie sich auf Nick einließ? „Hör zu, ich kann das einfach nicht. Er ist kein gewöhnlicher Mann. Er ist berühmt, begehrt, steht konstant im Rampenlicht und ich bin mir sicher, dass er mir früher oder später das Herz brechen wird. Ob er nun will oder nicht.“

Doro stand auf und wanderte herum. Sie verschränkte ihre von oben bis unten tätowierten Arme vor der Brust. Dann blieb sie plötzlich stehen und hob mahnend den Zeigefinger.

„Rose Armand, ich sage dir mal etwas und du solltest mir genau zuhören. Du irrst dich, und zwar ganz gewaltig. Nick Hamilton ist ein ganz normaler Mann. Du bist schön blöd, wenn du diese Chance nicht nutzt. Worauf wartest du denn? Auch der Kerl von nebenan kann dich verarschen, wenn du dich auf ihn einlässt. Dafür muss er weder berühmt sein noch Nick Hamilton heißen. Verstanden? Das Wichtigste sind doch die Gefühle, die ihr füreinander empfindet. Sei mutig, Rose. Mut beschützt nicht vor Schmerzen, aber er macht zusammen mit Liebe und Leidenschaft das Leben lebenswert. Und zufälligerweise weiß ich, dass er dich auch sehr gern hat.“

Rose horchte auf. Doro kannte Nick doch gar nicht persönlich. Also konnte sie nichts von seinen Gefühlen für sie wissen. Oder doch? Nun war sie es, die die Arme verschränkte. Es gab ihr Schutz und hielt sie zusammen. „Woher willst du das denn so genau wissen? Du hast wohl kaum das Telefon in die Hand genommen und ein kleines Plauderstündchen mit ihm abgehalten."

Doro macht ein betroffenes Gesicht, wandte sich ab und setzte sich schließlich wieder auf ihren Stuhl. Sie fuhr sich durch die Haare und wirkte, als hätte Rose sie bei etwas Verbotenem ertappt. Bei diesem Gedanken wurde Rose ganz flau im Magen.

„Also gut. Du dürftest das eigentlich gar nicht wissen. Aber der wichtige Kunde, den ich in letzter Zeit hatte, war Nick. Was glaubst du denn, wie ich zu den Karten für die Roof Top-Party gekommen bin? Damals habe ich allerdings noch nicht gewusst, wie du zu ihm stehst. Erst als du vor ihm von da geflohen bist, hab ich es gecheckt."

Rose fielen fast die Augen aus dem Gesicht. Wieso hatte zumindest Nick nichts davon erwähnt? Was hatte er sich wohl in die Haut stechen lassen? Und vor allem wo? Konzentrier dich, Rose!

„Ihr habt über mich gesprochen? Warum? Worüber?", fand sie zum Glück ihren Verstand und damit ihre Stimme wieder.

„Du weißt, dass ich weder Privates mit ins Studio nehme noch Geschichten aus dem Studio nach draußen. Das gehört zu meinem Job. Diskretion ist das A und O, wenn man in der Branche Erfolg haben will. Aber ich kann dich beruhigen. Wir haben eigentlich gar nicht über dich geredet. Bis gestern. Ich war beinahe fertig mit seinem Tattoo und da hat er mich gefragt, weshalb ich nicht so gut drauf bin. Ich war eben noch leicht verkatert wie du vermutlich auch. Da habe ich ihm gesagt, ich hätte meiner besten Freundin beigestanden. Er muss dann irgendwie darauf gekommen sein, dass du es warst, die Hilfe gebraucht hat. So sind wir ins Gespräch gekommen. Ich habe ihn nach seinem Interesse an dir gefragt und seine Antwort war deutlich genug. Der Typ mag dich echt. Also sei nicht dumm, Rosie. Du würdest es bereuen."

Rose merkte, wie ihr der Mund aufklappte, doch sie hatte keine Kontrolle mehr über ihre Mimik. Sie fühlte es mehr, als dass sie es bewusst tat: Ihre Füße schoben sich unter den Stuhl. Ihr Gewicht verlagerte sich nach vorn und dann streckten sich ihre Knie. Ihr Körper erhob sich und wuchs in die Höhe. Wahrscheinlich wirkte sie stärker, als ihr gerade zumute war. Wäre der Tisch nicht gewesen, wäre sie in sich zusammengefallen wie ein Kartenhaus im Sturmwind.

Ihr Handyalarm ging im Schlafzimmer los. Doch Rose war nicht fähig sich zu rühren. Sie versuchte Luft in ihre Lungen zu zwingen, doch es gelang ihr nicht wirklich.

„Ich kann nicht", stammelte sie atemlos. Dann endlich schien sie wieder Kontrolle über ihre Motorik zu haben, drehte sich um und ging in ihr Schlafzimmer.

Sie beachtete das plärrende Smartphone nicht. Rose wusste, wofür sie diesen Alarm gesetzt hatte. Sie war für den frühen Nachmittag ins Büro des Dekans bestellt. Den Termin hatten sie schon vor drei Wochen festgelegt.

Ihr Mentor hatte den Antrag gestellt, Rose früher zum Examen zuzulassen. Sie war dem Stundenplan voraus, ihre Bachelorarbeit angenommen und die Masterthesis zu 95 Prozent fertig. Da sie den Vorlesungen in den Masterkursen als Gasthörerin gefolgt war, hätte sie diese ebenfalls bereits abschließen können. Wenn der Dekan ihr gnädig gestimmt war, wäre sie in gut sechs Monaten mit allem fertig. Sie konnte es kaum erwarten, endlich ihr Dasein als Fußabtreter abzulegen.

Aber alles, was jetzt gerade durch ihren Kopf ging, waren Doros mahnende Worte und Nicks Kuss. Wo sollte das noch hinführen? Sie musste sich unbedingt zusammenreißen, sonst ging die Besprechung mit dem Dekan den Bach runter und das war das Letzte, was sie gebrauchen konnte. Sie hatte wirklich Angst, ob sie nun berechtigt war oder nicht. Jetzt musste sie unbedingt zusehen, dass sie sich wieder fing. Der Termin nachher war entscheidend für ihre weitere berufliche Zukunft.

***

Nick

Er hatte die ganze Nacht kein Auge zugetan. Er wollte Rose so sehr, dass es ihn, verdammt noch mal, schon körperlich schmerzte. Noch nie zuvor hatte er eine Frau derart brennend begehrt. Schon ein Gedanke an sie ließ ihn hart wie Stahl werden. Immer und immer wieder ließ er den Kuss am Hudson Revue passieren.

Sie hatten perfekt zusammengepasst. Als sie sich an ihn gepresst hatte, hätte er ihr am liebsten die Hand unter ihr knappes Trägertop geschoben. Doch er hatte sich zusammengerissen. Schließlich wollte er sie nicht noch schneller in die Flucht schlagen.

Er nahm seine Gitarre und wollte ein wenig arbeiten. Doch er konnte sich nicht konzentrieren und fabrizierte nur akustische Misstöne, Dissonanzen und melodischen Nonsens.

Nach zwei Stunden warf er das Handtuch und beschloss, dass er wohl besser laufen gehen sollte. Bevor er es sich anders überlegen konnte, zog er sich um und forderte Barry an. Eigentlich hasste er die konstante Anwesenheit seines Bodyguards und dennoch war sie inzwischen unerlässlich.

Als er das Hotelzimmer verlassen wollte, klingelte sein Telefon. Stacy. Sollte er rangehen oder nicht? Er hatte keine Lust, dass sie ihm noch einen weiteren Termin aufs Auge drückte. Schließlich siegte jedoch sein Anstand, denn seine Agentin ließ man eben nicht warten.

„Stacy, was verschafft mir die Ehre?"

Sie schnaubte und holte theatralisch Luft. „Nick, was hast du dir bloß dabei gedacht?" Aus irgendeinem Grund spuckte sie Gift.

Er verstand in erster Instanz nicht, wovon sie sprach. Er war das erste Mal seit Jahren anständig gewesen. Keine Sauftouren, keine Exzesse und keine Frauengesch... oh, oh.

„Was meinst du?", mimte er den Ahnungslosen. Er war nicht dazu bereit, sich Vorschriften über sein Privatleben machen zu lassen. Und genau das war die Szene gestern gewesen: PRIVAT.

„Hast du heute mal einen Blick in die Online-Magazine geworfen?" Sie klang jetzt wirklich aufgebracht.

Nick wurde wütend. Wieso konnte man ihn nicht einfach mal in Ruhe lassen? „Nein. Du weißt, dass ich den Mist nicht lese. Also, wie wäre es, wenn du mir erzählst, was die Schund-Reporter nun wieder glauben, über mich herausgefunden zu haben."

„Wie oft habe ich dir schon gesagt, dass du dich nicht mit Nobodys in der Öffentlichkeit in deutlicher Pose zeigen sollst? Entweder es ist eine bekannte Größe oder du verlegst deine Techtelmechtel in anonyme Hotelzimmer. Ich habe dir den Link geschickt. Sieh es dir selbst an und überlege dir, wie wir die Wellen wieder glätten Können. Es geht hier auch um den Ruf des Mädchens."

Er ging zum kleinen Schreibtisch am Fenster und schaltete seinen Laptop ein. Nachdem er das Mail von Stacy in seiner Mailbox geöffnet und den Link angeklickt hatte, musste er unwillkürlich lächeln.

Der Link leitete ihn tatsächlich auf ein Stars-und-Sternchen- Schrägstrich-Klatsch-Magazin weiter. Die Schlagzeile prangte fett über einem körnigen, unterbelichteten Foto.

NICK HAMILTONS ERORBERUNG #? IN DIESEM MONAT

Er klickte auf das Foto und hörte gar nicht mehr, was Stacy weiter ins Telefon zeterte. Er war auf dem Foto im Profil zu erkennen. In seinen Armen lag Rose. Ihr Gesicht war glücklicherweise nicht zu sehen, nur ihr dunkler Haarschopf. Es wäre sonst ziemlich ungünstig, jetzt wo es in ihren Händen lag, ob es eine Zukunft mit ihm gab oder nicht.

„Hör zu, Stacy. Man erkennt das Mädchen nicht. Ich denke, das können wir links liegen lassen." Er bekam mit, wie sie in den Hörer schnaubte.

„Wenn du meinst, Nick. Aber sei in Zukunft etwas vorsichtiger. Wir müssen auf die Publicity achten. Nicht, dass sich ein mediengeiles Weibsbild an dir hochzieht und dir danach die Show stiehlt."

Als ob Rose darauf aus wäre und wenn doch, ginge es ihm am Arsch vorbei. Je länger er das Bild betrachtete, desto mehr wollte er sie. Zum Glück trug er bereits die weiten Trainingshosen. Zeit für Ablenkung in Form eines Halbmarathons und anschließendem Workout im hoteleigenen Fitnessbereich.

Nick verabschiedete sich diplomatisch von seiner Agentin, warf das Handy aufs Bett und trat dann vor die Tür. Barry wartete bereits auf dem Korridor in Sportmontur. Sie fuhren mit dem Wagen zum Central Park und liefen dort eine ausgedehnte Runde.

Den Mutigen gehört die Welt

Rose

Rose kam beschwingt aus dem Büro des Dekans. Es war alles zu ihren Gunsten gelaufen. Man erlaubte ihr, das Studium am Ende dieses Semesters abzuschließen. Danach musste sie das Praktikum absolvieren und konnte im Anschluss daran die Prüfung ablegen. Auf diese Weise verkürzte sich ihr Studium beträchtlich. Das Praktikum konnte sie in der Kanzlei ihres Onkels machen. Wenn alles glattlief, hätte sie nach Ablauf eines Jahres bereits ihre admission to bar, das hieß, dass sie auch bei Gericht zugelassen war. Die Doktorarbeit war dann nur noch ein Klacks.

Endlich kam ihr Leben wieder in geordnete Bahnen. Da es noch zwei Stunden bis zur ersten Vorlesung war, es sich jedoch nicht lohnte, nach Hause zu fahren, ging sie in die Universitätsbibliothek, um zu lernen. Die nächsten Monate wurden tough, aber das war okay für sie. Rose wusste, wofür sie sich den Arsch aufriss. Im Lesesaal setzte sie sich an einen freien Tisch und begann, ihre Sachen auszupacken. Sie hörte plötzlich geflüsterte Worte und hätte schwören können, dass sie sie hören sollte.

„Schau, da sitzt die frigide Schlampe von gestern. Wetten, dass nicht mal Nick Hamilton, dieser Saftsack, sie nageln konnte?“

Rose erkannte den Typ. Es handelte sich um Mike, ganz ohne Zweifel. Ihr Herz schlug bis zum Hals und ihr Mund glich der Wüste Gobi, so trocken war er.

„Ich wette sogar, dass noch kein Schwanz sie geknackt hat. Die wird als eiserne Jungfrau enden.“ Das war Joey, einer von Mikes Groupies.

„Das wäre doch ein Jammer. Sie weiß vielleicht noch gar nicht, was sie mit ihrer Pussy alles anstellen kann. Sie braucht diesbezüglich unbedingt unsere Hilfe.“ Mike.

„Ja, dann zeigen wir ihr, wie hilfsbereit wir sind, und kümmern uns um diese Unpässlichkeit.“ Joey.

Rose sah rot. Waren die beiden chronische Vergewaltiger? Sie packte ihre Sachen zurück in die Kuriertasche und stand auf. All ihren Mut zusammenkratzend drehte sie sich zu den beiden Kerlen um.

Mike und Joey lächelten sie süffisant an. Sie hockten auf ihrem Tisch und schienen Roses Reaktion gespannt abzuwarten.

Am liebsten hätte sie den beiden eine geknallt. Doch Rose war nicht der Typ für physische Gewalt. „Haltet euch von mir fern“, begann sie leise und staunte über die Festigkeit ihrer Stimme. „Wenn nicht, mache ich euch fertig. Verstanden?“

Mike und Joey hoben feixend die Hände. „Huh, da haben wir jetzt aber Angst. Nicht wahr, Joey? Sag mal, wenn du hustest, kommen dann Staubwolken aus deiner vernachlässigten Muschi?“ Die beiden brachen in schallendes Gelächter aus und kassierten fast zeitgleich eine Rüge von der Aufsicht.

Rose war alles egal. Wie konnten die Typen derart fies sein? Ihre Wangen glühten und das Hochgefühl von vorhin war wie weggeblasen. Sie wusste, dass es mit Männergeschichten bei ihr nicht weit her war, aber das lag am Mangel an Zeit und nicht daran, dass sie frigide war.

Warum zum Teufel rechtfertigte sie sich vor sich selbst? Eigentlich sollte sie sich von solchen Vollidioten nicht in die Flucht schlagen lassen. Aber wenn sie ehrlich war, hatte sie Angst vor den beiden.

Sie spazierte über den Campus und einfach weiter, bis es an der Zeit war umzukehren, damit sie pünktlich in die Vorlesung kam. Die Aussicht, diesen Mühlen früher als geplant zu entkommen, beflügelte sie und sie vergaß die Vollpfosten Mike und Joey bald.

Spätabends fuhr sie mit der U-Bahn Richtung Hell's Kitchen. Sie konnte es kaum erwarten, Doro von der Abmachung mit dem Dekan zu erzählen. Sie hatte sich am Vormittag einzureden versucht, dass sie wütend auf Doro war. Aber sie konnte ihr nicht böse sein. Doro hatte es nur gut gemeint.

Als sie von der U-Bahn-Station in ihre Straße abbog, hatte sie das Gefühl, verfolgt zu werden. Eiskalte Panik kroch über ihre Haut und ließ ihr die feinen Härchen zu Berge stehen. Sie rief sich die Worte ihres Vaters ins Gedächtnis. Schulter straffen, Tasche im festen Griff, denn diese konnte als Waffe benutzt werden und sich niemals immer wieder nach hinten umdrehen.

Warum hatte sie nur das Pfefferspray aus ihrer Tasche genommen? Ihr Daddy hatte es ihr gegeben, als sie nach Manhattan gezogen war, um zu studieren. Sie hatte sich von Anfang an in der City wohlgefühlt wie ein Fisch im Wasser. Deshalb war sie leichtsinnig geworden. Bisher hatte sie Manhattan nie als feindselig empfunden. Vielen Dank auch, Mike.

Sie ging in die dritte Etage und wagte es erst erleichtert durchzuatmen, als die Wohnungstür hinter ihr ins Schloss gefallen war und sie den Schlüssel gedreht hatte. Sie stand noch einen Moment mit dem Rücken ans Türblatt gelehnt da. Sie brauchte einen Augenblick, um ihrer Panik Herr zu werden.

Als sie ihrem Gummiknie wieder vertraute, ging sie ins Schlafzimmer und machte sich als Erstes auf die Suche nach dem Pfefferspray. Sie stellte alles auf den Kopf und fand es schließlich unter dem Bett in der hintersten Ecke. Beim Anblick der Dose überkam sie das Bedürfnis, wieder einmal ihren Dad anzurufen.

Rose holte ihr Mobiltelefon hervor und wählte die Nummer des Festnetzanschlusses ihrer Eltern, drüben in New Jersey. Es war eine halbe Ewigkeit her, seit sie ihren Vater gesprochen hatte. Sie war immer zu sehr beschäftigt. Sie arbeitete schließlich nicht nur, um sich selbst und ihr Studium über die Runden zu bringen. Sie beteiligte sich auch in kleinem Rahmen an den Auslagen ihrer Eltern.

Nach gefühlten hundert Mal Klingeln ging ihr Vater ran. „Hallo Liebes. Schön, dass du dich meldest. Wie geht es dir?"

Ihr Vater war ein Polizist. Er hatte jedoch den Dienst quittiert, als die Krankheit ihrer Mutter so weit fortgeschritten war, dass sie rund um die Uhr Pflege brauchte. Er arbeitete nun in der Nachtschicht einer

Fabrik für Werkzeugherstellung für einen Hunger-
lohn.

Es tat ihr gut, seine Stimme zu hören. „Es geht mir gut,
Daddy. Sehr gut sogar." Sie erzählte ihm von der Besprechung und den getroffenen Vereinbarungen mit
dem Dekan und ihrem Supervisor.

Die finanzielle Situation ihrer Eltern war eigentlich
der Hauptgrund, dass sie sich mit ihrer Ausbildung so
beeilte. Sie war nicht die geborene Streberin, aber der
Gedanke ihren Vater besser unterstützen zu können,
war ihre Triebfeder.

Ihr Vater platzte fast vor Stolz. Doch Rose bemerkte
auch Sorge, die in seinen Glückwünschen mitschwang.

„Übernimmst du dich auch nicht? Du bist noch jung
und solltest ausgehen und das Leben genießen, mein
Mädchen." Er kannte sie besser, als ihr lieb war.

„Wie geht es Mom?", wechselte sie rasch das Thema.
Sollte ihr Vater etwas von ihrem Ausweichmanöver bemerkt haben, so ließ er sich nichts anmerken.

„Es gibt bessere und schlechtere Tage." Ihre Mutter
war an multipler Sklerose erkrankt und seit zwei Jahren bettlägerig beziehungsweise an den Rollstuhl gefesselt. Sie konnte sich nicht mehr selbstständig versor-
gen. Die Nahrung musste man ihr sogar über eine Ma-
gensonde verabreichen.

Es war Rose und ihrem Dad klar, dass ihre Mutter
nicht mehr lange unter ihnen weilen würde. Rose
schob, wie so oft, die Trauer, die sie bei diesem Gedanken überkam, weit von sich.

„Kann ich etwas für euch tun?" Eine sinnlose Frage
und dennoch wichtig für sie.

Ihr Vater räusperte sich. Rose sah ihn vor sich: die grau melierten Haare kurz geschnitten, das Gesicht glatt rasiert mit Fältchen um die grünen Augen und sportlich gekleidet wie immer. Für sein Alter sah er gut aus und auch die harte Polizeiarbeit hatte ihm in dieser Hinsicht nicht geschadet.

„Hier klappt alles, Mäuschen. Schau, dass du über die Runden kommst. Aber sag, vorhin bist du mir geschickt aus dem Weg gegangen, was machst du in deiner freien Zeit? Hast du auch immer das Pfefferspray dabei?"

Sie wurde sofort von schlechtem Gewissen gepackt. „Ja, es ist in meiner Handtasche", flunkerte sie und warf das Spray umgehend hinein.

„Und wie sieht es im Liebesleben aus?" Wie konnte ihr Daddy denn so eine Frage stellen?

„Dad! Das fragt man doch nicht!" Ihre Wangen pulsierten heftig durch das Blut, das ihr ins Gesicht geschossen war.

Das Lachen, das er von sich gab, wärmte sie auf eine Weise, die ihr bewusst machte, wie sehr sie ihn vermisste. Ihre Entscheidung Jura zu studieren, kam nicht von ungefähr. Erst hatte sie ebenfalls auf die Polizeiakademie gehen wollen, doch ihr Vater war ganz und gar nicht begeistert gewesen. Deshalb hatte sie sich entschlossen, Anwältin zu werden. So konnte sie Menschen auch zu ihrem Recht verhelfen.

„Und warum nicht?", fragte ihr Vater im Ton eines Unschuldslamms. „Ich habe dich ja nicht auf die Risiken von ungeschütztem Geschlechtsverkehr angesprochen." Das noch nicht hing unausgesprochen in der Luft. Ihr Vater schien sich kaum mehr einzukriegen und kicherte schamlos.

Rose schnappte nach Luft. „Das ist peinlich, Paps!" Die zwanglose Art dieser Unterhaltung ließ all die Anspannung der letzten Zeit dahinschmelzen wie Ben & Jerrys-Eis in der Julisonne.

„Weißt du was, Dad? Du bist der einzige Mann in meinem Leben, der wichtig ist."

Ihr Vater schien zu lächeln. „Ich bin alt, Herzchen. Du solltest dich auf die Suche nach einem Prinzen in deinem Alter machen."

Rose stand auf und ging zum Fenster. Einen Prinzen hatte sie schon gefunden. Doch er konnte unmöglich der Richtige sein. Ihr Bauchgefühl stritt sich in dieser Hinsicht mit ihrem Verstand.

„Ich glaube, Prinzen sind heutzutage ausgestorben, Paps. Aber ich würde auch einen Polizisten nehmen. Die kommen schon sehr nahe an die Prinzen heran." Sie hörte, wie die Wohnungstür geschlossen wurde, und warf einen Blick auf die Uhr. Es war inzwischen elf. Doro musste nach Hause gekommen sein. „Es ist schon spät, Dad. Gib Mom einen Kuss von mir."

„Mach ich, Mäuschen. Ich muss nachher noch zur Arbeit. Melde dich bald wieder und pass auf dich auf. Ich hab dich lieb."

Sie legte auf, saß aber noch einen Moment einfach nur da. Sie versuchte an nichts zu denken, doch in ihrem Kopf herrschte das reinste Chaos. Mittendrin war eine Konstante, die da nichts verloren hatte. Nick Hamilton. Er nahm inzwischen einen bedeutenden Teil ihres Bewusstseins ein.

Doro trat leise ein und warf ihr einen prüfenden Blick zu. „Hey, ich habe noch Licht gesehen. Ist alles im grünen Bereich?" Rose klopfte neben sich auf die Matratze.

Doro betrat das Zimmer ganz und setzte sich neben sie auf das Bett. „Ich wollte mich bei dir entschuldigen", griff Doro noch einmal den Faden auf. „Ich hätte mich nicht derart einmischen dürfen."

Rose legte ihrer Freundin den Arm um die Schulter und drückte ihr einen Kuss auf die Wange. „Du brauchst dich nicht zu entschuldigen. Ich bin auch gar nicht mehr wütend." Doro nickte und kuschelte sich an Rose. Rose ergriff daraufhin die Chance und erzählte Doro von den guten Neuigkeiten.

****

Nick

Als Nick am folgenden Morgen einen Spaziergang durch die City machte, kam er an einem Immobilienbüro vorbei. Er war schon mehrmals für ein paar Tage in dieser Stadt gewesen und je länger und öfter er hier war, desto wohler fühlte er sich. Er hatte sein Herz an und in Manhattan verloren. In den letzten Tagen hatte er vermehrt darüber nachgedacht, sich eine eigene Bleibe hier zu kaufen. Es wäre recht angenehm, nicht immer ins Hotel zu müssen, wenn es ihn nach New York verschlug.

Er blieb am Schaufenster des Büros stehen und studierte die Angebote, die in Reih und Glied an der Scheibe ausgestellt waren. Ein Appartement fesselte seine Aufmerksamkeit. Eine 6,5-Zimmer- Penthouse-Wohnung am Columbus Circle zu einem für New York

City annehmbaren Preis. Er betrat kurzerhand das Maklerbüro. Am Schreibtisch saß eine elegant gekleidete Dame mittleren Alters. Nick hatte sofort das Gefühl, einer seriösen Geschäftsfrau gegenüberzustehen. Er nahm, wie es der Anstand ihm gebot, das Baseball-Cap und die Sonnenbrille ab.

Die Maklerin war inzwischen aufgestanden und zu ihm gekommen. Sie warf einen kurzen Blick auf Barry, der wie üblich wie ein Schatten hinter ihm stand. Er bemerkte, dass sie ihn erkannt hatte, doch sie blieb geschäftlich neutral. Ein weiterer Pluspunkt.

„Guten Morgen, Mr. Hamilton. Ich bin Jane Myers. Wie kann ich Ihnen behilflich sein?" Ja, sie war ein Profi und seriös. Nick hatte sich inzwischen ein gutes Gespür für Menschen angeeignet.

„Mrs. Myers, ich interessiere mich für eine Wohnung, die Sie ausgeschrieben haben." Sie bot ihm einen Stuhl an der Stirnseite ihres Schreibtisches an. Er nahm dankend an.

„Darf ich Ihnen etwas zu trinken anbieten, bevor wir anfangen?"

„Ein Glas Wasser wäre toll." Nick wurde mit einem Mal auf eine angenehme Weise nervös. Es war lange her, seit er solche Entscheidungen ohne Stacy oder andere Interessensvertreter getroffen hatte.

Jane Myers brachte ihm sein Getränk und setzte sich nun ebenfalls. „Nun, Mr. Hamilton, für welches Objekt interessieren Sie sich?"

Er erklärte ihr, welche Wohnung er gern besichtigen würde. Nach einem kurzen Blick in ihre Agenda vereinbarte Mrs. Myers mit ihm einen Besichtigungstermin für den späteren Nachmittag. Am liebsten hätte er sich das Appartement sofort angesehen. Er war ein impulsiver Mensch. Wenn er sich etwas in den Kopf gesetzt hatte, wollte er es gleich in die Tat umsetzen.

Schneller als erwartet standen er und Barry wieder auf der Straße. Geschützt durch Käppi und Sonnenbrille, Barry war auf ähnliche Weise getarnt, schlenderten sie durch die Gegend.

Er genoss die Freiheit dieser unechten Anonymität. Seine Gedanken wanderten zu Rose. Der Hudson-Event, wie er den Kuss und das vorangegangene Gespräch insgeheim nannte, lag nun schon zwei Tage zurück. Er wusste, dass er sich gedulden musste, obwohl das ganz und gar nicht seine Stärke war. Er hatte sich vorgenommen, ihr noch einen Tag Zeit zu geben. Sollte er bis Samstagnachmittag nichts von ihr hören, würde er sie höchstpersönlich in ihrer Wohnung abholen und sie zum Essen aus- oder wohl eher entführen. Er wäre nicht Nick Hamilton, wenn er in dieser Hinsicht ein Nein auf sich beruhen lassen würde. Er hatte bemerkt, dass Rose sich fürchtete und er verstand das auch. Doch er wollte nicht, dass sie sich aufgrund ihrer Angst gegen ihn entschied.

„Mr. Hamilton?" Barry riss ihn aus seiner Grübelei.

„Ja?" Er blieb stehen und sah sich nach seinem Bodyguard um.

„Ihre Agentin hat mich soeben angerufen. Sie haben morgen Nachmittag kurzfristig eine Besprechung für Ihren nächsten Videodreh angesetzt. Sie hat mir auch gesagt, Sie sollen gefälligst Ihr Handy einschalten." Barry schien sich nicht wohl in seiner Haut zu fühlen und Nick konnte es ihm nicht verdenken. Wenn Stacy in Fahrt kam, zogen selbst die hartgesottensten Musikbosse die Schwänze ein. Das machte sie zu einer wertvollen Agentin, auch wenn sie für seinen Geschmack hin und wieder über das Ziel hinausschoss.

„Ich rufe sie später zurück, Barry. Danke für die Mitteilung.“ Sie kamen gerade an einem Starbucks vorbei und Nick sah eine Möglichkeit, sein schlechtes Gewissen zu beruhigen. „Komm, ich lade dich auf einen Kaffee und einen Brownie ein.“

Barry schien die Welt nicht mehr zu verstehen. „Ah ... ja ... gern. Aber soll nicht ich die Dinge holen? Es scheint mir ziemlich voll zu sein.“

Nick warf einen Blick durch die Glasscheibe. Barry hatte recht, doch Nick brauchte gerade jetzt das Gefühl von schnöder Normalität. Er wollte doch nur einen Kaffee und einen Brownie mit einem Kumpel genießen.

„Lass mal, ich mach das schon. Du kannst dich ja wie üblich als mein Schatten ausgeben.“ Nick zwinkerte dabei Barry zu, obwohl dieser seine Augen wegen der Sonnenbrille nicht sehen konnte.

Um Barrys Mundwinkel bildete sich ein verhaltenes Lächeln, doch er sagte nichts. Kurze Zeit später saßen sie an einem kleinen runden Tisch in einer Ecke. Das volle Aroma von Mokka und Kaffee lag schwer in der Luft und die Kakophonie der Stimmen benebelte Nick auf angenehme Weise.

„Vielen Dank, Mr. Hamilton. Aber das wäre nicht nötig gewesen.“

Nick stellte seinen Latte macchiato ab. „Lass stecken. Das war schon lange mal fällig.“

Der schweigsame Barry nickte nur und setzte die Tasse an. Nick lehnte sich zurück und schloss einen Moment die Augen. Er fühlte sich müde und ausgelaugt. Diese Promo-Tour war anstrengend und nervig. Er hatte sich auf ein paar freie Tage gefreut. Doch Stacy schaffte es, ihm immer wieder einen Termin unterzujubeln.

Er zog sein Telefon hervor und schaltete es ein. Tatsächlich meldete der Signalton eine Voicemail von Stacy an, die er jedoch gar nicht erst abhörte. Er rief sie stattdessen an.

„Nick, wieso bist du nicht erreichbar?“

Weil ich meine Ruhe will. Er sprach die Worte nicht laut aus. „Ich war beschäftigt und hab dabei vergessen, das Handy einzuschalten.“

Stacy gab einen Zischlaut von sich. „Warum schaltest du es überhaupt ab?“

Nick richtete sich abrupt auf. „Jetzt gehst du zu weit!“, fluchte er gedämpft ins Telefon. „Ich habe wie jeder andere auch ein Recht auf Privatsphäre. Du schaffst es sogar, mir Termine in meine freien Tage zu legen. Du solltest dich nicht wundern, dass ich dir hin und wieder entfliehe.“

Stacy schwieg und schwieg. Nick musste den Impuls zu fragen, ob sie noch dran war, unterdrücken. Dann hörte er ein verhaltenes Räuspern.

„Nun ... ich ... die Besprechung morgen wird nicht lange dauern. Es geht nur darum, den Zeitplan und den Drehtermin festzulegen. Ich schicke dir eine SMS mit den Angaben zu Treffpunkt und Zeit.“ Sie schwieg wieder einen Moment und Nick spürte klar und deutlich, dass seine Agentin verärgert war. Doch das machte ihm wenig aus.

„Danke Stacy. Das weiß ich zu schätzen."

„Bitte. Und genieß deine freie Zeit." Sie hatte es sich nicht nehmen lassen, einen gewissen verschnupften Unterton in ihre Aussage zu legen. Nick ging jedoch nicht darauf ein.

„Ich wünsche dir ebenfalls ein paar schöne Stunden." Vorzugsweise in der Horizontalen mit männlicher Aufmerksamkeit, fügte er in Gedanken hinzu. Vielleicht wäre sie dann nicht mehr so ungenießbar.

Nachdem sie aufgelegt hatte, griff Nick nach seinem Latte und nahm einen Schluck. Er war in Gedanken wie so oft in den letzten Tagen bei Rose. Er hätte alles dafür gegeben, eben mal kurz Mäuschen spielen zu können, um zu sehen, was sie so trieb und um sich zu vergewissern, dass es ihr gut ging. Die Sache mit den Mistkerlen im Club ließ ihm einfach keine Ruhe.

Barry lehnte sich entspannt zurück. „Ich habe mich gefragt, was jetzt mit der jungen Frau von neulich ist. Werden Sie sie wiedersehen, Mr. Hamilton? Ich weiß, es geht mich eigentlich nichts an, aber ich habe das Gefühl, dass es für Sie dieses Mal etwas anderes ist. Sie haben sich verändert, seit Sie das Mädchen das erste Mal getroffen haben."

Nick nahm seinen Brownie und biss hinein. Ja, dieses Mal war es wirklich etwas anderes. Er empfand etwas für Rose, was er nicht in Worte fassen konnte. Noch nicht.

„Tust du mir einen Gefallen, Barry?" Als dieser nickte, fuhr Nick fort: „Nenn mich Nick. Wir kennen uns lange genug, oder nicht?" Barry wollte Einspruch erheben, doch Nick ließ ihn nicht zu Wort kommen. „Das ist wirklich okay so, glaub mir. Und nun zu deiner Frage. Ja, Rose ist etwas ganz Besonderes. Ich möchte sie wiedersehen. Doch diese Entscheidung liegt ganz bei ihr."

Barry lächelte verschwörerisch. Wann war dieser Gorilla zu Nicks Freund mutiert? Seinem einzigen Freund, wie es aussah. „Ich glaube, das wirst du. Ich kann mir nicht vorstellen, dass ihre Wahl gegen dich fällt. Ich meine, du bist Nick Hamilton." Barry wackelte schelmisch mit den Augenbrauen und Nick musste grinsen.

„Wir werden sehen. Lass uns austrinken und ins Hotel zurückkehren. Bis zum Termin mit der Immobilienfrau muss ich noch arbeiten."

***

Rose

Rose nutzte die Zeit, die sie durch ihre Arbeitslosigkeit geschenkt bekommen hatte, um zu lernen und an der Aufstellung für ihre Doktorarbeit zu arbeiten. Sie kam derart gut vorwärts, dass sie fast wehmütig wurde, wenn sie an den kommenden Montag dachte. Wenn sie den Job bei Moe & Sam's tatsächlich bekommen sollte, wäre solche Lernzeit wieder barer Luxus. Aber irgendwie war sie auch stolz auf sich. Sie hatte, wenn es weiterhin so gut lief, ihr gesamtes Studium in der Hälfte der normalen Zeit geschafft. Sie war froh, dass sie derart verständnisvolle Dozenten und einen Mentor hatte, der ihr Lernpotenzial erkannt und alle Hebel in Bewegung gesetzt hatte, um ihr das alles zu ermöglichen.

Sie stand in einer selbst auferlegten Pause mit steifen Gelenken auf, um sich etwas zu trinken zu holen. In der Küche begegnete sie Doro, die sie kritisch beäugte.

„Solltest du dich nicht allmählich umziehen?", fragte sie mit vor der Brust verschränkten Armen an die Anrichte lehnend.

Rose wurde ganz flau im Magen. Sie wusste ganz genau, worauf Doro anspielte. Es war Samstag und ein Blick auf die Uhr am Backofen genügte, um Rose zu sagen, dass es bereits später Nachmittag war. Nick wollte an diesem Abend mit ihr essen gehen. Doch Rose konnte diese Einladung nicht annehmen. Dieser Mann war eine ernst zu nehmende Komplikation. Vor allem jetzt, da ihr der Zeitdruck im Nacken saß. Leider hatte sie es nicht fertiggebracht, Nick anzurufen und ihm zu sagen, dass sie ihn nicht mehr sehen konnte ... wollte ... sollte ... durfte.

„Ich habe ihm nicht zugesagt."

Doros Augen wurden schmal. „Aber abgesagt hast du ihm auch nicht, oder? Also, so wie ich Nick einschätze, nimmt er eine fehlende Abfuhr als stumme Zusage. Ich gehe mit dir jede Wette ein, dass er in spätestens drei Stunden hier auf der Matte steht und dich abholt."

Rose wurde gleichzeitig heiß und kalt. Was war, wenn Tattoogirl nun recht behielt? Doro hatte in der Regel eine gute Menschenkenntnis. Und überhaupt, es konnte gar nicht sein, dass er hier aufkreuzte, schließlich hatte er ihre Adresse nicht. Und was war wenn doch ...?

Mist! Sie musste es ihm sagen. Jetzt gleich. Sie stolperte mehr als sie ging in ihr Zimmer und nahm ihr Handy vom Schreibtisch. Auch jetzt schoss ihr beim Gedanken daran, seine aufregende Stimme zu hören, glühende Hitze in den Schoß, und noch im selben Moment glaubte sie, seine Hände auf sich zu spüren. Die Option ihn anzurufen, fiel demnach überdeutlich aus. Deshalb tippte sie hastig mit zittrigen Händen eine kurze SMS:

Lieber Nick,
leider habe ich sehr viel zu tun und muss deshalb das Treffen heute Abend absagen. Verzeih mir, aber ich kann einfach nicht.
Rose

Sie versuchte den Sendebutton anzutippen, doch aus einem ihr unerfindlichen Grund wollte ihr Finger nicht gehorchen. Weshalb zögerte sie, wenn der Fall so klar war?

Stell dich nicht so an, Rose!

Mit einem animalischen Knurren zwang sie ihren Daumen auf den Button, und als die Nachricht verschickt war, ließ sie das Handy fallen, als hätte es sich plötzlich in eine Tarantel oder der-gleichen Ekliges verwandelt.

Ja, sie hatte das Richtige getan. Das einzig Korrekte, versuchte sie sich selbst zu überzeugen. Aber wenn diese Entscheidung ihres Erachtens absolut rechtens war, warum fühlte es sich dann so verdammt falsch an?

Plötzlich schienen die so vertrauten Wände ihres Zimmers sie zu erdrücken. Verdammt, sie hatte das Gefühl zu ersticken. Sie musste raus, Luft schnappen und

kübelweise Eiscreme für das sicher bald stattfindende
Frustfressen kaufen. Sie war für gewöhnlich keine dieser weinerlichen, hysterischen Weibsbilder. Aber irgendwie war nun auf einmal auch bei ihr das Fass voll.

Sie schlüpfte in ihre warmen UGGs, schnappte den Mantel und die Tasche und eilte durch den Korridor Richtung Haustür. Als sie an der Küche vorbeikam, sah sie, dass Doro noch immer dort war.

„Ich bin kurz weg!", rief sie ihrer Freundin im Vorbeirennen zu. „Es dauert nicht lange."

Draußen atmete Rose erst einmal tief durch. Die von Abgasen und Unrat geschwängerte Luft machte ihren Kopf frei. Auch wenn man es sich kaum vorstellen konnte. Die Sonne war zwar noch nicht untergegangen, doch wegen der hohen Gebäude, lagen sowohl Gehsteig als auch Fahrbahn bereits im Schatten. Sie warf einen Blick auf eines dieser unzähligen Hochhäuser. Sie stellte sich vor, wie es wohl sein musste, so vermögend zu sein, dass man sich eine Wohnung weit oben oder gar das Penthouse leisten konnte. Es musste unbeschreiblich sein: die Aussicht auf die Stadt, keine künstlich erzeugte Dunkelheit, weniger Lärm und bessere Luft. Sie ließ die Schultern hängen und schob die Hände in die Manteltaschen. Der Wind blies an diesem Nachmittag kräftig. Obwohl er nicht so kalt war wie noch vor ein paar Tagen, fröstelte sie. Schnurstracks ging sie zum kleinen Supermarkt ein paar Querstraßen weiter. Normalerweise mied sie diesen Laden, weil er ihr schlichtweg zu teuer war. Aber jetzt war eine absolute Ausnahmesituation. Sie hatte noch ein paar wenige Dollar von ihrem letzten Gehaltsscheck übrig und das würde bestimmt für ein bis zwei Kübel Eis reichen.

Kurz vor ihrem Ziel kamen ihr zwei wohlbekannte Kerle entgegen: Mike und sein Groupie Joey. In Rose zog sich alles zusammen und sie konnte nichts dagegen tun, dass sie abrupt stehen blieb. Leider war es zu spät, um sich in eine Seitengasse zu verdrücken, denn die beiden hatten sie bereits gesehen.

„Na sieh einer an", schnurrte Mike, als er bei ihr angekommen war. „Was für ein Zufall." Sie umkreisten sie und Rose zog reflexartig den Mantel enger.

„Was wollt ihr?" Sie versuchte neutral zu klingen, doch das leichte Zittern in ihrer Stimme verriet sie.

„Ach, weißt du, wir wollten einer Freundin, die uns noch was schuldig ist, einen kleinen Besuch abstatten. Du hast nicht zufällig eine Ahnung, wie weit es noch bis zur 55. Straße ist? Es ist das Haus mit der Nummer 5503. Ach ja, Joey, es war doch Wohnung 13 im dritten Stock, oder nicht?" Beide brachen in blödes Gelächter aus, während Rose die Knie weich wurden. Mike wusste, wo sie wohnte. Woher kannte der Bastard ihre Adresse? Moment, er musste sie verfolgt haben. Vor ein paar Tagen hatte sie das Gefühl gehabt, dass ihr jemand auf den Fersen war.

„Miss, brauchen Sie Hilfe?"

Rose drehte sich verwirrt zu der männlichen Stimme um. Eine Streife des NYPD hatte angehalten und das Fenster heruntergelassen. Sie war hin- und hergerissen. Sollte sie die Hilfe des Polizisten annehmen? Aber dann würde sich Mikes Wut auf sie nur noch mehr steigern und darauf war sie ganz und gar nicht scharf. Also war es wohl besser, die Coole zu mimen.

„Nein, Officer, es ist alles in Ordnung. Die beiden Herren haben nur nach dem Weg gefragt."

Der Cop sah sie mit gerunzelter Stirn an, als glaubte er ihr nicht. „Wie Sie meinen, Miss. Passen Sie auf sich auf." Dann ließ er die Scheibe wieder hoch und fuhr im Schritttempo davon. Es schien fast so, als wollte er sie so lange wie möglich im Rückspiegel beobachten, um sicherzugehen, dass auch wirklich alles okay war.

Rose drehte sich zu den beiden Nervensägen um. „So, nun sind wir quitt. Also verpisst euch auf Nimmerwiedersehen. Wenn ihr mich noch einmal so belästigt, zeige ich euch an. Habt ihr das kapiert? Ja? Dann verschwindet gefälligst."

Mike und Joey glotzten sie etwas belämmert an. Als sie sich jedoch nicht rührten, drehte sich Rose weg und ging mit gerecktem Kinn davon. Ihr Herz drohte ihr aus der Brust zu springen, doch sie ließ sich nichts anmerken.

Erst als sie mehrere Querstraßen weiter war, wagte sie es, ihre Schritte zu verlangsamen und einen kurzen Blick über ihre Schulter zu werfen. Die Idioten waren verschwunden. Doch Rose konnte sich nicht entspannen. Was war, wenn die beiden sie an ihrer Wohnungstür empfingen? Aber Doro ist doch da, wisperte ein feines Stimmchen in ihrem Kopf. O Gott, Doro! War sie auch in Gefahr?

Rose war der Verzweiflung nahe. Sie wollte nicht nach Hause, aber sie konnte Doro nicht diesen Saftsäcken aussetzen.

Sie nahm die Tasche von der Schulter und suchte nach ihrem Smartphone, doch sie fand es nicht. Mist! Sie hatte es in ihrem Zimmer liegen lassen, nachdem sie Nick geschrieben hatte. Verfluchte Scheiße! Was sollte sie jetzt tun? Auf jeden Fall keine Gastronomiepackungen Ben & Jerry's kaufen. Sie musste heim. Aber auf keinen Fall auf direktem Weg. Andernfalls lief sie Jack the Ripper und seinem Kumpel Charles Manson in die Arme.

Sie ging auf der 56sten, parallel zur 55sten, Richtung Westen. Sie lief bewusst eine Querstraße zu weit und dann etwas langsamer zur 55sten, wo ihr Haus stand. Als ihre Wohnung in Sichtweite kam, blieb sie im Schutz eines geparkten Wagens stehen und beobachtete einen Moment die Umgebung. Mike und sein Schatten schienen nicht hier zu sein. Auf diese Weise etwas beruhigt, eilte sie so schnell sie ihre Beine trugen zum Hauseingang und verschwand in der Sicherheit des Gebäudes.

Sie rannte hoch in den dritten Stock und direkt in die Wohnung. „Doro!", rief sie aufgebracht. „Wo bist du?"

Doro kam aus der Küche und sah sie fragend an. „Ich bin hier. Was ist denn los? Du siehst aus, als hättest du einen Zombie gesehen."

Wenn Doro nur wüsste, wie nahe sie an der Wahrheit war. „Mir sind die beiden Scheißkerle von der Cluberöffnung begegnet und dabei haben sie mir zu verstehen gegeben, dass sie mir einen Besuch abstatten wollten."

Doro presste die Lippen zusammen und kam zu ihr, um sie zu umarmen. „Du solltest vielleicht doch in Erwägung ziehen, zur Polizei zu gehen. Rede doch mal mit deinem Dad. Er weiß vielleicht, was du machen kannst."

Mit ihrem Vater sprechen? Ganz sicher nicht. Der würde mit seiner Pumpgun hier aufkreuzen und Mike und Joey eine Ladung Schrot in den Pelz brennen.

Nicht, dass sie Mitleid mit diesen Idioten hatte. Sie dachte mehr an die Konsequenzen, die daraus für ihren Dad entstehen würden.

Doro hatte sie inzwischen in die Küche geführt und ihr eine Tasse Kaffee in die Hand gedrückt. „Wie bist du diese Flachwichser losgeworden?"

Rose ließ sich auf der Stuhlkante nieder und schnupperte am aufsteigenden Kaffeedampf. Das Aroma wärmte ihre Sinne und sie fühlte, wie sie etwas ruhiger wurde.

„Eine Polizeipatrouille kam mir zufällig zu Hilfe. Mehr gibt es dazu eigentlich nicht zu sagen." Rose setzte die Tasse an und nahm einen vorsichtigen Schluck, damit sie sich nicht die Zunge verbrannte. „Weißt du, als die beiden Flachwichser, wie du sie so schön nennst, abgehauen sind, hatte ich Angst um dich. Ich habe befürchtet, dass sie hierherkommen und mich abpassen wollten."

Doro nahm ihr die Tasse ab und umarmte sie herzlich. „Um mich brauchst du dir keine Sorgen zu machen. Ich kann mich schon wehren. Aber eines muss ich dir lassen. Du bist eine wahre Freundin."

Wenn dem wirklich so war, wieso hatte sie dann ein schlechtes Gewissen? „Ich sollte mich wieder an die Arbeit machen." Sie schälte sich aus Doros Armen und flüchtete buchstäblich in ihr Zimmer. Dort kramte sie aus einer der überfüllten Schubladen ihren iPod und die Kopfhörer hervor.

Aus einem Impuls heraus öffnete sie den Music Store und lud kurzerhand Nicks neuestes Album herunter. Wenn sie es schon nicht ertrug, ihm physisch nahe zu sein, so konnte sie es wenigstens durch seine Musik und seine Stimme. Irgendwie fühlte sie sich nicht ganz richtig im Kopf, sie war doch nicht eines dieser kranken Groupies ...

***

Nick

Nick saß auf dem Rücksitz von Barrys Wagen und sah zum Fenster hinaus, ohne etwas wahrzunehmen. Er fühlte sich unruhig.

Nachdem er Roses Nachricht bekommen hatte, hatte er seinen neu erkorenen best buddy zu sich bestellt, damit er ihn zu ihrem Apartment fuhr. Ja, er hatte Doro versprochen, dass er Roses Wünsche respektieren würde. Aber sie sollte es ihm direkt ins Gesicht sagen, dass er sich verpissen soll.

Als Barry am Straßenrand hielt, um ihm die Wagentür zu öffnen, erregte eine Bewegung auf der anderen Seite der Fahrbahn seine Aufmerksamkeit. Rose rannte auf ihr Wohnhaus zu und duckte sich plötzlich zwischen zwei geparkte Wagen. Sie wirkte nervös, ja fast panisch. Und das wiederum versetzte ihn in totale Alarmbereitschaft.

Er sprang buchstäblich aus dem Wagen und in diesem Augenblick verstand er, was Rose so aufgebracht hatte. Weiter die Straße runter schlenderten, völlige Arglosigkeit mimend, die beiden Kerle vom Club ein paar Tage zuvor. Die Rädelsführer der Gruppe, die Rose an die Wäsche wollten.

„Barry, da sind die beiden Kröten von neulich. Wir sollten sie uns vorknöpfen."

Barry nickte und rannte hinter den beiden her. Nick sah gerade noch, wie Rose durch den Hauseingang verschwand und das Wissen, dass sie in Sicherheit war, beruhigte ihn auf verstörende Art und Weise.

Er folgte Barry, und als er um die nächste Ecke bog, hatte er seinen Leibwächter und die Beute erreicht. Barry hatte die Schlappschwänze im Schwitzkasten. Einen links und einen rechts.

„Lass los, du Gorilla!", fluchte einer der beiden.

Nick erkannte in ihm den Gangführer. „Erst hörst du mir zu, du kleiner Klugscheißer", begann Nick und packte den Kerl an den Haaren, damit der ihn ansah. „Du und dein Fanclub machen in Zukunft einen großen Bogen um Rose. Haben wir uns verstanden? Wenn nicht, werdet ihr mich kennenlernen." Der Typ reagierte erst nicht, sondern starrte ihn nur mit Spott in den Augen an. „Ob du mich verstanden hast, habe ich gefragt. Oder muss ich es erst buchstabieren, damit eine Kellerassel, wie du es bist, es auch kapiert?" Nick packte dabei etwas fester zu.

„Du kannst mich mal, du Möchtegern-Robbie-Williams."

Das waren genau die richtigen Worte. Nick hatte insgeheim auf einen Grund gehofft, dem Scheißer eine Gesichtsremodellierung zu verpassen.

„Lass ihn los, Barry."

Als der lebende Boxsack auf seinen eigenen Füßen stand, hob Nick seine rechte Hand und winkte den Mistkerl mit dem Zeigefinger zu sich. „Dann komm, du

Muttersöhnchen oder kannst du nur gegenüber schwachen Frauen stark sein?"

„Ich heiße Mike und nicht Muttersöhnchen, Arschloch", brüllte er und stürmte auf Nick los.

Nick ließ sich jedoch nicht beeindrucken und wehrte die Faust, die es auf sein Gesicht abgesehen hatte, mühelos ab. Dann holte er selbst aus und landete einen Volltreffer. Die Nase dieses selbst ernannten Mike Tyson gab knirschend nach und Blut strömte keine Sekunde später zwischen den Finger des Typen hervor, mit denen er seine Nase bedeckte.

Er versuchte das verstörende Gefühl, gerade ein Déjà-vu zu erleben, zu ignorieren.

Der Kretin jammerte und fluchte hinter seiner vorgehaltenen Hand. „Du Arsch, du hast mir die Nase gebrochen. Dafür wirst du büßen!"

Barry packte den Kerl mit seiner freien Hand am Kragen. „Das glaube ich eher nicht, Freundchen. Sonst zeigen wir dich wegen Belästigung an."

„Wisst ihr Snobs eigentlich, wer mein Vater ist?", schnauzte der Windelscheißer nasal wegen seines gebrochenen Gesichtserkers.

„Junge, selbst wenn dein Daddy der Präsident persönlich wäre, würde es mich einen Dreck interessieren. Und jetzt verpiss dich und geh in deinen Sandkasten spielen", entgegnete Nick, der langsam genug von diesem Idioten hatte. Er atmete ruhig ein und aus. Dachte dabei an den letzten Song, den er vor ein paar Stunden geschrieben hatte, um sich zu beruhigen. Nur nicht wieder die Kontrolle verlieren. Wie damals.

Barry ließ beide los und bedachte sie mit einem warnenden Blick. Nick rührte sich erst von der Stelle, als er sich sicher sein konnte, dass die beiden Deppen sich wirklich trollten und er seine Wut wieder im Griff hatte.

Er ging in Begleitung von Barry zurück zum Wohnhaus, in dem Roses und Doros Apartment lag. Bevor er jedoch die wenigen Stufen zum Eingang hochstieg, hielt er einen Augenblick inne. Wollte er wirklich das Risiko eingehen, von Rose persönlich hören zu müssen, dass sie ihn nicht wollte? Sein Ego hätte beträchtliche Mühe, so eine Abfuhr zu verkraften. Aber was sollte das? Er war schließlich Nick Hamilton. Welche Frau konnte ihm schon widerstehen? Nur war Rose eben nicht wie andere Frauen.

Mit diesem Gedanken versuchte er, sich künstlich zu wappnen. Er wusste, dass er sich nicht mehr so arrogant geben wollte, doch eben diese Arroganz war auch eine Art Selbstschutz. Vielleicht, so musste er sich eingestehen, hatte das auch nichts mit Hochmut zu tun, sondern mit bodenloser Feigheit. Deshalb gab er sich einen mentalen Tritt in den Hintern und stieg endlich die kurze Treppe hoch. Vor der verwitterten Holztür mit Glaseinlagen blieb er stehen und suchte auf dem Panel auf der rechten Seite nach Doros und Roses Klingel. In der dritten Reihe wurde er fündig und drückte ohne weiteres Zögern auf den Knopf.

Nichts tat sich. Deshalb versuchte er es noch einmal. Schließlich wusste er ganz genau, dass jemand zu Hause sein musste. Doch auch sein zweiter Versuch trug keine Früchte.

Plötzlich ging die Tür auf und eine alte Dame verließ das Haus. Nick grüßte die Frau, bemerkte dabei aber, wie Barry seinen Fuß auf die Schwelle setzte, um zu verhindern, dass sich die Tür schloss und sie wieder ausgesperrt waren. Er wartete, bis die Hausbewohnerin um die Ecke gebogen war, bevor sie das Gebäude unerlaubt betraten. Er wusste durch Doros Angaben, dass die Wohnung der beiden im dritten Stock lag.

Da das Haus zu datiert war, um einen Aufzug zu haben, stiegen sie die drei Stockwerke hoch. Nick atmete tief durch. Das Treppenhaus roch alt, vielleicht etwas staubig und er musste mit einem Mal an seine verstorbene Großmutter denken. Also nicht an sie selbst, sondern an das kleine, fast prähistorische Haus, in dem sie gelebt hatte.

Nick konnte nichts dagegen tun, dass er sich hier auf einen Schlag zu Hause fühlte. Verwirrt über sein Gefühlschaos ging er in der richtigen Etage den Korridor hinunter, auf der Suche nach Roses Wohnung. Dann tauchte die Nummer 13 auf und er blieb wiederum unschlüssig stehen.

„Tue ich hier das Richtige, Barry?" Weshalb stellte er seinem Bodyguard-Freund ausgerechnet jetzt diese Frage?

„Jetzt klopf schon an, Nick." Wo der Riese recht hatte ...

Nick zögerte nicht länger und klopfte an die Tür. Es dauerte einen Augenblick, doch dann hörte er, wie der Schlüssel gedreht und die Vorhängekette entfernt wurde. Dann flog die Tür auf und vor ihm stand eine Baseballknüppel schwingende Doro.

„Verpisst euch, ihr ...!", wetterte Doro erst, bevor sie ins Stocken geriet. „Nick? Was machst du denn hier?" Sie warf einen prüfenden Blick links und rechts in den Gang. „Kommt rein."

Er betrat gefolgt von Barry die Wohnung. Doro schloss hinter ihnen zu und sperrte damit die ganze Welt aus. Nick sah sich in der Altbauwohnung um. Sie war zwar deutlich renovierungsbedürftig, doch die beiden Frauen hatten sich trotzdem ein gemütliches Heim geschaffen. Es wirkte wie ein Sammelsurium eines Flohmarkts. Im Wohnzimmer stand eine fadenscheinige, durchgesessene Couch, die einlud, sich hineinfallen zu lassen und nie wieder aufstehen zu wollen. In der Küche, wohin Doro sie führte, standen fünf völlig unterschiedliche Stühle um einen runden, mehr als abgewetzten Tisch, in dessen Mitte eine geblümte Schale aus Emaille stand. In dieser Schale lagen Äpfel und Orangen. Die Türen der Küchenschränke waren früher wohl grau gewesen, doch nun waren sie abgegriffen und das Holz schien durch.

Überall wo Nick hinsah, entdeckte er jedoch Liebe und Wärme und er kam sich vor wie ein verwöhnter Snob. Er lebte zwar aus dem Koffer, doch er nächtigte immer in noblen Hotels. Alles war geprägt von Wohlstand und Luxus. Sogar die Wohnung, die er gestern erstanden hatte, erfüllte diese Kriterien.

Mist, damit hatte er nun echt nicht gerechnet. Rose schien ihn immer wieder mit der Nase auf seine schlechten Seiten zu drücken. Sie vermochte es, ihm direkt und indirekt sagen zu wollen, dass er ein oberflächlicher Scheißkerl war.

Wieso musste er ihr so zusetzen? Wieso konnte er ihr Nein nicht einfach als das akzeptieren, was es war? Ihm wurde in dem Moment bewusst, dass ihre Welten nicht unterschiedlicher sein konnten. Und er nahm an, dass

Rose sich dessen vorher schon im Klaren gewesen sein musste.

Du hast dich in dein persönliches Aschenputtel verliebt.

Sein Unterbewusstsein hatte es natürlich schon früher gerafft als sein Verstand. Das war ja fantastisch. Er sollte gehen, jetzt gleich. Liebe? Das war doch das Letzte, was er wollte. Oder? Ein bisschen verknallt sein, das war okay. Aber das volle Programm? Da bekam er sofort so etwas wie kalte Füße.

Ein Ellbogen, der ihm in die Seite gerammt wurde, unterbrach seine stille Litanei, der er gerade ausgesetzt gewesen war.

„Sorry?", stammelte er und drehte sich zu Barry um. „Was ist denn?"

Barry nickte in Doros Richtung. „Es wurde mit dir gesprochen, Boss."

Nick sah Tattoo-Doro an. Sie war ausgesprochen hübsch. Stahlblaue Augen in einem herzförmigen Gesicht. Ein roter Kussmund, der mit ihren roten Haaren um die Wette strahlte. Dennoch konnte sie in Nicks Augen nicht mit Rose konkurrieren. Sie war etwas größer als Rose und von Kopf bis Fuß tätowiert. Zumindest waren es die Körperstellen, die er bis jetzt zu sehen bekommen hatte. Er war jedoch überzeugt davon, dass sie unter ihrer Kleidung auch ausgiebig verziert war.

„Ich habe dich gefragt, was du hier machst", wiederholte sie in genervtem Ton ihre Frage und verschränkte dabei die Arme vor ihrer Brust.

„Ja, das ist eine berechtigte Frage", kam es ihm ungewohnt zögerlich über die Lippen. „Ich schätze, ich

wollte mit Rose sprechen und sie überzeugen, doch
noch mit mir auszugehen.“

Zwischen Doros perfekt gezupften Augenbrauen entstand eine steile Falte. „Soviel ich weiß, hat sie dir schon gesagt, dass sie sich nicht mit dir treffen will. Und ich erinnere dich nur ungern an das Versprechen, das du mir gegeben hast, als ich dir unsere Adresse überließ.“

Nick fuhr sich durch die Haare. Doro hatte recht, das wusste er, aber Rose zog ihn dermaßen an, dass er ihr einfach nicht fernbleiben konnte. Vielleicht würde es ihm helfen, wenn sie ihm in die Augen sah, während sie ihm den Tritt in den Arsch gab.

Himmel noch mal! Er wusste doch sonst immer, was er wollte und wie er sein Ziel erreichte. Doch mit Rose war alles anders. Er wusste nicht mehr, wo ihm der Kopf stand, wer er war und was er tun sollte. Mit welchem Zauber hatte sie ihn in dieser Hotelsuite belegt? Oder war es eher ein Fluch? Sie brachte seine schlechtesten und gleichzeitig seine besten Seiten zum Vorschein.

„Ich muss mit ihr reden, Doro. Wenn sie mich dann immer noch ablehnt, dann gehe ich und ihr zwei werdet mich nie wieder zu Gesicht bekommen. Das schwöre ich. Vertrau mir.“ Er sah, wie Doro anfing, an ihrer Unterlippe zu kauen und immer wieder unsichere Blicke in den Korridor warf.

„Na schön. Aber wehe, du hältst dich nicht an dein Versprechen! Dann trete ich dir mit Anlauf in die Eier und dieser Bodyguard wird mich nicht davon abhalten können.“

Er brachte nur ein Nicken zustande und schwor sich im Stillen, dass er einer wütenden Doro wohl aus dem Weg gehen musste.

„Wo finde ich Rose?"

Doro nickte in Richtung des Korridors. „Sie ist in ihrem Zimmer und lernt. Am Ende des Gangs links."

Eine für ihn unnatürliche Nervosität nahm ihn in Besitz, als er ihrem Blick folgte. Wollte er wirklich ein Auf keinen Fall aus ihrem Mund hören? Die Antwort war so klar wie das Amen in der Kirche.

„Barry, bitte warte hier auf mich. Ich bin vielleicht schneller wieder zurück, als mir lieb ist." Nachdem Barry bestätigend genickt hatte, setzte er einen Fuß vor den anderen. Er hörte, als er vor Roses Zimmer angekommen war, wie Doro Barry ein Bier anbot, das dieser aber dankend ablehnte. Stattdessen bat er um einen Kaffee.

Nick hob die Faust und klopfte an, wieder einmal. Und wieder tat sich nichts. Er versuchte es erneut und wartete vergebens. Er warf einen prüfenden Blick über die Schulter, bevor er unerlaubt den Türknopf drehte. Er erwartete fast, dass Doro mit dem Baseballschläger angestürmt kam.

Die Tür war unverschlossen. Nick warf einen Blick in den Raum und entdeckte Rose. Sie saß mit dem Rücken zu ihm an einem völlig überladenen Schreibtisch. Über den Boden verstreut lagen Notizen, Bücher und Fachzeitschriften. Es sah aus, als hätte hier eine Bombe eingeschlagen.

Rose hatte ihn nicht bemerkt, weil sie Kopfhörer trug und so laut Musik hörte, dass er sogar erkannte, welcher seiner Titel gerade lief. Er schöpfte bei dieser Erkenntnis ein kleines bisschen Hoffnung.

Sie trug dicke, plüschige Socken, weite Trainingshosen und ein viel zu großes Sweatshirt. Sie war in dem Moment das Schönste und Verführerischste, was er je gesehen hatte. Er schloss leise die Tür hinter sich und ging langsam zum Schreibtisch. Als er bei Rose angekommen war, legte er ihr die Hand auf die Schulter. Zugegeben, er war nervös.

Rose sprang buchstäblich aus dem Stuhl und starrte ihn mit einer Mischung aus Entsetzen und Überraschung an. Sie riss sich den Kopfhörer herunter und schaltete den iPod ab. „Wa... was zum Teufel machst du denn hier? Hast du meine SMS nicht bekommen?"

Er wollte diese Frau mit allem, was sie zu bieten hatte. Er wollte sie in seine Arme schließen und ihren Atem während eines endlosen Kusses trinken. Doch sie stand da, abwehrend, und obwohl sie nur ein halber Meter voneinander trennte, war sie ihm so fern, als läge die gesamte Milchstraße zwischen ihnen.

Sag etwas, Mann! Nur was? „Doch, ich habe deine Nachricht erhalten." Sehr geistreich. „Aber ich musste dich einfach sehen." Ja, das war noch besser. Fuck!

Sie schlug die Augen nieder und zog die Ärmel über ihre Hände. Sie war nervös und schürte damit seinen Wunsch, sie an sich zu ziehen, nur noch mehr.

„Du hättest nicht herkommen sollen, Nick. Das ist einfach nicht fair."

Er stutzte. Was war nicht fair? „Was meinst du damit?"

Sie lehnte sich an die Wand und vergrub ihr Gesicht in den Händen, die noch immer in den Pulliärmeln steckten. „Wenn du in meiner Nähe bist, kann ich nicht denken. Ich muss aber denken. Ich muss lernen, damit ich in einem halben Jahr mein Studium abschließen kann. Verstehst du? Und ich muss die Zeit, die ich habe dafür nutzen, weil ich ab Montag wieder arbeiten muss. Nicht jeder verdient so viel Geld wie du, Nick. Ich ... du und ich, das wird nicht klappen. Es gibt so viele Gründe. Du bist berühmt und jeder deiner Schritte wird überwacht und beurteilt. Ich kann das einfach nicht. Ich will doch nur Anwältin werden und meine Eltern so gut es eben geht finanziell unterstützen."

Mit jedem ihrer hoffnungslosen Worte passierte etwas Merkwürdiges in seinem Brustkorb. Während er mit der Hand versuchte, dieses Gefühl wegzureiben, fahndete er vergebens nach Worten, ihre Argumente zu entkräften, denn er wusste, dass sie recht hatte. Er zweifelte sogar daran, dass er der richtige Mann für sie war. Nein, es war klar, dass sie einen besseren Kerl verdient hatte. Doch der Gedanke, dass ein anderer Typ sie anfasste, küsste und alles, was darauffolgte, mit ihr tat, machte ihn wütend. Ein altbekannter Schmerz flammte plötzlich in ihm auf. Seine erste große Liebe und wie sie geendet hatte, war nichts, woran er sich erinnern wollte. Damals war der Grundstein zu seinem jetzigen Seelenzustand gelegt worden.

„Rose. Schenk mir einen einzigen Abend. Nicht mehr und nicht weniger. Danach bist du mich los, denn ich muss schon bald weg. Solltest du mich nach meinem nächsten Trip nicht mehr sehen wollen, werde ich das respektieren. Aber gib mir diese eine Chance. Bitte.“

Cinderella

Rose

Langsam ließ sie die Hände sinken und sah Nick an. Seine blonde Mähne stand ihm etwas wirr vom Kopf, als hätte er sich ständig die Haare gerauft, und er spielte mit den Zähnen unbewusst mit dem Lippenpiercing, als wäre er nervös. Er trug eine schwere Motorradjacke, ein schwarzes, enges T-Shirt und Jeans im Vintage-Look. Dazu steckten seine Füße in schweren Lederstiefeln. Er war ohne Zweifel heiß und er befand sich hier in ihrem Zimmer.

Sie kam sich plötzlich unzulänglich vor in ihrem Schlabberpulli, den Trainingshosen und den Wohlfühlsocken. Der Tiefpunkt in dieser ganzen unangenehmen Situation war jedoch, dass er mit ihr sprach, als wäre sie das Wertvollste, was ihm je begegnet war.

Sie verstand beim besten Willen nicht, was jemand wie er von ihr wollte. Er konnte alle Frauen auf der ganzen Welt haben und doch stand er vor ihr und bat sie um ein einziges gemeinsames Abendessen. War das eine seiner Maschen? Nein, Nick Hamilton brauchte keine Tricks, um Frauen in sein Bett zu bekommen. Es genügte sein Name und sämtliche weiblichen Wesen lagen ihm zu Füßen.

„Nick, bitte." Bitte was? Bitte wirf mich aufs Bett und vögel mich um den Verstand? Sie schüttelte bei diesem Gedanken den Kopf. Sie hatte schon, bevor er sie geküsst hatte, gewusst, dass er eine Gefahr für sie war. Und seit dem Kuss am Hudson-Ufer war sie ihm vollends verfallen. Aber sie war sich auch im Klaren, dass eine Beziehung mit ihm nicht gut für sie war. So sehr der lüsterne Teil in ihr ihn auch wollte.

„Nur ein Essen, Rose. Das ist alles."

O Mann, diese Stimme, diese Augen, diese Hände ... Nick Hamilton war ihre Feuerprobe und gleichzeitig wusste sie, dass sie ihm niemals widerstehen konnte. Das bedeutete auch, dass dieser Mann ihr emotionaler Untergang war.

Als er die Hand hob und ihr zärtlich über die Wange strich, war sie verloren. Er hätte nicht kommen dürfen. Warum war er nur hier?

„Also gut, Nick. Aber nur ein Abendessen." Wem wollte sie hier eigentlich etwas vormachen? „Wo und wann treffen wir uns? Wie lautet der Dresscode?"

Ein zufriedenes Lächeln machte sich auf seinem Gesicht breit. „Wie wäre es mit jetzt?" Es gab wohl kaum ein Entkommen.

Sie sah sich unschlüssig um. „Ähm, grundsätzlich okay. Aber ich muss mich erst noch duschen und umziehen." Und dabei würde ihr Doro helfen müssen. Wie üblich. Doch das würde sie nie und nimmer laut aussprechen.

„Zieh einfach eine Jeans und eine Jacke an. Den Rest erledige ich", sagte er in sanftem Ton und beugte sich zu ihr hinunter, um sie auf die Stirn zu küssen. „Vielen Dank. Du wirst es nicht bereuen." Dann drehte er sich um und verließ das Zimmer. Völlig erstarrt stand sie da. Was war da gerade passiert? Sie hatte diesem Kerl doch aus dem Weg gehen wollen. Wie hatte er das gemacht? Sie war eingeknickt wie ein Grashalm im Sturm und hatte es erst bemerkt, als es schon zu spät gewesen war.

Die Tür ging auf und Doros Rotschopf kam zum Vorschein. „Alles klar bei dir?"

Was sollte sie nur darauf antworten? „Ganz ehrlich? Ich habe keine Ahnung."

Doro schloss die Tür. „Dem Grinsen nach zu urteilen, das sich auf Nicks Gesicht gemeißelt hat, hat er dich rumgekriegt."

Rose fühlte, wie ihr die Beine den Dienst versagten und sie ließ sich auf ihr Bett sinken. „Wir gehen nur essen. Was soll ich denn jetzt tun?" Wie sollte sie ihm nur widerstehen?

Doro setzte sich zu ihr und nahm ihre Hand. „Wie wäre es, wenn du einen Schritt nach dem anderen machst? Genieß doch einfach mal den Abend und sieh dann weiter. Nick scheint auf jeden Fall völlig aus dem Häuschen. Kaum, dass er dein Zimmer verlassen hat, hat er angefangen zu telefonieren."

Rose wurde schwindlig. Was hatte der Kerl denn nun wieder vor? So kompliziert war ein Abendessen doch nicht. „Ich weiß echt nicht, ob ich das Richtige tue, Doro. Was ist, wenn ich später mit gebrochenem Herzen dastehe?"

Doro schlang ihre bunten Arme um sie und zog sie mit sich auf die Matratze. „Rose, haben wir nicht schon einmal darüber gesprochen? Jeder Typ kann dir das Herz brechen. Aber so darfst du nicht denken, sonst bleibst du für immer allein."

Rose schmiegte sich an ihre Freundin. „Was täte ich nur ohne dich, du Verrückte?"

Doro lachte leise und drückte ihr einen Kuss auf die Wange. „Du würdest dich hoffnungslos in den Wirren des Lebens verlaufen." Dann setzte sie sich auf und zog Rose mit sich. „So, und jetzt zieh dir was über und lass dich von den kommenden Stunden überraschen."

Doro hatte wie immer recht. Was hatte sie schon zu verlieren? Außer ihr Herz und ihre Seele, natürlich.

Nachdem Doro das Zimmer wieder verlassen hatte, wechselte Rose die Trainingshose gegen eine Jeans im Boyfriend-Look. Sie war weit und bequem, dafür alles andere als sexy.

Danach zog sie sich den Schlabberpulli über den Kopf und streifte sich stattdessen einen gut sitzenden Rolli über. Bevor sie sich Nick stellte, fuhr sie noch schnell mit einer Bürste durch die Haare und band sie sich zu einem lockeren Dutt zusammen.

Im Gang schlüpfte sie in unförmige, dafür aber umso bequemere UGG-Stiefel, schnappte sich Mantel und Handtasche und ging in die Küche. Nick saß am Tisch und Doro lehnte an der Anrichte.

Nick stand mit einer Anmut auf, die sich fast mit seiner männlichen Ausstrahlung biss. Und genau dieser Gegensatz war enorm anziehend. Er kam zu ihr. Doro hatte die Wahrheit gesagt. Nick grinste tatsächlich, als hätte er den Megajackpot geknackt.

„Bist du so weit?"

Nein, nicht wirklich, schoss es ihr durch den Kopf. Dennoch ließ sie es zu, dass Nick sie am Ellbogen aus der Sicherheit der Wohnung hinunter auf die Straße führte. Am Gehsteigrand stand bereits Nicks Leibwächter und hielt ihnen die hintere Wagentür auf.

Rose hatte keine Ahnung von Autos. Für sie mussten sie lediglich vier Räder, einen Motor und ein Lenkrad haben. Doch dieses Fahrzeug mutete luxuriös und teuer an. Die schwarz getönten Scheiben schafften Privatsphäre, was Rose nicht unbedingt beruhigte.

Sie schwiegen während der ganzen Fahrt und sie brachte es nicht über sich, zu fragen, wohin sie von Nick entführt wurde.

Vor dem Hotel The Carlyle, das nur einen Block vom Central Park gelegen ist, hielten sie an. Ihr schwand der Mut, sofern das überhaupt noch möglich war. Was wollten sie hier bei diesem Luxuskasten im Art Deco-Stil?

Barry stieg aus und kam um das Auto herum, um die Tür zum Fond zu öffnen. Nick stieg zuerst aus und hielt ihr galant die Hand hin, um ihr behilflich zu sein. Sie legte ihre Finger in seine große Hand und erschrak über die Selbstverständlichkeit, mit der sie seine Hilfe annahm. Was sollte sie davon halten? Sie fühlte sich wie eine Verräterin sich selbst gegenüber, konnte jedoch nicht leugnen, dass es verdammt guttat, seine warme Hand zu halten.

Barry schlug die Tür zu und ging ihnen voraus. Nick ergriff sanft ihren Ellbogen und führte sie durch die Lobby zu den Aufzügen. Befürchtete er etwa, dass sie doch noch zur Vernunft kam und die Flucht ergriff? Beim Fahrstuhl angekommen wartete eine äußerst zuvorkommende Hotelangestellte bereits auf sie.

„Mr. Hamilton, wir haben alles nach Ihren Wünschen vorbereitet. Der Wellnessbereich ist abgeschlossen. Es sind nur noch ein paar wenige Gäste anwesend, die den Spa-Bereich demnächst verlassen werden. Es wird für die nächsten Stunden keine neuen Besucher mehr geben, solange Sie und Ihre Begleitung hier bei uns zu Gast sind."

Nick bedankte sich bei der Frau und gemeinsam mit ihr und Barry betraten sie den Fahrstuhl. Rose wagte es nicht, nach links und rechts zu schauen, geschweige denn, ein Wort von sich zu geben. Sie fühlte sich wie ein Lamm, das zur Opferbank geführt wurde. Natürlich wusste sie, dass ihre Gedanken hysterisch angehaucht waren, aber sie konnte nicht anders. Sie hatte Angst, weil sie keinen Schimmer hatte, was ihr bevorstand.

Sie zuckte zusammen, als Nick sich zu ihr herunterbeugte. „Entspann dich, Rose. Du wirst jetzt einfach mal nach allen Regeln der Kunst verwöhnt. Vertrau mir." Wenn das nur so einfach wäre.

Im dritten Stock angekommen schlug ihr die mit ätherischen Ölen geschwängerte Luft entgegen. Das typische Aroma eines Spas.

Sie betraten den Wellnessbereich, wo sie von einer weiteren Hotelangestellten überschwänglich begrüßt wurden, die sie gleich in alle Abläufe instruierte. Rose geriet je länger desto mehr in Panik. Sie war dem Ganzen einfach nicht gewachsen. Sie war der Naturgewalt namens Nick nicht gewachsen.

Als die liebe Frau dann noch einmal erwähnte, dass der gesamte Saunabereich zu ihrer alleinigen Benutzung bereitstand, brach ihr der kalte Schweiß aus. Sie und Nick gemeinsam in einer Sauna? Nackt? Allein? Das war eine ganz schlechte Idee.

Ehe sie sich versah, hatte ihre Hand bereits Nick am Kragen seiner Jacke gepackt und mit sich gezogen. Sie musste ganz dringend ein paar Dinge unter vier Augen mit ihm klarstellen. Nachdem sich Rose vergewissert hatte, dass sie außer Hörweite von Miss Spa und Mr. Bodyguard war, ließ sie Nick los und baute sich vor ihm auf. Zumindest soweit es ihre begrenzte Körpergröße erlaubte.

„Was soll das, Hamilton? Nur ein Abendessen, hast du gesagt. Wieso soll ich mich nun nackt mit dir in einer Sauna rekeln? Du spielst ein unfaires Spiel!" Sie war angepisst. Sie war nicht prüde oder so. Na ja, vielleicht doch etwas. In ihrer Familie wurde Nacktheit immer irgendwie vermieden. Der Gedanke, Nick ohne Kleidung gegenüberzutreten zu müssen, gab ihr das Gefühl, ihm schutzlos ausgeliefert zu sein. Sie fand so einen Saunabesuch beim ersten gemeinsamen Treffen viel zu intim. Sie vermied bewusst das Wort Rendezvous. Wie sollte sie Nick klarmachen, dass sie sich ohne Kleidung unwohl fühlte und seine Gegenwart war in dieser Hinsicht nicht förderlich. Sie wollte sich auf keinen Fall lächerlich machen. Doch sie befürchtete genau das. Und das war einer der Gründe, weshalb sie so überreagierte.

„Sorry, das war eine spontane Idee, weil du gesagt hast, du müsstest dich noch stylen und frisch machen." Er kam ein paar Zentimeter näher und Rose musste mit Missmut feststellen, dass ihr Körper auf Nicks Nähe mit Verrat reagierte. Ihr Herz begann, nervös gegen die Innenseite ihres Brustkorbs zu trommeln. Ihre Hände wurden feucht und ihr Mund trocken. Das Atmen fiel ihr schwerer und in ihrer Körpermitte sammelte sich köstliche Hitze, die sich nach Nicks Berührung zu sehnen schien.

„Aber", begann der sexy Mistkerl erneut mit einem schrägen Grinsen, das eigentlich verboten gehörte, „du brauchst ja nicht nackt zu sein. Du kannst dich in ein Handtuch wickeln." Er strich ihr sanft über die Wange und raubte ihr beinahe jeden klaren Gedanken.

„Und du sollst auch nicht nackt sein", rutschte es ihr mit träger Zunge heraus. War sie betrunken oder was war mit ihr los? „Ich will dich nicht ohne Kleidung sehen." Was für eine bodenlose Lüge.

Nun streichelte sein Daumen verführerisch über ihre Unterlippe und ein feuriger Glanz trat in seine Augen. Rose musste alles an Selbstbeherrschung aufbieten, was sie hatte, damit sie seinen Daumen nicht mit ihren Lippen umschloss und ihn mit der Zunge zu umkreisen begann.

„Baby, kannst du dir nur im Entferntesten vorstellen, wie viele Frauen ihr letztes Unterhöschen geben würden, um mich im Adamskostüm zu sehen?"

Sie ertappte sich dabei, wie sie in Schnappatmung verfiel und riss sich sofort, so gut es eben ging, zusammen. „Du bist ein arroganter, eingebildeter, manipulativer Mistkerl, Nick. Das weißt du hoffentlich." Es hätte an und für sich verärgert klingen sollen, wenn sie dabei nicht so atemlos gewesen wäre. Wie schaffte er es immer wieder, sie dermaßen aus der Fassung zu bringen?

„Du hast ein paar Attribute vergessen", entgegnete er träge lächelnd mit Lidern auf Halbmast.

„Und was bitte schön?", hauchte sie kraftlos.

„Na ja, da fehlen noch unglaublich sexy, unwiderstehlich, intelligent, gutaussehend, hoch talentiert, göttlich. Hmm ... habe ich noch etwas vergessen?“

Erst brachte sie nur ein Schnauben zustande, und als sie sich wieder gefangen hatte, stemmte sie die Hände in die Hüften. „Das wichtigste Attribut ist dir entgangen. Du bist unmöglich.“ Dann reckte sie das Kinn, zwang sich ein Lächeln ins Gesicht und stolzierte davon in Richtung Barry und Spa-Häschen. Sie hoffte, dass ihr Abgang wenigstens ein bisschen divenhaft aussah.

„Mr. Hamilton, Miss ... ähm ...“, stotterte die Angestellte.

„Mein Name ist Armand. Miss Armand“, half sie ihr aus der peinlichen Situation.

„Danke, Miss Armand. Wenn Sie und Mr. Hamilton so weit sind, dann zeige ich Ihnen die Umkleidekabinen, wo Sie auch Ihre Habseligkeiten wegschließen können. In den freien Spinden finden Sie Schlappen, einen Bademantel und ein großes Handtuch.“

Rose ging voraus und würdigte Nick keines Blicks. Sie glaubte, ihn immer wieder verhalten glucksen zu hören.

„So, Miss Armand, hier ist die Damengarderobe. Wenn Sie noch etwas brauchen, melden Sie sich einfach.“

Bevor Rose in den Raum stolzierte, warf sie einen Blick über die Schulter und erkannte, dass Nicks Leibwächter inzwischen verschwunden war. Sie betrat die Umkleide und blieb wie angewurzelt stehen. Mit offenem Mund sah sie sich um und war froh, allein zu sein. Sie hätte sich sonst vollkommen lächerlich gemacht.

Die Garderobe war mit indirektem, warmem Licht geflutet. Überall standen bequem anmutende Sessel und Liegen. Mehrere Spiegel mit Schminktischen reihten sich an einer Wand aneinander. Demgegenüber entdeckte Rose eine Reihe eleganter, schmaler Schränke. Sie Spind zu nennen wäre unanständig. Die Schranktüren waren aus edlem Mahagoniholz und mit goldenen Ziffern nummeriert. Sie war sich sicher, dass diese Beschläge auch aus echtem Gold waren.

Links davon war ein Durchgang. Rose warf einen kurzen Blick hinein. Dort befanden sich die Toiletten, zwei Duschen und eine Ruhe-Ecke mit Tee- und Früchtebar. Wo war sie hier nur hin-ein- geraten? Am liebsten hätte sie ihre Beine unter die Arme genommen und die Kurve gekratzt.

„Miss Armand?", hörte sie Nick spöttisch durch die Tür, die zum Saunabereich führte, rufen.

Sie konnte nicht anders, als die Augen zu verdrehen. „Sind Sie etwa ungeduldig, Mr. Hamilton?", rief sie zurück. Sie fing sofort an, sich auszukleiden und ihre Sachen in einen der Luxus-Spinde zu werfen. Jetzt wo sie splitterfasernackt dastand, sah sie sich mit einem Problem konfrontiert. Der Bademantel bot ihr zwar Schutz vor Nicks hungrigen Augen, doch in die Sauna konnte sie damit wohl kaum. Den Mantel jedoch im Bereich der Schwitzbäder gegen das Frotteetuch zu tauschen, kam auch nicht infrage. Diesen Gefallen wollte sie Nick schon aus Prinzip nicht tun.

Sie griff kurzentschlossen nach dem Badetuch, wickelte es sich um den Körper und zog den Bademantel darüber. Sie fühlte sich danach zwar wie das Michelin-Maskottchen, doch damit konnte sie leben. Das Teil aus

Frottee reichte ihr fast bis zum Knöchel und auch die Ärmel waren um Ellen zu lang.

Rose verließ die Garderobe und rannte dabei fast Nick über den Haufen, der irgendwie lächerlich aussah in dem weißen Bademantel und mit den Spa-Schlappen an den Füßen.

„Bist du bereit, Rose?", fragte er sanft und ohne jeden Spott in der Stimme.

Für so etwas würde sie niemals bereit sein. Der Gedanke im Adamskostüm, auf kleinstem Raum und bei unmenschlicher Hitze mit Nick eingesperrt zu sein, machte sie nervös. Das behielt sie jedoch für sich. „Lass uns loslegen", brummte sie stattdessen. Nick gab ein verhaltenes Kichern von sich, das Rose zu ignorieren versuchte.

Sie betraten gemeinsam den Saunabereich und es war, wie die Lady gesagt hatte. Es war niemand sonst hier. Rose wusste nicht, ob sie das beruhigen sollte oder nicht. Sie fühlte sich nach wie vor der Situation und vor allem Nick ausgeliefert.

Nick zog den Mantel aus und Rose ermahnte sich stumm, ihn nicht anzusehen. Doch leider war sie nicht sehr erfolgreich in der Umsetzung ihrer Pläne. Sie sah, wie er den Mantel an einen Haken hängte, und stellte dabei erleichtert fest, dass auch er ein Tuch um seine Hüften trug.

„Willst du dich nicht auch ausziehen? Da drinnen ist es etwas warm." Er neckte sie, das spürte sie ganz genau. Sie wurde aber dennoch nervös und begann mit fahrigen Händen den Knoten am Gurt zu lösen. Sie versuchte es zumindest.

Plötzlich stand Nick viel zu nahe bei ihr und schob ihre Hände zur Seite. Dann knotete er das Band auf und streifte ihr das Textil über die Schultern. Dabei berührten seine Finger die nackte Haut ihrer Oberarme.

„Ich werde dich nicht fressen", flüsterte er und versuchte dabei anscheinend, sich ein Grinsen zu verkneifen. Eine Welle von Verlangen überrollte sie und brachte ihr Gesicht zum Glühen.

„Komm, lass uns ein wenig schwitzen. Das entspannt ungemein", sagte Nick mit einem etwas entrückten Lächeln.

Wieso klangen seine Worte so anrüchig in ihren Ohren? Darauf gab es nur eine Antwort. Sie war spitz wie eine rollige Quartiermieze. Seine Nähe, seine Stimme und sein betörender Duft umnebelten ihre Sinne. Seine Haut schien samtweich, im Gegensatz zu seinen gut sichtbaren Muskeln. Plötzlich wollte sie ihn berühren, nur um feststellen zu können, ob er sich so anfühlte, wie es aussah.

„Ja, es ist wohl besser, wenn wir uns Entspannung verschaffen." Verdammt, sie sollte wohl besser die Klappe halten, sonst redete sie sich noch um Kopf und Kragen.

Nick ließ sie los und hängte das schützende Kleidungsstück zu seinem an den Haken. Dann ging er zur Sauna hin und öffnete die Glastür. Dann legte er ihr sanft die Hand zwischen die Schulterblätter und schob sie ins schwach beleuchtete Innere.

Rose nahm auf der untersten Bank Platz und versuchte, durch die heiße Luft tief durchzuatmen. Es roch nach Holz und entfernt nahm sie ätherische Öle wahr.

Nick setzte sich im rechten Winkel zu ihr und stützte die Ellbogen auf die obere Sitzbank.

Schau nicht hin, Rose! Um ihren eigenen Befehl zu befolgen, zwang sie sich, den Boden mit ihrem Blick zu durchbohren.

„Mann, die Hitze tut echt gut."

Sie hob dummerweise bei Nicks Worten den Kopf und sah ihn an. Mist, verdammter! Das war eine schlechte Idee. Nick war einfach zu gutaussehend, um ihn zu ignorieren.

Seine Haut war sonnengebräunt, aber nicht so sehr, dass es übertrieben wirkte. Unter diesem schönen Teint zeichneten sich gut ausgebildete, definierte Muskeln ab, ohne aufgeblasen zu wirken. Seine Brust war haarlos, genau wie seine langen, starken Beine. In der schmalen Grube zwischen den Muskelbäuchen seines beindruckenden Sixpacks bildeten sich bereits Rinnsale von Schweiß. Irgendwie fand Rose das erotisch. Hatte sie nun wirklich einen Schaden? Was zum Teufel war an Schweiß denn bitte erotisch?

Es war ja nicht so, dass sie Nick das erste Mal oben ohne sah. Doch hier in dieser Sauna, beide nur bedeckt durch Frottee, bekam alles eine ganz andere Dimension.

Das Tattoo war neu und es war Doros Werk. Es war riesig, begann auf seiner rechten Brust, zog sich über seine Schulter auf das Schulterblatt und von dort über seinen Oberarm. Weinranken, Trauben, die ganz klar für seine Herkunft standen. Doch auf den Drachen und den Koi-Karpfen konnte sie sich keinen Reim machen.

***

168

Er fühlte Roses Blick auf sich. Sie musterte ihn von oben bis unten und er genoss diese Aufmerksamkeit. Er sehnte sich danach, ihre Hände auf sich zu spüren. Er wünschte sich, dass ihre schönen, schlanken Finger seinen Körper erkundeten. Im Gegenzug wollte er sie berühren, ihre samtige Haut fühlen und schmecken und riechen.

Auch er beobachtete sie aus dem Augenwinkel. Immer dann, wenn sie wieder peinlich berührt zu Boden sah. Ihre deutlich sichtbare Verlegenheit war so liebenswert, dass es ihm eigentlich hätte Sorgen bereiten müssen. Sie versuchte ihre Unsicherheit krampfhaft vor ihm zu verbergen und das machte sie unheimlich anziehend.

Rose war zierlich. Trotzdem hatte sie an den richtigen Stellen weibliche Rundungen. Es gefiel ihm, dass sie sich ihm nicht offen auf dem Silbertablett präsentierte. Er respektierte ihre Scheu. Doch in ihm schrie es förmlich danach, diese Frau für sich zu beanspruchen. Sein Verstand sagte ihm, dass er dazu kein Recht hatte. Er hatte ihr versichert, dass diese Entscheidung allein bei ihr lag und er ihren Entschluss respektieren würde. Egal wie er auch aussehen mochte. Was war er doch für ein Idiot! Er wusste doch, dass er sich nie würde daran halten können.

Während er sein Objekt der Begierde weiterhin betrachtete, musste er sich selbst gegenüber eingestehen, dass sie zu gut für ihn war. Sie war intelligent, wollte aus ihrem Leben was machen und hatte nichts auch nur annähernd Böses an und in sich. Wenn er sich dabei mit ihr verglich, wurde ihm fast schlecht. Er hatte in den letzten Jahren nichts ausgelassen, was Gott und der Himmel verboten hatten. Angefangen bei der Schlägerei, die so schreckliche Konsequenzen mit sich gebracht hatte.

Er hatte jede Frau genommen, die er kriegen konnte. Manchmal auch gleich zwei auf einmal. Er hatte viel zu viel getrunken, Drogen genommen und, bis Rose gekommen war, nichts bereut. Bis zu der Minute, als der kleine Wirbelwind ihn zur Schnecke gemacht hatte, war ihm nicht bewusst gewesen, was in seinem Leben schieflief. Er war bis dahin erfüllt von Leere gewesen, die er hatte ausfüllen wollen. Es war ihm nicht bewusst gewesen, dass er sich mit seinem Verhalten immer weiter an den Rand des emotionalen Abgrundes gestoßen hatte.

Auf ihren Schultern hatten sich inzwischen kleine Schweißtropfen gebildet, die im spärlichen Licht glitzerten wie Diamanten. Es juckte ihn förmlich in den Fingern, ihre heiße Haut zu berühren. Sein Blick glitt zu ihrem zierlichen Hals, hinunter zu ihrem Dekolletee. Das Badetuch hatte sich etwas gelockert und gab nun den Ansatz ihrer Brüste frei. Inzwischen war Nick froh, dass er ihrem Wunsch nachgekommen war und nicht vollkommen entblößt hier saß. Er dankte im Stillen dem Himmel für das Handtuch, das er um die Hüften trug. Langsam, aber sicher erwachte nämlich sein bester Freund zum Leben.

Plötzlich sprang Rose auf, zog sich das Tuch enger um die Brust und sah sich gehetzt um.

„Ich glaube, ich habe genug von dieser Hitze“, sagte sie nervös. „Ich muss hier raus.“

Erst war Nick besorgt, dass es ihr tatsächlich nicht gut ging. Doch dann erkannte er, dass sie lediglich auf Fluchtmodus geschaltet hatte, und musste sich ein Lächeln verkneifen.

„Vergiss die kalte Dusche nicht, Baby!“ Er wusste um die Zweideutigkeit dieser Aussage und musste sich eingestehen, dass er seinen scherzhaft gemeinten Vorschlag wohl auch befolgen sollte.

***

Rose

War es so offensichtlich? Rose war bei Nicks Worten mental auf Schleuderkurs geraten. Sie musste raus aus der Hitze, auf Abstand zu dieser Verführung auf zwei Beinen. Sie brauchte Luft. Frische Luft, dann würden sich ihr galoppierendes Herz und das Ziehen in ihrem Unterleib bestimmt beruhigen.

Sie stolperte regelrecht durch die Glastür. Wo waren die verdammten Duschen? Sie brauchte zum Glück nicht lange zu suchen. Nicht weit entfernt entdeckte sie die Nasszellen. Doch als sie davorstand, schwand ihr der Mut. Das Abteil war frei einsehbar. Keine Tür, kein Vorhang und keine vorgezogene Wand schützten sie vor neugierigen Blicken. Was nun? Sie konnte kaum mit dem Tuch um sich gewickelt unter die Brause steigen. Da machte sie sich ja total lächerlich. Überhaupt war diese Schüchternheit doch nur lachhaft. Sie konnte aber beim besten Willen nicht über ihren eigenen Schatten springen.

Zögernd lockerte sie das schützende Textil, hängte es auf und stellte sich unter den Duschkopf. Dann griff sie nach dem Drehknopf, um das Wasser anzustellen. Sie wappnete sich gegen den ersten Schock, den das eisige Nass auslösen würde. Tatsächlich verschlug es ihr in der ersten Sekunde den Atem. Doch gleich darauf erfasste sie eine Welle der Erleichterung. Wo der Wasserstrahl auf ihre Haut traf, bildete sich kribbelnde Gänsehaut und ihre Brustwarzen zogen sich zusammen. Mann, tat das gut. Einfach mit dem Gesicht gegen die Wand stehen bleiben, dann bist du einigermaßen sicher, murmelte ein feines Stimmchen in ihrem Kopf.

Dann hörte sie das Unvermeidliche. Nick schloss die Tür der Sauna und kam auf sie zu. Nicht umdrehen! Sie fühlte deutlich seinen hungrigen Blick auf ihrem Körper.

„Mach dir keine falsche Hoffnung. Ich stehe nicht auf dem Speiseplan, Hamilton. Auch nicht unter der Rubrik Desserts." Woher sie diese Schlagfertigkeit gerade hatte, war ihr schleierhaft. Sie hoffte dafür umso mehr, dass sie ihn hatte überzeugen können. Oder sich selbst?

Nick räusperte sich, als müsste er sich ein Lachen verdrücken. „Was nicht ist, kann ja noch werden", hörte sie ihn sagen und es klang beinahe nach einem Versprechen. Rose fühlte, wie sich köstliches Verlangen in ihrem Inneren sammelte, trotz der sibirischen Temperatur des Wassers, das gerade auf sie niederprasselte.

„Träum weiter", brachte sie über die Lippen, bevor ihr die Stimme versagte. Dennoch lächelte sie. Dieses Katz- und Mausspiel begann ihr Spaß zu machen. Sie spürte, wie sie sich langsam etwas entspannte.

Im Augenwinkel sah sie, wie er ebenfalls das Badetuch aufhängte und in das Duschabteil nebenan trat. Nur durch eine Wand getrennt, fühlte sie seine Anwesenheit umso deutlicher. Sie musste dem Drang widerstehen, einen kurzen Blick um die Ecke zu werfen. Nein! Das durfte sie nicht. Er war für sie das, was für einen Alkoholiker ein gefülltes Glas Wein war. Man wusste, dass es nicht gut für einen war und dennoch wollte man einen Schluck davon haben.

Sie drehte energischer als nötig den Hahn zu und griff nach ihrem Badetuch, um sich abzutrocknen. Danach schlüpfte sie, so schnell sie konnte, in den Frotteemantel.

„Miss Armand?", hörte sie eine weibliche Stimme hinter sich.

Rose drehte sich ruckartig um und geriet auf ihren noch nassen Füßen ins Rutschen. Starke Arme umschlossen ihre Taille und schützten sie vor einem peinlichen Sturz.

„Du musst etwas besser aufpassen", sagte Nick leise an ihrem Ohr und seine Lippen berührten sie dabei sanft.

Wohlige Schauder krochen ihr über den Rücken und sie wusste auf einmal nicht mehr, wo und wer sie war und was gerade passierte. Alles, was sie wahrnahm, war der Druck seiner Arme um ihren Körper und sein warmer Atem auf ihrer Haut hinter dem Ohr.

„Miss Armand, Ihre Schönheitsspezialistin ist bereit für Ihre Behandlung.“

Was für eine Behandlung? Sie drehte sich Hilfe suchend zu Nick um, der sie noch immer im Arm hielt. Der lächelte nur verschmitzt. „Es passiert dir schon nichts, Süße. Genieß es einfach.“

Rose fehlten die Worte, um ihm einen schlagfertigen Kommentar vor die Füße zu werfen, denn er war so liebevoll und zärtlich, dass ihr schlicht und einfach die Spucke wegblieb. Ehe er sie losließ, küsste er sie sanft auf den Mundwinkel. Überall auf ihrem Körper breitete sich ein warmes Kribbeln aus und brachte eine leidenschaftliche Saite in ihr zum Schwingen, als wäre sie die Gitarre, die er bespielte.

Als Nick von ihr zurücktrat, empfand sie eine für sie bislang ungekannte Einsamkeit. „Wo gehst du hin?“, rutschte es ihr heraus, als sie sah, dass er davonging.

„Ich tue mir auch noch etwas Gutes. Aber keine Sorge, ich bin nicht weit entfernt.“ Er zwinkerte ihr zu, drehte sich dann um und setzte seinen Weg fort.

Rose straffte die Schultern und folgte mit mulmigem Gefühl der Frau, die sie abholen kam. Nick hatte bestimmt recht, wenn er sagte, dass ihr nichts passierte. Mann, was war sie doch für ein Baby!

Sie wurde in ein Zimmer gebracht, das verdächtig einem Kosmetiksalon glich. Auch hier war das Licht angenehm gedimmt und über allem lag ein dezenter Duft, den Rose nicht einordnen konnte. Leise Meditationsmusik drang aus den Lautsprechern, die in die Decke eingelassen waren.

„Miss Armand, ich habe Ihnen einen trockenen Bademantel gebracht. Wenn Sie sich umgezogen haben, können Sie es sich auf der Kosmetikliege bequem machen. In Kürze wird die Schönheitsspezialistin zu Ihnen kommen."

Rose hatte nicht gehört, wie die Mitarbeiterin ging, denn als sie sich umdrehte, war sie allein. Sie wechselte den Mantel und fühlte sich um einiges wohler, als der feuchte Stoff nicht mehr auf ihrer Haut klebte. Selten in ihrem Leben hatte sie sich so fehl am Platz gefühlt wie jetzt. Sie gehörte nicht in diese Welt aus Trug und Schickimicki. Nie würde sie aus eigenem Antrieb vor einem Date einen solchen Zirkus veranstalten. Date? Das hier war doch kein Date, ermahnte sie sich selbst noch einmal. Das war ein Abendessen und ganz bestimmt nicht mehr. Wen willst du davon überzeugen, Rose?

Sie ließ sich auf der Liege nieder und rückte sich selbst in eine bequeme Position. Sie schloss die Augen und entspannte sich.

„Herzlich willkommen, Miss Armand. Mein Name ist Nina. Ich werde bei Ihnen heute eine Re-lax-Gesichtsbehandlung durchführen."

Rose musste eingedöst sein, denn als diese Nina sie angesprochen hatte, war sie zusammengezuckt. „Hallo", stammelte sie und fühlte sich wie ein entgleister Schnellzug.

Nina deckte sie mit einer flauschigen Decke zu. „Haben Sie es so warm genug?" Rose nickte, schwieg aber, weil sie ihrer Stimme nicht traute. „Haben Sie irgendwelche Allergien auf kosmetische Produkte?" Rose schüttelte den Kopf. „Schön, dann fangen wir an. Wenn Ihnen etwas unangenehm ist, geben Sie einfach Bescheid."

Ninas Stimme war ruhig und zusammen mit der Entspannungsmusik ließ sich Rose fallen und schaffte es tatsächlich loszulassen.

Es wurde gepeelt, gesalbt, gecremt, massiert, gezupft. Danach ihre Beine epiliert. Nur bei der Bikinizone streikte Rose. Erstens wäre ihr das peinlich gewesen und zweitens hatte sie sich erst an diesem Morgen unter der Dusche gründlich darum gekümmert.

Dann kamen ihre Finger- und Zehennägel an die Reihe. Sie wurden manikürt beziehungsweise pedikürt. Hatte Nina nicht gesagt, es gebe eine Gesichtsbehandlung? Es war Rose nicht klar gewesen, dass ihr Gesicht sich auf ihren ganzen Körper verteilte.

„So", holte Nina sie aus den Gedanken. „Jetzt noch Haare und Make-up. Dann wären wir hier fertig."

Rose warf einen Blick auf die Uhr an der Wand und war verblüfft. Seit sie diesen Raum betreten hatte, waren mehr als zweieinhalb Stunden vergangen. Sie dachte sofort an Nick. Hatte er sie vergessen? Womit hatte er wohl die Zeit totgeschlagen?

***

Nick

Er lag bäuchlings auf der Massageliege und genoss die Zuwendung der starken, männlichen Hände, die seine völlig verkorksten Muskeln lösten.

176

Nachdem er Rose der Obhut der Schönheitsspezialistin überlassen hatte, war er zurück in die Sauna gegangen, wo er noch zwei Saunagänge gemacht hatte. Danach war er statt entspannt zu aufgedreht gewesen, um irgendetwas Vernünftiges zu tun. Deshalb hatte er sich Sportkleidung gemietet und war ins hoteleigene Fitnesscenter gegangen.

Während er sich mit den Gewichten abmühte, hatte er immer Rose vor dem inneren Auge: der Ansatz ihrer Brüste, so verführerisch, dass er am liebsten mit der Zunge darüber geleckt hätte. Ihr elegant geschwungener Rücken, dessen Basis in der Ritze endete, die von ihren wohlgeformten, straffen Pobacken gebildet wurde. Nur zu gern hätte er sie berührt. Dieser Anblick hatte dafür gesorgt, dass ihn die Muse geküsst hatte. Die ersten Akkorde einer neuen Melodie und eine grobe Idee für den Text geisterten durch seinen Kopf.

Schließlich hatte er mit dem Training aufgehört, da er sowieso nicht bei der Sache gewesen war. Er eilte in die Garderobe, um seine Ideen kurz zu notieren, weil es ihn sonst kaum in Ruhe gelassen hätte. Danach ging er zum gebuchten Massagetermin.

Als er nun so dalag, das Gesicht in die runde Aussparung der Liege gedrückt, wanderten seine Gedanken wieder zu seinem Mädchen. So sehr ihn die Idee auch erschreckte, aber er betrachtete Rose als seine Lady. Er verspürte tatsächlich so etwas wie den Drang, sesshaft zu werden. Holy Moses! Im Hintergrund zu diesem Gedanken wurde das Lied langsam konkreter. Es wurde keine Ballade. Mehr ein kerniger Rocksong, der das unruhige Rasen seines Herzens als Takt nahm.

Der Masseur trieb ihm beinahe das Wasser in die Augen und dennoch wurde er von brennendem Verlangen nach Rose gebeutelt. Mit welchem Zauber hatte sie ihn nur belegt? Immer wieder tauchten in seinem Kopf die Bilder der Sauna und der Dusche danach auf. Er wollte Rose fühlen, schmecken und riechen. Sie lockte ihn, auch wenn sie sich noch sträubte. Wahrscheinlich waren es gerade ihre Verlegenheit und ihr Widerstand, die ihn derart anmachten.

„Mr. Hamilton", hörte er eine junge Frau neben der Liege sagen. Er hob den Kopf, um die Hotelmitarbeiterin anzusehen. „Ja?"

„Sie haben uns gebeten, Ihnen Bescheid zu geben, sobald die Lieferung kommt."

Richtig. „Haben Sie alles vorbereitet?", fragte er, während er sich aufrichtete.

„Ja. Es ist alles nach Ihren Wünschen hergerichtet."

Nick stand auf, bedankte sich bei dem Masseur und gab ihm ein Trinkgeld. „Bitte begleiten Sie Miss Armand schon mal ins Zimmer. Ich komme gleich nach." Ein Grinsen, so breit, dass es ihm vermutlich vom rechten bis zum linken Ohr reichte, breitete sich auf seinem Gesicht aus. Er fühlte sich wie ein kleiner Junge, der einen Streich ausgeheckt hatte. Wenn Rose von Beginn an gewusst hätte, was er innerhalb weniger Minuten geplant hatte, wäre sie schneller davongerannt, als er hätte A sagen können. Es war alles zusammen nur eine Blitzidee gewesen und drei Telefonate und einen Auftrag an Barry später war alles organisiert.

Er stieg schnell unter die Brause, um das Massageöl abzuwaschen. Danach rief er Barry zu sich, damit er ihm seine angeforderte Kleidung brachte: eine schwarze Anzughose, ein anthrazitfarbenes Hemd und ein schwarzes Jackett. Dazu schwarze aufpolierte Schuhe aus weichem Leder und einen passenden Gürtel.

Als er sich in dieser Aufmachung im Spiegel ansah, hatte er wie üblich ein befremdliches Gefühl. Wenn er sich auf diese Art und Weise kleidete, fühlte er sich wie ein Fremder. Er war eben der sportliche Jeans-Converse-Bikerboots-Typ. Aber was tat man nicht alles, um die Dame seines Herzens zu beeindrucken?

„Du siehst gut aus, Nick", sagte Barry, der gerade damit beschäftigt war, Nicks andere Sachen einzupacken.

Nick fuhr sich gedankenverloren durch die Haare. Wieso war er plötzlich so nervös? Er musste der Tatsache ins Auge sehen, er erhoffte sich viel von diesem Abend, vermutlich zu viel. Doch Rose hatte ihn völlig in der Hand. Das wahrscheinlich erste Mal in seinem Leben fühlte sich Nick fast hilflos.

Er verließ mit gestrafften Schultern die Garderobe und ließ sich von der Mitarbeiterin, die bereits auf dem Korridor auf ihn gewartet hatte, zu Rose führen.

Als er den Raum betrat, sprang Rose wie von einer Tarantel gebissen auf. Sie sah ihn mit glasigen Augen an und er wusste nicht, ob er das als gutes oder schlechtes Zeichen werten sollte.

„Bist du nicht mehr ganz dicht, Hamilton? Was soll bloß der ganze Zirkus?" Sie flüsterte, doch auch so bemerkte er das Zittern in ihrer Stimme. Ihr Widerstand bröckelte, das war deutlich zu erkennen. Gut so.

Er zog betont lässig das Sakko aus und hängte es über die Lehne des Stuhls, auf den er sich zu setzen beabsichtigte. „Wahrscheinlich hast du mir den Verstand vernebelt, Schönheit. Aber keine Sorge, es gelten immer noch dieselben Bedingungen. Ein Abendessen, mehr nicht. Doch dieses Essen geht so vonstatten, wie ich es mir vorstelle."

Er gab der Verkäuferin ein Zeichen, die er mit drei verschiedenen Kleidermodellen, Schuhen, Unterwäsche und Accessoires hierher bestellt hatte. Alles in zwei verschiedenen Größen. Die Dame kam in die Gänge und wandte sich an Rose.

„Kommen Sie, Miss Armand. Wir finden bestimmt ein Kleid, das Ihnen zusagt." Dann wurde Rose hinter einen Paravent geführt, wo sie vor seinen hungrigen Augen geschützt war. Zu schade.

***

Rose

Rose wusste nicht mehr, wie man atmete. Sie fühlte sich, als hätte man sie in eine Marionette verwandelt und Nick war der Puppenspieler. Was ihr aber am meisten zu denken gab, war die Tatsache, dass sie sich wohlfühlte. Er hatte anscheinend einen ganz bestimmten Plan, was diesen Abend betraf. Sie fühlte aber auch, dass er ihr trotzdem die Freiheit ließ, zu bestimmen, wo die Grenze lag. Rose hatte beschlossen, sich einfach mal treiben zu lassen. Sie wollte nicht mehr aus Angst über das Wenn und Aber nachdenken.

Also trat sie mit der anderen Frau hinter den Paravent. Dort stand eine Dame, die die Mitte sechzig deutlich passiert hatte. Sie trug die zu dunkel gefärbten Haare streng nach hinten frisiert. Ihr Gesicht war zugepflastert mit Make-up und hatte ganz sicher schon zu viel Botox und ein oder zwei Liftings gesehen. Rose schmunzelte in sich hinein. In etwas bösartigen Phasen stellte sie sich vor, dass sich solche Frauen durch ihr regelmäßiges Liften irgendwann ungewollt ein Unterlippenpiercing verschafften, nämlich dann, wenn der Bauchnabel zu weit nach oben gerutscht war.

Dennoch musste Rose zugeben, dass die Frau für ihr Alter eine tolle Figur hatte, denn das Etuikleid saß wie angegossen.

„Kommen Sie, meine Liebe", sagte die reife Dame mit einem französischen Akzent, von dem Rose überzeugt war, dass er gefälscht war. „Ich bin Claudine."

Rose nahm die Hand, die ihr entgegengehalten wurde. „Guten Tag, Claudine."

Claudine lächelte gekünstelt und tippelte davon. Sie kam gleich darauf wieder und schob einen Kleiderständer vor sich her. Roses Boden begann gefährlich zu wanken. Claudine brachte gleichzeitig Unterwäsche. Rose musste sie fragend angesehen haben.

„Ziehen Sie die Sachen an, meine Liebe."

Sie störte sich jetzt schon an dem gefälschten Franzosendialekt, doch sie nahm die Unterwäsche entgegen. Zu ihrer angenehmen Überraschung bestanden Büstenhalter und Slip aus einem einfachen Stoff. Sie bedeckten alles, was sie bedecken musste. Sie befreite sich vom Bademantel und schlüpfte in die hautfarbenen Dessous. Der BH war etwas zu groß, weshalb Claudine kurzerhand einen anderen hervorzauberte. Dieser saß perfekt. Er war trägerlos mit einer guten Cup-Form. Ein angenehmes Kribbeln erfüllte sie mit einem Mal. Sie konnte sich nicht dagegen wehren, aber sie fühlte sich wie Cleopatra und Kaiserin Sissi. Sie wurde hier bedient und verwöhnt. Nie im Leben hätte sie gedacht, einmal so etwas zu erleben. Ja, sie fühlte sich wie ein Star und sie war Nick dankbar für dieses Geschenk. Auch wenn es nur eine Seifenblase war, die nach diesem Abend zerplatzte.

„Welches der Kleider möchten Sie probieren?" Claudine hielt ihr zwei Bügel, an denen zwei wunderschöne Kleider hingen, entgegen. Rose hatte sich bereits in eines verliebt, noch bevor Claudine es ihr gezeigt hatte. Es war blutrot und bestand aus edler Spitze. Claudine bemerkte ihre Wahl sofort. „Oh, Sie haben einen guten Geschmack. Dieses Kleid besteht aus Aleçon-Spitze. Das Futter beziehungsweise das Unterkleid besteht aus glatter Stretch-Seide. Das hier ist Größe 38. Aber wir haben noch eins in 36 hier." Sie half Rose in das kostbare Kleidungsstück und schloss den Reißverschluss in ihrem Rücken. Die Seide schmiegte sich angenehm an ihren Körper und die Spitze, aus der die Dreiviertelärmel verfertigt waren, war herrlich weich. Das Kleid reichte ihr bis zum Knie. Der Carmen-Ausschnitt verlieh zudem einen eleganten Look. Auch wenn das Kleid enganliegend war, fühlte sich Rose richtig wohl. Sie wollte gar nicht wissen, was das Teil kostete. Sie hatte nur einen kurzen Blick auf das Etikett erhaschen können. Ein V am Anfang, ein O am Ende und ein alentin in der Mitte.

„Ich glaube, Sie haben sich schon entschieden, Miss Armand. Sie sehen umwerfend aus. Hier habe ich noch die passenden Schuhe und die Clutch dazu.“

Rose probierte die Schuhe an, doch auch sie waren zu groß. Claudine nickte nur und holte ein kleineres Paar, das dann passte. So wie alles. Hatte Nick ein ganzes Geschäft hierher verfrachten lassen?

Am Ende wurden ihre Haare hochgesteckt. Als alles in Claudines Augen perfekt war, ließ sie den Paravent zur Seite falten und Rose fand sich Nicks prüfendem Blick gegenüber.

Er erstarrte kurz, fing sich jedoch schnell wieder. Dann stand er von seinem Stuhl auf und kam zu ihr. Das Kribbeln, das sie ohnehin schon von Kopf bis Fuß erfüllte, nahm an Stärke zu. Fast hatte sie das Gefühl, bei seinem Blick erregt zu werden.

„Du bist wunderschön, Rose. Nur eins stört mich.“ Ihr wurde elend, während Nick die Frau zu sich winkte, die ihr die Haare hochgesteckt hatte. „Löse bitte die Haare wieder. Rose ist viel hübscher mit offenen Haaren.“

Sie eilte zu ihr hin und zog die Nadeln heraus. Strähne für Strähne fiel ihre lange Mähne über ihre Schultern und auf den Rücken.

„So ist es perfekt“, sagte Nick an sie gewandt. Er strich Rose eine Locke zurück und berührte dabei wie zufällig ihre nackte Schulter. Wohlige Schauder breiteten sich aus und sie verspürte den innigen Wunsch, Nicks Lippen auf ihrem Hals zu fühlen.

„Bist du so weit?“ Er hielt ihr die Hand hin. Als wäre es das Natürlichste auf der Welt, nahm sie seine Hand und verschränkte ihre Finger mit seinen. Er hob ihre Hand an seine Lippen und küsste sie sanft.

„Würde es dir etwas ausmachen, schon mal vorauszugehen? Ich bin gleich bei dir. Ich möchte mich nur noch schnell bei Claudine bedanken und mich von ihr verabschieden."

Rose nickte und ließ etwas missmutig Nicks Hand wieder los. „Kein Problem. Ich muss sowieso noch meine anderen Sachen aus dem Spind holen."

Er strich ihr zärtlich mit der Rückseite seiner Finger über ihre Wange und raubte ihr damit einmal mehr den Atem. Bevor sie ging, musste sie jedoch noch etwas loswerden. „Du wirst aber für diese Sachen nicht bezahlen. Das kann ich nicht annehmen."

Er lächelte. „Keine Sorge. Das sind Leihgaben. Du kannst das Kleid und die Schuhe wieder zurückbringen. Nur die Unterwäsche muss gekauft werden."

Rose war auf fast lächerliche Art und Weise erleichtert. „Dann ist es gut. Lass mich nicht zu lange warten, Hamilton." Wieso beschlich sie das Gefühl, dass er sie anlog, was die Sachen anging?

„Auf keinen Fall", entgegnete er lächelnd.

Rose wackelte auf den hohen Absätzen zur Garderobe. Bevor sie aber den Kasten leerte, betrachtete sie sich noch einmal in Ruhe im Spiegel. Die junge Frau, die ihr entgegensah, schien eine Fremde zu sein. Das Make-up war zwar dezent gehalten, doch für Roses Verhältnisse immer noch sehr kräftig. Ihr Haar glänzte wie nie zuvor. Der Rotton des Kleides ließ ihre Haut wie Porzellan erscheinen, und obwohl es eng geschnitten war, schmeichelte es ihren weiblichen Kurven.

„Rose? Bist du fertig?"

Mist, sie hatte die Zeit vergessen. „Ja, gleich." Sie riss die Tür des edlen Spinds auf und holte ihre Sachen heraus. Sie nahm ihre Geldbörse, ihr Handy und den Hausschlüssel aus ihrer Handtasche und verstaute alles in der Clutch, die sie von Claudine bekommen hatte. Dann zog sie den warmen Mantel an, der glücklicherweise gar nicht so schlecht zu ihrem Luxusoutfit passte.

Jeans, Pulli, Unterwäsche und UGGs wurstelte sie irgendwie zusammen und stopfte alles so gut es ging in ihre Handtasche.

„Ich komme!", rief sie und rannte so schnell es mit ihren Mörderschuhen ging zur Tür.

„Können wir?", fragte Nick und hielt ihr galant den Arm hin, damit sie sich bei ihm unterhaken konnte.

„Ja." Zu ihrem Ärgernis klang sie schon wieder so atemlos, als wäre sie den New York Marathon in Rekordzeit gelaufen und das in High Heels.

Als sie nach draußen traten, kam ihnen Barry entgegen, der ihr gleich ihre Sachen abnahm. Sie wollte gerade zum Wagen gehen, als Nick sie in die andere Richtung führte.

Rose traute ihren Augen kaum, als sie begriff, was die nächste Etappe in Nicks Programm war. Wie hatte er das alles in nur wenigen Minuten organisieren können?

Vor dem Hotel stand eine dieser weltberühmten weißen New Yorker Kutschen. Und als der Kutscher vom Bock stieg, um sie zu begrüßen, hatte sie Gewissheit. Nick, ganz untypisch Gentleman, half ihr einzusteigen und nahm dann neben ihr Platz. Er legte die vorhandene Decke über Roses Beine. Die Temperaturen waren inzwischen empfindlich kalt und sie war froh um diesen Schutz.

„Was hast du nur alles vor, Nick? Langsam bekomme ich es mit der Angst zu tun."

Er nahm ihre Hand und dabei fiel ihr Blick auf die Knöchel seiner rechten Hand. Die Haut war leicht gerötet und aufgescheuert.

„Was hast du denn hier angestellt?" Sie fuhr mit den Fingerspitzen vorsichtig über die Schrammen. Er sagte erst nichts, schien ihre Berührung aber zu genießen. Er legte sogar seine freie linke Hand auf ihre.

„Ach, das ist nichts. Mir ist nur ein etwas nerviger Parasit in die Finger geraten."

Rose dachte sofort an Mike und Joey. War es möglich? Aber jetzt war nicht der richtige Zeitpunkt, an die beiden Zombies zu denken oder gar über sie zu reden.

Sie lehnte sich leicht an ihn und legte ihren Kopf an seine Schulter. Sie wusste nicht, woher dieser Impuls kam, doch es fühlte sich einfach nur richtig an. Nick legte seinerseits den Arm um sie und zog sie sanft an sich.

„Was geht da zwischen uns vor sich?", fragte sie, wohl wissend, dass sie kindlich klang.

***

Nick

Rose in seinen Armen. Bis jetzt lief der Abend perfekt und fühlte er sich wie ein Gewinner. Sie roch so gut, dass er die Augen schloss und ihr Aroma tief in seine Sinne dringen ließ. Jede Ecke seines Seins wollte von Rose ausgefüllt und in Besitz genommen werden. Er war bereit, für diese Frau zu fallen, ihr alles, was er zu bieten hatte und alles, was er geben konnte, zu geben. Niemals zuvor war er an einem solchen Punkt angelangt. So verwirrend seine Gefühle auch waren, so wohl fühlte er sich gleichzeitig.

„Was geht da zwischen uns nur vor sich?“ Ihre Frage erschütterte ihn. Es waren weniger die Worte, die sie aussprach, sondern vielmehr der Unterton, der darin mitschwang.

Was antwortete man in einem solchen Moment? Er war nicht gut in solchen Dingen, denn bisher hatte er sich nie Gedanken darüber machen müssen, ob sein Gegenüber ihn verstand oder er sie gar mit seinen Worten verletzte. Doch mit Rose war alles anders. Sie war wichtig. Sie bedeutete ihm viel. Vielleicht zu viel. Sie berührte etwas in ihm. Eine Seite, die er verloren geglaubt hatte. Er empfand wieder Wärme und das Bedürfnis, Rose glücklich zu machen.

„Falls es dich beruhigt, Süße, für mich ist das alles auch neu und verwirrend. Aber ich versuche, im Augenblick zu leben und die Stunden, die du mir schenkst, zu genießen.“

Sie vergrub ihr Gesicht an seiner Halsbeuge und schürte damit das Feuer, das schon fast schmerzhaft in ihm schwelte, seit er sie am Ufer des Hudson geküsst hatte.

„Mach das nicht, Nick. Du solltest nicht solche Dinge sagen, das ist gefährlich.“

Er küsste sie auf den Scheitel und verharrte dort ein paar Sekunden. Wie sehr wünschte er sich gerade jetzt, ein anderes Leben zu führen. Er wollte nicht der Nick Hamilton sein. Für Rose wollte er lieber ein stinknormaler Mann sein, der ihr Sicherheit und Privatsphäre garantieren konnte. Doch leider war er nun mal der, der er war und konnte nichts daran ändern. Vorläufig nicht, zumindest. Er hatte vertragliche Verpflichtungen, denen er nachkommen musste.

„Ich liebe die Gefahr und den Tanz mit dem Feuer. Hast du das nicht gewusst?" Er fühlte es mehr, als dass er es hörte. Sie lachte.

„Dann schau zu, dass du dir die Pfoten nicht verbrennst, Hamilton. Das gibt nämlich hässliche Blasen."

Die restliche Kutschfahrt durch den Central Park verbrachten sie schweigend. Ganze dreißig Minuten aneinandergeschmiegt. Und Nick fühlte sich großartig.

Die Kutsche hielt in der Nähe vom Mariana, einem der wahrscheinlich besten Restaurants Manhattans. In Gehdistanz zum Columbus Circle. Sie waren noch früh dran, aber das spielte keine Rolle. Er hatte das Restaurant bereits vor drei Tagen von 19 bis 22 Uhr gemietet. Geschlossene Gesellschaft. Sogar das Fünf-Gänge-Menü stand schon fest.

Er ließ sie nur widerwillig los, denn sie passte so perfekt in seine Arme. Leider war es eine Notwendigkeit, wenn Rose und er einigermaßen anständig aus der Kutsche steigen wollten. Er hielt ihr, nachdem er festen Boden unter den Füßen hatte, die Hand hin. Als sie danach griff und sich auf den ersten von zwei Tritten stellte, schlang er seinen freien Arm um ihre schlanke Taille und hob sie herunter. Er ließ sie aber erst einmal nicht los, hielt sie in der Schwebe. Er fand, dass sie leicht war wie eine Feder.

„Lass mich runter, Nick", sagte sie ohne jeglichen Tadel und das warme Lächeln auf ihren Lippen ließ alles Männliche in und an ihm triumphieren.

„Und was wäre, wenn ich dich für immer auf Händen tragen will?"

Sie nahm sein Gesicht in beide Hände und sah ihm in die Augen. „Dann hättest du bald einen Orthopäden nötig und ich würde sagen, dass du deinen Verstand unwiderruflich verloren hast."

Er stellte sie ab. Aber nicht ohne sie mit sanftem Druck an seinem Körper entlanggleiten zu lassen. Er sah ihr dabei in die Augen und fühlte ihren wunderbaren weiblichen Körper von oben bis unten auf seinem. Herrlich weich, wo er weich sein musste. Mit Kurven, wo sie hingehörten.

Er hielt ihr den Ellbogen hin und sie hakte sich sofort unter. „Ich kann mich wohl glücklich schätzen, dass wenigstens einer von uns noch einen einigermaßen klaren Verstand vorzuweisen hat." Er führte sie zum Fußgängerstreifen und überquerte mit ihr, sobald die Ampel auf Grün schaltete, die 59ste Straße, denn gleich auf der anderen Seite befand sich das Mariana.

Rose war in Schweigen verfallen und Nick hatte wieder einmal keine Ahnung, woran er bei ihr war. Er warf ihr einen prüfenden Blick zu und hatte das Gefühl, von Kopf bis Fuß elektrisiert zu werden. Ihre Augen leuchteten vor Aufregung wie die Sterne am Himmel in einer klaren Winternacht. Ihre Wangen waren leicht gerötet und ein schüchternes Lächeln umspielte ihre vollen roten Lippen. Fast wäre er bei diesem Anblick dem Drang erlegen, sie zu küssen. Aber er wusste, dass der Ball nun in ihrer Hälfte des Spielfelds lag. Er selbst hatte ihn dahin gespielt.

Wie erwartet war außer zwei Kellnerinnen niemand im Restaurant. Und so sollte es auch bis 22:00 Uhr bleiben. Nick wusste jetzt schon, dass er sich nicht an das Essen, nicht an die Getränke und auch nicht an die Gespräche erinnern würde. Alles, was er von diesem Abend mitnehmen würde, war Roses Anblick. Die glänzenden Augen, die herrliche Verlegenheit, die sie immer wieder ergriff. Die verführerischen Lippen, die ihn zu locken schienen. Die rote Spitze ihres Kleides, die ihrem makellosen Porzellanteint schmeichelte und ihr dunkles, glänzendes Haar, das ihren eleganten Hals umspielte und ihre grünen Augen schimmern ließ. All das brannte sich in sein Gehirn und würde ihn auf Lebzeiten durch einsame Tage und noch einsamere Nächte begleiten.

Nachdem die Kellnerin zwei Gläser Champagner gebracht hatte, forderte er sie auf, mit ihm anzustoßen. „Auf einen schönen Abend.“

Sie lächelte und hob ihm ihre Sektflöte entgegen. „Ja, auf ein paar Stunden voller Überraschungen“, gab sie zurück.

Er nahm einen Schluck und stellte das Glas ab. Er beobachtete das kurze Heben und Senken ihres Kehlkopfs, als sie ihrerseits trank. Er fragte sich, was es genau war, was sie so anziehend machte. Natürlich war sie sexy und er fand, dass sie sehr schön war. Dann wurde es ihm klar. Es war ihre Ruhe, die ihn ansprach. Sie war keine der kreischenden, selbstverliebten jungen Frauen, die ihm sonst über den Weg liefen. Und sie legte eine Vorsicht an den Tag, die ihn verblüffte. Sie war jung und zudem eine Studentin. Sollte sie da nicht das Leben an den Eiern packen und Rodeo reiten? Ihm war noch nie jemand in ihrem Alter begegnet, der so zielstrebig war wie sie. Da fiel ihm plötzlich ein, was sie vor ein paar Stunden zu ihm gesagt hatte.

„Du hast vorhin in der Wohnung erwähnt, dass du das Studium am Ende dieses Semesters abschließen kannst. Wie das?" Vor ein paar Tagen hatte sie ihm doch etwas anderes erzählt.

Sie schlug die Augen nieder und wie so oft kroch eine leichte Röte über ihren Hals auf ihre Wangen. Er ließ ihr die nötige Zeit. Jetzt, wo sie ihm gegenübersaß, verspürte er keine Eile.

„Mein Mentor hat für mich beim Dekan einen Deal ausgehandelt. Wenn ich mich ranhalte, kann ich in ein paar Monaten die Prüfung machen. Danach gehe ich ins Praktikum." Sie unterbrach sich, um einen Schluck Champagner zu nehmen. „Mit etwas Glück", fuhr sie fort, „kann ich innerhalb eines Jahres den Admission to bar machen. Jetzt gerade schreibe ich an meiner Masterthesis." Ihre Augen hatten zu leuchten begonnen, als sie ihm von den neuesten Entwicklungen erzählt hatte. Er war stolz auf sie, obwohl er sie erst seit Kurzem kannte. Schönheit und Intelligenz. Eine sexy Kombination.

„Gratuliere. Deine Eltern müssen stolz auf dich sein." Ein Schatten glitt über ihr Gesicht und er fragte sich, in welches Wespennest er gerade gestochen hatte.

„Mein Dad ist stolz, aber auch besorgt. Er denkt, dass ich mich übernehme", brachte sie zögernd hervor.

Wie aus dem Nichts tauchte die Kellnerin mit dem ersten Gang auf. Kobe Beef-Tartar mit Toastbrot.

„Und? Ist die Sorge berechtigt?", griff er den Faden wieder auf, als die Kellnerin verschwunden war.

Rose nahm erst einen kleinen Happen. Dann legte sie das Besteck beiseite und lehnte sich zurück. „Nein. Ich schaffe das. Ich möchte ihn so bald wie möglich finanziell entlasten." Dann erzählte sie ihm von der Krankheit ihrer Mutter und dem Schicksal ihres Vaters.

Nick wurde schwer ums Herz. Wie viel Rose zu tragen hatte. Er wusste nicht, ob er an ihrer Stelle auch so stark wäre. Er würde ihr liebend gern helfen, war sich aber sicher, dass sie seine Hilfe nie annehmen würde.

„Das tut mir leid." Jetzt verstand er ihre Zurückhaltung besser. Sie wollte oder besser konnte sich keine Ablenkung erlauben. Wenn sie ihr Ziel erreichen wollte, konnte sie sich eigentlich auch diese wenigen Stunden mit ihm nicht leisten.

„Nick, warum hast du angefangen, Musik zu machen?" Ihre Frage kam so aus dem Zusammenhang gerissen, dass sein Verstand kurz ins Schleudern geriet. Themenwechsel? Definitiv und er respektierte das.

„Ich spiele schon lange. Als ich alt genug war, eine Gitarre zu halten, hat alles seinen Anfang genommen." Er konnte sich nicht mehr an den Tag erinnern, als er das erste Mal eine Gitarrensaite zum Schwingen gebracht hatte. Sein Vater hatte ihm die Basiskenntnisse beigebracht. Seither hatte es keinen einzigen Tag gegeben, wo er nicht gespielt hatte.

Er bevorzugte die klassische Gitarre. Ihr Klang war mit Roses Stimme zu vergleichen. Warm, voll und sanft. Die elektrische Gitarre setzte er eigentlich nur bei Konzerten ein.

„Gefällt dir meine Musik? Ich will eine ehrliche Antwort." Er war nicht auf Komplimentfischerei aus. Bisher war Rose ihm gegenüber immer unverblümt schonungslos gewesen. Deshalb war ihm ihr Urteil wichtig.

Sie waren inzwischen beim Hauptgang angekommen. Nach Austern und Hummer auf Aubergine gab es jetzt Sirloin-Steak mit Romanesco und Weißweinrisotto.

„Ich habe nicht viel Ahnung von Musik", warf sie ein.

„Darum geht es nicht. Findest du meine Songs gut?"

Sie überlegte einen Moment. „Ja, ich finde sie sehr gut. Die Mischung aus Rock und Modern Country ist toll. Du berührst mit deiner Musik die Seele des Zuhörers und weckst damit Sehnsüchte." Sie lächelte ihn schüchtern an. „Aber das wusstest du doch schon, oder nicht?"

Er verliebte sich mit jeder Minute in ihrer Gegenwart mehr in sie und ihre direkte Art. „Bei dir bin ich mir sicher, dass du mich nicht anlügst."

Scheiße, das Lächeln, das sie ihm daraufhin schenkte, fuhr ihm direkt in die Hose. Er verfluchte sich für seinen Entschluss, ihr die Karten dieses Spiels in die Hände gelegt zu haben. Wenn er etwas hasste, dann war es, zur Passivität gezwungen zu sein. Er wusste mit Sicherheit, dass er das Ruder in kurzer Zeit wieder an sich reißen würde.

Als sie kurz vor 22:00 Uhr, nach einer köstlichen Pannacotta, wieder auf die Straße traten, wusste er, wo dieser Abend endete. Auf der einen Seite triumphierte er. Andererseits wollte er es mit Rose nicht überstürzen. Doch es war so sicher wie das Amen in der Kirche, dass sie beide sich auf einer Einbahn-Schnellstraße befanden. Die nächste Etappe seiner Abendplanung würde alles besiegeln.

***

Rose

Wow, was für ein Abend! Rose fühlte sich tatsächlich wie eine Prinzessin. Nick behandelte sie, als läge ihm wirklich mehr an ihr als an einem flüchtigen Abenteuer. Dieses Essen, sie hatte noch nie so exklusiv gegessen und getrunken!

Nick hatte ihr ganz Gentleman in ihren Mantel geholfen, bevor er mit ihr das Restaurant verließ. Sie fühlte ihn neben sich und urplötzlich kam der Wunsch in ihr auf, dass er seinen Arm um sie legte. Als hätte er ihren Gedanken gehört, umfasste sein Arm ihre Schultern und zog sie an seine Seite.

Sie schmiegte sich an ihn, und zwar bewusst. Wollte es, musste ihm nahe sein. Sie lief Gefahr, ihre Prinzipien über Bord zu werfen, aber das spielte keine Rolle mehr. Sie war, so viel war ihr nun klar, Nick seit dem ersten Aufeinandertreffen verfallen. So sehr sie sich auch dagegen wehrte, nichts würde am Unvermeidlichen vorbeiführen. Er hatte sich ihr von einer Seite gezeigt, wie sie es nie für möglich gehalten hätte. Er war zuvorkommend, rücksichtsvoll und einfühlsam. Nur unterschwellig nahm sie den routinierten Verführer

194

wahr. Das Gespräch und die Art, wie er sich bemühte, brachten ihren Schutzwall zum Einsturz.

Nick blieb unerwartet stehen und drehte sich zu ihr um. Erst sah er sie nur an, während seine Kiefer unter Anspannung mahlten. Dann nahm er ruckartig, aber keineswegs grob, ihr Gesicht in beide Hände. Alles in Rose fing in Erwartung eines Kusses an zu vibrieren.

„Ich weiß nicht, was ich hier eigentlich tu, Rose.“

Rose schloss die Augen. Die latente Nervosität in seinen Worten besänftigte ihren eigenen Aufruhr ein wenig. „Ich auch nicht, Nick. Wieso lassen wir uns nicht einfach treiben?“ Sie hatte sich ergeben.

Ein verschmitztes Lächeln trat auf seine Züge und er schüttelte andeutungsweise den Kopf. „Nicht nur wunderschön, sondern auch noch weise. Das macht es für mich nicht unbedingt einfacher.“

Nun küss mich doch endlich!

Doch er drückte sie nur an seine Brust. Nur? Schon diese Nähe brachte ihr Blut noch mehr in Wallung. Sein Duft, eine Mischung aus Mann, Seife und Aftershave, fand seinen Weg in ihre Nase und schürte ihr Verlangen zusätzlich. Bei diesem Gedanken schuf ihr Kopfkino einen anrüchigen, erotisch-romantischen Film und die Hauptdarsteller waren Nick und sie. Das einzige Requisit, das sie brauchten, war ein großes Bett. Ihr Unterleib zog sich im plötzlich aufwallenden Verlangen zusammen und sie spürte, wie sich der Nektar der Lust in ihrer Scham sammelte. Die Spannung, die sich zwischen Nick und ihr aufbaute, war beinahe greifbar und raubte ihr den Atem. Sie wollte ihm nahe sein. Ihn schmecken, seine warme Haut spüren und deren Hitze aufnehmen.

So schnell, wie er sie umarmt hatte, so schnell ließ er sie wieder los, und Rose hatte das Gefühl, in einen schwerelosen Zustand geraten zu sein.

„Komm mit, ich will dir etwas zeigen", flüsterte er ihr ins Ohr und zog sie mit sich.

Nick führte sie zum Columbus Circle und von da an der Central Park West entlang. Zwei Blocks nach dem Columbus Circle blieb er vor einem der hohen Gebäude stehen. Rose fragte sich, was er nun wieder vorhatte. Sie hatte sich nämlich schon auf einen Spaziergang im Central Park gefasst gemacht, obwohl diese mörderisch hohen Absätze sie langsam, aber sicher umbrach-ten.

Er zog zwei Gegenstände aus der Tasche. Einen Schlüssel und eine Augenbinde. Was zum Teufel? „Vertraust du mir?"

Sie brachte nur ein Nicken zustande, weil ihr Mund vor Aufregung trocken wie die Sahara geworden war. Er hob die Hände und zog ihr vorsichtig die Augenbinde über das Gesicht. Ihr Atem beschleunigte sich und ihr Herz flatterte in ihrer Brust wie ein ängstlicher Vogel in seinem Käfig.

Sie hörte, wie er die Tür aufschloss. Dann nahm er sie sanft am Ellbogen und führte sie mit sich. Dadurch, dass Nick sie um einen ihrer Sinne beraubt hatte, wurde sie von allen möglichen Eindrücken überwältigt. Sie hörte ihre eigenen Schritte, aber auch die von Nick außergewöhnlich deutlich. Sie liefen ganz klar über einen glatten Natursteinboden. Ob es nun Granit oder Marmor war, konnte sie nicht sagen. Die Luft roch nach Sauberkeit. Rose glaubte, einen Hauch von Chlor wahrzunehmen.

„Hab keine Angst. Es wird dir nichts passieren“, vernahm sie Nicks Stimme ganz nahe an ihrem Ohr. Wellen aus purer Wollust wälzten sich durch ihre Eingeweide und sie konnte ein leises Stöhnen nicht zurückhalten, worauf Nick seine Hand tief auf ihre Hüfte gleiten ließ. Trotz des Mantels, den sie trug, fühlte sie, wie sich seine Finger mit festem Griff in ihr Fleisch gruben.

Der Gong kündete die Ankunft eines Fahrstuhls an. Doch für Rose hatte alles an Wichtigkeit verloren. Für sie bestand die Welt nur noch aus Nick und seiner Hand auf ihrem Körper.

Sie betraten zusammen den Aufzug. Nick drückte einen Knopf, und als sich die Türen schlossen, schob er sie rückwärts, bis sie gegen die Wand der Kabine stieß. Sie spürte, wie er sich links und rechts neben ihr abstützte. Sein Atem strich wie ein stummes Versprechen über die Haut ihres Halses. Sie konnte sich nicht mehr zurückhalten und legte ihren Kopf zur Seite. Sie schob ihre Hände unter sein Jackett und durch den dünnen Stoff seines Hemds fühlte sie die Hitze, die sein Körper ausstrahlte und das schnelle Heben und Senken seines Brustkorbs.

„Rose“, flüsterte er, „ich …“ Eine kurze Erschütterung erfolgte und der Lift war angekommen. Mit einem schabenden Geräusch glitt die Schiebetür auf. „Alles zu seiner Zeit“, meinte Nick leicht atemlos. Dann nahm er sie in seine Arme und führte sie aus dem Fahrstuhl. Nach wenigen Schritten blieb er bereits stehen und Rose bemerkte, dass er sich wohl an einem Türschloss zu schaffen machte. Er schob sie weiter und machte hinter ihnen wieder zu. Dann führte er sie vorwärts, bis er erneut stehen blieb. Ein leises Klicken, gefolgt von einem Schleifen erklang.

Plötzlich schlug Rose die kühle New-York-Nachtluft entgegen und sie vernahm die übliche Symphonie der Stadt: Autos, Hupen und Sirenen.

Nicks Finger schoben sich fast zärtlich unter das Gummiband der Augenbinde und zogen es ihr vom Kopf. Rose brauchte einen Moment, bis sie wieder klar sehen konnte. Vor ihr stand Nick. Verführerisch und beeindruckend wie ein Gott. Dann trat er beiseite und gab eine überwältigende Aussicht auf den Central Park frei. Sie blickte sich um. Sie standen auf einer großen Terrasse, die diese Aussicht bot. Ein Eiskübel mit einer Flasche Champagner stand neben ihm. Sie drehte sich um und erkannte, dass sie sich wohl in einer Penthousewohnung befand.

Nick hatte inzwischen angefangen, den Champagner zu öffnen. Rose wusste, dass ihr der Mund offenstand. Was hatte das alles zu bedeuten?

„Nick, was ...?"

Er kam mit zwei gefüllten Champagnerflöten zu ihr. „Es gibt etwas zu feiern und ich wüsste nicht, mit wem ich lieber darauf anstoßen möchte als mit dir. Das hier ist meine neue Wohnung. Gekauft und gestern bereits bezogen. Die Möbel werde ich alle ersetzen. Nicht ganz mein Geschmack."

Rose fühlte sich geschmeichelt.

„Bevor du jetzt etwas sagst", fuhr er fort, „musst du wissen, weshalb das ein solch außergewöhnlicher Moment für mich ist. Das hier ist meine erste eigene Wohnung. Bisher habe ich entweder in Hotels oder bei meinen Eltern gelebt. Ich hatte bis vor Kurzem nicht das Bedürfnis, sesshaft zu werden.“

Rose hob das Glas und stieß mit ihm an. „Dann gratuliere ich dir von Herzen. Was hat denn dieses Umdenken ausgelöst?“

Er führte sein Glas an die Lippen und trank einen Schluck. Dann nahm er ihr das Glas ab und stellte beide auf den Boden. Als er sich wieder erhob, glomm ein Feuer in seinen Augen, das ihre eigene Sehnsucht wieder aufflammen ließ.

Nick schob eine Hand unter ihren Mantel und die andere vergrub er in ihren Haaren. Er zog sie an sich und strich mit seinen Lippen über ihren Mund.

„Du.“ Dann senkte er seine Lippen auf ihre. Seine Zunge stieß sanft gegen ihre, neckte und umkreiste sie und küsste sie so leidenschaftlich, dass ihr die Knie weich wurden. Sie presste sich gegen ihn und spürte seine Erregung. Sie wollte mehr, schlang ihre Arme um ihn und zog ihm das Hemd aus der Hose. Ihre Finger fanden den Weg unter den Saum. Sie fuhr über die Haut seines Rückens, und als er seinerseits anfing, über die Rückenpartie ihres Kleides zu streichen, wollte sie ihn mit allem, was er zu bieten hatte.

„Rose“, unterbrach er den Kuss heiser, „ich weiß, ich habe dir versprochen, dass du die Grenze bestimmst. Ich muss wissen, ob du das auch wirklich willst.“

Rose brauchte eine Sekunde, bis ihr vernebelter Verstand kapierte, was Nick gemeint hatte. Ihr wurde warm ums Herz, als ihr klar wurde, dass er Rücksicht auf sie nehmen wollte, weil er es ihr versprochen hatte.

Sie küsste ihn als Antwort, zog ihm das Sakko aus und fing an sein Hemd aufzuknöpfen.

Er knurrte und hob sie hoch. „Damit hat sich deine einzige Fluchtmöglichkeit in Luft aufgelöst."

Er trug sie ins Schlafzimmer und stellte sie am Fuß des Betts ab. Rose streifte das Hemd über seine breiten Schultern und ließ ihre Finger über seine nackte, haarlose Brust gleiten. Die abgeheilte Tätowierung war noch etwas rau, aber Rose fand sie wunderschön. So wie den ganzen Mann.

Nick hob ihr Kinn mit zwei Fingern an, um sie zu küssen. Erst Mund, dann Unterkiefer, weiter über ihren Hals. Seine Hände fanden den Reißverschluss ihres Kleides und öffneten ihn. Quälend langsam schälte er sie aus ihrer Robe. Verwöhnte dabei jeden Quadratzentimeter freigelegter Haut. Seine großen, warmen Hände schienen überall und versetzten sie allein durch die Berührung in Ekstase.

Sie schob eine Hand in den Bund seiner Hose und fuhr daran langsam nach vorn. Die Haut, die Nicks Sixpack bedeckte, reagierte mit Gänsehaut. Nick vertiefte seine Bemühungen, sie zu verführen und zu verwöhnen. Er küsste und knabberte an ihrem Hals und machte sich gleichzeitig an ihrem Büstenhalter zu schaffen. Er öffnete den Verschluss mühelos und ließ den BH zu Boden fallen. Seine Hand strich zärtlich über die Spitze ihrer Brust, wo sich ihm die Brustwarze erwartungsvoll entgegenreckte. Rose genoss seine Zuwendung und musste sich darauf konzentrieren, erst seinen Gürtel zu lösen und danach seine Hose zu öffnen.

***

Nick

Sie war der Hammer! Nick senkte seine Lippen und umschloss ihre Knospen. Die Laute, die Rose von sich gab, lenkten ihm das Blut direkt in seinen Schwanz. Ihr körpereigener Duft verstärkte sich und entfesselte das Tier in ihm.

Als er ihre Finger in seiner Hose spürte, musste er aufpassen, dass er nicht die Kontrolle verlor. Er hatte sich in den letzten Tagen derart nach dieser Frau gesehnt, dass ihn jetzt seine Gefühle fast überrannten. Er wollte von ihr berührt werden. Er musste spüren, wie sich ihre Hand oder noch besser ihr warmer, feuchter Mund um ihn schloss.

„Nimm mich in die Hand, Baby. Ich brauche das."

Sie schob sofort ihre Hand tiefer und ihre Faust umschloss ihn, so gut es ihr möglich war. Ihre Berührung war sowohl Himmel als auch Hölle. Sie hatte etwas Erleichterndes. Doch sie schürte auch die schmerzhafte Lust, Rose zu besitzen und als sein Mädchen zu markieren. Ihre Haut war weich wie ein Pfirsich und sie roch verlockend süß nach Erregung.

Er löste sich so weit von ihr, dass er ihr helfen konnte, ihn von der Hose zu befreien. Nachdem er sämtliche Kleidung losgeworden war, hob er Rose hoch und legte sie aufs Bett.

„Nick", stöhnte sie leise und rekelte sich unter ihm. Der Anblick war ... er fand keine Worte dafür.

Er kniete sich zwischen ihre Knie. Seine Hände strichen über die halterlosen Strümpfe. Sexy, aber störend. Er wollte alles von ihr fühlen. Nicht getrennt durch Textil oder Nylon. Deshalb streifte er ihr erst den rechten und dann den linken Strumpf ab. Er küsste jedes ihrer wohlgeformten Beine ausgiebig. Am Fußgelenk angefangen, langsam hoch bis zu der Stelle, wo sie sich mit ihrem Geschlecht verbanden.

Ihre Haut schmeckte köstlich und er konnte nicht genug bekommen. Mit den Knöcheln seiner Finger strich er über den feuchten Stoff ihres Slips. Sie hob ihm dabei ihr Becken entgegen. Durch diese deutliche Einladung fackelte er nicht lange und zerriss die Unterhose. Rose schnappte nach Luft, während ihm der Atem nur noch stockend aus der Lunge kam. Sie war glatt rasiert. Wunderschön. Er fuhr mit den Fingerspitzen über die weiche Haut zwischen ihren Beinen. Roses Atmung beschleunigte sich und ihr rechter Fuß legte sich auf seinen Unterschenkel.

Er musste sie haben, und zwar bald. Nick schob sich an ihr hoch und küsste ihren Hals. Ihr warmer Körper schmiegte sich weich an ihn. Sie war perfekt. Er küsste jeden Quadratzentimeter. Sie schmeckte nach mehr und er genoss ihre Finger, die sich in seinem Haar vergraben hatten. Ebenso die leisen Seufzer, die sie von sich gab.

Jede noch so kleine Reaktion, die er ihr entlocken konnte, ließ ihn triumphieren. Er bewegte sich weiter nach unten, erkundete ihren Busen und den flachen Bauch. Sie hielt ihn nicht auf. Dann doch das volle Programm.

Er schob ihre Beine auseinander und genoss für einen Augenblick die Aussicht. Er konnte nicht mehr warten. Er musste sie kosten. Deshalb vergrub er sein Gesicht in ihrem Schoß. Und ja, er war tot und im Himmel. Sie schmeckte so gut, wie er es sich vorgestellt hatte. Wie vielen Frauen war er an die Wäsche gegangen? Irgendwann hatte er aufgehört zu zählen. Aber eines wusste er ganz genau. Keine von ihnen konnte es mit Rose aufnehmen.

Erleuchtung und tiefer Fall

Rose

Rose hatte vergessen, wie man denkt. Wusste nicht mehr, wo sie war. Sie bestand nur noch aus alles umfassender Lust. Sie hatte das Gefühl, in ihrem Inneren werde ein Feuerwerk gezündet, welches bis in die dunkelste Ecke ihres Seins vordrang.

Als Nick sie das erste Mal berührte, wäre sie fast explodiert. Dort wo Nick sie anfasste, breitete sich Hitze in alle Richtungen aus und drohte, sie zu versengen. Sie hob sich ihm entgegen, doch sein schwerer Arm drückte sie wieder hinunter, sodass sie sich nicht rühren konnte.

„Halt still, Baby", brummte er. Nick hielt ihr Zeige- und Mittelfinger hin. „Mund auf, Süße. Leck meine Finger. Mach sie richtig feucht."

Rose ließ ihn ein. Erst nur den Zeigefinger, danach den Mittelfinger. Dann drang er tief in sie ein. Rein, raus, drehte dabei immer wieder das Handgelenk. Sein Blick war brennend und schien sie zu verzehren. Seine blauen Iriden nur noch als schmale Ringe um die erweiterten Pupillen zu erkennen. Er strahlte eine Kraft aus, der sie sich nur zu gern unterwarf.

„Nimm sie tiefer und saug daran, als würdest du meinen Schwanz mit deinem Mund vögeln."

Rose kam beinahe. Diese ganze Sache machte sie dermaßen an, dass sie anfing zu stöhnen. Währenddessen spielte Nick mit ihrem intimsten Körperteil. So lange, bis sich die ersten Kontraktionen in ihrem Unterleib ankündigten.

„Nicht so schnell", sagte er leise und ließ urplötzlich von ihr ab. „Alles zu seiner Zeit."

Er zog ihr die Finger aus dem Mund und küsste sie stattdessen tief. Seine Zunge nahm den Platz seiner Finger ein. Rose ließ sich fallen, nahm ihn auf. Sie wünschte sich, diesen Moment festhalten zu können. Nur sie und Nick schienen auf der Welt noch zu existieren.

Seine feuchten Finger wanderten zwischen ihre Beine, teilten sanft ihre empfindliche Haut und legten sich an ihrem Eingang auf die Lauer. „Mal sehen, wie bereit du schon bist", flüsterte er dunkel an ihrem Mund.

Sie schmeckte ihn, aber auch sich selbst an seinen Lippen. Sie fragte sich mit ihrer letzten funktionstüchtigen Gehirnzelle, wie Nick so beherrscht sein konnte. Sie kam zu keiner Antwort, denn als er mit den beiden Fingern in sie eindrang und anfing, sie auf diese Art zu nehmen, löste sich jeder klare Gedanke in Lust auf.

Er zupfte an ihrer Brustwarze, biss in ihre Unterlippe und bewegte die Hand in ihr in trägem Rhythmus. Schnell genug, um ihre Erregung ins Unerträgliche zu steigern, doch zu langsam, um ihr Erlösung zu bringen.

„Soll ich dich kommen lassen?", fragte er etwas atemlos an ihrem Hals. Rose konnte hören, dass er lächelte.

„Wenn du es willst, musst du es laut aussprechen, Liebling."

Was war der Typ doch für ein arroganter Kerl! Doch Rose konnte nicht anders. Sie brauchte es. Sie brauchte ihn. Ihr Gehirn war ohnehin nur noch eine schwammige Masse, weshalb sie unfähig war, wütend zu sein.

„Bitte besorge es mir, Nick." Sie hörte sich selbst keuchen.

„Und du wirst mich dabei ansehen. Ich will, dass du mir in die Augen siehst, wenn ich dich kommen lasse."

„Nick! Echt, mach endlich!"

Als Folge dessen hielt Nick inne und bewegte sich keinen Millimeter mehr. „Es liegt bei dir, Baby."

Das war jetzt nicht sein Ernst, oder? „Okay, okay. Wenn dich das befriedigt!" Sie öffnete die Augen und sah ihn demonstrativ an. Sie versank dabei in seinen blauen Iriden und fand, dass sie nie schönere Augen gesehen hatte.

Tatsächlich nahmen seine Finger wieder ihre Tätigkeit auf und sein Daumen kreiste gleichzeitig über ihren Lustknoten. „Du täuschst dich, Rose. Nicht mich befriedigt das, sondern dich."

Sie erreichte innerhalb eines Wimpernschlags den Höhepunkt und der Schrei, der sich aus ihrer Brust löste, klang fremd in ihren Ohren.

„So ist es gut, Süße", sagte er und leckte sich mit selbstzufriedenem Grinsen die Finger ab, die von den Spuren ihrer Erregung überzogen waren. Hätte sie nicht den Körper in der Konsistenz einer Qualle gehabt, hätte sie ihn geboxt.

„Das war Runde eins, Prinzessin." Kaum hatte er den Satz beendet, zog sich bei ihr alles lustvoll zusammen. Wie war das möglich?

Sie hatte doch gerade den intensivsten Orgasmus ihres Lebens gehabt. Wie konnte sie da schon wieder erregt sein? Seine Stimme, dieser warme Klang. Selbst wenn er solche Dinge sagte, sang er noch. Der Mann bestand aus Musik, existierte durch sie.

Nick lehnte sich zum Nachtkästchen und holte ein Kondom hervor. Rose richtete sich auf und nahm ihm die Verpackung ab.

„Warte, jetzt bin ich dran." Sie griff nach seiner Erektion und umschloss den Schaft mit ihrer Hand. Sie fühlte die samtige Haut, die den Kern aus Stahl überzog. Dicke Adern hoben sich ab und zeugten von Ausdauer und Kraft. Auf der stumpfen Spitze trat ein Lusttropfen an die Oberfläche, den sie mit dem Daumen kreisend verstrich.

„Bist du sicher?", fragte Nick und fuhr ihr zärtlich durch die Haare. Sie war sich sicher, entgegnete nichts, leckte dafür mit der Zunge über die glänzende Eichel. Sicherer als jetzt konnte sie nie wieder sein. Sie wollte ihm das zurückgeben, was sie von ihm bekommen hatte. Sie wollte, dass er sich ihr so anvertraute wie sie sich ihm. In ihrem Herzen gab es nur noch Platz für ihn. Wie hatte er das gemacht? Aber das war jetzt nicht wichtig. Alles, was für sie zählte, war, ihn glücklich zu machen.

Nick, der immer noch auf der Matratze kniete, legte den Kopf in den Nacken. Rose nahm ihn tief in ihren Mund, umschloss ihn mit ihren Lippen. Sie griff mit der freien Hand nach seinen Hoden und streichelte sie vorsichtig.

Er vergrub seine Finger in ihrem Haar und hielt ihren Kopf leicht an Ort und Stelle, während er sein Becken vorsichtig vor und zurück bewegte. Sie genoss die Macht, die sie über ihn hatte, auch wenn er sich gerade so gab, als hätte er das Kommando.

„Baby, wenn wir noch mehr machen wollen, dann solltest du jetzt aufhören." Er strich sanft über ihre Schultern.

Rose unterbrach ihre Bemühungen und sah zu ihm auf. „Na dann, wir wollen ja nicht, dass es schon vorbei ist, oder?" Ihre Hand glitt an seinem Schaft langsam auf und ab. „Warum packst du nicht schon mal das Kondom aus?" Sie hielt ihm die freie Hand hin und er übergab ihr wortlos den Pariser, den sie vorsichtig zwischen ihre Lippen nahm. Sie senkte ihren Kopf und streifte das Präservativ mit ihrem Mund über seine stattliche Erektion. Sie wunderte sich im Augenblick über sich selbst. Sie war normalerweise nicht gerade kühn, was Sex betraf, und eine solche Aktion hatte sie noch nie vom Stapel gelassen.

„Wo ist denn Ihre Verlegenheit geblieben, Miss Armand?", fragte er dunkel, während er sich zu ihr hinunterbeugte und sie mit seinem Körper rücklings in die Matratze drückte.

„Sie haben mich verdorben, Mr. Hamilton."

„Dann muss ich Ihnen gestehen, Miss Armand, dass ich nichts bereue." Er spreizte mit seinen Knien ihre Beine und drang langsam bis zur Wurzel in sie ein.

Rose genoss das Gefühl der Völle, denn sie hatte schon lange keinen Sex mehr gehabt. Zumindest Sex mit einem Mann. Mit sich selbst und ihrem batteriebetriebenen Assistenten hatte sie unzählige Dates gehabt.

„O Mann, Rose, du fühlst dich einfach unglaublich an."

Wenn du nur wüsstest, entgegnete sie im Stillen und ließ sich fallen.

Am nächsten Morgen, als Rose aus der Dusche kam, war Nick schon komplett angezogen. Sie schwelgte immer noch in der Erinnerung der vergangenen Nacht. Sie hatten sich zweimal geliebt und beide Male waren einfach unglaublich gewesen. Er war zärtlich gewesen und hatte sie behandelt, als wäre sie das Wertvollste, was er besaß. Er hatte ihr das Gefühl gegeben, dass sie schön war und begehrenswert. Sie hatte alles um sich herum vergessen. Das Studium, die Sorge um ihre Eltern, die Arbeit ... Durch seine Zuwendung war sie in dieser Nacht zu einer normalen Frau geworden. Er hatte es geschafft, ihr Herz zu erobern. Durch seine Beharrlichkeit hatte er ihr gezeigt, was bei ihr zu kurz kam. Nämlich das Leben.

Sie dachte an die letzte Nacht. Immer noch. Sie hatte sich noch nie so geliebt und glücklich gefühlt. Wärme durchflutete sie von Kopf bis Fuß, wenn sie sich seine Berührungen ins Gedächtnis rief. Sie musste mehr davon haben, mehr von Nick haben.

Nur mit seinem Morgenmantel, den sie im Bad gefunden hatte, bekleidet, machte sie sich auf die Suche nach ihm. Das Frottee roch nach Nick und sie vergrub kurz ihre Nase im Kragen. Der Duft löste die frische Erinnerung an letzte Nacht erneut aus, worauf ihr Körper sofort reagierte.

Sie fand ihn im Wohnzimmer. Er saß mit seiner Gitarre auf dem Schoß auf der Couch und spielte. Sie ging zu ihm hin, weil sie ihn küssen wollte. Doch er legte das Instrument weg, stand auf und ging ohne ein weiteres Wort in die Küche.

Rose zog sich der Magen zusammen. Wo war der zärtliche Liebhaber, mit dem sie die Nacht verbracht hatte? Dieser Nick hier war ihr vollkommen fremd, distanziert und kalt. Nein, sie irrte sich. Sie hatte diesen Nick schon einmal kennengelernt. Als sie sich das erste Mal getroffen hatten, war er auch so gewesen. Alles an ihm schien zu schreien: „Rück mir ja nicht auf die Pelle!"

„Was hast du?", fragte sie am dicken Kloß vorbei, der sich in ihrer Kehle gebildet hatte. Doch dann fiel es ihr wie Schuppen von den Augen. Sie war ja so dumm gewesen. Nick hatte ihr alles nur vorgemacht. Er musste sie wohl als besondere Herausforderung angesehen haben, weil sie sich ihm anfangs nicht bereitwillig in die Arme geworfen hatte.

„Ich habe noch zu arbeiten. Barry wird dich nach Hause bringen. Ich ...", begann er, ohne sie anzusehen.

„Sag jetzt nicht, dass du dich bei mir meldest. Das wirst du nämlich nicht. Habe ich recht? Du bist ein arroganter Scheißkerl, Hamilton. Von wegen lass mich dir beweisen, dass ich nicht so bin, wie alle denken. Du wärst besser Schauspieler als Musiker geworden." Ihr Herz brannte und sie verfluchte sich im Stillen, dass sie nachgegeben hatte.

Sie marschierte ins Schlafzimmer, wo die Tasche mit ihren Sachen vom Vortag stand. Sie zog hastig Jeans und Pulli an und schluckte die aufsteigenden Tränen hinunter. Diesen Triumph gönnte sie ihm nicht. Sie schlüpfte in den Mantel und die UGGs, leerte den Inhalt der Clutch in ihre Handtasche und stolzierte hocherhobenen Hauptes zurück ins Wohnzimmer. Sie fühlte sich verraten und ihr Selbstwertgefühl hatte gefährliche Risse bekommen. Doch auch das durfte sie sich nicht anmerken lassen.

***

Nick

Nick stand an der Fensterscheibe zur Terrasse. Er versuchte, seinen inneren Kampf vor Rose verborgen zu halten.

„Ich rufe Barry, damit er dich fährt." Er fühlte sich wie gelähmt. Er wusste, was er gerade aufs Spiel setzte, aber er war nicht bereit, sich dem zu stellen. Noch nicht. Es war für ihn viel zu schnell gegangen. Kaum zu glauben. Aber das war auch seine eigene Schuld gewesen. Schließlich hatte er die Sache vorangetrieben.

„Schenk dir das. Ich fahre mit der U-Bahn." Er hörte, wie sie sich Richtung Wohnungstür umdrehte.

„Es wäre mir lieber, wenn Barry dich bringt." So wüsste er wenigstens, dass sie sicher zu Hause ankam.

Sie blieb abrupt stehen und wirbelte herum. „Es gab vor dir auch eine Zeit, Nick. Ich kann gut auf mich selbst aufpassen. Weißt du, Nick, ich habe dir geglaubt. Ich habe für einen kurzen Augenblick wirklich gedacht, dass ich dir etwas bedeute. Ich war wohl total bescheuert."

Genau da liegt das Problem, Baby.

Er hörte kurze Zeit später, wie die Tür ins Schloss fiel. Wider Erwarten ruhig, wie ferngesteuert folgte er dem Geräusch. Im Flur roch es schwach nach ihr. Dann plötzlich sah er rot. Er holte aus und schlug mit der Faust gegen die Wohnungstür, durch die Rose vor ein paar Sekunden verschwunden war. Er hätte sie nicht gehen lassen dürfen. Scheiße, er hätte ihr erklären müssen, dass er seit seiner Jugend Probleme mit festen Bindungen hatte. Das war bis jetzt auch nie ein Grund zur Sorge gewesen, weil ihm keine Frau begegnet war, für die er tiefere Gefühle entwickelt hatte. Doch bei Rose hatte er das erste Mal seit Jahren wieder Herzklopfen bekommen. Das war zuletzt bei Charlotte passiert.

Er war früh am Morgen aufgewacht. Schweißgebadet mit Herzrasen und einem zentnerschweren Klumpen im Magen. Als er die schlafende Rose neben sich entdeckt hatte, war er von seinem alten Ich eingeholt worden. Niemals, wirklich niemals hatte eine Frau bei ihm übernachtet. Nach erledigtem Geschäft hatte er sie stets aus seiner sicheren Höhle, wo auch immer das gerade war, entfernt.

Für ihn waren Frauen, die bis zum nächsten Morgen blieben, eine ernst zu nehmende Komplikation. Ein Problem, das bei seinem Way of Life nichts zu suchen hatte. Als Rockstar jettete er um die ganze Welt. Eine Frau an seiner Seite war da nur ein Klotz am Bein. Er hatte das bei einem Bekannten miterlebt. Eifersuchtsszenen am laufenden Meter, Bombardements mit SMS und Anrufen und am Ende war sie es gewesen, die ihn mit dem Nachbarn betrogen hatte. Nick war auch mal auf ähnliche Weise hintergangen worden und das hätte beinahe seinen ehemals besten Freund das Leben gekostet und Nicks Zukunft zerstört.

Er hatte sie nicht belogen, als er gesagt hatte, dass er noch zu arbeiten habe. Aber diese Arbeit hätte ohne Weiteres noch warten können.

Plötzlich klingelte sein Handy. Kurz hoffte er, dass es Rose war, doch dem war nicht so. Er schob sowohl Hoffnung als auch Enttäuschung resolut zur Seite. Am liebsten hätte er sich selbst eine reingehauen. Wieso hoffte er auf Rose, wenn er ihr ein paar Minuten zuvor einen Arschtritt erster Klasse verpasst hatte? Das war doch genau das, was sie so anziehend machte. Sie ließ sich nicht alles gefallen und hatte Stolz im Leib. Sie war keine der willenlosen, hörigen Püppchen, die ihn sonst immer umschwirrten. Nick sah noch eine weitere Sekunde aufs Display, bevor er Stacys Anruf entgegennahm.

„Nick, wie lebt es sich in der neuen Bleibe?“ Sie sang regelrecht ins Telefon und löste damit sofort Unbehagen bei ihm aus. Seine Laune, die sowieso schon schlecht war, sank unter den Gefrierpunkt.

„Gut, wieso?“ Er war immer auf der Hut, wenn seine Agentin in solcher Stimmung bei ihm anrief.

„Nun, du scheinst dich gestern Abend recht gut amüsiert zu haben.“ Woher zum Teufel wusste sie ...? Als er nicht sofort antwortete, ergriff sie erneut das Wort. „Du willst sicher wissen, woher ich das weiß. Du hältst mich ja ganz offensichtlich nicht auf dem Laufenden.“ Was ging sie sein Privatleben an? Er hatte sich vor ein paar Tagen doch mehr als klar ausgedrückt. „Es gibt wieder einmal ein Foto von dir und dieser dunkelhaarigen Unbekannten. Ich brauche nicht noch einmal zu erwähnen, dass es deinem Image nicht unbedingt hilft, wenn du dich derart, nennen wir es intim, mit einem No-Name triffst. Hör zu, Nick. Es ist mir und der Plattenfirma ziemlich egal, wen du vögelst, solange es deiner Popularität und der des Plattenlabels nützt. Verstanden?“

Was fiel Stacy überhaupt ein? Er konnte doch weiß Gott seine Partnerin selbst auswählen!

„Stacy“, begann er um Ruhe bemüht, „wir hatten diese Diskussion schon. Lass es meine Sorge sein, mit wem und wie ich meine freie Zeit verbringe.“ Er war doch so ein verdammter Volltrottel. Auch wenn er nach Roses energischem Abgang kurz die Fassung verloren hatte, wurde ihm erst jetzt bewusst, was die Tragweite der Scheiße war, die er abgelassen hatte. Er griff sich instinktiv an die Stirn.

„Ich schicke dir gleich einen Link. Du musst begreifen, dass es nicht nur darum geht, wie und mit wem du dir die Nächte um die Ohren schlägst. Was du tust, hat auch immer Einfluss auf die Frau, mit der du zusammen bist.“ Sie schwieg einen Augenblick und Nick dachte nicht daran, etwas zu entgegnen. „Denk daran, nächsten Freitag geht’s nach Europa.“

Wie könnte er das vergessen? „Schon klar. Ich hab noch nie meine Pflichten vernachlässigt oder gar einen Termin platzen lassen. Habe ich recht?“ Mann, er war derart geladen und angepisst, dass er am liebsten jemandem die Fresse poliert hätte.

Stacy räusperte sich. „Natürlich, du hast dich immer als sehr zuverlässig erwiesen.“

Er hatte genug von dem Gequatsche. „Ich muss jetzt Schluss machen, Stacy. Ich habe schließlich noch zu arbeiten." Sie verabschiedete sich und er legte grußlos auf.

Gleich darauf piepte sein Telefon wegen einer SMS mit dem erwähnten Link. Nick zögerte nicht lange und öffnete ihn. Es wurde das ihm inzwischen so verhasste, unseriöse Promiportal geladen. Er hatte sofort Zugriff auf einen Artikel mit einem dazugehörenden Paparazzi-Foto. Er sah sich im Anzug und Rose in seinen Armen. Es war der Moment, als er sie aus der Kutsche gehoben hatte. Zum Glück erkannte man auf dieser Aufnahme wieder einmal Roses Gesicht nicht, weil ihre langen Haare es verdeckten. Wie lange würde es dauern, bis diese Aasgeier ihrer Identität auf die Spur kamen? Er schloss die Seite, ohne den dazugehörigen Artikel zu lesen. Es handelte sich wahrscheinlich sowieso nur um Schund.

Er öffnete die Nachrichten-App und schrieb Rose eine kurze SMS. Dann machte er sich auf, um tatsächlich zu arbeiten. Er musste dringend einen Text zu seinem neuesten Wurf verfassen. Er bezweifelte jedoch, dass er seinen Verstand soweit zusammenhalten konnte. Kurz überflog er noch einmal die Zeilen, die er an Rose geschickt hatte:

Sorry, dass ich so ein riesiges Arschloch war. Bitte gib mir kurz Bescheid, wenn du zu Hause angekommen bist. Ich mach mir Sorgen, Süße.

Dann schnappte er sich die Gitarre und sein Notizbuch und machte sich an die Arbeit. Angel In Grey, das war der Titel und Nick war damit schon mal zufrieden.

Die Worte ließen sich nur zögerlich aus seinem Kopf aufs Papier bringen. Seine Gedanken kreisten immer wieder um Rose, die gemeinsame Nacht und ihren dramatischen Abgang. Egal wie sehr er sich auch bemühte, im Moment brachte er nichts Sinnvolles zustande.

Irgendwann legte er sein Instrument beiseite und erhob sich mit steifen Gliedern. Er trat zur breiten Terrassentür und schob sie auf. Er blickte auf den Central Park, ohne ihn wirklich wahrzunehmen. Was war er doch für ein totaler Idiot! Bisher hatte er noch nie etwas für irgendeinen Menschen empfunden. Außer seinen Eltern natürlich und Charlie, das Mädchen in der High-School, das ihn sozusagen zerstört hatte. Dann war Rose in sein Leben gestürmt und hatte es völlig auf den Kopf gestellt. Charlie hatte ihm das Herz herausgerissen und auch seine Freundschaft zu Billy zerstört. Infolgedessen waren all seine Zukunftspläne den Bach hinuntergegangen und er war von Zuhause ausgerissen. Bis zu jenem Tag hatte er nicht daran gedacht, Profimusiker zu werden. Die Musik war sein Leben. Das stimmte. Aber Geld damit zu verdienen, war nicht sein Plan gewesen.

Erst Rose hatte ihm den Kopf gewaschen und ihn dazu gebracht, endlich aus der Blase, die er selbst geschaffen hatte, zu treten. Sie hatte es innerhalb weniger Tage fertiggebracht, dass er wieder etwas empfand. Auf den Schmerz hätte er allerdings verzichten können. Diese Blase war nichts als Selbstschutz gewesen. Schutz vor dem Schmerz und der Möglichkeit, wieder verraten zu werden. Der Verlust von Rose brannte ihm ein Loch in die Brust. Sie war weg und er hatte es verbockt. Sie war das Beste, was ihm seit Jahren begegnet war.

Er war jedoch nicht imstande, sich auf anständige Art und Weise erkenntlich zu zeigen. Im Gegenteil: Er behandelte sie wie eins seiner Groupies.

Nick zog sein Mobiltelefon aus der Tasche und aktivierte das Display, nur um enttäuscht zu werden. Rose hatte immer noch nicht geantwortet. Er warf einen Blick auf die Uhr. Sie war vor mehr als zweieinhalb Stunden gegangen. Sie müsste doch längst in ihrer Wohnung angekommen sein.

Er hatte das Gefühl, dass sich ein schwarzes Loch in seiner Brust aufgetan hatte, welches langsam ein Organ nach dem anderen zu verschlucken drohte, bis nichts mehr von ihm übrig sein würde.

Scheiße, das konnte doch wohl nicht wahr sein! Egal wie er es drehte und wendete, es kam immer auf dasselbe raus: Er hatte sich Hals über Kopf in diese Streberin verliebt. Und was jetzt? Verflucht noch mal, wieso gab es keine detaillierten Bedienungsanleitungen zum Thema Liebesdinge?

In einem Anflug von Wut auf sich selbst nahm er die Jacke und wollte gerade die Wohnung verlassen, als sein Handy mal wieder klingelte.

Rose! Doch ein Blick auf das Display zerstörte diese leise Hoffnung sofort. Es war eine Nummer, die er schon länger nicht mehr selbst gewählt hatte.

„Hallo?", er hustete, weil er plötzlich einen dicken Kloß im Hals hatte.

„Hallo Nicolas", antwortete seine Mutter mit schwacher Stimme.

Bei ihm schrillten sofort alle Alarmglocken. „Wie geht es dir und Dad, Mom?" Das schlechte Gefühl nahm immer mehr zu.

„Ich muss dir etwas sagen, Nicolas." Dann brach sie in Tränen aus und Nick wurde schlecht. Nahm dieser Tag denn gar kein Ende?

„Was ist passiert, Mom?" Er musste sich zusammenreißen, damit er nicht ins Telefon schrie.

Es dauerte einen Moment, bis sie sich so weit gesammelt hatte, um zu sprechen. Nick setzte sich auf den Stuhl am Esstisch und lauschte hilflos dem Schluchzen seiner Mutter. Seine Beine hatten ihm den Dienst versagt.

„Sag es mir, Mommy. Bitte sag mir, was los ist und wie ich helfen kann." Er konnte nicht anders, aber er fühlte sich wie ein kleines Kind.

„Es ist Feuer im Haus ausgebrochen und dein Dad ... er ist ..."

O nein, bitte nicht! Es durfte nicht sein! Er wollte sich die Ohren zuhalten, denn solange er es nicht hörte, war es nicht real.

„Ich glaube, wir haben alles verloren, Nicolas. Das Haus, die Kellerei und einen großen Teil der Weinreben. Dein Vater wollte das Feuer am Übergreifen auf die Kellerei hindern. Er wurde vom Feuer eingeschlossen, und als endlich die Feuerwehr da war ... ich konnte gar nichts tun." Wieder schluchzte sie und Nick spürte, wie ihm ebenfalls die Tränen vom Unterkiefer tropften.

„Sag jetzt bitte nicht, dass Dad tot ist, Mom. Es darf nicht sein.“ Er musste jetzt stark sein, für seine Mutter, Will und sich selbst.

„Doch, Nicolas. Er ist gestorben.“

Er vergrub sein Gesicht in der freien Hand. „Ich komme. Ich steige noch heute in den Flieger. Wir schaffen das, Mom.“

Sie atmete hörbar aus. „Vielen Dank, mein Schatz. Aber was ist mit all deinen Verpflichtungen?“

Wenn sie nur wüsste, wie scheißegal ihm das alles war. „Du bist wichtiger. Ich melde mich, sobald ich weiß, wann ich in Frisco ankomme. Hast du Will schon informiert?“ Die Aussicht seinen älteren Bruder zu sehen, machte die ganze Sache noch schwerer. Das Verhältnis zwischen ihnen war mehr als nur konfliktbeladen.

„Ja, Will kommt heute noch. Ich bin froh, dass du auch kommst.“ Nachdem seine Mutter aufgelegt hatte, wusste er nicht mehr, wo ihm der Kopf stand. Er konnte es nicht glauben. Der brennende Schmerz in seiner Brust nahm ihm die Luft zum Atmen.

Nick dachte an das letzte Gespräch, das er mit seinem Vater geführt hatte. Das war vor ein paar Monaten gewesen. Nick hatte sich damals völlig danebenbenommen: zu viele Partys, zu viele Frauen, zu viel Drogen und Alkohol. Einfach zu viel von allem. Das Schlimmste daran war gewesen, dass die Medien schon fast so was wie eine Live-Real-Soap daraus gemacht hatten. Es hatte an ein Wunder gegrenzt, dass sie ihm nicht auch noch aufs Klo oder ins Schlafzimmer gefolgt waren. Eines Morgens hatte das Telefon geklingelt und sein besorgter Vater war dran gewesen. Erst hatte sein alter Herr ihm zünftig die Leviten gelesen und ihn dann gebeten, eine Zeit lang nach Hause zu kommen. „Nur für ein paar Wochen. Du brauchst Erholung und etwas Abstand zu dem ganzen Zirkus. Ich sehe doch, dass du nicht glücklich bist."

Nick hatte ihm damals lautstark ins Gesicht gelacht. Jetzt war ihm klar, dass er erstens an Arroganz nicht zu übertreffen gewesen war und zweitens sein Dad richtiggelegen hatte. Er war müde gewesen und hatte sich total danebenbenommen. Doch er hatte es nicht gesehen, nicht wahrhaben wollen. Er hatte alles, was man sich wünschen konnte: Er war berühmt, verdiente einen Haufen Geld und konnte jede Frau haben, die er sich nur wünschte. Was wollte Mann noch mehr?

Er sah seinen Vater deutlich vor sich. Ein Berg von einem Mann, stark wie ein Bär. Schwielige Hände und breite Schultern von der schweren Arbeit im Rebberg. Blaue, weise Augen in einem kantigen, von der Sonne gebräunten Gesicht. Das ehemals dunkelblonde Haar teilweise ergraut. Er war ein gütiger, aber strenger Mann gewesen.

Nick lehnte sich im Stuhl zurück und wurde von einer Flut von Trauer überwältigt. Es war einfach alles zu viel.

***

Sie brütete über ihren Büchern und konnte sich nicht konzentrieren. Wie so oft in jüngster Vergangenheit. Natürlich schob sie Nick die Schuld dafür in die Schuhe. Seit sie ihn kannte, war ihr Leben ein heilloses Durcheinander. Nichts lief mehr so wie geplant.

Sie warf einen Blick auf ihr Handy und dachte an die SMS, die er ihr vor mehr als zwei Stunden geschickt hatte. Dieser arrogante Mistkerl! Er warf sie nach der wahrscheinlich schönsten Nacht ihres Lebens einfach aus seiner Wohnung und wagte es danach, ihr eine solche Nachricht zu schreiben. Sie würde ihm ganz bestimmt nicht antworten. Das leise Stimmchen des schlechten Gewissens ignorierte sie einfach mal schnell. Sie sollte ihm zumindest antworten. Herrgott! Sie musste ihm doch keine Rechenschaft ablegen, oder? Er hatte sie weggeschickt, also war sie ihm nichts schuldig. Oder doch? Ihr schwirrte der Kopf. Sie wusste einfach nicht, was sie tun sollte.

Bei der Erinnerung an die vergangene Nacht zog sich ihr Unterleib zusammen. Ihr Körper war ein elender Verräter. Sie erlaubte es sich nicht, noch weiter über Nick und die gemeinsame Nacht nachzudenken. Es nützte nichts. Sie war wieder einmal auf einen Idioten hereingefallen. Punkt aus Amen. Sie war ja selbst schuld. Schließlich hatte sie sich ihm auf seiner Terrasse schamlos an den Hals geschmissen. Wenn sie stark geblieben wäre, auf ihren Instinkt gehört hätte, wäre das alles nicht passiert. Wäre, hätte, alles Wenn und Aber täuschte nicht über die Tatsache hinweg, dass sie die Stunden mit Nick genossen hatte. Verdammte Kacke! Sie hatte sich verliebt.

Sie wandte sich wieder ihrer Lektüre zu und versuchte sich zum gefühlt tausendsten Mal auf den Lernstoff zu konzentrieren.

Plötzlich summte ihr auf lautlos gestelltes Handy. Sie schaute kurz nach, wer der Anrufer war. Doro.

„Hi Puppe!“, rief ihre Freundin ins Telefon. „Ich wollte nur fragen, was du zum Abendessen willst. Ich gehe sonst noch schnell bei einem Take-away vorbei.“

Essen? Rose war so gar nicht nach Essen zumute. „Du musst nicht mit mir rechnen. Ich hab keinen Hunger und muss noch einiges aufarbeiten.“

Doro sog laut die Luft ein. „Ist etwas passiert?“ Doro wusste noch nichts von dem Drama, das sich an diesem Morgen zugetragen hatte. Als Rose in der Wohnung angekommen war, hatte Doro noch tief und fest geschlafen. Rose hatte sich nur kurz umgezogen und war mit ihren Büchern unter dem Arm wieder geflüchtet. Sie war dankbar für die Galgenfrist, denn sie wäre nicht imstande gewesen, Doro von der Nacht und deren Ende zu erzählen.

„Das erzähle ich dir, sobald ich zu Hause bin.“

„Wo bist du überhaupt?“, fragte Doro besorgt.

„Ich bin in der Uni-Bibliothek.“

„Okay. Dann bin ich schon mal gespannt auf deinen Bericht.“ Nach einem kurzen Abschiedsgruß legte Rose das Mobiltelefon weg und beugte sich erneut über ihre Abschlussarbeit. Kaum zwanzig Minuten später summte das Ding wieder vor sich hin. Mit einem stillen Fluch erkannte sie Nicks Namen auf dem Display. Sie zögerte eine Sekunde. Sollte sie den Anruf annehmen oder ablehnen? Sie entschied sich für die zweite Möglichkeit. Sie hatte keine Zeit und keine Lust, sich jetzt mit ihm auseinanderzusetzen. Vielleicht sollte sie das nervige Ding gleich ganz ausschalten. Ach was, auf lautlos gestellt reichte völlig. So war sie wenigstens für Doro und ihren Dad zu erreichen, wenn etwas wäre.

Nach ein paar Minuten vernahm sie eine bekannte Stimme und ihr gefror das Blut in den Adern. Mike hatte wohl gerade die Bibliothek betreten. Diesem Gnom über den Weg zu laufen, verbesserte ihre Laune auch nicht wirklich. Sie sah sich vorsichtig um und entdeckte ihn zwischen zwei Regalen.

Bei genauerem Hinsehen erkannte sie, dass er wohl in eine Faust gerannt sein musste. Seine Nase schien etwas unförmig und beide Augen schillerten in allen Farben. Jemand musste ihm die Nase gebrochen haben. Recht so. Wenn sie wüsste, wer es gewesen war, hätte sie sich bei ihm bedankt.

Rose stand auf und packte ihre Sachen zusammen. Mit Mike im gleichen Raum sein zu müssen, überstieg ihre Kräfte. Sie verließ die Bibliothek, ohne von Mike angequatscht zu werden. Zum Glück!

Sie ging zur nächsten U-Bahn-Station und fuhr zu Moe & Sam's. Vielleicht hatte sie da mehr Ruhe.

***

Nick

Es hatte eine Ewigkeit gedauert, bis er sich so weit wieder im Griff hatte, dass er seine Angelegenheiten regeln konnte. Der anfängliche reißende Schmerz war einer Betäubung gewichen. Gott sei Dank. So funktionierte er wenigstens einigermaßen.

Als Erstes hatte er Stacy angerufen und sie darum gebeten, die Europa-Promotour um zwei Wochen zu verschieben. Sie hatte tatsächlich keinen schnippischen Kommentar für ihn übriggehabt, sondern war sehr verständnisvoll gewesen.

„Mach dir um Europa keine Sorgen, mein Lieber", hatte sie gemeint, „ich werde mich um alles kümmern. Unterstütz du deine Familie."

Auch wenn er sich vor Kurzem noch tierisch über diese Frau aufgeregt hatte, so war er jetzt mehr als dankbar, sie zu haben. Sie mochten ihre Differenzen haben, aber sie war eine gute Agentin.

„Brauchst du sonst noch etwas, Nick?", holte sie ihn in die Gegenwart zurück. Rose, ja, die bräuchte er jetzt. Aber das hatte er sich gründlich versaut, wahrscheinlich für immer.

„Nick?"

Ach ja, Stacy wartete auf eine Antwort. „Ich weiß, es ist vielleicht etwas viel verlangt, aber wäre es möglich, dass du mir einen Flug nach San Francisco organisierst? Auf heute Abend, wenn es geht. Ich habe meiner Mutter versprochen, dass ich heute noch abreise. Weil ich aber hier noch einiges zu erledigen habe, bevor ich nach Hause verschwinde, komme ich nicht dazu, einen Flug zu buchen." Natürlich dachte er dabei an seinen Disput mit Rose. Er musste das geradebiegen, solange er noch hier war. Wenn er das nicht hinbekam, war alles verloren. Er war danach für sicher vier Wochen auf Achse und würde kaum Gelegenheit haben, mit Rose zu sprechen. Er hatte vorhin schon mal versucht sie anzurufen, doch sie hatte ihn aus der Leitung geschmissen.

„Aber selbstverständlich. Ich rufe dich nachher an, sobald ich ein Ticket für dich organisiert habe."

Nick war froh um ihre Hilfe. Als er aufgelegt hatte, packte er seine Siebensachen und rief Barry an, damit er ihn holen kam.

Nach einem kurzen Zwischenstopp bei einem Blumengeschäft saß er nun schweigend im Fond von Barrys Wagen. Im Kofferraum lag sein Gepäck für die nächsten vier Wochen und der Gitarrenkoffer ruhte neben ihm auf der Rückbank. Dabei hatte er bereits angefangen, an seinem sesshaften Leben Gefallen zu finden.

Plötzlich überkam ihn wieder das Gefühl, entwurzelt zu sein. Er war fast das ganze Jahr über unterwegs und bis vor ein paar Tagen hatte er nicht mal eine feste Bleibe gehabt. Obdachloser de luxe. Sein Zuhause im Sonoma Valley war ihm schon lange fremd geworden und die Hotels hatten ihn quasi zur Anonymität verdammt.

Jetzt wo er die Wohnung hier hatte, wollte er eigentlich gar nicht mehr weg. Er wollte sich vor der Welt und dem ganzen Scheiß in ihr verkriechen. Bevorzugt zusammen mit Rose unter weichen, warmen Daunen. Er fühlte sich wund und bloßgestellt. Doch mit ihr war er für ein paar Stunden komplett gewesen.

Barry hielt auf der anderen Straßenseite von Roses Wohnhaus. Hoffentlich wurde sie durch die Blumen gütiger gestimmt. Sein Herz zog sich sofort auf die Größe einer Erbse zusammen, als ihm bewusst wurde, dass er höchstwahrscheinlich alle Chancen bei ihr verspielt hatte. Doch diesen einen Versuch musste er einfach noch wagen. Und so wie er sich kannte, wäre es auch nicht der letzte.

Barry wartete im Wagen auf ihn, denn sie parkten in der zweiten Reihe. Bevor er ausstieg, straffte er noch einmal die Schultern und dabei bemerkte er, dass sein Bodyguard ihm durch den Rück-spiegel aufmunternde Blicke zuwarf.

„Drück mir die Daumen, Kumpel, dass mir nicht schon in der ersten Sekunde der Kopf abgerissen wird."

Barry lächelte und schüttelte andeutungsweise den Kopf. „Hals- und Beinbruch. Ich fahre um den Block. Ruf an, bevor du wieder nach unten kommst, okay?"

„Mach ich." Dann stieg er aus und überquerte mit den Rosen auf dem Arm die Straße. Das Gefühlschaos, das ihn in festem Griff hatte, konnte er nicht in Worte fassen. Es war episch und allumfassend. Ganz ehrlich? Er hatte sich noch nie so beschissen gefühlt. Du bist ein arroganter Scheiß-Kerl, hörte er Roses Stimme in seinem Kopf. Dein Dad ist gestorben, lösten die Worte seiner Mutter die von Rose ab. Rose … Mom … Rose … Mom … Er musste aufpassen, dass er sich nicht wie ein Vollidiot die Ohren zuhielt und losschrie.

Vor dem Hauseingang zögerte er einen kurzen Augenblick, bevor er die Klingel drückte. Sei kein Weichei, Mann!

Mit diesem mentalen Arschtritt drückte er schließlich den Knopf und hoffte, bald das Summen des automatischen Türöffners zu hören.

„Ja?", ertönte Doros Stimme blechern durch die Gegensprechanlage.

Na großartig! Wenn Rose ihr von seinem Ausrutscher erzählt hatte, hatte er keine Chance, auch nur den kleinen Zeh in den Flur dieses Hauses zu setzen.

„Hey Doro. Ich bin es, Nick. Kann ich kurz hochkommen?" Plötzlich schien sich die Schwerkraft verdoppelt zu haben, denn er hatte das Gefühl, von einer unsichtbaren Macht niedergedrückt zu werden.

„Ähm ... ja, natürlich." Doro klang verwirrt, was Nick wiederum noch mehr verunsicherte. Sobald Doro den Türöffner betätigt hatte, drückte er die Tür auf und eilte die Treppe in den dritten Stock hoch. Oben angekommen wartete Doro bereits an der offenen Wohnung.

„Komm rein, Nick."

Er folgte ihr ins Wohnzimmer. Er konnte nicht anders, als nach Rose Ausschau zu halten.

„Was führt dich zu mir?"

Er sah Doro an. Wusste sie tatsächlich nichts von dem Desaster am Morgen? Und wieso ging sie davon aus, dass er zu ihr wollte? „Ich wollte eigentlich kurz mit Rose sprechen."

Doro fuhr sich nachdenklich mit dem Daumen über die Lippen. „Sie ist nicht hier. Ist was zwischen euch vorgefallen? Du siehst nämlich, um ehrlich zu sein, total abgefuckt aus."

Mit einem Schlag schien alle Luft aus seinen Lungen gewichen zu sein und er ließ sich kraftlos auf die Couch fallen. Er hatte das unendliche Bedürfnis, jemandem sein Herz auszuschütten.

Er warf ihr einen Blick zu. Von Kopf bis Fuß ein wandelndes Kunstwerk mit feuerrotem Haar. Sie hatte in etwa so viel Temperament wie ein Fass Nitroglycerin und dennoch wusste er, dass er hier mit seiner Beichte an der richtigen Adresse war. Und genauso hatte er die Gewissheit, dass das Tattoo-Girl ihm danach die Eier abreißen würde.

„Ich habe Mist gebaut …", begann er seine Aussage. Doro war so zuvorkommend, dass sie ihn nicht unterbrach, lediglich hin und wieder den Kopf schüttelte.

„… und … und mein Vater ist gestorben." Diese Tatsache laut vor einer fast Fremden auszusprechen, schmerzte mehr, als er sich eingestehen wollte. Auf diese Weise bekam der Tod seines Dads eine Gewichtigkeit, die er lieber auf ewig ignoriert hätte.

Doro setzte sich neben ihn und legte ihm die Hand auf die Schulter. „Scheiße, Nick. Mein herzliches Beileid. Was machst du jetzt?"

Er fuhr sich mit der Hand über das Gesicht. Als ob das helfen würde. „Ich fliege noch heute nach San Francisco. Ich muss sehen, was ich für meine Mutter und meinen Bruder tun kann. Anscheinend ist das Weingut schlimm dran. Wenn nicht verloren."

Doro schnappte entsetzt nach Luft. „Shit! Wie lange hast du Zeit für deine Familie?"

Zu wenig, schoss es ihm wie ein Blitz durch den Kopf. „Zwei Wochen. Danach bin ich sicher vierzehn Tage in Europa. Meine Agentin ist gerade dabei, die Promotour um zwei Wochen zu verschieben."

Es entstand ein bedrücktes Schweigen, das durch Doro nach ein paar Minuten gebrochen wurde. „Hör zu, ich habe keine Ahnung, wann Rose nach Hause kommt. Aber du ..." Das Klingeln seines Handys unterbrach sie und sie nickte ihm zu, damit er den Anruf entgegennahm.

Er zog das Telefon aus der Tasche und nahm ab. „Hi, Stacy. Weißt du schon was Neues?"

„Ja. Die Europäer haben vollstes Verständnis für deine Lage und sind bereit, alle Termine um zwei Wochen zu verschieben. Mit dem Flug nach Frisco hatte ich weniger Glück. Ich konnte jedoch die zuständigen Leute bei der Firma dazu überreden, dir für diesen Flug den Firmenjet zur Verfügung zu stellen. In zwei Wochen fliegst du von San Francisco direkt nach London. So viel konnte ich schon umbuchen."

In Situationen wie diesen war diese Frau einfach unbezahlbar. „Vielen Dank, Stacy. Wann und wo wartet der Flieger auf mich?"

„Der Jet steht bei La Guardia für dich bereit. Der Flugplan sieht vor, dass ihr um 17:00 Uhr in der Luft seid. Bei deiner Landung in Frisco wartet schon ein Mietwagen auf dich, mit dem du dann nach Hause fahren kannst."

Nick warf einen Blick auf seine Armbanduhr. Ihm blieb nicht mehr allzu viel Zeit. „Ist gut. Nochmals vielen Dank, Stacy. Ich melde mich regelmäßig. Versprochen."

„Jetzt schau erst einmal nach deiner Familie. Der Rest kann vorläufig warten."

Da er nichts mehr darauf erwidern konnte, verabschiedete er sich und legte auf. Er hatte gehofft, dass er sich noch bei Rose entschuldigen konnte, doch das musste er sich wohl oder übel abschminken.

„Hättest du etwas zum Schreiben, Doro? Und ähm ... könntest du die Blumen ins Wasser stellen? Sie sind für Rose."

Doro nickte und stand auf. Sie bückte sich nach dem Blumenstrauß, der achtlos neben ihm auf dem Sofa lag, und ging damit in die Küche.

„Wenn du willst, kann ich versuchen, mit Rose zu reden. Vielleicht tut es euch beiden gut, wenn du für ein paar Wochen von der Bildfläche verschwindest", hörte er sie rufen.

Er wollte aber nicht für einen ganzen Monat aus Roses Leben verschwinden! Was war, wenn diese kopflastige, schöne Frau zu viel über ihn nachdachte? Obwohl sie da wahrscheinlich gar nicht so falschliegen würde, konnte und würde er sie nicht aufgeben. Noch nicht. Sie war gut, zu gut für ihn und genau darum brauchte er sie. Er war eben ein egoistisches Schwein.

Und was geschah, Gott bewahre, wenn sie in diesen vier Wochen einen anderen Kerl kennenlernte? Dann bist du eben ganz schön angeschmiert, sagte ein fieses Stimmchen in seinem Hinterkopf.

„Danke für den Vorschlag, aber dieses Gespräch muss ich selbst mit Rose führen." Er sah Doro an und erkannte ein Echo seines eigenen Schmerzes. Ihre Anteilnahme rührte ihn seltsamerweise. Normalerweise gingen ihm die Gefühle anderer am Arsch vorbei. Mit ein paar wenigen Ausnahmen: seine Familie, neuerdings Rose und wie es aussah, Doro.

Nick nahm mit schwerem Herzen die Schreibsachen entgegen, die ihm Doro gebracht hatte. „Kannst du mir noch einen Gefallen tun?" Sie nickte. „Schau mich nicht so traurig an, bitte. Ich bekomme sonst noch ein schlechtes Gewissen." Ein Lächeln huschte über Doros hübsches Gesicht und er war froh, dass er damit der Situation die Spitze hatte nehmen können.

„Dann lass ich dich mal in Ruhe", sagte sie und warf einen Blick auf die Schreibutensilien auf seinem Schoß.

Nachdem sie verschwunden war, setzte er den Kugelschreiber auf das Papier und begann mit seiner Lebensbeichte. Er öffnete sich, so gut er eben konnte und erstaunlicherweise flossen die Worte ohne Mühe aus ihm heraus.

Offenheit

Rose

Rose verließ das Diner entspannter, als sie es betreten hatte. Nach ihrer Flucht aus der Bibliothek war sie zu Moe & Sam's gegangen und hatte tatsächlich noch eine Stunde lernen können. Danach hatte sie sich noch mit Sam über ihren ersten Arbeitstag unterhalten und Sam hatte ihr bei dieser Gelegenheit gleich die Arbeitskleidung mitgegeben.

Als sie nun die Treppe zu ihrer Wohnung hochstieg, schweiften ihre Gedanken zu Nick. Nachdem sie seinen letzten Anruf abgelehnt hatte, war es verdächtig ruhig gewesen. Allem Anschein nach hatte er aufgegeben. Erstaunlich schnell, fand sie, und ignorierte das Ziehen in ihrer Brust. Aber wahrscheinlich hatte er schon die nächste Eroberung am Haken. Bei dieser Erkenntnis zog sich ihr das Herz noch mehr zusammen und sie befürchtete, dass es demnächst stehen blieb. War sie etwa eifersüchtig? Dazu hatte sie weder Grund noch Recht. Was hatte sie denn mit Nick gehabt? Eine einzige Nacht, ohne Versprechungen.

Sie schob dieses widerliche Gefühl beiseite und betrat die Wohnung. Doro stand in der Küche, als hätte sie sie schon sehnlichst erwartet.

„Hallo?" Sie legte ihre schwere Tasche ab. „Ist was los?" Rose versuchte erfolglos, ihre Nervosität zu unterdrücken, die langsam unter ihre Haut kroch und sich um ihr Herz schloss. Was hatte sie verpasst? Irgendetwas musste passiert sein, so wie Doro sie ansah.

Doro löste sich von der Anrichte, an der sie gelehnt hatte, und hielt ihr stumm die Hand hin. Rose griff danach und ließ sich von ihrer Freundin ins Wohnzimmer führen. Wieso machte sie denn nicht endlich den Mund auf?

„Jetzt sag schon, Do..." Sie konnte den Satz nicht beenden, denn der gigantische Strauß Rosen, der auf dem Wohnzimmertisch stand, nahm ihr die Fähigkeit zu denken.

Nick. War er hier gewesen? Sie sah sich Hilfe suchend nach Doro um, die ihre stumme Frage mit einem Nicken beantwortete.

„Ich lass dich mal allein", sagte Doro leise, „er hat hier auf dich gewartet. Solange er konnte. Aber am besten liest du den Brief, den er dir hiergelassen hat."

Rose hörte das Knarren der alten Bodendielen, was bedeutete, dass Doro sie tatsächlich allein gelassen hatte. Sie legte die Uniform über die Lehne des Sofas, damit sie nicht verknitterte, und zog ihren Mantel aus. Sie hatte das Gefühl, dass sie sich in Zeitlupe bewegte. Sie ging um die Couch herum und hatte dabei nur Augen für die unglaublich schönen roten Rosen.

Sie hatte keine Ahnung, was sie davon halten sollte. Nick hatte sich doch deutlich ausgedrückt und sie sich auch. Dachte sie wenigstens. Auf ihrer Brust schien plötzlich eine zentnerschwere Last zu liegen, denn sie bekam kaum Luft.

Ein kleiner Teil in ihrem Herzen freute sich jedoch wie verrückt über Nicks Aufmerksamkeit. Nein, sie sollte dem hier nicht wieder nachgeben. Schließlich hatte das letzte Mal in einem Desaster geendet. Aber wie es eben bei Nick Hamilton war, sie konnte einfach nicht widerstehen.

Sie wusste, dass sie bei ihm wohl nie standhaft bleiben konnte. Wahrscheinlich ging es allen weiblichen Wesen so, die ihm ständig an die Wäsche wollten. Obwohl sie sich traute zu behaupten, dass ihre Gefühle für ihn tiefer gingen als bei den anderen Frauen.

Sie setzte sich auf das Sofa und nahm den Briefumschlag, der an der Vase lehnte, in die Hand. Sie hatte gar nicht gewusst, dass ihr Haushalt über eine derart große Vase verfügte. Wieso war das nun so wichtig? Sie schüttelte über sich selbst den Kopf.

Rose betrachtete das weiße Papier des Kuverts. Vorn stand ihr Name in geschwungenen Lettern. Nick hatte eine schöne Schrift. Ihre Finger fuhren über die Ränder und zeichneten die Buchstaben auf der Vorderseite nach. Sie hatte Angst vor dem Inhalt des Umschlags. Egal was in dem Brief stand. Wenn Nick sie abservierte, wäre sie zerstört. Aber warum hätte er ihr dann die Rosen schenken sollen? Wenn er jedoch schrieb, dass es ihm leidtat ... oder so, hätte sie gar keine Chance mehr, von ihm wegzukommen. Dann säße sie in seiner Falle. Also egal, was er geschrieben hatte, es hatte fatale Folgen.

Sei kein Feigling, Rosy, hörte sie plötzlich eine Stimme aus der Vergangenheit. Immer wenn sie sich vor etwas gefürchtet hatte, hatte ihr Daddy sie mit diesen Worten angespornt. Und auch jetzt gab ihr diese Erinnerung den nötigen Tritt in den Hintern.

Sie drehte das Kuvert entschlossen um, öffnete es und zog zwei Bögen Papier heraus. Nick hatte sich augenscheinlich ins Zeug gelegt, denn die Seiten waren vorn und hinten vollgeschrieben. Bevor sie sich dazu überwinden konnte, den Brief zu lesen, schloss sie kurz die Augen und sammelte ihren ganzen Mut zusammen. Als sie sich genügend gewappnet hatte, widmete sie sich den Zeilen.

Liebe Rose,
wo soll ich nur beginnen. Auch wenn ich gut bin im Schreiben von Songtexten, so fällt es mir schwer, jetzt die richtigen Worte zu finden. Für Dich, für uns werde ich aber mein Bestes geben.
Du hast ein Recht auf eine Entschuldigung für mein Verhalten heute Morgen. Bevor ich diese Worte jedoch ausspreche, musst Du erst ein paar Dinge über mich erfahren. Und eines schon vorab: Ich war nicht immer so ein Arschloch. Im Gegenteil. Aber am besten beginne ich am Anfang.
Mein älterer Bruder Will ist ein richtiger Streber. In etwa so wie Du. Er wusste schon als kleiner Junge, wann man die Trauben ernten und sie danach weiterverarbeiten musste. Mein Dad hat ihm alles gezeigt und er war ein wissbegieriges Kind. Das pure Gegenteil von mir. Manchmal hätte ich ihn erwürgen können.
Moment, ich war schon neugierig, aber auf eine andere Art. Ich war mehr wie meine Mom. Ich wollte Menschen helfen, so wie sie. Ich war lange davon überzeugt, dass ich irgendwann Arzt sein würde.

Will sollte meines Erachtens das blöde Weingut übernehmen und ich wollte der heldenhafte Herzchirurg oder so etwas in der Art sein. Es waren die Träume eines Kindes.

Es kam aber anders. Ich lernte die falschen Leute kennen und flog von der High-School. In meinem Abschlussjahr. Schuld daran war ein Mädchen. Meine erste große Liebe. Charlie, Charlotte. Wir gingen miteinander, bis ich rausbekam, dass sie gleichzeitig mit meinem damals besten Freund Billy herummachte. Und damit meine ich das volle Programm. Sie wurde schwanger und die beiden wollten mir das Kind unterschieben.

Damals war ich noch so naiv und unerfahren, dass ich die ganze Schuld meinem Freund gab. Ich habe ihn mitten auf dem Schulhof verprügelt. Ich konnte einfach nicht aufhören, auf ihn einzuschlagen. Es hat mir so wehgetan, derart von zwei Menschen verraten zu werden, die mir so nahestanden wie meine eigene Familie.

Irgendwann mussten mich zwei Lehrer von ihm herunterziehen. Billy lag danach drei Wochen im Koma. Die Schulleitung hat mich vom Unterricht ausgeschlossen und ich musste mich vor dem Gericht wegen Körperverletzung verantworten. Ich wurde zum Glück nicht ins Gefängnis geworfen, sondern nur zu gemeinnütziger Arbeit in einem Heim für misshandelte Kinder verurteilt.

Wie Du Dir vorstellen kannst, war meine Zukunft als Arzt zerstört. Ich hatte keinen Schulabschluss, keine Chance auf ein College und immer die Enttäuschung in den Augen meiner Familie zu sehen, gab mir den Rest.

Ich habe immer geglaubt, dass das Leben, das sich meine Eltern aufgebaut haben, nichts wert ist. Versteh mich nicht falsch, bitte. Aber das Weingut meiner Eltern ist klein und sie können knapp davon leben. Es ist umringt von großen

Weinbauern, die nur darauf warten, dass mein Vater das Handtuch schmeißt. Auf jeden Fall hatte ich immer das Gefühl, dass auf mich das Leben und jede Menge Abenteuer warteten, sobald ich von dem blöden Rebberg herunterkomme. Deshalb habe ich eines Nachts, ich war knapp neunzehn Jahre alt, meinen Koffer gepackt und mich nach San Francisco aufgemacht. Dort habe ich mich als Straßenmusiker über die Runden gebracht, bis ein Headhunter mich am Union Square entdeckt hat. Den Rest kennt inzwischen die ganze Welt.

Liebe Rose, ich habe es in den letzten Jahren überaus bunt getrieben und echt nichts ausgelassen. Aber niemals, wirklich niemals, hat eine der Frauen, die mit mir das Bett geteilt haben, bis zum Morgengrauen bei mir geschlafen. Du bist die Erste seit Charlie.

Ich schätze, das hat mir so ziemlich Schiss gemacht. Eine Schlampe (sorry für diesen Ausdruck, denn er steht in keinerlei Weise für Dich), die bis zum Morgen bleibt, bedeutet nur Probleme. Sie wollen dein Geld, deinen Namen, deine Popularität etc.

Ja, so habe ich nicht nur gedacht, sondern auch jahrelang echt empfunden. Denn ich wollte nie mehr im Leben einen solchen Schmerz fühlen wie bei Charlie. Auch wenn ich damals nur ein dummer, nichts wissender Junge gewesen bin. Ich war wohl dadurch einer der einsamsten Menschen auf dem ganzen beschissenen Planeten. Scheiß auf Geld ... Scheiß auf Star-Ruhm ... Scheiß auf einfach alles.

Doch dann bist plötzlich Du über die Schwelle dieser Hotelsuite gekommen. In dieser hässlichen Hoteluniform. Und endlich hatte einmal jemand den Mut, mir den Mittelfinger zu zeigen und mir den Spiegel vorzuhalten.

Bis zu jenem Tag haben die Leute den Boden geküsst, auf dem ich wandle. Ewige Ja-Sager. Das Leben wird öde ohne Gegenwind und Hindernisse.

Ja, Rose. Du bist mein Gegenwind, mein kleiner Tornado. Du hast mich wachgerüttelt und mir deutlich gemacht, dass ich mich ziemlich auf dem sozialen Holzweg befinde.

Seit diesem Tag geisterst Du konstant durch meinen Verstand. Alles, was ich wollte, der Grund, warum ich überhaupt aus dem Bett stieg, war Dich wiederzusehen. Dich und Deinen energischen Gesichtsausdruck, wenn ich Dir auf die Nerven gehe.

Du bist mein Stern, der mir im Dunkeln die Richtung weist. Ich habe keine Ahnung, wie es so weit hatte kommen können und vor allem so schnell. Wir kennen uns eigentlich kaum und doch ist es mir, als stündest Du mir näher als alle, die ständig um mich herumschwirren.

Letzte Nacht, Rose, war die schönste meines Lebens. Wahrscheinlich liegt gerade da das Problem. Es hat mir Angst gemacht. Meine Gefühle für Dich haben mich in Panik versetzt. Es tut mir leid, dass ich mich wie das letzte Arschloch aufgeführt habe. Das wollte ich nicht. Das musst Du mir glauben. Bitte verzeih mir, meine Süße, und gib mir noch eine letzte Chance.

Wie gern hätte ich Dir diese Dinge persönlich gesagt, aber leider läuft mir die Zeit davon. Kurz nachdem ich Dich davongejagt habe, hat meine Mutter angerufen. Ich weiß jetzt gerade nicht, wie ich es aufs Papier bringen soll, denn es zerreißt mich innerlich in tausend Stücke ...

Mein Dad ist tot. Er ist bei einem Feuer auf dem Weingut ums Leben gekommen. Wie es scheint, haben meine Mutter und mein Bruder alles verloren. Ich muss noch heute zu ihnen, um für sie da zu sein. Ich habe keine Ahnung, wie ich ihnen helfen kann, denn mein Geld werden sie nicht wollen. Ich muss aber alles versuchen.

Leider muss ich danach gleich weiter nach Europa. Meine Agentin konnte die Promotour um zwei Wochen verschieben.

Ich werde gute vier Wochen nicht in New York sein, Rose, und es schmerzt mich, verreisen zu müssen, wenn die Dinge zwischen uns so im Argen liegen.

Du musst eines wissen und ich hoffe, Du glaubst mir. Ich wollte Dich nicht nur ins Bett kriegen. Du bist das Beste, was mir seit Jahren passiert ist. Ich wollte gestern alles richtig machen und hab's heute Morgen gründlich verbockt.

Ich hoffe, dass Du mir erlaubst, Dich noch einmal zu treffen, damit ich mich persönlich erklären kann. Bis dahin hoffe ich, dass dieser Brief für mich spricht. Darf ich Dich in spätestens einem Monat anrufen, Rose? Du darfst auf jeden Fall jederzeit meine Nummer wählen. Ich würde mich freuen, Deine Stimme zu hören.

Du fehlst mir, Baby. Auch wenn wir uns kaum kennen.

Ein Letztes muss ich noch loswerden und ich hoffe, Du nimmst es mir nicht übel. Mir ist klar geworden, dass ich mich in Dich verliebt habe.

Ja, Du schöne Blume, ICH LIEBE DICH.
Dein Nick

Rose blieb der Atem im Hals stecken. Sie hatte noch nie einen solchen Brief bekommen. Sie las ihn noch einmal und auch nach dem zweiten Durchgang wusste sie nicht, was sie fühlen sollte. Sie war immer noch verletzt wegen Nicks Verhalten, aber dieser Schmerz wurde nun gelindert durch seine Worte.

Vor allem verspürte sie nun Bedauern für ihn. Niemand sollte einen solchen Verrat miterleben müssen. Sowieso nicht in einem Alter, in dem man nicht wusste, wie man damit umzugehen hatte. Sie weinte. Weinte um das Kind Nick. Weinte um seine verletzte Seele und weinte um sich selbst und ihr Herz.

Sie schloss erneut die Augen und lehnte sich zurück. Es war einfach alles zu viel in letzter Zeit. Und wenn sie darüber nachdachte, dass Nick gerade seinen Vater verloren hatte, wurde ihr mulmig zumute. Ihr wurde mit einem Mal bewusst, dass es wahrscheinlich nicht mehr lange dauerte, bis ihre Mutter an ihrer heimtückischen Krankheit starb. Sie würde noch einmal ihren Dad anrufen und bei nächster Gelegenheit wollte sie nach Hause fahren. Es war schon zu lange her. Und Nick? Wie sollte sie sich ihm gegenüber verhalten?

Wieder knarrten die Bodendielen hinter ihr. Doro setzte sich neben sie, doch Rose schaffte es nicht, ihre Augen zu öffnen. Sie war einfach nur müde. Nie zuvor hatte sie sich so vom Leben erschlagen gefühlt.

„Geht es dir einigermaßen gut?", flüsterte Doro.

Rose nickte. „Sein Dad ist tot."

„Ich weiß", erwiderte Doro. „Er hat mir alles erzählt. Den Mist, den er mit dir abgezogen hat und auch vom Tod seines Vaters." Einen Moment senkte sich Schweigen über das Wohnzimmer und Rose war irgendwie froh darüber. Was sollte sie nun tun? Der Gedanke, Nick einen ganzen Monat nicht zu sehen, gefiel ihr überraschenderweise gar nicht. Hatte er sie nicht konstant genervt? Wollte sie ihm nicht am liebsten aus dem Weg gehen? Wieso störte sie seine Abwesenheit denn plötzlich? Vor allem, nachdem er ihr ziemlich unsanft zu verstehen gegeben hatte, dass sie zu verschwinden hatte. Na gut, er hatte sich dafür entschuldigt und ihr zu erklären versucht, warum er das getan hatte. Aber es tat eben trotzdem noch weh.

Ja, Du schöne Blume, ich liebe Dich. Hatte er das wirklich ernst gemeint oder wollte er sie damit nur hinhalten? Sichergehen, dass sie auf ihn wartete? Es war ja nicht so, dass die Männer bei ihr eine Nummer ziehen mussten. Aber das wusste Nick ja nicht. Mann, ihr schwirrte der Kopf und ihr Herz begehrte ebenfalls schmerzvoll auf.

„Was soll ich jetzt machen?", fragte sie mehr sich selbst als ihre Freundin, die immer noch neben ihr saß.

„Ich habe eigentlich auch keine Ahnung. Ich weiß nur, dass Nick ziemlich am Boden war. Ob jetzt nun wegen seines Vaters oder deinetwegen, weiß ich nicht. Aber ich glaube, es ist am besten, wenn du mit ihm redest."

Ja, das wäre wohl das Richtige. Nick hatte ihr geschrieben, sie könne ihn jederzeit anrufen. Sie faltete den Brief sorgfältig zusammen, schob ihn zurück in den Umschlag und stand auf.

„Du hast recht. Wenn ich doch nur wüsste, was ich sagen soll."

Doro stand ebenfalls auf und legte ihr den Arm um die Schultern. „Wie wäre es mit Hallo und danach danke für die Rosen?"

Rose musste lachen und knuffte Doro in die Seite. „Haha, Doro. Du bist mir eine wahnsinnige Hilfe. Betonung auf wahnsinnig."

In ihrem Zimmer setzte sie sich vor ihrem Bett auf den Boden und lehnte sich mit dem Rücken an den Rahmen. Sie entsperrte ihr Telefon und scrollte durch die Kontaktliste, bis sie NH gefunden hatte. Ihr Daumen schwebte einen Moment über dem Anrufsymbol. Sollte sie, oder sollte sie nicht?

Bevor sie der Mut ganz verließ, zwang sie ihren Finger auf den Button und aktivierte damit den Anruf. Sie wurde sofort auf die Voicemailbox umgeleitet. Sie warf unwillkürlich einen Blick auf die Uhr an ihrem Handgelenk. Es war halb sechs. Wahrscheinlich saß er schon im Flugzeug. Na toll! Vielleicht fand sie später gar nicht mehr den Mut, es noch einmal zu versuchen.

Was sollte sie jetzt tun? Sie war zum Warten verdammt, denn der Flug nach San Francisco dauerte gute fünf Stunden.

***

Nick

Trotz der Umstände musste Nick zugeben, dass der Flug in der Gulfstream G550 sehr komfortabel war. Der Vollledersitz war bequem und konnte fast horizontal eingestellt werden. Damit konnte Nick flach liegen, wofür er dankbar war, und bald schon hatte ihn der Schlaf eingeholt.

„Mr. Hamilton", hörte er eine männliche Stimme wie aus weiter Ferne. „Sie müssen aufwachen. Wir setzen zum Landeanflug an."

Nick öffnete die Augen und brauchte einen Moment, um die Müdigkeit wegzublinzeln. Er hatte tatsächlich den ganzen Flug verschlafen.

Nachdem der Flieger aufgesetzt hatte, schaltete er sein Handy wieder ein, um seiner Mutter mitteilen zu können, dass er gelandet war. Er hatte keine Ahnung, wohin er fahren musste. War das Haus auf dem Weingut überhaupt bewohnbar oder war es komplett den Flammen zum Opfer gefallen?

„Hi, Mom", sagte er, sobald sie abgenommen hatte. „Ich bin jetzt in Frisco. Wo muss ich hin?" Er hörte, wie sie erleichtert seufzte.

„Ich bin bei Will. Er hat auch für dich ein Zimmer hergerichtet."

Oh Mann! Musste das wirklich sein? „Vielleicht sollte ich in ein Motel in der Nähe gehen, Mom. Du weißt, wie es ist, wenn Will und ich länger als fünf Minuten im gleichen Raum sind."

„Nick, bitte. Tu es für mich. Will hat es übrigens selbst vorgeschlagen."

Er resignierte bei der Verzweiflung, die seine Mutter selbst durch das Telefon ausstrahlte. „Okay, Ma. Aber gib nicht mir die Schuld, wenn ich Will an den Kragen springe." Das würde spätestens fünfzehn Minuten nach seiner Ankunft passieren.

Sein Bruder wohnte in Sonoma, etwa zwanzig Minuten mit dem Auto vom elterlichen Gut entfernt. Es hatte schon immer Reibereien zwischen ihm und Will gegeben, weil Will ihn immer von oben herab behandelt hatte. Ganz schlimm war es geworden, als Nick seinen Ausraster gehabt hatte und verurteilt worden war. Von da an hatte Will keine Chance ungenutzt gelassen, um

Nick zu zeigen, dass er ein Versager war. Es hatte nicht mal aufgehört, als er erfolgreich Fuß im Musikgeschäft gefasst hatte. Für Will waren Musiker, Autoren und andere Künstler Loser. „Das ist doch kein Beruf!", hatte er ihm einmal an den Kopf geworfen.

„Keine Sorge, Liebling", holte ihn seine Mutter aus der Welt der Gedanken, „Will wird sich benehmen."

Das war ihm auch geraten. Nick war aus zwei naheliegenden Gründen ziemlich gereizt. „Gut, dann sehen wir uns in spätestens anderthalb Stunden."

Während des Gesprächs hatte Nick mitbekommen, dass eine SMS angekommen war. Als er aufgelegt hatte, prüfte er das Display und wurde sofort nervös, als er den Namen des Absenders erkannte. Rose hatte ihm geschrieben. Er öffnete die App und las wie ein Ertrinkender die Nachricht, die für ihn wie ein Rettungsanker war.

Lieber Nick,

zuerst möchte ich mich für die Blumen und deine Offenheit bedanken. Ich wollte dich eigentlich persönlich sprechen, aber du warst wohl schon im Flugzeug. Wenn du willst, kannst du mich anrufen. Egal wie spät es ist.

Rose

Ein Brocken so groß wie der gesamte Himalaya fiel ihm vom Herzen. Wenigstens hatte sie sich gemeldet. Er schrieb ihr zurück, dass er sie anrufen würde, sobald er in Sonoma bei seinem Bruder angekommen war und etwas Ruhe hatte.

Er stieg in den Mietwagen und machte sich auf den Weg. Erst über die Interstate 280 nach Norden. Er war in Gedanken überall und nirgends. Plötzlich tauchte vor ihm die Golden Gate Bridge auf. Das rote Gebilde aus Stahl zog täglich unzählige Touristen an. Für Nick war es ein Tor zu seinem Zuhause.

Vom Flughafen Frisco waren es nicht ganz sechzig Meilen. Zum Glück war der schlimmste Verkehr schon vorbei.

Er stellte sich vor, wie er vielleicht eines Tages mit seiner Frau auf dem Beifahrersitz ins Sonoma Valley fuhr. Bisher hatte er noch keine mitgenommen. Aber er war ja auch nur ganz selten hier gewesen in den letzten Jahren. Etwas, das er jetzt sehr bereute. Er hätte auf seinen Dad hören sollen, als der ihn gebeten hatte, für ein paar Wochen heimzukommen. Dann hätte er wenigstens noch einmal Gelegenheit gehabt, ihn zu sehen.

Nick fuhr schon längst auf dem Highway 101 N, als ihm bewusst wurde, dass er demnächst auf die 121 N wechseln musste. Er war schon bald am Ziel. Wo waren die anderthalb Stunden Fahrzeit geblieben?

Zwanzig Minuten später stand er vor dem Haus seines Bruders. Noch bevor er klingeln konnte, wurde die Tür aufgerissen und seine Mutter fiel ihm um den Hals. So war es schon immer gewesen. Während Will eher ein Band mit Dad gehabt hatte, waren Nick und seine Mutter das enge Duo gewesen.

„Endlich", krächzte sie heiser an seiner Brust. Sie war eine kleine, schlanke Frau. Die schulterlangen blonden Haare zeigten graue Strähnen, die man jedoch nur bei genauem Hinsehen erkannte. Sie war für ihr Alter immer noch attraktiv. Um ihre Augen und um ihren Mund hatte sie feine Fältchen, die normalerweise nur sichtbar waren, wenn sie lachte. Doch jetzt war ihr Gesicht von tiefen Furchen durchzogen und die sonst vollen Wangen eingefallen.

Er schlang die Arme um sie und drückte sie fest an sich. Er sollte ihr eine Stütze sein. Doch er war sich nicht sicher, wer im Augenblick wem Halt gab.

In seinem Herzen verschob sich etwas und der Schmerz, den er in den vergangenen Stunden tief in seinem Inneren vergraben hatte, drang an die Oberfläche und drohte ihn zu ersticken. Gleichzeitig kam auch seine Schuld wieder hoch. Die alte Schuld, eine Enttäuschung für seine Eltern gewesen zu sein. Er hatte sich bisher selbst nicht verziehen: die Körperverletzung, das Gerichtsverfahren, der Rauswurf aus der Schule und all das andere, was er total verkackt hatte. Drogen, Alkohol, Party und Frauen – sehr viele Frauen.

Er wusste, dass seine Eltern ihm nichts nachtrugen, aber er konnte sich selbst kaum im Spiegel ansehen. Das Schlimmste daran war, dass sein Dad jetzt tot war und er keine Gelegenheit mehr hatte, seinem Vater zu zeigen, dass er sich bessern wollte. Ja, sogar auf bestem Weg dazu war und das war allein Roses Verdienst. Nick dachte an sie. Er würde alles dafür geben, wenn sie jetzt hier bei ihm wäre. Himmel, er kannte sie doch kaum und hatte bisher nur wenige Stunden mit ihr verbracht.

Er schickte seine Mutter ins Haus und holte sein beachtliches Gepäck aus dem Wagen. Zwei große Koffer und seine Gitarre. Sein ganzes Leben befand sich in diesen Taschen. Mehr hatte er nicht. Noch nicht. Das würde sich ändern, sobald er sich in Manhattan richtig niedergelassen hatte.

Nick betrat die Wohnung seines Bruders und stellte seine Sachen im Korridor ab. Gerade in dem Augenblick, als Will aus der Küche kam. Er warf einen kritischen Blick auf die großen Koffer.

„Ich habe gesagt, du kannst hier ein paar Tage übernachten, nicht aber gleich einziehen. Oder bist du inzwischen so ein Dandy, dass du drei verschiedene Outfits pro Tag brauchst?"

Wäre Nick nicht total erschlagen gewesen, und das, obwohl er fünf Stunden geschlafen hatte, hätte er seinem Bruder die Rübe von den Schultern gerissen. „Dir auch Hallo, Will. Wie ich sehe, ist hier alles beim Alten."

Will öffnete kurz den Mund und schloss ihn gleich wieder. Dann murmelte er etwas wie Hi und wandte sich um, um in die Küche zurückzugehen.

Eigentlich sollte Nick so etwas wie Zufriedenheit verspüren. Immerhin hatte er nicht seinem ersten Impuls nachgegeben und war auf Will losgegangen, wie sonst immer. Verdammt, ihr Dad war tot, die Mutter in tiefer Trauer und Will und er konnten nichts anders, als sich schon in der ersten Sekunde unter demselben Dach dumm anzumachen.

Nick stellte den Gitarrenkoffer ab und ging zu Will in die Küche. Sein Bruder stand mit dem Rücken zu ihm und stützte sich mit seinen Händen auf der Anrichte ab. Der hängende Kopf sagte alles aus, was auch Nick empfand: Schmerz, Müdigkeit und Orientierungsverlust.

Er stellte sich neben seinen älteren Bruder, lehnte sich rückwärts an die Arbeitsplatte und verschränkte die Arme vor der Brust. Sie schwiegen beide ein paar Momente lang. Nick schien es, als bräuchten sie dieses kurze, stille Einvernehmen, um wieder irgendeine Art von Verbindung zu knüpfen.

„Scheiße", brach Will schließlich das Schweigen. „Unser Vater ist im Feuer umgekommen. Und wir verhalten uns wie die letzten Volltrottel."

Yep, das traf es so ziemlich auf den Punkt. „Was will man denn anderes von klassischen Idioten, wie wir sind, erwarten?"

Will lachte, legte ihm wider Erwarten einen Arm um den Hals und zog ihn kurz an sich. „Ich bin froh, dass du da bist, kleiner Bruder. Auch wenn du eine totale Arschgeige bist."

Nick klopfte Will mit der flachen Hand brüderlich auf die Brust. „Dito, Flachwichser. Hast du vielleicht ein Bier für die Arschgeige?"

„Bier? Wofür hältst du mich? Ich bin Winzer, nicht Bierbrauer." Will schnappte gespielt empört nach Luft und Nick lachte.

„Entschuldige, du Diva. Aber ich glaube mich zu erinnern, dass du eine Vorliebe für Sierra Nevada Torpedo hast. Also spuck's aus, wo hast du den Vorrat versteckt?" Er schlenderte langsam Richtung Kühlschrank und warf Will einen herausfordernden Blick zu.

„Hast du wirklich das Gefühl, dass ich dieses flüssige Gold an einen Banausen wie dich verschwende?" Will grinste breit und ging an ihm vorbei, holte zwei Flaschen aus dem Kühlschrank und öffnete sie.

Nick nahm seine entgegen und stieß mit Will an. „Auf unseren alten Herrn", sagte Will mit belegter Stimme und Nick wusste genau, was in ihm vorging. Sie beide litten, doch im Hamilton-Clan wurden Trauer und Schmerz mit blöden, unpassenden Sprüchen und unsicherem Lachen kaschiert.

„Ja, auf unseren Oberboss. Und Will, danke, dass ich hierbleiben kann. In zwei Wochen bist du mich wieder los." Nick hörte, wie seine Mutter ebenfalls die Küche betrat. Sie hielt ihm sein Handy unter die Nase.

„Es hat geklingelt, Nicolas."

Nick hatte seine Jacke achtlos auf die Koffer geworfen und es dadurch nicht läuten gehört. Er nahm ihr das Telefon ab und sah nach, wer versucht hatte, ihn zu erreichen. Sein Herz stockte kurz, als er Roses Namen oben auf der Liste der verpassten Anrufe entdeckte.

„Sorry, Leute. Ich muss kurz zurückrufen." Ohne sich noch einmal zu seiner Familie umzudrehen, verließ er die Küche und trat auf die Terrasse der Wohnung.

Ein kalter Wind wehte ihm entgegen und ihm wurde klar, dass er die Jacke hätte mitnehmen sollen. Aber er wollte keine Zeit mehr verschwenden, denn in New York war es schon nach ein Uhr nachts. Normalerweise hätte er um diese Zeit nicht zurückgerufen. Doch da sie eben versucht hatte, ihn zu erreichen, ging er davon aus, dass sie noch wach war.

***

Sie wollte gerade das Smartphone auf den Nachttisch legen und das Licht löschen, als es in ihrer Hand anfing zu vibrieren. Es war Nick. Obwohl sie eigentlich schlafen sollte, nahm sie ab. Sie verdrängte den Gedanken, dass um fünf Uhr der Wecker klingelte.

„Hallo." Mehr brachte sie nicht über ihre Lippen. Ihr Herz raste und ihre Finger zitterten.

„Hallo", gab Nick genauso unsicher und leise zurück.

„Wie geht es dir?", fragte sie, weil sie sich seltsam sprachlos fühlte.

Nick räusperte sich. „Den Umständen entsprechend, schätze ich. Rose, hör mir bitte zu. Es tut mir echt leid, dass ich mich wie ein Arschloch verhalten habe."

Rose kroch unter ihre Decke, weil es sie plötzlich fröstelte. Seine Stimme zu hören, brachte ihre Seele in Aufruhr. Sie konnte aber nicht sagen, ob in positivem oder negativem Sinn.

„Du hast dich bereits erklärt, Nick. Wir besprechen das, wenn du wieder in Manhattan bist." Sie wusste, dass das nicht die Worte waren, die er zu hören erhofft hatte, doch dieses Thema wollte sie nicht am Telefon und sowieso nicht zum jetzigen Zeitpunkt bereden.

„Wahrscheinlich hast du recht. Danke, dass du angerufen hast."

„Natürlich. Danke für deinen Brief." Sie wusste nicht, was sie sagen sollte. Alles stürzte gerade ins Chaos.

„Ich hätte es dir lieber persönlich gesagt."

Sie hörte ein Geräusch, das sich anhörte, als würde er etwas trinken. „Wann bist du wieder zurück?" Vier Wochen, das hatte er ihr ja bereits geschrieben. Aber sie wollte es ihn sagen hören.

„Frühestens in vier Wochen. Leider. Ich …", er brach kurz ab und sie ließ ihm den Raum. „Ich wünschte, du wärst jetzt bei mir, Rose."

Ihr wurde die Kehle eng. Sie musste sich eingestehen, dass sie sich auch in seine Arme wünschte, aber da stand so vieles zwischen ihnen, was noch ungeklärt war. „Ich glaube, dass du dir erst einmal darüber im Klaren werden solltest, was genau du willst. Erst schickst du mich weg und kurz darauf wünschst du dir, dass ich bei dir bin. Das ist verwirrend, Nick. Ich weiß, dass du gerade durch eine harte Zeit gehst und ich will mir eigentlich nicht vorstellen, was du durchmachst." Sie dachte dabei wieder an ihre Mutter, die auch nur noch im Bett liegen konnte. Bald, sehr bald, würde auch sie eine Halbwaise sein. „Ich bin für dich da, wenn du jemanden zum Reden brauchst." Mann, klang das abgedroschen und trotzdem war es ihr Ernst.

„Rose, bitte glaub mir. Es tut mir so leid. Mein Verhalten war völlig inakzeptabel. Wenn du zu mir kommst, können wir in Ruhe über alles sprechen." Er klang so müde und Rose wäre beinahe eingeknickt, wenn sie nicht hätte arbeiten müssen …

„Ich kann nicht kommen. In knapp fünf Stunden muss ich meinen neuen Job beginnen und auch das Studium fordert mich gerade sehr. Das weißt du. Es ist wirklich auch für dich besser, wenn du erst einmal zur Ruhe kommst."

„Du hast eine neue Stelle? Wo? Warum hast du mir nichts davon erzählt?“

Sie konnte hören, dass er enttäuscht war, und hatte das dringende Bedürfnis, ihn zu beruhigen. Obwohl sie dazu, nüchtern betrachtet, nicht verpflichtet war. „Es hat sich letzte Woche ergeben. Ich habe dir nichts davon gesagt, weil wir anderweitig beschäftigt waren. Ich hätte es wahrscheinlich heute Morgen angesprochen. Aber da hattest du andere Pläne.“

Er fluchte derb. „Es tut mir leid, Baby.“

„Hör endlich auf, dich ständig zu entschuldigen. Genau darum sage ich, dass dir diese vier Wochen guttun werden. Mir vermutlich auch.“ Ein Schweigen entstand und Rose konnte nichts dafür, aber sie vermisste seine Stimme sofort.

„Erzählst du mir jetzt, wo du arbeitest?“, fragte er verhalten.

„Natürlich, es ist ja kein Staatsgeheimnis. Ich fange bei Moe & Sam’s an. Das ist ein Diner. Doro hat mich auf die Stelle aufmerksam gemacht.“ Sie warf einen Blick auf den Wecker. Es war schon fast zwei Uhr. Sie musste dringend schlafen. „Hör zu, Nick. Ich muss die Augen zumachen, denn in drei Stunden muss ich wieder aufstehen.“

Nick atmete laut aus. „Ja, sorry. Ich werde dich jetzt in Ruhe lassen.“ Seine traurige Stimme drückte ihr auf das Herz.

„Schlaf gut, Nick. Ich wünsche dir viel Kraft für das, was du vor dir hast.“ Etwas kitzelte sie auf der Wange, das sie mit ihrem Finger wegfegen wollte. Dabei bemerkte sie, dass es eine einsame Träne war.

„Rose, etwas noch. Ich muss nur noch eine Sache von dir wissen." Nick klang kraftlos.

„Was denn noch?" Sie schloss müde die Augen und wartete darauf, dass er weitersprach.

„Wartest du diese vier Wochen auf mich? Ich meine ... wirst du dich mit anderen Männern treffen? Ich weiß, ich habe kein Recht das zu fragen, aber ich muss es einfach wissen." Was stellte sich der Kerl eigentlich vor? Sie gehörte ihm doch nicht! Es ging ihn absolut nichts an, oder? „Rose? Bist du noch da?"

Mist, er wartete auf eine Antwort. Die Sache war nur die, dass sie ihm keine Antwort geben konnte. „Nick, bitte. Darauf werde ich nichts sagen. Melde dich einfach, wenn du wieder in der Stadt bist. Dann sehen wir weiter. Okay?" Wieso fühlte sie sich jetzt wie ein Miststück?

„Wahrscheinlich habe ich das verdient. Schlaf gut, meine Schöne. Ich hoffe, du lässt mich wenigstens in deine Träume." Dann legte er auf. Ohne weiteren Abschied.

Die eiskalte Einsamkeit, die Rose danach überfiel, war unmenschlich und fast nicht zu ertragen. Sie presste die Augen fest zu, damit sie nicht anfing zu heulen. Sie durfte auf keinen Fall mit roten, verquollenen Augen bei Moe & Sam's auftauchen. Erstaunlicherweise schaffte sie es, dass die Tränen in der Versenkung blieben. Stell dich nicht so an! Schließlich hatte sie darauf bestanden, diese vier Wochen abzuwarten. Aber das war gewesen, bevor ihr mit der Wucht einer Frontalkollison klar geworden war, wie viel Nick ihr bedeutete. Scheiße, sie liebte ihn!

Verdammt, sie musste jetzt echt versuchen zu schlafen.

Etwas mehr als vier Wochen später ...

Das Diner war wie üblich rappelvoll. Rose hatte sich inzwischen gut eingearbeitet und musste zugeben, dass es ihr hier gefiel. Das Team war nett, die Bezahlung stimmte, die Trinkgelder flossen und die Zeit verging rasant wegen der vielen wechselnden Kundschaft.

In den letzten Wochen war wenig Aufregendes passiert. Sie ging zur Arbeit und danach war das Studium dran, bei welchem sie auch gut vorankam. Sie war zweimal bei ihren Eltern gewesen und die Besuche hatten ihr gutgetan. Ihre Mutter hatte sich gefreut, dass sie Rose noch einmal hatte sehen können. Ihnen allen war bewusst, dass der gefürchtete Tag jeden Augenblick da sein könnte.

Es war auch die Zeit gewesen, wo sie die ersten Bilder von sich und Nick entdeckt hatte. Zwei Fotos, worauf sie glücklicherweise nicht zu erkennen gewesen war.

Von Nick hatte sie während der ganzen Zeit nichts gehört. Kein Anruf, keine SMS. Aber das war gut so. Sie hatte es nicht anders gewollt. Müsste er eigentlich nicht bereits wieder in der Stadt sein? Auf jeden Fall! Und er hatte sich nicht gemeldet. Demnach hatte er wohl herausgefunden, dass Rose doch nicht die Richtige war. Was hätte sie auch anderes erwarten können? Dennoch schmerzte sie diese Erkenntnis so sehr, dass sie das Gefühl hatte, innerlich zu verbluten. Sie hatte sich so gewünscht, dass sie beide irgendwie doch noch die Kurve kriegten. Vielleicht sollte sie sich bei ihm melden?

„Rose, kannst du bitte Tisch Fünf abrechnen?“, rief ihr Sam über den Tresen hinweg zu.

Rose schüttelte die schweren Gedanken ab, druckte die Rechnung für besagten Tisch aus und ging damit zur Nummer Fünf. Der Gast war ein Schlipsträger in einem Anzug von der Stange. Er bezahlte auf den Cent genau und hatte nicht mal genug Anstand, das Mindesttrinkgeld zu hinterlassen, bevor er das Diner verließ.

„Du mich auch, Ebenezer Scrooge“, murmelte sie, während sie den Tisch abräumte und danach wieder neu deckte.

„Rose! Kommst du bitte schnell zu mir?“, sagte Moe gerade laut genug aus der Küche, dass sie es hörte. Sie nahm das schmutzige Geschirr und ging damit zu ihrem Chef.

„Ja? Was ist los?“ Irgendwie beschlich sie ein unangenehmes Gefühl.

„Hör mal, für heute haben wir das Schlimmste glaube ich geschafft. Wenn du möchtest, kannst du nach Hause gehen.“

Rose sah auf die Uhr. Es waren noch zwei Stunden bis Schichtende. Wenn sie jetzt ging, fehlten ihr zwei Stunden Bezahlung im Geldbeutel.

Moe schien ihre stummen Bedenken zu hören. „Schau, du hast ja schon Überstunden gemacht. Mehr als die zwei Stunden jetzt.“

Da war etwas dran und Rose beschloss, die geschenkte Zeit in der Bibliothek zu verbringen. Doro schlief wahrscheinlich noch und Rose hatte sonst alles erledigt.

„Ist gut. Dann gehe ich mal nach Hause." Sie ging in den Personalraum, um Jacke und Tasche zu holen, als Sam hereingeeilt kam. „Ah, gut, dass du noch da bist. Draußen wartet jemand auf dich."

Rose drehte sich zu Sam um und sah ihre Chefin fragend an. Wer konnte das sein? War es am Ende … Nein, das war nicht möglich. Er hätte sich telefonisch oder per SMS erst bei ihr gemeldet. Aber inzwischen war wohl klar, dass er das Interesse an ihr verloren haben musste.

„Schau mich nicht so verdattert an, Liebes. Ich habe keine Ahnung, wer der Typ ist. Geh raus und du erfährst es." Sam grinste verschwörerisch und schob sie aus der Garderobe.

Rose legte sich ihren Mantel über den Arm und trug mit der anderen Hand ihre Handtasche. Sie ging nervös hinaus in den Gastraum. Sie erkannte den Mann, der am Tresen wartete, sofort und ihr Herz machte vor Freude einen Hüpfer.

„Dad? Was machst du denn hier?", platzte es aus ihr heraus.

Ihr Vater drehte sich zu ihr um. „Hallo, meine Prinzessin. Ich war gerade in der Stadt und hab mir gedacht, ich esse hier bei dir."

Sie umarmte ihn und sog dabei das, ihr so vertraute Aftershave ein. Würde man sie fragen, wer der weltbeste Vater war, wäre ihre Antwort eindeutig: ihr Dad. Er war gütig, hatte das Herz am rechten Fleck und half immer Leuten, die in Not waren.

„Weißt du was? Das trifft sich gut, denn ich habe sozusagen Feierabend. Wir können hier zusammen essen. Die Burger sind echt lecker."

Er lächelte herzlich. „Das wäre schön. Hast du denn Zeit dafür?"

„Klar. Moe, mein Boss, hat mich zwei Stunden früher gehen lassen. Ich wäre jetzt nach Hause, hätte ein Müsli gegessen und danach in die Uni. Aber Lunch mit dir ist definitiv die bessere Option."

Sie führte ihren Vater zu einem Zweiertisch, wo sie es sich gemütlich machten. Sie bestellten beide den Burger.

„Wie geht es dir, Rosie?", fragte ihr Vater ruhig.

Sie stellte das Glas ab und sah ihn an. Er betrachtete sie liebevoll. Doch die steile Falte auf seiner Stirn zeigte deutlich, dass er sich sorgte.

„Gut, Dad. Warum fragst du so?"

Er griff über den Tisch hinweg nach ihrer Hand. „Wie geht es deinem gebrochenen Herzen?"

Rose klappte der Mund auf. Woher wusste er, wie es um ihr Herz stand? Sie hatte ihm nichts von Nick erzählt. „Wie …?"

„Du bist meine Tochter und ich bin ein ehemaliger Cop."

Sie senkte den Blick, weil sie sich plötzlich verhört fühlte. „Es geht mir gut. Ehrlich. Es ist nicht einfach, aber es wird sich legen."

Ihr Vater nickte und ließ es auf sich beruhen. Fürs Erste, so wie sie ihn kannte.

Neuanfang

Nick

Endlich war das ganze Theater zu Ende und er war wieder zu Hause. Der erste Programmpunkt war natürlich Rose. Nick war spät in der Nacht in seiner Wohnung angekommen und zuerst ins Bett gestolpert.

Die letzten Wochen waren in vielerlei Hinsicht anstrengend. Die Beerdigung war hart gewesen, doch die vielen Leute, die gekommen waren, hatten ihm und seiner Familie geholfen. Das Weingut war schwer beschädigt, aber nicht verloren. Es würde jedoch Jahre dauern, bis alles wieder so war wie vorher. Aber Nick hatte Stacy beauftragt, ein Bankkonto für seine Mutter einzurichten, auf welches er regelmäßig Geld überweisen würde. Das sollte ihr den Wiederaufbau erleichtern. Zuerst hatte sie vehement abgelehnt, doch zusammen mit Will hatte er sie überzeugen können. Die ganze Geschichte war schwer zu verdauen und Nick würde sich wohl nie an den Gedanken gewöhnen, dass sein alter Herr für immer weg war. Auch wenn sie sich nicht oft gesehen hatten, vor allem in den letzten Jahren, vermisste er ihn jetzt umso mehr.

Er war tatsächlich zwei volle Wochen in Sonoma geblieben, und obwohl der Grund dieses Familientreffens alles andere als erfreulich war, hatte Nick sich im Schoß seiner Familie erstaunlich aufgehoben gefühlt. Er hatte Gelegenheit gehabt, seine Gedanken zu ordnen und war zu einer Entscheidung gekommen.

Die Tage respektive Wochen in Europa waren nicht so angenehm gewesen. Ein Termin hatte den nächsten gejagt und nächtelange Partys, auf denen er wie eine neue Trophäe herumgereicht wurde, taten den Rest. Am schlimmsten waren die vielen verführerischen, umwerfenden Frauen gewesen. Mann, Europa hatte echt Hammergirls. Aber keine, wirklich nicht eine einzige, hatte Rose auch nur annähernd das Wasser reichen können. Unmoralische Angebote hatte es genug gegeben, aber er hatte keines angenommen.

Nachdem er drei Tage später als ursprünglich geplant endlich wieder in Manhattan war, hatte es ihn sofort zu Rose hingezogen. Einzig die unchristliche Uhrzeit hatte ihn davon abgehalten.

Als er an diesem Morgen die Augen geöffnet hatte, war sein erster Blick auf den Wecker von einem Stöhnen begleitet worden. Er hatte verschlafen. Es war schon dreizehn Uhr dreißig. Er joggte regelrecht unter die Dusche und rief gleich danach Barry an, damit dieser ihn abholen kam.

Keine zwanzig Minuten später saß er im Fond des Wagens und Barry schlängelte sich geschickt durch den Verkehr. Er hätte Rose vorher anrufen sollen. Was war, wenn sie zu beschäftigt war? Er war eben ein feiges Arschloch, denn er wollte ihr nicht die Möglichkeit geben, ihn abzuweisen. Wenn er ihr gegenüberstand, würde es ihr nicht so leichtfallen, ihm einen Arschtritt zu verpassen. Davon ging er zumindest aus.

Barry hielt bei Moe & Sam's auf der anderen Straßenseite. Nick warf einen Blick zum Eingang des Diners. Er sah, wie Rose gerade den Laden verließ und sein Herz machte bei ihrem Anblick komische Hüpfer.

Hinter ihr erschien ein attraktiver Mann mittleren Alters. Der Typ wagte es, Rose in die Arme zu nehmen und an seine Brust zu drücken. Das glückliche Gesicht, das Rose dabei machte, drückte Nick die Kehle zu. Scheiße! Hatte sie sich einen anderen angelacht? Und warum gerade einen alten Sack, wie dieser einer war?

Nick hatte absolut keine Ahnung, was er jetzt tun sollte. Sollte er aussteigen und … ja, was dann tun? Eine Szene machen? Nein, schließlich war er keine Diva und hatte auch seinen Stolz. Oder einen auf überrascht raushängen lassen? Auch das war nicht sein Ding. Er musste die erstbeste Gelegenheit abwarten, in der er sie allein abfangen konnte.

„Barry, bring mich bitte zu Roses Wohnung. Ich werde dort auf sie warten."

Barry nickte ihm durch den Rückspiegel zu und fuhr los. Nick blieb jetzt nur noch die Hoffnung, dass zumindest Doro zu Hause war, damit er nicht auf der Straße auf sie warten musste. Vielleicht konnte er ja Doro heimlich ins Kreuzverhör nehmen und dabei herausfinden, ob Rose tatsächlich mit dem fremden Kerl was am Laufen hatte.

In der 55sten Straße vor dem Haus mit der Nummer 5503 stieg er aus und schickte Barry davon. Er ging die Treppe hoch zum Eingang und verbot sich jedes Gefühl. Ohne weiteres Zögern drückte er die Klingel Nummer 13 mit den Namen Armand und Taylor. Nichts geschah. Mist, elender! Was sollte er jetzt tun? Wer sagte ihm, dass Rose in absehbarer Zeit überhaupt hier vorbeikam?

Er war ein Idiot. Er hätte sie wirklich anrufen sollen. Aber das würde er jetzt nachholen und zückte für diesen Zweck sein Smartphone. Es klingelte viermal und er befürchtete schon, dass er auf ihre Voicemailbox umgeleitet wurde. Doch dann hörte er ihre warme, sanfte Stimme.

„Nick?"

Ihm fiel ein großer Brocken vom Herzen. Er hatte sie mehr vermisst, als ihm bewusst gewesen war. „Hey, meine Hübsche." Etwas Sinnvolleres kam ihm nicht über die Lippen.

„Ich weiß nicht, was ich sagen soll …", flüsterte sie.

War sie sprachlos, weil er sie in einer unpassenden Situation erwischt hatte? Er sah sofort wieder das Bild vor sich, als der alte Sack sie an seine Brust gedrückt hatte. Sie war sein Mädchen, verdammt noch mal!

„Freust du dich?", fragte er wie der vorletzte Idiot und versuchte seinen Ärger zu unterdrücken.

„Ich … äh … ja, schon. Aber warum rufst du erst jetzt an? Ich meine, du bist doch seit Tagen wieder da. Du hast gesagt, dass du vier Wochen weg bist. Aber jetzt sind es schon fast fünf."

„Ich war länger weg als geplant und bin erst letzte Nacht angekommen." Er hatte das Gefühl, sich rechtfertigen zu müssen. Auch wenn er in diesem Fall keinen Grund dazu hatte.

„Du hast dich nie gemeldet." Es war kein Vorwurf. Das hörte er, dennoch taten ihm ihre Worte weh.

„Du hast doch gesagt, dass ich mir darüber im Klaren werden muss, was ich für dich empfinde. Es war dein

Wunsch, dass wir nach meiner Rückkehr reden. Ich habe gedacht, dass ...“

„Stopp, Nick“, unterbrach sie ihn, „du hast recht. Ich darf dir das nicht vorhalten. Wo bist du jetzt?“

Er atmete auf, dabei hatte er nicht mal bemerkt, dass er die Luft angehalten hatte. „Ich stehe vor deinem Haus.“ Er kam sich wie ein kranker Stalker vor.

„Oh ... ich bin zwar auf dem Weg nach Hause, habe aber kaum Zeit, weil ich nachher zur Uni muss. Mein Dad hat mich auf der Arbeit besucht und ich hab die Zeit vergessen.“

Nun redete sie wieder ruhig und gelassen. So wie er sie kannte. Moment. Hatte sie gerade gesagt, dass sie Besuch von ihrem Vater hatte? Ihr Dad! Er schlug sich mit der flachen Hand gegen die Stirn. Seit wann war er denn so irrational eifersüchtig? Das entsprach gar nicht seinem Naturell. Dennoch wusste er noch, was das erste Mal der Auslöser zur Eifersucht gewesen war. Der Betrug von Charlie und Billy. Danach hatte er keine ernst zu nehmende Bindung mehr zu einer Frau gehabt. Aber mit Rose wollte er eine richtige Beziehung. In dieser Hinsicht musste er sich dringend in den Griff bekommen.

„Nick?“

Oh Mist, sie wartete auf seine Reaktion auf das, was sie ihm gerade erzählt hatte. „Wow, dein Dad! Das freut mich für dich. Ich ... tja ...“ Er stammelte, was an sich schon unmöglich sein konnte.

„Ja, nicht? Ich war auch völlig überrascht“, half sie ihm wahrscheinlich unbeabsichtigt aus der Klemme. Dadurch bekam er wieder einen klaren Kopf.

„Bis wann dauern deine Kurse heute?“ Endlich funktionierte sein Gehirn wieder normal.

„Um zehn bin ich fertig. Warum?“

Er spürte, wie sich ein Lächeln auf sein Gesicht stahl. „Lass dich überraschen, Baby. Barry wird dich abholen.“

Sie räusperte sich. „Du machst mir etwas Angst, Nick.“

„Steh einfach bereit, Süße. Vertrau mir.“ Er verspürte endlich wieder so etwas wie Zuversicht und legte auf, bevor Rose mögliche Einwände aussprechen konnte. Plötzlich schien alles mach-bar. Beschwingt und durchflutet von neuer Energie ging er los und rief seinen Kumpel Barry an.

***

Rose

Sie verließ das Gebäude der Law School und trat auf den Gehsteig. Der Unterricht war fünfzehn Minuten früher als geplant zu Ende.

Nach Nicks Anruf war sie völlig durch den Wind gewesen. So sehr daneben, dass ihr Vater sie kritisch begutachtet hatte.

„Wer war das, Rosie?“ … „Ist er der Grund für deine Traurigkeit?“ … „Was will er von dir?“ … „Warum macht er dir Angst?“ All diese Fragen glichen einem väterlich gemeinten Verhör und Rose kam in Erklärungsnotstand. Wie konnte sie ihm Antworten geben, die ihn befriedigten?

Sie brachte es nicht über sich, ihm zu erzählen, dass sie ein Techtelmechtel mit einem Superstar hatte, das keine Zukunft haben würde, sie aber nicht die Finger von dem sexy Hotti lassen konnte. Sie konnte ihm unmöglich sagen, dass sie mit Nick den schärfsten Sex ihres bisherigen Lebens hatte.

„Das erzähle ich dir später, Paps. Vertrau mir jetzt einfach, okay?", hatte sie ihm gesagt und gehofft, dass er nicht weiter insistierte. Er war eben durch und durch Cop.

Sie hatte ihn zum Auto begleitet und war nach dem Abschied nach Hause geeilt. Sie war wirklich in Zeitnot gewesen. Deshalb hatte sie sich so schnell es ging umgezogen. Ein dunkelblaues Strickkleid. Dazu warme Stiefel und ihr üblicher Mantel. Wahrscheinlich roch sie noch nach Diner, aber für eine Dusche war keine Zeit mehr gewesen. Sie hatte kurzerhand ein oder zwei Sprühstöße ihres Parfüms in die Haare getan und gehofft, dass sie nicht nach Puffmutter roch. Danach war sie direkt zur Uni gefahren. Sie war für ihre Verhältnisse echt spät dran gewesen. Dreißig Minuten zu früh.

Als sie jetzt kurz vor zweiundzwanzig Uhr in der nur durch die Straßenbeleuchtung erhellten Dunkelheit stand, kam sie sich dämlich vor. Sie hatte sich wie eine hysterische Highschool-Tussi aufgeführt. Der Kerl pfeift und sie springt.

Sie sollte gehen, bevor Nick ihr noch einmal das Herz brechen konnte. Natürlich hatte er sich entschuldigt und ihr alles erklärt. Aber das hieß noch lange nicht, dass es weniger schmerzhaft für sie gewesen war.

Warum schlug ihr Herz nur so aufgeregt gegen ihre Rippen? Sie war nervös wie vor einem Blind Date. Sie kam zu dem Schluss, dass bei ihr Hopfen und Malz verloren war.

Rose hob ihre linke Hand, schob den Ärmel des Mantels zurück und warf einen weiteren genervten Blick auf die Uhr. Es waren seit dem letzten Mal nur fünf Minuten vergangen. Sie war nicht genervt, weil sie hier auf Barry wartete, sondern eher, weil sie sich überhaupt darauf eingelassen hatte. Wie schlecht war es ihr in den letzten Wochen gegangen. Sie hatte nur gearbeitet. Erst im Diner und anschließend in der Uni. Sie hatte keinen Appetit gehabt und kaum geschlafen. Sie war phasenweise wütend, traurig, glücklich in kurzen Momenten, deprimiert und frustriert gewesen. Alles in beinahe stündlichem Wechsel.

Und jetzt stand sie wie eine Bordsteinschwalbe am Straßenrand und wartete darauf, dass sie vom Bodyguard eines Typen abgeholt wurde, der nur mit dem Finger zu schnippen brauchte und sie stand stramm.

Das war übel. Sie wollte nie einem Mann so etwas wie hörig sein. Oh heilige Hölle! Es war definitiv Zeit, die Kurve zu kratzen. Sie drehte sich um und ging zur nächsten U-Bahn-Station. Gleichzeitig hörte sie, wie sich ein Auto näherte, wandte sich aber nicht um. Es könnte sich ja um einen totalen Psychopathen handeln, der sie verfolgte.

„Miss Armand!", rief Barry ihr zu.

Sie sollte weitergehen, Nicks Leibwächter einfach ignorieren. Es wäre besser für ihr Seelenheil. Doch wie so oft im Leben standen Dinge, die vernünftig waren und die, die das Herz wollte, auf komplett verschiedenen Seiten. Deshalb blieben ihre Füße erst stehen und drehten sich gleich darauf um. Sie stand nun Barry direkt gegenüber, der ihr galant die Tür zum Fond des Wagens aufhielt.

„Bitte steigen Sie ein, Miss Armand. Mr. Hamilton erwartet Sie bereits.“

Sie nickte dem warm lächelnden Riesen zu und ließ sich auf der ledernen Rückbank nieder. Worauf hatte sie sich nun wieder eingelassen? Wider besseres Wissen ließ sie es zu, dass man sie in die Höhle des Löwen brachte. Auch wenn dieser Löwe so ziemlich das Verführerischste war, was Rose bisher über den Weg gelaufen war.

Sie wusste bereits nach wenigen Minuten, wohin Barry sie brachte. Zu Nicks Dachappartement am Central Park. Sie wurde von einem aufregenden Vibrieren erfasst. Von Kopf bis Fuß, alles umfassend. Mit Entsetzen stellte sie fest, dass sie der Gedanke ihn wiederzusehen zutiefst erregte.

Als sie ungezählte Minuten später allein im Fahrstuhl nach oben fuhr, legte sich eine verdächtige Ruhe über sie. Wie von selbst richtete sich ihr Körper auf und ihre Schultern strafften sich.

Im Dachgeschoss angekommen, erwartete Nick sie bereits im Flur. Er stand einfach nur da. Trug Bluejeans im Vintage-Stil und ein schwarzes Hemd, dessen Ärmel hochgekrempelt waren. Am Handgelenk das breite schwarze Lederarmband. Die blonden Haare im üblichen Out-of-bed-Look frisiert, die Füße steckten in Biker-Stiefeln.

Wie um alles in der Welt sollte sie dieser teuflischen Versuchung auf zwei Beinen jemals widerstehen? Wie war sie überhaupt fähig, auch nur einen Gedanken daran zu verschwenden?

Nick breitete die Arme aus und Rose wurde jede Entscheidungsfreiheit genommen. Denn diese Einladung konnte sie nicht ablehnen.

Nicht zu schnell, mahnte sie sich stumm. Rose zwang sich, die letzten Schritte langsam und so würdevoll wie möglich zurückzulegen. Das verschmitzte Lächeln und der feurige Blick sabotierten ihr Vorhaben jedoch auf fiese Art und Weise. Ach, scheiß auf ihren Vorsatz. Sie beschleunigte ihre Gangart und sprang ihm buchstäblich an die Brust. Er umfing sie mit seinen starken Armen und drückte sie fest an sich. Sie hob den Kopf und presste ihre Lippen auf seine. Er keuchte kurz überrascht auf, fing sich jedoch schnell wieder und erwiderte ihre leidenschaftliche Invasion auf gleiche Weise. Feurig und fordernd wie ein Ertrinkender.

Seine Hand fuhr in ihr Haar und die andere glitt auf ihren Hintern. Ihre Zungen fochten einen leidenschaftlichen Kampf. Rose fühlte seine harte Beule an ihrem Bauch und sie genoss die Macht, die sie in diesem Augenblick über ihn hatte.

Er hob sie hoch, ohne den Kuss zu unterbrechen und trug sie in die Wohnung. Sie hörte, dass er die Tür mit dem Fuß zukickte. Sie ließ umständlich ihre Kuriertasche mit den Büchern und Unterlagen von der Law School zu Boden fallen und widmete sich nun, da sie die Hände frei hatte, den Knöpfen seines Hemdes.

Sie kostete das Gefühl seiner warmen, samtigen Haut unter ihren Fingern voll aus. Mit einem Ruck schob sie das Hemd über seine Schultern und fuhr über seinen nackten Rücken. Nick hatte sie inzwischen ins Schlafzimmer gebracht und legte sie auf das Bett.

„Du hast mir gefehlt, Baby." Er verzehrte sie schier mit seinen blauen Augen und sie fühlte seinen Blick wie eine brennende Spur über sich gleiten.

„Dann zeig mir, wie sehr du mich vermisst hast." Hatte sie das jetzt echt gesagt?

„Lass dich überraschen, meine Schöne", sagte er mit dunkel gefärbter Stimme und zog ihr das Kleid über den Kopf. Kurz darauf folgten Strümpfe, Büstenhalter und Slip. Nick liebkoste jeden freigelegten Quadratzentimeter Haut ausgiebig.

Rose hatte zur gleichen Zeit das Gefühl zu fliegen und zu fallen. Nicks Lippen widmeten sich der empfindlichen Haut auf der Innenseite ihrer Oberschenkel. Mit sanften Bissen und dem Kreisen seiner Zunge brachte er sie an den Rand des Höhepunkts, ohne dass er sie bisher an ihrer intimsten Stelle berührt hatte.

Sie wollte ihn schon anflehen, dass er sich um ihre Weiblichkeit kümmern sollte, als er von sich aus sanft mit den Fingerspitzen über die sensible Haut dort fuhr.

„Du bist so unglaublich schön, Süße."

Als Erstes spürte sie seinen warmen Atem, dann seine feuchte Zunge und seine Lippen. Er küsste sie dort, wo sie sonst niemand berührte. Teilte das empfindsames Gewebe, verwöhnte es und streichelte sie, als wäre sie das Wertvollste auf der Welt für ihn.

Mit diesem einen Gedanken sprang sie regelrecht von einer emotionalen Bergspitze ins Paradies. Sie hatte ihn so vermisst, dass sie vergessen hatte, wie man fühlte. Er berührte sie, liebte sie und machte sie wieder heil. Er ließ sie alles vergessen. Ihre Pflichten wurden zu Nebensächlichkeiten.

***

Nick

Mit allem hatte er gerechnet, aber ganz sicher nicht damit, dass Rose ihn derart stürmisch begrüßen würde. Er glaubte zu träumen. Hatte sich ermahnt, Vorsicht walten zu lassen, wollte ursprünglich einen Gang zurückschalten. Doch in dem Moment, in dem er ihre Lippen auf seinen gespürt und ihren Atem getrunken hatte, war es um seine Zurückhaltung geschehen gewesen.

Er musste sie nackt haben, unter sich liegend, und sich tief in ihr vergraben. Sie so schnell wie möglich aus diesen lästigen Kleidern befreien. Er konnte noch nicht einmal mehr zusammenhängende Sätze denken ...

Als sie sich schließlich ohne den störenden Stoff auf seinem Bett engelgleich rekelte, wusste er ein weiteres Mal, dass sie das Schönste war, was ihm je begegnet war. Dieses Mal durfte er es nicht verbocken.

Er kostete ihre Haut und jeder Laut der Wonne, der über ihre roten vollen Lippen kam, fuhr ihm direkt in den Schwanz. Aus diesem Grund hatte er bisher auch seine Jeans anbehalten. Erst war Rose an der Reihe. Er wollte sie schmecken und riechen und dabei verwöhnen. Er musste einfach hören, wie sie vor Erregung seinen Namen stöhnte. Sie sollte ihm gehören, und zwar für immer.

Als die ersten Wellen ihres Höhepunkts ihren delikaten Körper erschütterten, wurde er von der primitiven Regung erfasst, sie als sein Mädchen zu markieren. Sie war sein, das wusste er mit erschreckender Klarheit.

Er leckte sich die Finger ab, die er tief in sie gestoßen hatte. Labte sich an ihrem Nektar, als handelte es sich um eine Siegertrophäe. Er würde sie nie mehr gehen lassen. Kein anderer Mann würde sie mehr so zu sehen bekommen. Er allein hatte die Exklusivrechte.

„Nick, zieh endlich diese Hose aus. Ich brauch dich in mir.“

Ihre Stimme war dunkel und lockend. Wäre er nicht schon Hals über Kopf in diese Frau verliebt gewesen, hätte es ihn jetzt, in diesem Moment, erwischt. Er befreite sich von den störenden Jeans und fischte umständlich ein Kondom aus dem Nachttisch. Das Auspacken und Überstreifen dauerten eine gefühlte Ewigkeit. Vor allem bei der Aussicht, die sich ihm bot. Roses Haut war von Erregung gerötet. Die Knospen ihrer straffen Brüste fest und aufgerichtet und ihr Geschlecht glänzte verlockend. Als alles an seinem Platz war, schob er einen Arm unter ihren Hintern und hob ihr Becken an. So konnte er tief eindringen und nichts verbarrikadierte ihm die Sicht.

Oh Scheiße! Sie war so heiß und eng ... und sie war sein.

Rose

Nick drang langsam in sie ein, dehnte sie und füllte sie aus. Er bewegte sich in sanftem Rhythmus und küsste sie dabei zärtlich. Was hatte der Mann nur an sich, dass sie in seiner Gegenwart so lüstern und gleichzeitig so willenlos wie eine Marionette war? Aber jetzt war echt nicht der richtige Zeitpunkt, sich darüber den Kopf zu zerbrechen. Sie schob jeden störenden Gedanken beiseite und ließ sich fallen.

Sie gab sich Nick hin und genoss alles, was er mit ihr anstellte. Das Knabbern und leichte Zwicken in ihre Brustwarzen. Das Ziehen an ihren Haaren, die neckenden Bisse an ihrem Hals, die warmen Hände, die ihren ganzen Körper zu bedecken schienen und das stete in sie Pumpen seiner Erektion.

Ihr war, als spielte er mit ihrem Körper wie mit seiner Gitarre. Seine Hände, seine Lippen und auch sein Schwanz brachten ihre Saiten zum Schwingen und entlockten ihr damit eine sinnliche Melodie. Sie bestand aus Stöhnen und Keuchen und sie schämte sich nicht dafür.

Ihr Kern zog sich zu einer gewaltigen Eruption zusammen. Sie wurde in die Höhe katapultiert und von

Nick wieder aufgefangen, indem er sie küsste und streichelte. Auch er hatte seinen Moment. Er hatte den Kopf in den Nacken gelegt und die Augen geschlossen. Seine vollen Lippen waren in der Ekstase leicht geöffnet. Dann sackte er neben ihr zusammen. Sein Atem ging unregelmäßig und seine Haut war schweißbedeckt. Sie spürte ein leichtes Zittern unter ihren Händen, mit denen sie sich an seinem Rücken festgeklammert hatte. Sie fühlte sich ihm gerade so nahe wie noch nie und das hatte nichts mit der körperlichen Verbindung zu tun. Sie wollte ihn, so wie er jetzt aussah, in ihrem Gedächtnis festhalten. Nick, der in diesem Moment verwundbar, aber gleichzeitig überaus stark und männlich war. Seit sie sich im Klaren über ihre Gefühle für ihn war, war er für sie zu einem normalen Mann geworden. Die einschüchternde, beinahe abstoßende Superstar-Aura war verschwunden. Nun war er nahbar. Körperlich, aber vor allem auch seelisch.

Er nahm sie in seine Arme und sie schmiegte sich an seine Brust. Sie lauschte entspannt seinem ruhiger werdenden Herzschlag und genoss die Wärme seiner Haut.

„Du wirfst mich morgen aber nicht wieder aus der Wohnung, oder?"

Er lachte leise und drückte sie etwas fester an sich. „Nein, keine Sorge. Diese Lektion habe ich gründlichen gelernt." Dann ließ er sie wieder los und setzte sich auf.

Sie tat es ihm nach. Plötzlich beschlich sie eine unangenehme Unruhe. Hatte sie mit ihren unbedachten Worten den Abend ruiniert? Sie hätte sich selbst am liebsten eine reingehauen. Doch Nick überraschte sie, indem er ihr Gesicht in beide Hände nahm und sie eindringlich ansah.

„Baby, es tut mir echt leid, dass ich mich das letzte Mal so beschissen verhalten habe. Bitte glaub mir, es wird nicht wieder vorkommen."

Versprich nichts, was du nicht halten kannst, schoss es ihr unvermittelt durch den Verstand, doch sie behielt es dieses Mal für sich. Sie würde alles, was Nick Hamilton betraf, auf sich zukommen lassen. Deshalb nickte sie knapp und kam seinem Kuss nur zu bereitwillig entgegen.

Dann sprang Nick plötzlich auf und hielt ihr eine Hand hin, um ihr aus dem Bett zu helfen.

„Komm, eigentlich habe ich den Ablauf des Abends etwas anders geplant."

Sie sah ihm dabei zu, wie er zum Kleiderschrank ging und sich mit dem Inhalt beschäftigte. Sie betrachtete seine beeindruckende Rückseite. Sonnengebräunte Haut spannte sich über die Muskulatur seines Rückens. Das Tattoo war inzwischen gut verheilt und wirklich schön. Am besten gefielen ihr jedoch sein knackiger Hintern und seine langen, gut trainierten Beine. Aber das war ja nur die Rückansicht. Von vorn war er noch viel umwerfender.

Sie riss sich von dem Anblick los und sah sich im Schlafzimmer um. Erst jetzt fiel ihr auf, dass die Einrichtung nicht dieselbe war, wie beim letzten Mal. Vorher waren die Möbel 80er-Jahre-Kitsch gewesen und jetzt waren sie vom Stil her maskulin und geradlinig.

„Neues Bett?"

Er zog zwei Shorts, ein ärmelloses Shirt und einen Kapuzenpullover aus dem Schrank.

„Ja, die ganze Wohnung ist komplett neu möbliert."

Sie beobachtete mit Bedauern, wie er sich anzog. Danach gab er ihr die zweite Hose und den Pulli. Sie schlüpfte in die Shorts und band den Bund mit der Kordel fest, damit sie ihr nicht wieder zurück auf die Knie rutschte. Dann zog sie sich den Pullover über und stand auf.

„Wie hast du das gemacht? Du warst doch die letzten Wochen unterwegs." Die Möbel in Naturholzoptik waren schlicht und passten perfekt zusammen. In Kombination mit den cremefarbenen Fliesen wirkte alles leicht und hell. Zuvor hatte sie den Boden zu feminin für eine Männerbleibe gehalten. Doch nun mit dem Bett, dem Schrank und den Accessoires, wie Bildern von Landschaften und Städten in Schwarz-Weiß, verlor der Raum den weiblichen Touch.

„Komm, ich habe Abendessen organisiert." Er legte ihr den Arm um die Taille und schaute kurz auf die Uhr. „Wobei, es ist jetzt wohl mehr ein Mitternachtsimbiss."

Rose schwand kurz der Mut. Sie müsste schon im Bett sein und schlafen. In wenigen Stunden ging bereits wieder der Wecker für ihre Frühschicht im Diner.

Als hätte er ihre Gedanken gelesen, sah er sie fragend an. „Wann musst du aufstehen?"

„Um sechs. Meine Schicht beginnt um sieben Uhr."

Er schob sie weiter ins Wohnzimmer. Auch hier erkannte sie, dass das Interieur, wie er gesagt hatte, gründlich modernisiert worden war. Eine große, breite Ledercouch in Schwarz bildete nun das Zentrum des Wohnzimmers. Das Sofa stand vor dem offenen Kamin, in dem ein Feuer brannte. Sie schüttelte über sich selbst den Kopf. Sie hatte weder die neue Einrichtung bemerkt noch das Feuer oder all die anderen Veränderungen. Ihre Wangen begannen zu glühen. Sie war zu sehr damit beschäftigt gewesen, Nick die Kleider vom Leib zu reißen und ihn ins Bett zu bekommen.

„Erde an Rose", hörte sie ihn belustigt sagen. „Wo warst du gerade mit deinen Gedanken?"

Nun stand ihr Gesicht vollends in Flammen. „Ich ... äh ... entschuldige."

Er lächelte und küsste sie dann sanft. „Ich habe dich gefragt, ob du mit einem Glas Weißwein einverstanden bist. Ich habe uns nämlich Sushi besorgt."

Sie konnte nur nicken. Sie war so beeindruckt, dass sie keinen Ton herausbrachte.

Nick ging zum gigantischen Kühlschrank und holte eine riesige Platte mit allerlei Sushi und eine Flasche Chardonnay heraus. Danach setzten sie sich an den Esstisch und Rose genoss das Gespräch. Es war unbeschwert und ohne Misstöne.

Am nächsten Morgen stand sie hinter der Theke des Diners und war froh, dass die Bude rappel-voll war. Ihr wären sonst die Augen zugefallen und sie wäre im Stehen eingeschlafen. Nick und sie hatten noch bis halb vier geredet. Er hatte sich noch einmal für sein Verhalten entschuldigt und ihr danach von Europa vorgeschwärmt. Er hatte zwar nur die großen Städte des Kontinents gesehen, doch auch die waren nicht mit den Metropolen der Vereinigten Staaten zu vergleichen, hatte er gemeint.

„Alles dort strahlt Geschichte aus, ich meine wirklich alte Geschichte. Und Kultur und Sinn für Kunst", hatte er erklärt. Wie gebannt hatte sie ihm zugehört. Aber nicht, weil es sie dermaßen interessiert hatte, wie Europa war. Nicht, dass sie ignorant war, aber sie hatte bisher kein Geld und keine Gelegenheit gehabt, sich überhaupt irgendwelche Gedanken über Reisepläne zu machen.

Sie hatte ihm gern zugehört, weil er so begeistert berichtet hatte. Er hatte gelacht und eine Energie versprüht, die sie mitgerissen hatte. Und genau aus diesem Grund hatte sie die Zeit vergessen und fühlte sich nun wie ein Zombie.

„Guten Morgen, Miss. Können Sie mir einen großen Kaffee bringen? Ich brauche Koffein nach der heißen Nacht mit meinem Mädchen.“

Rose erstarrte und durchlief buchstäblich ein Wechselbad der Gefühle. Erst wurde sie erfüllt von wohliger Wärme, die sich langsam in Freude veränderte. Danach folgte jedoch die Kälte des Schrecks. Was um alles in der Welt machte Nick hier unter all den Menschen? Was war, wenn ihn jemand erkannte und dann eine Hysterie ausbrach?

Sie drehte sich besorgt zu ihm um, und als sie in seine blauen Augen blickte, waren alle Zweifel wie weggeblasen und machten heißem Verlangen Platz. Sie wollte ihm zuhören, wie er ihr von der Welt da draußen berichtete. Wollte ihm lauschen, wenn er einen seiner Songs komponierte oder ihr liebevolle oder auch obszöne Dinge ins Ohr flüsterte. Das Verlangen, das sie jedes Mal in seiner Nähe empfand, war so allumfassend, dass es ihr schwerfiel, es auf den Punkt zu bringen.

Er sah blendend aus. Wie konnte er nach dieser kurzen Nacht so aussehen? Er trug einen grauen Rollkragenpullover unter einer schwarzen Daunenjacke und ein Cap der New York Yankees. Sie war sich sicher, dass keiner auf die Idee kam, dass er Nick Hamilton war, und atmete erleichtert auf. Sie schenkte ihm den Kaffee ein und stellte ihm die Tasse hin.

„Guten Morgen, Mister. Hier ist Ihre Bestellung. Wenn Sie noch etwas dazu essen möchten, kann ich Ihnen den hausgemachten Käsekuchen empfehlen."

Nick lächelte schelmisch. „Nein, danke. Der ruiniert nur mein hart erarbeitetes Sixpack und da wäre meine Liebste nicht sehr erfreut, glaube ich." Zwinkernd nahm er einen Schluck Kaffee.

Dann nestelte er etwas unter dem Tresen hervor und sie erstarrte, schon wieder. Er hielt ihr eine langstielige rote Rose unter die Nase und sie war sich sicher, dass nun alle Augen auf sie und Nick gerichtet waren. Nicht gut.

„Fuck, Nick!", zischte sie gepresst, damit man sie nicht durch das ganze Diner hörte.

Er hob belustigt eine Augenbraue. „Aber, aber, Miss Armand. Was kommen denn da für unanständige Worte aus Ihrem hübschen Mund? Nicht, dass ich es nicht aufregend finde, wenn Sie schmutzige Sachen sagen. Nur ist das hier wohl kaum die passende Umgebung. Finden Sie nicht auch?" Das Grinsen auf seinem Gesicht ließ sie rot anlaufen und sie schlug die Augen nieder.

„Die Rose", begann er erneut und half ihr damit aus der peinlichen Situation, „ist ein kleines Dankeschön dafür, dass du mir noch eine Chance gibst." Sie nahm die Blume entgegen und roch kurz daran. Sie duftete himmlisch. Bevor sie sich bei ihm bedanken konnte, tauchte Sam hinter ihr auf.

„Komm, Mädchen, stellen wir die Blume mal ins Wasser.“ Dann hielt sie Nick die Hand hin. „Herzlich willkommen im Moe & Sam’s, junger Mann. Ich bin Sam.“

Rose blieb beim Anblick dieser Geste fast das Herz stehen. Wieder einmal. Was war, wenn Sam Nick erkannte? Er hingegen schien völlig arglos diesbezüglich zu sein, denn er gab Sam seinerseits die Hand.

„Freut mich. Ich bin …“ Rose schloss die Augen, denn jetzt kam’s. „Nicolas“, hörte sie ihn sagen. Sie riss überrascht die Augen wieder auf. Nicolas?

„Schön“, flötete Sam. „Der Kaffee geht aufs Haus, und wenn Sie noch etwas frühstücken möchten, dürfen Sie das natürlich gern tun.“

Sam klopfte Rose aufmunternd auf die Schulter und beugte sich zu ihr hinunter. „Ich hoffe doch schwer, dass dieser gutaussehende junge Mann der Grund dafür ist, dass du heute so übernächtigt bist und nicht, weil du wieder stundenlang in deinen Büchern gesteckt hast.“

Bam! Und zum gefühlt tausendsten Mal an diesem Morgen schoss ihr das Blut wieder ins Gesicht. Sam kicherte leise. „Dann ist es ja gut. Lass dir nur nicht wieder das Herz brechen, Süße.“

Nachdem sie es nach einem kurzen Augenblick geschafft hatte, ihr Gehirn und ihre Motorik wieder unter Kontrolle zu bringen, drehte sie sich zu Nick um. Dieser blickte sie amüsiert über den Rand der Tasse an.

„Soll ich noch einmal auffüllen?“ Sie stellte die Frage nur, weil sie nicht wusste, was sie sonst hätte sagen sollen.

Er winkte sie mit dem Zeigefinger zu sich. Als sie sich zu ihm über den Tresen beugte, flüsterte er ihr zu: „Ich hätte lieber noch ein bisschen mehr von dir." Ihr stockte der Atem, denn seine Worte brachten ihren Körper in Aufruhr. Hitze fuhr ihr in den Unterleib und die feinen Muskeln zwischen ihren Beinen zogen sich erregt zusammen. Gütiger Himmel! Wenn sie schon so auf ihn reagierte, wenn er nur Andeutungen machte, war sie tatsächlich verloren.

„Ich arbeite!", flüsterte sie aus Verlegenheit. „Hast du das noch nicht bemerkt?"

Seine wunderschönen Augen funkelten belustigt und sie drohte sich darin zu verlieren. Er leerte die Tasse in einem Schwung und strich ihr über die Bar hinweg mit der Rückseite seiner Finger über die Wange. „Keine Sorge, ich falle schon nicht über dich her. Zumindest nicht hier und jetzt." Sie konnte nichts dagegen tun, aber sie verspürte tief in ihrer Brust unsinnigerweise den Stich der Enttäuschung. War sie jetzt völlig übergeschnappt?

„Ich hole dich heute von der Uni ab? Wann bist du fertig? Wieder um zehn?", fragte er und stand auf.

„Ja. Aber musst du nicht irgendwas arbeiten oder so?"

„Heute nicht", antwortete er lächelnd. Dann küsste er sie kurz und verließ das Diner.

Rose sah sich peinlich berührt um, doch niemand schien von der Szene eben Notiz genommen zu haben. Ihr schwirrte der Kopf. Wie war sie in diese Lage gekommen? Eine streberische Studentin ohne Geld, die sich den Hintern aufriss, um über die Runden zu kommen. Bisher hatten Männer sie kaum beachtet. Und so kam es, dass sie es zuließ, wahrscheinlich das erste Mal in ihrem Leben glücklich zu sein. Sie verbot sich alle Zweifel und negativen Gefühle.

„So, so", flüsterte ihr Sam von hinten ins Ohr. „Die liebe Rose hat was mit dem begehrten Nick Hamilton. Da könnte man ja fast neidisch werden."

Während sich Rose am liebsten unter dem Tresen verkrochen hätte, ging Sam lachend davon.

***

Nick

So gut hatte er sich seit ewigen Zeiten nicht mehr gefühlt. Nachdem er von Moe & Sam's in seine Wohnung zurückgekehrt war, hatte er sich als Erstes seine Gitarre geschnappt. Alles ging mit einem Mal einfach und natürlich. So wie es sein sollte.

Die Melodie war vollständig in seinem Kopf und der Text formte sich gerade: I was lost in the dark, in my pocket just a dime, your laugh was a spark, it was my guide to find back in time ...

Nach gut zwei Stunden stand die Rohfassung und er konnte es kaum erwarten, den Song im Studio fertigzustellen. Dafür war jetzt aber keine Zeit. Er hatte mit seiner Band abgemacht, gemütlich zu chillen. Das musste hin und wieder sein. Er wollte die Leute, die mit ihm und für ihn arbeiteten, kennen. Die Mitglieder der Band waren mitverantwortlich für seinen Erfolg. Auch wenn er als gefeierter Solostar galt.

Er hatte zu diesem Zweck eine Bowlingbahn gemietet. Die Truppe feierte ausgelassen und Nick lehnte sich entspannt zurück. Das Leben war gut.

„Hey! Honigkuchenpferd!", rief Drummer Roli und meinte damit ihn. „Hör auf zu grinsen und schieb deinen Arsch hierher. Du bist dran."

Nick stand auf und ging zur Bowlingbahn. Er schnappte sich eine Kugel, zielte, holte aus und schob sie dann davon. Er beobachtete, wie der Ball aus Polyester in die Reihe der Pins krachte und dabei alle umriss. Er versuchte, sich seinen Sieg nicht allzu deutlich ansehen zu lassen.

„Ach, Scheiße!", fluchten die Jungs unisono. „Damit hat Nick wohl gewonnen."

„Er schuldet uns eine Runde Bier!", rief Roli und Nick ließ sich nicht zweimal bitten. Er bestellte für seine Band zwei Runden und für sich ein Glas, um anzustoßen.

Er warf einen Blick auf die Uhr. Es war schon fünf. Zeit zu gehen. „Sorry, Freunde, ich muss gehen. Ihr könnt aber ruhig noch bleiben."

Matt, der Bassist, hielt ihn an der Schulter zurück. „Wo willst du denn so dringend hin?"

Auch jetzt fiel es ihm viel zu schwer, sich ein doofes Grinsen zu verkneifen. „Ich hab noch einen Termin mit einer Dame."

Anerkennendes Pfeifen ging durch die Runde. „Mach sie klar, Alter", scherzte Roli.

„Keine Sorge." Dann verabschiedete er sich von allen und ließ sich von Barry nach Hause fahren. Er hatte für diesen Abend etwas Spezielles für Rose geplant und hoffte, dass sie Freude haben würde.

„Heute Abend wäre ich gern mit Rose allein, Barry. Ich werde dich rufen, wenn wir Verstärkung brauchen."

„Geht klar“, entgegnete Barry und Nick stieg aus.

Oben in der Wohnung bereitete er alles für ein Picknick vor. Es war zwar schon Herbst und nachts wurde es empfindlich kühl, doch er packte neben zwei dicken Decken und Mützen auch heiße Brühe in einer Thermoskanne ein. Er hatte Sandwiches gemacht und Brownies von Starbucks geholt.

Als es Zeit war, Rose von der Uni abzuholen, nahm er noch eine Flasche Weißwein und Mineralwasser aus dem Kühlschrank. In der Garage lud er alles in den Kofferraum seines Camaros und fuhr Richtung Law School. Da der Verkehr um diese Zeit bereits als human zu bezeichnen war, erreichte er die Uni zehn Minuten zu früh. Er parkte den Wagen am Straßenrand und stieg aus. Er ging um das Auto herum und beobachtete das Gelände. Es war wie ausgestorben. In knapp fünf Minuten würde es hier wahrscheinlich voller werden, wenn die Studenten herauskamen.

Es frustrierte ihn kurz, dass ihm diese Laufbahn verwehrt geblieben war. Doch dann besann er sich. Er hatte so vieles erreicht. Er hatte vielleicht keinen Doktortitel, aber er verschaffte vielen Leuten durch seine Musik eine gute Zeit.

Er lehnte sich an den Kotflügel seines geparkten Autos. Schon bald darauf kamen die ersten Leute aus dem Gebäude. Nick zog sich instinktiv die Baseballmütze tiefer ins Gesicht und stellte den Kragen seiner Lederjacke hoch. Doch der Hauch von Normalität verschaffte ihm auch ein gewisses Hochgefühl.

Er schaute weiterhin zum Ausgang. Er konnte es kaum erwarten, Rose in seine Arme zu nehmen. Noch während er daran dachte, wie gut sie roch und wie perfekt sie sich in seinen Armen anfühlte, kam sie mit dieser hässlichen Kuriertasche beladen auf ihn zu. Ihr Lächeln fuhr ihm direkt ins Herz und er konnte nichts dagegen tun, dass er breit zu grinsen begann.

„Hi", flüsterte sie und sank an seine Brust. „Ich könnte mich daran gewöhnen, jeden Abend von dir abgeholt zu werden."

Er hob ihr Kinn mit zwei Fingern und küsste sie erst einmal ausgiebig. Himmel, sie hatte ihm den ganzen Tag gefehlt.

„Komm." Er nahm ihr die schwere Tasche ab. „Ich habe eine Überraschung für dich." Dann machte er ihr die Beifahrertür auf. Sie sah ihn verwirrt an.

„Was für eine Überraschung?"

Er half ihr einzusteigen und strich ihr danach eine Haarsträhne aus dem Gesicht. „Wenn ich es dir jetzt sage, ist es keine Überraschung mehr."

Nachdem er die Beifahrertür geschlossen hatte, legte er ihre Tasche in den Kofferraum, neben den Rucksack mit den Utensilien für den weiteren Abend. Er konnte nichts dafür, aber er klopfte sich selbst für diese Idee auf die Schulter. Hoffentlich klappte auch alles so, wie er es sich vorgestellt hatte.

Als er selbst einsteigen wollte, fiel ihm eine junge Frau auf. Sie stand in einiger Entfernung an einer Straßenlaterne. Auf dem Boden vor ihr stand ein großer Rucksack. Sie hielt ein Handy vor sich. Er hoffte, dass sie keine Fotos von ihm und Rose gemacht hatte. Wahrscheinlich wurde er langsam paranoid.

Nick fuhr erst zu seiner Wohnung und stellte den Wagen in der Garage ab. Alles nur, um Rose in die Irre zu führen. Als sie dann in einer Selbstverständlichkeit Richtung Fahrstuhl ging, hätte er am liebsten gelacht.

„Schatz, wir gehen nicht hoch.“ Sie blieb stehen und sah ihn fragend an. Er hatte in der Zwischenzeit den Rucksack und seine Gitarre aus dem Kofferraum geholt und hängte sich alles um. Dann hielt er ihr die Hand hin. „Lust auf einen Spaziergang?“

Er musterte sie kurz, um sicherzugehen, dass sie für eine solche Aktivität auch gerüstet war. Sie trug einen warmen Mantel, Jeans und UGGs. Das war so weit okay.

„Was hast du nun wieder vor?“, fragte sie schmunzelnd und ihre leuchtenden Augen freuten ihn.

Er legte ihr einen Arm um die Schultern und führte sie aus der Garage über die Straße direkt in den Park. Sie spazierten eine Zeit lang schweigend und er hielt sie dabei fest. Er genoss es, sie in seinem Arm zu wissen und es fühlte sich an, als wäre er ganze zehn Zentimeter gewachsen.

„Danke, Nick“, durchbrach sie auf einmal die Stille.

Er blieb stehen und sah sie an. Die Wangen gerötet von der Kälte, die Augen aber klar wie ein Bergsee. „Wofür?“

Sie schlug die Augen nieder. „Für das. Für dich und dafür, dass du mich aus meinem Schneckenhaus geholt hast.“

Er wusste nicht, was er darauf antworten sollte, also drückte er sie an sich und küsste sie auf die Lippen. Ihre Nasenspitze war eisig kalt. „Frierst du?“ Noch bevor sie antwortete, nahm er den Rucksack ab, holte eine der Mützen heraus und zog sie ihr über den Kopf.

„Danke. Das fühlt sich schon viel besser an." Sie schlenderten weiter. Die Stelle, die er sich ausgedacht hatte, war nicht mehr weit. Am Ufer des Reservoirs.

Dort angekommen, breitete er auf einer Bank eine der Decken aus, damit Rose nicht auf der kalten Holzlatte sitzen musste. Sie sah ihm gebannt zu, wie er ihnen das Lager richtete und das Essen und den Wein auspackte. Als alles seinen Wünschen entsprach, hielt er ihr die Hand hin, die sie sofort ergriff. Er ließ sie sich setzen und warf ihr die zweite Decke über die Schultern. Sie sollte auf keinen Fall frieren.

„Du bist einfach ... ich finde gerade kein Wort dafür", stellte sie lächelnd fest.

„Ach", antwortete er, während er die Flasche entkorkte. „Da könnte ich dir schon auf die Sprünge helfen. Wie wäre es mit umwerfend, heldenhaft, heiß und unwiderstehlich?"

Sie lachte. „Unausstehlich passt wahrscheinlich am besten."

Er hörte den Scherz in ihren Worten und hielt ihr schmunzelnd das gefüllte Glas hin. „Nicht ganz treffend."

Nachdem sie schweigend einen Schluck genommen hatten, lehnte sie sich zurück und sah zum wolkenlosen Nachthimmel. Trotz der Lichtverschmutzung waren die Sterne gut zu erkennen.

„Ist das schön", seufzte sie leise.

Du bist schöner. Er konnte nicht genug von ihr bekommen. Wahrscheinlich niemals. Völlig versunken in ihren Anblick nahm er seine Gitarre und spielte Angel in Grey an.

Rose drehte sich zu ihm um. Er konnte ihren Blick auf sich spüren. Dann rutschte sie näher an ihn heran und lehnte ihren Kopf an seine Schulter. Ihr Duft drang an seine Nase und er entspannte sich sofort. Sie in seiner Nähe zu haben, zeigte ihm, wie sehr er sich nach einer Beziehung gesehnt hatte. Er hatte sich schon lange nicht mehr so leicht gefühlt. Sie lauschte ihm, vergrub ihr Gesicht in seiner Halsbeuge und ihm war, als lebte er zum ersten Mal wirklich.

Er ließ das Lied ausklingen und verharrte noch einen Moment. „Ich liebe dich, Rose", sagte er flüsternd. Der Augenblick hatte etwas Magisches und jedes laute Wort oder jede Bewegung hätte ihn zerstört.

Plötzlich spürte er ihre Lippen auf seinem Hals, warm und zart. „Ich glaube, ich dich auch", hauchte sie mit einem lächelnden Unterton an seine Haut.

Heißkalte Schauder glitten über sein Rückgrat. Er stellte die Gitarre vorsichtig ab, um sie nicht zu beschädigen. Dann zog er Rose auf seinen Schoß, strich mit dem Finger über ihre kalte Wange und ließ sich einen Moment in ihren grünen Augen treiben.

„Wo warst du all die Jahre?" Wenn sie ihm schon früher begegnet wäre, hätte er vielleicht nicht so viel Scheiße gebaut. Aber wahrscheinlich hätte er sie gar nicht wahrgenommen oder zu schätzen gewusst.

Er musste sie küssen, sie schmecken, um sicherzugehen, dass sie auch wirklich ihm gehörte. Darum legte er eine Hand in ihren Nacken und zog sie zu sich heran. Der Kuss war erst zögernd, vorsichtig und abtastend. Wurde dann aber schnell heiß und leidenschaftlich.

Sie schmeckte nach Weißwein und Verführung, und als sie sich rittlings auf seinen Schoß setzte, wurde ihm die Jeans eng. Er wünschte sich plötzlich in sein Schlafzimmer. Ihre Finger fuhren in sein Haar und schoben die Baseballmütze vom Kopf. Das Ziehen an seiner Kopfhaut machte ihn an. Wenn sie anfing, ihre Hemmungen abzulegen, verlor er beinahe die Kontrolle. Herrgott noch mal, sie waren in einem Park. Das Letzte, was er gebrauchen konnte, war eine Anzeige wegen Erregung öffentlichen Ärgernisses. Das Licht, das plötzlich in seinem Augenwinkel auftauchte, bestätigte seine Sorge. Das Blitzlicht entwickelte sich innerhalb einer Sekunde zu einem Gewitter. Reflexartig schob er Rose von sich, packte die Decke und warf sie ihr über den Kopf, damit die Paparazzi keine erkennbare Aufnahme von ihr machen konnten.

Dann schnappte er sich seine Gitarre und die dazugehörende Tasche, legte Rose den Arm um die Schulter und flüchtete.

„Nick? Was ist los?" Sie klang ängstlich unter der Decke, woraufhin sein Beschützerinstinkt noch mehr Gas gab.

„Verdammte Paparazzi!" Er zog sie einfach weiter, ohne Rücksicht auf ihre leisen Protestlaute zu nehmen.

„Deine Sachen. Die können wir doch nicht liegen lassen."

Er drückte sie instinktiv enger an sich. Er durfte nicht zulassen, dass man von Rose ein Foto machte. Sie hätte keine ruhige Minute mehr.

„Scheiß auf die Sachen." Endlich kam die Straße in Sicht. Sie kamen stolpernd zum Stehen. Nick hob die Hand, um ein Taxi zu rufen und zum Glück hielt umgehend eines. Er riss die Tür auf und schob Rose und sich hinein. Nachdem er dem Fahrer die Adresse gegeben hatte, kümmerte er sich um Rose.

Er zog ihr die Decke vom Kopf und sie sah ihn mit großen Augen an. Ohne sie zu berühren und trotz des spärlichen Lichts im Fond des Cabs, sah er, dass sie zitterte. „Bist du in Ordnung?"

Sie blinzelte in Zeitlupe, als müsste sie sich im Klaren werden, was gerade passiert war. Nach quälenden drei Sekunden nickte sie schließlich.

„Schon, aber ist ... ist das immer so?"

Er nahm sie erleichtert in die Arme. „Ja, leider viel zu oft. Wir müssen aufpassen, dass die nicht herausfinden, wer du bist. Sonst wirst auch du verfolgt." Er würde alles dafür tun, um das zu verhindern.

***

Als Rose ein paar Wochen später auf den Kalender schaute, wurde ihr bewusst, dass es nicht mehr lange bis Weihnachten war. Noch zehn Tage, um genau zu sein. Wo war nur die Zeit geblieben? Sie hatte wie eine Verrückte gelernt, denn auch hier hatte ein stiller Countdown Einzug gehalten. Nun waren es nur noch wenige Wochen, bis die Prüfungen losgingen und damit auch ihr Praktikum. Vorausgesetzt ihr Onkel war mit ihren Noten zufrieden. Aber daran zweifelte sie nicht.

Nick war auch immer noch da. Mal mehr, mal weniger zwar, da er immer eine volle Agenda hatte. Aber das machte ihr nicht so viel aus. So hatte sie genug Raum für ihre eigenen Angelegenheiten. Das einzig Bittere war die ständige Furcht und im schlimmsten Fall Flucht vor den lästigen Fotografen. Leider war es ihnen nicht gelungen, Roses Identität geheim zu halten. Es verging kaum eine Woche, wo ihr nicht vor der Wohnung, der Uni oder dem Diner ein solcher Aasgeier auflauerte.

Sie bekam mit einem Mal ein komisches Gefühl, wenn sie an Weihnachten in Kombination mit Nick dachte. Was schenkte man einem Rockstar, der genug Geld hatte und sich alles leisten konnte? Und da war noch etwas anderes. Weihnachten war das Fest der Familie oder etwa nicht? Sollte sie Nick ihren Eltern vorstellen? Oder war das noch zu früh?

Die Sache zwischen Nick und ihr konnte man langsam als Beziehung bezeichnen. Trotzdem war Rose nach wie vor vorsichtig. Sie hatte ihrem Dad erzählt, dass sie sich regelmäßig mit einem Mann namens Nicolas traf. Ihr Vater war natürlich erfreut über die Tatsache gewesen und dennoch hatte er sie ermahnt, Vorsicht walten zu lassen. Der Cop hatte wieder einmal aus ihm gesprochen. Sie hoffte inständig, dass ihr Vater oder einer seiner Bekannten nicht versehentlich über irgendwelche Bilder von Nick und ihr stolperte. Sie fühlte sich einfach noch nicht bereit ihn einzuweihen.

Ihr Vater hatte es sich auch nicht nehmen lassen, sie nebenbei darüber in Kenntnis zu setzen, dass es diverse sehr sichere Verhütungsmethoden gab. Einfach nur peinlich. Sie hatte ihm dann unmissverständlich klargemacht, dass er sicher fünfzehn Jahre zu spät war, was Aufklärung anging. Das Komischste daran war gewesen, dass ihr Vater erleichtert aufgeatmet hatte.

Ihr Handyalarm riss sie aus den Gedanken. Es war Zeit die Bücher wegzulegen und in die Federn zu schlüpfen. Nick saß bei Doro im Wohnzimmer. Sie schaute fern und er arbeitete an einem neuen Song. Für Rose war es rätselhaft, wie er mit laufendem Fernseher im Hintergrund konzentriert Texte und Melodien schreiben konnte. Sie brauchte zum Lernen absolute Ruhe.

Mit knackenden Gelenken stand sie auf und ging ins Bad, um sich bettfertig zu machen. Zwischen Nick und ihr herrschte inzwischen eine gewisse Routine. Er ließ ihr die nötige Ruhe während sie lernte und jeder ging ins Bett, wenn ihm danach war. Ihnen war klar, dass sie komplett verschiedene Lebensrhythmen hatten.

Nachdem sie die Zähne geputzt hatte, ging sie zu ihm ins Wohnzimmer um ihm Gute Nacht zu wünschen und verschwand kurz darauf ins Bett. Meist ließ Nick nicht allzu lange auf sich warten.

Als der Wecker wie üblich um sechs Uhr in der Früh klingelte, lag Nick hinter ihr und hatte besitzergreifend den Arm um sie geschlungen. Seine Hand ruhte auf ihrem Busen. Er schlief noch tief und Rose musste endlich einsehen, dass sie ein größeres Bett brauchte.

Sie hob vorsichtig Nicks Arm hoch, um aufstehen zu können, ohne ihn zu wecken.

„Wo willst du denn hin?“, brummte er verschlafen hinter ihr und drückte sie an seine Brust. Gleichzeitig bewegte er sein Becken gegen sie, damit sich seine harte Morgenerektion an ihrem Oberschenkel rieb.

„Ich muss zur Arbeit." Ihre Stimme klang atemlos, denn Nick wusste ganz genau, wie er sie aus dem Konzept bringen konnte. Seine Hand, die in der Zwischenzeit zwischen ihren Beinen ihre Arbeit aufgenommen hatte, war nicht gerade förderlich. Seine Finger umkreisten ihre Klitoris und streichelten sie sanft, aber auffordernd. Sie hatte inzwischen zur Dreimonatsspritze gewechselt, weil ihnen beiden das Getue mit den Kondomen zu umständlich geworden war.

„Du solltest wohl in Zukunft den Wecker eine halbe Stunde früher stellen, wenn du nicht zu spät im Diner aufkreuzen willst."

„Nick …", stöhnte sie und schob ihm instinktiv ihren Hintern entgegen. Sie war willenlos in seiner Gegenwart.

Er nahm ihr oben liegendes Bein und hob es leicht an. Dann spürte sie die runde Eichel gegen ihren Eingang drücken und langsam in sie eindringen. Als er ganz von ihr Besitz ergriffen hatte, hielt er einen Moment inne, um ihr Zeit zu geben, sich an ihn zu gewöhnen. Er begann erst mit trägen, rhythmischen Stößen, als sie anfing, sich in ihrer Erregung ungeduldig zu winden.

Nick war ein guter Liebhaber, der wusste, was er tat und manchmal auch ziemlich fordernd sein konnte. Er hatte jedoch noch nie etwas von ihr verlangt, das sie nicht auch gewollt hatte.

Seine Bewegungen wurden härter und Rose fühlte, wie sich immer mehr Feuchtigkeit zwischen ihren Beinen ansammelte.

„Scheiße, Baby. Du bist so heiß", sagte er schwer atmend in ihr Ohr. Seine Hand legte sich von vorn ohne großen Druck um ihren Hals. Diese besitzergreifende Geste versetzte sie in höchste Erregung. Er presste sie an seine Brust. Gleichzeitig hatte sie das Gefühl, dass ihr Herz in ihre eine Etage tiefer gerutscht war und ihr Unterleib zog sich in vororgastischen Wellen zusammen.

„Von mir aus können wir jeden Morgen mit scharfem Sex beginnen." Seine Stöße wurden noch drängender, falls das überhaupt möglich war und als er ihr in den Nacken biss, explodierte ihre Welt in den schillerndsten Farben eines Kaleidoskops. Nick stöhnte heiser ihren Namen, als er ebenfalls kam.

Nach einer gefühlten Ewigkeit ließ er sie los und küsste sie noch mal innig. „Du bringst mich noch um den Verstand, Rose. Echt."

Sie schmiegte sich kurz an ihn und küsste ihn. „Was glaubst du denn, was du mit mir machst?"

Dann stand sie endlich auf und ging duschen. Erfahrungsgemäß blieb Nick noch ein paar Stunden liegen, was ihr nichts ausmachte. Im Bad betrachtete Rose einen Moment Nicks Uhr und das breite Lederarmband, das sein ständiger Begleiter war. Er deponierte seine Sachen immer am Rand des Waschbeckens, bevor er zu ihr ins Bett stieg. Dieser Anblick gab ihr endlich eine Idee, was sie ihm zum Fest der Liebe schenken konnte.

***

Er saß auf dem bequemen Stuhl im Studio, wo er seine neuesten kreativen Ergüsse aufnahm. Sie machten gerade eine kurze Pause und tranken etwas.

Nick beteiligte sich nicht an den Gesprächen. Er ließ stattdessen seine Gedanken in die nahe Vergangenheit schweifen. Rose. Er war noch nie im Leben so glücklich gewesen wie in den vergangenen Wochen, die er mit Rose verbracht hatte. Es machte ihm Angst. Dass Roses Identität an die Öffentlichkeit gekommen war, bereitete ihm Sorgen. Wie lange würde Rose dieses Drama noch mitmachen? Er sah viel zu oft, dass sie genervt von Uni oder Arbeit nach Hause kam. Er wollte Rose vor den Tücken der Klatschpresse schützen. Sie sollte sich weiterhin frei bewegen können, ohne von einer Horde Klatschreporter oder Paparazzi verfolgt zu werden.

Wie oft war eine Liebe wegen des Drucks der Medien gestorben? Das durfte ihm nicht passieren. Stacy hatte sich damit abgefunden und akzeptiert, dass Nick nun einen anderen Weg beschritt. Es hatte durchaus schon Fragen gegeben, weshalb er nicht mehr auf so vielen Partys anzutreffen sei und warum er keine Augen mehr für die vielen Frauen um ihn herum hatte. Aber das war ihm im Moment egal. Für ihn hatten nach Rose die wahren Fans absolute Priorität. Dafür brauchte er weder Partyexzesse oder Herumgeficke. Auf der anderen Seite wäre es wahrscheinlich auch zu viel von den Fans verlangt, ihn nur über seine Musik zu definieren und nicht über sein Privatleben.

„Hey Kumpel! Du machst ja einen völlig bekifften Eindruck mit dem idiotischen Grinsen auf den Lippen. Hast du gestern deine scharfe Tussi gevögelt? Oder eine von den anderen, die immer bei dir Schlange stehen.“ Sein Toningenieur hielt sich wohl für besonders witzig.

„Das geht dich einen Scheiß an, daher fick dich, Joe.“ Nick stand auf und stellte das Glas betont gelassen auf den kleinen Tisch. „Lasst uns weitermachen. Ich habe heute nämlich noch was anderes vor.“

Alle hielten überrascht die Luft an. Nick fuhr bei der Arbeit äußerst selten aus der Haut, und wenn es doch geschah, dann aus fachlichen Gründen. Niemals wegen persönlicher Angelegenheiten. Die ließ er nämlich immer außen vor.

„Oh Scheiße! Dich hat's voll erwischt. Habe ich recht?“ Joe konnte nicht lockerlassen. Der Typ schien einen ausgeprägten Wunsch zu hegen, eins auf die Fresse zu bekommen.

Drei Stunden und zwei Songs später nahm Nick seine Jacke vom Haken und holte sein Handy aus der Tasche. Er stellte es immer auf lautlos, wenn er im Studio war, und wurde nun von den vielen Anrufen und Nachrichten, die ihm das Display anzeigte, überrascht.

Stacy hatte es viermal versucht und danach noch drei SMS geschickt. Sie müsste wissen, dass er mehrere Stunden im Studio beschäftigt war und da nie ans Telefon ging. Er las alle drei Kurznachrichten, welche zusammengefasst den gleichen Inhalt hatten: Ruf an ... die Kacke kocht gerade über.

Was war denn nun schon wieder passiert? Er wählte ihre Nummer aus den Kontakten aus und rief sie an.

„Wurde auch Zeit, Nick. Wir haben ein Problem.“

Was für eine nette Begrüßung. „Ich bin immer noch im Studio. Was gibt's?"

Sie räusperte sich, als fiele es ihr schwer, die Dinge laut auszusprechen, die anstanden. „Kannst du bitte in mein Büro kommen, bevor du dich mit den Typen von Radio X38 triffst?"

„Klar, aber warum?" Stacy und er hatten sich schon länger nicht mehr im Vorfeld von Interviews besprochen. Er hatte inzwischen Routine im Umgang mit der Presse, dem Fernsehen oder Radio. Was machte ihr also Sorgen?

„Wir besprechen das, wenn du bei mir bist." Das klang keinesfalls ermutigend.

„Ich bin in einer Stunde bei dir."

Keine sechzig Minuten später verließ Nick die Fahrstuhlkabine und ging zu Stacys Büro.

Er klopfte leise an und trat gleich darauf ein. Stacy saß hinter ihrem Schreibtisch und telefonierte energisch. Sie machte den Eindruck, als wollte sie ihren Gesprächspartner am liebsten durch den Telefonhörer ziehen und erwürgen.

„Ich verstehe", schnauzte Stacy, „dann tun Sie, was Sie nicht lassen können. Wir werden unsererseits Maßnahmen ergreifen." Daraufhin knallte sie das Telefon auf die Station. Sie drückte sich die Nasenwurzel und schloss die Augen, als bräuchte sie einen Moment, um sich zu sammeln.

Nick setzte sich leise auf den Stuhl ihr gegenüber und wartete einfach ab. Er hatte in der Zeit, seit sie miteinander arbeiteten gelernt, dass man Stacy in einem solchen Zustand erst einmal in Ruhe ließ.

Als sie endlich die Hand sinken ließ und ihn ansah, lag in ihrem Blick eine Mischung aus Wut und Verdruss.

„Was ist los, Stacy?“ Er hatte es bis jetzt geschafft, seine Unruhe unter Kontrolle zu halten, doch nun, als er Stacys Miene sah, stürzte seine Schutzmauer Bröckchen für Bröckchen in sich zusammen.

„Dein Mädchen ist aufgeflogen“, antwortete sie jetzt in schlichtem Ton. Anscheinend hatte sie zu ihrer Professionalität zurückgefunden.

Nick hingegen verstand erst nicht, was Stacy ihm damit sagen wollte. Was sollte das heißen? „Was meinst du damit? Die wissen doch schon lange, wer sie ist.“

„Ich habe vorhin mit dem Redakteur der Celebsonline gesprochen. Ich wollte auf den allgemeinen Deal beharren, dass Rose ebenfalls unter die Familienklausel fällt, und habe ihn daran erinnert, dass deine Familie absolut tabu für die Medien ist.“ Sie seufzte kurz und verschränkte die Arme vor ihrer Brust. „Er hat sich leider nicht darauf eingelassen. Er sagte, solange ihr nicht verheiratet seid, wäre sie Zitat: Freiwild.“ Sie rieb sich müde über das Gesicht. „Er wird ihr ganzes Leben bunt ausgeschmückt veröffentlichen.“

Verfluchte Scheiße! Genau das hatte er nicht gewollt. Er hatte keinen Bock, seine Beziehung mit Rose in aller Öffentlichkeit ausleben zu müssen. Das würde jetzt aber passieren und für sie war das ruhige Leben vorbei.

„Ich kann es dementieren!“, platzte es aus ihm heraus.

Stacy schüttelte den Kopf. „Das bringt nichts. Jemand aus ihrem Umfeld muss gequatscht haben. Der Typ von Celebsonline hat eine verlässliche Quelle erwähnt. Es gibt nebenbei auch Fotos, wo sie deine Wohnung verlässt und du ihre. Je mehr du es abstreitest, desto verbissener werdet ihr verfolgt werden. Beispiele gibt es in dieser Hinsicht mehr als genug. Bisher hatten sie ja nur Aufnahmen von euch und jede Menge Mutmaßungen." Stacy lehnte sich im Stuhl zurück und legte die Arme auf die Armlehnen.

„Genau deshalb habe ich dir immer wieder gesagt, du sollst dich nicht mit No-Names einlassen. Frauen, die bereits einen gewissen Bekanntheitsgrad haben, sind froh über ein bisschen Extra-PR. Aber bei Frauen wie Rose wird ihre kleine, beschränkte Welt zum Einsturz gebracht. Entweder sonnen sie sich in höchstem Maß in der Aufmerksamkeit oder aber sie zerbrechen daran. Zu welcher Gruppe, denkst du, gehört deine Kleine?"

Er hätte besser aufpassen müssen. Wer von ihren Leuten hatte sein verdammtes Maul nicht halten können? Wem musste er die Fresse polieren?

Doro war vertrauenswürdig, da hatte er keinen Zweifel. Sonst kam ihm niemand in den ... Moment? Wäre es möglich, dass ... Natürlich! Er hätte daran denken müssen. Das Mädchen mit dem Handy vor der Uni oder war es dieser Mike gewesen, aus Rache für die gebrochene Nase?

„Du musst damit rechnen, dass dir heute bei Radio X38 Fragen dazu gestellt werden. Vor einer Stunde hatte ich, noch vor Celebsonline, einen Disput mit einem anderen Hauptredakteur. Einer von einem dieser Glossys, die immer den neuesten Mist zu wissen glauben und ihn auch noch in die ganze Welt hinausschreien."

Nick war immer noch sprachlos. In seinem Kopf überschlugen sich die Gedanken. Rose würde sicher nicht erfreut sein. Wie sollte er ihr das nur beibringen?

„Du musst mit ihr reden, Nick. Erkläre ihr, was auf sie zukommt und wie sie sich am besten verhalten soll. Das ist ein ganz anderes Kaliber, als nur von Paparazzi verfolgt zu werden."

Ja, klar. So weit war er auch schon. Wenn es nur so einfach wäre. Er konnte Rose erst spät abends kontaktieren und dann war es vielleicht schon zu spät. Er musste zusehen, dass er sie bei der Uni abfing. Bis dahin war sie wahrscheinlich sicher. Er warf einen Blick auf die Uhr. Shit! In einer Stunde musste er bei X38 sein und danach ... Er hatte keine Ahnung.

Nick rutschte langsam unruhig auf dem Stuhl vor dem Mikrofon hin und her. Das Interview dauerte schon viel zu lange.

„Eine letzte Frage noch, Nick." Das Ende schien einfach nicht in Sicht zu kommen. Und der Radio-Typ sagte jetzt schon zum vierten Mal: „Nur noch eine letzte Frage."

Nick wollte raus, denn er musste dringend mit Rose sprechen. Dennoch setzte er ein Fake-Lächeln auf.

„Natürlich. Was möchtest du denn wissen?" Das Grinsen auf dem Gesicht des Radiomoderators verhieß nichts Gutes.

„In den vergangenen Wochen ist es verdächtig ruhig um dich geworden und ich spreche nicht von der Musik. Du bist als Partylöwe und Schürzenjäger bekannt. Aber in letzter Zeit hat man dich auf Events und Partys vermisst. Und auch in Sachen Frauen ist es verdächtig still geworden. Bis auf eine Geschichte." Der Moderator machte eine kurze Pause, um überdeutlich die Dramatik zu erhöhen. Dann fuhr er fort: „Bist du mit dieser Studentin fest zusammen. Diese Rose Armand?"

Nicks Verstand ließ gerade einen Film ablaufen. Ein Splattermovie, in dem der Radiofutzi erst mit seinem Mikrophon gefüttert und danach mit dessen Kabel ausgepeitscht wurde. Wie gern würde er jetzt diesen Schwanzlutscher als Sandsack benutzen.

„Nun, Nick? Wärst du so nett, Klarheit in diese Angelegenheit zu bringen? Du kannst dir sicher vorstellen, dass in diesem Moment Tausende Frauen auf deine Antwort warten."

Nick fühlte sie aufkommen, die Wut und die stressbedingten Kopfschmerzen. Er musste sehen, dass sowohl er als auch Rose unbeschadet aus dieser Sache herauskamen. Vielleicht bot sich ihm jetzt die Chance, alles geradezubiegen und das allgemeine Interesse zerstören zu können.

Er atmete tief durch, setzte sein überzeugendstes Lächeln auf und sah den Interviewer an. „Sie ist meine Haushälterin."

Der Moderator sah ihn zweifelnd an und Nick wusste, dass seine Lüge nicht ankam. Würde Rose ihm diese Notlüge verzeihen? Dummerweise war es live. Die einzige Hoffnung, die er hatte, war, dass sie mit ihrer Nase bereits tief in ihren Büchern steckte.

***

Rose ließ das Handy sinken und versuchte, die aufsteigende Magensäure hinunterzuschlucken. Ihr Onkel hatte sie nach der Vorlesung in sein Büro zitiert. Er sei, vorsichtig ausgedrückt, nicht glücklich über die Sache mit Nick, ihr und den Paparazzi. Was sie einerseits verstand, aber es brachte sie auch in eine Zwangslage.

Sie ging zwar in den Unterricht, doch sie war mit dem Kopf nicht bei der Sache und das ewige Getuschel hinter ihrem Rücken war auch nicht gerade hilfreich. Sie soll mit Nick Hamilton gehen ... Man hat sie schon öfter zusammen gesehen ... Hast du gehört, was er über sie heute im Radio gesagt hat? ... Er hat sie als seine Haushälterin bezeichnet ...

Rose zuckte zusammen. Wie bitte? Nick hatte über sie in einem Radiointerview gesprochen? Sie wusste, dass er bestimmt seine Gründe gehabt hatte, sie als seine Angestellte zu bezeichnen. Ihr machte mehr Sorgen, dass sie jetzt definitiv zum Gesprächsthema aller geworden war. All die Wochen vorher waren es Kommentare hinter vorgehaltener Hand gewesen. Etwas, das sie ohne Weiteres hatte ignorieren können.

Gerade jetzt bedauerte sie, dass Nick und sie sich nie ernsthaft über dieses Thema unterhalten und das mögliche Verhalten gemeinsam überlegt hatten. Sie waren beide unbedacht auf einer rosaroten Wolke gewandelt. Ignorant und blind.

Ihr Handy vibrierte in ihrer Jackentasche, und obwohl es verboten war, während der Vorlesung mit dem Mobiltelefon zu hantieren, zog sie es heimlich heraus. Es war eine SMS von Nick.

Ich muss dich dringend sprechen. ILY, Nick

Nun war definitiv die Zeit zu gehen. Den Stoff konnte sie aufarbeiten, das wäre nicht das erste Mal. Jetzt gab es für sie Wichtigeres. Sie packte leise ihre Sachen und verließ das Auditorium. Draußen auf dem Korridor rief sie Nick an. Er nahm umgehend ab.

„Rose, ich muss mich bei dir entschuldigen", begann er ohne Begrüßung.

Sie eilte durch die Gänge der Law School. „Dazu besteht kein Grund. Haushälterin? Das ist doch gar nicht so falsch, wenn man bedenkt, wie wir uns kennengelernt haben." Sie hörte, wie er erleichtert durchatmete.

„Ich komme dich gegen zehn abholen. Ich muss wirklich mit dir sprechen."

Wie gern würde sie sich jetzt in seiner Umarmung verkriechen und die ganze Scheißwelt vergessen. Aber wie so oft spielte das Leben auf einer anderen Seite. „Ich muss jetzt erst einmal zu meinem Onkel in die Kanzlei. Er möchte etwas mit mir besprechen." Sie brachte es nicht über das Herz, ihm über den Inhalt dieses Gesprächs reinen Wein einzuschenken. Er wirkte jetzt schon auf das Äußerste alarmiert.

„Ich verstehe", begann er enttäuscht. „Steckst du wegen mir in Schwierigkeiten?"

Sie hatte das Uni-Gebäude inzwischen durch einen Nebeneingang verlassen und winkte sich ein Taxi heran. „Ich fürchte schon." Es abzustreiten würde nichts bringen. Nick hatte schon Lunte gerochen.

Ein Yellow Cab fuhr heran und sie stieg, zum Glück ungesehen, ein. Sie teilte dem Fahrer die Adresse mit und hörte, wie Nick verhalten fluchte.

„Scheiße, Baby. Das habe ich nicht gewollt. Kann ich dir irgendwie helfen?"

„Die Daumen drücken. Mehr leider nicht. Tu mir einen Gefallen, Nick." Sie blickte aus dem Fenster, ohne wirklich etwas zu sehen. „Hör auf, dir Vorwürfe zu machen. Ich bin selbst schuld. Ich hätte mir über die Konsequenzen Gedanken machen müssen." Ja, und was dann? Was hätte sie getan? Auf Nick und die wundervolle gemeinsame Zeit verzichtet? Niemals.

„Ich weiß nicht recht, Rose. Melde dich bitte, wenn du bei deinem Onkel fertig bist. Ich komme dich holen und dann reden wir."

Das würde eine lange Nacht werden ...

„Ist gut. Und vergiss nicht, dass ich dich liebe." Dann legte sie auf, weil das Taxi gerade vor der Kanzlei Armand & Peterson im Financial District hielt. Sie drückte dem Fahrer Geld in die Hand und verließ den Wagen.

Rose ging auf zittrigen Beinen zum Eingang, der um diese Uhrzeit bereits verschlossen war. Der Nachtwächter öffnete ihr ohne Weiteres, da ihr Onkel sie bei ihm angemeldet hatte.

Ihr Herz machte nervöse Kapriolen, als sie durch die große Empfangshalle schritt. Hoffentlich hatte sie sich ihre Zukunft in diesen Mauern nicht verbaut. Es durfte einfach nicht sein, dass ihr Onkel ihr die Tür vor der Nase zuschlug. Sie hatte so hart dafür gearbeitet. Hoffentlich war nicht alles umsonst.

Ihr war zum Heulen zumute, als sie im zwanzigsten Stockwerk aus dem Fahrstuhl stieg und zum Büro von Daniel Armand ging. Es kostete sie drei Anläufe, bis sie es schaffte, anzuklopfen.

„Herein“, hörte sie ihren Onkel gedämpft durch die geschlossene Tür rufen. Sie betrat den Raum, ohne etwas wahrzunehmen. Ihr war schwindlig und schlecht. Armand saß an seinem Schreibtisch und sah sie erwartungsvoll an. Dann stand er auf und kam auf sie zu.

„Guten Abend, meine Liebe. Danke, dass du um diese Uhrzeit noch gekommen bist.“ Sie brachte nur ein Nicken zustande und ließ sich von ihm zum Konferenztisch führen, wo sie mechanisch Platz nahm. „Es geht um die neuesten Entwicklungen um deine Person“, begann er ohne Umschweife, nachdem er sich ebenfalls gesetzt hatte.

Ihr dröhnte inzwischen das Blut in den Ohren. Ihr Onkel zog ein paar Seiten von Computerausdrucken heraus, und als Rose kapierte, was es war, schlug sie die Hände vor das Gesicht. Sie wollte das nicht sehen, nicht lesen, denn nur so existierte es nicht. Doch Daniel Armand ließ ihr keine Chance. „Das ist etwas, worüber wir uns unterhalten müssen. Du wirst gerade in den Onlineportalen durch den Dreck gezogen. Haushälterin plus ist nur eine der Bezeichnungen, die sie für dich haben.“ Er hielt einen Moment inne und es war, als würde er zum finalen Schlag ausholen. „Du musst verstehen, dass es für mich und den Ruf der Kanzlei schwer ist, dich unter diesen Umständen bei mir zu beschäftigen. Meine Mitarbeiter müssen einen tadellosen Leumund haben.“

Genau das hatte sie befürchtet. Hier und jetzt ging alles, wofür sie sich den Arsch aufgerissen hatte, den Bach hinunter. „Was willst du damit sagen, Daniel?“, brachte sie stotternd hervor.

Er legte ihr die Hand auf den Unterarm. „Dass du eine Entscheidung treffen musst. Entweder deine Karriere hier im Haus oder deinen Liebhaber." Er hielt wiederum inne, bevor er fortfuhr. „Was glaubst du, wie lange diese Liaison dauern wird?"

Rose fühlte sich, als stieße er ihr ein Messer ins Herz. „Aber wir lieben uns", kam es ihr in ihrer Not über die Lippen.

Ihr Onkel lächelte nachsichtig. „Liebe? Herzchen, du bist noch so jung. Du weißt doch noch gar nicht, was Liebe ist."

Das war das Letzte, was sie hören wollte. Deshalb ging sie aus purem Selbstschutz darüber hinweg. Ihr Onkel stand auf und Rose war klar, dass dieses Gespräch damit beendet war.

Die Lage war schwierig. Entweder sie ließ ihre Karriere sausen und blieb mit Nick zusammen. Diesbezüglich hatte ihr Onkel recht. Wer wusste schon, ob diese Beziehung unter dem Druck der Öffentlichkeit Bestand hatte. Der Schmerz in ihrer Brust wurde so schlimm, dass es ihr den Atem nahm. Wenn sie sich jedoch gegen Nick entschied ... Sie wollte gar nicht daran denken. Sie würde wahrscheinlich nie mehr glücklich werden.

Draußen auf der Straße rief sie Nick an, damit er sie abholen kam. Was um Himmels willen sollte sie nur tun?

***

Rose saß schweigend und blass neben ihm im Auto. Ihr distanziertes Verhalten zerrte an seinen Nerven. Wenn er gekonnt hätte, hätte er eine Vollbremsung hingelegt und danach Rose an den Schultern zu sich gedreht. Er musste wissen, wie das Gespräch mit ihrem Onkel gelaufen war. Musste wissen, was sie fühlte und dachte. Sie war zwar körperlich hier, doch sie schien trotzdem weit weg.

Er fuhr sie zu ihrer Wohnung, wo sie dieses Mal unbehelligt ausstiegen und das Gebäude betraten. Rose hatte immer noch kein Wort gesprochen. Am Fuß des Treppenhauses nahm er ihre Hand, um sie davon abzuhalten hochzugehen. In der Wohnung waren sie nicht mehr unter vier Augen. Er musste dieses Gespräch aber ungestört mit ihr führen. Verdammt, er hätte sie zu sich bringen müssen.

„Rede mit mir", sagte er so leise und ruhig es ihm möglich war, obwohl es in seinem Inneren ohrenbetäubend schrie. Sie drehte sich zögernd zu ihm um und sah ihn an. Sie hatte Tränen in den Augen. Er hätte bei diesem Anblick am liebsten ein Loch in die Wand geschlagen. Doch das nützte ihnen beiden rein gar nichts.

„Was hat dein Onkel gesagt?"

Sie schluckte. „Er hat mir so etwas wie ein Ultimatum gestellt." Ihr Blick wanderte unruhig umher. Dann erzählte sie ihm, was ihr Onkel gesagt hatte. Dabei sah sie zu Boden und schluchzte leise.

Ihm war, als hätte ihm jemand mit Anlauf in die Eier getreten. Das war seine Schuld. Er hätte die Finger von ihr lassen sollen, so wie sie es anfangs gesagt hatte.

Ohne ihn wäre sie nicht in diese Scheiße geraten. Himmel, er liebte sie über alles. Aber liebte er sie auch genug, um sie für ihre Zukunft gehen zu lassen? Oder stand ihnen sein Egoismus im Weg?

„Was wirst du jetzt tun?", fragte er und kam sich wie ein Idiot vor. Er hoffte insgeheim, dass sie sich für ihn entschied. Er würde für sie sorgen, sodass sie nicht zu arbeiten brauchte. Sein Verstand wusste aber ganz genau, dass Rose so nie glücklich werden würde.

„Ich weiß es nicht", schluchzte sie. „Ich liebe dich, Nick. Aber ich kann doch nicht alles sausen lassen. Ich meine, ich verstehe Onkel Daniel. Seine Kanzlei kann eine solche Propaganda nicht gebrauchen. Schon gar nicht wegen einer Praktikantin, die gleichzeitig seine Nichte ist." Sie vergrub das Gesicht in ihren Händen. „Ich will mich nicht entscheiden. Ich kann das nicht."

Nick nahm sie in die Arme, um sie und sich selbst zu trösten. Er wusste, dass er für sie die Entscheidung treffen musste. Es war wahrscheinlich der schwerste und erste richtige Entschluss, den er je getroffen hatte. Er versuchte dabei, das Reißen in seiner Brust zu ignorieren.

„Baby", begann er und ihm war, als hätte er einen glühenden Spieß in seinem Herzen. „Lass uns hier einen Schlussstrich ziehen."

Sie erstarrte in seinen Armen und ihre Hände klammerten sich an seinem Pulli fest. „Aber ..."

„Sag jetzt nichts. Ich kann nicht zulassen, dass du wegen mir alles hinschmeißt." Er hielt kurz inne, denn eine plötzliche Atemnot überkam ihn. „Wenn wir ehrlich sind, hätte unsere Beziehung wahrscheinlich sowieso keine Zukunft." Scheiße, tat das weh.

„Nein, Nick." Ihre Fäuste schlugen kraftlos auf seine Brust. Er spürte jedoch deutlich, dass ihr Widerstand gebrochen war. Genau wie sein Herz. Nur noch einen letzten Kuss. Ein letztes Mal ihre Lippen berühren. Danach musste er die Kraft finden, ins Auto zu steigen und aus ihrem Leben zu verschwinden.

„Küss mich", forderte er heiser und sie gehorchte. Noch nie hatte er eine solche Verzweiflung verspürt. Nicht nach der Sache mit Charlie, nicht nach dem Tod seines Vaters. Das hier war mit nichts zu vergleichen. Rose zitterte und weinte und er schmeckte ihre Tränen. Nach einer kleinen Ewigkeit, die für seinen Geschmack immer noch viel zu kurz war, löste er sich von ihr. Er sah in ihre Augen, gerötet und geschwollen, aber dennoch sein Zuhause.

„Leb wohl, Prinzessin. Pass auf dich auf und bleib, wie du bist." Sie vibrierte am ganzen Körper und er musste alles an Kraft aufbieten, dass er sie nicht berührte. „Vergiss nicht, dass ich dich liebe."

Dann wandte er sich um und verließ sie. Die Liebe seines Lebens. Als er bei seinem Auto ankam, hörte er sie rufen, doch er drehte sich nicht um. Sie durfte nicht sehen, dass seine Augen feucht waren. Er musste stark sein für sie. Dann stieg er ein und fuhr in die Einsamkeit davon.

***

Ihr Leben war mit Nick davongefahren. Sie wusste nicht mehr, wie man atmete, sich bewegte oder sprach. Sie sank auf die erste Stufe der Treppe und versuchte, einen klaren Gedanken zu fassen. Wieso war das alles passiert? Warum? Sie waren doch so glücklich gewesen und alles war toll gelaufen.

Sie sollte doch etwas fühlen. Schmerz, Kummer, Wut, Verzweiflung ... Irgendetwas. Doch da war nichts in ihrer Brust. Ein Vakuum, ein Loch. Nur der stete Strom der Tränen, der über ihre Wangen lief, bewies ihr, dass gerade etwas Schreckliches geschehen war. Das konnte doch nur ein schlimmer Traum sein. Sicher würden sich gleich Nicks Arme um sie schließen und sie zurück in die Wirklichkeit holen.

Es legte sich tatsächlich eine Hand auf ihre Schulter. Doch es war keine große, starke, sondern eine feine weibliche. Doro. Sie umarmte sie. Versuchte, sie zusammenzuhalten, doch Rose spürte, dass das nichts brachte.

„Komm mit hoch, Schatz", flüsterte Doro ihr ins Ohr. Rose war aber unfähig, sich zu rühren. Sie war versteinert. Doro setzte sich neben sie und hielt sie fest. „Er hat mich angerufen und erzählt, was passiert ist."

In den folgenden Wochen vegetierte sie vor sich hin. Arbeit, Uni, lernen, weinen, allem was an Nick erinnerte, aus dem Weg gehen ... alles nur, um den Schmerz zu betäuben, der doch noch gekommen war. Ja, Nick hatte ihr einen Gefallen getan. Doch so empfand sie nicht. Es verging kein Tag, an dem sie nicht an ihn dachte und dabei erneut zerbrach. Konnte man an einem gebrochenen Herzen sterben? Momentan fühlte es sich auf jeden Fall so an.

You're setting off,
It's time to go, the engine's running
My mind is lost,
We always knew this day was coming
And now it's more frightening than it's ever gonna be
We grow apart,
I watch you on the red horizon
Your lion's heart
Will protect you under stormy skies
And I will always be listening for your laughter and your tears
And as soon as I can hold you once again I won't let go of you, I swear
We live through scars this time But I've made up my mind
We can't leave us behind anymore

(James Bay/Scars) [2]

Zwei Jahre später ...

Rose

Viele Jahre hatte sie auf diesen Tag hingearbeitet. Heute wurde sie von ihrem Onkel zur Partnerin in der Kanzlei befördert.

Sie konnte es kaum fassen. Es war mehr als ungewöhnlich, nach so kurzer Zeit bereits zur offiziellen Partnerin gemacht zu werden. Aber ihr Onkel war mehr als zufrieden mit ihr und ihren Fähigkeiten. Und zum Teufel, sie hatte es sich auch verdient.

Sie stand auf dem Bahnsteig der U-Bahn und versuchte, die abgestandene, muffige Luft der U-Bahn-Röhre nicht zu tief einzuatmen. Als der Zug einfuhr, klickten aufgrund der Luftdruckveränderung ihre Ohren. Wie immer um diese Zeit war die Bahn vollgestopft wie eine Presswurst. Sie stieg im Financial District aus und ging die letzten Meter zu Fuß weiter. Wieso war sie heute nur so rührselig? Wie so oft in den letzten zwei Jahren dachte sie an den Tag, an dem Nick Hamilton ihr das Herz aus der Brust gerissen hatte. Auch wenn es zu ihrem Besten gewesen war und er ihr damit zu ihrer einmaligen Karriere verholfen hatte. Es tat weh, die große Liebe kann man nicht so leicht vergessen, auch wenn auf der anderen Seite ein Lebenstraum wahr wurde. Es war miteinander verflochten. Noch immer nagte es an ihr, dass er damals so leicht ihre Beziehung hatte beenden können und sie schwor sich seitdem, ihr Herz zukünftig aus dem Spiel zu lassen. Er hatte sie im Hausflur stehen lassen und sie konnte ihn nicht vergessen.

Ein Werbeplakat stach ihr ins Auge, welches gestern ganz sicher noch nicht da gehangen hatte. Ihr Herz zog sich bei diesem Anblick schmerzhaft zusammen. Nick lachte ihr daraus entgegen. Sie wandte sich energisch ab. Doch dann drehte sie sich abrupt um und ging zu dem Poster zurück.

Trotz des brennenden Gefühls, das sich in ihrer Brust ausbreitete, betrachtete sie Nicks Bild eine Weile. Sie hatte es bisher vermieden, seine Karriere weiterzuverfolgen. Es war zu schmerzhaft für sie gewesen, war es immer noch. Doch nun, aus einem ihr unerfindlichen Grund, verspürte sie das starke Bedürfnis ihn anzusehen.

Er hatte sich sehr verändert. Die Haare trug er jetzt komplett anders. Er hatte sie bis auf drei Millimeter geschoren, wodurch sie nicht mehr goldblond waren, sondern eher braun aussahen. Seine Gesichtszüge waren härter, was ihm eine eher dunkle Attraktivität verlieh. In seinen blauen Augen glomm ein Feuer, das einen jedoch nicht wärmte, sondern frösteln ließ. Was war mit ihm geschehen?

Inzwischen waren seine beiden Arme überzogen mit Tattoos und in Gesicht und Ohren trug er diverse Piercings. Nase, Augenbraue und Unterlippe, welches sie schon kannte. Zumindest war das alles an Körperschmuck, was sie erkennen konnte. Das Einzige, was sie an ihren Nick erinnerte, waren das breite Lederarmband, das er jetzt noch trug, und der Lippenring.

O Himmel! Nick war nicht mehr der Nick, den sie gekannt hatte. Und verflucht sollte sie sein! Sie fand ihn einfach nur scharf. Er hatte den jugendlichen Schalk deutlich verloren und war jetzt wohl so etwas wie erwachsen geworden. Er fehlte ihr immer noch jeden Tag. Doch der anfangs scharfe Schmerz war zu einem dumpfen Brennen geworden. Ihr Blick fiel auf einen QR-Code, über den man Nicks neuestes Album kaufen und downloaden konnte. Bevor sie sich selbst davon abhalten konnte, scannte sie den Code und lud die Songs auf ihr Smartphone.

Was war nur los mit ihr? War sie wirklich derart masochistisch veranlagt? Sie hatte es doch in den letzten Jahren auch geschafft, allem, was an ihn erinnerte, aus dem Weg zu gehen. Sie war schlimmer als ein Junkie nach Entzug, der rückfällig geworden war. Auf dem ganzen Weg zur Kanzlei schimpfte sie mit sich selbst.

Sie betrat das Bürohaus von Armand & Peterson und winkte der Rezeptionistin zu, als sie sich zu den Aufzügen begab. Kurz bevor sich der Fahrstuhl schloss, bemerkte sie, dass das Firmenlogo mit den Namen der Partner mit einem Tuch verhangen war. Dieser Anblick ließ ihren Magen Salti schlagen. In knapp einer Stunde würde ihr Onkel sie vor der ganzen Belegschaft zur neuen Partnerin ernennen.

Die Anwaltskanzlei hatte bisher zwei Köpfe gehabt. Ihren Onkel Daniel Armand und dessen Kompagnon Peter Peterson. Ihnen unterstellt waren zehn weitere Anwälte, deren Assistenten und Sekretärinnen. Insgesamt ein Team von vierundzwanzig Leuten.

Rose war wohl die jüngste Anwältin, die jemals zu einer Partnerin ernannt worden war. Sie war auf der einen Seite stolz auf sich. Andererseits jedoch fürchtete sie auch den Neid und die Missgunst der Arbeitskollegen. Sie hatte unfreiwillig einmal ein Gespräch zwischen einer Kollegin und einem Kollegen mitbekommen. Man hatte sie und ihren Onkel der Vetternwirtschaft bezichtigt. Sie hatte sich zwar geärgert, sich jedoch nichts anmerken lassen. Sie wollte nicht noch mehr Öl ins Feuer gießen.

In ihrem Büro steckte sie das Smartphone in die Station und stellte die neue Musik an, die sofort leise durch die integrierten Lautsprecher drang. Während sie den Songs lauschte, begann sie ihre Papiere zu ordnen. Nicht, dass das nötig gewesen wäre, aber ihre

Hände brauchten Beschäftigung. Denn die Nervosität nahm fast im Minutentakt zu.

Selbst Nicks Lieder hatten einen Wandel durchlaufen, musste sie feststellen. Früher waren sie sanft und manchmal sogar melancholisch gewesen. Doch nun waren sie dunkel, hart und mit einer latenten Aggression untermalt. Oder war es Schmerz? Sie konnte es nicht so genau sagen.

Dennoch waren die Songs verführerisch und lösten ein nicht wirklich erwünschtes und ganz sicher deplatziertes Verlangen aus. Mit der Macht eines heranrasenden Amtraks glaubte sie, seine Lippen auf ihrem Hals und seine Finger in sie gleiten zu spüren. Sie ertappte sich dabei, wie sie sich selbst durch Bluse und BH in die Brustwarzen kniff.

Hilfe! Was war denn heute nur mit ihr los? Warum drang Nick-verflucht-sei-er-Hamilton gerade jetzt in ihr Leben ein? Heute, an einem der wichtigsten Tage ihrer Karriere.

Das Klingeln des Telefons war ihre Rettung. Mit fahrigen Händen schaltete sie Nick ab und nahm den Anruf ihrer Sekretärin entgegen.

„Ja?" Sie stand immer noch völlig neben sich. Klang sie atemlos? Höchstwahrscheinlich. War sie heute früh in einem falschen Universum aufgewacht? Hatten Aliens sie entführt und machten jetzt komische Psychotests mit ihr? Das wäre zumindest eine Erklärung für ihren Gemütszustand.

„Rose, Ihr Onkel hat mich gebeten, Sie darüber in Kenntnis zu setzen, dass er Sie in fünf Minuten in der Lobby erwartet. Und Ihr Vater ist auch eben angekommen."

War denn die Stunde schon um? Mist, sie musste sich erst wieder fassen, denn sie konnte nicht so erhitzt und entgleist unter die Augen der anderen treten. Obwohl, wenn sie Glück hatte, vielleicht ging das ja als ein Zeichen von Nervosität durch.

Sie fuhr wiederum mit dem Lift nach unten und richtete dabei ihre Kleidung. Sie trug ein zweiteiliges Kostüm von Hugo Boss in Anthrazit und eine dunkelblaue Bluse. Bevor sie ausstieg, schloss sie die Knöpfe des Blazers und wappnete sich vor dem, was gleich auf sie zukam.

Sie betrat die Lobby und erstarrte. Die Eingangshalle war zum Bersten voll mit Leuten. Sie erkannte einige ihrer Kollegen, ihren Vater, der ihr stolz zulächelte und ihren Onkel Daniel. Wer all die anderen waren, war ihr schleierhaft.

Ihr Vater, der Cop und sein älterer Bruder, der erfolgreiche Anwalt kamen zu ihr. Dadurch fühlte sie sich gleich besser. Sie waren ihre Beschützer.

„Ich bin so stolz auf dich, mein Mädchen", flüsterte ihr Dad in ihr Ohr, während er sie umarmte. „Deine Mutter wäre auch nicht mehr zu halten vor Freude."

Seine letzten Worte versetzten ihr einen Stich. Ihr Vater war nach dem Tod ihrer Mutter wieder in den aktiven Polizeidienst eingetreten. Er brauchte die Abwechslung, die ihm dieser Job bot, um die Trauer zu verarbeiten. Auch für Rose war es eine schwierige Zeit gewesen. Es war jedoch für sie alle, vor allem aber für ihre inzwischen schwerstbehinderte Mutter, auch eine Erlösung gewesen. Und gerade aus diesem Grund hatte sie relativ schnell ihren Frieden damit geschlossen.

„Ich vermisse sie auch, Dad. Jeden Tag und heute ganz besonders."

„Wir sollten anfangen", meldete sich ihr Onkel zu Wort. „Du wirst dich vielleicht schon gewundert haben, weshalb da vorn so ein Gedränge herrscht. Neben den Kollegen habe ich unsere ältesten und treuesten Mandanten sowie die wichtigsten Geschäftspartner eingeladen. Gleichzeitig wird die Presse diese Angelegenheit gespannt mitverfolgen."

Oha! Klar, Rose hatte gewusst, dass Armand & Peterson eine der wohl einflussreichsten Kanzleien in New York City war. Aber mit einem solchen Zirkus hatte sie nun auch wieder nicht gerechnet.

Der Gedanke, der Presse wieder einmal ausgeliefert zu sein, machte ihr ein wenig Angst. In den Wochen nach der Trennung von Nick hatten sie Fotografen und Sensationsreporter verfolgt. Erst nachdem ihr Onkel eingegriffen und eine Verfügung erwirkt hatte, war sie wieder in Sicherheit gewesen. Und nach ein paar Monaten hatten sie die Medien vergessen.

„Ich habe dir nichts gesagt, weil ich deine Nerven nicht zu sehr strapazieren wollte." Ihr Onkel zwinkerte ihr verschwörerisch zu. „Los jetzt, es wird Zeit." Es fehlte noch, dass er ihr einen auffordernden Klaps auf den Hintern gab, so väterlich wirkte er auf einmal.

Er ging zum Rednerpult. Rose folgte ihm, blieb aber etwas auf Abstand. Schräg hinter Daniel Armand stand Peter Peterson.

Peterson war ein dicklicher Mann im Alter ihres Onkels. Das schüttere Haar trug er viel zu lang und mit Gel nach hinten gekämmt. Sie mochte den Mann nicht, so sehr sie sich auch bemühte.

„Liebe Kollegen, Mitarbeiter, Familie und Freunde!",
begann Daniel Armand und garantierte sich damit die
volle Aufmerksamkeit aller Anwesenden. „Heute ist
ganz besonderer Tag. Meine Nichte Rose Armand hat
ihren Barrister und den Master of Law vor gut zwei Jahren gemacht. Sie hat sich immer für die Kanzlei und
ihre Mandanten eingesetzt und kann auch schon eine
ziemliche Erfolgsbilanz vorweisen. Sie arbeitet mit Ei-
fer an ihren Fällen und ist auch nach Feierabend im
Büro. Mir ist selten eine ehrgeizigere und fleißigere
Mitarbeiterin über den Weg gelaufen." Er machte eine
dramatische Pause und bei Rose brach nun vollends
der kalte Schweiß aus.

„Es ist mir daher eine Freude, Ihnen heute Miss Armand als neue Partnerin von Armand & Peterson vorstellen zu dürfen. Vielleicht werden sich einige von
Ihnen wundern, weshalb eine so junge Rechtsanwältin
für eine solche Aufgabe infrage kommt. Deshalb
möchte ich hiermit noch einige Gerüchte im Keim ersticken. Miss Armand mag meine Nichte sein, aber sie
hat sich diese Position aus eigener Kraft erarbeitet. Ihre
familiäre Beziehung war eher ein Fluch als ein Segen
für sie. Sie wurde von mir bereits in der High-School
scharf beobachtet und streng beurteilt. Auch hier in der
Kanzlei habe ich ihr nichts durchgehen lassen. Es tut
mir leid, dass unter den Kollegen vielleicht der Eindruck entstanden ist, dass Rose nur wegen unseres Ver-
wandtschaftsgrades hier ist." Rose sah sich vorsichtig
um und entdeckte ein paar verlegene Gesichter. Sie
hatte ihrem Onkel gegenüber nie erwähnt, dass sie Zeu-

gin dieses Lästergesprächs geworden war. Somit bestätigte sich mal wieder ihr Verdacht, dass Daniel Armand ganz genau wusste, was in diesen Büros vorging.

„So, und jetzt kommt noch eine letzte kleine Mitteilung, bevor wir anstoßen. Miss Armand wird heute auch offiziell zu meiner Nachfolgerin ernannt. Ich bin zwar noch nicht im Pensionsalter ...“

Verhaltenes Gekicher drang aus der Menge. Den Rest seiner Rede hörte sie aufgrund dieser Überraschung nicht mehr. Ihr Onkel war alles andere als alt. Er sprühte vor Energie und Kraft. Warum also machte er sie nicht nur zur Partnerin, sondern rief sie gleich noch zu seiner Nachfolgerin aus? Ihr wurde schwindlig. Sie bemerkte kaum, wie sie zum Rednerpult geschoben wurde. Erst als sich ihre Hände automatisch um den Rand der Pultplatte legten, erwachte sie aus ihrer Trance. Sie hatte für diesen Moment eine kurze Rede vorbereitet. Doch jetzt wollten ihr die Worte einfach nicht mehr einfallen. Sie hatte die Zeilen auswendig gelernt und deshalb keinen Notizzettel dabei. Das war wohl ein Fehler gewesen. Das Herz schlug ihr schnell und hart gegen die Rippen und ihre Hände wurden eiskalt.

Sie sah einen Moment in die Runde und fand den Blick ihres Vaters, der sie genügend erdete, um ihre Stimme und ihren Verstand wiederzufinden.

„Wie Sie vielleicht alle bemerkt haben, war ich einen Augenblick sprachlos. Mein lieber Onkel hat mich mit seiner letzten Ankündigung ziemlich überrumpelt.“

Ein Lachen flutete von den Zuhörern durch die Lobby und gab Rose die nötige Gelassenheit, um weiterzusprechen.

„Ich möchte mich bei Daniel Armand für das mir entgegengebrachte Vertrauen bedanken. Lieber Onkel ...“, wandte sie sich nun direkt an ihn, „ich werde mein Bestes geben, um eine würdige Vertreterin zu werden. Aber versprich mir bitte, dass du noch nicht in naher Zukunft das Zepter abgibst, okay?“

Wieder lachten die Anwesenden. Rose wandte sich erneut an die Menge.

„Und Ihnen sowie den zukünftigen Mandanten von Armand & Peterson schwöre ich ebenfalls, dass Sie immer auf mich zählen können.“ Mehr brachte sie nicht zustande. Aber das musste sie auch nicht. Sie war zu überwältigt und als die Leute anfingen zu applaudieren, brannte ihr die Kehle.

***

Nick

Er wurde geschüttelt. Warum ließ man ihn nicht einfach in Ruhe schlafen? Verfluchte Scheiße noch mal!

Er öffnete die tonnenschweren Lider und bereute es prompt. Die Beleuchtung im Flugzeuginneren stach ihm wie Messer in die Augen. Flugzeug? Wie war er ins Flugzeug gekommen? Er durchforschte sein Gehirn nach den Geschehnissen der letzten Stunden. Da war nur ein riesiges schwarzes Loch. Das Letzte, woran er sich erinnerte, war die Party im Beachhouse eines Bekannten in Santa Monica.

Er war vorher ein paar Tage bei seiner Mutter gewesen, um da nach dem Rechten zu sehen. Das Weingut hatte sich zum Glück langsam von dem verheerenden Brand erholt, sodass die Existenz von seiner Mom und Will nicht mehr gefährdet war. Es schmerzte Nick immer noch, wenn er daran dachte, wie tragisch sein Vater ums Leben gekommen war und er fehlte ihm jeden Gott vergessenen Tag.

Nach seiner Stippvisite in Sonoma war er nach Los Angeles gereist, wo er auf besagter Party gelandet war. Das Strandhaus, wo das Fest stattgefunden hatte, war die ideale Location für einen Absturz gewesen. Ein Pool, in dem sich heiße Girls in knappen Bikinis rekelten und jede Menge freie Zimmer, um sich mit dem fleischlichen Angebot zu amüsieren.

Doch diese Frauen hatten ihn kaum interessiert. Überhaupt war ihm die Lust auf schnellen, unverbindlichen Sex schon vor Jahren vergangen. Genau genommen bereits seit dem Zeitpunkt, an dem Rose in sein Leben gestolpert war. Es verging kein einziger Tag, an dem er nicht an sie dachte. Dennoch hatte ihm bisher der Mut gefehlt, sie nach ihrer Trennung zu kontaktieren. Es war besser, sich von ihr fernzuhalten. Er hatte ihr schon einmal beinahe Unglück gebracht, konnte aber das Schlimmste vermeiden, indem er sie verließ.

Auf jeden Fall hatte er sich, und das nicht zum ersten Mal, auf der Party ins Sauf- und Koksgelage gestürzt. Das war alles, woran er sich noch erinnern konnte. Er wusste weder wie und wann er das Strandhaus verlassen hatte, noch wie er in den Jet seiner Plattenfirma gekommen war.

„Wach endlich auf, Nick. Ich habe keine Lust, dich aus dem Flieger zu tragen. Es hat gereicht, deinen Hintern hineinzuhieven." Aha, somit war eine Frage geklärt. Barry, die gute Seele, hatte dafür gesorgt, dass er den Flug nicht unnötig verzögert hatte. Verpassen hätte er ihn ja nicht können, da er neben Barry und Stacy der einzige Passagier war.

Er setzte sich auf und musste sich erst den Kopf mit beiden Händen halten, da sein Gehirn sich gerade im trudelnden Sturzflug inklusive Turbulenzen befand.

„Los Nick! Hoch mit deinem Knackarsch. Der Wagen wartet draußen. Je schneller du zu Hause bist, desto schneller kannst du deinen Kater auskurieren."

Wo Barry recht hatte, hatte er recht. Woher hatte sein langjähriger Bodyguard nur seine Weisheiten her? Barry war zwar sein Personenschützer, aber er war inzwischen auch zu seinem Freund geworden. Zu seinem wahrscheinlich einzig wahren Freund.

Nick folgte Barry und Stacy aus der fliegenden Röhre und stieg gleich darauf ins Auto. Mann, er freute sich auf eine Dusche und sein Bett.

In seinem Appartement ging er als Erstes ins Bad. Auf dem Weg dorthin ließ er erst seine Tasche fallen. Danach folgten Jacke und T-Shirt. Allem haftete der abgestandene Geruch von vergangener Party an. Zigaretten, Alkohol, Schweiß und das Odeur aller willigen Frauen, die sich ihm an den Hals geschmissen hatten. Allesamt vergebens.

Er betrat das Badezimmer und warf einen Blick in den Spiegel. Er sah total beschissen aus. Dunkle Ringe unter den Augen, rissige Lippen und eine Gesichtsfarbe, die so blass war, dass man das Gefühl bekam, sie wäre durchsichtig. Seitlich an seinem Hals entdeckte er zwei tiefe Kratzer. Was zum Teufel war denn hier passiert? Ach ja, dieses Souvenir hatte ihm das hartnäckige Latino-Chick verpasst. Sie hatte sich nicht abweisen lassen. Erst als er ihr klargemacht hatte, dass nichts laufen würde, hatte sie ihn in Ruhe gelassen. Allerdings hatte sie ihm eine scheuern wollen, hatte sein Gesicht jedoch verfehlt und ihm stattdessen ihre Fake-Krallen in den Hals geschlagen.

An ihr war alles künstlich gewesen: die Haarlänge und -farbe, die Lippen – Schlauchboot lässt grüßen – Wimpern und die überüppigen Gummimöpse. Er fand diese Pseudo-Barbies immer abstoßender.

Nach einer dampfend heißen Dusche war ihm nicht mehr nach Schlafen. Deshalb nahm er sich seine Gitarre und überarbeitete seinen neuesten Song noch einmal. Er wusste nicht recht, ob dieses Lied beim Publikum ankommen würde. Es war sehr melancholisch. So wie sein Leben derzeit.

Er war wirklich tief gesunken. Eigentlich war er am selben Punkt angekommen, an dem sich sein Vater vor einigen Jahren genötigt gefühlt hatte, seinen Sohn für einige Wochen nach Hause in sichere Gefilde zu holen. Damals hatte Nick diese dargebotene Hand abgelehnt. Heute würde er sie annehmen. Leider lebte sein alter Herr nicht mehr.

Rose war eine Zeit lang seine Rettung gewesen. Tja und jetzt? Jetzt stolperte er von einem Gelage ins nächste.

Ach Scheiße! Er sollte endlich seine Eier wieder in seine Hose stopfen und Rose anrufen. Egal, wie viel Zeit vergangen war und egal, ob sie sich inzwischen einen anderen Mann genommen hatte. Er wollte, nein, er musste ihre Stimme hören. Auch wenn es nur dieses eine Mal war.

Das energische Klopfen an der Wohnungstür ließ ihn in seiner stummen Litanei innehalten. Wer konnte das sein? Der Portier würde ihn erst informieren, bevor er Besucher zu ihm hoch ließ. Er stand auf und stellte die Gitarre an ihren angestammten Platz, bevor er die Tür öffnete. Nick war auf halbem Weg, als es erneut gegen das Türblatt polterte.

„Mr. Hamilton! Aufmachen! Polizei!"

Nick blieb wie versteinert stehen. Polizei? Was wollten die Sheriffs hier? Er hatte nichts verbrochen. Mit einem Klumpen im Magen so groß wie das Chrysler Building machte er den Polizisten auf. Drei Mann standen im Flur. Zwei Uniformierte und einer in Zivil, der ihm seine Marke unter die Nase hielt.

„Sind Sie Nicolas Hamilton?", fragte der Kerl im billigen Anzug.

Was für eine doofe Frage. Nick war schon immer allergisch auf Förmlichkeit gewesen.

„Ja? Wie kann ich Ihnen behilflich sein, meine Herren?" Er versuchte, seine Verwunderung im Zaum zu halten.

Der Zivilbeamte winkte einen der Uniformierten heran, der zu Nicks Entsetzen Handschellen hervorholte.

„Mr. Hamilton, Sie haben das Recht zu schweigen. Alles, was Sie sagen, kann vor Gericht gegen Sie verwendet werden. Sie haben das Recht auf einen Anwalt. Sollten Sie sich keinen leisten können, stellt Ihnen das Gericht einen zur Verfügung." Klick, Klick und seine Hände waren hinter seinem Rücken gefesselt.

Nick fühlte sich völlig orientierungslos. Als hätte man ihn in eine Parallel-Dimension geworfen, wo nichts mehr der Wahrheit entsprach. Wurde er verarscht? Erlaubte sich hier jemand einen blöden Scherz? Die Gesichter der Beamten wirkten dafür jedoch zu verschlossen.

„Das muss ein Irrtum sein! Was wird mir denn vorgeworfen?" Nick war außer sich, aber dennoch darauf bedacht, nicht ausfallend zu werden.

„Sie stehen unter Verdacht, Carlina Flores vergewaltigt zu haben."

Carlina Flores? Wer zum Kuckuck war das? „Ich kenne niemanden, der so heißt."

„Abführen", befahl der Schlipsträger, ohne auf Nicks Einwand Rücksicht zu nehmen.

Wenn diese Bullen ihn am helllichten Tag durch die Lobby auf die Straße abführten, wäre der Medienzirkus perfekt und seine Plattenfirma ganz und gar nicht glücklich.

„Ist es möglich, diese ganze Angelegenheit diskret über die Bühne zu bringen? Sie können mit Ihrem Wagen in die Parkgarage fahren und mich da einladen. Sonst weiß innerhalb von fünf Minuten die ganze Welt über Ihre Aktion Bescheid."

Der Zivilbeamte musterte ihn eingehend. Er schien alle Fakten abzuwägen. „Also gut. Wie kommt mein Mann in die Garage?"

„Mit einer Schlüsselkarte. Sie können meine nehmen."

Der Polizist nickte und ließ sich von Nick erklären, wo er die Karte aufbewahrte. Als der Mann zurückkam, brachte er Nicks Portemonnaie und die Wohnungsschlüssel mit. Danach führten sie ihn mit dem Fahrstuhl ins Parkgeschoss.

Nicks Gedanken überschlugen sich. Vergewaltigung? Niemals. Dazu war er nicht fähig. Wer war nur das Mädchen? Wie hieß sie noch mal? Er war gestern schon ziemlich dicht gewesen. Schließlich hatte er Unmengen getrunken und Koks wie Puderzucker konsumiert. Aber auch in völlig zugedröhntem Zustand würde er so etwas Grausames nie tun.

In der Garage ging einer der Cops davon und kam kurze Zeit später mit dem Streifenwagen wieder. Gerade als man Nick auf die Rückbank des Polizeiautos verfrachten wollte, fuhr Barry heran.

Sein Leibwächter stieg voll in die Eisen, kam direkt vor dem Auto der Bullen zum Stehen und sprang schnaubend aus seinem Wagen.

„Was zum Geier soll das hier werden?", rief er aus und Nick befürchtete schon, dass er die Cops mit bloßen Händen erwürgte. Und zwar in Sekundenschnelle.

„Barry, komm runter. Ruf Stacy an! Sie weiß, was zu tun ist."

Sein Bodyguard machte ein grimmiges Gesicht, nickte aber. Dann drehte er sich um und zeigte mit dem Finger auf die drei Polizisten. „Wenn ihm irgendetwas zustößt, mache ich euch die Hölle heiß. Das ist ein Versprechen."

Nick sah seinen Freund dankbar an und ließ sich dann umständlich in den Wagen gleiten. Mit den auf den Rücken gefesselten Arme war an eine bequeme

Sitzposition nicht zu denken. Während sie durch die belebten Straßen der Stadt zum Polizeirevier fuhren, drehte er sich so hin, dass man ihn durch das Fenster nicht erkennen konnte.

Wie war er nur in diese Angelegenheit hineingeraten? Er hatte ein ganz komisches Gefühl. Er war schon einmal so abgeführt worden. Die Beklemmung von damals durchflutete ihn wieder und nahm ihm beinahe die Luft zum Atmen. Damals war er sich seiner Schuld bewusst gewesen. Dennoch hatten ihm die Verhaftung und die Zeit bis zum Urteil des Gerichts nicht gefallen. Sie hatte Spuren auf seiner Seele hinterlassen. Er war wie ein Schwerverbrecher behandelt worden. Nicht wie ein Siebzehnjähriger. Ja, er hatte seinen ehemals besten Freund krankenhausreif geschlagen. Aber es war im Affekt passiert und er trug diese Schuld noch immer mit sich herum, auch wenn es rechtlich gesehen verjährt war und er seine Strafe abgesessen hatte. Aber das alles war eben auch keine Entschuldigung.

Jetzt wusste er noch nicht mal, warum er in der Scheiße saß. Moment, er wusste es, aber es war genauso klar, dass er unschuldig war. Es war ihm jedoch auch bewusst, dass er mit seiner Vorgeschichte einen schweren Stand hatte. Er wurde vom Trauma der Vergangenheit wie von einem Tsunami überrollt.

Sie brachten ihn in ein Verhörzimmer und verließen ohne ein weiteres Wort den Raum. Gern hätte er jemanden angerufen. Doch wen? Und wie? Seine Hände waren immer noch durch die Handschellen auf seinem Rücken zusammengebunden.

Shit, Shit, Shit!

Er hatte auf einmal das dringende Bedürfnis, auf etwas oder jemanden einzuschlagen. Er würde sich den Verantwortlichen dieses schlechten Scherzes zur Brust nehmen.

Endlich ging die verdammte Tür wieder auf. Nick hob den Kopf. Er erkannte den Beamten in Zivil, der ihn verhaftet hatte. Der Bulle wurde von einer Unbekannten begleitet. Ihr Alter war schwer einzuschätzen. Es musste irgendwo zwischen fünfunddreißig und fünfundvierzig liegen. Die matten mausbraunen Haare trug sie konservativ schulterlang und ihre Kleidung versprach ebenfalls das komplette Fehlen von so etwas wie Weltoffenheit. Bei der hatte er jetzt schon total verschissen.

„Mr. Hamilton. Ich bin Detective Henderson vom NYPD und das ist Detective Grant. Sie ist vom LAPD. Wir werden Ihnen nun ein paar Fragen stellen." Beide Schnüffler nahmen Platz und Henderson klappte eine Akte auf.

Wieso wurde er befragt, ohne einen Anwalt zur Seite zu haben? „Ich verweigere so lange meine Aussage, bis ich meinen Anruf tätigen durfte und einen Anwalt aufbieten konnte." Nick lehnte sich, so gut es mit seinen gefesselten Armen ging, zurück und lieferte sich mit Henderson ein Blickduell.

Henderson legte seinen Kugelschreiber zurück auf den Tisch und faltete die Hände über der Akte. „Ihr Anwalt ist auf dem Weg, Hamilton. Keine Sorge."

Da erst konnte sich Nick etwas entspannen. Er hoffte einfach, dass Stacy ihm einen fähigen Paragrafenreiter besorgt hatte.

„Die Fragen, die ich Ihnen stellen wollte, sind nur administrativer Natur", sprach Henderson beiläufig weiter. Ja, klar. Wer's glaubt.

„Kommen Sie, Detective. Sie wissen doch selbst, dass das nicht so läuft."

Henderson lehnte sich zurück und legte die Fingerspitzen unter seinem kantigen Kinn aufeinander. „Nun gut. Sie scheinen sich ja bestens auszukennen. Nicht wahr?" Dann richtete sich der Cop im Stuhl wieder auf, holte ein Foto aus der Akte und schob es Nick hin. „Kennen Sie diese junge Frau?"

Nick lehnte sich nun ebenfalls nach vorn und sah sich das Bild an. Und ob er sie kannte! „Ich habe sie erst einmal gesehen. Warum?"

Henderson nahm die Aufnahme wieder an sich. „Wo waren Sie gestern Abend gegen neun Uhr abends L.A.-Zeit."

„Auf der Party eines Freundes." Der Detective machte sich schweigend ein paar Notizen. „Könnten Sie mir bitte die Handschellen abnehmen? Mir sterben langsam die Hände ab." Und das war nicht nur so daher gesagt. Seine Finger spürte er nicht mehr und seine Schultern und Arme schmerzten von der langen unnatürlichen Haltung.

Henderson und Grant wechselten einen stummen Blick. Danach stand Grant auf und ging um ihn herum, um die Fesseln aufzuschließen. „Mach bloß keine falschen Bewegungen, sonst mach ich dich alle, du Wichser!"

Nick rieb sich erleichtert die Handgelenke und sah Grant kalt an. „Und wenn Sie mich noch einmal beleidigen oder mir drohen, verklage ich Sie wegen Amtsmissbrauch, Ma'am." Das letzte Wort hatte er absichtlich spöttisch in die Länge gezogen.

Henderson ließ sich von dem Geplänkel anscheinend nicht beeindrucken und setzte sein Verhör fort. „War diese Party zufälligerweise im Haus eines gewissen Alexander Williams?"

„Das wissen Sie doch sicher schon. Weshalb verschonen Sie uns alle nicht mit diesen dummen Fragen und kommen auf den Punkt, Henderson?", schnaubte Nick genervt.

Der Detective presste verärgert die Lippen wegen Nicks Offensive zu einer schmalen Linie zusammen. „Also gut, Hamilton, wie Sie wünschen. Carlina Flores, das Mädchen auf dem Foto, war gestern ebenfalls auf dieser Party. Dort wurde sie vergewaltigt. Und zwar von Ihnen, Mr. Hamilton."

Nick lehnte sich nach vorn und stützte sich mit den Ellbogen auf der Tischplatte ab. „Ich sage Ihnen jetzt etwas und ich rate Ihnen, mir gut zuzuhören, denn Sie bekommen es nur ein einziges Mal von mir zu hören. Danach mache ich von meinem Recht zu schweigen Gebrauch." Nick musste alles an Kraft zusammenraffen, um die Nerven nicht zu verlieren. „Ich habe diese Frau nicht angerührt, geschweige denn Sex mit ihr gehabt. Weder verbindlich noch unverbindlich."

So, das war's. Mehr würde er nicht sagen. Warum um alles in der Welt verzapfte diese Carlina Flores so einen Mist? In seinem Magen schien sich, trotz seiner Coolness, eine ganze Ameisenkolonie breitgemacht zu haben.

Plötzlich wurde die Tür aufgerissen und ein großer Mann in teurem Markenanzug trat ein. Die grauschwarz melierten Haare waren dicht und akkurat geschnitten. Seine grünen Augen schienen die beiden Detectives zu erdolchen. Sie kamen Nick entfernt bekannt vor, obwohl er den Mann noch nie gesehen hatte.

„Meine Herrschaften", fing der Mann an, „ich will doch wohl hoffen, dass Sie noch nicht mit der Befragung begonnen haben, ohne dass ich mich mit meinem Mandanten beraten konnte."

Das war also sein Anwalt. Nick war beeindruckt. Mit einer gewissen Befriedigung stellte er fest, dass Henderson etwas blass um die Nasenspitze wurde und Grant ihren Cop-Kumpel fragend ansah.

Henderson stand auf und richtete seine billige Kleidung. Mit gestrafften Schultern musterte er den Anwalt kurz. „Sie haben fünfzehn Minuten, Mr. Armand."

Klartext

Rose

Rose beugte sich über ihren Stapel Akten, war aber nicht bei der Sache. Ihr Onkel war gestern nach ihrer Beförderung urplötzlich verschwunden und nicht zurückgekommen, bis sie Feierabend gemacht hatte.

Zu Hause hatten sie Doro und ihr Vater erwartet und sie hatten ein wenig zusammen gefeiert. Doro hatte ihre legendären Spaghetti aglio e olio gekocht und Rose konnte nicht abstreiten, dass dieses Gericht zu ihren Lieblingsspeisen gehörte. Der einzige Nachteil war, dass man danach für gefühlte drei Tage in Quarantäne gehörte, weil man dermaßen nach Knoblauch stank.

Das Piepsen ihres Handys ließ sie kurz zusammenzucken. Rose legte den Stift beiseite und las die SMS, die Doro geschickt hatte.

Süße, du solltest unbedingt die 8 Uhr-Nachrichten einschalten!

Acht Uhr? War es wirklich schon so spät? Und was konnte so wichtig sein, dass Doro sie aufforderte, die Nachrichten anzuschauen? Trotz ihrer Verwirrung öffnete Rose am Computer die Homepage des Nachrichtensenders. Die Sprecherin, eine adrett gekleidete Mittvierzigerin mit modisch kurzen, blonden Haaren, machte ein ernstes Gesicht.

„Es ist die Meldung des Tages", begann sie für Roses Geschmack wenig professionell. „Gestern, so haben wir eben erfahren, wurde der Sänger Nick Hamilton verhaftet. Er steht unter dem dringenden Verdacht der Vergewaltigung. Sein Management teilte uns mit, dass Hamilton vor einer Stunde auf Kaution freigelassen wurde. Er steht bis zur ersten Anhörung unter Hausarrest und muss eine elektronische Fußfessel tragen."

Rose fühlte sich, als hätte man ihr mit Anlauf in die Magengrube geschlagen. Vergewaltigung? War Nick zu so etwas fähig? Das war doch wohl ein schlechter Scherz. Und warum ging ihr diese Sache überhaupt so nahe? Nick und sie gingen schon länger getrennte Wege. Leider erinnerte sie sich in diesem Moment an den Abend, an dem sie beinahe selbst Opfer einer Vergewaltigung geworden war. Von Mike, Joey und dem Rest der Gang. Damals hatte Nick sie gerettet und danach hatten sie sich das erste Mal geküsst.

Rose sah wiederum gebannt auf den Computermonitor. „Vor einer Stunde durfte Mr. Hamilton das Gefängnis verlassen. Auf folgenden Aufnahmen sehen Sie, wie er in Begleitung seines Anwalts Daniel Armand das Polizeirevier verlässt."

Die Übelkeit, die sie unterschwellig verspürt hatte, war verschwunden und hatte einer schmerzhaften Enttäuschung Platz gemacht. Warum hatte ihr Onkel nichts gesagt? Er musste doch wissen, wie sehr sie dieser Fall mitnehmen würde.

Verletzt und wahrscheinlich grundlos frustriert packte sie ihre Sachen zusammen und fuhr den PC herunter. Sie verließ ihr Büro und fuhr mit dem Lift in die Lobby. Sie fühlte sich durchgerüttelt, als wäre ein Tornado durch ihre Seele gerast. Alles war noch da, nur herrschte das totale Chaos in ihrem Inneren. Kein Stein schien mehr auf dem anderen zu liegen. Nick war kein Vergewaltiger. Davon war sie überzeugt. Würde Daniel ihr erlauben, bei dem Fall mitzuarbeiten?

In der Empfangshalle sah sie einen Augenblick zum neuen Firmenlogo hoch. Armand, Armand & Peterson. Dieser Anblick erfüllte sie mit Stolz. Hatte sie genug Erfahrung und Einfluss, um Nick zu helfen? Wahrscheinlich war es besser, dass ihr Onkel das Mandat hatte. Dennoch musste sie ihren Onkel davon überzeugen, dass er sie mitarbeiten ließ. So sehr es sie schmerzen würde, sie konnte und wollte Nick nicht im Stich lassen. Das hatte er nicht verdient.

Sie ging auf den Ausgang zu, als gleichzeitig Daniel Armand hereinkam. Rose blieb stehen und stemmte die Hände in die Hüften.

„Hallo, meine Liebe." Ihr Onkel lächelte. Immer wenn er einen schier unmöglichen Auftrag erfolgreich abschließen konnte, war er in dieser Stimmung. Ganz klar war die Tatsache, dass Nick nicht im Gefängnis auf seine Verhandlung warten musste, als Erfolg zu verzeichnen.

„Warum hast du nichts gesagt? Du weißt doch, was er mir bedeutet ... ich meinte natürlich es ... was es mir bedeutet."

Bevor er antwortete, öffnete er sein Jackett. „Erstens hätte ich dich morgen informiert. Vielleicht ist dir der

Termin in deinem Planer sogar schon aufgefallen. Und zweitens, Rose, hast du gar keinen Grund dich so aufzuregen. Du und er sind Geschichte. Oder irre ich mich?"

Mist! War es denn wirklich so? Waren sie Geschichte? „Nick ist unschuldig!", rutschte es ihr vehement heraus, ohne dass sie auf Daniels Frage einging. Dieser nickte und sah sie wissend an.

„Ich weiß das. Ich habe ihn gestern noch vor dem Polizeiverhör befragen können und auf mich macht er den Eindruck, dass er nichts verbrochen hat."

Ach Nick, wie bist du nur in diese Lage geraten? „Er wäre niemals zu so etwas fähig", murmelte sie leise.

Ihr Onkel legte ihr tröstend eine Hand auf die Schulter. „Ich weiß. Sonst wärst du wohl kaum immer noch in ihn verliebt. Und mein Instinkt sagt mir, dass hier etwas nicht stimmt."

Das Brennen in ihrer Kehle machte ihr das Atmen schwer und sie musste sich räuspern, um den dicken Kloß im Hals loszuwerden.

„Hör zu, Rose. Es ist deutlich, dass er für dich auch immer noch etwas empfindet. Ich habe mich damals eingemischt und ich bin Mann genug einzugestehen, dass ich dazu kein Recht hatte. Dir würde es, glaube ich guttun, ein paar Worte mit ihm zu wechseln. Daher wollte ich dich bitte, ob du mich bei diesem Fall unterstützen möchtest."

Sie wurde von einem starken Schwindel erfasst. Nick sollte immer noch etwas für sie empfinden? Nach zwei Jahren? Doch sie selbst hatte sich auch wegen ihrer Liebe zu Nick von ihrem letzten Partner getrennt.

„Danke, Daniel. Ich nehme gern an. Aber wird die Staatsanwaltschaft vor Gericht nicht auf Befangenheit plädieren? Ich will den Fall nicht gefährden."

Er schüttelte den Kopf. „Du vertrittst ihn ja nicht. Du unterstützt mich, als meine Assistentin."

Gut, damit würde sie leben können. Sie hatte keine Ahnung, wie sie Nick gegenübertreten sollte, ohne gleich in Tränen auszubrechen. Denn so wie es die letzten zwei, drei Tage den Anschein machte, war sie alles andere als über ihn hinweg.

Als Rose am nächsten Morgen die Augen aufschlug, fühlte sie sich wie nach einem Hauptwaschgang mit Schleudern. Sie war emotional wund und geprügelt und sie wusste auch warum. Wenn sie geschlafen hatte, war Nick durch ihre Träume gegeistert. Und in den vielen wachen Phasen war er ihr auch nicht aus dem Kopf gegangen. Wenn Daniel es nicht schaffte, das Gericht von Nicks Unschuld zu überzeugen, musste er für viele Jahre hinter Gitter. Die Strafe würde irgendwo zwischen fünfzehn Jahren und lebenslänglich liegen. Ihr wurde ganz elend bei diesem Gedanken.

Rose war auf dem Weg zur Arbeit immer noch nicht ganz im Lot, und auch als sie sich aufmachte, um den Termin bei ihrem Onkel wahrzunehmen, stolperte ihr Herz über seine eigenen Schläge. Sie wünschte sich, dass diese Angelegenheit so rasch wie möglich geklärt wurde. Vor allem für Nick. Sie fühlte tief in ihrer Seele, dass er unschuldig war.

Sie klopfte zweimal an und betrat, ohne abzuwarten das Büro. Daniel Armand saß über eine Akte gebeugt am Schreibtisch und machte sich Notizen. Die steile Falte auf seiner Stirn zeigte seine hohe Konzentration.

„Ich bin gleich so weit, Rose. Setz dich doch schon mal an den großen Tisch", sagte er, hob jedoch nicht den Blick von seiner Arbeit.

Rose ging zum Konferenztisch auf der linken Seite des überdimensionalen Büros und nahm Platz. Sie legte ihren Notizblock vor sich hin und begann, wie immer, wenn sie nervös war, darauf herumzukritzeln. Diese dumme Angewohnheit hatte sie schon seit Grundschulzeiten. Würfel, Kreise, Wirbel und Vierecke wechselten sich ab und zierten bald die beiden oberen Ecken des Papiers.

„So, meine Liebe, jetzt bin ich bereit." Ihr Onkel setzte sich und breitete Nicks Akte vor sich aus. „Ich werde nicht um den heißen Brei herumreden. Der Fall stinkt zum Himmel", begann er und sein Tonfall machte Rose Sorgen. „Drei Punkte könnten Nick das Genick brechen, ob er nun unschuldig ist oder nicht. Erstens: die Kratzer an seinem Hals, die die Polizei natürlich gründlich dokumentiert hat. Zweitens: die DNA-Spuren, die man unter den Fingernägeln dieser Carlina Flores gefunden hat. Die Laboruntersuchung läuft noch, doch ich gebe mich nicht der Illusion hin, dass die Hautfetzen nicht von Nick stammen. Und drittens: Der Staatsanwalt wird ganz sicher Nicks Jugendstrafakte zur Hand nehmen."

Rose richtete sich auf. „Diese Straftat hat er verbüßt und der Fall ist verjährt. Das wäre doch ziemlich dreist."

Ihr Onkel legte seinen Mont-Blanc-Kugelschreiber weg und verschränkte die Hände auf dem Tisch. Der Blick, mit dem er sie versah, war sachlich neutral, was ihr noch mehr Kopfzerbrechen bescherte.

„Ja, schon. Aber der Staatsanwalt wird es sich nicht nehmen lassen, Nicks Neigung zur Gewalt offen darzulegen."

Nicks Neigung zur Gewalt? Er war doch kein Schläger. „Himmel! Nick wird hier in ein völlig falsches Licht gerückt. Er hat als Jugendlicher einen Fehler begangen und dafür geradegestanden. Aber sonst ist er alles andere als gewaltbereit." Sie dachte an die sanften Berührungen und die liebevollen Blicke und eine angenehme Wärmeeitete sich in ihr aus. „Er würde niemals einer Frau so etwas antun." Sie wusste, dass sie sich zum x-ten Mal wiederholte. „Er hat mich sogar mal vor einer Massenvergewaltigung gerettet. Das hätte er nicht getan, wenn er selbst solche Neigungen hätte." Es fröstelte sie, als sie die Szene im Black Pearl Revue passieren ließ. Was war sie damals doch für ein dummes Ding gewesen.

„Wann war das?", fragte Daniel teils besorgt, teils interessiert, ob ihm diese Auskunft bei diesem Fall helfen konnte.

Rose verstand ihn, doch es war ihr unangenehm, darüber nachzudenken, geschweige denn darüber zu sprechen.

„Nick und ich kannten einander von meiner Arbeit im Hotel. Ich bin mit einem Typen von der School of Law und ein paar seiner Freunde zur Eröffnung des Black Pearl-Clubs gegangen. Nick hatte damals einen kurzen Auftritt dort. Irgendwann sind meine Begleiter handgreiflich geworden und wollten mich gewaltsam zum Sex mit ihnen allen zwingen. Nick ging rechtzeitig dazwischen und konnte das Schlimmste verhindern."

Ihr Onkel, der sich Notizen gemacht hatte, hob den Kopf und sah sie an. Hinter seiner professionell aufrechterhaltenen Fassade erkannte sie Wut und Entsetzen. „Weshalb hast du nie etwas erwähnt? Solche Idioten gehören bestraft."

Das wusste sie selbst auch. Dennoch hatte sie es damals schlichtweg nicht geschafft. „Ich habe nichts gesagt, weil ich Angst hatte und mich die Typen noch wochenlang verfolgt haben. Bis zu dem Moment, als Nick noch einmal eingegriffen hat. Zumindest nehme ich an, dass ich es Nick zu verdanken habe, dass ich nachher meine Ruhe hatte."

Das kratzende Geräusch des Kugelschreibers, das entstand, weil Daniel Armand scheinbar pausenlos Notizen machte, zerrte an Roses Nerven. Sie wollte gar nicht daran denken, was mit Nick passierte, wenn ihr Onkel versagte.

„Wärst du bereit, mit dieser Geschichte in den Zeugenstand zu treten?"

„Wie bitte?" Sie glaubte, sich verhört zu haben. „Ich bin befangen. Das weißt du so gut wie ich. Niemand wird mich ernst nehmen. Im Gegenteil. Es könnte Nick schaden. Es würde den Eindruck erwecken, dass wir verzweifelt sind."

Daniel kratzte sich nachdenklich am sauber rasierten Kinn. „Wart ihr schon zusammen, als dieser Zwischenfall passiert ist?" Sie schüttelte den Kopf. „Dann sollte es keine Rolle spielen."

„Aber ..." Sie wollte ihrem Onkel widersprechen, doch er unterbrach sie, indem er die Hand hob. „Lass mich das ruhig machen, Rosie. Vertrau mir." Er lehnte sich selbstsicher lächelnd zurück. „Ich habe noch einen kleinen Auftrag für dich."

Als Rose das Büro ihres Onkels verließ, hatte sie weiche Knie und ihr Gehirn schien Karussell zu fahren.

„Er braucht das jetzt, Mädchen", hatte er gesagt. „Es ist ihm wichtig."

***

Nick

Die Minuten und Stunden zogen sich dahin, unheimlich zäh, wie ein ausgekauter, alter Kaugummi. Er konnte nicht raus, da er verflucht noch mal unter Hausarrest stand und zu Besuch kam auch niemand. Wer sollte auch?

Er nahm seine Gitarre zur Hand und versuchte ein wenig zu arbeiten. Doch auch hier versagte er auf ganzer Linie. Seine Hände zitterten von den Entzugserscheinungen wie Espenlaub und seine Eingeweide verkrampften sich derart, dass ihm sein Denkvermögen den Dienst quittierte. Scheiße, er musste sich zusammenreißen und sein Leben wieder in den Griff bekommen.

Er war schon einmal so tief gefallen. Oder nein, nicht so tief. Damals hatte man ihn nicht wegen Vergewaltigung unter Arrest gesetzt. Früher war er einfach von Party zu Party gestolpert. Verfolgt von Paparazzi, die scharf auf seine Abstürze gewesen waren. Aber auch jetzt würde er es wieder schaffen. Er würde es allen beweisen, die ihn vielleicht schon abgeschrieben hatten, am meisten aber sich selbst.

Mann, wie beschissen konnte sein Leben denn noch werden? Verfickte Scheiße! Seine Plattenfirma hatte sich zwar offiziell hinter ihn gestellt und die Kaution bezahlt, damit er aus der Untersuchungshaft kam. Doch er hatte ihnen das Geld postwendend zurückerstattet. Er wollte unter keinen Umständen in deren Schuld stehen. Es war ihm schon unangenehm genug, dass sie in erster Instanz für ihn geradestehen mussten.

Das Label würde sich vermutlich von ihm trennen. Solche Skandale sahen sie nicht gern. Wilde Künstler waren gewünscht, doch kriminell durften sie dann doch nicht sein. Aber im Moment sah er das als eine Chance für Veränderung.

Nick stand auf und ging mit einem kleinen Umweg über die Bar zur Terrasse. Er klemmte sich die Flasche Maccallan unter den Arm und schob die große Tür auf. Der winterliche Wind schlug ihm ins Gesicht. Die Kälte biss ihn in die nackten Arme, denn er trug nur ein T-Shirt. Dasselbe Shirt, das er nach der Dusche, nach seiner Rückkehr in seine Wohnung angezogen hatte. Das war vorgestern gewesen ... und dieselben Jeans ... Es hatte Wichtigeres gegeben. Zuerst hatte er den Schock abschütteln müssen. Vergewaltigung war schon ein starkes Stück.

Er pflanzte sich müde auf einen der beiden Liegestühle und zog den Korken aus der Flasche. Er setzte sie an und nahm einen kräftigen Schluck. Das Brennen, das sich auf dem Weg durch seine Kehle in seinem

Bauch ausbreitete, betäubte sowohl den physischen als auch den psychischen Schmerz.

Hoffentlich war Daniel Armand auch nur einen Bruchteil seines Honorars wert. Er musste so unbeschadet wie möglich aus dieser Sache herauskommen. Egal wie. Es musste doch möglich sein, seine Unschuld zu beweisen. Am besten, noch bevor das Gerichtsverfahren begann.

Er verlagerte sein Gewicht etwas, um sein Smartphone aus der Tasche seiner Jeans zu holen. Er rief seinen Bekannten an. Alexander Williams, in dessen Haus die verdammte Party stattgefunden hatte. Es war Nick scheißegal, ob es an der Westküste nun Tag oder Nacht war. Nach dem fünften Versuch nahm der Flachwichser endlich ab.

„Weißt du eigentlich, wie spät es ist, Arschloch?"

Nick ließ der derbe Ton kalt. Er hob erneut die Flasche an die Lippen und nahm einen weiteren Schluck vom Whisky. „Hast du schon vom neuesten Hit gehört, den ich geliefert haben soll?"

„Was willst du, Hamilton?"

Nick hörte eine Art Schniefen. Fuck, zog sich der Kerl gerade eine Linie hoch? „Ich will, dass du meine Unschuld bezeugst, verdammt! Wer ist diese Frau überhaupt, die einen solchen Bullshit über mich verbreitet?" Hätte Williams vor ihm gestanden, hätte er ihm die Fresse poliert.

„Was weiß ich schon von den Dingen, die du tust, Hamilton?", holte ihn die heisere Stimme von Alex in die Realität zurück. „Wir waren alle total dicht. Woher soll ich wissen, dass du dieser Pussy nicht doch an die Wäsche gegangen bist und sie gegen ihren Willen gefickt hast? Scharf war sie auf jeden Fall."

Nicks Griff um sein Handy verstärkte sich. „Was willst du damit sagen? Ich war die ganze Zeit an deiner beschissenen Bar! Wer ist diese Hure, verdammt noch mal!"

Das Lachen, das an sein Ohr drang, verursachte ihm Übelkeit. Vielleicht lag das ja auch an der Kombination von leerem Magen und Whisky.

„Sie ist die Freundin der Schlampe, die ich gerade regelmäßig vögle. Ich weiß nicht mal, wie die beiden heißen oder wo sie wohnen. Sie hat mich gebeten, ihre Freundin einzuladen, nachdem ich ihr erzählt habe, dass du auch kommst. Sie sagte, dass sie eine nette Unterhaltung für die Schwanzträger der Party wäre."

Arschloch! Mehr fiel Nick nicht dazu ein. Dieses Gespräch war totale Zeitverschwendung, weshalb er einfach auflegte. Notiere: Alexander Williams von der Freundesliste streichen.

Das Klopfen an der Tür ließ ihn aufhorchen. Vielleicht die Lieferung, die er schon seit Stunden erwartete. Er stand mit wankenden Beinen auf und ging zur Wohnungstür. Er sollte nicht aufmachen. Es wäre besser und auf jeden Fall vernünftiger. Als er am Morgen nach dem Aufwachen die SMS verschickt hatte, war es ihm als tolle Idee erschienen. Mittlerweile fand er sie nicht mehr so prickelnd. Aber wem machte er hier etwas vor? Er konnte nicht darauf verzichten. Nicht mehr. Dafür war er schon zu weit abgestürzt.

So öffnete er die Tür und wie erwartet stand der Kurier im Korridor. Er hielt einen unscheinbaren Umschlag in der Hand. Nick hatte Cassius, den Pförtner, angewiesen, den Boten einfach hoch zu lassen.

Nick zog das bereits am Vormittag abgezählte Geld aus der Gesäßtasche und gab es dem Typen, der ihm gleichzeitig das Kuvert überreichte. Tja, wenn Geschäfte immer so simpel abzuwickeln wären ... Nick beobachtete den Kurier, wie er in den Aufzug stieg und verschwand.

Der Kerl würde die Klappe halten, sonst wäre er geliefert. Sein Boss schätzte absolute Diskretion über alles. Wer gegen dieses Gesetz verstieß, verschwand auf Nimmerwiedersehen. Genau das war der Grund, warum sich Nick an diese Adresse gewandt hatte.

Er ging mit der wertvollen Ware in die Küche und öffnete die Briefhülle. Seine Hände zitterten inzwischen so sehr, dass er sie kaum mehr unter Kontrolle hatte. Er kippte den kleinen Plastikbeutel auf die Arbeitsplatte und warf den zerrissenen Umschlag einfach zu Boden.

Das ist eine fucking Scheißidee, flüsterte ihm die Stimme seines inzwischen verkümmerten Verstands zu. Hatte er sich nicht vorgenommen, sein Leben wieder auf die rechte Bahn zu lenken?

Auch egal. Er öffnete das Säckchen und bereitete sich zwei Linien Kokain auf dem schwarzen Granit vor. Dann griff er nach einem Trinkhalm und schnitt mit einer Schere ein kurzes Stück ab. Mit diesem Teil zog er das weiße Pulver erst ins rechte, danach ins linke Nasenloch.

Er legte den Kopf in den Nacken und wartete entspannt, bis die anregende Wirkung eintrat. Bald hätte er wieder das Kommando über seinen Kopf und seinen Körper. Dann war er vielleicht in der Lage zu arbeiten und den anderen Bockmist für ein oder zwei Stunden zu vergessen.

„Was zum Teufel denkst du dir eigentlich?!", explodierte Barrys Stimme hinter ihm. „In deiner Lage solltest du diese Scheiße bleiben lassen. Einem verfluchten Junkie wird keine Jury der Welt auch nur eine Sekunde Glauben schenken."

Fuck! Konnte Barry sich nicht einfach verpissen?

***

Rose

Ihr Herz pochte heftig, als sie die Lobby vom Hochhaus betrat, in dem Nick seine Penthouse-Wohnung hatte. Sie dachte, ihr Pulsschlag müsste von den auf Hochglanz polierten Marmorwänden widerhallen. Was hatte sich ihr Onkel nur dabei gedacht und warum hatte sie diesen Auftrag nicht kategorisch abgelehnt?

Seltsamerweise wog ihre inzwischen alte, abgewetzte Kuriertasche eine gefühlte Tonne. Seit ihrer Schulzeit war diese Tasche ihr ständiger Begleiter und sie hatte es bis jetzt nicht übers Herz gebracht, das Teil zu pensionieren oder zu entsorgen.

Der Portier Cassius war wie früher in sein Kreuzworträtsel vertieft. Gewisse Dinge schienen sich nie immer zu ändern. Der Mann afroamerikanischer Abstammung musste inzwischen Ende sechzig sein. Dennoch erschien es Rose, als hätte er sich überhaupt nicht verändert. Das Gesicht war immer noch nahezu faltenlos. Doch das ergraute Haar war dünner geworden.

„Guten Tag, Cassius."

Er hob den Kopf und begann vor Freude zu strahlen. „Miss Rose! Was für eine Überraschung. Sie waren ja eine Ewigkeit nicht mehr hier. Wie geht es Ihnen?"

Ewigkeit? Das war die Untertreibung des Jahrhunderts. „Es geht mir gut, Cassius. Und Ihnen?"

Der alte Mann straffte die Schultern und zog das Jackett seiner Uniform zurecht. „Mir geht es auch gut, Missy. Ein paar Zipperlein des Alters, aber nichts Unerträgliches. Sie sehen elegant aus, wenn ich das sagen darf. Es freut mich, dass Sie jetzt so groß Karriere machen."

Rose schmunzelte. Cassius war einer von der alten Schule und sie hätte sich gewünscht, dass ihr Großvater, der Gründer von Armand, Armand & Peterson, auch so warmherzig und liebenswürdig gewesen wäre.

„Danke. Sagen Sie, können Sie mich bei Nick anmelden?"

Der Pförtner runzelte die Stirn, als müsste er eine komplizierte mathematische Aufgabe lösen. „Sie stehen immer noch auf der Liste, Miss Rose. Eigentlich darf ich Sie ohne Anmeldung nach oben lassen." Cassius wollte sich wohl nicht den Zorn von Nick aufhalsen.

„Hören Sie, ich war schon lange nicht mehr hier und hatte in der Zeit auch keinen Kontakt zu Nick. Es ist nur richtig, wenn Sie mich anmelden, glauben Sie mir."

Der Portier nickte zustimmend und nahm das Telefon zur Hand. Rose sah sich in der Zwischenzeit um.

Das Gespräch mit Cassius hatte sie zwar einen Moment von ihrer Nervosität abgelenkt, doch nun schlug das Nervenflattern wieder knallhart zu.

„Sie können hoch, Miss Rose. Mr. Hamiltons Leibwächter sagt, dass es in Ordnung ist."

Rose lächelte. Wenn Barry auch da war, würde vielleicht das Gespräch etwas einfacher für sie laufen. Bevor sie zum Fahrstuhl ging, sah sie den lieben Mann hinter dem Empfangstresen an.

„Danke, Cassius. Sie sind ein Schatz. Übrigens, nennen Sie mich bitte einfach Rose. Dieses Miss lassen wir in Zukunft weg. Okay?"

Die Augen des Seniors begannen zu strahlen. „Das freut mich, Miss ... ähm, ich meine Rose. Und jetzt machen Sie, dass Sie da hochkommen. Mr. Nick wird sich bestimmt freuen."

Im Aufzug ordnete Rose ihre Kleidung. Ein dunkelblauer Bleistiftrock mit weißer kragenloser Bluse und High Heels. Damit sie bei dieser Jahreszeit nicht erfror, trug sie einen schweren grauen Wollmantel darüber. Sie liebte Manhattan über alles. Doch den Winter würde sie lieber in der Karibik verbringen. Dunkel, grau, kalt, nass oder gefroren. All diese Attribute, die zur kalten Jahreszeit gehörten, waren ihr zu wider.

Der Aufzug kam mit einem leichten Ruck zum Stehen, und als die Türen geräuschlos aufglitten, musste sie ihren Lungen befehlen zu atmen. Ihr eigener Herzschlag dröhnte mit gefühlten zwei-hundert Dezibel in ihren Ohren und Rose befürchtete, dass sie bald wegen der Nervosität anfing zu schwitzen.

Die Zeit schien hier stillgestanden zu sein. Der Korridor war immer noch mit dem gleichen 90er-Jahre-

Kitsch dekoriert und sogar die Luft roch noch wie vor zwei Jahren. Sie ging langsam auf die doppelflügelige Tür zu Nicks Wohnung zu.

Beruhige dich, Rosie. Diese drei Worte wiederholte sie im Geist als Endlosschleife.

Wenige Schritte vor ihrem Ziel erkannte sie, dass die Eingangstür einen Spaltbreit offen war und sie hörte energische Stimmen. Die von Nick und von Barry. Sie schienen Meinungsverschiedenheiten zu haben.

„Kümmere dich gefälligst um deinen eigenen Scheiß!" Nick.

„Sorry, Mann. Aber du zahlst mir schon seit Jahren einen verdammt guten Lohn, damit ich auf dich und deinen Arsch achtgebe. Dazu gehört nun mal auch, dass ich dich auf die Kacke hinweise, die du ablässt." Barry. „Und jetzt solltest du dich mal zusammenreißen. Du bekommst nämlich gleich Besuch."

Damit war dann wohl sie gemeint. Sie klopfte kurz an und betrat danach die Wohnung. Auch hier war alles noch wie damals. Zumindest soweit sie es von ihrem Standort aus beurteilen konnte.

„Hallo!", rief sie, „Nick? Barry?" Sie konnte die beiden zwar nicht sehen, doch sie hatte das Gefühl, dass beide wegen ihrer Stimme die Luft anhielten. Sie ging ein paar Schritte weiter.

Im offenen Wohnzimmer stellte sie die Tasche ab, um dann den Mantel auszuziehen. Sie legte ihn sich über den Arm und hängte sich den Riemen der Tasche wieder auf die Schulter.

„Rose?"

Ihr blieb fast das Herz stehen, bevor es sich schließlich dazu entschied, loszugaloppieren. Sie richtete sich bewusst auf und drehte sich dann langsam zu Nick um. Er stand da, zwischen Küche und Wohnzimmer und machte ein ungläubiges Gesicht.

Rose erschrak bei seinem Anblick. Seine Wangen waren eingefallen und die Augen lagen zu tief in ihren Höhlen. Er war blass, weshalb die geröteten Augen noch mehr zur Geltung kamen. Sein mager gewordener Leib schien geradezu zu vibrieren, als wäre er ein Duracellhäschen auf Speed.

„Hi Nick." Ihr Gehirn fühlte sich leer an. Sie stand hier, im gleichen Raum wie er. Nach all der Zeit. In diesem Augenblick begriff sie zwei Dinge. Erstens: Sie trug die Schuld an seinem Zustand, weil sie ihn hatte gehen lassen. Sie hätte ihn damals aufhalten sollen. Zweitens: Sie hatte trotz allem, was sie sich einzureden versucht hatte, nie aufgehört ihn zu lieben. Sie hatte sowohl diese Gefühle als auch den Schmerz über die Trennung lediglich erfolgreich verdrängt.

„Du siehst gut aus, kleine Rose." Seine Stimme klang heiser und etwas überrascht.

Was sollte sie darauf entgegnen? Sicher nicht: „Du auch."

„Setz dich doch", half er ihr aus der peinlichen Stille und deutete auf die schwarze Ledercouch.

Sie ging langsam dahin und nahm zögernd Platz. „Danke. Mein Onkel hat mich gebeten, ein paar Unterlagen zur Unterschrift vorbeizubringen." Das kam jetzt viel zu schnell über ihre Lippen und Nick musste ihre Unruhe bemerkt haben, denn er lächelte ein wenig.

Ihr Blick fiel auf seine zittrigen Hände. Die großen Handteller mit den eleganten langen Fingern, die sie so oft in Ekstase gebracht hatten. Bei der Erinnerung schoss ihr das Blut ins Gesicht und sie senkte den Kopf. Dabei bemerkte sie, dass seine Beine manisch auf und ab wippten. Ein schrecklicher Verdacht schlich sich in ihren Verstand und sie schickte ein Stoßgebet gen Himmel, dass sie sich irrte.

„Sieh mich an, Rose, bitte."

Dem Klang seiner Stimme hatte sie noch nie widerstehen können. Und auch jetzt folgte sie seiner Bitte, ohne zu zögern. Sie sah ihm in die Augen und zu ihrem Bedauern bestätigten seine dilatierten Pupillen ihren Verdacht.

„Rose, glaub mir, ich habe dieser Frau nichts angetan. Ich würde niemals einer Frau Gewalt antun. Egal in welcher Form."

Das hatte sie vorher schon gewusst. Doch seine Beteuerung und seine Miene waren der Beweis.

„Ich kenn dich, Nick, und deshalb war mir von Anfang an klar, dass du unschuldig bist."

Er stutzte über ihre Wortwahl und stand auf. Sie bemerkte, dass er dabei leicht schwankte. Hatte er etwa auch noch getrunken? Sie ließ ihren Blick durch das Wohnzimmer wandern und entdeckte auf dem Boden, draußen auf der Terrasse, eine fast leere Whiskyflasche.

„Du solltest jetzt weder trinken noch koksen, Nick. Das schadet dir und deinem Verfahren."

Er ballte die Fäuste und funkelte sie an. „Ich hab nicht ..."

„Hör auf! Ich bin hier, um dir zu helfen. Also sei kein Idiot."

Er fing an herumzuwandern wie ein Raubtier in einem zu kleinen Käfig. Sie kannte ihn gut genug, um ihn in einer solchen Verfassung nicht zu stören. Stattdessen stand sie auf, ging zur Terrasse und holte die Flasche. Sie trug sie in die Küche, wo sie den restlichen Inhalt ins Abwaschbecken kippte.

Auf der Arbeitsfläche lag ein Plastiksäckchen mit dem verfluchten Kokain. In einem Anflug von Frustration nahm sie es, schüttete es zum Whisky und spülte es den Abfluss hinunter.

„Bist du total durchgeknallt?", tobte Nick hinter ihr, als er in die Küche gestürmt kam.

Rose ließ dieser Ausbruch ziemlich kalt. „Im Gegenteil. Im Gegensatz zu dir habe ich meinen Verstand beisammen." Woher kam die Ruhe, die sie gerade durchflutete?

Nick stand jetzt direkt vor ihr. So nahe, dass sie in seinem Atem den rauchigen Geruch des Whiskys wahrnahm, den er getrunken hatte.

„Was soll das werden? Stehst hier in meiner Wohnung und hast die Frechheit, dich in mein Leben einzumischen."

Seine Worte trafen sie tief, denn sie wusste um ihre Schuld und hatte das Gefühl, das Richtige zu tun. Doch sie sah ihn mit unbewegter Miene an.

„Ich bin hier, weil ich in diesem Fall meinem Onkel assistiere. Er meint, dass meine Anwesenheit für dich wichtig sein könnte. Dass du meine Hilfe brauchst und es von Bedeutung für uns beide ist, dich und mich, dass ich dir zuhöre. Aber ich habe keine Lust, einem Trinker und Junkie das Händchen zu halten. Deshalb schlage ich vor, dass du dich zusammenreißt, nüchtern wirst und mir danach erzählst, was verdammt noch mal mit dir passiert ist, dass du in dieser Scheiße gelandet bist."

Boah, was für eine Ansprache! Sie war von sich selbst überrascht.

Nick erstarrte und sah sie verblüfft an. Dann breitete sich ein Lächeln auf seinem Gesicht aus, das sie schmerzhaft an vergangene, glückliche Zeiten erinnerte.

Er hob eine Hand und schob ihr eine Haarsträhne hinters Ohr, die sich allem Anschein nach aus ihrem Dutt gelöst hatte. Diese sanfte Berührung verschaffte ihr urplötzlich Gänsehaut und rüttelte an ihrer Schutzmauer.

„Ich hatte ganz vergessen, wie du mir verbal immer einen Arschtritt verpasst hast, wenn ich mich wieder einmal danebenbenehme. Du bist und bleibst wohl die Einzige, die das wagt und auch noch damit durchkommt."

Rose schluckte. Seine Nähe war auf einmal so überwältigend, dass sie fast Angst bekam. Der Drang, die Hand unter den Saum seines zerknitterten T-Shirts zu schieben, wurde übermächtig. Rose schloss kurz die Augen, um wieder auf emotionale Distanz zu kommen. Sie durfte nicht schwach werden. Nicht jetzt und vielleicht auch nicht in Zukunft.

Nachdem sie das Gefühl hatte, ihr Herz und ihre Lungen gehorchten ihr wieder, hob sie die Lider und schob sich an Nick vorbei, um Abstand zu bekommen.

„Gibt's in dieser miserablen Absteige eigentlich ein Glas Wasser?", neckte sie ihn, um die Stimmung etwas aufzulockern.

Nick blinzelte überrumpelt, bevor er in gespieltem Trotz die Arme vor der Brust verschränkte. „Hast du was an den Händen oder Füßen? Ich glaube, mich zu erinnern, dass es eine Zeit gab, wo du sozusagen hier gewohnt hast. Du weißt sehr wohl, wo sich alles befindet. Du bist doch das ehemalige Dienstmädchen, nicht ich."

Rose spürte, wie sich ihr Mund vor Empörung über seinen Spott aufklappte. Sie wusste, dass er sie aufzog, sie hatte jedoch nicht mit seiner Schlagfertigkeit gerechnet.

Er schien sich auf jeden Fall zu amüsieren, denn er lachte gelöst. „Lass mal. Setz dich wieder hin. Ich bringe dir einen Latte macchiato. Du trinkst ihn doch immer noch gern, oder?"

Rose nickte stumm und ging kopfschüttelnd ins Wohnzimmer zurück. „Ich soll dich übrigens von Barry grüßen. Der hat sich vorhin klammheimlich verdrückt", rief er ihr hinterher.

Nach großartig. So viel zum Thema Barry und Hilfestellung. Rose setzte sich noch nicht. Sie sah sich stattdessen erneut um. Es war alles so surreal. Sie, Nick, die Wohnung und die damit verbundenen Erinnerungen. Sie entdeckte auf der Kommode, die auf der Rückseite des Sofas stand, drei Bilderrahmen, an die sie sich nicht erinnern konnte. Bei genauerem Hinsehen erkannte sie, dass es Aufnahmen von ihr waren. Ein Foto zeigte sie zusammen mit Nick am Ufer des Hudsons. Es war der Abend ihres ersten Kusses. Das Bild war unscharf und Rose wusste, dass es von einem Paparazzo aufgenommen worden war. Die zweite Fotografie war von ähnlich schlechter Qualität wie die erste.

Sie fühlte einen kurzen Stich beim Betrachten der abgebildeten Szene. Hier hob sie Nick im Central Park aus der Kutsche. Sie trug das rote Kleid, das er ihr nach dem

Spa-Nachmittag gegeben hatte. Der Abend, an dem sie im Anschluss das erste Mal die Nacht zusammen verbracht hatten.

Das dritte Bild war ein Foto von hoher Auflösung. Es zeigte sie hochkonzentriert in ein Skript vertieft. Sie lernte irgendwas und hatte sich dabei einen Kugelschreiber hinters Ohr geklemmt. Nick musste das Foto gemacht haben, ohne dass sie es mitbekommen hatte.

Die Tatsache, dass er diese Bilder eingerahmt und im Wohnzimmer stehen hatte, rührte sie beinahe mehr, als sie verkraften konnte.

„Nun", hörte sie ihn hinter sich und zuckte ertappt zusammen. Hastig stellte sie den letzten Rahmen zurück auf die Kommode und drehte sich zu ihm um.

„Entschuldige", stammelte sie, „ich wollte nicht den Eindruck erwecken, dass ich herumschnüffle."

Nick stellte die beiden Latte Machiatti auf dem Tisch ab und deutete mit einer Hand auf das Sofa. Sie kam dieser stummen Aufforderung nach und ließ sich auf den weichen Kissen nieder. Sie hatte dieses Sitzmöbel immer als ungemein komfortabel empfunden.

„Du musst dich nicht entschuldigen. Es ist ja eigentlich keine Überraschung, dass noch Bilder von dir hier herumstehen." Nicht? War es Nick am Ende peinlich? So wie er sich über die Haare fuhr?

„Aber als wir noch ein Paar waren, hat es die Fotos hier im Wohnzimmer nicht gegeben." Sie verstand es nicht. Nichts von alledem machte für sie einen Sinn.

Nick fuhr sich noch einmal verloren durch die Haare, die bereits wieder deutlich länger waren als auf dem Werbeplakat, das sie vor zwei Tagen gesehen hatte. Ihr

Blick wanderte über seine volltätowierten Arme und die Piercings in Gesicht und Ohren.

„Musst du immer alles hinterfragen?", entgegnete er, klang aber nicht verärgert, sondern eher resigniert.

„Du hast recht. Entschuldige. Es geht mich eigentlich nichts mehr an." Darauf sagte er nichts und es breitete sich ein unangenehmes Schweigen aus.

Rose beobachtete, wie Nick mit fahrigen Händen über seine abgetragene Jeans fuhr. „Wolltest du mir nicht etwas von deinem Onkel zum Unterschreiben geben?" Er stupste sie dabei leicht an der Schulter an und holte sie in die Realität zurück.

„Ich ... ähm ... ja." Sie drehte sich zu ihrer Kuriertasche um, die immer noch neben ihr auf dem Sofa lag. Sie öffnete die Schnalle und legte die Taschenklappe zurück. Dabei ließ sie sich bewusst ein wenig mehr Zeit. Sie musste unbedingt ruhiger werden.

***

Nick

Rose hier in seinem Appartement. Er konnte es auch jetzt nicht fassen, da sie neben ihm im Wohnzimmer saß und ihren Latte trank.

Sie war eine wahre Schönheit und inzwischen zu einer Frau geworden. Sie war schon früher eine Augenweide gewesen, doch jetzt war sie eine Erleuchtung.

Das Businesskostüm schmiegte sich an ihre sexy Kurven und betonte ihre tolle Figur dadurch auf elegante Weise.

Am liebsten hätte er ihren Körper aus der Kleidung geschält. Jeden freigelegten Zentimeter ihrer zarten Haut mit Lippen und Zunge gehuldigt. Er wollte sie fühlen und schmecken. Sich in ihr versenken und dieses Paradies niemals wieder verlassen.

Er vermisste Rose jeden verdammten Scheißtag. Von den Nächten gar nicht erst zu sprechen. Wie oft hatte er sich selbst einen runtergeholt und sich dabei vorgestellt, es wäre Rose, die ihn berührte. Auch wenn er sich hin und wieder dazu überwunden hatte, mit einer anderen Frau ins Bett zu steigen, war es immer nur Rose gewesen, die bei ihm war. Das war auch der Grund, weshalb er nicht einmal versucht hatte, eine Beziehung mit einer anderen einzugehen. Für ihn gab es einfach nur Rose. Fuck!

Sie schien zu bemerken, dass er sie beobachtete, denn ihre Wangen färbten sich leicht rosa. Plötzlich drängte sich ihm die Frage auf, die er mit aller Macht für sich behalten musste. Hatte sie einen neuen Mann an ihrer Seite? Hatte sie einem anderen Kerl erlaubt, ihren wundervollen Körper zu berühren und mit ihm zu spielen? Dieser Gedanke trieb ihn noch mehr in den Wahnsinn als die ungerechtfertigte Beschuldigung der Vergewaltigung.

Wie gern würde er sie danach fragen, doch dazu hatte er schlichtweg kein Recht. Er kam sich schmutzig und unwürdig vor in ihrer Gegenwart. Das aber nicht nur, weil er vor drei Tagen das letzte Mal geduscht, Zähne geputzt und die Kleidung gewechselt hatte. Himmel! Er musste ein armseliges Bild abgeben. Das musste er ändern.

Nach einer knappen Entschuldigung ging er erst ins Schlafzimmer, wo er sich mit frischer Kleidung eindeckte und danach ins Bad. Dort schlüpfte er aus seinen schmuddeligen Klamotten und kickte sie in eine Ecke. Bevor er unter die Dusche stieg, warf er einen kritischen Blick auf das elektronische Fußding, das man ihm angelegt hatte. Sie hatten ihm zwar gesagt, dass das Teil wasserdicht war. Dennoch ließ ihn das Gefühl nicht los, dass bald eine kleine Rauchwolke aufsteigen würde.

Nick überwand diesen lächerlichen Zweifel und betrat die Duschkabine, in der sich schon eine Wand aus Wasserdampf gebildet hatte. Der heiße Strahl tat ihm erstaunlich gut, und wenn Rose nicht draußen auf ihn gewartet hätte, wäre er wahrscheinlich erst nach Stunden unter der Brause hervorgekommen.

Nachdem er Haare und Körper gründlich eingeseift und abgespült hatte, verließ er die Nasszelle und rasierte sich im Schnelldurchlauf. Danach folgten Zähne putzen und anziehen, damit er präsentabel war. Als er geschniegelt und gestriegelt aus dem Badezimmer trat, hörte er die Türklingel.

„Vielen Dank. Das Wechselgeld können Sie behalten." Rose sprach mit irgendwem.

Nick eilte in den Flur und prallte dabei fast mit Rose zusammen, die zwei Pizzakartons in der Hand hatte. Sie stieß einen kurzen Schreckensschrei aus und ließ beinahe die Kartons fallen. Im Reflex packte er ihre Schulter und die Hand, um sie und die Schachteln vor dem Sturz zu bewahren.

„Heilige Hölle! Nick! Du hast mich fast zu Tode erschreckt.“

Er fühlte ihre Wärme durch den dünnen Stoff ihrer Bluse. Ihr Kopf wandte sich zu seiner Hand, die immer noch auf ihrer Schulter lag, weil er es nicht über sich brachte, den Kontakt zu unterbrechen. Sie errötete und ihre vollen Lippen teilten sich etwas.

„Die Pizza wird kalt“, stammelte sie verlegen. „Ich hab gedacht, dass du etwas zu essen brauchen könntest. Und dein ... ähm ... Kühlschrank war leer.“

Scheiße, er war hart geworden. Allein die Nähe zu ihr, ihre Körperwärme und die verlockende Röte auf ihren Wangen hatten ihm das Blut in den Schwanz gejagt. Nur mit großer Überwindung konnte er sie loslassen und nahm ihr die Pizzen ab. Hoffentlich bemerkte sie die Megalatte nicht, die gerade versuchte aus seiner Hose auszubrechen.

„Komm, dann lass uns essen, wenn du es schon spendiert hast“, sagte er, sich heiser räuspernd und stapfte zum Tisch im Wohnzimmer.

Rose setzte sich geschmeidig auf den Teppich, so wie sie es früher immer getan hatte. Trotz des engen Rocks gelang es ihr, züchtig dazusitzen. Früher hatte sie sich neben ihm niedergelassen. Aber jetzt war der Tisch zwischen ihnen, was Nick ziemlich bedauerte.

„Also Nick, raus mit der Sprache. Was ist passiert?“

Ihm fiel fast die Pizzaecke, in die er gerade hatte beißen wollen, aus der Hand. Ihr offensiver Ton verunsicherte ihn, obwohl er nicht wusste, warum. Vielleicht weil er ihr auch all den anderen Mist beichten musste, den er in letzter Zeit fabriziert hatte.

„Das habe ich doch schon deinem Onkel und der Polizei erzählt. Du kannst alles in deinen Unterlagen nachlesen."

Rose verschränkte die Arme vor der Brust und lehnte sich zurück. Unter ihrem anklagenden Blick hatte er das Gefühl zu schrumpfen. „Ich will es aber von dir persönlich hören. Aus deinem Mund und ich will dir dabei in die Augen sehen." Die Vehemenz in ihrer Stimme zerschmetterte seinen Widerstand.

„Na schön", gab er klein bei. „Aber lass uns erst essen. Ich habe zwar keinen Hunger, aber du wirst mir das nicht durchgehen lassen. Hab ich recht?"

Ihr schönes Gesicht wirkte wie versteinert und auch sonst rührte sie sich kaum. „Du hast keinen Appetit wegen dem Scheißkoks. Deshalb hängt dir die Haut am Skelett. Gleichzeitig zum verminderten Hungergefühl steigert das Kokain den Stoffwechsel. Mehr muss ich wohl nicht dazu sagen, oder? Also, essen!" Sie hob störrisch das Kinn und wartete ab, bis er die erste Ecke aufgegessen hatte. Erst dann nahm sie ihre ersten Bisse.

Nick hätte am liebsten laut geflucht. Ob jetzt ihre deutliche Fürsorge der Grund war oder die Erkenntnis, dass er sehr tief gefallen war, konnte er nicht sagen.

Nachdem er die ganze Pizza verdrückt hatte, musste er zugeben, dass Rose recht gehabt hatte. Das Essen hatte ihm gutgetan. Er bemerkte, dass sie jedoch gerade mal zwei Stücke zu sich genommen hatte. Sie sah aus dem Fenster und schien meilenweit weg zu sein. Ihm schwand der Mut. Wenn sie jetzt schon Mühe mit der Situation hatte, wie würde es ihr erst gehen, wenn er vor ihr die Hosen runterließ?

„Du hast kaum was gegessen. Wie war das noch mal mit dem guten Beispiel, das vorangeht?“ Er hatte eigentlich nur einen Scherz machen wollen, doch Rose sah ihn traurig an.

„Ja, entschuldige. Aber irgendwie habe ich gerade keinen Appetit. Du hast sicher zehn Kilogramm abgenommen und das macht mir Sorgen.“

Er musterte sie aufmerksam. Erst jetzt fiel ihm auf, dass die vergangenen Jahre auch an ihr Spuren hinterlassen hatten. „Du hast aber auch an Form verloren!“, sagte er und hätte sich am liebsten noch in derselben Sekunde in die Fresse geschlagen. Was für eine blöde Bemerkung.

„Was mache ich hier eigentlich?“, fragte sie mehr sich selbst und stand resigniert auf. Sie wühlte in ihrer hässlichen Tasche herum und hielt ihm ein Bündel Unterlagen entgegen. „Hier, unterschreib die und lass sie von jemandem in der Kanzlei abgeben.“ Sie hielt einen Moment die Luft an. „Das wird mir gerade etwas zu viel.“

Er erhob sich nun ebenfalls, konnte jedoch nichts anderes tun, als wie ein Trottel dazustehen. Weil er zu keiner Reaktion fähig war, legte sie die Papiere kurzerhand auf die Tischplatte. Er konnte ihr nur dabei zusehen, wie sie die Tasche verschloss und den Mantel von der Sofalehne nahm.

„Mach’s gut, Nick.“ Dann drehte sie sich um und ging zur Tür. Sie war drauf und dran ihn zu verlassen. Doch das konnte er nicht zulassen. Sie gehörte an seine Seite und das schon seit dem Augenblick, als sie in der Hotelsuite vor ihm gestanden und ihn zur Schnecke gemacht hatte.

Endlich war er imstande, die Starre abzuschütteln, sodass er ihr schnellstmöglich hinterhereilen konnte. Er bekam sie am Arm zu fassen, wirbelte sie herum und presste sie mit seinem Körper gegen die Tür.

***

Rose

Ihr Fluchtreflex war voll angesprungen. Ihm so nahe zu sein und dann auch noch das gemeinsame Essen im Wohnzimmer hatte in ihr die Illusion erweckt, dass alles in bester Ordnung war. Doch das war es nicht.

Sie hatte sich dabei ertappt, dass sie sich viel zu schnell wohlgefühlt hatte. Sie hatte in einer trügerischen Sicherheit geschwelgt. Doch die Selbsttäuschung hatte nur so lange angehalten, bis sie sich seines schlechten Zustands bewusst geworden war. Zu allem anderen Übel hatte er sie mit seiner Aussage über ihr Gewicht dermaßen aus der Fassung gebracht, dass sie die Flucht nach hinten ergriffen hatte. Nicht weil er sie beleidigt hatte, sondern weil er recht hatte und sie erschüttert gewesen war, weil er sie so genau angesehen hatte.

Wieso war sie nur hierhergekommen? Sie hätte doch wissen müssen, dass es für sie schwer sein würde. Ihre Gefühle für ihn waren einfach noch zu stark. Sie hatte es mit einem anderen Mann versucht, war jedoch gescheitert.

Plötzlich wurde sie am Arm um ihre eigene Achse gedreht. So ruckartig, dass ihr sowohl Mantel als auch Tasche aus der Hand fielen. Ehe sie reagieren konnte, wurde sie mit dem Rücken an die Tür gedrückt. Festgenagelt durch Nicks Körper.

Er war ihr so verdammt gefährlich nahe, dass sie ihn von oben bis unten spüren konnte. Als er ihre Unterarme nahm und sie über ihrem Kopf mit einer Hand gegen das Türblatt presste, beging ihr Leib Hochverrat, indem er sich brennend nach Nick verzehrte. Ihr Unterleib zog sich lustvoll zusammen und sie spürte, wie sich ihre Brustwarzen zu festen Knospen aufrichteten.

„Warum fliehst du, Baby?" Seine Stimme war dunkel und rau wie ein Reibeisen. „Hast du Angst vor mir?" Rose klappte der Mund auf, sie war jedoch unfähig, auch nur eine Silbe entgegenzusetzen. „Warum so schweigsam?"

Sie wollte sich aus seinem Griff freikämpfen, doch er hatte mehr Kraft als sie. „Lass mich los, Nick", versuchte sie es auf die vernünftige Art.

„Warum?" Nick grinste schief und verheißungsvoll. Rose blieb die Luft weg. Der unsinnige Wunsch seine Lippen auf ihren zu spüren, erfüllte sie bis in die letzte Faser. Dass sich dabei seine stahlharte Erektion an ihr rieb, war auch nicht gerade hilfreich. Sie durfte jetzt nicht schwach werden.

„Nick, bitte. Das hier ist weder für dich noch für deinen Fall gut."

„Hast du mich denn gar nicht vermisst?" Er fuhr mit seiner Nasenspitze über ihre Schläfe und danach der Linie ihres Unterkiefers entlang.

„Du solltest dich jetzt erst einmal auf dein Problem konzentrieren." Ihr Herz schlug wild in ihrer Brust. Fast schien es sich gegen Roses Entscheidung, dem Ganzen ein Ende zu setzen, zu wehren. O Herr im Himmel! Wie sollte sie dieser Verführung widerstehen? Dieser dunkle Nick war fast noch unwiderstehlicher als der Nick aus der Vergangenheit.

„Du irrst dich. Aber das spielt jetzt keine Rolle, denn für dich scheint damit ja alles klar zu sein." Nick ließ sie tatsächlich los und trat abrupt zurück.

Der Unterschied zu vorhin, wo sie ihn überall auf sich gespürt hatte, war so frappant, dass sie fröstelte. Der Ausdruck in seinem Gesicht tat sein Übriges. Sie musste hier so schnell wie möglich weg, sonst endete sie als heulendes Häufchen Elend. Er sollte nicht sehen, wie sehr er sie verunsicherte und welche Macht er über sie hatte.

Bevor sie überhaupt darüber nachdachte, sich auch nur annähernd wieder mit Nick einzulassen, musste sie erst einmal herausfinden, was sie für ihn empfand. Dass sie ihn liebte, war ihr klar. Aber hatte sie die Kraft, es noch einmal mit ihm zu versuchen?

Sie bückte sich, um Mantel und Tasche aufzuheben. Als sie sich wieder aufrichtete, sah sie wie Nick ins Wohnzimmer zurückging. Nick war wahrscheinlich der im Moment einsamste Mensch auf dem Planeten und es schnitt Rose ins Herz, ihn so zu sehen. Früher hatte er vor Energie und Lebensfreude vibriert und gestrahlt.

Verflucht, er hatte recht. Was sollte sie jetzt machen? Ihrem Herz oder doch besser wie immer ihrem Verstand folgen? Wieso stellte sie sich diese Frage überhaupt? Die Antwort war so klar wie Kloßbrühe. Also dann, Augen zu und durch.

Sie ging zu Nick ins Wohnzimmer und legte ihre Sachen auf dem Sofa ab. „Willst du mir nicht erzählen, was passiert ist?"

„Danke, dass du noch bleibst", sagte er und lächelte verhalten. Sie setzte sich auf die Couch und beschloss einfach abzuwarten. Nick rubbelte sich kurz über das Gesicht und nahm dann ebenfalls Platz. Ihr gegenüber.

„Ich weiß, dass es für dich auch nicht gerade toll ist, das alles mitzuerleben." Dann schwieg er wieder, als warte er auf irgendeine Reaktion von ihr. Aber was sollte man darauf erwidern? „Ich hatte mir ein Wiedersehen mit dir anders vorgestellt."

Als sie immer noch nichts sagte, seufzte er. „Also schön. Bringen wir es hinter uns."

Rose kam es vor, als wüsste weder er noch sie, wie sie diese eigenartige Konversation führen sollten. Sie fanden nicht die richtigen Worte. Die ganze Situation war zu verzwickt.

„Die Zeit nach unserer Trennung war hart", begann er. Er lehnte sich nach vorn und stützte sich mit dem Ellbogen auf seinen Oberschenkeln ab. „Als du damals so verzweifelt von deinem Onkel gekommen bist und alles, wofür du gearbeitet hast, drohte vor die Hunde zu gehen, wusste ich, dass ich handeln musste. Für dich. Ich musste stark sein für dich."

Nick hielt inne und kratzte sich verlegen im Nacken. Dann stand er auf und ging in die Küche. Der Kühlschrank wurde geöffnet und wieder geschlossen. Als er zurückkam, stellte sie überrascht fest, dass er zwei Gläser Wasser dabeihatte. Sie bekam ein schlechtes Gewissen, weil sie ihn kurz verdächtigt hatte, dass er Alkohol holte und war erleichtert, dass sie nichts gesagt hatte.

Er stellte ihr das zweite Glas hin und musterte sie kurz. „Tust du mir einen Gefallen?"

Die Wärme, die ihn mit einem Mal umgab, ließ sie dahinschmelzen und sie wünschte sich einmal mehr, dass alles zwischen ihnen in Ordnung wäre.

„Was?", fragte sie mit einem Zittern in der Stimme, das sie ärgerte.

„Iss bitte noch etwas von der Pizza. Sonst muss ich mir auch noch Sorgen um dich machen." Sie nahm ein Stück der inzwischen kalten Pizza und biss hinein. Tränen traten in ihre Augen, doch der Grund dafür entzog sich ihrem Verstand. Deshalb schloss sie beschämt die Lider. Nick sollte ihren inneren Kampf nicht bemerken.

„Gut, danke", hörte sie ihn flüstern und beobachtete, wie er schnell einen Schluck Wasser nahm. „Die letzten Jahre habe ich vor allem mit Party, Alk und Drogen verbracht. Nur Frauengeschichten habe ich weitgehend ausgelassen." Erleichterung durchflutete Rose, als sie das hörte. Obwohl das Unsinn war, denn erstens waren sie nicht mehr zusammen und zweitens müsste sie eher schockiert über den ersten Teil seines Geständnisses sein. Vor allem der Part mit den Drogen. Doch sie war es nicht. Im Gegenteil. Sie verspürte nur den Drang, ihm zur Seite zu stehen.

„Letzte Woche habe ich kurz meine Familie besucht, um zu sehen, wie es mit dem Weingut läuft. Langsam geht es aufwärts und nächstes Jahr können sie das erste Mal seit dem Feuer kostendeckend arbeiten." Er nahm noch einmal einen Schluck Wasser. „Ich bin von Sonoma nach Los Angeles geflogen und schließlich auf der Party meines Bekannten Alexander Williams gelandet. Dort stand natürlich das übliche Programm an: Alk, Schnee und willige Schlampen."

Rose zuckte ob der derben Ausdrucksweise, die Nick an den Tag legte, zusammen. Aber wahrscheinlich verhielt es sich genauso, wie er es sagte. Billig und vulgär.

Er erzählte ihr die ganze Geschichte und sie hatte das Gefühl, dass er nichts ausließ. Dann machte er eine Pause und rieb mit den Händen über die Oberschenkel. Rose hatte den Eindruck, als wäre es für ihn eine unbewusste Handlung. Sie konnte sich nicht daran erinnern, ihn jemals so unruhig gesehen zu haben. Wenigstens konnte sie jetzt mit Sicherheit sagen, dass Nick unschuldig war. Obwohl sie eigentlich nie geglaubt hatte, dass er ein Vergewaltiger war, hatten seine Worte auch die leisesten Zweifel ausgeräumt.

„Danach habe ich sie nicht mehr gesehen. Ich kann mich noch nicht mal daran erinnern, die Party verlassen zu haben. Barry hat mich anscheinend zum Flugzeug geschleppt. Ich war zu dicht, um etwas davon mitzubekommen. Das Nächste, was ich weiß, ist, wie er mich nach der Landung in LaGuardia geweckt hat."

Sie war froh, dass er sich ihr anvertraut hatte. Das Einzige, was ihr nicht klar war, wie sollte sie auf diese Situation und auch auf Nicks Nähe reagieren? Wie musste sie damit umgehen? Ihr Verstand sagte ihr, dass sie auf Distanz gehen sollte. Ihr Herz hielt jedoch energisch dagegen.

„Nick, ich glaube dir. Aber das Ganze hier ist so verwirrend und dich in dieser Lage und in diesem Zustand zu sehen, macht es auch nicht besser." Sie fühlte die Spannungskopfschmerzen, die von ihren Schultern über die Halswirbelsäule in ihren Schädel krochen und dort ein schmerzhaftes Pochen auslösten. Sie war völlig überfordert und leider war das eine der üblichen Nebenwirkungen, die Nicks Anwesenheit auf sie hatte. Er hatte es immer geschafft, sie aus der Bahn zu werfen.

„Du bist ja völlig verspannt", diagnostizierte Nick trocken.

Sie sah auf. „Wie kommst du darauf?" Sie hasste es, wenn man sie zu schnell durchschaute.

„Du kneifst dich dann immer in die Nackenmuskeln. Früher schon, als ..." Er brach ab und der Ausdruck in seinen Augen, widerspiegelte ihren eigenen Kummer, der ihr Herz beutelte.

„Ich glaube, es ist besser, wenn ich gehe." Sie stand auf und musste zugeben, dass sie sich selten schwächer gefühlt hatte als jetzt gerade. Wahrscheinlich erlebte sie einen Vorgeschmack auf ihr achtzigstes Lebensjahr oder so etwas in der Art.

Nick erhob sich nun ebenfalls. „Schade. Dabei wollte ich dir gerade eine Massage geben." Er zwinkerte ihr dabei verschmitzt zu. So sehr sie sich auch bemühte, sie konnte sich ein Lächeln nicht verkneifen. Er hatte eben schon immer ihre Gefühlswelt auf den Kopf gestellt. Sie könnte ihn mindestens dreimal täglich erwürgen. Gleichzeitig aber verspürte sie das starke Bedürfnis ihn festzuhalten, zu küssen, zu lieben und ihm jeden Wunsch von den Augen abzulesen, nur um ihm dann die Sterne vom Himmel zu holen.

Zumindest war das in der Vergangenheit so gewesen. Plötzlich drang ihr sein vertrauter Duft in die Nase.

Wann war er so nahe herangetreten? Sie wich einen halben Schritt zurück. Oder wollte es, denn Nick legte ihr eine Hand in den Nacken und zog sie sanft, aber bestimmt wieder zu sich hin.

„Bitte, geh mir nicht aus dem Weg. Nicht schon wieder. Ich könnte das nicht ertragen." Seine Worte waren nur geflüstert, drangen dafür aber umso tiefer in ihre Seele.

Ihr stockte der Atem. Seine Nähe war überwältigend, löschte ihren Verstand aus. Was wollte sie noch mal?

„Ich brauche dich, Rose und weiß ganz genau, dass es dir mit mir nicht anders geht. Wehr dich nicht länger dagegen." Was …?

Er beugte sich zu ihr herunter und legte dabei seinen freien Arm um ihre Taille. Sie fühlte es mehr, als dass sie es sah. Sie sollte jetzt dringend weg, sonst tat sie etwas, das sie vielleicht später bereute. Doch weder ihr Körper noch ihr Herz gehorchten dem stummen Befehl, den ihr verbleibender Verstand in alle Teile und Fasern schickte.

„Du bist so schön, wenn du lächelst, Rose. Dann kann ich nur noch daran denken, dich zu küssen. Überall." Die Knie versagten ihr fast den Dienst. Hätte Nick sie nicht an sich gepresst, wäre sie zu Boden gegangen. Ohne dass sie es bewusst gewollt hatte, schlangen sich ihre Arme um seinen Oberkörper und die Hände legten sich auf seinen Rücken. Wieso nur fühlte es sich so verdammt richtig an, in seinen Armen zu liegen? Sie wollte nicht, dass er am Ende recht behielt. Dieses letzte bisschen Stolz wollte sie nicht verlieren. Nur das hatte sie in den vergangenen Jahren vor dem emotionalen Ertrinkungstod bewahrt.

Nick strich mit seinen Lippen über ihre. Nur eine flüchtige Berührung, die sie jedoch ins Chaos stürzte. Sie musste von ihm wegkommen, sich aus seinem Bann befreien. Nur mit größter Kraftanstrengung schaffte sie es, ihre Hände von seinem Rücken zu lösen und sie stattdessen auf seine Brust zu legen. Sie schob ihn sanft von sich und er fügte sich erstaunlicherweise, ohne zu zögern.

„Es ist besser, wenn wir das jetzt nicht tun." Noch während sie das sagte, schnitt ihr die Klinge des Bedauerns ins Herz. Aber sie hatte es nicht nur so daher gesagt. Es war momentan wirklich besser, wenn sie die Finger voneinander ließen. Zumindest versuchte sie, sich das so einzureden.

Rose trat von ihm zurück und schnappte sich ihren Mantel sowie ihre Tasche. Dabei kippte sie versehentlich die Hälfte des Tascheninnenlebens auf Nicks Couch.

„Verdammter Mist!", murmelte sie leise vor sich hin und warf ihre Utensilien achtlos zurück in die Tasche. Nick stand daneben, die Hände in den Hosentaschen seiner Jeans vergraben und schaute an ihr vorbei.

Als sie ihre Sachen beisammenhatte, richtete sie sich auf und fühlte sich mit einem Mal völlig fehl am Platz.

„Na dann", begann sie etwas hilflos, „ich gehe wohl besser zurück in mein Büro."

***

Er beobachtete, wie Rose vor ihm floh, und konnte nichts dagegen tun. Er wollte sie nicht zwingen zu bleiben. So sehr er es sich wünschte. Wenn sie blieb, dann musste sie es aus freien Stücken tun.

Der fast panische Ausdruck in ihrem Gesicht ließ seinen Beschützerinstinkt auf die Barrikaden springen. Doch so wie er mit seinen eigenen Dämonen fertigwerden musste, blieb allem Anschein nach auch Rose nichts anderes übrig.

„Ich komme bald wieder, Nick. Versprochen", sagte sie völlig unerwartet. „Vielleicht morgen oder übermorgen. Lass mir Zeit. Ich muss das alles zuerst einmal verdauen."

Als sich schließlich die Tür hinter ihr geschlossen hatte, fühlte er sich total beschissen. Dieses Mal konnte er es weder auf Drogen noch auf Alkohol schieben. Jetzt war einfach alles nur Scheiße, weil er sich wieder einmal bewusst geworden war, dass es ein Leben ohne Rose nicht gab.

Er ging zurück ins Wohnzimmer, wo er sich aufs Sofa fallen ließ. Dabei landete er auf etwas Hartem. Verdutzt griff er zwischen sich und das Polster und zog ein Smartphone heraus. Es war das von Rose. Sie hatte immer noch das gleiche, inzwischen völlig veraltete Telefon wie damals.

Er hatte ihr aus Jux einen Sticker in Form einer Gitarre hinten auf den angebissenen Apfel geklebt. Damit er ihr jedes Mal in den Sinn kam, wenn sie das Smartphone in die Hand nahm. Und genau dieser Sticker klebte immer noch auf derselben Stelle. Er war inzwischen ziemlich abgegriffen.

Nick drehte und wendete das Ding mehrmals in der Hand hin und her. Der Drang hineinzuschauen wurde mit jeder Sekunde stärker. Vielleicht könnte er so einen kurzen Blick in Roses Vergangenheit erhaschen. Wen hatte sie getroffen? Wer war in ihrem Leben geblieben? Oder wen hatte sie daraus gestrichen?

Er mahnte sich selbst, dass er damit ihre Privatsphäre verletzen würde. Er sagte sich, dass er nur die Telefonnummer ihrer Sekretärin heraussuchte, um sie auf diesem Weg wissen zu lassen, dass ihr Handy bei ihm war.

Fadenscheinige Entschuldigung!

Er drückte auf den Homebutton und strich über das Display, um es zu entsperren. Dabei verdrängte er den Gedanken, ein totales Arschloch zu sein und wunderte sich darüber, dass Rose keinen Passwort-Schutz eingerichtet hatte. Sie war schon immer nur vom Guten in den Menschen ausgegangen.

Er tippte auf die Foto-App. Es gab dort nicht viele Aufnahmen. Rose war noch nie mit dem Japaner-Gen ausgestattet gewesen. Deshalb griff sie nur selten zur Handy-Kamera. In dieser App gab es ein oder zwei Fotos von ihr zusammen mit Doro. Ganz klar Selfies, die von Doro gemacht worden waren. Zwei Bilder von Eichhörnchen im Central Park. Es wimmelt dort von den putzigen Tierchen und Rose hatte schon immer einen Fimmel für sie gehabt.

Als er weiterscrollte, wurde ihm schlecht. Er hatte das Gefühl, dass ihm jemand gerade das Knie in die Eier gerammt hatte. Die folgenden fünf Fotos zeigten Rose und einen geleckten Kerl während verschiedener Anlässe. Der Saftsack hatte auf jeder einzelnen Fotografie besitzergreifend den Arm um sie gelegt und machte dabei einen derart arroganten Eindruck, dass Nick ihm am liebsten die Fresse eingeschlagen hätte.

Nick schaute auf das Datum der Aufnahmen. Allesamt waren älter als zwei Monate. Vielleicht war sie ja wieder getrennt. Sie sah nicht glücklich aus auf den Bildern. Das Lächeln wirkte aufgesetzt und gespielt, denn ihre Augen schienen glanzlos und traurig.

Shit, Shit, Shit!

Rose hatte höchstwahrscheinlich einen neuen Mann an ihrer Seite und ihm war nichts Besseres eingefallen, als sie hemmungslos anzumachen. Ihm war es jedenfalls egal. In der Liebe war bekanntlich alles erlaubt …

Er verließ die Foto-App und setzte seine Tour durch ihr Handy fort, indem er einen Blick in die Kurznachrichten warf. Er stieß auf mehrere SMS eines Gregs. Alle waren in den letzten zwei Wochen geschrieben worden und alle hatten denselben Tenor. Der Mistkerl flehte Rose an, ihm zu verzeihen und ihm noch eine Chance zu geben. Das mit der anderen sei nichts Ernstes gewesen und sowieso nicht so, wie es ausgesehen habe …

Nick wurde rasend. Dieser verdammte Wichser hatte Rose betrogen und wagte es sie anzuheulen! Insgeheim jubilierte aber auch ein beträchtlicher Teil in ihm. Rose war definitiv nicht mehr vergeben und er war mehr als bereit, für sie in den Ring zu steigen.

Plötzlich vibrierte das Teil in seiner Hand und das Display identifizierte den Anrufer sofort: Greg McAllister.

Na toll! Der kam ihm gerade recht. Grinsend nahm er das Telefonat entgegen, sagte jedoch erst einmal nichts. Er wartete einfach nur ab. Mal sehen, was der Schwanzlutscher zu sagen hatte.

„Rosie?", fragte der Typ schleimig. Nick antwortete nicht. „Also gut. Du willst nicht mehr mit mir reden. Aber hör mir wenigstens zu. Ich möchte meinen Fehltritt von neulich wiedergutmachen und bei dieser Gelegenheit auf die Tatsache anstoßen, dass meine Rosie jetzt Partnerin in einer der größten Kanzleien der Stadt ist. Was meinst du? Kommst du zu mir und ich lasse uns das Essen vom Mariana kommen? Ich weiß doch, dass du diesen Luxusladen liebst. Rose? Bist du noch dran?"

Nick schäumte vor Zorn. Der Kerl war ja völlig abgehoben und hatte anscheinend jeden Bezug zur Realität verloren. Deshalb holte Nick zu einem Tiefschlag aus.

„Nein, Arschloch. Rose ist nicht da und sie wird auch nie mehr für dich zu sprechen sein …"

„Mit wem rede ich?", stotterte Arschloch Greg McAllister entsetzt.

„Das ist egal. Rose gehört dir nicht. Nur sich selbst. Und wenn du es wagst, noch mal in ihre Nähe zu kommen und ihr wehzutun, dann wirst du mich kennenlernen."

„Das kannst nur du sein, Nick Hamilton", fasste sich Arschloch-Greg. „Ich glaube kaum, dass du in der Position bist, hier solch große Worte von dir zu geben. Rose hat genug Hirn im Kopf, um sich nicht mit Vergewaltigern und Junkies einzulassen. Ich kann ihr alles bieten und du nichts, außer Drogenrausch und andere Exzesse."

Fuck! Der Kerl war das Allerletzte. Er stank geradezu vor Arroganz durchs Telefon. „Ja klar, du Klugscheißer kannst ihr alles bieten. Vor allem andere Frauen, mit denen sie dich teilen muss. Aber in einer Sache liegst du völlig richtig. Sie ist intelligent und deshalb hat sie definitiv etwas Besseres als dich oder auch mich verdient. Also noch einmal: Halt dich von ihr fern." Damit legte Nick auf. Wie war er nur auf diesen Bullshit gekommen? Wütend über sich und den ganzen beschissenen Rest der Welt hob er die Hand und schleuderte das Mobiltelefon gegen die nächste Wand, wo es zerbrach und zusammen mit Bröckchen Verputz zu Boden fiel.

Ach Scheiße! Er stand auf und ging zu den kläglichen Überresten von Roses Handy. Es handelte sich hier um einen Totalschaden erster Klasse. Großartig! Auf diese Weise würde er sie wohl kaum zurückgewinnen.

Was sollte er denn jetzt tun? Er konnte die Wohnung nicht verlassen, aber ... Genau, das war die Idee!

Er holte sein eigenes Smartphone und rief Barry an. Dreißig Minuten später war alles in die Wege geleitet.

Nachdem Barry gegangen war, setzte sich Nick an seinen Computer. Er verspürte eine Energie, die er schon lange nicht mehr gehabt hatte. Er musste etwas tun. Leider waren ihm die Hände wegen des Hausarrests gebunden. Aber das hieß nicht, dass er hier herumsitzen und Däumchen drehen musste.

Er öffnete die Mailbox und schrieb einem Privatdetektiv, den er schon länger kannte, eine Nachricht. Er beauftragte ihn, sich an die Fersen dieser Flores zu heften. Dann schrieb er Barry eine SMS und bat ihn, seine alten FBI-Kontakte anzurufen und diese mit Nachforschungen zu beauftragen.

Danach nahm er seine Gitarre und begann, seine Er-
lebnisse in einem Song zu verarbeiten. Tatsächlich ging
es ihm endlich wieder leicht von der Hand.

Hoffnung

Rose

Es klopfte sanft und Rose sah von ihrer Arbeit auf. Termine standen keine an. Die Tür ging auf und Rose erkannte das Gesicht ihrer Sekretärin.

„Miss Armand, bitte entschuldigen Sie die Störung. Aber unten wartet ein gewisser Barry Carter und möchte Sie sprechen."

Rose wurde sofort unruhig. War etwas mit Nick? „Bringen Sie ihn bitte zu mir, Miss Bedford."

Die Sekretärin nickte und schloss die Tür hinter sich. Die Minuten verstrichen zäh und Rose musste sich zur Ruhe zwingen. Dann kam endlich das ersehnte Klopfen.

„Herein." Rose legte den Stift beiseite. Sie war nicht fähig gewesen, in der Zwischenzeit etwas zu arbeiten.

Die Tür ging wieder einen Spalt auf und Toni Bedford erschien darin. „Miss Armand, Mr. Carter ist jetzt hier."

„Lassen Sie ihn herein und bringen Sie uns bitte nachher Wasser und Kaffee."

Toni Bedford trat zur Seite und bedeutete Barry einzutreten. Rose stand auf und ging auf ihn zu.

„Hallo Barry. Wir hatten keine Gelegenheit, uns zu unterhalten. Wie geht es dir?" Sie führte ihn zu der kleinen Sitzecke, wo sie beide Platz nahmen.

„Wie wird es mir schon gehen, mit Nick am Hals", entgegnete er lächelnd.

„Was führt dich zu mir?" Sie suchte in seinem Gesicht nach irgendwelchen Zeichen, dass es Nick gut ging.

Barry lehnte sich zur Seite und öffnete eine Tasche. „Nick hat mich gebeten, dir diese Unterlagen zu bringen." Er gab ihr die Akten, die sie Nick zur Unterschrift dagelassen hatte. Sie nahm sie entgegen, ohne einen Blick hineinzuwerfen.

Das leise Klopfen durchbrach das eintretende Schweigen, bevor es peinlich werden konnte. Miss Bedford kam mit einem Servierwagen herein, auf dem die bestellten Getränke standen.

„Danke, Miss Bedford, den Rest mache ich. Sie dürfen gehen." Rose wartete, bis die Frau das Büro wieder verlassen hatte. „Ich finde es gut, dich kurz allein zu sprechen, Barry. Ich hoffe, du hast noch ein wenig Zeit."

Er wirkte betroffen, wie sie vermutlich auch. „Ja, natürlich. Ich wollte auch noch etwas mit dir besprechen." Sie schenkte ihnen Wasser ein.

„Okay, dann fang du mal an." Sie hoffte, dass Barry etwas zu der Klärung des Falls beitragen konnte. Schließlich war er derjenige, der am meisten Zeit mit Nick verbrachte.

„Ich habe mir, seit dieser Quatsch angefangen hat, konstant Gedanken über diese verfluchte Party gemacht." Er hielt inne, als müsste er sich sammeln. „Da ist etwas, das fühle ich so genau wie die Falte in meiner linken Socke, die mich auf den Rist drückt."

Rose nickte schweigend und er fuhr fort. „Habt ihr die Aufnahmen der Sicherheitskameras in Williams Haus sicherstellen können? Mir sind nämlich in jeder Ecke solche Kameras aufgefallen. Vielleicht sieht man da etwas, was Nick weiterhelfen könnte."

„Das sollte eigentlich durch die Polizei gemacht worden sein. Seltsamerweise haben wir nichts dergleichen in den Unterlagen gelesen." Sie stand auf, rief Henderson an und schaltete auf Lautsprecher.

„Detective Henderson, Rose Armand hier. Ich assistiere Rechtsanwalt Armand im Fall Nick Hamilton."

Henderson räusperte sich kurz. „Wie kann ich Ihnen behilflich sein, Miss Armand?"

„Wie ich gerade erfahren habe, gibt es womöglich Videoaufnahmen von der Party, auf der Miss Flores angeblich von Mr. Hamilton vergewaltigt wurde. Haben Ihre Kollegen in Los Angeles die Dateien gesichert?"

Ein Husten erklang durch die Boxen. „Videoaufnahmen?"

„Ja, von Sicherheitskameras, die im ganzen Haus des Gastgebers verteilt sein sollen." Rose wurde immer ungeduldiger und trommelte mit den Fingern auf der Tischplatte herum, um Druck abzulassen.

„Nein, soviel ich weiß, nicht", stammelte der Detective.

Rose platzte fast der Kragen. „Dann beschlagnahmen Sie sie gefälligst, bevor sie gelöscht werden. Wenn sie bereits nicht mehr existieren, werde ich Sie und Ihre Kollegen persönlich dafür verantwortlich machen."

Sie drückte wütend auf den Knopf, um das Telefonat zu beenden und stützte sich mit den Händen kurz auf dem Pult ab. Sie ließ den Kopf hängen, weil sie einfach nur müde war. Die ganze Sache ging ihr mehr an die Nieren, als sie sich vorgestellt hatte.

„Wie können Cops nur so dilettantisch arbeiten?" Sie richtete sich wieder auf und straffte die Schultern. „Lass uns weiter über diese Party sprechen."

Barry nahm einen Schluck Wasser und lehnte sich zurück. „Irgendetwas Elementares entgeht mir. Etwas, was ich wissen müsste. Verdammt! Was habe ich alles auf der Party gemacht?" Er überlegte laut und Rose ließ ihn machen. „Ich war bei Nick, dann war da diese Frau ..." Plötzlich schien es ihm zu dämmern, denn er setzte sich ruckartig auf. „Mir ist da gerade etwas eingefallen. Ich hatte auf dieser Party selbst ein kleines Abenteuer. Nick hasst es, wenn ich ihm auf Schritt und Tritt folge. Auch dieses Mal hat er mich in seinem Rausch weggeschickt. Irgendwann ist mir Simone begegnet. Wir haben uns für eine schnelle Nummer abgesetzt. Als wir zurückkamen, hatte Nick die Flores am Hals. Simone sah das und sagte beiläufig, das ist dann wohl ihr nächstes Opfer für ihren Club. Ich habe erst nichts darauf gegeben, und als ich sie später danach fragen wollte, war sie bereits verschwunden. Und da ist noch etwas", er nahm noch einen Schluck, „als ich Nick von der Party weggeschafft habe, habe ich die Flores gesehen. Quietschfidel, unversehrt und vertieft in ein Gespräch mit einer anderen Frau. Sie machte auf mich nicht den Eindruck, gerade vergewaltigt worden zu sein."

Sie fühlte sich wie vom Blitz getroffen. Wieso wurden die einfachsten Dinge so oft übersehen? Die Polizei arbeitete in diesem Fall äußerst schlampig. Aber auch sie musste sich selbst rügen, dass sie nicht darauf gekommen war, Barry zu befragen.

„Hast du Henderson und Grant das Gleiche erzählt?“ Er schüttelte den Kopf.

„Die haben mich noch gar nicht gesprochen. Aber mal abgesehen davon habe ich mich sowieso eben erst an all das erinnert.“ Er fuhr sich mit der Hand über das Gesicht. Barry schien mit der ganzen Sache genauso schlecht umgehen zu können wie sie. „Ich könnte mir echt selbst eine reinhauen.“

Rose wusste ganz genau, wie ihm zumute war. Es ging ihr seit ein paar Tagen auch nicht anders.

Wie hieß es doch so schön: In dubio pro reo. Im Zweifel für den Angeklagten. Doch hier bestanden keinerlei Zweifel. Nick war unschuldig.

„Mach dir keine Vorwürfe. Das bringt niemanden weiter. Jetzt müssen wir einfach schnell handeln. Hast du eine Vermutung, was Simone mit dem Club meinte?“

Barry richtete sich auf. „Nein. Aber ich kenne ein paar Leute, die sehr gute Spürnasen sind. Ich werde sie auf die Suche schicken. Nick hat mich vorhin schon darum gebeten.“

„Wenn diese Leute vertrauenswürdig und diskret sind … Aber du wirst mir ihre Namen und Kontaktdaten geben müssen. Keine Sorge, ich werde alles vertraulich behandeln.“ Sie würde selbst ein paar Backgroundchecks bei den Typen durchführen. Sie wollte nicht, dass noch mehr Fehler in diesem Fall passierten.

„Keine Sorge, Rose. Das sind alles ehemalige Polizisten und Ex-Feds. Ich setze sie immer ein, wenn Nick länger unterwegs ist, um die Lage zu sondieren. Er bekommt seit Jahren regelmäßig Drohbriefe von eifersüchtigen Männern und er wird auch schon lange von diversen weiblichen Stalkern belästigt."

Rose wurde schlecht. Das hatte sie nicht gewusst. War das am Ende auch schon so gewesen, als sie noch zusammen waren? War das vielleicht einer der Gründe gewesen, weshalb er im Hotel, als sie sich kennengelernt hatten, immer nur das gleiche Zimmermädchen gewollt hatte? Aus Angst eine Stalkerin könnte sich einschleichen?

„Wieso habt ihr diesbezüglich nichts Rechtliches in die Wege geleitet?"

„Ich habe versucht, ihn dazu zu überreden, doch er ist stur geblieben. Du weißt ja, wie er ist", sagte er kopfschüttelnd. „Nick will einfach keine negative PR mehr. Er hat die Schnauze voll von all dem Mist, und wenn er die Geschichte an die große Glocke gehängt hätte, hätte er über Monate keine Ruhe mehr gehabt. Das geht jetzt schon lange so und hat bereits vor deiner Zeit angefangen." Barry stand auf und ging zum Fenster, um hinauszusehen. „Ich habe Angst um ihn, Rose. Wenn diese Sache nicht bald aus der Welt geschafft wird, befürchte ich, dass diese verfluchten Stalker noch ganz andere Sachen aus dem Ärmel ziehen werden. Das alles schadet nicht nur seinem Ruf. Es schadet auch ihm. Ich passe jetzt schon seit bald zehn Jahren auf seinen Arsch auf. Aber hier fühle ich mich hier total hilflos."

Seine Worte drückten Rose aufs Herz. „Solche Aussagen helfen Nick jetzt gerade gar nicht, Barry. Informiere deine Leute. Ich werde hier alles in die Wege leiten und meinen Onkel in Kenntnis setzen."

Barry drehte sich um und nickte. „Ist gut. Du hörst von mir, wenn ich etwas Neues weiß." Er ging zur Sitzecke und nahm die Tasche, in der er die Unterlagen transportiert hatte. „Du bist echt Nicks einzige Rettung. Und ich spreche jetzt nicht von seinem Verfahren." Dann griff er in die Tasche und holte eine Schachtel mit einer roten Schleife heraus. Rose wunderte sich erst, bis sie verstand, dass Nick wieder einmal etwas ausgeheckt hatte.

„Liebe Grüße von Nick. Er hofft inständig, dass du ihm deswegen nicht den Kopf abreißt." Er gab sie die Box und ließ sie dann allein. Was zum ...? Sie öffnete die Schachtel, die ihren Inhalt schon vorher durch das Design enthüllte. Wieso schenkte Nick ihr ein neues Smartphone? Bevor sie das Smartphone sah, stieß sie auf einen kurzen Brief.

Nick entschuldigte sich darin dafür, dass er ihr altes Handy zerstört hatte.

Was? Aber wie war das möglich? Sie holte ihre Handtasche aus der Schublade, um ihr Telefon zu suchen. Als sie es nicht auf Anhieb fand, kippte sie kurzerhand den gesamten Inhalt auf dem Pult aus. Tatsächlich war ihr geliebtes prähistorisches Smartphone verschwunden. Sie musste es bei Nick verloren haben, als sie so ungeschickt gewesen war.

Es tut mir echt leid. Das hätte nicht passieren dürfen. Ich hoffe, dass Du meine Entschuldigung und die Wiedergutmachung annimmst.
So, jetzt lass ich Dich wieder in Ruhe. Es wäre schön, wenn Du Dich bald einmal bei mir melden würdest. Weißt Du

*Baby, ich liebe Dich. Habe es früher getan und werde es im-
mer tun.*
Nick.
P.S: Schau mal in Deiner Mediathek nach!

Rose legte den Zettel auf den Schreibtisch und nahm
das nagelneue Telefon heraus. Sie drehte und wendete
das Gerät in ihren Händen. Auf der Rückseite entdeckte
sie den vertrauten Gitarrensticker. Der war neu. Nick
hatte an alles gedacht und das berührte sie, wie sie es
sich nie hätte vorstellen können. Sie bekam einen dicken Kloß in der Kehle. Liebenswerter Mistkerl! Vielleicht sollte sie sich aufregen, tat es aber nicht. Im Gegenteil, sie freute sich über die Aufmerksamkeit.

Sie schaltete das Smartphone ein. Tatsächlich waren
alle Einstellungen und das Hintergrundbild identisch
mit denen ihres alten Mobiltelefons. Alle Nachrichten
waren vorhanden und auch alle Kontakte.

Nick war einfach unglaublich. Das hatte er nur be-
werkstelligen können weil sie immer noch keine Code-
Sperre eingerichtet hatte. Diesen Fehler behob sie umgehend.

Anschließend warf sie einen Blick in ihre Musikme-
diathek, wie er es gesagt hatte. Neben ihren Alben fand
sie einen neuen Titel. Ihre Hände zitterten etwas.

Dann holte sie die Kopfhörer aus der Handtasche,
denn sie musste unbedingt den Song mit dem Titel
Everything I do … it ain't you hören. Gitarrenakkorde
strömten in ihren Verstand und entführten sie in eine
andere Welt. Ihr Herz schien im Takt zu der Musik zu
schlagen. Sie vermisste Nick und das schon seit Jahren.
In den letzten Tagen war ihr bewusst geworden, dass

sie sich selbst ziemlich erfolgreich zum Narren gehalten hatte. Ihr fehlte seine Wärme, seine Berührungen, seine Stimme, wenn er ihr im Bett schmutzige Dinge ins Ohr geflüstert hatte. Sie musste ihn fühlen mit all seinen Facetten. Sein Lachen, wenn irgendein Mist im Fernseher lief ... all das und noch unendlich viel mehr.

Während Nick die ersten Zeilen sang, blieb ihr für einen Moment das Herz stehen. Sie wusste instinktiv, dass der Song von ihr handelte.

Well I was burning, burning from the inside.
And I was starving, to get up in the stage lights.
The dream became reality, Reality insanity.
Lost sight of my integrity and slipped into an agony ...
Of being all alone, and trying to fit the role that everybody wants to see.
What they want to see. But that ain't me. No, that's not me.
They love every word I say; But that ain't your way.
They dig everything I do; And that just ain't you.
You respect the way I am though I'm quite a simple man.
They love everything I do and that ain't true.
I tried to get a hold on every chance and then I sold out.
And 'Love' it was a word to me but nothing that was close to me.
You pulled the trigger silently and killed the way I had to be.
The impact of an enemy. So hard, so strong but perfectly.
I thank the gods above. For every drop of love ... that is ... Pooring down like rain.
And I'm sure your man.
Now that is me, yes that is me.

I love every word you say; I need to hear you every day. You deserve the things I do and they are just for you. You respect the way I am; Baby, I'm sure your man. I worship everything you do – because I love you
So now the tables turned – And passion is the price I earned ... And every ...
Every breathe that I take – I'm sure. So sure what it takes.
Yeah it takes you – The only thing that can do.
Every word I say; But that ain't your way.
They dig everything I do; And that just ain't you.
You respect the way I am; though I'm quite a simple man.
I love everything you do, because you are true.
Every word you say; I need to hear you every day. You deserve the things I do; And they're just for you. You respect the way I am and I'm quite a simple man I love everything you do – I do [3]

Nachdem der letzte Ton verklungen war, war ihr Gesicht tränenüberströmt. Sie hatte einen großen Fehler begangen. Sie fragte sich zum sicher tausendsten Mal, wieso sie ihn hatte gehen lassen.

Reiß dich zusammen, Rosie! Das hilft ihm jetzt nicht. Sie wischte sich das Gesicht trocken und reparierte ihr Make-up. Danach ging sie zu ihrem Onkel und berichtete ihm von Barrys Aussage, den Überwachungskameras und den Schnüfflern, die Barry in Nicks Auftrag anheuern würde.

„Das könnte der Durchbruch sein, Rose!", rief er erfreut. „Jetzt werde ich noch den Staatsanwalt und den Richter informieren und beantragen, dass die Verhandlung hier in New York stattfindet, anstelle von Los

Angeles. Schließlich ist es für jemanden wie Nick Hamilton nicht zumutbar, dass er quer durch das Land reisen muss. Die Medien würden ihn auf dem ganzen Weg in Stücke reißen“, sagte er augenzwinkernd.

Rose wusste, dass das nicht stimmte. Ihrem Onkel ging es jetzt nur um Machtdemonstration und Heimvorteil. Wenn sie die neuen Informationen belegen konnten, würde es wahrscheinlich sowieso zu keiner Verhandlung kommen.

Als Rose zurück in ihr Büro ging, war sie das erste Mal seit Tagen guter Dinge. Sie betrat den Raum und fand sich inmitten roter Rosen wieder. Sie zählte zwanzig Sträuße und das waren nur diejenigen, die sie von ihrem Standort an der Tür sehen konnte. Das war jetzt aber etwas übertrieben. Sie fand die Kontrolle über ihre Gliedmaßen wieder und ging zu ihrem Schreibtisch. Dort stand eine Karte an eine Vase gelehnt. Sie hatte sofort das Gefühl eines Déjà-vus.

Sie öffnete den Umschlag. Nicht Nick war der Auftraggeber dieses Blumenmeers, sondern Greg.

Liebe Rose,

bitte verzeih mir meinen Fehltritt. Ich habe, glaube ich, eine zweite Chance verdient. Lass uns essen gehen und alles bereden. Wir gehören zusammen. Ein erfolgreicher Geschäftsmann und Millionär und eine sexy Anwältin sind einfach der perfekte Match. Findest Du nicht auch?
Ich schicke Dir heute Abend einen Wagen zur Kanzlei. Er wird Dich abholen und ins Mariana bringen.
Greg

Rose konnte es nicht fassen. Was dachte der Kerl eigentlich, wer er war? Er konnte sie doch nicht einfach so herumkommandieren.

Erst wollte sie ihn anrufen und ihm die Meinung sagen. Doch vielleicht war ein solches Essen die richtige Gelegenheit, ihm klarzumachen, dass es mit ihnen beiden keine gemeinsame Zukunft gab. Ihr war nämlich bewusst geworden, dass sie Greg nie geliebt hatte. Er war zwar galant gewesen und hin und wieder aufmerksam. Der wahre Grund, warum sie sich auf ihn eingelassen hatte, war jedoch Einsamkeit gewesen. Er war zur richtigen Zeit in ihr Leben gekommen, als sie am anfälligsten für Snobs wie ihn gewesen war.

Seit Nick wieder in ihrem Leben war, war ihr ein Licht aufgegangen. Ihre Entscheidung stand fest. Sie würde Greg klipp und klar sagen, dass es vorbei war, und zwar bei diesem Essen.

Sie fing an, die Rosen vom Pult zu räumen, damit sie wenigstens arbeiten konnte. Als das Telefon klingelte, war sie überrascht, dass es Henderson war.

„Detective Henderson, ich hätte nicht gedacht, so bald wieder von Ihnen zu hören. Haben Sie irgendwelche Neuigkeiten für mich?" Ihr Herz begann, nervös in ihrer Brust zu schlagen. Bitte lass ihn die Videoaufzeichnungen haben.

„Ja, Miss Armand. Wir konnten über unsere Kollegen in Los Angeles die Aufnahmen der Sicherheitskameras in Williams Haus konfiszieren."

„Gut. Bitte schicken Sie mir heute noch die Dateien per Mail. Mr. Hamiltons Anwalt ist ebenfalls daran interessiert." Sie versuchte das Triumphgefühl, das in ihr aufkam, zu unterdrücken. Wer wusste schon, was auf diesen Aufnahmen zu sehen war? Dennoch hätte sie am liebsten auf dem Tisch getanzt.

„Ist bereits erledigt. Wir haben sie ebenfalls an das Büro des Staatsanwalts geschickt."

Sehr gut, dann gab es auch da keine weiteren Missverständnisse. „Vielen Dank, Detective."

Als er aufgelegt hatte, rief sie zuerst Nick an.

„Rose", sagte er in verführerischem Tonfall. Alles Weibliche an ihr zog sich beim Klang ihres Namens, der über seine Lippen kam, sehnsüchtig zusammen. Wie machte er das bloß? Ein Wort, und sie wurde weich.

„Ich wollte mich für dein Geschenk bedanken. Du hättest das aber nicht tun müssen."

Er lachte leise. „Doch, Baby. Schließlich habe ich dein altes Handy zerstört. Das war das Mindeste, was ich tun konnte."

Scheiße! Wenn sie ihn nicht schon immer geliebt hätte, würde sie sich jetzt hoffnungslos in ihn verlieben. Seine Stimme war warm wie ein Sommerwind und seine Worte wohl gewählt. Wenn er doch nur hier wäre ...

„Auf jeden Fall danke. Auch für den Song. Er ist wunderschön, Nick." Als sie an das Lied dachte, wurde ihr die Kehle eng und Tränen brannten in ihren Augen. Schon wieder.

„Für dich immer und nur das Beste. Ich hoffe, du meldest dich bald."

„Das werde ich. Aber jetzt muss ich wieder an die Arbeit. Wir haben ein paar neue Informationen, die dir helfen könnten." Sie hörte ein erleichtertes Aufatmen.

„Ich bin froh, dass du und dein Onkel mir zur Seite stehen. Das bedeutet mir sehr viel.“

„Das ist doch selbstverständlich, Nick. Keine Sorge, ich lass dich nicht hängen. Wir schaffen das.“ Das sagte sie nicht nur so dahin. Seit Hendersons Anruf war sie guter Dinge.

Das Material wurde noch nicht gesichtet, schallt sie das Stimmchen der Vernunft.

„Das Wichtigste ist, dass du mir glaubst. Alles andere ist mir gerade egal“, sprach er leise und verführerisch ins Telefon. Wie gern würde sie jetzt alles stehen und liegen lassen, um zu ihm zu gehen. „Da gibt es noch etwas, was dein Onkel wissen muss. Ich habe einen Privatdetektiv auf Carlina Flores gehetzt. Er wird seine Erkenntnisse auch an euch weiterleiten. Und Barry wird in meinem Namen seine eigenen Leute mobilisieren.“

„Ah ... gut.“ Sie war gerade nicht bei der Sache. Nick brachte sie wie üblich aus dem Konzept. „Barry hat schon was in dieser Hinsicht angedeutet.“

„Komm heute Abend zu mir. Ich möchte ein wenig Zeit mit dir verbringen.“

Ihr Herz setzte zum Sprint an. Sie war kurz davor zuzusagen, doch dann fiel ihr ein, dass sie noch etwas anderes zu erledigen hatte. Etwas weitaus Unangenehmeres.

„Ich würde gern. Aber ich habe noch etwas zu erledigen. Ich rufe dich am späten Abend an. Okay?“ Die Enttäuschung, die sich in ihr ausbreitete, tat fast körperlich weh.

„Na gut. Dann wünsche ich dir noch einen schönen Abend. Wir holen das aber nach. Abgemacht?“ Mit diesem einfachen Satz hatte er es geschafft, den Schmerz der Enttäuschung zu mildern und durch Vorfreude zu ersetzen.

„Liebend gern." Sie beendeten das Gespräch und sie war ruhiger. Sie stürzte sich in ihre Arbeit, informierte ihren Onkel über die Aufnahmen und überprüfte sie zusammen mit ihm.

Es war stundenlanges Material. Nick saß mehr oder weniger die ganze Zeit an der Bar auf dem gleichen Stuhl. Rose musste mit ansehen, wie er viel zu viel trank und kokste, als hinge sein Leben davon ab. Ihr wurde schlecht bei diesem Anblick.

Sie beobachtete die Szene, in der Carlina Flores Nick anmachte, und verspürte ein Brennen in der Brust, das sie nur als Eifersucht bezeichnen konnte. Dann sah sie, wie die Flores ihm die Kratzer zufügte und sah dabei kurz rot. Niemand verletzte Nick!

Bleib bei der Sache, Rose!

Bis jetzt war alles so, wie Nick es ausgesagt hatte. Irgendwann stand Nick auf und ging schwankend davon. Rose richtete sich instinktiv auf. Kurz darauf war auch das angebliche Vergewaltigungsopfer nicht mehr zu sehen. Wo Rose gerade noch erleichtert gewesen war, kam ihr jetzt die Magensäure hoch.

Was war, wenn …? Nein, sie durfte diesen Gedanken nicht weiterspinnen.

Gute fünfzehn Minuten später tauchte Nick wieder auf, setzte sich an seinen Platz und legte den Kopf auf den Tresen, als wollte er schlafen. Würde ein Mann, der gerade einer Frau Gewalt angetan hatte, sich in aller Seelenruhe wieder an die Bar setzen? Wo man ihn womöglich schnappen konnte?

Gleich danach kam die Flores auch wieder ins Bild. Rose lehnte sich weit nach vorn und zoomte nah heran. Carlina Flores machte nicht den Anschein, dass sie gerade eine traumatische Erfahrung gemacht hatte. Im Gegenteil. Sie sah aus, wie frisch aus dem Ei gepellt. Sie holte ihr Handy aus der Tasche und rief jemanden an. Die Geschichte stank zum Himmel.

Rose stoppte das Video und notierte sich die genaue Zeit, die in der linken unteren Ecke angezeigt wurde. Sie blickte zu ihrem Onkel, der ein nachdenkliches Gesicht machte.

„Wir müssen herausfinden, mit wem sie telefoniert hat", sagte er sachlich, „was jedoch schwierig wird, wenn sie ein Prepaid-Handy nutzt."

Rose holte die Akte mit Nicks Fall heraus, die die Bilder der Frau enthielten. Carlina Flores hatte auf den Fotos eine aufgeplatzte Lippe und ein blaues Auge. Im Sicherheitsvideo jedoch war sie unversehrt.

Ihr Onkel ließ die Aufnahmen weiterlaufen. Keine zwei Minuten später kam Barry und schleppte Nick mit sich. Nun hatten sie alles gesehen, was für sie von Belang war.

„Ich werde versuchen herauszufinden, wen die Frau angerufen hat. Wir brauchen ja nur die Nummer, die sie zu diesem Zeitpunkt gewählt hat."

Rose nickte. „Gut, ich werde mal selbst ein paar Nachforschungen anstellen."

Zwei Stunden und zwanzig Minuten später schaltete Rose ihren Computer ab und rieb sich die brennenden Augen. Sie war nicht wirklich weitergekommen und Toni Bedford hatte ihr eben mitgeteilt, dass Gregs Wagen auf sie wartete. Den hatte sie völlig vergessen.

Sie packte ihre Sachen zusammen und verließ ihr Büro, das noch immer mit Rosen überfüllt war. Sie würde sie am nächsten Tag im ganzen Haus verteilen, damit alle etwas von der Pracht hatten.

Rose zog den Mantel fest zu, bevor sie aus dem Gebäude trat. Der Winter war in diesem Jahr besonders hart und sie hatte keine Lust, sich den Hintern abzufrieren.

Draußen auf dem Gehsteig parkte die schwarze Rolls-Royce-Limousine von Greg. Er war der Sohn von Multimillionären, die ihr Geld an der Börse und mit, wie Rose fand, zweifelhaften Geschäftsbeteiligungen erwirtschaftet hatten.

Greg war der klassische „Sohn von", der jetzt vorgab, Mr.-erfolgreicher-Geschäftsmann zu sein. Natürlich arbeitete er viel, aber er profitierte vom Namen und Einfluss seiner Eltern. Er hatte als Kind immer alles gehabt. Darum konnte er jetzt wahrscheinlich nicht akzeptieren, dass Rose sich von ihm getrennt hatte.

Der Chauffeur, der am Wagen auf sie wartete, legte zur Begrüßung zwei Finger an seine Fahrermütze und öffnete ihr die Tür zum Fond. Sie kannte seinen Namen auch nach all der Zeit mit Greg nicht. Sie bedauerte das. Aber dem Personal, das bei Greg und seiner Familie angestellt war, war es verboten, die Gäste anzusprechen. Auch persönlich gewechselte Worte wurden nicht gern gesehen. Noch so etwas, womit sie ihre liebe Mühe hatte.

Vor dem Mariana hielt das Auto. Der Fahrer öffnete Rose wiederum die Tür und sie stieg aus. Instinktiv warf sie einen Blick zu den Hochhäusern, die den Central Park umringten. Nur zwei Blocks weiter hatte Nick sein Penthouse. Sie musste sich eingestehen, dass sie jetzt lieber da oben wäre. Aber diesen Gang musste sie tun, um mit sich selbst ins Reine zu kommen.

Mit gestrafften Schultern öffnete sie die Tür zum Restaurant und erstarrte noch in derselben Sekunde.

***

Nick

Er wischte sich den Schweiß von Gesicht und Armen und warf das Handtuch in eine Ecke. Er hatte sich die letzten zwei Stunden mit Trainieren gequält. Sit-ups, Liegestützen, Side-Planks, Burpees, Squat-jumps und vieles mehr.

Aber das war nur das Notfallprogramm. Normalerweise wäre er ins Fitnesscenter oder in den Park gegangen. Doch dank des Hausarrests und dieser verfluchten Fußfessel musste er sein Wohnzimmer zur Muckibude umfunktionieren.

Er war nach all der Scheiße derart geladen gewesen, dass es nur zwei Möglichkeiten gegeben hatte. Entweder trank und sniffte er sich mit Alk und Koks ins La-La-Land. Oder er versuchte sauber zu bleiben und trainierte, bis ihm die Galle hochkam. Die zweite Option war definitiv die bessere.

Auf Gummibeinen stakste er in die Küche und nahm eine Flasche Mineralwasser aus dem Kühlschrank. Er musste dringend wieder in Form kommen. Das war er sich selbst schuldig.

391

Er hatte deutlich gespürt, dass Rose immer noch Gefühle für ihn hegte und das verschaffte ihm den nötigen Tritt in den Arsch. Er wollte Rose in seinem Leben haben.

Das Klingeln des Haustelefons ließ ihn zusammenfahren. Das konnte nur Cassius, der Pförtner, sein. War am Ende Rose schon jetzt gekommen? Nein, das konnte nicht sein. Zumal sie auch freien Zutritt hatte.

Alles Rätseln half nichts. Also griff er zum Hörer an der Tür. „Ja.“

„Mr. Nick, Cassius hier“, hörte er die leicht brechende Stimme des alten Mannes blechern am Ohr. „Eine Dame ist hier und möchte zu Ihnen. Sie sagt, ihr Name ist Mia Hamilton und sie sei Ihre Mutter.“

„Schicken Sie sie bitte hoch, danke.“ Was um alles in der Welt hatte seine Mutter hier zu suchen? Und warum hatte sie nicht vorher angerufen und gesagt, dass sie kommen würde?

Ach du Scheiße! Das Einzige, was er jetzt nicht brauchte, war eine aufgebrachte Mutter, die ihm die Leviten las und ihn enttäuscht anschaute. Instinktiv sah er an sich hinunter. Das ärmellose Shirt klebte nass vom Schweiß an seinem Körper und die Shorts schlackerten formlos um seine Beine. Tja, diesen Anblick musste sie nun akzeptieren, wenn sie schon ohne etwas zu sagen einfach hier aufkreuzte. Als seine Mutter dann schließlich klingelte, sammelte er sich noch ein, zwei Sekunden und stand auf. Er ging bewusst langsam auf die Tür zu. Bei jedem Schritt wurde er mehr von Nervosität erfasst. Seine Hand legte sich um den Türknopf, doch bevor er aufmachte, straffte er sich.

Als er seine Verwunderung weitestgehend im Griff hatte, öffnete er und sah sich einer blassen Frau gegenüber, die ihre Stirn sorgenvoll in Falten gelegt hatte.

„Nicolas David Hamilton!", rief sie empört und ohne Begrüßung aus. „Welcher Teufel hat dich jetzt wieder geritten?"

Genau diesen Blick hatte er nie wieder in ihrem Gesicht sehen wollen. Enttäuschung, Schmerz und Trauer. Ihre Worte verletzten ihn weniger als dieser Ausdruck in ihren Augen.

„Hi Mom. Komm erst einmal herein." Er trat von der Tür weg und drehte sich um. Er ging einfach davon und überließ es seiner Mutter, die Tür zu schließen. Sie folgte ihm ins Wohnzimmer.

„Setz dich. Ich verabschiede mich ganz kurz unter die Dusche." Sie bedachte ihn mit einem scharfen Blick, nickte dann jedoch stumm.

Nick machte wie versprochen schnell und zog sich Jeans und Shirt an, die er schon während Roses Besuch vor ein paar Stunden getragen hatte. Seine Haare ließ er nass und fuhr einfach mit den Fingern durch. Bereits zum zweiten Mal an diesem Tag wurde er in seiner Wohnung überfallen.

Barfuß, aber dafür sauber und präsentabel ging er zurück ins Wohnzimmer und ertappte seine Mutter, wie sie eines von Roses Fotos in der Hand hielt. Sie hob den Blick. „Was sagt dieses Mädchen zu dieser Geschichte?" Seine Mutter kam wie immer sofort auf den Punkt. „Wer ist sie überhaupt und warum sagst du mir nicht, dass du eine Freundin hast?"

Nick konnte sich einen Seufzer nur knapp verkneifen. Er hatte plötzlich das starke Bedürfnis, sich eine

Flasche Tequila hinter die Binde zu kippen. Was natürlich keine Option war.

„Nur die Ruhe, Mom. Willst du etwas trinken? Kaffee,
Wasser, Tee?“

Ihr Mund klappte auf, doch es kam nichts heraus. Es
sah so komisch aus, dass Nick am liebsten laut gelacht
hätte. „Tee, in dem Fall.“

Er ging in die Küche und setzte Wasser auf. Dann
holte er zwei Beutel Earl-Grey-Tee und Tassen aus dem
Schrank. Seine Mutter war inzwischen ebenfalls in die
Küche gekommen.

„Hör zu“, fing er ruhig an. „Das Mädchen auf dem
Foto ist die Liebe meines Lebens. Wir sind leider seit
zwei Jahren nicht mehr zusammen. Okay? Sie weiß
von der Geschichte und sie hilft mir.“

„Inwiefern hilft sie dir?“, fragte sie skeptisch.

„Sie ist Anwältin bei Armand, Armand & Peterson. Ihr
Onkel, Daniel Armand, ist mein Anwalt.“

Das Wasser kochte im Kessel, und als der schrille Pfiff
erklang, nahm er ihn vom Herd und goss ihnen beiden
ein. „Vielleicht solltest du erst einmal fragen, ob ich es
überhaupt getan habe … Nein“, unterbrach er sich
selbst, „eigentlich solltest du als meine Mutter wissen,
dass ich unschuldig bin.“

Das letzte bisschen Farbe wich aus ihrem Gesicht. Er
hielt ihr die Tasse hin, die sie wortlos entgegennahm.

Sie atmete ermattet aus. „Weiß ich das, Nick? Du hast
schon einmal die Kontrolle verloren und es hat beinahe
fatal geendet.“ Dass sie genau jetzt die Geschichte mit
Billy ausgrub, war wie ein Tritt in die Eier.

„Dazu sage ich jetzt nichts. Aber Vergewaltigung?“, fragte er und fuhr dann fort: „Traust du mir das wirklich zu? Wenn ja, nimmst du dir am besten ein Hotelzimmer und steigst morgen ins erste Flugzeug zurück nach SFO.“

Er stellte die Tasse betont sanft auf dem Granit der Arbeitsplatte ab und ging auf die Terrasse. Er hätte liebend gern geschrien und etwas kurz und klein geschlagen. Seine eigene Mutter hielt ihn für einen Sexualstraftäter! Als seine Hände anfingen zu schmerzen, bemerkte er, dass er die Terrassenbrüstung derart fest umklammerte, dass ihm die Metallkanten scharf in die Haut schnitten.

„Es tut mir leid, Nick. Ich sollte nicht an dir zweifeln.“ Sie stand hinter ihm, doch er wollte sich nicht umdrehen.

„Lass uns das Thema wechseln, okay?“, versuchte sie zu vermitteln. „Erzähl mir von deiner Anwältin. Wenn du sie so liebst, warum hast du sie dann nie erwähnt?“ Nick war sich nicht sicher, ob er mit der Richtung, die das Gespräch nun nahm, glücklicher war.

„Mom, kannst du dir vorstellen, dass ich auch darüber nicht reden möchte?“ Er hob den Kopf und sah zum schwarzen Winterhimmel. Es musste bewölkt sein, denn er konnte keine Sterne erkennen. „Vor ein paar Stunden war sie hier und hat mir ihre Hilfe angeboten.“ Er schluckte. „Kannst du dir nur im Geringsten ausmalen, wie das für mich war?“ Seine Mutter trat neben ihn und legte ihm einen Arm um die Taille. Er beantwortete diese liebevolle Geste, indem er sie ebenfalls umarmte.

„Ich weiß, wie es ist, jemanden zu lieben, den man nicht haben kann. Dein Dad fehlt mir auch wahnsinnig", flüsterte sie und er wusste ganz genau, wie sie sich fühlte. So standen sie Arm in Arm schweigend eine Weile beisammen.

Ende mit Schrecken

Rose

Rose brauchte einen Moment, bis sie verstand, was ihre Augen sahen.

Greg hatte anscheinend das ganze Mariana reserviert. Denn es waren keine anderen Gäste anwesend. Sämtliches Personal stand vom Eingang weg Spalier und lächelte sie gekünstelt an. Am Ende der Reihe sah sie Greg stehen, grinsend und von sich selbst überzeugt wie der Gockel auf seinem Misthaufen. Was sollte das Ganze, Herrgott noch mal!

Sie dachte sofort an ihren ersten Abend hier mit Nick, der damals ebenfalls für traute Zweisamkeit gesorgt hatte. An jenem Abend war es romantisch und wundervoll gewesen. Jetzt aber war es prahlerisch und narzisstisch. So wie Greg nun einmal war.

„Meine Rosie", sagte er säuselnd und nahm ihre Hände, als sie bei ihm angekommen war. „Schön, dass du gekommen bist."

Er zog ihr den Stuhl unter dem Tisch hervor, damit sie sich setzen konnte. Kaum hatte sie Platz genommen, gab er schon eine Bestellung auf, ohne sie vorher gefragt zu haben.

„Ein Glas Dom Pérignon für meine Frau und für mich einen Talisker on the rocks.“

Seine Frau? Was fiel dem Kerl eigentlich ein? Trotz stieg in ihr auf und sie rief die Kellnerin zurück, die gerade davoneilen wollte, um die Order zu erfüllen.

„Moment, bitte. Ich hätte lieber einen Martini bianco mit Eis anstelle des Champagners, wenn es keine Umstände macht.“ Das Mädchen nickte und verschwand.

Greg machte ein säuerliches Gesicht. Das mit Gel zurückgekämmte Haar machte seine Züge härter und die schmalen Lippen bildeten eine strenge Linie. Die dunkelbraunen Augen stachen buchstäblich unter den Wimpern hervor.

Er hasste es, wenn man sich ihm widersetzte. Alles musste nach seinem Willen geschehen. Das typische verwöhnte, reiche Einzelkind eben.

Er wollte ihre Hand nehmen, sie zog sie jedoch schnell genug zurück. Sie wollte nicht von ihm berührt werden. Früher schon nicht und seit seinem Seitensprung sowieso nicht mehr. Seit dem heutigen Tag war ihr auch klar, weshalb sie sich in Gregs Gegenwart nie wirklich frei- und wohlgefühlt hatte.

Die Kellnerin kam mit den Getränken und stellte sie schweigend ab. Rose wartete, bis alle außer Hörweite waren, bevor sie das Wort ergriff.

„Wir müssen reden, Greg.“

Er nickte und lächelte schmal. „In der Tat. Aber“, er hob das Glas, „erst sollten wir auf deine Beförderung anstoßen. Du hast es geschafft, Zuckerschnecke.“

Zuckerschnecke? Sie hätte ihm gerade am liebsten eine gescheuert. „Ich habe einen Namen, Greg. Ich bin keines von deinen Betthäschen. Nur damit wir uns richtig verstehen.“

Wieder bedachte er sie mit diesem kalten, stechenden Blick. „Hast du gerade deine Tage, dass du so zickig bist oder liegt es an diesem Rockstar, der dir hinterherhechelt wie ein räudiger Hund?“, fragte er süffisant lächelnd und nahm einen Schluck von seinem Whisky.

Rose biss die Zähne zusammen. Arroganter Volltrottel! „Ich glaube kaum, dass du diesen Abend in Szene gesetzt hast, um mich zu beleidigen oder über Nick Hamilton zu sprechen, oder? Also, warum lässt du die Spielchen nicht bleiben und sagst, was du wirklich willst.“ Sie war froh, dass sie ruhig und beherrscht klang, obwohl der Zorn aus ihrem Inneren auszubrechen drohte wie ein aktiver Vulkan. Sie kochte regelrecht.

Inzwischen wurden die Amuse Bouche serviert. Wahrscheinlich hatte dieser Kontrollfreak auch schon das Menu im Voraus ausgesucht. Er musste doch wissen, wie sehr sie es hasste, bevormundet zu werden.

Er nahm die kleine Gabel und lud kultiviert die hauchdünne Scheibe geräucherte Entenbrust in Teriyaki-Sauce auf. Nachdem er geschluckt und auch sie ihren Gruß aus der Küche genossen hatte, lehnte er sich selbstgefällig zurück und musterte sie.

„Ach, so viel will ich gar nicht. Nur dich an meiner Seite. Das ist auch schon alles.“ Er hob sein Glas, prostete ihr zu und lächelte dabei, als wäre damit alles bereits besiegelt.

„Und wie kommst du darauf, dass ich da einfach so mitmache?“, fragte sie genauso ruhig und sachlich wie er.

„Nun, zum einen finde ich, dass ich eine zweite Chance verdient habe. Und wenn du ehrlich zu dir selbst bist, dann weißt du auch, dass ich dir alles bieten kann. Finanzielle Sicherheit, gesellschaftliche Stellung und wichtige geschäftliche und politische Kontakte.“

Sie fühlte sich selbst nicken. Das war genau die Antwort, die sie von ihm erwartet hatte. Sie hob nun ihrerseits das Glas mit dem Martini und nahm einen Schluck, bevor sie antwortete. Sie wusste, dass er sie nur ernst nahm, wenn sie bedacht argumentierte. Greg war nicht gerade der impulsive Typ. Im Gegensatz zu ihr.

„Ich glaube, dass ich diese Dinge bereits ohne dich erreicht habe. Findest du nicht auch? Meine Bedenken sind ebenfalls ganz einfach: Woher weiß ich, dass du mich nicht schon früher betrogen hast? Und wer kann mir versichern, dass du es nicht wieder tust?“

Sein Gesicht wechselte akut die Farbe. „Ich kann dir nichts versprechen, wovon ich nicht mit Sicherheit sagen kann, dass es nicht wieder vorkommt.“

„Genau darauf will ich hinaus, Greg. Ich bin nicht der Typ Frau, die ihren Mann mit anderen Frauen teilt.“

Gregs ganzer Körper schien sich zu verspannen und sie wusste, dass seine Schutzmauer aus Kultiviertheit bedenkliche Risse bekam. „Und du glaubst, dass dein Rockstar seinen Schwanz nur in deine Pussy stecken wird?“

Bingo, jetzt hatte sie ihn entlarvt. Je wütender er wurde, desto ruhiger wurde sie. „Weißt du, Greg, was ich bei dir vermisse, sind Liebe und Wärme. Bei dir dreht sich alles nur ums Geschäft. Sogar im Bett.“

Gregs Hand ballte sich zur Faust. „Willst du damit sagen, dass dieser verdammte Junkie besser fickt als ich?"

Sie würde Greg am liebsten an den Kopf schmeißen, dass Sex mit ihm nur langweilig und kalt war und er sie nie zum Höhepunkt gebracht hatte. Bei Nick war Sex energiegeladen, heiß und aufregend gewesen. Nie zuvor und ganz sicher nicht danach hatte sie so viel Leidenschaft und Liebe bei einem Mann verspürt. Doch das alles würde nichts bringen.

„Du bist eine Träumerin, Rose. Du bist auf der Suche nach dem Ritter in schimmernder Rüstung. Wach auf, Herzchen, eine bessere Partie als mich bekommst du nicht. Auch wenn du jede Nacht seinen Namen im Schlaf geflüstert hast." Da war es wieder, dieses blöde, arrogante Lächeln, das sie ihm am liebsten aus dem Gesicht geschlagen hätte.

Sie stand langsam auf und legte die schön zusammengefaltete Serviette auf den Tisch. „Du irrst dich. Ich fühle es, wenn jemand es gut mit mir meint und mich für das respektiert, was ich bin. Du behandelst mich wie eine Trophäe und einen Armcandy, weil du nichts von Liebe verstehst."

Greg erhob sich nun ebenfalls. Er bebte vor Zorn. „Liebe? Das ist was für Verlierer. Ich an deiner Stelle würde diese Wahnidee von Liebe schnell vergessen. Du wirst nämlich nicht junger und ich schwöre dir, in fünf bis zehn Jahren trauerst du nicht deinem Junkie hinterher, sondern mir. Ich aber werde dann keine Verwendung mehr für dich haben."

Rose nickte. „Dann haben wir uns wohl nichts mehr zu sagen." Bevor sie sich jedoch abwandte, fuhr sie noch einmal fort: „Ich wünsche dir alles Gute, Greg."

Draußen auf dem Gehsteig hielt sie nach einem freien Taxi Ausschau. Sie verbot sich jeden Gedanken und jedes Gefühl. Als sie ein Yellow Cab sah, rief sie es. Es hielt am Bordstein und sie stieg ein. Sie nannte dem Fahrer ihre Adresse und lehnte sich dann zurück.

Als das Taxi sich in den Verkehr einfädelte, sank sie in sich zusammen. Alles in ihr schien zu vibrieren. Sie schaute bewusst zum Fenster hinaus. Der Fahrer sollte die Tränen, die ihr über das Gesicht liefen, nicht sehen. Das diente allerdings nur dem Erhalt ihrer Würde. Sie war beileibe nicht die erste und nicht die letzte Frau, die aufgelöst in ein Cab stieg.

An der 55. Straße stieg sie aus und ging die letzten paar Meter zu Fuß. Sie hatte immer gefühlt, dass Greg ein berechnender Narzisst war. Dennoch hatten sie seine Worte verletzt.

Es war beißend kalt und es roch nach Schnee. Genauso fühlte sich ihr Herz an. Kalt, hart und karg. Bald würden die ersten Flocken fallen. Vielleicht gab es sogar weiße Weihnachten. Die ganze Stadt kleidete sich immer mehr in Feiertagsdekoration. Der Rockefeller Center Christmas Tree stand auch schon in seiner vollen Pracht. Das Anzünden der vielen Lichter war wie jedes Jahr ein großer Event gewesen.

Manhattan wurde schon seit Wochen von Touristen überschwemmt, die nichts anderes als Christmas Shopping im Kopf hatten.

Rose setzte sich auf die Treppe, die zur Eingangstür ihres Wohnhauses führte. Wieso dachte sie ausgerechnet jetzt über das Fest der Liebe nach? Sie war emotional total entgleist und sollte erst einmal Ordnung in ihr

Leben bringen. Himmel! Jedes Mal, wenn Nick Hamilton auftauchte, geriet alles aus dem Lot.

Seit dem Tod ihrer Mutter flohen ihr Vater und sie über die Feiertage aus der Stadt, vor dem Hype rund um Geschenke, Jingle Bells und Frosty the Snowman.

Shit! Nick. Sie hatte ihm versprochen anzurufen, sobald sie zu Hause war. Doch in diesem Zustand sah sie sich nicht in der Lage dazu. Er würde sofort merken, dass etwas mit ihr nicht stimmte und es würde ihn wahnsinnig machen, dass er nicht zu ihr eilen konnte, um sie zu trösten. Verfluchter Hausarrest!

Sie nahm das neue Smartphone hervor und öffnete die Nachrichten-App.

Hi Nick,

schrieb sie. Und jetzt? Wie weiter?

Ich habe versprochen anzurufen, aber ich bin echt müde und muss dringend schlafen. Du hörst morgen von mir. Gute Nacht.

Die älteste Ausrede der Welt, neben Kopfschmerzen. Sie blieb nach dem Versenden der Nachricht noch einen Moment sitzen und ließ die Ruhe der winterlichen Nacht auf sich wirken.

Ihre Gedanken ordneten sich langsam und ihr Verstand übernahm wieder die Kontrolle.

Mehrere Fragen stellten sich ihr:

1. Was hatte diese Carlina Flores ausgeheckt?
2. Was war dieser Club?
3. Wie konnten sie diese Simone ausfindig machen?

4. Wer hatte am Ende noch seine Finger im Spiel?

Jetzt, da ihre analytische Denkfähigkeit wieder funktionierte, war sie imstande aufzustehen und hoch in ihre Wohnung zu gehen. Als sie die Treppen in den dritten Stock hochstieg, meldete der SMS-Signalton einen Eingang. Sie blieb mitten auf der Stufe stehen und öffnete die Nachricht. Sie stammte von Nick.

Schade. Ich habe mich schon darauf gefreut, deine Stimme zu hören. Aber so hält die Vorfreude etwas länger an. Schlaf gut, Prinzessin und träum schön. Vorzugsweise von mir.

Nick.

Ihr wurde das Herz eng. Wenn er nur wüsste, wie sehr er mit seinen Zeilen ins Schwarze getroffen hatte. Sie schloss die dunkle Wohnung auf. Rose war froh über die temporäre Einsamkeit. Sie brauchte sie, um wieder ins Lot zu kommen.

Nach einer weiteren unruhigen Nacht saß Rose am Schreibtisch und versuchte, sich auf den Stapel Arbeit zu konzentrieren. Ohne dass das von Erfolg gekrönt war. Als plötzlich ihr Handy klingelte, fiel ihr beinahe der Kugelschreiber aus der Hand. Es war Nick.

„Hi", brachte sie über die Lippen und fragte sich, wie man dem eigenen Herzen befahl, sich endlich normal aufzuführen.

„Hey", antwortete er. Sie lehnte sich im Stuhl bequem zurück und blickte aus dem Fenster. „Was machst du gerade?", fragte er mit tiefer Stimme, welche ihr Blut in alle Richtungen ihres Körpers schießen ließ.

„Ich arbeite. Und du?"

„Ich denke an dich." Eine kurze Stille entstand. Dann sprach er weiter. „Ich stelle mir gerade vor, was ich jetzt machen würde, wenn du hier wärst."

Oje, sie konnte nichts gegen ihr Kopfkino unternehmen. Nicks Hände auf ihrem Busen und zwischen ihren Beinen. Ein zartes Knabbern an ihrem Hals. Sein warmer Körper gegen ihren gepresst.

„Nick …" Mist, sie hatte gekeucht.

„Was, Baby? Erzähl es mir." Simple Worte, so verführerisch und sündhaft, dass sie verboten gehörten.

„Du fehlst mir."

Er lachte dunkel. „Du mir auch. Aber …", er unterbrach sich einen Augenblick. „Das können wir ändern. Komm zu mir."

Die Versuchung war groß. „Ich …" Es klopfte und Rose zuckte schuldbewusst zusammen. „Sorry, aber ich muss noch arbeiten", sagte sie hastig. „Ich komme später vorbei."

Er lachte leise. „Lass mich nicht zu lange warten, Baby." Dann legte er auf.

Es klopfte erneut.

„Herein!", rief sie leicht gehetzt. Sie war sich bewusst, dass sie sich noch nicht ganz gefasst hatte, aber es blieb ihr nicht viel anderes übrig.

Die Tür ging auf und Daniel Armand streckte seinen Kopf durch die Öffnung. „Darf ich dich kurz stören? Es dauert auch nicht lange." Als sie stumm nickte, betrat er das Büro ganz, schloss die Tür hinter sich und setzte sich ihr gegenüber.

„Ich habe vorhin mit der Staatsanwaltschaft gesprochen." Roses Herz machte einen Satz und vergaß danach einen Schlag.

„Die Staatsanwältin hat das Videomaterial gesichtet. Sie äußert sich jedoch noch nicht verbindlich dazu. Sie möchte vorher unbedingt noch Barry befragen. Aber so wie ich es sehe, stehen die Sterne gut für uns alle."

Rose fiel ein Stein vom Herzen. „Was ist mit dem Hausarrest? Bleibt der noch bestehen?"

Ihr Onkel verzog missbilligend das Gesicht. „Vorläufig leider ja."

Dann erhob er sich und strich sein Hemd und die Krawatte glatt. „Du solltest dir heute freinehmen, Rosie. Du siehst irgendwie geschafft aus."

Sie warf einen Blick auf all die Stapel von Akten, die sich auf ihrem Schreibtisch türmten. Eigentlich hatte sie zu viel zu tun. Doch gleichzeitig war dies die Gelegenheit, bei Nick vorbeizuschauen und somit stand ihr Entschluss fest.

Vor seiner Wohnungstür wurde ihr fast schwindlig vor Aufregung. Was sollte das? Sie stand ja nicht kurz vor dem ersten Date. Sie klingelte. Es dauerte einen Augenblick, bis aufgeschlossen wurde, doch dann stand endlich Nick vor ihr.

Er sah gut aus. Die Augen strahlten und sein warmes Lächeln ließ sie ruhiger werden. Er trug Jeans und ein graues Hemd, dessen Ärmel er hochgekrempelt hatte. Die vielen Tattoos und die diversen Piercings lagen im starken Kontrast zu der sportlichen Eleganz, die er so natürlich an den Tag zu legen schien.

„Hi, das ging jetzt aber schnell." Er trat beiseite, damit sie an ihm vorbeigehen konnte.

Sie setzte ihren Weg ins Wohnzimmer fort. Nick stand plötzlich so nahe hinter ihr, dass sie seinen Atem auf ihrem Haar spüren konnte.

„Darf ich dir den Mantel abnehmen?", fragte er und legte ihr die Hände auf die Schultern. Rose nickte und überließ ihm das Weitere. Der Mantel lag auf einmal auf der Lehne des Sofas. Roses Herz schlug ihr bis zum Hals und ein Zittern hatte sie erfasst.

„Es ist schön, dass du da bist."

Sie erschauderte, als sich plötzlich ein Arm von hinten um ihre Taille legte und sie langsam herumgedreht wurde. Nicks blaue Augen schienen sie zu verbrennen und sie wollte nur zu gern in diesem Feuer baden. Es lag so viel Nähe und Vertrautheit in diesem Moment, dass ihr die Knie weich wurden. Sie musste ihn spüren, um sich selbst zu beweisen, dass er real war. Ihre Hände schoben sich unter sein Hemd auf seinen Rücken. Glatte, warme Haut über kräftigen Muskeln. Unter ihren Fingern bildete sich Gänsehaut und sie genoss Nicks Reaktion auf ihre Berührung.

„Küss mich, Baby."

Wie konnte sie diesem Befehl nicht Folge leisten? Deshalb stellte sie sich auf die Zehenspitzen. Ihre Lippen trafen tastend aufeinander, fanden aber schnell einen gemeinsamen Rhythmus. Wie sehr sie ihn vermisst hatte. Sie sog alles ein. Die Wärme, seinen Geschmack, wie er sich anfühlte, bewegte und anhörte. Ihre Seele war wie eine trockene Wüste, die bei Regen auflebte.

„Das habe ich gebraucht", flüsterte er an ihren Lippen. Er verharrte einen Sekundenbruchteil so und auch sie fühlte sich außerstande, auch nur einen kleinen Zeh zu bewegen.

„Willst du etwas trinken?" Er löste sich von ihr, ohne sie jedoch ganz loszulassen. Sie nickte. Zögernd trennte er sich von ihr und ging in die Küche. Sie folgte ihm wie ein Schatten, als würde sein Sog sie mitziehen. Sie wusste, dass es wohl nicht mehr als diesen Kuss gab an diesem Tag. Aber das war auch gut so. Sie war zu aufgewühlt. Nicks bloße Anwesenheit brachte sie schon an den Rand der Ekstase.

Zwei Wochen später ...

In Roses Büro klingelte wie so oft das Telefon und sie nahm gedankenverloren ab. Es hatte sich bisher leider nichts Neues im Fall Hamilton ergeben. Weder von dem Detektiv und den anderen Schnüfflern noch durch Barrys Aussage. Nichts hatte ihnen bisher den entscheidenden Hinweis gebracht.

Rose hatte es seit dem letzten Kuss vermieden, bei Nick vorbeizugehen. Sie hatte ihn aber ein paar Mal angerufen. Ihn zu sehen, hätte nur ihre mühsam aufrechterhaltene Selbstbeherrschung sabotiert.

„Armand", meldete sie sich, während sie gerade ihre Unterschrift auf einen Brief setzte.

„Ich bin's, Nick. Es gibt Neuigkeiten. Hast du Zeit? Ich würde sie gern mit dir besprechen."

Rose stockte der Atem und ihre Hände wurden feucht. „Ich bin im Büro."

Er zögerte eine halbe Sekunde. „Es wäre besser, wenn du zu mir kommst. Glaub mir."

Wieso konnten sie das nicht am Telefon besprechen? „Also gut."

Nachdem sie zugestimmt hatte, räumte sie ihren Schreibtisch auf und verließ das Büro. Am Pult ihrer Sekretärin blieb sie stehen.

„Ich bin in einem Meeting. Sie können mich jedoch über Handy jederzeit erreichen. Vor allem, wenn etwas Wichtiges im Fall Hamilton reinkommt."

Toni nickte und widmete sich wieder ihrer Schreibarbeit.

Rose verließ die Kanzlei und ging zur Wall-Street-U-Bahn-Station. Es war verdammt kalt und Rose fror schon bald bis auf die Knochen. Am Eingang zur U-Bahn stand ein Mann, der als Santa Claus verkleidet war und Spenden für irgendeine gemeinnützige Einrichtung sammelte. Dieser Anblick führte Rose vor Augen, dass morgen der 24. Dezember war, Heiligabend. Eigentlich der Zeitpunkt, um sich ihren Vater zu schnappen und zu verschwinden, damit sie rechtzeitig zu Weihnachten untergetaucht waren.

In diesem Jahr war jedoch alles anders und ihr Dad hatte das Unausgesprochene verstanden. Sie würden Weihnachten zusammen mit Doro gemütlich in ihrer gemeinsamen Wohnung feiern.

Sie fuhr Richtung Columbus Circle. Eine gefühlte Ewigkeit später stieg sie am Ziel die Stufen hoch und versuchte ihre innere Unruhe zu unterdrücken.

Als sie im obersten Stockwerk ausstieg, erwartete Nick sie schon an der Tür. „Ganz schön kalt draußen. Du musst völlig durchgefroren sein", sagte er zur Begrüßung.

„Du hättest mir auch alles am Telefon erzählen können." Sie konnte sich diese kleine Stichelei beim besten Willen nicht verkneifen.

„Doch dann hätte ich dich jetzt nicht hier." Er zwinkerte ihr zu.

„Wo ist eigentlich deine Mutter? Sollte sie nicht hier sein?" Sie wich ihm aus. Jetzt war nicht die Zeit, sich in seiner Anwesenheit zu verlieren.

„Sie ist einkaufen gegangen. Das dauert. Aber komm erst einmal herein." Er nahm ihr die Jacke ab und bot ihr einen Stuhl und einen Kaffee an. Die Sitzgelegenheit nahm sie nicht an. Sie zog es vor, einen Moment stehen zu bleiben.

„Ich wäre dir dankbar, wenn du zu reden anfangen würdest. Du machst mich noch wahnsinnig." Dafür erntete sie ein Lächeln, das aber Nicks Augen nicht erreichte.

„Also gut. Mach dich aber auf etwas gefasst." Er setzte sich.

„Der Ex-Fed, den Barry in meinem Auftrag engagiert hat, hat so einiges über diesen ominösen Club herausgefunden. Um genau zu sein, ist es gar kein Club, sondern vielmehr ein kriminelles Syndikat." Er hielt kurz inne und rieb sich über das Gesicht.

„Junge Frauen werden rekrutiert, um reiche beziehungsweise einflussreiche Männer zu ködern. Sie gehen mit ihnen ins Bett. Dabei werden immer Kondome benutzt. Aber nicht, um Krankheiten vorzubeugen, sondern um DNA-Material zu sichern."

Rose wurde schlecht. Worauf waren sie hier nur gestoßen?

„Danach lassen die Frauen sich von einem ihnen von der Organisation zugeteilten Kerl verprügeln. Ein blaues Auge, eine aufgeplatzte Lippe oder Würgemale reichen schon aus. Dann verteilen sie das Sperma auf und in ihrem Körper und mimen das Vergewaltigungs-opfer."

Sie fing an, auf und ab zu wandern. Es half ihr, ihre Gedanken zu ordnen. Nick fuhr inzwischen fort.

„Die betrogenen Männer bekommen es mit der Angst zu tun und der Club macht ihnen ein unseriöses Ange-bot, um das Problem sozusagen aus der Welt zu schaf-fen. Dabei geht es um Erpressungsgelder, meist in fünf- bis sechsstelliger Höhe. Die Mädchen bekommen fünf-undzwanzig Prozent. Also für alle ein lukratives Ge-schäft. Wer jedoch die Aufträge erteilt oder der Kopf der Sache ist, ist noch unklar. Aber das ist nur eine Frage der Zeit."

Rose war entsetzt. Das waren Mafiamethoden in ih-rer reinsten Form. Doch wie passte Nick da hinein? „Aber wie haben sie dann dich in der Hand? Wir wissen bereits, dass du mit Carlina Flores keinen Sex gehabt hast."

Er nickte. „Das stimmt, aber das war auch nicht mehr nötig. Sie hatte bereits genetisches Material durch die Kratzer gesichert. Die vaginalen Spuren kann sie sich auch selbst zugefügt haben. Es fehlten nur noch die sichtbaren Spuren, welche ihr wahrscheinlich der Typ besorgte, mit dem sie während der Party telefoniert hat."

„Was ist mit der Geldforderung? Du hast bis jetzt noch keine erhalten." Sie war völlig im Anwaltsmodus. Alle ungeklärten Fragen konnten einen Fall gefährden.

Nick rieb sich die Finger und holte tief Luft. „Wahr-scheinlich läuft es diesbezüglich in meinem Fall an-ders. Die betroffenen Männer nehmen Kontakt zu den Frauen auf und bitten sie, die Anzeige zurückzuziehen.

Ich konnte bisher die Flores nicht kontaktieren. Übrigens, die Mädchen bekommen nach Geschäftsabschluss eine neue Identität."

Das war doch Material für einen Thriller! So etwas passierte doch nicht im wahren Leben. „Woher hat Simone eigentlich ihre Informationen? Konnte Barry sie ausfindig machen?"

„Ja. Sie arbeitete früher als Strip-Tänzerin in einem Nachtclub. Jenes Umfeld, in welchem diese Frauen rekrutiert werden. Sie wurde zwar nie persönlich gefragt, hat aber ein solches Bewerbungsgespräch mitbekommen."

„Und warum unternimmt so jemand nichts gegen diese Verbrecher?"

Nick schien ihre Befremdung zu spüren. „Er meint, dass sie sich nie jemandem anvertraut hat, weil sie Angst um ihr Leben hatte. Angeblich sollen Leute, die sich in die Angelegenheiten dieses Syndikats eingemischt haben, verschwunden sein. Also behandle diese Information bitte vertraulich."

Sie sah ihn an und entdeckte echte Sorge in seinen Zügen. „Natürlich. Das versteht sich von selbst."

Sie setzte sich nun doch, weil sich ihre Beine seltsam weich anfühlten. Sie mussten die Staatsanwältin informieren.

Rose hoffte inständig, dass mit dieser neuen Entwicklung Nick wieder ein freier Mann war.

***

Nachdem Rose zurück in die Kanzlei gegangen war, hatte Nick stundenlang gearbeitet und fühlte sich jetzt völlig verkrampft.

„Mom", begann er die Diskussion, die längst überfällig war mit gebührender Vorsicht. „Du weißt, dass du mir jederzeit willkommen bist."

Sie saß ihm am Küchentisch gegenüber und las eines dieser niveaulosen Hochglanzmagazine, die nichts anderes als überdrehten Klatsch und Tratsch verbreiteten. Sie hob den Kopf und sah ihn fragend an.

Mann, wie warf man seine eigene Mutter schonend aus der Wohnung?

„Ich habe dir ganz in der Nähe ein Zimmer in einem tollen Hotel gebucht." So, jetzt war es raus, wenn auch nicht so diplomatisch, wie er es sich vorgenommen hatte.

„Willst du mich rausschmeißen?", fragte sie vorwurfsvoll.

Er stand auf und ging wie so oft in den vergangenen drei Wochen hinaus auf die Terrasse. Das war der einzige Ort, wo er zurzeit einigermaßen atmen konnte. Hier gelang es ihm, das klaustrophobische Gefühl abzuschütteln.

Es war kalt und dicke Flocken fielen vom Himmel. Sie tauchten alles in makelloses Weiß und dämpften alle Geräusche auf wunderbare Weise.

Heiligabend! Morgen war Weihnachten. Natürlich der perfekte Zeitpunkt, um richterlichen Hausarrest zu haben.

Er dachte an Rose. Wie verbrachte sie wohl die Feiertage? Mit Doro oder ihrer Familie? Oder gar mit Saftsack Greg?

Er sollte reingehen, denn langsam wurde ihm kalt. Dennoch blieb er stehen. Wie oft hatte er in letzter Zeit über die Vergangenheit und sein immer wiederkehrendes Versagen nachgedacht. Angefangen bei Billy, über Rose und seinem letzten fatalen Absturz auf Williams' Party.

Auch wenn es ihn schmerzte, daran zu denken, so wusste er doch, dass dieser Prozess wichtig für seine geistige und körperliche Genesung war. Er fühlte, dass es aufwärtsging. Er glaubte auch fest daran, dass seine Unschuld von der Staatsanwältin bestätigt wurde.

Er war Stacy dankbar, dass sie seine Angelegenheiten auch in dieser Zeit so gut regelte. Sie hatte ihm bisher die Medien komplett vom Hals gehalten.

Er atmete tief durch und schmeckte dabei die saubere Winterluft auf der Zunge. Freiheit, er wünschte sich so sehr, wieder frei zu sein.

„Nicolas?“, hörte er seine Mutter aus der Wohnung heraus fragen. Er drehte sich um und ging zu ihr. Sie hatte eigentlich packen wollen, um ihm Raum zu geben. „Du hast Besuch.“ Sie klang leicht verwirrt und weckte damit seine Sorge. Wieso hatte er weder Haustelefon noch Türglocke gehört? „Du bist ja völlig schneebedeckt“, bemerkte sie mit leichtem Tadel und klopfte ihn gleichzeitig sanft ab. „Du hättest eine Jacke anziehen müssen.“

Er hielt ihre Hände fest und sah sie an. „Ist ja gut, Mom.“

Dann ging er hinein und durchquerte das Wohnzimmer. Bevor er in den Korridor abbog, ermahnte er sich zur Ruhe. Doch es wollte ihm nur halb gelingen, denn der Blick seiner Mutter tauchte immer wieder vor seinem geistigen Auge auf.

Als er den Eingangsbereich betrat, sah er, dass die Tür zwar offenstand, die Ankömmlinge jedoch noch draußen im Gang warteten. Allen voran Rose. Sein Magen zog sich zu einem Knoten zusammen, als er erkannte, wer sonst noch dabei war. Hinter Rose stand rechts ihr Onkel und links Detective Henderson. Der war flankiert von einer streng dreinblickenden älteren Dame im Hosenanzug.

Alle zusammen machten sie ernste Gesichter und Nick beschlich das Gefühl, dass ihm gleich das Todesurteil unterbreitet wurde.

„Hallo Nick", ergriff Rose das Wort. „Dürfen wir eintreten? Es gibt Wichtiges zu besprechen."

Warum war sie so distanziert? Das verhieß nichts Gutes. Nick machte Platz und die ganze Truppe betrat die Wohnung. Rose blieb respektvoll im Korridor stehen und wartete, bis er sie alle ins Wohnzimmer führte.

Im Salon angekommen bot er mittels entsprechender Geste den Gästen an, Platz zu nehmen. Er bemerkte am Rande, dass seine Mutter mit verschränkten Armen im Hintergrund stehen blieb. Genauer gesagt im Durchgang zur Küche.

„Also, wer von euch Geschniegelten sagt mir, wie tief ich in der Scheiße stecke? Euren Gesichtern nach zu urteilen, kann ich gleich meine Beerdigung planen."

Rose, die ihn schon immer durchschaut hatte, wusste sicher, dass er mit diesem nonchalanten Spruch nur seine Nervosität zu verbergen versuchte. Er sah sie an und flehte im Stillen, dass endlich jemand den Mund aufmachte.

Sie nickte andeutungsweise und wandte sich dann an die Frau im Anzug. „Mrs. Jenkins, ich glaube, das Wort gehört dann wohl Ihnen."

Wer zum Teufel ...? Moment, hatte Rose gerade Jenkins gesagt? Er glaubte sich zu erinnern, dass so oder so ähnlich die Staatsanwältin hieß, die die Anklage gegen ihn führte.

„Mr. Hamilton, Miss Carlina Flores hat vor mehr als drei Wochen Anzeige wegen sexuellem Missbrauch und Vergewaltigung gegen Sie erhoben. Weil sich nach der ärztlichen Untersuchung und den DNS-Spuren, die unter den Fingernägeln der Klägerin gefunden wurden, der Verdacht gegen Sie erhärtet hat, wurden Sie unter Hausarrest gesetzt." Das wusste er alles schon. Was sollte das Theater? „Nun haben wir neue Beweise erhalten", fuhr sie fort und Nick bekam langsam vor Nervosität einen Tunnelblick. „Sie wurden vollumfänglich entlastet, Mr. Hamilton und sind ein freier Mann."

Entlastet? Sie hatten tatsächlich seine Beweise berücksichtigt. Nun wurde ihm vollends schwarz vor den Augen.

Merry Christmas

Rose

Nick war leichenblass und bedeckte mit der rechten Hand seine Augen. Er schien noch nicht einmal zu bemerken, dass Henderson ihm die Fußfessel abgenommen hatte.

Seine Mutter brachte Staatsanwältin Jenkins und Detective Henderson wieder zur Tür. Sie und Daniel blieben noch.

„Nick, sprich mit mir." Sie machte sich Sorgen wegen seiner Teilnahmslosigkeit. Seit Mrs. Jenkins ihm gesagt hatte, dass er entlastet war, hatte er sich weder gerührt noch sonst ein Lebenszeichen von sich gegeben.

Bei ihren Worten nahm endlich die Hand vom Gesicht und sah sie mit einem Ausdruck ehrlicher Betroffenheit an.

„Kannst du mich bitte mal kneifen?"

Sie zwickte ihn leicht in den Oberschenkel. „Du träumst nicht. Glaub mir."

Viel schneller, als sie hätte reagieren können, sprang er auf, riss sie in eine heftige Umarmung und wirbelte sie herum. Er lachte laut und ausgelassen und auch sie konnte ein breites Grinsen nicht vermeiden.

„Ist es wirklich vorbei?", fragte er atemlos, als er sie wieder auf die Füße gestellt hatte. Er hielt sie immer noch eng umschlungen und hatte sein Gesicht in ihren Haaren vergraben. Diese Nähe und Intimität raubten ihr den Atem und sie erschrak über die Tatsache, wie sehr das ihr gefehlt hatte. Es fühlte sich gut und erschreckend richtig an. Sie schmiegte sich an ihn und legte ihre Arme auf seinen Rücken.

„Ja, Nick. Es ist vorbei."

Ein Räuspern holte sie in die Realität zurück. Nick ließ sie los und Rose sah sich suchend um. Ihr Onkel stand mit sachlicher Miene im Wohnzimmer, die Hände in den Taschen seiner Anzug-hose versenkt.

„Zum Feiern habt ihr später noch Zeit. Ich müsste noch etwas mit Nick besprechen."

„Mr. Armand", begann Nick beschwingt, „würde es Ihnen etwas ausmachen, wenn wir uns morgen in Ihrem Büro treffen? Ich habe gerade meine Freiheit wiedererlangt."

Rose sah zwischen Daniel und Nick hin und her. Ihr Onkel lächelte nachsichtig.

„Das verstehe ich natürlich. Aber morgen wird schlecht gehen. Heute ist Heiligabend und ab heute Abend bleibt die Kanzlei bis nach den Feiertagen geschlossen. Ich würde vorschlagen, dass Sie mit Rose alles besprechen und nach den Feiertagen einen Termin bei meiner Sekretärin machen."

„Einverstanden", erwiderte Nick freundlich und gab Daniel die Hand. „Vielen Dank, Mr. Armand. Sie haben Weihnachten für mich gerettet."

„Das war nicht nur mein Verdienst. Rose und Sie haben die nötigen Nachforschungen vorangetrieben", sagte ihr Onkel mit Stolz in seiner Stimme, während er Rose ansah. „Jetzt genießen Sie die Zeit mit Ihrer Mutter und Ihren Freunden."

Nick begleitete Daniel Armand zur Tür. Rose ging mit, weil sie sich ebenfalls von ihm verabschieden wollte.

„Ich wünsche Ihnen frohe Weihnachten, Mr. Armand. Und noch einmal vielen Dank für Ihre Hilfe."

Der Anwalt nickte und Rose umarmte ihren Onkel zum Abschied. „Frohe Festtage, Onkel Daniel."

Er drückte sie ebenfalls einen Moment. „Danke, dir auch. Grüße meinen Bruder von mir. Wenn ihr Lust habt, dürft ihr gern mal bei uns vorbeikommen. Du weißt, ihr seid jederzeit willkommen." Sie nickte und verabschiedete sich.

Nick sah sie an. Die Liebe und Wärme, die er ausstrahlte, drohten sie in die Knie zu zwingen. „Jetzt sollten wir feiern und dann deine Mutter zum Hotel bringen", sagte sie und er nickte und lächelte wieder.

„Ach, weißt du was? Mom soll erst einmal hierbleiben. Und du auch. Ich möchte euch jetzt bei mir haben."

Sie gingen gemeinsam zurück ins Wohnzimmer, wo Mia Hamilton immer noch völlig fassungslos stand.

„Kannst du dich bitte kurz um sie kümmern?", flüsterte Nick in ihr Ohr. „Ich muss schnell Stacy anrufen und ihr die guten Neuigkeiten mitteilen. Nachher bist du an der Reihe."

„Ja, geh nur."

Er strich ihr sanft mit dem Finger über die Wange und hinterließ eine heiße Spur auf ihrer Haut. Sie sah ihm hinterher. Er sah viel besser aus als noch vor drei Wochen. Er wirkte fitter und hatte auch etwas zugenommen.

Als er in seinem Schlafzimmer verschwunden war, schüttelte sie das aufkommende Verlangen ab und gesellte sich zu Mutter Hamilton.

„Mrs. Hamilton, ich glaube, ich habe mich noch nicht vorgestellt. Ich bin Rose Armand." Sie hatte es bisher immer vermieden, Nicks Mutter über den Weg zu laufen.

Nicks Mutter nahm mit einem warmen Lächeln im Gesicht ihre Hand. „Sie sind also Nicks Rose. Ich bin Mia. Ich weiß gar nicht, wie ich Ihnen und Ihrem Onkel jemals genug danken kann."

„Ich hatte gerade eine fantastische Idee!", rief Nick aus, als er in die Küche kam. Er war wie ausgewechselt. Die unterschwellige Lethargie war verschwunden und hatte der üblichen Energie Platz gemacht, die ihn immer ausgemacht hatte.

Nick stellte sich zwischen Mia und sie und legte ihnen beiden die Arme um die Schultern.

„Wir feiern hier zusammen Heiligabend und damit Weihnachten vor." Da war sie wieder, diese arrogante Selbstverständlichkeit, die Rose inzwischen lieben gelernt hatte. Sie hasste es, ihn gerade jetzt enttäuschen zu müssen.

„Sorry Nick, aber ich habe bereits mit Doro und meinem Dad abgemacht, die Feiertage gemeinsam zu verbringen. Doro hat wahrscheinlich schon alles für das Truthahnessen morgen Abend vorbereitet und morgen früh wollten wir zusammen den Baum aufstellen."

Er lachte und drückte sie an sich. „Das ist nichts, was man nicht regeln könnte. Vertrau mir. Wir feiern heute, weil es ein so toller Anlass ist. Barry kann alles und jeden hierherholen. Mutter geht inzwischen nochmals einkaufen, sodass wir für die nächsten Tage sicher genug zu futtern haben und wir beide richten die Gästezimmer für Doro und deinen Dad." Er hatte mal wieder an alles gedacht. Nur nicht daran, wo sie schlafen sollte. Doch der Teufel sollte sie holen, wenn sie ihn durch ihre Frage auf unsittliche Ideen brachte.

Rose schüttelte resignierend den Kopf. Was blieb ihr auch anderes übrig, als diesem Hurrikan von einem Mann nachzugeben. Hier musste sie anscheinend klein beigeben.

„Lass mich erst mit Doro und Dad telefonieren, ja? Sie sollen damit auch einverstanden sein." Und hoffentlich Nein sagen ... weil sie sich überfahren fühlte von seinem neuentdeckten Tatendrang.

„Ja, mach das. Ich funke schon mal eben Barry an."

Sie löste sich aus seinem Arm und stieß sich von der Arbeitsplatte ab. Dann holte sie ihr Telefon aus der Tasche, die noch immer im Wohnzimmer stand, und ging hinaus auf die Terrasse, um ihren Vater anzurufen, der bestimmt schon bei Doro war.

Sie blickte zum Himmel, wo sich dunkle Wolken zu einer geschlossenen Decke zusammengeschoben hatten.

***

Er ritt auf einer Glückswelle. Dieses Gefühl war bei Weitem besser als jeder Kokstrip. Er war ein freier Mann! Die Freude überwog seinen Zorn auf dieses Miststück. Sobald er ruhiger war und die Gelegenheit hatte, würde er mit Rose darüber sprechen, was genau passiert war. Aber nicht heute. Jetzt wurde erst einmal gefeiert.

Seine Mutter hatte allem Anschein nach auch wieder zu ihrer alten Form gefunden, denn sie hatte ihre Winterstiefel, Mantel und Tasche geschnappt und war aus der Wohnung gerannt, um die nötigen Einkäufe zu erledigen.

Er dachte an Stacy. Sie hatte vor Freude ins Telefon geschrien. Er hatte sie selten so euphorisch erlebt. Normalerweise war sie eher kühl und wahrte professionelle Distanz.

„Ich mache mich gleich an die Planung der anstehenden Events", hatte sie vermeldet, nachdem sie sich wieder beruhigt hatte. Das war es dann wohl mit der langweiligen Zeit.

Barry müsste eigentlich jeden Moment eintreffen, um die anderen nachher abzuholen. Nick sah zur Terrasse hinaus und entdeckte Rose, die nur in ihrer dünnen Bluse bekleidet an der Brüstung stand und telefonierte. Er ging ins Schlafzimmer und holte seine warme Daunenjacke aus dem Schrank. Danach trat er auf die Terrasse und legte Rose die Jacke um die Schultern.

Danke, formte sie stumm mit ihren Lippen und lehnte sich wahrscheinlich aus einem Reflex heraus an ihn.

„Gut, dann sehe ich euch beide in einer guten Stunde ... Ja, ich dich auch Dad ... und Daddy, danke." Sie legte auf und schob das Smartphone in die Hosentasche.

„Und? Was hat dein Vater gesagt?" Nick fiel gerade ein, dass er Roses Vater noch nie getroffen hatte. Dieser Gedanke machte ihn leicht nervös.

Sie lehnte sich immer noch an ihn, als genieße sie seine Nähe. „Du hast unsere Pläne ganz schön durcheinandergebracht, Hamilton", sagte sie, ohne ihn anzusehen. Doch er wusste auch so, dass sie lächelte.

Mann, es fühlte sich toll an, sie in den Armen zu haben. Der leichte Winterwind trug ihren verlockenden Duft an seine Sinne. Wie gern würde er jetzt ihre vollen, weichen Lippen schmecken und ihren verführerischen Mund in Besitz nehmen. Er wollte sie jedoch zu nichts drängen.

Er legte beide Arme um sie und drückte sie leicht mit dem Rücken gegen seine Brust. Ihr knackiger Hintern wärmte seine Oberschenkel und die schöne Konkavität ihres unteren Rückens ließ sein bestes Stück zum Leben erwachen. Er hoffte inständig, dass er seinen Schwanz mit reiner Willenskraft daran hindern konnte, das zu tun. Natürlich würde er kläglich scheitern mit Rose in den Armen. Er legte seine Wange auf ihren Kopf und sog gierig ihren Duft ein. Ein Bouquet aus roten Rosen und Sommerbrise. Sie gehörten zusammen wie Schneeflocken und Winter.

Just in dem Moment begann es zu schneien. Erst waren es nur kleine Flöckchen, doch innerhalb weniger Sekunden fielen halbe Leintücher vom Himmel. Das war an Kitsch nicht zu überbieten.

„Möchtest du reingehen?", fragte er, ohne sich zu rühren, denn er hoffte, dass sie genau wie er für immer so stehen bleiben wollte.

Tatsächlich schüttelte sie den Kopf. „Nein, lass uns noch ein paar Minuten hierbleiben. Die Ruhe tut gut." Dann lachte sie herzlich. „Nun hör dir nur an, was ich sage. Ruhe in dieser Stadt? Ich glaube, ich habe einen Knall." Ihr Lachen war eine wunderschöne Symphonie in seinen Ohren. Er würde niemals genug davon bekommen.

Er konnte ihr einfach nicht mehr widerstehen. Er hatte zu lange warten müssen. Deshalb beugte er sich zu ihr hinunter und strich vorsichtig mit der Nasenspitze von ihrem Unterkiefer über die Wange zu ihrer Schläfe. Ich muss dich haben.

Ihre Rundungen passten so perfekt an seinen Körper, dass es für ihn klar war, dass sie füreinander geschaffen waren. Es konnte gar nicht anders sein.

Er spürte, wie sich ihre Atmung unter seiner intimen Berührung veränderte. Sie ermutigte ihn weiterzumachen und er legte zwei Finger an ihr Kinn, um ihr Gesicht zu sich zu drehen. Sie folgte dem leichten Druck, ohne zu zögern. Erst sah sie ihm in die Augen, dann schloss sie sie.

Ihre wundervollen Lippen waren jetzt nur noch wenige Millimeter entfernt. Er fühlte ihren Atem und roch ihren ihr eigenen Duft, der ihn sofort wieder gefangen nahm.

Er stand noch immer hinter ihr, ein Arm um ihren delikaten Körper geschlungen. Er senkte seine Lippen vorsichtig auf ihre und strich sanft darüber. Er lotete die Grenzen aus und sie zog sich nicht zurück. Der Kuss war träge und versprach mehr. Wie schon beim letzten Mal war deutlich, dass sie ihn ebenfalls wollte.

„Nick!", rief Barry vom Wohnzimmer her und hatte damit die durchschlagende Wirkung eines Vollbades in Eiswasser. Rose zuckte zusammen und trat von ihm weg. Der Zauber war leider gebrochen. Verfluchte Scheiße!

Barry kam nach draußen und blieb abrupt stehen. Er schien zu bemerken, dass er gerade zu einem äußerst schlechten Zeitpunkt aufgekreuzt war.

„Hey, Mann. Gut, dass du so schnell hier bist. Wir haben zu feiern. Ich bin ein freier Mann." Es laut auszusprechen fiel Nick schwer. Er befürchtete, dass alles nur Einbildung sein könnte.

Barry klopfte ihm herzlich auf die Schulter. „Ein Grund mehr heute Abend zu feiern. Findest du nicht auch?"

„Ich möchte mit euch allen den Abend verbringen. Damit Rose jedoch hierbleiben kann, musst du Doro und Roses Vater abholen und hierherbringen."

Barry grinste und zwinkerte Rose zu. „Dann werde ich mich gleich auf den Weg machen. Ich nehme an, dass beide in deiner Wohnung sind?" Nick sah sich nach Rose um, die Barry gerade bestätigend zunickte.

Als sich der Bodyguard vom Acker gemacht hatte, führte er Rose zurück in die warme Wohnung. Er konnte die Zeit zu zweit nicht ungenutzt verstreichen lassen.

„Nick?", sagte Rose leise. Er warf die Daunenjacke, die er ihr eben abgenommen hatte, achtlos hin und sah sie an. Die grünen Augen glänzten, die Wangen von der Kälte gerötet und die vom Schnee feuchten Haare an den Spitzen gewellt. Sie war mit Abstand das Schönste, was er jemals gesehen hatte. Er legte ihr eine Hand an die Wange und trat einen Schritt auf sie zu. Sie schloss entspannt einen Moment die Augen.

„Was wolltest du sagen, meine Schöne?" Er beugte sich erneut zu ihr hinunter und strich noch einmal mit seinen Lippen über ihre. Sie roch so gut und ihre Haut war so verdammt warm und weich.

„Du solltest wissen", antwortete sie leicht atemlos, „dass du es verdient hast, frei zu sein." Er kam kurz ins Stocken.

„Was ist, wenn ich jetzt gerade nicht über diese ganze Scheiße reden möchte?" Er legte seinen anderen Arm um ihre Taille und zog sie an sich. Gleichzeitig vergrub er die Hand, die vorher ihre Wange gestreichelt hatte, in ihrem vollen langen Haar.

„Es tut mir leid, Baby, aber ich muss dich jetzt einfach küssen." Dann senkte er sich endgültig auf ihren Mund. Sie legte ihre Arme um ihn und stellte sich auf die Zehenspitzen, um ihm noch näher zu sein.

Er trank ihren Atem und kostete ihren süßen Mund. Ihre Zungen tanzten heiß und ungezügelt miteinander. Sie küssten sich wie zwei Ertrinkende und klammerten sich aneinander, als wäre der andere ein Rettungsring.

Er hatte sie vermisst. Wie sehr wurde ihm erst jetzt bewusst. Es war ihm schleierhaft, wie er die letzten Jahre ohne sie überhaupt bestritten hatte. Okay, er hatte in dieser Zeit viel Mist gebaut. Alles nur, um sie zu vergessen und den Schmerz zu betäuben.

„Verflucht, Rose", flüsterte er an ihren Lippen, „ich werde dich nie mehr gehen lassen. Verstanden?"

***

Rose

Nick schien überall und allgegenwärtig. Seine Wärme hüllte sie ein und sein vertrauter maskuliner Duft löste den Knoten in ihrer Brust, den sie schon lange mit sich herumtrug. Die Wunde, die sie durch ihre Trennung erlitten hatte, begann erst jetzt zu heilen.

Seine Finger in ihren Haaren, sein Arm, der sie an seinen starken Körper presste und sein Mund, der sie gekonnt um den Verstand küsste. Sein schneller Atem und das Drängen seines Beckens gegen ihren Unterleib ließen ihr eigenes Verlangen zu einer Feuersbrunst explodieren.

Sie schob eine Hand unter sein Shirt und fuhr über die samtige Haut seines Rückens. Unter ihren Fingern fühlte sie das Spiel seiner Muskeln und sie wusste, dass sie niemals genug von diesem Mann bekommen konnte.

„Baby, du hast mir gefehlt", keuchte er leise, ohne ihre Lippen freizugeben.

„Wohl kaum so sehr wie du mir", gab sie flüsternd zurück.

Er hob sie hoch und trug sie Richtung Schlafzimmer. Mit dem Fuß kickte er die Tür hinter ihnen zu. Neben dem Bett stellte er sie wieder ab, umfasste ihr Gesicht mit beiden Händen und sah sie mit glühendem Blick an.

„Ich wollte das langsam angehen lassen und dir Zeit geben", sagte er. Seine Stimme war rau und dunkel und nahm Rose das letzte bisschen Atem. „Doch ich musste ganz schön lange auf dich verzichten, meine Schöne. Ich kann nicht mehr warten."

Sehnsucht und Leidenschaft wälzten sich glühend heiß und zäh wie Lava durch ihre Eingeweide. Sie wollte ihn genauso sehr wie er sie.

„Wer sagt denn, dass du langsam sein oder noch warten sollst?", entgegnete sie heiser. Um ihn weiter an die Grenze zu treiben, knöpfte sie im Zeitlupentempo Knopf für Knopf ihrer Bluse auf.

Er schaute ihr dabei gebannt zu und schluckte hart. „Du spielst mit dem Feuer, Baby. Ich warne dich."

Sie hielt erst inne, als der letzte Knopf offen war. „Ich liebe das Risiko. Vor allem, wenn du darin involviert bist", gab sie keck zurück und schob ihre Finger in den Bund seiner Hose.

Nick hob die Hände, streifte ihr die Bluse über die Schultern und vergrub sein Gesicht danach an ihrer Halsbeuge.

Sie schüttelte das Oberteil ganz ab und schob ihm das Shirt hoch, damit er es ausziehen konnte.

Als endlich Haut auf Haut traf, wurde Roses Verlangen vollends entfesselt. Auch Nick wurde ungestümer und befreite erst sie und danach sich selbst von allen Kleidern.

Er drängte sie aufs Bett und legte sich halb auf sie. Beginnend am Hals neckte er sie mit Küssen und Bissen. Er hinterließ dabei eine brennende Spur bis zu ihren Brustwarzen, welchen er besondere Aufmerksamkeit widmete.

Rose schien in Flammen zu stehen, ihr Blut zu kochen. Sie wollte mehr, brauchte alles. Sie musste Nick haben, mit allem, was er ihr geben konnte.

Das leichte Zwicken und intensive Saugen sandte wollüstige Wellen durch ihren Körper, wodurch sich die feinen Muskeln in ihrem Inneren impulsartig zusammenzogen und Rose nicht anders konnte, als leise zu wimmern.

Noch nie hatte sie Sex so gewollt und gebraucht wie jetzt. Nein, das stimmte nicht. Mit Nick war es immer so gewesen. Sie hatte nur viel zu lange nicht mehr mit solcher Intensität empfunden.

„Verdammt", fluchte Nick leise. „Wie habe ich diese Jahre ohne dich nur hinter mich gebracht."

Sie war unfähig, etwas dazu zu sagen, da sein Finger gerade forschend zwischen ihre Beine wanderte und sich dort tief in ihr vergrub.

„Ja", schlüpfte es ihr über die Lippen, als er einen zweiten Finger dazu nahm. Er vertiefte sowohl seine Küsse als auch die Liebkosung der anderen Bereiche ihres Körpers.

Sie griff zwischen ihnen beiden durch und nahm seine Erektion in die Hand. Sie hörte ihn zischend einatmen, als sie anfing, ihre Hand langsam leicht schraubend auf und ab zu bewegen.

„Wenn du so weitermachst, wird das ein kurzer Spaß, Baby." Nach einem leidenschaftlichen Kuss löste er sich zu ihrem Bedauern von ihr und langte zum Nachttisch, wo er anscheinend wie gewöhnlich Kondome aufbewahrte. Er verschwendete keine Zeit und hatte sich den Gummi mit der Routine eines Mannes mit bewegter Vergangenheit übergezogen.

Rose öffnete ihre Beine in fiebriger Erwartung, um ihm den Zugang zu erleichtern. Wider Erwarten jedoch hielt er inne und streichelte sanft über die empfindliche Haut ihrer intimsten Stelle.

„Du bist so schön“, flüsterte er ehrfürchtig. „Wenn du es nicht erwarten kannst, meinen Schwanz in dir zu spüren.“

Seine schmutzigen Worte ließen Roses ungeduldig schnauben. Ja, verdammt! Sie wollte ihn. Worauf wartete er denn noch?

„Dann schieb ihn rein, bis zur Wurzel“, hörte sie sich heiser vor Lust sagen und überraschte sich selbst damit.

„So ungeduldig“, sinnierte er und strich mit seiner großen Hand von ihrem Brustbein über ihren Bauch bis zu ihrem Venushügel, wo er anfing, sie kreisend mit dem Daumen zu reizen. „Das gefällt mir“, setzte er hinterher.

Dann nahm er ihre Handgelenke in eine Hand und hielt sie über ihrem Kopf auf der Matratze fest. Mit der anderen Hand umfasste er seinen enormen Ständer und schob gleichzeitig mit den Knien ihre Beine noch weiter auseinander.

„Ich werde dich jetzt nehmen“, sagte er neutral. Aber das Feuer in seinen Augen verriet ihn. „Und weißt du warum?“

Sie konnte nicht antworten. Sie war viel zu sehr von der erotischen Spannung zwischen ihnen abgelenkt. Sie brauchte ihn jetzt und verspürte ein schon fast schmerzhaftes Ziehen im Unterleib, weil er sie zappeln ließ.

„Antworte mir", befahl er und drückte ihre Handgelenke etwas fester, ohne ihr wehzutun.

Sie schnappte vor Überraschung nach Luft. Aber nicht seine Dominanz verunsicherte sie, sondern vielmehr die Tatsache, dass es sie total anmachte.

„Nein, sag du es mir", widersetzte sie sich deshalb spielerisch.

Er beugte sich noch tiefer zu ihr hinunter und sie beobachtete gebannt, wie er seine Länge träge massierte. Dann biss er sie unerwartet in den Hals. Aber auch jetzt nur so fest, dass es ihr keine Schmerzen bereitete. Und wieder spürte sie, wie sie dadurch nur noch feuchter wurde.

„Weil ich weiß, dass es dich heißmacht, Baby", raunte er ihr ins Ohr, nachdem er die Bissstelle mit seiner Zunge beruhigt hatte. „Und wir beide brauchen das hier jetzt."

Sie spürte die stumpfe Spitze seines Geschlechts gegen ihre Öffnung drücken und da verharren.

„Ich werde dich jetzt richtig durchvögeln, Baby."

Scheiße, seine Stimme und die gesprochenen Worte machten sie mehr als bereit. Er schob sich langsam in sie, dehnte sie und ließ ihr Zeit, sich an ihn zu gewöhnen. Nick war gut ausgestattet und sie war tatsächlich dankbar, dass er Rücksicht nahm.

„Lass dich gehen, Liebes. Du wirst sehen, wie sehr du das brauchst."

Als wären ihr Körper und Geist eine Marionette, deren Fäden Nick bespielte, ließ sie alles fallen und gab sich ihm komplett hin. Sie vergaß alles, was ihr zusetzte, wer oder was sie war.

„Fuck, du fühlst dich so perfekt an", hörte sie ihn wie aus weiter Entfernung stöhnen.

Nick stieß immer härter und gnadenlos zu. Doch er hatte recht gehabt. Sie brauchte das. Er verschaffte ihr zwei Orgasmen, die sich gewaschen hatten, und als sich der dritte in ihrem Körper zusammenbraute, hörte sie ihn ihren Namen rufen. Nach ihrem gemeinsamen Höhepunkt brach er über ihr zusammen. Sie legte ihre Arme um ihn und vergrub ihr Gesicht an seiner Brust. Sie sog seinen Duft nach Mann ein und wünschte sich, bis in alle Ewigkeit so verharren zu können.

Als er wieder etwas zu Atem gekommen war, schlang er seine Arme um sie und drehte sie mit sich herum, damit sie auf ihm zu liegen kam. Rose bettete ihren Kopf auf seiner Brust und horchte mit geschlossenen Augen seinem schnellen, kräftigen Herzschlag.

Er strich ihr gedankenverloren über den Rücken. Währenddessen betrachtete Rose die vielen Tattoos, die seine Brust, Ober- und Unterarme und wie sie vorhin gesehen hatte auch seinen Bauch bedeckten.

Rosenranken wanden sich um seinen Oberarm, immer an den Stellen, die nicht durch ein anderes Motiv verziert waren. Sie entdeckte eine Taschenuhr, verschiedene kunstvoll dargestellte Noten und Teilstücke von Melodien. Bei genauerer Betrachtung fand sie ein Paragrafen-Zeichen und einen Notenschlüssel. Die beiden Symbole waren durch ein Unendlichkeitszeichen verbunden. Rose wusste natürlich sofort, wofür diese Tätowierung stand.

Sie rutschte seitlich von ihm herunter, um die anderen Kunstwerke zu begutachten. Auf seinem Bauch, schräg zu den Rippen verlaufend, prangte ein Phönix.

Über seinem Bauchnabel stand das Sprichwort Dum Spiro Spero, was so viel wie ‚Solange ich atme, hoffe ich‘ bedeutete und darunter las sie Omnia Vincit Amor – ‚Liebe besiegt alles‘.

Wie sehr hatte er sich in dieser Zeit verändert. Sie dachte das nicht zum ersten Mal, doch nun, nackt und unverhüllt von Kleidern, war es umso deutlicher. Es lag nicht nur an der vielen unter die Haut gestochenen Tinte, sondern auch daran, dass er klar an Masse verloren hatte. Seine Muskulatur zeichnete sich zwar noch gut sichtbar unter seiner Haut ab, aber der Gewichtsverlust war nicht zu leugnen.

Aber egal, wie sehr er sich verändert hatte, er war immer noch der attraktivste und verführerischste Mann, den sie je gesehen hatte. Und er gehörte ihr. Jetzt und hoffentlich für immer.

Sie fuhr die Konturen seiner Bauchmuskeln nach und genoss den Anblick, wie sie sich unter ihrer Berührung kurz zusammenzogen. Die weiche, warme Haut lockte sie und sie küsste ihn sanft auf die Brust. Er schmeckte nach Salz und Sex und Mann und sie wollte mehr. Nein, alles, immer und immer wieder.

„Ich habe nie aufgehört dich zu lieben, Rose. Du warst immer bei mir. In meinem Herzen und in meinen Gedanken. Du hast mein wahres Ich unter dem ganzen Müll hervorgeholt“, sagte er leise und strich mit seinen Fingerspitzen über ihr Rückgrat.

Diese sanfte Berührung verursachte ihr Gänsehaut und ein Kribbeln in ihrem Unterleib, das sie überrumpelte. Sie hatte gerade drei Orgasmen während des besten Sex seit Jahren gehabt. Wie konnte sie da schon wieder Verlangen verspüren?

Sie ließ ihre Hand tiefer wandern. Vorbei an seinem Bauchnabel über den feinen Streifen kurzer dunkler Haare, die zu seinem intimsten Bereich führten. Sie fühlte, wie er unter ihr kurz die Luft anhielt, als ihre Finger durch sein Schamhaar glitten. Sie erinnerte sich daran, dass er früher immer totalrasiert war. Ihr gefiel beides.

Ohne mit der Wimper zu zucken, zog sie das gebrauchte Kondom ab und strich danach in langsamen, zärtlichen Zügen über seinen Schaft. Sie hielt ihn mit gutem Druck umfasst und spürte gleich, dass er unter ihrer Zuwendung wieder anschwoll.

Nicks Atmung beschleunigte sich und kam ihm bald stoßweise über die Lippen. Rose schob sich an seinem Körper nach unten und küsste die runde stumpfe Eichel, bevor sie sie in ihrem Mund nahm.

„Scheiße, Baby!", stöhnte er. „Was machst du da?"

Sie ließ kurz von ihm ab und lächelte ihn an. „Wonach sieht's denn aus?"

***

Nick

Seine Faust schloss sich um ihr dichtes Haar. Ihr warmer, feuchter Mund saugte an ihm und trieb ihn beinahe in den Wahnsinn.

Heilige Scheiße! Er sollte sie stoppen, weil sie doch erst wieder zueinandergefunden hatten. Aber verflucht sollte er sein, das war der geilste Blowjob seit ewigen Zeiten.

„Rose", hörte er sich selbst mit fremder Stimme sagen. „Ich liebe dich, mein Schatz."

Sie hielt inne und sah zu ihm auf. Ihre leuchtenden Augen ruhten auf ihm und schienen mitten in seine Seele zu blicken. Etwas, was bisher nur ihr gelungen war. Sie erkannte den Mann hinter der Marke, dem Produkt Nick Hamilton.

Ihre wundervoll geschwungenen Lippen waren rot und geschwollen von dem Dienst, den sie ihm gerade erwies. Zum tausendsten Mal fragte er sich, wie er die Zeit ohne sie überstanden und wie er Rose überhaupt verdient hatte.

„Ich liebe dich auch. Für mein Herz hat es immer nur dich gegeben, Nick." Dann senkte sie ihren Kopf und setzte ihre zärtliche Arbeit fort.

Er war so erleichtert, dass sie ihn in ihre Nähe ließ, dass ihm alles andere egal war. Er würde sie ab jetzt auf Händen tragen, so wie sie es, verdammt noch mal, verdient hatte. Das war der letzte klare Gedanke, den er zu fassen bekam, bevor sein Schwanz mitsamt seinem Unterleib zu explodieren drohte.

Die Welt schien kurz stillzustehen. „Rose!", hörte er sich selbst laut rufen. Oder hatte er es nur gedacht?

Weiche Lippen berührten ihn erst am Hals, dann auf der Kante seines Unterkiefers und zum Schluss seinen Mund. Er schlang seine Arme um sein Mädchen und drehte sich mit ihr herum, sodass sie unter ihm zu liegen kam.

Er sah sie an, jeden Zentimeter ihres schönen Gesichts und strich ihr die Haare zur Seite. Ihm fehlten die

Worte, um zu sagen, wie glücklich er jetzt gerade war. Dass er sterben würde, sollte er sie noch einmal verlieren. Toller Songwriter war er … Wenn sie nur wüsste, wie nahe er ihr immer gewesen war. Und das wortwörtlich.

Wann immer er die Möglichkeit gehabt hatte, war er nach Manhattan gekommen. Für sie. Immer nur für sie. Dann hatte er Stunden damit verbracht, im Schatten von Hauseingängen, Bäumen, Seitenstraßen, Müllcontainern und was sonst noch zur Verfügung gestanden hatte, herumzulungern und sie zu beobachten. Er war nichts anderes als ein verfluchter Stalker gewesen. Er hatte nicht anders gekonnt.

Barry hatte immer nur den Kopf geschüttelt, ihn jedoch mit oberschlauen Kommentaren in Ruhe gelassen.

Und dann war da noch Doro gewesen. Wie viele Stunden mochte er wohl schon in ihrem Studio verbracht haben? Jede einzelne Tätowierung, die er auf dem Körper trug, hatte sie gemacht.

Erst hatte sie ihm eine geknallt, als er ihren Laden betreten hatte. „Du Scheißkerl!", hatte sie gerufen, „ich habe dich gewarnt! Wenn du ihr wehtust, bekommst du es mit mir zu tun." Ja, er hatte Rose zu ihrem Besten stehen gelassen. Jetzt war er überzeugt, dass sie einen Weg gefunden hätten, hätten sie sich die Zeit genommen, um darüber zu reden.

Am Ende hatten sie sich ausgesprochen und er hatte Doro an ihre Diskretion erinnert. Er war ein Drecksack gewesen, dass er Roses beste Freundin in eine solche Position manövriert hatte, das wusste er jetzt. Damals aber hatte ihn die pure Verzweiflung beherrscht und er hatte diesen Weg gewählt, um Rose wenigstens ein wenig nahe zu sein.

Er war selbst bei Moe & Sam's gewesen, wo er mit Entsetzen hatte feststellen müssen, dass Rose da regelmäßig Doppelschichten schob, um ihren Kopf über Wasser zu halten.

Nick hatte auch die Anfänge mit dem anderen Kerl miterlebt. Das musste dann wohl Gary oder Greg, oder wie der Sack auch heißen mochte, gewesen sein. Mann, war er wütend gewesen. Von da an war es im Eiltempo bergab mit ihm gegangen.

Er sah immer noch in diese wunderschönen grünen Augen. Dann legte er seine Lippen auf ihre und küsste sie langsam und liebevoll, so wie sie es verdiente. Es wurde ein tiefer, zärtlicher Kuss, und als sie ihn sanft mit der Zungenspitze anstupste, zögerte er nicht eine Sekunde und ließ sie ein.

Als Nick das nächste Mal die Augen öffnete, hörte er leise Stimmen aus dem Wohnzimmer und es roch herrlich nach Truthahn. Er drehte sich auf die andere Seite, um Rose zu wecken, fand die andere Betthälfte aber leer vor. Wo war sie?

Er stand auf, holte eine Jogginghose aus dem Schrank und schlüpfte hinein. Barfuß und ohne Oberteil verließ er das Schlafzimmer. Vor der Tür blieb er wie angewurzelt stehen. Was er sah, stimmte nicht mit dem überein, wie sein Wohnzimmer hätte aussehen müssen.

Alles erstrahlte in weihnachtlichem Glanz. Jemand hatte den Baum aufgestellt und bereits in klassischem Rot und Gold geschmückt. Der Esstisch war festlich gedeckt und aus der Küche drang fröhliches Gelächter.

Er ging leise durch den Salon, am Tisch vorbei und blieb im Durchgang zur Küche stehen. Nick ließ das Bild, das sich ihm bot, erst einmal auf sich wirken. Seine Mutter stand am Herd. Doro und Rose standen an der Anrichte und schnitten Gemüse. Barry kümmerte sich um den Vogel im Ofen und Roses Dad öffnete gerade zwei Flaschen Rotwein.

Ihren alten Herrn mal aus der Nähe zu sehen, verschaffte Nick weiche Knie. Er hatte ihn bisher nur aus der Distanz beobachtet.

Aaron Armand war eine beeindruckende Erscheinung. Nicht ganz so groß wie Nick. Dafür durchtrainiert mit der aufmerksamen Ausstrahlung und dem scharfen Verstand eines Cops mit jahrelanger Erfahrung.

Mist, er hätte sich ein T-Shirt anziehen sollen. Er wollte sich gerade davonstehlen, um seinen Fehler zu beheben, als er Doro rufen hörte: „Hey Saftsack! Steh nicht so faul herum und hilf gefälligst!"

Alle hoben ihre Köpfe und sahen ihn an. Doch das einzige Augenpaar, das er wahrnahm, war das von Rose. Sie lächelte und schlug dann schüchtern die Lider nieder. Er fühlte sich von ihr angezogen wie eine Motte vom Licht, weshalb sich seine Füße automatisch in ihre Richtung bewegten. Niemand sagte etwas. Aber vielleicht hörte er es auch nicht.

Rose legte das Messer beiseite und kam ihm entgegen. Sie war zum Mittelpunkt seines verkorksten Seins geworden.

„Hey Schlafmütze", flüsterte sie, nachdem sie in seinen Armen lag. Sie trug dieselben Klamotten wie vormittags, was er bedauerlich fand. Am liebsten hätte er sie nackt gehabt, vorzugsweise zwischen seinen Laken. Aber mit all den Gästen wäre das wohl keine so prickelnde Idee.

„Du warst einfach weg“, beklagte er sich flüsternd in ihr Ohr. „Wieso hast du mich nicht geweckt?“

Sie drückte ihm einen Kuss auf die Brust. Warme Schauder durchliefen ihn und es war ihm scheißegal, dass sie Zuschauer hatten.

„Du hast so tief geschlafen und ich fand, dass du die Ruhe nach der Aufregung der letzten Wochen gebrauchen konntest.“ Sie lehnte sich in seinen Armen etwas zurück und musterte ihn aufmerksam. „Ich möchte dir jemanden vorstellen.“ Dann wandte sie sich um und hielt ihrem Vater eine Hand hin, die er ohne zu zögern ergriff.

„Daddy, das ist Nick.“

Ihr Vater lächelte sie liebevoll an. „Was du nicht sagst, Rosie.“

„Nick, das ist mein Vater Aaron.“

Nick gab dem Mann die Hand. Obwohl Aaron Armand einen halben Kopf kleiner war, hatte Nick den Eindruck, zu ihm aufschauen zu müssen. Roses Vater strahlte eine immense Autorität aus. Gesund, fit und gepflegt bildete er zurzeit das pure Gegenteil zu Nicks Erscheinung. So empfand er es auf jeden Fall.

Aaron Armands Händedruck war fest und ein stummes Versprechen, dass er ihm den Kopf von den Schultern trennen würde, sollte es nötig sein.

„Hallo Nick“, sagte der Vater.

„Mr. Armand“, entgegnete Nick wenig geistreich. Danach entstand eine unangenehme Stille, in der man die Hausstaubmilben hätte niesen hören können.

„Nun", wandte er sich an niemanden Spezielles, „ich glaube, ich werde mich mal anständig anziehen." Bevor er sich umdrehte, küsste er Rose auf die Stirn.

Er eilte ins Schlafzimmer. Himmelherrgott! Wieso hatte er seinen Verstand nicht eingeschaltet, bevor er sich vor versammelter Mannschaft blamierte? Nur ein Shirt! Mehr hätte es weiß der Teufel nicht gebraucht.

Er zog Jeans und ein schwarzes Hemd an und ging danach ins Bad, um sich etwas frisch zu machen. Als er das Gefühl hatte, seinem quasi Schwiegervater zivilisiert entgegentreten zu können, ging er zurück ins Wohnzimmer. Dort erwartete ihn Aaron mit einer Flasche Bier in jeder Hand.

Jetzt kam sie, die Standpauke, die jeder Vater dem Geliebten der Tochter hielt.

„Ich möchte mich einen Moment mit Ihnen unterhalten, Nick."

Nick nahm kommentarlos zwei Jacken aus der Garderobe, von denen er dachte, dass eine davon Roses Vater passte. „Am besten gehen wir hinaus auf die Terrasse. Da sind wir ungestört." Er zog erst selbst eine Jacke an und gab die zweite Aaron Armand. Bierflaschen und Jacke wurden ein paar Mal hin und her gereicht, bevor sie hinaus in die Kälte traten.

Nick schob die schwere Tür zu, um die Wärme drinnen zu halten und bot Aaron Armand an, sich auf einen der beiden Liegestühle zu setzen. Er selbst nahm auf dem anderen Platz.

„Endlich habe ich die Gelegenheit, persönlich mit Ihnen zu sprechen, Nick. Darauf habe ich Jahre gewartet."

Nick hob die Flasche an die Lippen und trank einen kräftigen Zug. „Das kann ich mir vorstellen", brachte er schließlich hervor, nachdem er sich Mut angegurgelt hatte.

Armand lachte trocken und nahm ebenfalls einen Schluck. „Wissen Sie", begann er erneut, nachdem er die Hand mit der Flasche wieder gesenkt hatte. „Ach, lassen wir das förmliche Getue. Wir sagen einfach du, okay? Ist einfacher so."

Nick sah überrascht zu Schwiegerpaps hinüber. Der Kerl gefiel ihm immer besser.

„Anfänglich wollte ich dich erschießen, weil du mein Baby sitzen gelassen hast. Ich hielt dich für einen arroganten Mistkerl. Nein, das stimmt so nicht. Ich halte dich immer noch dafür."

Vielen Dank.

„Aber während Rose allem, was auch nur andeutungsweise mit dir zu tun hatte, aus dem Weg gegangen ist, habe ich jeden deiner Schritte verfolgt."

Nick warf einen flüchtigen Blick auf den Mann, der wahrscheinlich ähnlich starke Gefühle für Rose hatte wie er selbst. „Sie verhielt sich wochenlang wie ein Zombie und wurde von der Presse belagert. Weshalb mein Bruder Daniel eingegriffen und eine Verfügung erwirkt hat. Da erst begann ich zu verstehen. Du hast das für sie getan. Das war auch die Zeit, als ich bemerkt habe, dass du dich wie ein Verbrecher hinter Müllcontainern und Hauseingängen herumdrückst, um Rose zu beobachten. Aus diesem Grund bin ich in den aktiven Polizeidienst zurückgekehrt. Ich wollte für Rosie da sein. Ich wollte sie beschützen können, sollte es nötig sein."

Mist, er hatte sich der Illusion hingegeben, dass er unbemerkt geblieben war. „Ich konnte nicht anders. Ich musste mich einfach immer wieder davon überzeugen, dass es ihr gut ging." Wieso hatte er plötzlich das Gefühl, sich rechtfertigen zu müssen?

„Ja, das habe ich schon so verstanden." Aaron hielt kurz inne, als müsste er sich sammeln. Das verschaffte Nick auch einen Moment, um durchzuatmen.

Aaron nahm einen weiteren großen Schluck aus der Flasche, während Nick die Lust darauf gänzlich vergangen war.

„Als ich dachte, dass es wieder mit ihr aufwärtsgeht, tritt dieser Mafioso Gregory McAllister in ihr Leben."

Nick wollte das alles eigentlich gar nicht hören, weil er erfahrungsgemäß schlecht mit solchen Dingen umgehen konnte. Dennoch wurde er hellhörig.

„Wieso sagst du so was? Ich meine Mafioso?"

Nun stand auch Armand auf und reckte sich. „Weil mir mein Bulleninstinkt sagt, dass der Kerl mächtig Dreck am Stecken hat. Leider konnte ich ihm bisher nichts nachweisen. Zum Glück ist Rose aufgewacht und hat sich von ihm getrennt."

Ja, dem Himmel sei Dank. Und wie froh war er, dass sie in seine Arme und sein Bett zurückgekehrt war. Aber das würde er natürlich für sich behalten.

„Warum hat mir Doro nichts von Roses Verfassung und dem Tod ihrer Mutter erzählt? Ich hatte regelmäßig Kontakt mit ihr."

Aaron lächelte. „Ja, das war nicht zu übersehen, als du dich mir vorhin halb nackt vorgestellt hast." Das sollte wohl eine Anspielung auf seine Tattoos sein. „Nein, aber jetzt mal im Ernst, Nick. Du wärst bekokst und im

Suff angestürmt gekommen und das hätte niemandem geholfen." 1:0 für Mr. Armand. Leider tat es trotzdem weh, dass er Rose nicht hatte beistehen können. „Ich möchte jetzt noch zwei Dinge klarstellen", fing der Vater noch einmal an. „Ich werde dir gegenüber wahrscheinlich immer kritisch sein. Aber Rose zuliebe werde ich mir Mühe geben. So glücklich wie heute, als sie aus deinem Schlafzimmer kam, habe ich sie schon sehr lange nicht mehr gesehen. Und als du endlich deinen Arsch aus den Federn bewegt hast, schien es, als wäre die Sonne in meinem Mädchen aufgegangen. Es war, als hätte jemand eine dicke Staubschicht von ihrer Seele gewischt. Also merk dir eines: Du wirst nicht mehr saufen, keine anderen Drogen mehr konsumieren und du hörst mit diesem Herumgeficke auf. Du behandelst mein Mäuschen mit Respekt. Du lässt sie sich selbst sein und gibst ihr alles an Liebe und Aufmerksamkeit, das sie braucht. So kann ich mich mit dir arrangieren." Er hielt inne, als wollte er Nick Zeit zum Nachdenken geben.

Dann fuhr er fort: „Tust du ihr aber weh oder baust andere Scheiße, bringe ich dich um. Lass dir das gesagt sein. Für meine Kleine gehe ich nötigenfalls in den Knast."

Nick musterte den Mann. Er wollte, dass dieser seine Aufrichtigkeit sah. „Das mit dem Herumvögeln hat schon vor Rose aufgehört. Das war noch, bevor wir zusammengekommen sind. Die Drogen gehören auch der Vergangenheit an und ich arbeite hart an mir. Aber was den Alkohol angeht ... hm ... Wer hat mir gerade eben eine Flasche Bier in die Hand gedrückt?" Er hob grinsend die Flasche und nahm einen Schluck.

Aaron lachte und trank ebenfalls. „Du bist und bleibst ein Arschloch. Aber solange du Rosie glücklich machst, kann ich mit dir leben.“

Nick fiel in das Lachen ein und warf dabei einen Blick ins Wohnzimmer. Barry tanzte grinsend mit Doro und Rose unterhielt sich mit Mia und ... Moment! Was taten Will und Beth, seine Freundin, hier?

Er klopfte Aaron auf die Schulter und ging zur Terrassentür. Roses Vater folgte ihm. Nick fühlte, dass er mit diesem Mann gerade eine Art Pakt geschlossen hatte. Sie beide betraten die Wohnung und Nick ging direkt auf seinen Bruder zu.

„Ich werde mit Cassius reden müssen“, begann er laut und alle drehten sich zu ihm um. „Dieser Pförtner lässt auch jedes Gesindel hoch, ohne mich vorher um Erlaubnis zu fragen.“

Will trat ihm mit ernstem Gesicht entgegen. „Jemand muss dafür sorgen, dass du deinen armseligen Arsch wieder auf die rechte Spur bekommst.“ Dann lachten sie beide und fielen sich um den Hals.

„Was zum Teufel machst du hier?“ Nick hatte sich noch nie so gefreut, die Visage seines nervigen Bruders zu sehen.

„Dieses Vergnügen hast du Mom zu verdanken“, antwortete Will. „Sie hatte Angst, dass du anfängst, Trübsal zu blasen, wenn du mich nicht hast, den du nerven kannst. Aber wie ich gerade erfahren habe, bist du ein freier Mann.“ Das freundliche Funkeln in den Augen seines Bruders war für Nick mehr wert, als er für möglich gehalten hatte.

Rose

Sie hängte das Geschirrtuch zum Trocknen an den Haken und sah sich noch einmal prüfend in Nicks Küche um. Alle hatten sich bereits schlafen gelegt.

Mia, Will und Bethany waren ins Hotel gegangen. Barry schlief wahrscheinlich auch schon in seinem Bett ein paar Häuser weiter.

Ihr Dad lag im Büro und Doro im Gästezimmer. Wahrscheinlich wartete Nick in seinem Bett auf sie. So hatte er es auf jeden Fall gesagt. Sie hatte noch etwas Zeit für sich gebraucht, weshalb sie sich bereit erklärt hatte, aufzuräumen.

Der Abend war mehr als gemütlich und alle entspannt und gelöst gewesen. Allen voran Nick. Sogar ihr Dad hatte zufrieden gewirkt. Rose fragte sich schon die ganze Zeit, was die beiden wohl so Wichtiges auf der Terrasse zu besprechen gehabt hatten. Doch das würde sie wohl nie herausfinden. Der Blick, mit dem Nick sie den ganzen Abend bedacht hatte, verriet, dass es kein einfaches Gespräch gewesen sein konnte. Er schien zu gleichen Teilen besorgt, glücklich und aufmerksam zu sein.

Sie dachte an die Stunden, die sie am Nachmittag in seinem Bett verbracht hatte. Das Verlangen, das sich sofort wieder in ihr ausbreitete, hielt sich bedauerlicherweise die Waage mit der aufsteigenden Panik. Das alles ging viel zu schnell. Wieder einmal. Aber was war auch anderes zu erwarten gewesen, wenn Nick Hamilton darin involviert war? Sie wollte ihn. Das hatte sie schon von der Minute an, in der sie ihm das erste Mal begegnet war. Das würde sich auch nie ändern. So viel wusste sie inzwischen.

Sie sah sich in der Penthouse-Wohnung um, ohne etwas wahrzunehmen. Was war, wenn es wieder nicht funktionierte? Wieder etwas in die Quere kam, was entweder ihn oder sie betraf? Sie würde das nicht überleben. Nicht noch einmal. Schon deshalb war es ihr wichtig, es dieses Mal langsam angehen zu lassen. Nur nicht wieder Hals über Kopf in eine Affäre stolpern und nach ein paar Wochen mit gebrochenem Herzen dastehen. Wenn sie jetzt aber hierblieb, in Nicks Armen ... Sie hatten sich beide verändert. Es war wahrscheinlich besser, wenn sie sich erst einmal wieder neu kennenlernten. Herausfanden, wer sie jetzt waren und das gemeinsam.

Ihr Entschluss stand fest. Sie nahm das kleine Päckchen aus ihrer Tasche, das ihr Doro auf ihren Wunsch hin mitgebracht hatte. Das Geschenk hatte seit zwei Jahren verpackt in ihrem Nachtkästchen gelegen. Rose hatte immer wieder mit dem Gedanken gespielt, es wegzuwerfen. Nun war es aber doch noch beim rechtmäßigen Empfänger angekommen.

Sie riss einen Notizzettel aus ihrer Agenda und setzte sich an den Tisch, um Nick eine Nachricht zu schreiben. Er sollte nicht das Gefühl haben, dass sie vor ihm davonrannte. Nun ja, vielleicht tat sie das doch ein wenig.

Nachdem sie sich ihre Gefühle von der Seele geschrieben hatte, stellte sie das Geschenk auf den kurzen Brief, nahm Mantel und Tasche und verließ Nicks Wohnung.

Unten in der Lobby trat sie aus dem Aufzug und sah, dass Cassius' Platz ebenfalls verlassen war. Das freute sie. Der Eingang war ab zwanzig Uhr sowieso verschlossen.

Sie drückte den elektrischen Türöffner an der Wand neben der Tür und trat danach in die kalte Nacht hinaus. Es hatte aufgehört zu schneien und die Stadt schien in weiße Watte gepackt. Das allgegenwärtige Gesumme und Brummen, das für Rose der Herzschlag Manhattans war, schienen ebenfalls gedämpft. Es waren für die Verhältnisse dieser Stadt nur noch wenige Menschen unterwegs und auch der Verkehr hatte sich deutlich beruhigt.

Rose musste bis zum Columbus Circle gehen, bis ihr ein freies Taxi begegnete. Die Fahrt zu ihrer Wohnung registrierte sie kaum. Erst als ihr wieder die frische Schneeluft ins Gesicht schlug, bemerkte sie, dass sie auf dem Gehsteig vor ihrem Wohnhaus stand.

Sie schloss das Haupttor auf und stieg die Treppe in die dritte Etage hoch. Vor der Wohnung verharrte sie einen Augenblick. Hatte sie richtig gehandelt? Würde Nick es ihr übelnehmen, dass sie einfach so sang- und klanglos gegangen war?

Rose wollte gerade den Schlüssel ins Schloss stecken, als sie einen dicken Briefumschlag vor sich auf dem Boden liegen sah. Wie war der hierhergekommen? Wer war der Absender? Das Kuvert war nicht adressiert. Sie war mit einem Schlag hellwach. Etwas war hier faul.

Sie schloss die Tür auf und stieg über die seltsame Post hinweg, um die Wohnung zu betreten und schaltete das Licht im Korridor ein. Das Bild, das sich ihr bot, trieb ihr das Wasser in die Augen und alles, was sie in den Händen gehalten hatte, fiel zu Boden.

Die Wohnung war verwüstet. Kein Bild hing mehr an den Wänden, nicht ein Möbelstück stand mehr auf seinen Füßen und sämtliche Schubladen lagen auf dem Boden. Und das war nur das Chaos im Wohnungsflur.

Rose brauchte einen Moment, um den Schock zu verarbeiten. Ihr Blick fiel auf den dicken Umschlag, der zu ihren Füßen lag. Sie wagte es nicht, ihn aufzuheben und zu öffnen. Vielleicht enthielt er ja Anthrax oder etwas anderes Gefährliches.

Sie kramte ihr Telefon aus der Tasche und rief die 911 an. Langsam drang juristische Professionalität durch ihr Entsetzen. Hier mussten Beweise gesichert werden, bevor sie sich ans Aufräumen machte.

Sie ging vorsichtig durch die Wohnung, um den Schaden zu begutachten. Es schien nichts zu fehlen. Auf den ersten Blick zumindest.

In der Küche herrschte ebenfalls ein heilloses Durcheinander. Sämtliche Schränke waren offen und der Inhalt aller Schubladen war über den Boden verstreut. Zum Glück hatte der Einbrecher das Geschirr heil gelassen. Mehl, Zucker, Reis, Teigwaren und andere Lebensmittel verunstalteten jedoch den Plattenboden.

Ihr Schlafzimmer sah auch nicht besser aus. Was ihr aber die Magensäure hochkommen ließ, waren die fünf toten Ratten, die der Eindringling auf ihrer Bettdecke hinterlassen hatte. Die Botschaft war klar. Derjenige, der sich Zutritt zur Wohnung verschafft und hier gewütet hatte, war ihretwegen hier gewesen.

Das Klingeln an der Eingangstür kündete die Ankunft der Polizei an. Instinktiv warf Rose einen Blick auf die Uhr. 1:30 a. m. Jeder normale Mensch lag jetzt im Bett und schlief. Sie hingegen versuchte, die Müdigkeit und den Schock in den Hintergrund zu drängen.

Sie ließ die Beamten hochkommen und dachte kurz daran, ihren Dad und Doro anzurufen. Aber sie wollte die beiden nicht mitten in der Nacht beunruhigt durch die halbe Stadt jagen.

Rose trat hinaus auf den Korridor, um die Cops in Empfang zu nehmen. Sie kamen zu dritt. Einer von der Spurensicherung und zwei Uniformierte.

„Miss Armand?", fragte einer der beiden. Er schien der Dienstältere zu sein.

„Ja, das bin ich."

„Sie haben einen Einbruch gemeldet?"

Rose nickte und trat zur Seite, um die Beamten in die Wohnung zu lassen.

Die Beamten sahen sich kurz um. Der Mann von der Spurensicherung und der jüngere Polizist machten sich an die Beweisaufnahme und Sicherstellung von Spuren. Der ältere Polizist setzte sich zusammen mit Rose in die Küche, um ihre Aussage aufzunehmen.

„So, Miss Armand. Dann erzählen Sie mir mal, was heute vorgefallen ist."

Sie atmete tief durch und berichtete ihm dann, was er hören wollte. Wie lange sie weg gewesen war, wann Doro und ihr Vater die Wohnung ungefähr verlassen hatten. Ob sie jemanden verdächtigte. Ob sie irgendwelche Feinde hatte oder gar Doro. Und so weiter. Nach einer gefühlten Ewigkeit klappte er seinen Block zu und steckte ihn in seine Jackentasche.

„Darf ich Sie noch etwas Persönliches fragen, Miss Armand?“

„Nur zu“, antwortete sie.

„Sie sind nicht zufällig Aaron Armands Tochter?“

Sie sah auf und lehnte sich im Stuhl zurück. „Warum möchten Sie das wissen?“ Sie war vorsichtig geworden, wenn es um die Preisgabe persönlicher Auskünfte ging. Die Zeit nach Nick und ihr Beruf waren schuld daran.

„Ach, nur so. Aaron Armand ist mit mir auf die Polizeiakademie gegangen. Das ist alles.“ Er war damit beschäftigt, sich in der Unordnung umzusehen.

„Ja, Officer Brown“, sie las den Namen vom Schild ab, das seine Hemdbrust zierte. „Aaron Armand ist mein Vater und ...“

„So, wir wären jetzt fertig hier, Miss. Sie dürfen beruhigt aufräumen. Wenn Ihnen dabei auffällt, dass etwas fehlt, geben Sie uns umgehend Bescheid“, unterbrach sie der andere Uniformierte. „Nur noch eine kurze Frage: Haben Sie einen Platz, wo Sie ein paar Nächte bleiben können?“

Rose stutzte. War das jetzt ein verdammter Scherz? „Wieso fragen Sie mich das?“ Sie war müde und deshalb gereizt.

„In dem Briefumschlag haben wir noch eine tote Ratte gefunden und diesen Zettel.“ Er hielt ihr eine transparente versiegelte Plastiktüte hin, in der ein mit Computer geschriebener Brief steckte.

Halt dich aus unseren Angelegenheiten raus, sonst sind die Ratten nicht die Einzigen, die tot aufgefunden werden. Verstanden, du verräterische Schlampe?

Rose bekam weiche Knie, doch sie ermahnte sich, sich nicht einschüchtern zu lassen. „Ich werde mich nicht von solchen Psychopathen aus meiner Wohnung vertreiben lassen, Officer.“

„Nun gut, dann werden wir mal wieder gehen“, sagte Brown und stand auf. „Passen Sie auf sich auf, Miss Armand. Wenn irgendetwas ist, rufen Sie mich umgehend an.“ Er drückte ihr dabei seine Visitenkarte in die Hand. „Und grüßen Sie mir Ihren Vater. Er ist ein guter Kerl.“

Als sie die Tür hinter den Polizisten geschlossen hatte, sank ihr der Mut. Es war inzwischen drei Uhr nachts und die Wohnung glich einem Schlachtfeld.

Mit einem tiefen Seufzer holte sie Besen, Eimer und Müllbeutel und machte sich daran, Ordnung zu schaffen. Während sie fegte und putzte, hatte ihr analytisches Gehirn die Gelegenheit, die ganze Situation zu überdenken. Sie arbeitete zurzeit eigentlich nur an kleinen Bagatellfällen. Keiner davon würde zu diesem Einbruch passen.

Sie ging in ihr Schlafzimmer. Na toll, die Spurensicherung hatte ihr ganzes Bettzeug mitgenommen. Auch egal, sie hätte sowieso nicht mehr unter dieser Decke geschlafen, seit mehrere tote Ratten darauf gelegen hatten.

Rose ging, nachdem sie das Chaos in ihrem Schlafzimmer beseitigt hatte, in die Küche, um den Eimer zu leeren. Hier war die letzte Station der Aufräumaktion. Zum Glück.

Während sie die Schränke schloss und die Reste Mehl und Reis aufwischte, fiel alles auf seinen Platz. Sie wusste mit einem Mal, wer hier eingebrochen war und warum sie bedroht wurde. Unklar war ihr jedoch, warum nicht ihr Onkel das Ziel dieses Angriffs gewesen war.

Nick und sie mussten während ihrer Ermittlungen, um ihn zu entlasten, in ein sprichwörtliches Wespennest gestochen haben. Aber warum waren die Kerle jetzt hinter ihr her? Ihr Onkel hatte Nick rausgehauen und sie war sorgfältig darauf bedacht gewesen, im Hintergrund zu bleiben. Wie waren sie also auf sie und an ihre Adresse gekommen?

Sie stellte den Besen weg und holte ihr Handy aus der Tasche. Erst wollte sie ihrem Onkel eine SMS schreiben und ihn warnen. Doch dann entschied sie sich anders. Ihr Verdacht beruhte nur auf Vermutungen. Warum sollte sie die Pferde scheu machen, wenn es noch gar keine Beweise gab? Stattdessen rief sie Nick an. Sie wollte seine Stimme hören und ihm ihr Herz ausschütten. Es war ein Fehler gewesen, in ihre Wohnung zu fahren. Verdammter Fluchtreflex. Leider nahm Nick nicht ab. Er hörte sein Handy nicht, weil er vermutlich schon schlief.

Schließlich übermannte sie die Müdigkeit. Ein weiterer Blick auf die Uhr sagte ihr, dass sie nun schon seit fast vierundzwanzig Stunden auf den Beinen war. Sie holte sich eine Wolldecke und ein Reservedaunenkissen und legte sich auf die Couch. Das Letzte, was sie sah, war die Digitaluhr des Fernsehers, die 5:45 a. m. zeigte.

***

Nick

Er schreckte hoch, weil er Scheiße geträumt hatte. Das Licht der Nachttischlampe, die immer noch brannte, half ihm sich zu orientieren. Warum war die noch an? Er hatte auf Rose gewartet, musste jedoch eingeschlafen sein.

Er drehte sich zur anderen Bettseite, fand sie aber unberührt vor. Wie spät war es? Er sah beunruhigt auf die Uhr. 6:15 Uhr. Mist, er hatte nicht bemerkt, dass sie nicht zu ihm gekommen war.

Er stand auf und zog sich die Jogginghose an. Er ging ins Wohnzimmer und ihm wurde bewusst, dass seine Vermutung Realität geworden war: Rose war gegangen.

Verfluchte Scheiße! Er ging Richtung Küche und entdeckte auf dem Weg dahin auf dem Esstisch ein Päckchen und eine Notiz. Schon aus der Distanz erkannte er Roses schöne, geschwungene Handschrift.

Er ging zum Tisch und zog den Brief unter dem Paket heraus.

Lieber Nick,

*verzeih mir bitte, dass ich so klammheimlich verschwun-
den bin. Vielen Dank für die schönen Stunden mit Dir, Deiner Familie und die Möglichkeit, dass meine Lieben auch
daran teilnehmen durften.*
*Ich liebe Dich, aber das hast Du ja schon vor mir gewusst.
Nicht wahr? Dennoch habe ich das Gefühl, dass das alles
(wieder einmal) zu schnell geht. Aus diesem Grund bin ich
gegangen. Der ganze Tag, der Abend und die Ereignisse der
letzten Zeit haben mich wohl mehr mitgenommen als gedacht.*
*Ich komme morgen zum geplanten Brunch. Bis dahin sind
meine kalten Füße sicher wieder warm geworden. Unterdessen kannst Du ja schon mal Dein Weihnachtsgeschenk
auspacken. Ich hoffe es gefällt Dir. Ich habe es vor zwei Jahren gekauft und hatte danach leider keine Gelegenheit
mehr, es Dir zu geben.*

Bis später, Nick. Ich liebe Dich.
Kuss, Rose

Er ließ die Hand mit der Notiz sinken. Kalte Füße?
Jetzt machte er sich echt Sorgen. Trotzdem freute er
sich über Roses Präsent und packte es sofort aus. Ein
breites Lederarmband kam zum Vorschein. Drei ge-
flochtene Lederbänder reihten sich übereinander und
wurden mit drei Metall-schnallen am Handgelenk verschlossen. Auf der Rückseite erkannte er die Initialen
N. H. & R. A. eingraviert.
Er lächelte, denn das war wohl das Süßeste, was ihm
bisher geschenkt worden war. Das Armband selbst war

toll und traf seinen Geschmack. Doch durch die Inschrift wurde es zu etwas ganz Speziellem.

„Gut, dass du auch schon wach bist", hörte er Aaron hinter sich sagen. Nick drehte sich um und erkannte, dass der Mann bereits geduscht und angezogen war. Der strenge Zug um seinen Mund verhieß nichts Gutes.

„Was ist los?"

„Ich habe vorhin einen Anruf eines ehemaligen Kollegen von der Polizeiakademie bekommen. Er meinte, dass er letzte Nacht zu einem Einbruch gerufen worden sei …" Er hielt einen Moment inne und schürte damit Nicks Unruhe. „Es ist Roses Wohnung. Er hat aber den Verdacht, dass es sich nicht um einen Raubüberfall handelt, sondern um einen Einschüchterungsversuch."

„Heilige … Kacke! Du gehst jetzt dahin, stimmt's?" Aaron nickte.

„Rose ist gerade in der Wohnung. Ich gehe mich nur schnell umziehen. Es dauert keine fünf Minuten." Aaron bestätigte mit einem kurzen Neigen des Kopfes und Nick rannte ins Bad, um sich umzuziehen. Auf dem Weg griff er sich das Handy von der Kommode und entdeckte, dass Rose ihn angerufen hatte. Scheiße!

Tatsächlich streifte er sich nur wenige Minuten später die Daunenjacke über und verließ mit nassen Haaren und in Begleitung von Roses Dad das Appartementhaus. In der Garage bestiegen sie Nicks schwarzen Camaro und fuhren Richtung Hell's Kitchen. Glücklicherweise herrschte aufgrund der Feiertage, des Wetters und der frühen Morgenstunden nicht allzu viel Verkehr. Zumindest für New Yorker Verhältnisse.

Zwanzig Minuten später stiegen sie die Treppe zu Roses Stockwerk hoch. Ihr Vater hatte, wie sich herausstellte, einen Schlüssel. Nick machte sich große Sorgen. Hoffentlich war Rose wohlauf. Er hätte das verdammte Smartphone hören müssen.

Als sie auf dem Korridor zu ihrer Wohnung ankamen, sahen sie, dass vor ihrer Tür ein Polizist Wache hielt. Was ging hier nur vor? „Geh du schon mal hinein und schau nach Rose. Ich rede mal mit dem Kollegen", sagte Aaron und gab Nick den Schlüssel.

Sie gingen direkt auf den Beamten zu, der sich sofort alarmiert aufrichtete und eine Hand auf seine Dienstwaffe legte. „Halt!", rief er beflissen, woraufhin Aaron seine eigene Dienstmarke hervorholte und sie hochhielt.

„Keine Sorge. Meine Tochter wohnt hier und wir wollten nur nach dem Rechten sehen. Officer Brown hat mich über den Einbruch letzte Nacht informiert."

Der wachhabende Polizist warf Nick einen kritischen Blick zu. „Das ist der Verlobte meiner Tochter", flunkerte Aaron, um die Lage zu entspannen. Nick hätte allerdings nichts dagegen gehabt, wenn diese Aussage der Wahrheit entsprochen hätte. „Geh rein. Ich komme nach."

Nick schloss die Tür auf und betrat die dunkle Wohnung. Das Herz schlug ihm inzwischen bis zum Schädeldach. Er knipste die Lampe über der Tür an und machte sich auf das Schlimmste gefasst. Doch wider Erwarten befand er sich nicht im Chaos eines Einbruchs, sondern in einem ordentlichen Haushalt.

Er war lange nicht mehr hier gewesen. Dennoch hatte sich nicht sehr viel verändert. Obwohl Doro und Rose inzwischen gutes Geld verdienten, hatten sie immer noch die zusammengewürfelte Einrichtung von früher. Genau das mochte er. Sie waren so normal und zum Glück nicht abgehoben wie viele erfolgreiche New Yorker.

Ein paar Bilder, deren Schutzscheiben beschädigt waren, standen am Boden. Also hatten diese Einbrecher doch gewütet und Rose hatte alles allein aufgeräumt. Aber so kannte er sie und er bekam Mitleid. In Zukunft würde er das Mobiltelefon mit ins Schlafzimmer nehmen.

Nick wusste von früher, dass Roses Zimmer links am Ende des Gangs lag. Er ging auf leisen Sohlen den Korridor hinunter. Vorbei an Wohnzimmer, Küche, Bad und Doros Refugium. Er drehte vorsichtig den Türknopf und schob die Tür langsam auf.

Durch das Fenster drang Licht von den Straßenlaternen herein und gab dem Raum ein oranges Schimmern. Er bemerkte sofort die nackte Matratze. Keine Kissen, keine Decke und kein Leintuch. Und deshalb auch keine Rose. Wo zum Teufel war sie?

Er drehte sich abrupt auf dem Absatz um und versuchte der wachsenden Panik Herr zu werden. In einem Anflug von sinnloser Hoffnung ging er zu Doros Schlafzimmertür und stieß sie auf. Auch hier zeigte sich das Bett verwaist.

Himmel, Herrgott und Vollfuck! Er rannte ins Wohnzimmer und kam schlitternd zum Stehen. Über die Rückenlehne hinweg entdeckte er Roses linke Schulter, die sich im langsamen Rhythmus ihres Atmens hob und senkte.

Nick stolperte mehr als er ging um die Couch herum. Rose lag zusammengerollt unter einer bunten, hässlichen Wolldecke und schlief.

Nick hörte, wie jemand die Wohnung betrat. Bevor Rose unsanft geweckt wurde, eilte Nick schnell, aber geräuschlos in den Flur. Er nahm Aaron quasi in Empfang. Als der Vater den Kopf hob, tippte sich Nick mit dem Zeigefinger auf den Mund, um dafür zu sorgen, dass Aaron leise war.

„Rose schläft auf der Couch", flüsterte er.

Aarons Blick huschte zum Wohnzimmer. „Ist sie okay?"

„Ja, soweit ich es beurteilen kann." Er sah in dieselbe Richtung wie Aaron. „Gibt es etwas Neues?" Nick erkannte in den Augenwinkeln, dass Aaron den Kopf schüttelte.

„Nein, der Knilch weiß nichts. Er hat nur den Befehl bekommen, niemanden in die Wohnung zu lassen." Dann blickte er noch einmal besorgt zur schlafenden Rose. „Weißt du was? Du bleibst hier und kümmerst dich um Rosie. Ich fahr in der Zwischenzeit zum Polizeirevier und spreche mit Brown. Vielleicht darf ich einen Blick in die Unterlagen werfen. Danach treffen wir uns um elf bei dir, wie gestern mit allen abgemacht."

„Einverstanden. Warte, Aaron. Nimm meinen Wagen. Ich ruf Barry an, damit er uns mit dem gesicherten Wagen abholt."

Roses Vater nahm den Autoschlüssel entgegen, zögerte dann aber trotzdem. „Moment", fragte er mit Verblüffung in der Stimme, „du hast einen gesicherten Wagen? Was heißt das?"

Nick zog eine Augenbraue nach oben. Er war überrascht, dass Aaron so schwer von Begriff war. „Kugelsicher." Er konnte den Spott in der Stimme nicht gänzlich verhindern.

Aaron fiel die Kinnlade runter. „Du hast ein gepanzertes Auto? Wofür?", fragte der Cop, als er sich wieder gefasst hatte.

„Weil ich schon von kranken Fans und eifersüchtigen Lebenspartnern angegriffen wurde."

Aaron schüttelte den Kopf. „Schön, dass du meine arme Tochter in diesen Mist hineinziehst."

Nick wusste, dass Roses Vater das nicht so ernst meinte, wie es ausgesehen hatte. Das leichte Zucken um seine Mundwinkel strafte seine Worte Lügen. Dann wandte er sich um und ging Richtung Treppenhaus davon.

Nick kniete sich vor das Sofa und strich Rose vorsichtig eine Haarsträhne aus dem Gesicht.

Das fehlende Puzzleteil

Rose

Irgendwer war in der Wohnung. Und dieser Irgendwer hatte sie gerade angefasst. Da sie immer noch total müde war, konnte sie die Lider nur schwer öffnen. Doch sie musste sehen, wer so frech war und sie berührte, während sie schlief. War am Ende der Rattenfänger wieder zurückgekommen?

Dieser Gedanke gab ihr die nötige Energie und sie riss die Augen auf. Anfangs konnte sie jedoch nicht klar sehen. Alles, was sie erkannte, war eine schemenhafte Gestalt, die über ihr aufragte. Sie schlug um sich und wollte schreien. Doch in diesem Augenblick legte sich eine warme Hand auf ihren Mund und sie sog automatisch den Duft ein, der dieser Haut anhaftete. Gleichzeitig hörte sie eine vertraute Stimme.

„Scht, Baby. Ich bin es, Nick.“

Nick? Warum war Nick hier? Sie atmete ein paar Mal tief ein und aus und spürte, wie sie langsam ruhiger wurde.

„Was machst du hier?“ Ihre Stimme war heiser, als hätte sie eine ganze Stange Zigaretten in zwei Stunden geraucht. „Wie spät ist es? Und was machst du hier?“ Hatte sie sich gerade wiederholt? Sie setzte sich jäh auf und musste ihren Kopf halten, weil sich plötzlich das ganze Wohnzimmer in Bewegung gesetzt hatte.

„Scheiße“, kam es ihr ziemlich undamenhaft über die Lippen. Nick legte ihr die Hände auf die Schultern und diese Berührung beruhigte ihren empfindlichen Kreislauf.

„Tief durchatmen, Baby. Dann wird es gleich besser.“

Unwillkürlich befolgte sie seinen Befehl und sah ihm dabei in seine klaren Augen. Dadurch wurde sie im Hier und Jetzt verankert.

„Es geht schon wieder. Ich bin einfach völlig hinüber vor Müdigkeit.“

Er nickte. „Was ist eigentlich falsch an deinem Bett?“, fragte Nick ehrlich verwirrt.

Rose richtete sich noch etwas mehr auf, weil ihr der Gedanke an die Kadaver Unbehagen bereitete. „Die Polizei hat alles mitgenommen, weil der Kerl, der hier drinnen war, tote Ratten darauf zurückgelassen hat.“ Ein Schaudern erfasste sie.

Nick schien wütend. „Arschloch“, zischte er und zog sie tröstend in seine Arme. Rose ließ die Wärme und das beschützende Gefühl zu und fand endlich die richtige Art der Entspannung. Sie atmete den vertrauten Geruch und spürte die starke Berührung seines festen Körpers. Seine Hände glitten über ihren schmerzenden Rücken und seine Lippen fanden ihren Hals. Ihr Kopf fiel willenlos zur Seite, um Nick mehr Platz zu bieten.

„Hast du irgendwo noch Bettzeug? Als Ersatz für das, was die Polizei mitgenommen hat?“, flüsterte er in ihr Ohr und sein warmer Atem entfachte ein träges Feuer in ihren Eingeweiden.

„Wie spät ist es eigentlich?" Sie bemerkte erst, nachdem sie ihre Frage gestellt hatte, dass sie ihm zuvor hätte antworten sollen.

Tatsächlich richtete er sich auf und sah sie tadelnd an. Er warf einen Blick auf seine Uhr. Dabei fiel ihr auf, dass er das Armband trug, das sie ihm geschenkt hatte. Rose berührte das Leder und er sah sie an.

„Gefällt es dir?"

Er legte ihr eine Hand an die Wange. „Sehr. Vielen Dank, mein Schatz."

Ihr traten vor Freude die Tränen in die Augen. Mann, war das peinlich. „Wie spät ist es denn nun?", wechselte sie das Thema, um sich wieder zu fassen.

„Es ist halb acht. Und wo ist jetzt das Bettzeug?"

Rose legte sich die Hand auf die Stirn. Sie fühlte sich dermaßen erschlagen, dass es schon fast schmerzte. „Dann habe ich keine zwei Stunden geschlafen." Kein Wunder, dass sie so durch den Wind war.

Nick stand abrupt auf und zog sie auf die Beine. „So, jetzt wirst du mir mal gehorchen", sagte er und sein Blick ließ keinen Widerspruch zu. „Du nimmst eine heiße Dusche. Und ich werde dir das Bett herrichten. Vorausgesetzt, du beantwortest mir endlich meine Frage. Dann legst du dich für zwei Stunden hin. Okay?"

Sie nickte, weil sie sich nicht getraute, ihm zu widersprechen. „Ich warte immer noch, Rose."

Ach ja, das Bettzeug ... „In meinem Schrank. Unten. Da sind zwei Kissen, eine Decke und Bettwäsche."

Nick lächelte. „Brav. Und jetzt ab unter die Brause." Während er Richtung Schlafzimmer ging, betrat sie das Badezimmer. Sie stellte das Wasser an, damit es schon mal auf Temperatur kommen konnte. Die Leitungen und der Boiler in diesem Haus waren schon fast prähistorisch alt, weshalb es lange dauerte, bis heißes Wasser kam. Ihre Kleider glitten wie von selbst von ihrem Körper zu Boden.

Danach schob sie die Glastür zur Duschkabine auf und stellte sich unter den inzwischen dampfenden Wasserstrahl. Nick hatte mal wieder recht gehabt. Das Wasser tat ihr gut. Die Wärme löste ihre verkrampften Muskeln, wodurch auch die Kopf- und Rückenschmerzen nachließen. Sie griff nach ihrem Shampoo und wusch sich erst die Haare. Danach seifte sie ihren Körper ein. Sie hatte das Gefühl, dass mit dem Duschgel auch der Ballast der letzten Wochen im Abfluss verschwand.

„Nicht erschrecken", hörte sie Nick leise hinter sich im Bad. „Ich bin es nur."

Wer denn sonst? Die Duschkabine wurde geöffnet und rasch wieder geschlossen. Dennoch traf sie ein Schwall kalter Luft.

Nicks rechte Hand legte sich von hinten auf ihren Bauch und zog sie rücklings an seine Brust. Mit der anderen schob er ihr das nasse Haar von der rechten Schulter.

„Du warst letzte Nacht ein ungezogenes Mädchen", flüsterte er, „einfach so zu verschwinden gehört sich nicht." Er küsste sie sanft auf die nackte Schulter. „Ich glaube, dafür muss ich dich zur Strafe ausgiebig durchvögeln."

Roses Kopf fiel nach hinten gegen seine Brust. Seine rechte Hand fuhr nach unten zwischen ihre Beine. Die Finger streichelten sie, bevor ein einzelner Finger in ihr versank. Sein Daumen umkreiste währenddessen zärtlich neckend ihre Klitoris. Dem einsamen Finger folgte gleich ein Partner. Zu zweit drangen sie in trägem Rhythmus immer wieder in sie ein und massierten dabei ihr Inneres.

Nicks linke Hand widmete sich gleichzeitig ihrer Brust. Er knetete sie und kniff sie sanft. Sein Mund legte sich auf die empfindliche Stelle in ihrer Halsbeuge und biss zu. Er hatte sie so im Griff und reizte sie allumfassend, dass ihr fast die Knie wegsackten.

„Schön stehen bleiben, Baby", raunte er an ihrem Hals. „Niemand hat etwas von hinlegen gesagt." Er drückte ihre Brustwarzen etwas fester und jagte damit einen Schmerz durch sie, der mehr Lust als Pein war. Sie hörte sich selbst laut in der engen Dusche aufstöhnen.

„Das macht dich heiß, nicht wahr?", fragte er und zwickte noch einmal zu. Sie konnte nicht antworten, sondern kreiste mit ihrem Becken, um ihm zu zeigen, dass sie mehr wollte. „Beug dich vor. Stütz dich an der Wand ab und mach die Beine breit für mich."

Die feinen Muskeln in ihrem Inneren zogen sich lustvoll zusammen und Rose spürte, wie sie noch feuchter wurde, als sie schon war.

„Hm … so nass und bereit", sagte Nick hinter ihr und schob ihr noch einen weiteren Finger hinein. Er dehnte sie, indem er sie mit drehenden Bewegungen der drei Finger vögelte. Sein Daumen folterte noch immer ihre Lustperle und sie fühlte, wie sie sich einem gewaltigen Orgasmus näherte.

„Du kommst erst, wenn ich es will, Rose. Verstanden? Diese Strafe hast du verdient, weil du einfach abgehauen bist.“

Alles in ihr schrie protestierend auf. Dennoch nickte sie und auch ihr Körper schien sich diesem Befehl zu unterwerfen.

„Ich will es hören. Sprich es laut aus. Hast du verstanden?“

Sie war atemlos und hatte kaum mehr Kontrolle über ihren Verstand. Ihr Unterleib zuckte und kontrahierte, weil der Höhepunkt vor der Tür stand, jedoch nicht über die Schwelle gelassen wurde.

Plötzlich gab er ihr mit der flachen Hand einen Klaps auf die linke Pobacke. Sie schrie heiser auf, während er beruhigend über die brennende Stelle strich.

„Ich warte immer noch auf deine Antwort“, flüsterte er ihr ins Ohr und sie hörte ein Lächeln in seiner Stimme. Es hatte sie schon immer total angemacht, wenn er sich von der dominanten Seite gezeigt hatte. Auch wenn sie es kaum über sich brachte, sich unterzuordnen. Ein weiterer Klaps folgte.

„Rose, antworte.“ Um seine Macht zu untermauern, zog er ruckartig die Finger aus ihr heraus und ließ sie leer und unbefriedigt zurück.

„Okay“, stöhnte sie gereizt wegen des aufgestauten Verlangens. „Ich komme erst, wenn du es mir erlaubst. Bist du jetzt zufrieden, Herr und Meister?“

Er kicherte. Seine Hand wanderte ihr Rückgrat hinauf und drückte sie noch weiter in Vorlage. „Zeig mir deinen Arsch, Süße. Wenn du nur wüsstest, was dieser Hintern mit mir macht. Er ist verboten scharf.“

Dann, als sie schon dachte, vor unerfüllter Leidenschaft platzen zu müssen, spürte sie die stumpfe Spitze seines Schwanzes gegen den Eingang ihrer Muschi drücken.

„Bist du bereit, Rosie? Willst du, dass ich dich nehme?“ Er erhöhte den Druck, ohne einzudringen und brachte sie damit an den Rand des Wahnsinns.

Wieder folgte ein Klaps, weil sie es versäumt hatte zu antworten. Scheiße, sie war wahrscheinlich komplett gestört. Aber diese ganze Szene machte sie total an.

„Ja, Nick. Ich will, dass du mich hier und jetzt vögelst.“ Sie keuchte die Worte, weil sie zu nichts anderem in der Lage war.

„Braves Mädchen“, erwiderte er, stieß zu und biss sie erneut sanft in die Schulter.

Er war groß und hart wie Stahl. Er nahm sie erbarmungslos. Verdammt sollte sie sein, es gefiel ihr und sie wollte es nicht anders. Aber so war es zwischen ihnen immer gewesen. Nick spürte instinktiv, welche Bedürfnisse sie gerade hatte.

Sie musste sich auf die Zehenspitzen stellen, weil Nick so viel größer war als sie. Schon bald brannten ihre Waden, doch das war egal. Nicks Anwesenheit, seine Stärke, die Liebe, die er ihr entgegenbrachte, aber auch sein Schwanz, der ihn stetem Rhythmus in sie pumpte, machten alles wett.

„Jetzt, Baby. Lass uns gemeinsam kommen.“ Endlich sprach er die erlösenden Worte aus.

Rose ließ sich emotional fallen, überließ ihrem Körper das Kommando und nur drei Stöße später kam sie mit einer Urgewalt. Ihre Beine zitterten und drohten ihr den Dienst zu versagen. Ihre Scheidenmuskeln pulsierten und ihrer Kehle entrannen leidenschaftliche Schreie, die von Nicks rauem Stöhnen untermauert wurden und schließlich rief er heiser ihren Namen.

Sie spürte seinen Klimax tief in ihrem Inneren und die Art, wie er sich plötzlich auf sie lehnte, bewies ihr, dass auch er die Grenze überschritten hatte. Rose war klar, dass sie kein Kondom benutzt hatten, aber das war ihr einerlei. Sie verhütete sowieso mit der Dreimonatsspritze. Rose fand, dass Sex ohne Pariser ohnehin schöner war. Nicht weil das Gummi störte, sondern weil sie nur mit einem Mann ohne Überzieher schlief, wenn sie ihm zu hundert Prozent vertraute.

Nick schlang seine Arme um sie und zog sie in die Senkrechte. „Komm, mein Schatz, lass mich dich ins Bett bringen."

Die Zärtlichkeit in seinen Worten ließ ihr Herz beinahe überquellen. Er führte sie aus der Duschkabine und schnappte sich danach ein Handtuch. Als er anfing, sie abzutrocknen, wirkte er dabei fast ehrfürchtig.

Nachdem auch er nicht mehr nass war, hob er sie auf seine Arme und trug sie ins Schlafzimmer. Dort legte er sie sanft aufs Bett und deckte sie zu. Er ging auf die andere Bettseite und schlüpfte nun seinerseits unter die Daunen. Aus einem Instinkt heraus kuschelte sie sich an ihn und schmiegte sich in seine Arme.

„Schlaf jetzt, mein Schatz. Ich bleib bei dir. Dir wird nichts passieren." So kitschig seine Worte auch waren, sie fühlte sich durch sie leicht und entspannt, weshalb sie schnell vom Schlaf übermannt wurde. Es fühlte sich richtig an, hier in Nicks Armen einzuschlafen. Wie war das mit dem Langsam-Angehen noch gewesen?

Nick

„Ich liebe dich", hörte er Rose schlaftrunken nuscheln.

„Nicht so sehr wie ich dich, Süße." Das sagte er so leise, dass sie weiter in die Traumwelt gleiten konnte. Er streichelte sanft über ihren Rücken und genoss ihre Wärme und die Weichheit ihrer Haut. Als ihre Atemzüge tief und langsam wurden, lehnte er sich vorsichtig zum Nachttisch hinüber und holte sein Handy, das er vorhin, als er das Bett hergerichtet hatte, da deponiert hatte.

Rose rührte sich, ohne aufzuwachen und kuschelte sich noch mehr an ihn, indem sie ihr Bein über seinen Oberschenkel legte. Er strich ihr zärtlich über die Haare und konnte wieder einmal kaum glauben, dass sie tatsächlich bei ihm war. Real, in Fleisch und Blut.

Dann schrieb er Barry, dass dieser sie gegen 10:30 abholte. Danach stellte er den Handywecker und aktivierte den Flugmodus. Als alles erledigt war, machte er es sich so gemütlich wie möglich und schloss selbst auch noch einmal die Augen.

Nick wachte allerdings schon vor dem Wecker auf. Er warf einen Blick auf die Uhr. 9:45 a. m. Schon fast Zeit, um aufzustehen. Er stellte den Wecker ab und hob danach vorsichtig Roses Arm an, der noch immer über seinem Oberkörper lag. Er wand sich langsam unter ihr heraus und stand auf. Als er sich vergewissert hatte, dass Rose noch schlief, einigermaßen gut lag und zufriedenstellend zugedeckt war, ging er in die Küche und kochte Kaffee.

Das Handy legte er neben die Kaffeemaschine. Rose hatte immer noch keinen Kaffeeautomaten gekauft. Dieser Umstand brachte ihn zum Lächeln. Er beobachtete, wie die braune Flüssigkeit vom Filter in den Krug tröpfelte. Irgendwie hatte es eine extrem beruhigende Wirkung. Oder lag das an Roses Anwesenheit?

Plötzlich plärrte sein Telefon los und es schien zehnmal so laut als normal, weil es in der Wohnung so still war. Leise fluchend nahm er Stacys Anruf entgegen. „Guten Morgen, S."

„Oh, hier klingt jemand nicht gerade fit", entgegnete Stacy gelassen.

„Mir geht's besser als in den letzten Jahren. Glaub mir. Ich möchte nur nicht, dass Rose aufwacht." Er hörte, wie Stacy durchatmete.

„Soso", begann sie einleitend. „Nun gut. Ich wollte mit dir über die Pressemitteilung, die für heute geplant ist, sprechen."

Nick drehte der Kaffeemaschine den Rücken zu und lehnte sich an die Arbeitsplatte. „Ich höre."

„Ich habe mir ein paar Gedanken gemacht. Der Kernpunkt ist, dass du Präsenz zeigen solltest. Darum habe ich provisorisch für zwei Uhr beim Studio einen Pressetermin festgelegt. Alle wichtigen Zeitungen und TV-Stationen werden da sein."

Das waren genau die Dinge, die er in den letzten Wochen nicht vermisst hatte. „Hör mal, Stacy. Das geht nicht. Meine ganze Familie ist zu Besuch. Um elf treffen wir uns alle. Da kann ich mich nicht um eins schon wieder verdrücken. Wir wollen Weihnachten feiern."

Stacy hüstelte pikiert. „Bei allem Verständnis, Nick", erwiderte sie, „dieser Termin ist sehr wichtig für dich und das Plattenlabel."

Er stand wieder an dem Punkt, wo er alles stehen und liegen lassen sollte. Wenn Stacy und das Label pfiffen, hatte er zu parieren. Das wollte er aber nicht mehr.

„Stacy, im Ernst jetzt. Das kann ich nicht."

„Was kannst du nicht?", kam es aus unerwarteter Richtung. Nick drehte sich um und sah Rose mit wirrem Haar in der Tür stehen. Das T-Shirt, das sie trug, bedeckte sie nur knapp. Scheiße! Dieser Anblick war so schön und verführerisch und ließ seinen Schwanz akut strammstehen. Gut, dass er zumindest seine Boxershorts angezogen hatte, als er aufgestanden war.

„Nick?", fragten sowohl Rose als auch Stacy beinahe zeitgleich. „Warte einen Moment, S.", vertröstete er seine Agentin.

Rose kam auf ihn zu und baute sich trotz ihrer mangelnden Größe vor ihm auf. Beinahe hätte er gelächelt, doch das hätte ihn vermutlich in Schwierigkeiten gebracht.

Offenheit und Ehrlichkeit, ermahnte er sich im Stillen. „Meine Agentin Stacy ist am Telefon. Sie möchte heute um zwei Uhr eine Pressekonferenz einberufen."

Rose ließ die Hände sinken, die sie eben noch in die Hüften gestützt hatte, und stellte sich neben ihn.

„Schalt auf Lautsprecher", befahl sie ihm und erstaunlicherweise tat er es, ohne mit der Wimper zu zucken.

„Hallo Stacy, Rose Armand hier“, ergriff Rose die Initiative.

„Hi Rose. Schön, dass wir endlich mal die Gelegenheit haben, persönlich miteinander zu sprechen“, kamen Stacys Worte durch den Lautsprecher.

„Hören Sie, Stacy. Sie sollten mit dieser Pressekonferenz noch warten. Vorläufig zumindest.“ Rose wirkte professionell. Trotz des Vogelnests, das ihren Kopf zierte und des nackten Hinterns, der unter dem zu kurzen Shirt hervorlugte.

„Und warum, wenn ich fragen darf?“ Stacy klang zickig wie immer und ziemlich angepisst.

„Weil zum einen Nick noch immer nicht über die möglichen weiteren Schritte diesen Fall betreffend informiert werden konnte und Sie im Übrigen auch nicht. Er hat immerhin das Recht auf Zivilklage.“ Sie fing an herumzuwandern. Dann blieb sie abrupt stehen und legte den Kopf in den Nacken. „Zweitens besteht die Wahrscheinlichkeit, dass wenn Sie heute diese Pressekonferenz geben, der Kopf dieser kriminellen Organisation kapiert, dass wir ihm auf den Fersen sind und untertaucht.“

Nick wusste nicht, wovon Rose sprach. Zivilklage? Rose blieb weiterhin sachlich distanziert und bemerkte seine Verwirrung erst einmal nicht.

„Und was soll ich Ihres Erachtens tun?“, fragte Stacy vernünftigerweise.

„Sie haben sicher schon einen Text vorbereitet. Schicken Sie mir bitte die Datei an Nicks Mailadresse. Ich werde ihn redigieren und danach in Ihrem, Nicks und dem Namen des Platten-labels an alle wichtigen Nachrichtensender des Landes schicken. Die werden die

Mitteilung mit den regulären News aussenden. Wir, Sie und ich, füttern die Presse mit dem, was sie hören wollen. Sobald der Fall rund ist, können Sie immer noch gemeinsam mit Nick eine Konferenz geben. Aber bitte erst in ein paar Wochen.“

Nick war sprachlos. Wer war diese wunderschöne, sexy, selbstbewusste Frau, die gerade die Säbel mit seiner bissigen Agentin kreuzte?

„Okay“, kam es von Stacy und Nicks Kinnlade klappte herunter. „Ich schicke Ihnen den Text. Sobald ich selbst vor die Medien treten kann, geben Sie mir bitte Bescheid.“ Eine kurze Pause entstand. „Und Rose …“ Stacy machte kurz auf Spannung. „Vielen Dank für Ihre Hilfe.“

Rose wurde tatsächlich rot. Das war so verführerisch, dass Nick ihr am liebsten einen Klaps auf den Hintern gegeben, Stacy aus der Leitung geschmissen und Rose genommen hätte. Gleich hier in der Küche.

„Das ist nicht nur mir und meinem Onkel zu verdanken. Nick hat einen wesentlichen Teil zu seiner Entlastung beigetragen.“

Er bekam nur am Rande mit, dass Rose sich von Stacy verabschiedete und den Anruf beendete. Erst als sie ihm sanft über die nackte Brust strich, erdete er sich wieder. Er sah auf die kleine kämpferische Frau hinunter und wurde wie so oft von ihren schönen grünen Augen gefangen.

Das Lächeln, das ihr Gesicht erstrahlen ließ, haute ihn fast um. Sie lehnte sich neben ihn an die Arbeitsplatte. Er jedoch richtete sich auf und stellte sich vor sie. Die Hände links und rechts neben ihr auf die Oberfläche gestützt.

„Bist du zufrieden?", neckte sie ihn und das zu Recht.

„Ziemlich." Er beugte sich zu ihr hinunter und küsste sie auf die Nasenspitze.

„Ziemlich?", entgegnete sie und wurde danach ernst. „Also, es wird Zeit, dass wir uns mal unterhalten."

Nick richtete sich auf und schenkte ihnen beiden Kaffee ein. Nicht weil er jetzt noch sonderlich Lust darauf hatte, sondern um sein Unbehagen zu kaschieren. Und wer weiß, vielleicht beruhigte das heiße Gebräu ja auch seinen vor Nervosität verkrampften Magen.

„Du hast ja selbst herausgefunden, dass Carlina Flores Mitglied eines Syndikats ist und was dieser Ring veranstaltet." Sie machte eine kurze Pause. „Wir konnten, dank deiner Information, rund zwanzig Mitglieder identifizieren. Leider war die Flores nicht dabei und wir wissen immer noch nicht, wer hinter dem Steuer dieser ganzen Geschichte sitzt."

Nick sah Rose an. Diese Sache hatte größere Ausmaße, als sie alle angenommen hatten. Wenn die Flores ihm jemals unter die Augen kam, würde er ihr eine Abreibung verpassen, die sich gewaschen hatte.

„Es fallen mächtige und reiche Kerle ins Beuteschema dieser Gruppe", sagte er, weil ihm etwas aufgefallen war. „Mächtig inwiefern?" So genau hatte er es selbst nicht herausfinden können.

Rose nahm einen Schluck aus der Tasse. „Die bisherigen Opfer waren alle politisch und wirtschaftlich einflussreich. Zumindest diejenigen, die wir ausfindig machen konnten. Es gibt wahrscheinlich eine höhere Dunkelziffer als gedacht."

„Aber wie passe ich da hinein? Ich habe zwar Kohle, aber die anderen Bedingungen erfülle ich nicht." Nicks

Gehirn fühlte sich schwammig an, weil er diese neuen Informationen nur schlecht verarbeiten konnte.

„Wir haben jemanden in unserem Team, der ein erstaunliches Talent hat, in die unbekannten Tiefen des World Wide Web einzutauchen und Datenbanken und Webseiten zu knacken. Weshalb gerade du als Opfer ausgesucht wurdest, ist uns auch noch nicht ganz klar."

Irgendwie fühlte er sich keineswegs erleichtert. Im Gegenteil, er war wütend. Einfach nur scheiße wütend. Er hatte das Gefühl in der kleinen Küche zu ersticken. Zu seinem Glück klingelte es an der Eingangstür und er wurde dadurch auf den Boden der Tatsachen zurückgeholt. Er sah auf die Uhr am Backofen und bemerkte, dass es schon fast halb elf war. Wahrscheinlich stand sein Bodyguard unten.

„Das wird Barry sein, der uns abholt und zu meiner Wohnung fährt. Geh dich schon mal anziehen. Ich werde ihn herauflassen."

Rose warf ihm einen kritischen Blick zu. „Nick, bleib cool, okay?"

Er wollte gerade zur Wohnungstür gehen, als ihm die Bedeutung ihrer Worte bewusst wurde. Fuck, er musste wirklich einen Killereindruck hinterlassen haben. Er drehte sich wieder zu ihr um und nahm ihr Gesicht in beide Hände. „Ich bin cool, Süße. Ich bin einfach nur angepisst, weil mich eine Hure und ihre Hinterficker für ihre kriminellen Schnapsideen missbraucht haben. Okay?"

Sie nickte wenig überzeugt. Um sie weiter zu besänftigen, küsste er sie zärtlich, bis die blöde Klingel noch einmal ertönte.

„Alles gut bei dir?", fragte er an ihren Lippen. Sie nickte wiederum und löste sich danach von ihm, um im Bad zu verschwinden.

Er hingegen ging und ließ Barry, nachdem er sich angemeldet hatte, ins Haus. Wenn er die Typen in die Finger bekam, würde es kein Halten mehr geben.

***

Drei Wochen später ...

Rose

Rose saß in ihrem Büro und ging gerade wichtige Dokumente eine Kampfscheidung betreffend durch. Scheidungen waren nicht gerade ihr begehrtes Betätigungsfeld. Die Parteien beschmissen sich gegenseitig mit Schmutz und ganz schlimm wurde es, wenn der Krieg auf dem Rücken von Kindern ausgefochten wurde.

Nick war für ein paar Tage unten in Miami für ein paar Auftritte und einen Videodreh. Seine Agentin Stacy hatte keine Zeit verschwendet, seit er sich wieder uneingeschränkt bewegen konnte.

Rose hatte ihn kaum zu Gesicht bekommen, aber das war ja nichts Unbekanntes. Dennoch musste sie zugeben, dass sie ihn schrecklich vermisste. Sie skypten zwar jeden Tag, aber das war natürlich nur ein mangelhafter Ersatz.

Sie lächelte über sich selbst. Sie hatte sich doch so sehr vorgenommen, die Geschichte mit Nick langsam angehen zu lassen. Doch jetzt war sonnenklar, dass sie bis über den Scheitel hinaus in der Sache steckte. Das bedeutete es, mit Nick zusammen zu sein. Alles oder nichts.

Ihr Computer piepte und meldete damit eine neue Mail im Posteingang. Sie öffnete den elektronischen Brief. Er stammte vom Privatdetektiv, den sie vor Wochen auf Carlina Flores angesetzt hatte.

Sie las die Zeilen einmal. Zweimal und noch ein drittes Mal. Sie konnte kaum glauben, was dastand. Es dauerte einen Moment, bis ihr das Ausmaß dessen bewusst wurde, was der Privatschnüffler aufgedeckt hatte.

Als die Starre wieder nachließ, schlug brennende Wut zu und wand sich wie ein glühendes Stück Eisen durch ihre Eingeweide. Wut war gut. Wenn sie wütend war, war sie fähig zu handeln. Sie leitete die Mail an ihren Onkel, Nick, Staatsanwältin Jenkins und Detective Henderson weiter und nahm danach energisch ihre Handtasche aus der Schublade. Beim Verlassen des Büros holte sie den Mantel vom Bügel.

Sie war total angepisst, trat hinaus auf die Straße und ging die vier Blocks zu Fuß zu Gregs Firma. Unterwegs rief Nick an und sie musste sich überwinden ranzugehen. Hatte er die Mail etwa schon gelesen? Sie war eigentlich zu aufgewühlt, um mit ihm zu sprechen. Dennoch nahm sie den Anruf entgegen.

„Hey", sagte er, „ich wollte nur schnell deine Stimme hören." Damit war die erste Frage geklärt. „Schön", brachte sie mühsam hervor. Wenn sie ihm sagte, was sie gerade tat, wäre er nicht gerade erfreut. „Wie ist das Wetter in Florida?"

Er räusperte sich. „Wie immer", antwortete er knapp. „Was ist los, Rose?"

Mist, er kannte sie einfach zu gut. „Nichts. Ich habe nur viel zu tun."

„Sicher?" Er klang skeptisch.

„Ja. Es ist schön, dass du anrufst." Sie war schon fast am Ziel. „Hör mal, ich hab wirklich viel Arbeit. Ich rufe dich später an. Okay?"

„Ich wollte dir sag...", hörte sie, doch dann fiel die Verbindung weg. Das kam ihr nicht ungelegen. Sie würde ihn wie versprochen später zurückrufen.

Vor ihrem inneren Auge sah sie immer noch die schrecklichen Zeilen vor sich. Carlina Flores hieß eigentlich Anna-Maria Mendoza Hernandez.

Der Privatdetektiv hatte das geschafft, was der Polizei und den Feds bisher nicht gelungen war. Er hatte die wahre Identität dieser Betrügerin und deren Aufenthaltsort herausgefunden. Inzwischen war die Frau vermutlich schon in Haft, weil der private Ermittler die Cops auf die Fersen dieser Schlampe gejagt hatte.

Als die Mendoza ihre Wohnung kurz verlassen hatte, war er unbemerkt eingestiegen und hatte das 3-Zimmer-Apartment durchsucht, war aber auf nichts Verdächtiges gestoßen. Bis auf eine Kleinigkeit. Die Dame hatte ihr Handy liegen lassen. Er hatte die Anruflisten für den Zeitraum der angeblichen Vergewaltigung gecheckt und tatsächlich eine Mobilnummer gefunden. Diese Nummer hatte er zur weiteren Überprüfung an Rose weitergeleitet.

Leider kannte Rose den Besitzer dieser Zahlenfolge nur allzu gut. Sie verstand nun endlich, warum Nick ins Blickfeld dieses Rings gekommen war. Greg war der Auftraggeber und das Motiv war Eifersucht.

Energischen Schrittes durchquerte sie die Eingangshalle des Hochhauses. Die Empfangsdame grüßte sie freundlich, weil sie sie noch aus der Zeit kannte, in der Greg und sie ein Paar gewesen waren. Im 42. Stock stieg sie aus dem Lift und ging an Gregs Sekretärin vorbei. Diese rief ihr etwas hinterher, doch Rose war egal, was es war. Sie stieß schwungvoll die doppelflügelige Tür auf und betrat den überdimensionalen Raum. Greg sah verwirrt auf und Rose bemerkte, dass er am Telefon war.

„Ich rufe dich zurück. Mir ist gerade etwas dazwischengekommen", sagte er und beendete das Gespräch. Dann stand er auf und richtete seinen Anzug und die Krawatte. „Wer hat dich hereingelassen?", fragte er mit wölfischem Grinsen im Gesicht.

Rose richtete sich auf. „Ich mich selbst."

Er kam um den Schreibtisch herum und lehnte sich selbstsicher rücklings daran. „Und was verschafft mir die Ehre? Hast du es dir noch einmal anders überlegt? Oder will dich dein Rockstar nicht mehr?"

Rose atmete bewusst ruhig ein und aus und zwang sich zur Ruhe. Es wäre unpraktisch, wenn sie Greg mit seiner eigenen Tischlampe erschlug. Vor allem aber wäre es schade um die antike Leuchte.

„Auf die letzte Frage werde ich dir keine Antwort geben. Im Gegenteil, ich habe ein paar Fragen an dich. Was hast du mit diesem betrügerischen Verein zu schaffen, Greg? Warum hast du Nick in diese Falle laufen lassen?"

Gregs Miene veränderte sich schlagartig. Er strahlte plötzlich eine Eiseskälte aus, die Rose innerlich frösteln ließ.

„Du bist anscheinend geistig verwirrt, Rose. Ich kann dir nämlich nicht ganz folgen."

Rose trat näher an ihn heran und ballte ihre Hände in den Manteltaschen zu Fäusten.

„Ich habe Beweise, Greg", fing sie an und beobachtete dabei ihr Gegenüber genau. „Du hast diese Carlina Flores, auch bekannt unter dem Namen Anna-Maria Mendoza Hernandez, auf Nick angesetzt. Und diese Beweise habe ich bereits an die Staatsanwaltschaft, die Polizei und meinen Onkel weitergeleitet." Sie zwang sich, die Fäuste wieder zu öffnen. „Also, wie wäre es, wenn du jetzt einfach deine Beichte ablegst?"

Gregs Pokerface verriet nichts. Er stieß sich vom Tischrand ab und ging gelassen an ihr vorbei zur Tür. Rose sah sich inzwischen im Büro um, und während sie alles auf sich wirken ließ, fiel es ihr wie Schuppen von den Augen. Gregs Firma, das unermessliche Vermögen, sein Hang zum Luxus und das Auftreten eines Sklavenhalters gegenüber seinen Angestellten. All das ergab plötzlich einen Sinn.

Gleichzeitig mit ihrer Erleuchtung hörte sie das Klicken des Türschlosses. Greg hatte sich mit ihr eingesperrt. Ihre Hand wanderte vom Mantel in ihre Handtasche, holte ihr Pfefferspray heraus und versteckte es im Ärmel ihres Mantels.

„Du bist der Kopf dieser kriminellen Organisation. Und du wolltest Nick ans Messer liefern, weil du eifersüchtig auf ihn warst oder noch immer bist." Jede

Nacht hast du seinen Namen geflüstert ... So oder so ähnlich hatte Greg es doch zu ihr gesagt.

„Du solltest deine Nase nicht in Angelegenheiten stecken, die dich nichts angehen." Er stand jetzt dicht hinter ihr. „Du scheinst dich vor nichts zu fürchten, was?"

Rose dämmerte es in einer weiteren Sache. „Du bist in meine Wohnung eingebrochen, hast sie verwüstet und die Ratten deponiert. Stimmt's? Wie bist du hineingekommen?"

Seine Hände legten sich fast zärtlich auf ihre Schultern und seine Fingerspitzen fingen an, die weiche Haut unter ihren Haaren zu streicheln. Rose versuchte, cool zu bleiben und sich die aufsteigende Angst nicht anmerken zu lassen. Wie hatte sie nur mit ihm zusammen sein und das Bett teilen können?

„Ach, das war ganz einfach", säuselte er, „ich habe deinen Schlüssel kopiert. Ganz simpel und schnell."

Gut, dass Rose nach diesem Vorfall die Schlösser hatte austauschen lassen.

„Ich wüsste es zu schätzen, wenn du deine Hände bei dir behalten würdest." Ohne seine Reaktion abzuwarten, schüttelte sie ihn ab und drehte sich zu ihm um. Er packte sie jedoch an den Haaren und zog sie an seinen Körper. „Ich warne dich, wenn du mich nicht sofort loslässt, wirst du es bereuen."

„Und was, wenn nicht?", gab er spottend voller zur Welt stinkender Arroganz zurück.

Rose war dieses Spiel zu blöd. Sie ließ das Pfefferspray aus dem Ärmel in ihre Hand gleiten und verpasste Greg einen kräftigen Sprühstoß mitten ins Gesicht.

Greg ließ sie fluchend und hustend los. Rose nutzte diesen Vorteil und rammte ihm das Knie kraftvoll in seine Kronjuwelen. Dann holte sie aus und verpasste ihm noch einen Uppercut. Ihre Finger knackten gefährlich und ein scharfer Schmerz fuhr ihr über den Arm in den Schädel.

Greg indes fiel nach hinten wie ein gefällter Baum und blieb regungslos liegen. Scheiße, sie hätte nie gedacht, dass sie einmal einen Mann k. o. schlagen würde. Sie beugte sich über ihn. Atmete er überhaupt noch? Auch wenn er ein totaler Stinkstiefel war, umbringen wollte sie ihn nicht. Nicht weil er ihr leidtat, sondern weil sie sicher nicht wegen jemandem wie Gregory McAllister ins Gefängnis ging.

Sie hörte auf einmal Tumult vor der Bürotür. Ehe sie sie entriegeln konnte, flog die Tür krachend und splitternd gegen die Wand. Rose wurde zurückgeschleudert und landete unsanft auf ihrem Allerwertesten.

Eine Welle von Uniformierten wogte durch die Öffnung. Waffen wurden auf den bewusstlosen Greg und sie gerichtet und laute Befehle herumgebrüllt. Dann rannte ihr Onkel gefolgt von ... Nick? ... herein. Wieso war Nick hier? Sollte der nicht unten in Florida sein? Nicks Gesicht war wutverzerrt. Hinter Nick erschien Barry.

Als er sie entdeckte, eilte er zu ihr und ging vor ihr in die Knie. „Bist du verletzt, Baby?" Er fuhr ihr besorgt über die Haare.

Sie verstand die Zusammenhänge immer noch nicht. „Was macht ihr alle hier?" Sie war total verwirrt.

„Wir sind in Miami früher fertig geworden. Ich habe dich deswegen vorhin angerufen, um dir zu sagen, dass wir unterwegs zu dir sind. Vor der Kanzlei sind wir deinem Onkel in die Arme gelaufen, der uns erzählte, was gerade im Gange war. Natürlich sind wir mit ihm und der Polizei hierhergekommen."

Ah ... so? Sie erhob sich und versuchte den pochenden Schmerz in ihrer Hand zu ignorieren. Noch immer stand sie seltsam neben sich. Sie sah zu Greg hinüber, der stöhnend zu sich kam, als man ihm die Hände in Handschellen packte und ihn auf die Beine zog.

Henderson las Greg seine Rechte vor und ließ ihn danach wegbringen. Daniel trat vor sie und sah sie prüfend an.

„Was hast du dir dabei gedacht, Rose?", fragte er vorwurfsvoll.

„Ich habe gar nichts gedacht, wie es aussieht. Ich war einfach nur stinksauer und wollte ihm unter vier Augen die Meinung sagen."

Nick zog sie in seine Arme, unterbrach sie jedoch nicht. Sie lehnte sich an ihn und spürte dabei, wie ihre innere Anspannung langsam nachließ.

„Danke, dass ihr mitsamt Kavallerie hier angerückt seid." Henderson trat zu ihnen.

„Sie hatten wohl kaum Hilfe nötig, Miss Armand. Der Typ war komplett außer Gefecht gesetzt." Er griff nach ihrer rechten Hand und Rose zuckte dabei zusammen, weil sie wehtat. „Sie haben anscheinend einen teuflischen rechten Haken, Frau Anwältin."

Nick ging besitzergreifend dazwischen und sah sich ihre Hand an. „Ich würde die Hand an deiner Stelle einem Arzt zeigen. Mir scheint, dass da etwas gebrochen ist."

„Wir werden dann wohl besser bei der Notaufnahme einen Stopp machen", sagte sie seufzend.

Drei Stunden und zwanzig Minuten später fuhren Nick und Rose zusammen mit dem Fahrstuhl nach oben in die Penthouse-Wohnung. Ihre Hand steckte von Mitte Unterarm bis zu den Fingerspitzen in einem Gips.

Sie hatte ganze Arbeit geleistet. Der zweite und dritte Mittelhandknochen waren gebrochen und der Diskus im Handgelenk eingerissen. Zumindest war das die Diagnose des Arztes.

„Sie müssen die Hand für mindestens acht Wochen schonen", hatte er gemeint. Aber das war einfacher gesagt als getan. Sie war so rechtsdominant, dass sie ohne die Hand völlig behindert war. Und wie um alles in der Welt sollte sie arbeiten? Aber gut, wofür hatte sie schließlich eine Sekretärin.

„Hast du Schmerzen?", fragte Nick, während er ihr aus dem Mantel half.

„Es geht mir gut. Glaub mir. Eigentlich hat es wahnsinnig gutgetan Greg für den Mist, den er verzapft hat, die Fresse zu polieren."

Nick verharrte und sah sie belustigt an. Er hob eine Augenbraue und das Zucken um seine Mundwinkel brachte sie zum Lächeln.

„Wie sprichst du denn, Frau? Eine Dame von Rang und Namen nimmt doch nicht solche Worte in den Mund."

Sie gab ihm mit der gesunden Hand einen Klaps gegen die Schulter. „Ha! Ich und Dame? Damen sind dämlich und im Übrigen hast du mir jeden Anstand und die spärlichen Anlagen zur Damenhaftigkeit genommen."

Er legte seine Arme um sie und küsste sie auf den Hals. „Ich liebe dich, auch wenn du manchmal ungezogen bist. Oder vor allem dann." Seine Hand glitt unter ihre Bluse. „Ich möchte jedoch, dass du vor den Augen der Gesellschaft eine anständige Frau wirst."

Rose wurde es flau im Magen, obwohl sie noch nicht begriff, was er damit hatte sagen wollen. Ohne ein weiteres Wort führte er sie ins Wohnzimmer, wo er sich an der Kommode hinter dem Sofa zu schaffen machte. Dann kam er mit einer Schachtel zurück.

„Du bist nicht die Einzige, die vor Jahren ein Geschenk gekauft hat." Er klappte die längliche Box auf und nahm ein Armband heraus. Roses Herz setzte einen Schlag aus. Er griff nach ihrem linken Handgelenk und legte ihr den Schmuck um.

Sie betrachtete das filigrane Kunstwerk und versuchte sich nebenbei daran zu erinnern, wie man die Lungen mit Luft füllte. Das Armband hatte ein Mittelstück in Form eines Unendlichkeitssymbols, in welchem ein Notenschlüssel und ein Paragrafenzeichen eingearbeitet waren. Rose erkannte sofort, dass es Nicks Tätowierung entsprach, die er auf seinem Körper trug. Dem Schimmer nach zu urteilen, war das Kettchen aus Weißgold gefertigt. Es musste demnach ziemlich teuer gewesen sein.

„Es ist wunderschön. Vielen Dank", brachte sie mühsam hervor.

Er lächelte und küsste sie auf den Handrücken. Als er sich wieder aufrichtete, lag ein eigenartiger Ausdruck auf seinem Gesicht, der ihr Magenschmerzen bereitete.

„Gern geschehen. Für dich immer nur das Schönste und Beste." Er schwieg wieder und Rose hätte schwören können, dass er nervös war. Was war denn jetzt schon wieder los?

***

Nick

Oh Scheiße! Am liebsten hätte er erst vor Nervosität gekotzt und danach eine Flasche Whisky gesoffen. Nicht mal vor großen Auftritten hatte er derart Muffensausen wie jetzt.

Er hatte sich lange darauf vorbereitet, jedes Wort einstudiert. Doch jetzt war alles weg, als hätte er sein Gehirn beim letzten Mal pissen weggespült.

Rose sah ihn abwartend an. Aber Nick erkannte auch eine unterschwellige Unruhe in ihren Augen.

Fuck! Sie hatte vor ein paar Stunden ihren Ex ins Land der Träume geschickt und sich dabei die Hand gebrochen. Aber er hatte verflucht noch mal die Befürchtung, dass ihm das Gleiche passierte, wenn er die Worte laut aussprach, die ihm schon seit Tagen im Kopf herumspukten.

„Nick? Was ist los?", fragte sie besorgt. „Wenn es wegen der Sache mit Greg ist, dann tut es mir leid, dass ich so leichtsinnig gewesen bin." Sie zog falsche Schlüsse und das beruhigte ihn etwas.

„Das fand ich ziemlich cool, Baby und dafür liebe ich dich noch viel mehr. Wenn das überhaupt möglich ist." Das war dann wohl das Stichwort. „Rose, ich weiß eigentlich nicht, wie ich es in Worte fassen soll. Ich liebe dich mehr als alles und jeden anderen." Er holte Luft. „Du hast von Anfang an mich gesehen. Den Menschen." Jetzt kam's. Holy Shit! „Ich weiß, dass wir zusammengehören. Deshalb möchte ich dich bitten, meine Frau zu werden." Endlich war es ausgesprochen und eine riesige Last war ihm vom Herzen gefallen.

Rose war blass geworden und wollte etwas entgegnen, doch er hob die Hand.

„Du musst dich nicht gleich entscheiden. Denk darüber nach. Aber es ist mir wichtig, dass du weißt, wie ich zu dir stehe." Sein Herz schlug ihm bis zum Hals, dennoch konnte er sich den spitzen Kommentar nicht verkneifen. „Und noch zwei weitere Dinge: Du weißt, dass ich recht habe. Und außerdem fühlst du, dass du es auch willst."

Ein Lächeln erhellte ihr Gesicht. „Du bist nach wie vor der arroganteste Besserwisser, der mir je begegnet ist."

Dann wurde sie plötzlich wieder ernst und sah ihn auf die Weise an, die ihm immer durch Mark und Bein ging. Mit diesem Blick hatte sie sicher schon gegnerische Anwälte und deren Mandanten bedacht. Dieser Blick war analytisch und durchschauend.

„Ja, Nick, du hast recht. Ich empfinde auch so. Aber wir haben noch über vieles nicht gesprochen. Vielleicht ist es klüger, erst einmal die Sache mit Greg und alles andere hinter uns zu bringen."

Obwohl er mit einer Antwort dieser Art gerechnet hatte, war er überrascht über den stechenden Schmerz in seiner Brust. Rose legte ihm die linke Hand auf die Wange. Durch die Wärme ihrer Haut verpuffte die Enttäuschung.

„Ich liebe dich, Nick. Daran darfst du nicht zweifeln. Lass uns doch einfach in ein paar Monaten noch einmal darüber sprechen. Okay?"

Erleichterung machte sich in ihm breit. „In ein paar Monaten? Ich nehme dich beim Wort, Baby. Und dann gibt es keine Ausflüchte mehr." Er drückte sie an sich und sie lächelte verschmitzt.

„Ist das eine Drohung?", sagte sie in neckischem Ton.

Er zuckte zusammen, als sie mit ihrer gesunden Hand seine Eier umfasste und sanft durch den Stoff seiner Hose knetete. Das Feuer in ihren Augen und der Griff in seinem Schritt verhießen ein spannendes Spiel.

„Das kannst du sehen, wie du willst. Ich werde dir jetzt zeigen, wie ernst es mir ist." Er warf sie sich über die Schulter und trug sie ins Schlafzimmer. Sie gehörten zusammen, daran bestand nicht der leiseste Zweifel.

„I love you", keuchte sie ihm erregt ins Ohr, während er ihre heiße Haut mit der Zunge liebkoste. Ja, er freute sich jetzt schon auf die Zukunft.

Epilog

Neun Monate später ...

Rose

Sie packte ihre Unterlagen zusammen und versuchte Gregory McAllister zu ignorieren, der gerade von Gefängniswärtern abgeführt wurde. Gregs Anwalt, Hollister, kam auf sie zu, als sie den Verschluss ihrer Aktentasche zuschnappen ließ.

„Kollegin Armand, darf ich Ihnen zu Ihrem Erfolg gratulieren?"

Rose richtete sich auf und gab ihm die Hand. „Danke, aber dazu sind Sie nicht verpflichtet", entgegnete Rose freundlich distanziert.

„Doch, eigentlich schon. Ich wollte Sie darüber informieren, dass ich Mr. McAllister nicht mehr vertreten werde. Obwohl die Hollisters die McAllister-Familie in juristischen Belangen immer unterstützt haben." Für Rose war das interessant zu hören. Seit zwei Generationen stand die Hollister-Familie im Dienst der McAllister-Dynastie.

„Und warum, wenn ich fragen darf?“ Sie verließen gemeinsam den Gerichtssaal und Hollister antwortete erst, als sie an der frischen Luft waren.

„Weil mein Vater eines der Opfer von McAllisters Machenschaft ist. Ich erzähle Ihnen das im Vertrauen. Mein Vater wurde wie Mr. Hamilton in eine solche Venusfalle gelockt. Er hatte Angst um seine Reputation, deshalb hat er nichts unternommen. Aber dank Ihnen und Ihrem Onkel sind wir endlich frei.“

Rose war überrascht. „Da gibt es nichts zu danken. In dem Fall wird sich Ihr ehemaliger Mandant für den kommenden Strafprozess einen neuen Rechtsvertreter suchen müssen.“

Mit dem heutigen Urteil ging lediglich Nicks Zivilklage wegen Rufmord zu Ende. Greg musste Nick eine Entschädigung in sechsstelliger Höhe zahlen. Den Zivilprozess gegen die Mendoza hatten sie fallengelassen, da die junge Frau geständig und reuig war und ebenfalls einem Strafverfahren wegen Betrug, Fälschung von Beweisen und Falschaussage entgegensah. Greg wurde zusätzlich wegen Menschenhandel, Erpressung und Anstiftung zur Falschaussage angeklagt.

„Das ist der eigentliche Grund, weshalb ich mit Ihnen sprechen wollte. Der neue Anwalt von Gregory McAllister ist Peter Peterson.“

Rose blieb abrupt stehen. „Wie bitte? Peterson? Von Armand, Armand & Peterson?“

Er nickte. Scheiße! Wusste ihr Onkel davon? Vermutlich nicht. Er wäre sonst aus der Haut gefahren. Indem Peterson dieses Mandat angenommen hatte, hatte er der Integrität der Kanzlei Schaden zugefügt. Damit war wohl Petersons Zukunft in der Firma beendet.

„Wo ist eigentlich Ihr Mandant?“ Die Frage holte sie auf den schmerzhaften Boden der Tatsachen zurück.

Nick war schon seit Wochen auf Europatournee. Er meldete sich zwar täglich, dennoch vermisste sie ihn schrecklich. Er schlief jede Nacht in einem anderen Hotel oder im Tourbus. Wenigstens verstand er sich mit der Tourband. Er hatte ihr erzählt, dass er alle schon von früheren Tourneen kannte. Ach, wie sehr er ihr fehlte.

„Miss Armand? Fehlt Ihnen etwas?“

Ah … ja. Sie schuldete ihrem Gegenüber noch eine Antwort. „Er befindet sich gerade in Europa und wird erst in vier Wochen wieder hier sein.“

Der Anwalt nickte und lächelte. Sie erwiderte sein Lächeln und hielt ihm zum Abschied die Hand hin.

„Ich wünsche Ihnen alles Gute, Miss Armand.“

„Das wünsche ich Ihnen auch, Herr Kollege.“

***

Drei Wochen und fünf Tage später ...

Nick

Die Bar im letzten Hotel der Tour war rappelvoll und Nick und seine Leute feierten das Ende der Tournee ausgelassen. Nick hing in einem der bequemen Sessel und beobachtete das fröhliche Treiben. Sie waren in diesen anstrengenden Wochen so etwas wie Freunde geworden, falls man das so sagen konnte.

Roli, der Drummer, machte gerade einen schmutzigen Witz, über den die anderen lachten. Matt, der Bassist, verschluckte sich deswegen an seinem Bier und hustete sich die Lunge aus dem Leib. Barry saß neben ihm und behielt die Umgebung im Auge. Konnte der sich nicht einmal entspannen? Nick würde ihm nächstens mal Ferien verordnen.

Wo war eigentlich das einzige weibliche Mitglied der Tourband? Er sah sich um, doch sie war nirgends zu entdecken. Josephine, oder Joe, wie sie von allen genannt werden wollte, spielte die zweite Gitarre. Sie beherrschte das Instrument mit an Perfektion grenzender Sicherheit. Nick war selten so ein Talent begegnet. Also wo war sie? Ihm fiel auf, dass auch der Cheftechniker, Max, verschwunden war. Himmel, die beiden trieben es doch wohl nicht auf der Toilette?

Er hatte die Regeln doch klar und deutlich bereits am Anfang der Tour durchgegeben: keine Techtelmechtel unter den Mitgliedern der Band und dem Rest des Teams und keine sexuellen Anspielungen, die eine bestimmte Person betrafen. Das brachte nur Schwierigkeiten und Unruhe. Sie waren für Wochen auf kleinstem Raum miteinander eingepfercht und so galt es, Probleme dieser Art zu vermeiden.

Nick gab Barry ein Zeichen, ihm zu folgen. Dieser stand auf und sie gingen gemeinsam durch die Bar. Aus der Damentoilette hörte er ein leises Keuchen, welches jedoch nicht nach Ekstase klang, sondern eher nach Not. Nick stieß ohne Scham die Tür auf und sah sofort, dass Joes Fuß unter einer der WC-Kabinen herauslugte. Barry handelte schnell und brach die Tür auf.

Joe lag am Boden und dem Geruch nach zu urteilen, hatte sie sich übergeben. Nick kniete sich zu ihr hin und brachte sie in eine annähernd sitzende Position.

„Was ist los, Joe?" Die Gitarristin war nicht gerade ein Schluckspecht.

„Ich weiß es auch nicht", antwortete sie mit schwerer Zunge.

„Nachdem mich Max zu einem Mojito überredet hat, wurde mir plötzlich schlecht und schwindlig."

Nick war lange genug in der Szene, um zu erkennen, dass das Mädchen unter dem Einfluss von Flunitrazepam, oder besser bekannt als Rohypnol, stand. Scheiße, war Max wirklich dazu fähig?

„Barry, bitte bring Joe in ihr Zimmer und bleib bei ihr, bis sie wieder stabil ist. Sorg dafür, dass sie viel Wasser trinkt. Ich werde mal ein Wörtchen mit dem lieben Max sprechen."

„Mach ich. Ruf mich, wenn du Unterstützung brauchst." Barry nahm Joe auf seine Arme und trug sie davon.

Nick ging zurück zur Bar und fand den Gesuchten schließlich in ein Gespräch mit einem der anderen Rowdys vertieft. „Max, kannst du bitte mal mitkommen?"

Der Cheftechniker erhob sich und sie verließen gemeinsam den lauten Raum. Draußen vor dem Hotel stellte er ihn zur Rede.

„Hast du Joe etwas in ihren Drink getan?"

Max steckte sich eine Zigarette an und blies blauen Rauch aus. „Ja, die sollte sich mal etwas locker machen."

Nick verpasste dem Mistkerl einen Kinnhaken. „Du bist ein Schwein, Max."

Max rieb sich den Unterkiefer, wagte es allem Anschein nach jedoch nicht, ebenfalls die Hand zu erheben. „Sie war die ganze Tour über so verkrampft. Die brauchte das mal."

„Pack deine Sachen, Max und verschwinde. Wenn ich dich morgen noch in der Nähe der Truppe sehe, bekommst du mehr ab als nur einen Kinnhaken. Verstanden?"

Später, in seinem Hotelzimmer, geisterte wie immer Rose durch seinen Verstand. Er vermisste sie und war heilfroh, dass er sie in wenigen Stunden wieder in die Arme schließen konnte. Das Ereignis mit Joe holte unangenehme Erinnerungen hervor. Bilder von Rose und Mike bei der Eröffnung des Black Pearl ... Doch das war zum Glück lange her.

Obwohl er müde war, holte er seine Gitarre hervor und spielte ein paar Melodien, um seinen Geist zu beruhigen.

***

Weitere vier Monate später in Los Angeles ...

Nick

Die Europatournee war zwar vom musikalischen und wirtschaftlichen Standpunkt her ein Megaerfolg gewesen. Doch auf persönlicher Ebene ein wahres Desaster. Schuld daran war nur Rose gewesen, denn sie hatte ihm in allen Belangen gefehlt und irgendwie kaute er immer noch daran herum.

Diese Wochen ohne sie hatten ihm wieder einmal deutlich vor Augen geführt, dass er nichts war ohne sie. Das musste sich ändern. Himmel! Sie wohnten noch nicht einmal zusammen. Sie war zwar meistens bei ihm, wenn er in der Stadt war, doch sie wohnte noch immer mit Doro an der alten Adresse.

Er verstand ja die enge Freundschaft zwischen den beiden. Aber er wollte mit Rose ein eigenes Nest aufbauen. Deshalb hatte er das Appartement direkt unter seiner Wohnung gekauft und würde es Doro zum Spottpreis vermieten. So hätte er zwei Fliegen mit einer Klappe geschlagen: Rose zog bei ihm ein, hatte aber ihre Freundin in der Nähe. Vor allem dann, wenn er wieder auf Achse war.

Er sah zu Rose hinüber, die in der Limousine neben ihm saß. Sie war wunderschön. Das blaue Satinkleid brachte ihre tollen Kurven zur Geltung und ließ ihre grünen Augen leuchten. Das locker aufgesteckte Haar machte sie verführerisch. An ihrem Handgelenk trug sie das Armband, das er ihr geschenkt hatte. Er wäre jetzt gern über sie hergefallen. Doch in Anbetracht dessen, dass sie in wenigen Minuten am roten Teppich vorfuhren, war das keine so gute Idee.

Sie waren auf dem Weg zur Grammy-Verleihung und Nick musste zugeben, er war ziemlich aufgeregt. Als er von der Nominierung gehört hatte, war er völlig aus dem Häuschen gewesen. Bester Rocksong und bestes Rockalbum. Aber vielleicht ging er an diesem Abend auch leer aus. Solange Rose bei ihm war, konnte nichts schiefgehen. Sie war sein Glücksbringer.

Er nahm ihre Hand und sie strahlte ihn an. Er betrachtete ihre beiden Hände: Roses und seine. Ihre war rein, der Teint hell und zart wie Samt. Seine hingegen war groß und auf dem Handrücken prangte ein Tattoo einer Rosenblüte.

Ihm wurde wieder einmal bewusst, wie unterschiedlich sie waren. Sie war elegant und rein. Und er war roh, voller Tätowierungen und Piercings in Gesicht und Ohren. Sie trug Gala, er Jeans, Shirt, Lederjacke und Bikerstiefel. Die Schöne und das Biest wäre wohl die passendste Bezeichnung.

Nachdem sie ausgestiegen waren, das Blitzlichtgewitter und die lästigen Fragen hinter sich gebracht hatten, nahmen sie auf den ihnen zugewiesenen Sitzen Platz. Roses Duft umhüllte ihn und beruhigte seine Nerven. Er lehnte sich zurück und schloss die Augen. Wie lange er so dagesessen hatte, wusste er nicht. Erst als er Nick Hamilton und *Everything I do … That ain't you* hörte, kam er in diese Dimension zurück.

Gleichzeitig sprang Rose beinahe auf seinen Schoß und lachte. „Gratuliere, mein Schatz!", rief sie.

Er sah immer noch nicht ganz durch, was überhaupt passiert war. „Du hast den Grammy für den besten Rocksong gewonnen", half ihm Rose auf die Sprünge. Erst da begriff er und drückte ihr einen Kuss auf den Mund.

Dann stand er auf und ging hoch zur Bühne, um den Preis entgegenzunehmen. Sein großes Vorbild Lenny Kravitz übergab ihm das goldene Grammofon und hatte wohl auch die Laudatio gehalten, die Nick verträumt hatte.

Nick fühlte sich im Himmel. Doch als er am Mikrofon stand, um ein paar Dankesworte zu sagen, brachte er keine Silbe heraus, weil er einfach nur glücklich war.

Er hatte, wie wahrscheinlich jeder Nominierte, eine Rede vorbereitet. Doch als er in seine Hosentasche griff, traf er anstelle des Spickzettels auf einen anderen Gegenstand, der auch noch zum Einsatz kommen sollte. In dieser Sekunde verwarf er alle seine Pläne und schmiedete einen neuen.

„Ich habe eigentlich ein paar Zeilen einstudiert für den Fall, dass man mir tatsächlich einen Preis gibt.“

Das Publikum lachte.

„Aber ich habe mich gerade anders entschieden. Ich bin eben etwas impulsiv.“

Wieder ertönte zustimmendes Gekicher.

„Klar möchte ich mich bei der Academy für diese Auszeichnung bedanken. Aber ...“ Er hielt kurz inne und versuchte sein Herz zu beruhigen. Er suchte Roses Blick in der zweiten Reihe und wurde sofort ruhiger, als er ihn gefunden hatte.

„Ich möchte meinen Dank der Person aussprechen, die in der schwersten Zeit meines Lebens zu mir gehalten hat. Sie hat mir geholfen, ins Leben zurückzufinden und ihre Liebe gibt mir die Kraft, diesen Weg weiterzugehen.“ Er atmete tief durch, bevor er mit seiner Rede fortfuhr. „Für sie habe ich den Song geschrieben, für den ich heute den Preis bekommen habe. Sie ist das Beste, was mir passieren konnte ... ich meine neben diesem Grammy.“

Das Publikum lachte erneut.

„Das habe ich schon gewusst, als ich sie das erste Mal gesehen habe. In ihrer mausgrauen, hässlichen Zimmermädchenuniform. Sie hat mir damals unverblümt gesagt, was für ein Arschloch ich bin."

Der ganze Saal brach in johlendes Gelächter aus und Nick ließ den Leuten Zeit, um sich wieder zu erholen. Rose hatte peinlich berührt die Hände vor das Gesicht geschlagen. Als wieder Ruhe einkehrte, ergriff Nick erneut das Wort.

„Und sie tut es heute noch. Ich habe sie vor Monaten gefragt, ob sie meine Frau werden will, doch sie zögert immer noch."

Die Anwesenden schienen sich prächtig zu amüsieren. Nur Rose rutschte in ihrem Sitz immer tiefer. Das wiederum brachte ihn zum Lachen.

„Rose, ich habe dich das letzte Mal gewarnt. Ich habe dir all die Monate Zeit gelassen. Aber jetzt habe ich lange genug gewartet." Sie sah ihn an und schüttelte andeutungsweise den Kopf. „Würdest du bitte zu mir kommen?"

Sie saß wie versteinert da, rührte sich nicht und Nick befürchtete schon, dass sie die Flucht ergriff.

Plötzlich klopfte ihm jemand auf die Schulter. „Ich glaube, Nick braucht ein wenig Unterstützung", sagte Lenny Kravitz neben ihm lachend und trabte danach die Bühne hinunter und blieb vor Rose stehen. Nick sah, wie er Rose die Hand hinhielt und sie damit stumm aufforderte mitzukommen. Wider Erwarten ergriff sie Lennys Hand und ließ sich zu ihm führen.

Als sie vor ihm stand, sah er, dass sie vor Nervosität fast bebte und er bekam Mitleid mit ihr. Er würde sich kurzfassen, nicht, dass sie ihm hier noch kollabierte.

So kam es, dass er, Nicolas David Hamilton, vor Rose auf die Knie ging. Mit einem Saal voller Zeugen. Er holte den Verlobungsring aus der Tasche, der ihm vorhin in die Finger gefallen war. Ein Solitär, ein Karat, eingefasst in ein Band von Platin, in das kleinere Diamanten eingelassen waren. So hatte es zumindest der Juwelier gesagt.

„Darling, ich bitte dich jetzt zum zweiten Mal, meine Frau zu werden. Ich liebe dich über alles. Was sagst du, Liebste?"

Nick bemerkte, dass es mucksmäuschenstill geworden war. Doch seine ganze Aufmerksamkeit galt seiner Frau. Ihren glasigen Augen, den geröteten Wangen und den vollen Lippen.

„Nick ... ich ...", stammelte sie.

„Sag Ja, Rose!", rief irgendwer im Saal. Da endlich schien sie loszulassen, denn sie strahlte plötzlich übers ganze Gesicht.

„Ja!", sagte sie laut. „Ja, du eingebildeter Kerl. Ich heirate dich, auch wenn es nur ist, um dir jeden Tag einen Arschtritt verpassen zu können."

Er stand auf und schob ihr mit erstaunlich ruhigen Händen den Ring an den Finger. Dann küsste er seine freche, humorvolle Frau. Ihre und seine Freudentränen vermischten sich und die Anwesenden im Saal tobten. Nur das Triumphgebrüll in seinem Inneren schien lauter.

Im darauffolgenden Frühling auf dem Weingut der Hamiltons ...

Das Wetter war angenehm warm an diesem frühen Abend. Doch Nick konnte es kaum genießen, denn er war viel zu aufgeregt.

„Hey, beruhige dich, sonst muss ich dich noch zum Altar tragen." Will machte sich an der Fliege zu schaffen, die Nick einfach nicht richtig binden konnte.

Das war ja schlimmer als alles, was er bisher erlebt hatte. Gut, dass Rose auf eine Hochzeit in kleinem Rahmen bestanden hatte. Sie gaben sich das Ja-Wort zwischen den Weinreben. Nur seine Mutter, Will und Bethany, Aaron und Daniel Armand mit dessen Frau, deren Namen Nick schon wieder vergessen hatte und Doro und Barry.

Oh Scheiße, war ihm schlecht. Er hatte einen Kater, weil ihn die Jungs am Abend zuvor zu einem heftigen Junggesellenabschied geschleppt hatten. Das hatte er nun davon, dass er kaum mehr Alkohol trank. Er war überhaupt nicht mehr trinkfest.

Will führte ihn hinaus zu der Stelle im Weinberg, wo bereits der Reverend wartete. Alles war wunderschön und romantisch. Sie hatten auf aufwendige Blumendekoration verzichtet. Die Reben waren von sich aus schon perfekt. Nur ein Bogen aus roten und weißen Rosen stand an der Stelle, wo sie getraut wurden. Das war sein Wunsch gewesen.

Will positionierte ihn neben dem Reverend und Barry trat an seine Seite als Trauzeuge. Er hatte erst Will gefragt, doch dieser hatte abgelehnt, weil er das Gefühl hatte, seinen kleinen Bruder über Jahre hinweg im Stich gelassen zu haben. Barry jedoch hätte diese Ehre mehr verdient. Das war logisch gewesen.

Doro war Roses Brautjungfer. Auch logisch. Nick verstand nicht, weshalb Brautpaare bei der Planung der Hochzeit immer einen auf Terror machten. Bei ihnen war alles zu jeder Zeit klar und eben logisch gewesen.

Genauso logisch war die Entscheidung gewesen, dass sie danach ein simples Barbecue als Festmenü hatten. Irgendwie war bei ihnen beiden immer alles einfach.

„Es geht los, Kumpel", flüsterte Barry ihm zu und Nick schaute den Weg hinunter.

Doro kam in ihrem lavendelfarbenen Kleid auf ihn zu. Die knallroten Haare locker hochgesteckt wirkte sie beinahe wie eine Prinzessin. Wären da nicht die vielen Tattoos gewesen, die ihre Arme, Schultern, den Rücken und das Dekolleté zierten.

Direkt hinter Doro kam Aaron, der seine Tochter zum Altar führte. Nicht, dass sie hier draußen einen solchen hatten.

Aaron trug einen ähnlichen Smoking wie der Rest der männlichen Anwesenden. Ja, Smoking. Das war Nicks Wunsch gewesen. Er war so gar nicht der Typ für den Pinguin-Look, doch einmal im Leben sollte ein Mann einen solchen Schwalbenschwanz tragen.

Rose sah einfach nur überirdisch aus. Das elfenbeinfarbige Empirekleid war schlicht und umschmeichelte Roses Göttinnenkörper. Der leichtfallende Seidenstoff war lediglich an der Büste mit feinen Blumenstickereien verziert. Viele schwierige Wörter, die er im Laufe der Planung aufgeschnappt hatte.

Sie trug die Haare offen, nur zusammengehalten durch einen elfenbeinfarbigen Haarreifen, an dessen rechter Seite eine kleine Rose befestigt war. Mit offenem Haar war sie einfach nur perfekt.

Sie hatten sich bewusst gegen musikalische Untermalung entschieden. Die Vögel zwitscherten ihre Abendmelodie und für Nick war es, als würde jemand eine wunderbare Arie zum Besten geben. Musik war in jeder

Form ein fester Bestandteil seiner Existenz. Genau wie seine Rose.

Als seine Braut endlich neben ihm stand und seine Hand nahm, war alles gut. Sein Herzschlag beruhigte sich, die Unruhe und die Übelkeit legten sich. Er war angekommen im Leben.

„Ich liebe dich, Nick", flüsterte sie sanft in sein Ohr.

„Nicht so sehr wie ich dich."

Every word you say; I need to hear you every day.
You deserve the things I do; And they're just for you.
You respect the way I am and I'm quite a simple man
I love everything you do – I do [3]

ENDE

Danksagung

Ich möchte mich zuerst bei meinem Mann bedanken, der während meiner Schreibphasen oft auf mich verzichten muss. Ohne Deine Unterstützung wäre bisher keines meiner Manuskripte zum Ende gekommen. Ich liebe Dich, mein Rockstar.

Dann gebührt natürlich auch meinen Freunden, die immer für mich da sind und sich auch ehrlich interessiert zeigen, großer Dank. Ihr seid die Besten.

Besonders hervorheben möchte ich bei dieser Gelegenheit, dass Nick Hamilton eine reale Stimme hat. Stefan Mathies hatte die tolle Idee für dieses Buch einen Song zu schreiben. Das im Buch erwähnte Lied Everything I Do … That Ain't You stammt aus seiner Feder. Wir haben sozusagen ein Buch mit Titelsong geschaffen. Vielen Dank, Mäthi! Du bist toll!

Hiermit komme ich zu euch, liebe Leser. Ich hoffe, dass euch die Geschichte von Rose und Nick gefallen hat und freue mich schon auf zahlreiche Rückmeldungen und Rezensionen. Wenn ihr über meine weiteren Projekte auf dem Laufenden bleiben wollt, schaut doch einfach mal auf meiner offiziellen Facebook-Seite „Amelia Blackwood-Autorin" nach. Oder folgt mir auf Instagram.

Ein großes Dankeschön gebührt auch den Leuten der School of Law der New York University. Sie haben mir prompt und fachmännisch unter die Arme gegriffen, wenn ich Informationen für mein Buch brauchte.

Und ganz zum Schluss möchte ich mich beim Team des DP Digital Publisher Verlag bedanken. Sie haben Nick und Rose, aber auch mir diese Chance gegeben. Andernfalls wäre die Stimme von Nick verstummt.

Downloadlink für den Song

Link: https://mathies1.bandcamp.com/track/everything-i-do-that-aint-you

Quellenverweis:
[1] Song „Try" von Pink
[2] Song „Scars" von James Bay
[3] „Everthing I Do ... That Ain't You" written an performed by Mathies